第五八册 小乘經 單譯經（三）

佛本行集經

隋天竺三藏法師闍那崛多譯

清刻龍藏佛說法變相圖

佛本行集經卷第五十一

隋天竺三藏法師闍那崛多譯

尸棄佛本生地品第五十三

爾時菩薩住在優婁頻螺河岸之側行其苦行坐卧隨宜著弊故衣受隨用器一日之内唯食一粒所謂胡麻或一粳米或一小豆或一菉豆或一大豆或赤粳米或一青豆當於彼時輸頭檀王訪覔菩薩不知所在借問他言我子今者住在何處作何事業於是月日私密遣使訪問菩薩行坐之處告使者曰卿今應當訪知我子所停之處何所爲作應報我知時諸使者承是勑已即白王曰如王所勑不敢違旨遂即馳訪次第漸到優婁頻螺所居之處見其菩薩難行苦行尋還往白輸頭檀王作如是言善哉大王今者童子在優

婁頻螺所居之處行難苦行其所居停皆悉隨宜乃至日食一青豆等時輸頭檀王聞是事已心懷悵怏愁憂不樂即說是言嗚呼我子身體輭弱汝以何事乃至如是次第六年時諸使者將其菩薩善惡消息詣大王所次第論說當於爾時耶輸陀羅釋種之女聞諸使人論說童子在苦行處行其苦行所居行住隨宜安止乃至日食一青豆等聞是事已便即思惟我於今者安然受樂實非善也何以故我夫今者既在苦行我亦應當順童子法行其苦行時耶輸陀羅作是念已即脫瓔珞金銀瑠璃眞珠摩尼種種諸寶塗香末香諸華鬘等皆悉棄捨著純白衣唯留一髻卧凡惡鋪所食麤澀纔可活命世人苦行莫能及者

爾時世尊得菩提已時優陀夷而白佛言希有世尊耶輸陀羅既見世尊在於山林行苦行時云何善能隨順世尊而行苦行諸餘世人莫能及者佛告優陀夷言優陀夷耶輸陀羅釋種之女非但今世我在山林行大苦行能隨順我行於苦行過去之世我在厄難亦能隨我入大苦難時優陀夷白佛言世尊其事云何願爲解說佛告優陀夷我念往昔過久遠時有一閑靜阿蘭若處其處山林溪壑之內有一鹿王領諸群鹿食草而活次第遊行於彼之時有一獵師張設木檻羂彼鹿王爾時群鹿各各走散當於爾時有一母鹿見彼鹿王爲檻所羂即住不走爾時諸鹿多解人語而彼鹿母即便說偈告鹿王言

鹿王當努力　奮迅足與頭　張設檻羂人

今猶未來此
爾時鹿王即以偈句報母鹿言
我今雖用力　不能拔此橛　以皮作羂繩
縛束轉復急　微妙諸山林　甘泉水草美
願今未來世　永莫受此殃
而有偈說
是時彼二鹿　恐怖淚交流　以惡獵師來
執持刀杖故
爾時鹿王遥見獵師執杖而來即便以偈告
牝鹿言
此是獵師將來至　身體烏黑著鹿衣
今來必剥我皮膚　斬截肢節而將去
爾時牝鹿遥迎獵者漸至其前而說偈言
善哉汝獵師　今可敷草鋪　先破我皮肉
爾乃殺鹿王

爾時獵師問於牝鹿作如是言今此鹿王與
汝何親是時牝鹿報獵師言此是我夫甚相
愛敬以是因緣作如是念願不與彼愛别分
離以是義故必先殺我後及鹿王爾時獵師
作如是念此是仁婦希有希有是鹿能作如
是大事時彼獵師於其牝鹿生大歡喜即以
偈頌報牝鹿言
我自生小未曾聞　見有諸獸解人語
此事世間甚希有　我意何忍起害心
今既不殺於汝身　亦復并放爾夫去
如是全活爾身命　願汝夫婦恒相隨
爾時獵師諳彼橛所解放鹿王爾時牝鹿見
王免縛心大歡喜徧體踊躍不能自勝復以
偈句白獵師言
善哉如是大獵師　諸親見者皆歡喜

如我得見夫免脫　歡喜踊躍亦復然

佛告優陀夷汝今當知彼鹿王者豈異人乎即我身是時牝鹿者耶輸陀羅即其是也耶輸陀羅於彼之時尚隨順我受大苦厄況於今日能隨順我行大苦行於諸世人莫能行事而能行也其羅睺羅今以過業所逼惱故在胎六年耶輸陀羅爲是菩薩懷愁毒故不自嚴飾然其如來過六年後證阿耨多羅三藐三菩提於時輸頭檀王所遣使人候消息者彼等使人見佛世尊從坐起故即詣輸頭檀王之所到王所已而白王言大王當知太子今者苦行已徹稱滿心意已從坐起爾時輸頭檀王聞此語已別勑二人而告之曰汝等今當詣太子所至彼處已當宣我言告彼太子汝於今者苦行已徹當可速來統領國事爲轉輪王具足七寶時彼二人奉王勑已依王教命如法頂受承是勑意詣太子所頭面禮足却住一面白太子言善哉聖子輸頭檀王勑我二人到聖子所告聖子言汝於今者苦行已徹今可速來承受我位爲轉輪王七寶之具令悉備足爾時世尊聞彼二人作是語已而說偈言

若人已調伏　世無不伏者　諸佛境無邊
無跡無來去　若人不入網　愛無所從生
諸佛境無邊　無跡無來去

爾時耶輸陀羅於其宮內聞是太子苦行已徹猶望不久必應還來當受王位政國治民作轉輪王便生是念太子若作轉輪聖王我即當作第一妃后如是念已歡喜踊躍徧滿其體不能自勝持種種香塗其身體即著種

種無價寶衣及諸瓔珞而自莊飾食諸妙饌眠寢寶牀柔輭臥具作如是事豫待太子時羅睺羅過六年已盡其往業耶輸陀羅即以種種資物食飲而自供養以是因緣其羅睺羅便即出生既出生已時諸內人尋共詣白輸頭檀王作如是言異哉大王耶輸陀羅今乃生子輸頭檀王聞此事已心大瞋怒即作是言今我太子捨家出家已經六歲耶輸陀羅今生此子何從而得是時釋子提婆達多作如是言此是我子輸頭檀王倍增瞋恚召諸釋種悉令聚集即告之曰卿等當知耶輸陀羅不護太子亦不護我不護諸釋不惜名聞縱恣其意辱我宗族我等今者應作何事而苦治也爾時釋種皆共同聲作如是言耶輸陀羅汙辱家者我等應當如辱家法而苦治之時彼衆內有一大臣作如是言當髡其髮以杖打之打已印記復有一臣作如是言當截其耳劓去其鼻復有一臣而作是言當挑兩目復有一臣作如是言鏘貫木上復有一臣作如是言擲著空井復有一臣作如是言擲著火內復有一臣作如是言令抱熾然大熱鐵柱復有一臣作如是言繫縛手足遣大群牛蹈而殺之復有一臣作如是言令臥地上白象蹈之復有一臣作如是言從頭至足以鋸解之復有一臣作如是言節節支解分爲八段爾時輸頭檀王告諸臣言我今勑令耶輸陀羅及所生子俱當就死是時如來已成阿耨多羅三藐三菩提便自觀見耶輸陀羅及所生子在厄難處以慈悲心所逼惱故處處顧視於時而有毗沙門天王去佛不

遠時彼天王知如來意即持筆墨及多羅葉往詣佛所爾時世尊手自作書而白王言其所生兒是我之息願莫有疑爾時毗沙門天王從世尊所受是書已尋即往至輸頭檀王大衆之内即出其書擲王懷裏爾時彼書有證有驗輸頭檀王見是驗已思尋此書眞是我息悉達太子手自書處爾時輸頭檀王及諸大衆爲此因緣於耶輸陀羅生歡喜心耶輸陀羅傳聞人道大王有勑欲殺其身及所生子護身命故速疾往至摩訶波闍波提憍曇彌所作如是言善哉尊后我無是過此所生子太子體胤聽聞不久太子來到若其到已自應當知今欲殺我是虛枉耳爾時摩訶波闍波提聞耶輸陀羅作是語已心復歡喜即遣使請輸頭檀王至阿輸迦樹林之内到林處已而白王言唯願大王當知今者耶輸陀羅釋種之女至於我邊而作是言我無此過我所生子太子體胤若彼太子身來到已自知虛實是故大王莫作是事應須待彼太子來到即知此事定實云何爾時輸頭檀王聞彼摩訶波闍波提作如是等善利益義即報之曰此言有理若如尊后所言說者我等宜住聽太子至若不爾者當知此事定實云何雖復如此輸頭檀王由於釋女耶輸陀羅未生歡喜是故衣服及餘瓔珞少分供給發遣安置隨宜處所爾時釋女耶輸陀羅復至摩訶波闍波提憍曇彌所至已白言善哉尊后我於今者欲詣園内酬昔所許諸天微願暫一祠祀未審尊后聽許已不爾時摩訶波闍波提共彼釋女耶輸陀羅將羅睺羅廣辦

供具齋持雜物詣彼神所其神名曰盧提羅迦從神作名其苑亦名盧提羅迦於彼苑中菩薩往昔在家之日恒於彼苑按摩遊戲彼苑之内有一大石菩薩往日於上坐起耶輸陀羅釋種之女當於爾時將羅睺羅卧息彼石於後提石擲著水中遂立誓言我今要誓如實不虛唯除太子更無丈夫共行彼此我所生兒實是太子體胤之息是不虛者令此大石在於水上浮遊不没時彼大石如彼要誓在於水上遂即浮住如芭蕉葉浮於水上不沉不没亦復如是於時大衆見聞此已生希有心讙譁嘯調踊躍無已叫喚跳擲歌舞作倡旋裾舞袖又作種種音聲妓樂爾時輸頭檀王聞此事時歡喜踊躍徧滿其體不能自勝即勅莊嚴彼迦毗羅婆蘇都城令除荆棘沙礫土石穢惡糞等諸不淨物更以香湯掃灑塗治摩拭其地在在處處安置香鑪燒最妙香其香鑪間雜錯種種妙色寶缾其寶缾内盛滿香水於其水中復安香花於其香鑪寶缾中間更復安置芭蕉行列復懸種種紛葩繒綵竪立種種雜色幢旛眞珠條貫處處交横金鈴羅網徧覆其上復作日月星宿形像張設空中寶花流蘇處處垂下復以種種雜犛牛尾所在間錯爾時嚴飾迦毗羅處猶如幻炎乾闥婆城莊嚴是已將羅睺羅即入彼城召喚釋種宗族傍親悉皆聚集廣辦種種財物飲食所須調度方始别更爲羅睺羅作其生日耶輸陀羅生息之時是羅睺羅阿脩羅王捉食其月於剎那頃暫捉還放是故釋種諸親族等聚集議論於羅睺羅食月

之際一刹那間生此童子是故立名名羅睺羅其羅睺羅可喜端正諸人見者莫不歡悦膚體黄白如真金色然其頭頂猶如繖蓋其鼻高隆猶如鸚鵡兩臂脩臃下垂過膝一切肢節無有缺減諸根完具莫不充備爾時輸頭檀王爲羅睺羅置四妳母何等爲四一者抱持二者洗濯三者飲乳四者遊戲此四妳母隨時將養不久即令智慧備足爾時世尊在波羅柰轉大法輪於時諸天各各相告其聲展轉乃至梵頂即於彼時輸頭檀王聞子悉達已得證於阿耨多羅三藐三菩提既覺證已至波羅柰轉大法輪爲於天人而演説法爾時輸頭檀王於世尊所倍更憶念作是思惟設何方便令彼太子愍諸眷屬速來至此迦毗羅城復作是念應當遣誰而爲使者誰有智略能了此事復作是念此優陀夷國師之子次復車匿此之二人從小已來恒共悉達坿塵弄土伴渉遊遨此之二人並各堪至悉達多所我今當遣往彼爲使爾時輸頭檀王喚優陀夷國師之子及以車匿而告之言汝等二人應當知時今者太子既得成就阿耨多羅三藐三菩提已至波羅柰國轉大法輪爲諸天人演説諸法汝等今可速往至彼悉達多所宣我告勑傳我意旨令汝太子難行苦行至其邊際稱遂汝心已得證於阿耨多羅三藐三菩提已復轉於無上法輪既爲天人演説諸法善哉太子今可來詣迦毗羅城爲憐一切諸眷屬故爾時優陀夷國師之子并及車匿而白王言大王當知悉達太子若不來者未審我等更作何計王報之言

汝等但聽太子處分其優陀夷國師之子并及車匿即白王言如大王勑不敢違命受王勑已頂禮其足各還本處辭別父母諸眷屬等漸行徃至波羅柰國諸仙居處鹿野苑中至彼處已頂禮佛足却住一面白言世尊我等今者奉承大王輸頭檀勑遣來至此而王告言善哉太子汝今苦行已得超越滿汝心願成就阿耨多羅三藐三菩提轉大法輪復爲天人演說諸法善哉太子今可來至此迦毗羅婆蘇都城憐愍一切諸眷屬故爾時世尊聞此語已故說偈言

若人已調伏　世無不伏者　諸佛境無邊
無跡無來去　若人不入網　愛無所從生
諸佛境無邊　無跡無來去

時優陀夷國師之子并及車匿白言世尊欲令我等當何所作佛告彼等作如是言汝能學我此諸弟子出家法不爾時世尊雖問彼等但彼二人先於佛邊已有慕仰出家之意因白佛言我等並各願樂出家於時世尊即聽出家與受具戒爾時世尊自從出家起坐未曾面向生地迦毗羅城乃至未化賢友知識五比丘等及以長老耶輸陀等親善友輩波羅柰城所生有四大富長者諸勝男子何等爲四一毗摩羅二蘇婆侯三富婁那四伽婆般帝爾時尊者耶輸陀有善知識等五十餘人長老富婁那彌多羅尼子亦有徒衆三十一人長老摩訶迦旃延復有八萬四千徒衆長老婆毗耶亦有勝徒合三十人同行善友其數六十復有迷祇耶聚落所生長老那毗迦栖那耶那爾時復有一婆羅門其有二

女一名難陀二名婆羅爾時復有一婆羅門名曰提婆弃及其妻長老頻螺迦葉合有五百螺髻梵志復有長老那提迦葉螺髻梵志其數三百復有長老伽耶迦葉諸徒衆等其數二百亦是螺髻諸梵志等爾時復有長老優波斯那數合二百五十人俱爾時復有一樹林中五百苦行諸仙人等爲雨法雨王舍城中頻婆娑羅王及臣等凡九十二那由他人長老摩訶迦葉長老舍利弗目揵連等又删闍耶波梨婆闍迦外道弟子五百人等化如是輩若干人已然後世尊方始迴面向本生地迦毗羅城時優陀夷見婆伽婆迴面坐向本所生地迦毗羅城又復諸天告彼長老優陀夷言善哉尊者今可請佛願至生地本迦毗羅婆蘇都城爲其憐愍諸眷屬故爾時長老優陀夷善知聖意如來將去遂從坐起偏袒右臂整理衣服合掌向佛僂身低頭而說偈言

譬如非時諸樹木　欲著花果待其時
非時花果無光麗　尊今可度恒伽河
樹木紛葩華正開　其華香徧十方剎
華既開敷結果實　尊向生地正是時
此時最妙最爲勝　清流香潔泉池水
百鳥林中出妙響　諸欣悅事是其時
釋種徃昔心發願　一切大地我獨攝
見尊出家大憂怖　不稱心願甚鬱快
世尊眷屬所思遲　由尊生子羅睺羅
願徃至彼爲決疑　大衆渴仰思欲見
如來念毋養育恩　爲彼慈心憐愍故
若見遠來大聖師　應得歡喜除憂惱

釋種大王輸頭檀　往昔起此微妙願
何當得見金色體　我子入此迦毗城
此時非熱亦非寒　堪稱世尊受樂道
億數釋種瞻仰待　猶如畢宿冀月迴

爾時世尊即告長老優陀夷言汝優陀夷若其然者汝等二人於先可至彼迦毗羅婆蘇都城告我親眷諸釋種等作如是言今者太子苦行已徹愍汝等故不久欲來其優陀夷及彼車匿蒙佛勑已而白佛言唯然世尊我不敢違頂禮佛足右繞三帀辭退而去次第漸行至迦毗羅婆蘇都城尼俱陀林依彼聚落暫時止住爾時輸頭檀王嚴駕駟馬寶車而出往至彼園占覲好地輸頭檀王於時遥見長老車匿及優陀夷剃除鬚髮身著袈裟手執鉢器見已即告諸大臣言汝等大臣此何人也剃除鬚髮身著色衣手持應器時大臣等即報王言此等二人乃是悉達太子門徒爾時輸頭檀王心懷懊惱悵怏不樂而作是言我子端正容儀可喜觀者無猒喻如金像而彼身形今如是也不喜觀見謂諸臣言汝等必當斷是二人勿令我見作是語已始往園內爾時臣等作如是念今此二人一者乃是國師之子二者悉達太子侍者作是籌量不能遣却輸頭檀王在園遊觀還欲出時今日諸臣恐王見彼長老二人生煩惱故遂將安置空牆院内爾時世尊告諸比丘作如是言汝等比丘今可速疾辦具衣鉢我今欲行遊觀餘國城邑聚落因欲向我本自生地彼迦毗羅婆蘇都城憐愍一切諸眷屬故爾時長老舍利弗從坐而起整理衣服偏袒右

臂右膝著地合掌向佛而作是言希有世尊未曾有也世尊令者行正是時甚精甚妙令者世尊乃欲遊觀諸餘國城實是其時爾時佛告舍利弗言舍利弗汝今欲得聞此事者當爲汝說尸棄如來多他伽多阿羅訶三藐三佛陁將欲遊行本自生地處處觀看城邑聚落其時微妙甚可愛樂因緣之事爾時舍利弗白佛言世尊今正是時願爲比丘演說往昔尸棄如來詣自生地遊觀國邑令諸比丘聞佛說已當如是持爾時世尊即以偈說

尸棄如來遊歷觀看本生地事

善哉甚妙舍利弗　汝今應當一心聽
昔日尸棄聖如來　往自觀看生地事
所至一切村聚落　往見尸棄聖如來
處處皆各生甘泉　八功德味悉具足
所至一切村聚落　往見尸棄大聖師
處處皆有諸花樹　枝葉垂下普蓊鬱
所至一切樹林下　尸棄如來止住處
是樹自然雨妙花　徧布其地悉充滿
所經一切林樹下　尸棄如來若止住
其樹甘果自然落　枝條婀娜悉低垂
有樹人所攀及者　花果紛雜甚可憐
尸棄如來大聖師　應感流行如是事
若有人所不及樹　妙花甘果自然落
尸棄如來大聖師　應感流行如是事
諸天在於虛空裏　雨大妙花姜迦羅
尸棄如來大聖師　應感流行如是事
諸天在於虛空裏　普雨清涼妙花雨
尸棄如來大聖師　應感流行如是事
諸天在於虛空裏　雨花名曰曼陀羅

尸棄如來大聖師　應感流行如是事
諸天在於虛空裏　雨花名曰波梨耶
尸棄如來大聖師　應感流行如是事
諸天在於虛空裏　雨花名曰毗婆伽
尸棄如來大聖師　應感流行如是事
諸天在於虛空裏　雨花名曰香勝香
尸棄如來大聖師　應感流行如是事
諸天在於虛空裏　雨諸種種妙香花
尸棄如來大聖師　應感流行如是事
諸天在於虛空裏　雨花名曰普至香
尸棄如來大聖師　應感流行如是事
諸天在於虛空裏　雨於異種妙香花
尸棄如來大聖師　應感流行如是事
諸天在於虛空裏　純雨眞金妙色花
尸棄如來大聖師　應感流行如是事
諸天在於虛空裏　雨諸七寶妙色花
尸棄如來大聖師　應感流行如是事
諸天在於虛空裏　雨花純是眞金莖
尸棄如來大聖師　應感流行如是事
諸天在於虛空裏　純雨一切寶莖花
尸棄如來大聖師　應感流行如是事
諸天在於虛空裏　純雨優婆羅花葉
尸棄如來大聖師　應感流行如是事
諸天在於虛空裏　純雨栴檀妙香末
尸棄如來大聖師　應感流行如是事
諸天在於虛空裏　雨赤栴檀妙末香
尸棄如來大聖師　應感流行如是事
諸天在於虛空裏　純雨牛頭栴檀末
尸棄如來大聖師　應感流行如是事
諸天在於虛空裏　奏作種種天樂音

尸棄如來大聖師　應感流行如是事
非人在於虛空裏　拂弄種種妙天衣
尸棄如來大聖師　應感流行如是事
諸天隨順佛行路　持諸種種妙香花
其花紛雜種種光　雨諸道路深至膝
彼時無寒復無熱　亦無蚊虻諸惡蟲
尸棄如來大聖師　應感流行如是事
一切大地悉微動　并大巨海及諸山
尸棄如來大聖師　應感流行如是事
一切大地普調柔　清淨無有惡荊棘
尸棄如來大聖師　應感流行如是事
所有丘墟悉平滿　山陵堆阜皆坦然
尸棄如來大聖師　應感流行如是事
刹利種姓大威德　其數八萬有六千
尸棄如來大聖師　行住坐起相隨逐
諸婆羅門淨行種　其數八萬有六千
尸棄如來大聖師　行住坐起相隨逐
豪富威德大長者　其數八萬有六千
尸棄如來大聖師　行住坐起相隨逐
亦有地居諸天等　皆是妙色淨莊嚴
尸棄如來大聖師　行住坐起相隨逐
復有虛空諸天衆　皆大威德最嚴勝
尸棄如來大聖師　行住坐起相隨逐
四大天王及天衆　殊勝妙色威德者
尸棄如來大聖師　行住坐起相隨逐
護世四天大王等　復有殊妙大威勢
尸棄如來大聖師　行住坐起相隨逐
忉利三十三天衆　微妙威力轉殊勝
尸棄如來大聖師　行住坐起相隨逐
須彌山頂帝釋王　及諸親友眷屬等

尸棄如來大聖師　行住坐起相隨逐
善分耶摩諸天輩　妙色清淨大威嚴
尸棄如來大聖師　行住坐起相隨逐
喜樂諸天兜率陀　威嚴功德甚微妙
尸棄如來大聖師　行住坐起相隨逐
次復化樂諸天等　所行功德轉微妙
尸棄如來大聖師　行住坐起相隨逐
他化自在諸天等　威德光嚴甚暉曜
尸棄如來大聖師　行住坐起相隨逐
大梵宮中諸天輩　妙色威力轉光華
尸棄如來大聖師　行住坐起相隨逐
色界所有諸天輩　及諸龍神金翅鳥
乾闥婆等阿脩羅　野叉鬼神及羅刹
緊那羅等摩睺羅　皆得具足妙威嚴
尸棄如來大聖師　行住坐起相隨逐
世間有諸衆生類　已說及以不說者
尸棄如來大聖師　行住坐起相隨逐
彼尊尸棄如是行　調伏無量天人衆
正覺入於大涅槃　永斷諸有及後生

時佛復告舍利弗言汝舍利弗尸棄如來應供正徧知明行足善逝世間解無上士調御丈夫天人師佛世尊初欲往到本自生地有如是等無量微妙希有行事

佛本行集經卷第五十一

音釋

頻螺（梵語具云優婁頻螺此云木瓜林螺落戈切）粳（古行切稻之不黏者）輸（式朱切）馳訪（馳直離切走也訪敷亮切問也）悵快（悵五亮切失志也快倚兩切情不滿足也）輭弱（輭而兖切弱而灼切）鬘（莫還切）麤澀（麤倉胡切澀所立切）壑（呵各切谷也）[木*强]羂（[木*强]其亮切施罥於道也羂古泫切）

切絅也　奮迅奮夫問切迅息晋切　繩食陵切　牝毘忍切牝母鹿也　瞋稱人切怒而張目也　髡苦昆切剃髮也　劓魚記切刑鼻也　鏘千羊切與槍同　擲直炙切投也　蹈徒到切踐也　鋸居御切刀鋸也　胤羊晋切嗣也　芭蕉芭伯加切蕉即消切　讙譁讙許元切譁乎瓜切讙譁衆聲也　跳躑跳徒聊切跳躍也躑直炙切躑躅也　礫郎擊切小石也　鑪落胡切　葩普巴切花也　犛莫交切長髦牛也　繖蘇旱切蓋也　[illegible]丑容切圓直也　鬱於勿切滯也　駟息利切一乘四馬曰駟　籌直由切筭也　婀娜婀烏可切娜奴可切婀娜長好貌　蚊蝱蚊無分切蝱眉庚切　荊棘荊居陵切棘紀力切　堆阜堆都回切聚土也阜房久切土山也

佛本行集經卷第五十二

隋天竺三藏法師闍那崛多譯

優陀夷品第五十四之一

爾時佛復告舍利弗作如是言汝舍利弗我今當行遊歷國土初欲往到本自生地微妙之處亦當如是時舍利弗即從坐起整理衣服偏袒右臂合掌向佛而作是言世尊何時當欲遊歷國土觀看聚落爾時佛告舍利弗言汝舍利弗我於今月過半月已布薩事訖然後當行遊歷國土爾時世尊過彼半月布薩已訖與諸比丘涉歷諸國爾時世尊至王舍城飯食已訖迴還以足蹋城門閫時彼大地六種震動動已復動湧已復湧時摩伽陀彼國之王頻婆娑羅與諸人衆俱詣佛所即隨佛行遊涉諸國觀看聚落時虛空中無量諸天千億萬衆見佛將欲遊歷國土皆來集會歡喜踊躍徧滿其體不能自勝口出種種微妙音聲歌嘯喜樂唱呼大喚旋裾舞袖拂弄天衣復以天上優鉢羅花拘勿頭花波頭摩花分陀利花以散佛上復持種種末香塗香及香花鬘亦散佛上散已復散時婆伽婆所行至處觀看諸國一切衆類皆悉恭敬尊重供養如來到處得諸衣服最勝最妙飲食湯藥牀褥卧具如是資物不可稱計利養殊妙無所乏少名聞流布徧滿世間而佛於此名聞利養不生染著猶如蓮花處於濁水爾時世尊有如是等無量威德於諸世間威德最勝殊妙第一時婆伽婆多他阿伽度阿羅訶三藐三佛陀明行足善逝世間解無上士調御丈夫天人師佛世尊此世彼世若天若

魔梵沙門等及婆羅門諸天人境以神通智皆悉證知而彼世尊爲世說法辭義巧妙初中後善悉令具足清淨梵行爾時世尊知諸衆生堪受化者即教化之宜建立者教令建立隨其住處使得成就應受三歸授三歸法應受五戒授與五戒應受八關齋戒之法即授八關齋戒之法應受十善授十善法應出家者令得出家應受具戒授具足戒如是次第展轉漸進至迦毗羅婆蘇都城園林而住爾時世尊至迦毗羅婆蘇都城住尼拘陀樹林園內而以偈說遊歷國土勝妙之事

釋種如來大師子　瞿曇最勝威德者
往觀城邑及聚落　悉有廣大諸異相
所欲至於村聚落　往見如來大聖師
處處一切諸人衆　恭敬尊嚴來迎奉
所欲至於村聚落　往見如來大聖師
凡是一切諸花樹　悉各傾向世尊所
至於一切林樹下　世尊若立若止息
是樹自然雨其花　徧布其地悉充滿
所至一切林樹下　世尊於中若止住
是樹甘果自然落　枝葉婀娜悉低垂
有樹人所攀及者　花果紛雜自可憐
瞿曇如來大聖師　遊行應感如是事
樹有人所不及者　妙花甘果自然落
瞿曇雄猛大聖師　遊行應感如是事
諸天在於虛空裏　雨花名曰蕓迦羅
瞿曇雄猛大聖師　遊行應感如是事
諸天在於虛空裏　雨花名曰曼殊沙
瞿曇雄猛大聖師　威德應感如是事
諸天在於虛空裏　雨於雜種妙色花

瞿曇雄猛大世尊　威神應感如是事
諸天在於虛空裏　雨花名曰曼陀羅
瞿曇雄猛大聖師　威德應感如是事
諸天在於虛空裏　雨花名曰波利耶
瞿曇雄猛大聖尊　遊行應感如是事
諸天在於虛空裏　雨花名曰毗婆伽
瞿曇師子大聖師　遊行應感如是事
諸天在於虛空裏　雨花名曰香勝香
瞿曇師子天人尊　遊行應感如是事
諸天在於虛空裏　雨於種種妙香花
瞿曇大聖人天眼　遊行應感如是事
諸天在於虛空裏　雨花名曰普至香
瞿曇雄猛大聖尊　遊行應感如是事
諸天在於虛空裏　雨於微妙金色花
瞿曇雄猛大聖師　遊行應感如是事
諸天在於虛空裏　雨諸微妙寶色花
瞿曇十力大聖尊　遊行應感如是事
諸天在於虛空裏　雨諸妙色寶莖花
瞿曇雄猛人天眼　遊行應感如是事
諸天在於虛空裏　雨優鉢羅微妙華
瞿曇雄猛天人師　遊行應感如是事
諸天在於虛空裏　雨於沉水妙香末
瞿曇三界天人尊　威德應感如是事
諸天在於虛空裏　雨赤栴檀妙香末
瞿曇師子大聖師　遊行應感如是事
諸天在於虛空裏　雨於牛頭妙香末
瞿曇雄猛大世尊　遊行應感如是事
諸天在於虛空裏　奏作種種諸天樂
瞿曇威猛大聖尊　遊行應感如是事
非人在於虛空裏　拂弄種種妙天衣

瞿曇師子大聖師　遊行應感如是事
諸天隨順佛行路　悉持種種妙香花
爲彼大聖天中天　隨路雨花恒至膝
彼時無寒復無熱　種種蚊虻諸惡蟲
微妙大聖天中尊　應感能招如是事
一切大地皆平正　山陵堆阜悉坦然
瞿曇十力大聖尊　遊行應感如是事
一切大地甚清淨　無有惡刺諸荊棘
瞿曇威德天人尊　遊行應感如是事
一切大地微徐動　并大巨海及諸山
瞿曇三界無上尊　遊行應感如是事
一切刹利婆羅門　并及毗舍首陀等
其數千萬有千萬　恒共如來相隨逐
復有地居妙勝天　有諸色力大威嚴
瞿曇雄猛大世尊　行住坐立相隨逐
復有護世四天王　並大威力最勝者
瞿曇微妙大聖尊　行住坐立相隨逐
須彌山頂帝釋王　及以梵王娑婆主
瞿曇奇特最勝尊　恒共如是相隨逐
復有欲界諸天衆　及以色界四禪等
瞿曇威猛大聖尊　恒共如是相隨逐
復有諸龍金翅鳥　揵闥婆等阿脩羅
夜叉及以羅刹衆　皆共隨逐如來行
世間所有衆生類　已說及以不說者
悉逐雄猛瞿曇師　遊歷國土及城邑
世尊如是遊行時　教化無量人天等
憐愍所生親族故　今至本城迦毗羅

爾時長老優陀夷及以長老車匿二人俱詣佛所頂禮佛足却住一面時二長老白佛言世尊輸頭檀王曾無信心有不淨心乃至不

欲見諸比丘爾時世尊知是事故告諸比丘作如是言諸比丘等誰能往詣輸頭檀王所至已教化令其信敬爾時衆中有一比丘白佛言世尊今此長老舍利弗者堪能往詣輸頭檀王所方便教化令其信敬或有比丘白言世尊今此長老目揵連者堪能往詣輸頭檀王所方便教化令其信敬或有比丘白言世尊今此長老摩訶迦葉堪能教化令其信敬或有比丘白言世尊今此長老大迦旃延堪能教化令其信敬或有比丘白言世尊今此衆中長老優樓頻螺迦葉堪能教化令其信敬或有比丘白言世尊今此衆中那提迦葉堪能教化令其信敬或有比丘白言世尊今此長老優波斯那堪能往詣輸頭檀王所方便教化令其信敬爾時世尊告優陀夷作如是言優陀夷汝於今者頗能往詣輸頭檀王所到已教化令信敬不時優陀夷白言世尊我今堪能佛即告言汝優陀夷汝今往詣輸頭檀王所方便教化令其信敬爾時長老優陀夷者聞佛世尊如是語已而白佛言唯然世尊如佛所教不敢違也時優陀夷於其晨朝日始初出著衣持鉢往詣向彼輸頭檀王宮到已問彼守門人言仁者應知輸頭檀王今在何許彼人報言王今在殿治理王務爾時長老優陀夷往至輸頭檀王之所在於一廂默然而住爾時左右諸大臣等見優陀夷在一邊已即告四門諸守人言速往斷此出家之人勿令在此致使王見起發惡心其守門人聞大臣命速往至彼優陀夷邊欲驅令出時守門人見已始知是國師子昔時恒

共太子悉達少小朋遊拊塵之戲不忍驅逐而復迴還時諸大臣問守門人作如是言汝等何故不驅如此出家人却時守門人報諸臣等作如是言其人乃是國師之子從生已來悉達太子友故朋親拊塵之好是故我等不忍驅遣爾時輸頭檀王在殿斷理事訖起欲還閤諸大臣等左右圍繞將入宮内時優陀夷速往直至輸頭檀王所執其王手當於爾時輸頭檀王默然不語作如是念我今若語恐守門人驅令出去其守門人復作是念諸大臣輩自應驅遣其諸大臣復作是念宮門内人當應遮却宮門内人復作是念此人本是輸頭檀王恒所愛念如今還復執手而行爾時各作如是念故無有一人能驅遣者爾時輸頭檀王漸進入宮昇其内殿坐師子座時優陀夷見淨飯王入彼宮内昇其殿已優陀夷亦上其殿去王不遠在前而立輸頭檀王見優陀夷相去不遠在前立已即生煩惱出微細聲作如是言嗚呼苦哉我子形容如此枯悴可猒惡也汝等速驅此出家人阿誰聽入使來此也時諸大臣白言大王如臣等見是事不然大王不應驅此人出所以者何此人既是國師之子復是悉達小來朋伴拊塵遊戲時優陀夷言辭哀愍不令傷損淨飯王意而說偈言

規求穀實故犂種　貪覓寶貨入於海
我意今來貪住此　唯願其事速成就
如此道路常吉利　於諸無畏常安隱
欲至諸方求利者　必使瞿曇利得成
數數諸人耕其地　數數於中散種子

數數諸天下甘雨　數數國內五穀成
數數乞士恒常乞　數數施主恒常施
數數此世行檀那　數數天上獲其果
數數㸦牛犂得乳　數數犢子向母邊
數數婦人懷胎藏　數數生產受諸苦
數數死屍向寒林　數數諸親悲啼送
若得聖道無後有　於煩惱中不受生
爾時輸頭檀王聞優陀夷作如是等哀愍語已猶懷小疑尋復重問優陀夷言尊者本於誰邊出家大師是誰時優陀夷說偈以報淨飯王言
師父名曰輸頭檀　所生尊母名摩耶
懷在胎中經十月　生已母終生忉利
如是聖者生汝家　大德大聖天中天
彼家七世已濟拔　名聞處處皆流布
丈夫人中最希有　於一切處不受生
所生如是大聖者　其家恒受大安樂
釋種親族最名稱　尊生百福莊嚴身
如是釋子天中勝　我於彼邊出家者
爾時輸頭檀王復問長老優陀夷言善哉比丘汝實誰邊而得出家而彼人師頗有正信及能正意行梵行不在阿蘭若空閑樹下生意樂不爾時長老優陀夷以偈復報輸頭檀王作如是言
王問誰邊出家者　彼人正信行梵行
無有方所懷憂怖　在於樹下常受樂
不畏他聲猶師子　不被羅網如猛風
教授他人自無學　拔諸恐怖身不怖
輸頭檀王復問長老優陀夷言如是比丘今在何處優陀夷言如大王問然彼多他伽多

阿羅訶三藐三佛陀今已在此迦毗羅城尼俱陀林爾時輸頭檀王即作是念此優陀夷乃是我兒之弟子也以是因緣告諸大臣作如是言卿等今可請此比丘在座安坐其諸大臣聞王勑已白言大王不敢違背即請長老優陀夷坐時淨飯王復勑諸臣卿等將食與此比丘諸臣得勑即持淨水與優陀夷澡洗手已即將飯食授優陀夷時優陀夷得此食已而不自食欲將此食奉獻世尊輸頭檀王遂問長老優陀夷言比丘何故不食此食優陀夷言此食擬將奉獻世尊是故不食時淨飯王心復懊惱涕淚橫流而作是言嗚呼我子身體柔輭昔在宮內恒受快樂身無諸苦今日何故受如此困乃使比丘乞得食已爾乃方食時淨飯王作是語已悲啼哽咽復告優陀夷作如是言比丘今者但食此食我今更為別取飲食將與汝師時優陀夷復白王言如是大王此食已擬奉獻世尊此食世間所有衆生無能消者所以者何然彼世尊戒行最勝禪定最勝智慧亦勝時淨飯王告諸大臣作如是言卿等今者更取飯食與此比丘令其食已速將此食送彼太子諸臣即時更將別食與優陀夷時優陀夷飯食已訖而白王言如是大王如來世尊阿羅訶三藐三佛陀如是王者及諸人衆無量無邊皆來恭敬然爾大王亦應宜往到於彼處作是語已從坐而起欲出宮時輸頭檀王復白長老優陀夷言尊者於先至悉達所作如是言我今不久欲來見汝優陀夷言敬如王命爾時長老優陀夷即持彼食從城而出至尼俱陀

樹林之內至佛所已白言世尊輸頭檀王我已教化令得歡喜欲來見佛其優陀夷從宮出時須臾之間其輸頭檀王勑諸大臣作如是言卿等知時悉達太子已至此城我等今者當作何事諸大臣言善哉大王若更有別餘沙門來到王所者我等尚須供養供給況復今者悉達太子與我等身無異無別豈得安然不生恭敬我等但護大王心意未至彼耳爾時輸頭檀王勑令振鐸普告城內悉使知聞我今欲至悉達太子徃觀彼處汝等各各備辦莊嚴隨從於我迦葉遺師作如是說其摩訶僧祇師復作是說乃言爾時輸頭檀王白優陀夷作如是言如比丘意欲爲太子作何等食時優陀夷而白王言如是大王若其欲爲世尊造食當須好作清淨甘美香潔餚饍世尊唯食如此食耳爾時輸頭檀王勑諸大臣卿等須知速爲太子辦諸清淨香潔飲食諸大臣等聞王勑已而白王言依大王教不敢違也遂即供辦種種餚饍清淨香潔甘美飲食辦如是已付優陀夷其優陀夷自食訖已持王所辦餚饍飲食清淨香潔從迦毗羅婆蘇都城徃至於尼俱陀林至彼佛所而白佛言世尊我已教化輸頭檀王令心歡喜欲來見佛先以如此香美飲食辦具與我敬奉世尊願佛納受如法食耳爾時諸比丘而白佛言希有世尊云何長老優陀夷教化輸頭檀王能令歡喜又能令辦清淨香潔甘美飲食將奉世尊作是語已佛告諸比丘作如是言汝諸比丘其優陀夷非但今日至於輸頭檀王之所教化訖已復將甘美飲食與

我往昔亦曾教化於彼令歡喜已將甘美食而與我來時諸比丘復白佛言唯然世尊其事云何願爲我等說如是事我輩今者願樂欲聞佛告諸比丘我念往昔久遠之時波羅柰國有一烏王其烏名曰蘇弗多羅(此言善子)而依住彼波羅柰城與八萬烏和合共住善子烏王有妻名曰蘇弗窒利(此言善女)時彼烏妻共彼烏王行欲懷妊時彼烏妻忽作是念願我得淨香潔飲食現今人王之所食者而彼烏妻思是飲食不能得故宛轉迷悶身體憔悴羸瘦顦掉不能得安善子烏王既見已妻宛轉迷悶身體憔悴羸瘦顦掉不自安故問其妻言汝今何乃宛轉於地身體憔悴羸瘦顦掉不能自安彼時烏妻報烏王言善哉聖子我今有娠乃作是念願得清淨香潔餚饍如王食者時善子烏告其妻言異哉賢者如我今日何處得是香美飲食王宮深邃不可得到我若入者於彼手邊必失身命彼妻又復報烏王言聖子今者若不能得如是飲食我死無疑并其胎子亦必無活善子烏王復告妻言異哉賢者汝今死日必當欲至乃思如是難得之物善子烏王作是語已憂愁悵快思惟而住復作是念如我意者如是香潔清淨飲食如王食者實難得也爾時烏王群衆之內乃有一烏見善子烏心懷愁憂不樂而住見是事已詣烏王所白烏王言異哉聖者何故憂愁思惟而住善子烏王於時廣說前事因緣彼烏復白善子王言善哉聖子莫復愁憂我能爲王覓是難得香美餚饍王所食者是時烏王復告彼烏作如是言善哉善友

汝若力能爲我得辦如此事者我當報汝所作功德爾時彼烏從烏王所居住之處飛騰虛空至梵德宫去廚不遠坐一樹上觀梵德王食廚之内其王食辦有一婦女備具餚饍食時將至專以銀器盛彼飲食欲奉與王爾時彼烏從樹飛下在彼婦女頭上而立啄嚙其鼻時彼婦女患其鼻痛即翻此食在於地上爾時彼烏即取其食將與烏王烏王得已即將與彼善女烏妻其妻得已尋時飽食身體安隱如是産生爾時彼烏日别數往奪彼食取將與烏王時梵德王屢見此事作如是念奇哉奇異云何此烏數數恒來穢汙我食復以嘴爪傷我婦女而王不能忍此事故尋時勑唤網捕獵師而語之言卿等急速至彼烏處生捕將來其諸獵師聞王勑已啓白王言如王所勑不敢違命獵師往至以其羅網捕得此烏生捉將來付梵德王時梵德王語其烏言汝以何故數汙我食復以嘴爪傷我女婦爾時彼烏語梵德王善哉大王聽我向王説如此事令王歡喜時梵德王心生喜悦作如是念希有斯事云何此烏能作人語作是念已告彼烏言善哉善哉汝必爲我説斯事意令我歡喜爾時彼烏即以偈頌向梵德王而説之曰

大王當知波羅柰　有一烏王恒依止
八萬烏衆所圍繞　悉皆取彼王處分
彼烏王妻有所憶　我向大王説其緣
烏妻所思香美饍　如是大王所食者
是故我今數數來　抄撥大王香美食
今者爲彼烏王故　致被大王之所繫

善哉唯願大聖王　慈悲憐愍放脱我
我爲烏王彼妻故　數來抄撥大王食
我念從此一生來　未曾經造如此事
今爲大王一勑已　於後不敢更復爲

時梵德王既聞彼烏如此語已心生喜悦作如是言希有此事人尚不能於其主邊有如是等愛重之心如此烏也作是語已其梵德王而説偈言

若有如是大臣者　彼應重合食封禄
須似如是猛健烏　爲主求食不惜命

其梵德王説此偈已復告烏言善哉汝烏於今已去常來至此取香美食若其有人遮斷於汝不與食者來語我知我自與汝已分所食而將去耳佛告諸比丘汝等當知彼烏王者我身是也彼時爲主偷食烏者即優陀夷比丘是也梵德王者此即輸頭檀王是也於時比丘優陀夷今彼歡喜爲我取食今亦復爾今淨飯王心生歡喜又復爲我而將食來時淨飯王於後方始扣其鈴鐸勑迦毗羅婆蘇都城所有人民不得一人於先往見悉達太子若欲見者要須共我相隨而見

佛本行集經卷第五十二

音釋

蹋徒合切踐也　闇苦本切門限也　裾斤於切衣裾也　牀褥褥如欲切　瞿曇梵語也此云純淑曇徒含切　攀普班切　畺居良切　驅豈俱切逐也　牸疾置切牝牛也　𤛓古候切取乳也　哽咽哽古杏切咽於結切哽咽悲塞也　憔悴憔慈消切悴秦醉切　羸瘦羸力追切弱也瘦所救切瘠也　顫掉顫之膳切寒掉也掉徒弔切搖動也　娠失人切孕也　啄嚙啄竹角切嚙倪結切　觜即委切鳥喙也

佛本行集經卷第五十三

隋天竺三藏法師闍那崛多譯

優陀夷因緣品第五十四之二

爾時輸頭檀王將自宮內諸眷屬等前後圍繞復將悉達太子宮內一切眷屬及將其餘外眷屬等并釋童子及諸左右復將四兵百官大臣將帥僚佐及諸居士城邑聚落長者耆年以顯大王威勢之力并顯大王神德自在將大親族兵衆左右前後圍繞爾時釋種宗族士衆一切合有九萬九千及迦毗羅婆蘇都城所居人民從城共往欲見如來世尊遥見輸頭檀王與諸大衆嚴備而來即作是念我若見彼不起迎奉人當說我此豈戒行果報人乎云何見父不起迎逆我今若見父及大衆起往迎者彼等獲得無量大罪若我今者持其威儀在此住者彼等於我不生敬心如來作此三種念觀見有如此三種因緣思量如是三種義已從坐而起以神通力飛騰虛空在虛空中經行來往或立或坐或卧或睡身或放煙或放炎火或隱或現出如是等種種神通變化顯示時迦毗羅婆蘇都城有護城神守門神等在於輸頭檀王之前飛騰虛空詣向佛所頂禮佛足却住一面以其偈頌向佛說言

如來初始出家日　夜叉諸神爲開門
毗沙門等示道路　世尊是大功德器
如來當爾出門時　發心作是大誓願
若不降伏諸魔衆　我更不入此城中
彼願今者已滿足　世尊已復降諸魔
得證菩提無上道　成於昔日之誓願

丈夫爲福出於世　已證無上菩提道
憐愍一切親族故　今者還來入此城
爾時輸頭檀王遥見世尊以神通力飛騰虚空示現種種神通變化即作是念我憶往昔悉達太子捨家出家今成大仙有大威德具大神通輸頭檀王作是念已從其馬車下地足步往向佛所輸頭檀王漸欲近佛佛復從空漸漸而下輸頭檀王至佛住所佛即從空下至本處輸頭檀王見佛頭上無有天冠剃除鬚髮身著袈裟以愛子故悶絶躃地經於少時方乃還穌在地宛轉悲啼涕泣流淚被面時彼釋種九萬九千及以内外諸眷屬等悉亦悶絶宛轉于地悲號啼哭涕淚交流煩宽懊惱而受大苦時彼大衆而說偈言
大王將衆至佛邊　父見世尊未共語
王欲稱子不得言　欲導比丘復不得
王見如來沙門相　自於轍下生羞慙
長叫口中出熱氣　迷悶躃地種種道
如來默然入禪定　王見如是自憂煎
猶如渴人從遠來　遥見水已還枯竭
爾時世尊復作是念此釋種輩有大我慢貢高自在若其以頂著地禮我即生懈倦作是念已即騰虚空去地一丈又念我今離地若干彼輩應當傴身作禮而有偈說
佛觀王輩懷我慢　飛住虚空高一丈
憐愍自餘諸人等　是故佛在空中住
爾時輸頭檀王從地而起頂禮佛足而說偈言
我今三禮眞如尊　初生已復禮佛足
昔在宫内相師記　當坐樹下陰覆身

令見行於第一行　面目清淨如花開
令我身心大欣悅　是故令還三頂禮
爾時輸頭檀王頂禮佛已然後次第二宮眷屬頭面頂禮次有外親諸眷屬等亦禮佛足復有釋種諸童子等亦復頂禮復有左右將士僚佐百官大臣次第作禮復有如是大姓居士頂禮佛足次第復有大富長者諸老宿等亦復作禮然佛世尊深有如是微妙之法但恐大衆未生歡喜渴仰之心未生希有奇特之意是故未說如此法耳爾時世尊欲令時衆生歡喜心信敬心故以神通力飛騰空裏在於東方去地高至一多羅樹住空中已又作種種神通變現所謂一身分作多身或以多身合作一身從下橫行足不蹈地從下上行從上下行石壁山障皆過無礙入地如水履水如地在於虛空結跏趺坐安然不動經行虛空猶如飛鳥身上放煙身下出火如大火聚亦如日月有大威德有大神通威德熾盛光明顯赫或時以手捫摸日月其身長大乃至梵天出如是等種種神通變化之事爾時世尊作是事已復現如是雙對神通所謂如來於其半身身下出煙又於半身身上出火如來或復於其半身身上出煙或於半身身下出火如來或復左相出火右相放煙右相出煙左相出火如來又時於其半身身下出煙或復半身身上出於清涼冷水如來又時於其半身身下出於清涼冷水或於半身身上出煙如來或時左相出煙於其右相出涼冷水須臾或復右相出煙於其左相出涼冷水如來又時於半身下出其炎火於半

身上出涼冷水又半身上出其炎火於半身下出清冷水又時如來左相出火復於右相出清冷水如來又時左相出火於其右相出清冷水或復於右相出清冷水於其左相放其炎火如來又時徧身出火於兩目間出清冷水或於目間出其炎火或復徧身放清冷水如來或時現下分身上分不現而說其法或時唯現上分之身下分不現而說其法如來又時或復入於火光三昧於諸毛孔出種種光所謂青色光明黄色光明赤色光明白色光明舊草色光玻瓈色光如來或復乘於空中去地高於一多羅樹而現神通或復去地高二多羅或三四五或七多羅住於空中而現神通所謂一身分作多身乃至放於玻瓈色光種種神變悉皆示現爾時世尊或復

從於南方出身西方去地高一多羅而作種種神通變化世尊或復西方没身北方去地高一多羅住虚空中作於種種神通變化所謂一身分作多身乃至放於玻瓈色光乃至一一諸方亦爾皆乘虚空去地高至七多羅樹俱現種種神通變化所謂一身分作多身乃至放於玻瓈色光爾時大衆見佛世尊現是神通即於佛邊生歡喜心信敬希有如是等心爾時世尊見彼大衆生於信敬希有心故從空而下在其衆首敷座而坐爲其大衆次第說法言說法者所謂衆生長夜在於煩惱之中聞是語者令生猒離是故勸行布施持戒精進忍辱得生善處教行猒離欲有漏等令出煩惱亦復讚歎出家功德復讚解脱有如是法如來說此諸法之時知其大衆生

歡喜心踊躍之心柔輭等心得無外心爾時世尊亦有諸佛攝受之法所謂苦集滅道等法於時世尊爲彼大衆方便顯說宣通示現時彼大衆無量百千萬億衆類即於座上遠離塵垢無復煩惱斷諸結使得法眼淨所有集法悉皆滅相得如實智譬如清淨無垢衣裳堪入諸色入諸色者尋受其色如是說已彼時大衆無量無邊百千萬億諸衆生類即於座上遠塵離垢無復煩惱斷諸結使得法眼淨乃至一切滅相得如實智而彼大衆自見諸法已得諸法已證諸法已入諸法衆疑已度諸惑已滅無復疑心已得無畏我生因緣悉皆盡滅如是知已歸依於佛歸依於法歸依於僧受優婆塞五戒之法輸頭檀王爲於愛子煩惱羅網之所覆故遂不獲果坐世

尊前以哀愍音悲泣哽咽而說偈言

汝昔首戴七寶冠　微妙莊嚴捨何處
又捨髻中明淨珠　露頭毀形無威德
昔日上妙迦尸服　汝亦當於何處捨
如此麤澀糞掃衣　我所愛子云何著

爾時世尊以偈報彼輸頭檀王作如是言

大王有國名奴師　我於彼處捨天冠
心欲除其我慢故　又欲證彼甘露句
爲諸染色袈裟衣　故我棄彼迦尸服
袈裟既著身體已　我證無上妙菩提

於是輸頭檀王復向如來而說偈言

我昔在宮求百願　願得生子作輪王
今見剃頭手執鉢　子爲我說得何勝

爾時世尊復以偈報輸頭檀王作是言曰

輪王得萬心無猒　雖得命長不自在

我心自在無邊際　願子輪王實愚癡

爾時輸頭檀王復以偈頌向佛說言

七寶輦屣汝先著　卧具柔輭種種鋪
宮殿樓閣安隱居　頭上羃籠白繖蓋
足相輭淨如蓮花　沙棘礫磧云何踏

爾時世尊復以偈報輸頭檀言

我今一切徧知尊　諸法不染如蓮花
諸有已捨無愛著　如我今者無諸惱

爾時輸頭檀王復以偈頌而白佛言

昔在宮殿栴檀等　及以諸香涼似月
隨時用此摩汝身　摩已徧體受安隱
今時初夏正以熱　獨步林藪苦爲行
本在宮內微妙音　今無婇女誰娛樂

爾時世尊以偈復報輸頭檀言

我有法池清涼水　智人所歎無憂處
功德寶池洗浴身　不爲水溺至彼岸

爾時輸頭檀王復以偈頌向佛說言

在宮昔著迦尸衣　蓮花瞻蔔香熏體
柔輭疊花貯衣內　坐釋宮殿威顯赫
今者麤麻糞掃物　隨處樹皮之所染
纔覆身體可羞慙　汝大丈夫不猒惡

爾時世尊復以偈報輸頭檀王作如是言

衣服卧具飲食等　我於過去悉生貪
微妙端正色愛處　於今正念皆已捨

輸頭檀王復以偈頌向佛說言

汝昔宮中七寶器　及用金銀盤案等
種種餚饌甘美味　諸王隨意所堪食
今得冷熱麤澀等　非妙薄淡云何餐
云何不嫌如是食　不生臭穢嫌恨想

佛復以偈報輸頭檀王作如是言

傳聞過去今現在　及以未來諸聖者
隨飧麤澀及苦味　憐愍世間故不嫌

輸頭檀王復以偈頌而說之言

汝昔在我宮內時　坐臥微妙柔軟鋪
世間最勝無比方　倚枕稱意無嫌者
今於麤澀鞕地上　唯鋪諸草及樹葉
云何眠臥而無嫌　身體柔軟不傷損

爾時世尊復以偈頌報輸頭檀王而作是言

我今得諸自有智　一切苦惱悉已脫
為拔諸苦煩惱刺　憐愍世間故不嫌

輸頭檀王復以偈頌向佛說言

汝於昔日愛樂家　種種妙花散地上
室內無風燈明照　及以樓閣諸窻牖
花鬘瓔珞莊嚴身　婦人端正猶玉女
語言婉媚相隨順　瞻仰不亂聽夫勑

佛復以偈報輸頭檀王作如是言

釋王我有新學行　微妙天中諸梵行
我以得心自在行　隨我意去皆得行

輸頭檀王復以偈頌向佛說言

音聲鼓瑟箜篌等　微妙歌詠覺汝眠
猶如帝釋在天中　汝昔在宮亦復爾

佛復以偈報輸頭檀王作如是言

修多祇夜出妙音　如意解脫今覺我
我有梵行諸友等　大王我住如是衆

輸頭檀王復以偈頌向佛說言

降伏大地諸山川　并及欲具諸千子
微妙七寶捨棄來　云何行此沙門行

佛復以偈報輸頭檀王作如是言

智慧三昧我大地　千數禪定是我子
七種覺分是其寶　大王知我悉已得

輸頭檀王復以偈頌而説言曰
汝昔駕車調善馬　其車雜寶所莊嚴
潔白繖蓋持覆身　素拂清淨瑠璃把
佛復以偈而報王言
我持正勤爲駟馬　慧忍慙愧以爲車
精進駿疾作所乘　我乘以入無憂處
輸頭檀王復説偈言
汝昔在家乘揵陟　其身潔白清淨勝
衆寶莊嚴鞍韉等　乘此調馬隨意行
佛復以偈而報王言
大地所有諸衆馬　世間無數人多乘
彼等一切無常定　觀已隨意馭神通
輸頭檀王復以偈頌而説之言
汝昔在於宫内時　殿閣如天無有異
執刀弓箭衆所護　身著鎧甲甚精微

今汝在林無護者　夜叉羅刹可畏所
闇夜種種諸獸鳴　云何能生是無畏
佛復以偈而報王言
所有夜叉畢舍遮　種種諸獸可畏者
黑闇夜行在林内　不能動我一毛端
不畏他聲如師子　如風繩所不能羈
亦如蓮花不著水　吾在世法濁不汙
爾時長老目揵連長老摩訶迦葉長老優婁頻螺迦葉那提迦葉優波斯那摩訶俱絺羅村陀離波多等無量大衆坐佛左右時彼諸德以苦行故身無精光勤體疲勞形容羸瘦色不光澤氣力尠少唯有筋皮纏裹其骨爾時輸頭檀王白佛言世尊今在世尊右邊坐者此等人輩從何而來得出家也爾時世尊伸金色臂向輸頭檀王指彼一一諸比丘等

口悉稱名而示王言此是舍利弗此是摩訶迦葉此是優婁頻螺迦葉此是那提迦葉此是伽耶迦葉此是優波斯那此是離波多此是別離波多如是等輩皆是摩伽陀國大姓婆羅門種輸頭檀王復問佛言今在世尊左邊坐者復是何人從何而來在世尊邊而出家也佛告王言此是摩訶目揵連此是摩訶迦旃延此是摩訶俱絺羅此是摩訶純陀諸如是等亦摩伽陀村邑聚落大姓諸子時輸頭檀王聞此語已悵快不樂作如是念此我子者眞是大姓利利童子端正可喜視者不猒猶如金像既是大姓利利童子以婆羅門左右圍繞此事非宜既是利利大姓童子還應利利大姓圍繞此順其法作是念已爲欲成就如是事故即從坐起還其宫内

優波離品第五十五之一

爾時輸頭檀王還宫未久有一童子名優波離從其前衆來至佛所時優波離童子之母牽捉其子優波離手將以奉佛唱如是言此優波離曾爲世尊剃除鬚髮時優波離即爲世尊而剃鬚髮時優波離童子之母白佛言世尊優波離童子剃佛鬚髮善能以不佛告優波離童子母言雖復善能剃除鬚髮身太低也爾時優波離童子之母告優波離作如是言汝優波離汝爲如來剃除鬚髮身莫太低令尊心亂時優波離即入初禪時優波離童子之母復白佛言世尊優波離童子剃除鬚髮善能以不佛告優波離童子母言雖復善能剃除鬚髮其身太仰爾時優波離童子之母復告優波離童子言汝優波離身莫太

仰令尊心亂時優波離入第二禪時優波離童子之母復白佛言世尊優波離童子剃除鬚鬢髮善能以不佛告優波離童子母言雖復善能剃除鬚鬢髮但以入息稍復太多時優波離童子之母告優波離作如是言汝與如來剃除鬚髮勿使入息如是太多令尊心亂時優波離童子於即入第三禪時優波離童子之母復白佛言世尊優波離童子剃除鬚髮善能以不佛告優波離童子母言雖復善能剃除鬚髮然其出息稍太多也爾時童子優波離母語優波離作如是言汝與如來剃除鬚髮勿令出息如是太多令尊心亂時優波離童子於即入第四禪爾時世尊告諸比丘言諸比丘汝等速疾取優波離手中剃刀勿使倒地所以者何其彼童子已入四禪時優

波離童子之母從優波離童子手中即取刀也爾時輸頭檀王入迦毗羅婆蘇都城喚諸釋種悉皆來集於大殿庭而勑之言汝等釋種應當知我王子悉達若不出家必定當作轉輪聖王汝等釋種亦應承事何以故而彼出家已成阿耨多羅三藐三菩提已能轉於無上法輪人天中勝彼既刹利種姓王子可喜端嚴猶如金像人皆樂見而彼乃用婆羅門種以爲弟子左右圍繞此實非宜既是刹利釋種王子還應刹利釋種圍繞乃可爲善爾時諸釋咸皆共白輸頭檀言大王今者欲於我等先作何事爾時輸頭檀王告諸釋言汝等諸釋若知時者必須家別一人出家若其釋種兄弟五人令三出家二人在家若四人者二人出家二人在家若三人者二人出

家一人在家若二人者一人出家一人在家若一人者不令出家何以故不使斷我諸釋種故爾時諸釋咸復共白輸頭檀言大王若爾必須分明立其言契輸頭檀王即集諸釋而問之言我子今者既已出家誰能隨從而出家也若能隨從而出家者可自抄名署以爲記爾時五百諸釋童子各自手抄已之名字咸謂能隨太子出家爾時五百釋種童子各解已身所服瓔珞自相謂言阿誰合取我等瓔珞作籌量已復作念言此優波離昔於長夜勤事我等諸釋種來是優波離堪受我等所脱瓔珞爾時五百諸釋童子各脱瓔珞付優波離既付囑已俱還本家諮其父母時優波離尋作是念彼等諸釋今既能捨珍寶瓔珞我若受用是所不應而諸釋子有大威勢有大神德既能棄捨所重官位及諸財寶尚欲出家我今何事不出家也時優波離剃鬚髮師見諸釋子各往諮白父母之時便即捨彼所施瓔珞即詣佛所頂禮佛足却住一面其優波離住一面已而白佛言善哉世尊唯願聽我隨佛出家爾時世尊即聽出家受具足戒時彼五百釋種童子各至已家諮父母已還復來至輸頭檀邊而白之曰大王今者可將我等至世尊所彼既出家我亦應當隨從出家時輸頭檀共彼五百諸釋童子往詣佛所頂禮佛足却坐一面既安坐已輸頭檀王而白佛言世尊善哉大德刹利種姓不合將彼婆羅門種共相圍繞實謂非宜今者世尊刹利種姓還應以此刹利圍繞乃可爲善然今世尊釋種之内五百童子欲於世尊

法中出家受具足戒唯願世尊哀愍聽許兼受具戒爾時世尊聽彼五百釋種出家受具戒已教學威儀而告之言汝等比丘咸可俱來禮優波離上座比丘時彼五百諸比丘等先禮佛足然後頂禮彼優波離上座比丘修禮已畢次第而坐爾時世尊復告輸頭檀王言曰大王今可頂禮比丘優波離已次第應禮五百比丘爾時大王聞佛教已即白佛言唯然世尊我不敢違即從座起頂禮佛足然後禮彼上座比丘優波離已次第復禮五百比丘禮已次第還其本座爾時世尊威顏悅豫作如是言今者釋種已自降伏釋種憍豪亦復摧撲諸釋傲慢時諸比丘即白佛言希有世尊其優波離今因世尊得此五百釋種比丘及輸頭檀王尊敬禮拜作是語已佛告諸比丘汝諸比丘比優波離非但今日因我得此五百比丘輸頭檀等恭敬禮拜汝諸比丘過去世時其優波離亦因我故曾得五百大臣跪拜亦得彼王名曰梵德之所敬禮時諸比丘各白佛言此事云何唯願世尊爲我分別說其本業爾時世尊告諸比丘我念往昔波羅柰城時有二人共爲親友其人貧下世無名聞彼人有時自持家内菉豆一斗從波羅柰出城客作爾時恒有一辟支佛往來住彼波羅柰城時辟支佛於晨朝時著衣持鉢入城乞食彼二貧人遥見尊者辟支佛來威儀詳序平視而進著僧伽黎齊亭相稱執鉢不動彼人見已得清淨信於辟支佛生勇悅心各相謂言我等貧窮皆由過去未曾逢值如是福田雖復值遇或不恭敬供養瞻侍

我等若當值遇如是勝上福田恭敬供養令
應不遭如此厄難所謂無財恒常客作以自
存活我等今者應當持此一斗菉豆奉施仙
人若其憐愍受我所施我等即應脫此貧苦
作是念已將此菉豆奉辟支佛作如是言唯
願尊者起憐愍心受我此施時辟支佛於彼
二人生憐愍故受其所施雖受施已但辟支
佛皆有一法欲化衆生唯現神通更無方便
時辟支佛愍彼二人受其施已即從彼方騰
空而行

佛本行集經卷第五十三

音釋

僚佐（僚落蕭切官僚也佐則箇切佐助也）悲號（號胡刀切悲號哭聲也）蓄憋（蓄息流切恥也憋財甘切媿也）僂（力主切僂俯也）赫（呼革切明盛貌）捫摸（捫莫奔切摸慕各切捫摸撫摩也）蒨（倉佃切草名與茜同）罩籠（罩陟教切籠盧紅切）疊（徒協切重也）纔（昨哉切僅也）鞕（魚孟切堅也）窻牖（窻楚江切在屋曰窻牖與久切在牆曰牖）婉媚（婉於阮切美也媚明祕切嫵媚也）駿（須閏切疾也）鞍韠（鞍烏寒切韠兵媚切與轡同馬轡也）馭（牛據切使也）鎧（苦亥切甲也）羈（居宜切係也）俱絺（梵語具云摩訶俱絺羅此云大膝絺丑知切）跪（巨委切）

佛本行集經卷第五十四

隋天竺三藏法師闍那崛多譯

優波離品第五十五之二

爾時彼等親友二人見辟支佛飛騰虛空遊行無礙心大歡喜徧身踊躍不能自勝合十指掌敬禮尊者辟支佛足乞如是願願令我等於未來世恒常值遇如是教師或更勝者彼所説法我等聞已速即知解不生惡道作是願已時彼一人又別乞願願言藉此功德之力於未來世恒生大姓婆羅門家願能誦持四圍陀論及以六種諸技藝等而有偈説

非直端心懷正信　即得名爲上福田
唯願供養佛與僧　并及值遇辟支佛

時彼二人於後命終一得生於波羅㮈城剎利姓家即紹王位名曰梵德第二人者生婆羅門大清淨家名優波伽摩那婆具解諸論其優波伽摩那婆彼時有妻名曰摩那毗迦端嚴可喜觀者不猒最勝最妙世所無比得優波伽摩那婆之所愛敬若暫不見心即不悅爾時彼妻摩那毗迦因爲少事有所慊恨遂便不共優波伽語時優波伽煩寃懊惱作如是念今日我妻摩那毗伽不共我語聲音斷絶乃如此也後時彼妻摩那毗迦過夏四月至於秋節白優波伽摩那婆言善哉聖子汝今可去往至市肆買取上妙塗香末香及諸花等所以然者秋節四月今者已至衆人皆共受五欲樂我等亦復莊嚴身體受五欲樂爾時優波伽摩那婆聞此語已歡喜踊躍徧滿其體不能自勝作如是念今者我妻摩那毗迦何期忽爾共我言語而優波伽有一

金錢先於餘村他邊出舉遂於午時日炙大地陽炎暉赫其諸地色猶如赤雞發其家宅向彼村落往欲債錢於其道路欲心纏逼口唱婬歌當於爾時與梵德宮相去不遠其梵德王在於樓閣取納清涼晝日眠著少時睡覺忽聞彼人染著五欲作婬歌聲時王聞已即復起發自本欲心而有偈說

或有由於本習氣　或復因事動其情
斯由色欲著愛染　亦似蓮花因水生

爾時梵德聞彼婬歌忽即驚疑此是誰也於盛日午炎熱之時染著欲心口唱婬歌作是念已從窻遥見彼優波伽於盛午時大地炎熱行歌於路即喚一臣而勑之言汝可速往捉彼歌人將向我邊其臣聞勑即白王言不敢違旨遂至彼邊捉優波伽而語之言汝摩那婆去來去來王今喚汝時優波伽心生恐怖舉身毛豎悵快不樂作如是念今誰知我於梵德邊有何罪過令我愁惱爾時大臣將優波伽往即至於梵德王邊其王見已即生愛心生愛心已向於彼人而說偈言

日中輝赫正炎熱　大地紅色如赤雞
汝今躭著婬欲歌　云何於是不生惱
日光普照正炎熾　地上融沙彌復熱
汝今躭著婬欲歌　云何於是不生惱

爾時優波伽摩那婆以偈報彼梵德王言

大王今者非熱惱　上天自炙何所及
唯有求利及失利　此是惱中最爲惱
日光雖復大炎熾　此爲惱中極下惱
經營種種諸事業　如是名爲最大惱

時梵德王復問優波伽摩那婆言摩那婆汝

於今者經營何事而於是處熾熱大地而行於路爾時優波伽即以上事向梵德王分別說之爾時梵德王復告優波伽摩那婆言摩那婆止止莫去我於今者與汝兩錢即天竺金錢其梵德王遂即與之爾時優波伽於梵德邊受其錢已仍復白彼梵德王言善哉大王雖得大王所賜兩錢我今諮王更乞一枚通前得三我向村落自取一錢并王所賜合得四枚我即得共摩那毗迦供其秋節爲五欲樂其梵德王復告優波伽摩那婆言汝止莫去我於今者與汝八錢遂便與之其優波伽受八錢已復白王言善哉大王願乞歡喜今者諮王更乞一錢即成九枚復往聚落自取一錢合成十枚如是因緣我便得共摩那毗迦受其秋節五欲之樂時梵德王復告優波伽摩那婆言止止莫去我今與汝一十六錢王即與錢一十六枚其受錢已復白王言善哉大王願乞歡喜已得王錢一十六枚今者諮王更乞一錢得成十七復往聚落自取一錢合成十八以是因緣我即得共摩那毗迦受五欲樂爾時梵德復告彼言汝摩那婆止止莫去我今與汝三十二錢其受錢已復白王言善哉大王願乞歡喜已得王錢三十二枚今復諮王更乞一錢我往聚落自取一錢合即總成三十四枚便得供我摩那毗迦於其秋節受五欲樂爾時梵德復告彼言汝摩那婆止止莫去我今與汝六十四錢時優波伽即受錢已復白王言善哉大王願乞歡喜已得大王六十四錢今者願王更與一錢我今復往彼村聚落自取一錢都合得成六十六

枚便供我與摩那毗迦受於秋節五欲之樂爾時梵德復告彼言汝摩那婆止止莫去我於今者與汝百錢時優波伽受百錢已復白王言善哉大王願乞歡喜我今已得王錢百枚今諸大王更乞一錢我往聚落復取一錢合得成其一百二錢得供我與摩那毗迦共受秋節五欲之樂爾時梵德復告彼言汝摩那婆止止莫去我當別更與汝一村以爲封禄而婆羅門唯得唯貪是故其人數至王邊共王即擇最上一村與彼爲封彼得封已遂即勤劬不辭勞役猶如奴僕伏事彼王先起後眠行迹和輭所作事業悉稱王意意行端直如是事王終不爲王有所嫌責以是因緣取王顏色令梵德王歡喜無已於後復更與優波伽分國半治王之倉庫亦共分半彼婆羅門得是優寵受其五欲具足之樂無所乏少如是次第一切所作悉皆爲王撿校得辦彼婆羅門但從已家來至王宫王恒枕彼膝上而眠其梵德王後於一時枕優波伽膝上而卧因即睡著時優波伽見王睡已心作是念云何一國乃有二王並用威勢一倉庫内亦復不合二人共用我今可覓梵德王便斷其命根若得殺者我即獨取王位治化彼優波伽作是念已欲取刀時更作是念此梵德王於先爲我作此利益分其半國與我共治一切倉庫亦悉分半我今若殺是無恩義如是第二又作是念云何二人可得一處共治國化亦復不合二人共用倉庫財物乃至第三念已還悔我若殺彼必當成我無恩義行時優波伽作是念已舉聲叫哭時梵德王聞

此哭聲忽然睡覺覺已問彼優波伽言汝今云何作此大聲時優波伽向梵德王廣說前事時梵德王而心不信彼優波伽有如此事而語之言優波伽汝應定無如此之事汝優波伽莫作是語時優波伽尋復語彼梵德王言大王今者當信我語我實起發如是惡心時優波伽復更思惟作如是念我今忽發如是惡心因何事相正觀思已作如是言我發如是惡事相者莫不由於爲五欲故爲王位故我亦不須貪此王位亦復不須貪其世樂我因此事生是惡心我今唯可捨家出家即白王言大王今者知我將欲捨家出家時梵德王語優波伽莫作是語我既與汝分國半治倉庫亦半我於今者與汝腹心無有一人如似汝者汝若出家我今心意定不安樂其優波伽復語王言善哉大王願垂許我捨家出家我今決定出家不疑於我法行莫生留難時梵德王又復告彼優波伽言如汝所樂隨意而作爾時波羅奈城有一尾師於先出家行仙人行依彼城住時彼仙人有大威德已成五通即能以手摸日月輪時優波伽依彼仙人剃除鬚髮既出家已勇猛精進即成四禪復得五通大有威力亦能以手摸日月輪其梵德王聞優波伽捨家出家成就大仙有大威德亦能以手摸日月輪聞已微笑入於宮內對諸宮人而說偈言

優波造善未經久　已獲利益果報深
彼仙善哉得人身　捨棄五欲出家行

爾時宮人聞梵德王說是偈已其心皆悉憂愁不樂遂共白彼梵德王言大王當知彼人

本昔販賣博戲執杖行乞以自活命婆羅門人威力尠少是故出家大王今者莫學彼人捨棄家國而出家也爾時梵德有剃髮師其人名曰㗨伽波羅舊來恒可梵德王心時梵德王追覓喚彼剃鬚髮師而勑之言㗨伽波羅汝今爲我剃治鬚髮作是語已於即睡眠時剃髮師㗨伽波羅見王睡已便即剃治王之髮鬚如是治已而梵德王睡眠不覺王後覺已謂剃髮師㗨伽波羅我已有勑令汝與我剃治鬚髮云何不也作是語已㗨伽波羅白梵德王我已治訖但王睡眠而不覺也爾時梵德取鏡自照見已鬚髮治理已訖見已生喜因即勑彼㗨伽波羅汝當受我最勝村落我更與汝稱意樂事時剃髮師㗨伽波羅白梵德王我共宮內王之眷屬委曲評論然後報王作是語已拜辭而去其剃髮師㗨伽波羅本於王宮出入無礙遂即入宮白宮人言王已許我最勝村落以爲封邑諸后妃等意悉云何可取以不爾時妃后告彼㗨伽波羅言曰㗨伽波羅汝於今者何用取王最勝村落我等現在足能與汝金銀珍寶但我有所屬託汝事爲我辦不其剃髮師㗨伽波羅問宮人言妃等今者有何事業令我欲辦時諸妃等即告彼之剃髮師言大王比來每入宮內恒說一偈作如是言

優波造善未經久　而得利益果報深
彼仙善哉得人身　捨棄五欲出家行

我等於時聞王此偈即作是念將恐大王捨位出家善哉善哉㗨伽波羅汝至王邊問斯偈意其義云何爾時㗨伽波羅即往馳詣梵

德王所到已白言大王許我最勝村落我今不用如此之願但欲知王每入宮内於妃后前所説之偈
優波造善未經久　而得利益果報深
彼仙善哉得人身　捨棄五欲出家行
善哉大王願爲我説如此偈意其理如何今從大王乞如是願時梵德王告剃髮師恒伽波羅我聞優波伽摩那婆捨半國位而求出家得成仙人有大威力能以手掌摩日月輪我今正以五欲醉亂貪著於斯是故我今仰羡於彼數入宮内而説是偈時剃髮師恒伽波羅即入宮内至妃后邊説如是言諸妃后等莫慮大王欲出家也大王今者定不出家時彼后妃聞剃髮師恒伽波羅説此語已皆悉歡悦心懷踊躍徧滿其體不能自勝將諸瓔珞莊嚴己身而告之言恒伽波羅我此瓔珞今悉施汝汝今更莫爲活命故造作諸業恒伽波羅見是事已作如是念彼優波伽既捨如此半國王位而求出家今梵德王仰羡於彼我今何故不作是事而使一切世間羡我然此后妃將諸瓔珞以施我者我若順從此后妃意事必不善我於今者亦可捨棄而從出家恒伽波羅作是念已詣梵德所而白言曰大王許我以前事者我今意樂捨棄出家時梵德王而問之言恒伽波羅汝今意者欲於誰邊而出家也恒伽波羅白言大王我欲往至優波伽邊而出家耳時梵德王而告之言恒伽波羅如汝意見隨願而作爾時恒伽波羅自剃鬚髮至優波伽仙人之所於即出家既出家已勤劬精進尋獲四禪及以五

通得大威神有大威德亦能以手摩日月輪其梵德王既復聞彼恒伽波羅得出家已成大神仙有大威力復能以手摸日月輪聞此事已不勝仰羨欲求見彼告諸臣言諸大臣等我今欲往彼仙人所共彼相見時諸臣等而白王言大王不然大王今者不合身自往彼人所我等遣使喚彼仙來時梵德王報諸臣言卿等今者應無此理汝等莫作如是之語上世已來無如此法而有諸仙身不自在而從喚也我等今者身自往彼此是如法何以故彼仙人等是大福田堪受供養我等必須身自至彼時梵德王乘自威德莊嚴備辦五百乘車左右圍繞及以五百諸大臣等從波羅柰出詣向彼諸仙人所自欲光顯於彼世界爾時仙人恒伽波羅遥見王來及至白王善來梵德悕能遠至爾時彼等五百諸臣怨恨瞋彼恒伽波羅出麤獷言汝是下賤婬女所生穢濁不淨恒洗垢膩云何今日喚大王名時梵德王止彼臣言勿作是語仙法如是喚人名字但此仙人有其戒行有大威力時梵德王即向諸臣而說偈言

卿等莫恨此仙人　此仙修行已具足
所有苦事能行故　得度一切苦怖畏
心既得捨一切惡　即非剃除及瓦師
恒伽波羅已苦行　降伏我故喚名字
現得忍力汝等看　降伏諸根獲證果
得諸天人所敬重　即天人中最爲勝

爾時梵德王及宮內諸婇女等於先頂禮仙人之足却住一面而彼五百諸大臣等尋復頂禮彼仙人足既頂禮已然後復禮恒伽波

羅仙人之足次後亦禮剃師之足其梵德王一面坐已慰諸仙言諸尊者輩身體康和安隱以不所求活命不至勞也無人惱亂諸仙人也爾時仙等報梵德言如是大王此事須忍但王體內安和以不一切眷屬及諸大臣國內民庶悉安隱不作是語已彼等諸仙爲梵德王說法教化令心歡喜增長功德時梵德王蒙彼諸仙說法教化令心歡喜增長功德從坐而起頂禮諸仙還其本處爾時佛告諸比丘言汝等若有心疑彼時優波伽者其人是誰莫作異見即我身是汝等比丘或有心疑彼時仙人恒伽波羅剃髮師者其人是誰莫作異見此優波離比丘是也汝等比丘或有心疑於彼之時梵德王者其人是誰莫作異見此即輸頭檀王是也汝等比丘或有心疑彼時五百諸大臣等其人是誰莫作異見即今五百比丘是也諸比丘於時優波離比丘亦因我得五百大臣恭敬禮拜并及得彼梵德王禮今亦如此復因我得五百比丘及輸頭檀王之所禮拜爾時世尊告諸比丘汝等比丘若欲善知於我聲聞弟子之中持律最者謂優波離比丘是也爾時諸比丘作是念言其優波離昔作何業乘彼業報生剃髮師下賤之家復作何業乘其業報而得出家受具足戒獲羅漢果今得如來授其記言汝諸比丘於我聲聞弟子之中持律最者謂優波離比丘是也時諸比丘作是語已往詣佛所白言世尊其彼長老優波離者昔作何業乘彼報故生剃髮師下賤之中復作何業乘彼業故而得出家受具足戒得羅漢果即

得如來授其記莂稱我聲聞弟子之中持律第一爾時佛告諸比丘言汝諸比丘我念往昔在於此城有剃髮師其人娉求稱自門戶剃髮師家娶女爲妻其後不久產生一子彼剃髮師尋時遇患雖加醫療治而不瘥因其所患乃至命終旣命終已剃髮師妻將彼童兒付自兄弟口告之言此之童兒是汝外甥今將相付汝等必須教此童兒自父本業彼剃髮師聞其姊妹作是語已受此童兒遂便教授彼父本業彼剃髮師恒在王宮王所敬重每爲國王剃除鬚髮不大在外爲人剃治時王勑給白象一頭任所乘馳東西南北又給金筒安置剃刀及餘雜事而勑之言凡無佛世有辟支佛猶如犀牛獨行出時當作利益尋於彼時有辟支佛頭鬚爪髮悉皆長利來到彼時剃髮師邊而告之言善哉賢首願當與我剃除鬚髮時剃髮師報辟支佛作如是言善哉大仙若欲然者聽待明日晨朝早來必當與仙剃除鬚髮時彼尊者辟支仙人聞此語已尋時還去過於彼夜晨朝起時著衣持鉢還復詣彼剃髮師邊作如是言善哉賢首今當與我剃除鬚髮時剃髮師還復白彼辟支佛言善哉大仙若必然者聽至日晚即與仙剃如是乃至若日西來還復語言聽待晨朝若晨朝來聽待日西如是乃至晨亦不剃晚亦不剃而彼童子見此尊者辟支仙人或晨朝來或日西至日日恒爾見已白言辟支尊者仙何緣故或朝或晡恒來至此時辟支佛向彼童子廣說前事爾時童子白仙人言我舅終不爲仙剃髮何以故恃於王宮

出入自在生憍慢故我今當爲仙人剃髮時彼童子即爲仙人剃除鬚髮爾時尊者辟支仙人作如是念今此童子大作功德我今當須爲彼童子光揚示現功德事相作是念已告童子言汝之童子若知時者必當持取我之鬚髮汝於當來有大利益作是語已猶如鴈王舒其兩翅以神通力忽爾飛騰乘空而去時彼童子取辟支佛所剃鬚髮置於髆上向辟支佛生清淨心頂戴十指合掌作禮即發是願願我當於未來世中還值如是辟支佛尊或更勝者彼之世尊所有說法願我速即悉皆知解又願我更不生惡道又願當來生生世世恒作如此剃鬚髮師爲福田故供養承事如是聖者爾時彼城宮內國王昇殿視事與大國臣左右圍繞而彼大衆悉皆遥見彼辟支佛騰空而行大衆見已白彼王言大王今者甚有吉利善得人身如今國內福田出世王遂仰觀即見彼時辟支佛已告諸臣言剃此辟支佛鬚髮者大得吉利時彼爲王治鬚髮師因在王邊而白王言如此仙人是我能剃更誰能也時彼童子聞此語已即至王邊而白言曰大王當知我舅今者虛言浪語我舅本不剃彼鬚髮此既小事猶尚妄稱是我剃彼仙人鬚髮論其實剃即我身也爾時王所治鬚髮師訶彼童子咄哉癡人汝有何力能剃彼髮時彼童子於即挽出辟支佛髮顯示大衆此仙人髮我現持行願悉知見爾時王見如是事已即生瞋怒告彼恒治鬚髮師言咄哉癡人汝於我邊有如是力今日何因虛誑我也汝速出國勿住我境并即

奪彼所乘白象及治鬚鬢諸具㡯等及以封禄與彼童子而勑之言從今日後汝恒與我治其鬚鬢及以爪甲時彼童子而白王言如王所勑不敢違也從今已後恒即爲王治其鬚鬢及爪甲等隨世壽命取終之後因彼功德生生世世不墮惡道從天至人從人至天二處往返後於一時還生在於波羅柰城剃髮師家可喜端正觀者不猒而彼童子父母養育及其長大意智漸漸技藝成就爾時迦葉世尊出現於世怛他伽多阿羅訶三藐三佛陀作大教師應供正徧知明行足善逝世間解無上士調御丈夫天人師佛世尊爾時迦葉婆伽婆阿羅訶三藐三佛陀已轉法輪逆轉流轉已受法肇本願具足最得稱利勝丈夫志開敷示現所化蓮花於無量億百千衆生安置善道當爾之時修行依彼波羅柰城住舊仙人所居之處彼鹿苑中與比丘僧二萬人俱時彼剃治鬚髮師父數詣彼苑與諸比丘剃除鬚髮然彼小兒始能行時共父至於伽藍寺内然諸比丘或説諸法講論之時得至彼聽講説律時或復得聽或不得聽時彼童子問諸比丘云何一切等是善言我或得聞或不得聽其意如何時諸比丘報言童子如此之法是諸比丘祕密之事若不受於具足戒者悉不得聽時彼童子聞此事已心生懊惱云何願我速得出家堪聞善語後時童子至律師邊請乞出家得受具戒依諸比丘誦持戒律依法而行雖復如此而不能證出世之智然彼後時病困著牀臨欲命終又發是願迦葉如來怛他伽多阿羅訶三藐

三佛陀有一菩薩名曰護明已授記言汝於將來壽百年世當得作佛號曰釋迦多他伽多阿羅訶三藐三佛陀我於今者願值將來釋迦牟尼若順所願在彼教中亦乞出家受具戒已於彼世尊諸弟子中所持律者我爲第一如我今日此師和尚於迦葉佛諸持律行弟子之中最爲第一我亦如是當於彼時釋迦如來法教之中持律弟子我最第一彼人從爾命終已後即生天上及至今日最後之身受胎生於迦毗羅城剃髮師家名優波離即其人也汝等比丘若有心疑彼時童子剃髮師者莫作異想即優波離比丘是也然優波離昔於尊者辟支佛邊剃鬚髮已乞如是願願我生生世世之中若得人身恒常生在剃髮師家復於彼時更乞願言願我莫生

惡道之中由彼發願果報力故不生惡道從爾已來流轉天人多受快樂現得已利復作是願願我當於未來世時恒常值遇如是教師或勝此者若彼教師所說之法願我速證即得知解由斯業報今得值我以爲教師即得出家受具足戒證羅漢果亦復在於迦葉如來法教之中作如是願願我於彼未來世中值遇釋迦牟尼如來莫背彼法隨順出家若得出家於彼持律諸弟子中我最第一藉彼業報今我法中而得出家乃至持律諸弟子中最爲第一汝諸比丘彼優波離於過去世作如是業今得報生剃髮師家復以造彼願業因緣現今得報於我法中如是出家及受具戒證羅漢果我今又復授彼記言於我持律弟子之中最爲第一

佛本行集經卷第五十四

音釋

懊惱（懊烏皓切惱乃老切懊惱恨痛也）擇（場伯切揀也）優寵（優於求切寵丑龍切）販（方願切鬻也）咺（其凝切）膩（女利切肥也）娉（匹正切要問也）療（力嶠切治也）犀（先稽切似牛獨角獸也）晡（博胡切日中時也）髆（補各切臂髆也）挽（無遠切引也）轝（羊諸切）

佛本行集經卷第五十五

隋天竺三藏法師闍那崛多譯

羅睺羅因緣品第五十六之一

又於一時輸頭檀王白佛言世尊願佛及僧受我明朝所設飲食于時世尊默然而許輸頭檀王既見世尊默然許已從坐而起頂禮佛足圍繞三帀辭退而去至本宮已即於彼夜辦具微妙多種飲食所謂餐食噉食嘍食味食辦具已訖過夜至朝灑掃鋪設即遣使人白世尊言今已時至飲食備辦唯願降赴爾時世尊日在東方著衣持鉢諸比丘僧左右圍繞佛爲導首來至輸頭檀王宮內到已坐於所設佛座諸比丘僧各各依次如法而坐爾時輸頭檀王以佛爲首諸比丘僧次第坐已自手行諸微妙飲食盡其種數乃至嘍味悉令充飽稱意自恣既見佛僧飲食飽已洗治鉢器將置別處一小座上却在一面既安座已輸頭檀王而白佛言唯願世尊教誨於我又願世尊善逝示現令我長夜常得利益安樂之事爾時世尊告輸頭檀作如是言大王今日若知時者應須捨此聽法之事亦復不須數來問訊諸比丘等王身不久應自得其最勝妙果於時世尊方便教化輸頭檀王說法顯示令其解悟令歡喜已從座而起還於本處輸頭檀王又於一時因舍利弗得法眼淨兼得證於須陀洹果而淨飯王已得諸法已證諸法已入諸法已度諸疑心無有惑已得無畏更不復問自餘法行悉證知已詣向佛所而白佛言善哉世尊唯願度我出家入道受具足戒爾時世尊作如是念輸頭

檀王於此教中捨家出家復更能證勝上法不爾時世尊思惟是已自證知此輸頭檀王決定不合捨家出家亦不得證勝上之法如是知已而告之言大王今日若知時者但在本家行檀布施造福業耳至於後日摩訶波闍波提大夫人請佛及僧供給飲食悉令飽滿至第三日第一宮内諸妃眷屬又復請佛及比丘僧供給餚饍亦悉充足至第四日其第二宮又復請佛及比丘僧供奉種種百味餚饍亦悉充足其羅睺羅如來出家六年已後始出母胎如來還其父家之日其羅睺羅年始六歲爾時如來至迦毗羅婆蘇都城羅睺羅母作如是念我昔因此羅睺羅故爲諸眷屬之所誹謗今日時至我於彼事應自清淨以明其身以是因緣必須請佛及比丘僧

布施飲食及請一切諸眷屬等以自明白耶輸陀羅作是念已於其彼夜辦具種種微妙飲食既備辦已過於彼夜即遣使人往白佛言所設飲食辦具已訖世尊知時兼告一切諸眷屬等悉令聚集來赴所請爾時世尊於晨朝時日在東方著衣持鉢與諸比丘左右圍繞佛爲道首與大比丘一千二百五十人俱詣向王宮如所鋪座次第而坐爾時羅睺羅母别作一枚大歡喜丸唤羅睺羅内著手裹作如是言汝羅睺羅往至比丘僧衆之内是汝父者施歡喜丸羅睺羅母復告一切諸眷屬言是羅睺羅今當覓父時羅睺羅持歡喜丸徧觀一切諸比丘已直往佛邊而白佛言如是沙門陰涼快哉如是沙門陰涼快哉爾時輸頭檀王白佛言世尊比事云何耶輸

陀羅頗有如此過患以不爾時世尊告輸頭檀王作如是言大王今者莫作是疑耶輸陀羅無此過患其羅睺羅眞我之子但是往昔業緣所逼在胎六年爾時輸頭檀王及諸眷屬聞佛此語皆悉歡喜踊躍徧身不能自勝各各以手持諸種種飲食餚饍供佛及僧令得充足自恣飽已佛及大衆洗鉢澡手各持小座繞佛左右却坐一面爾時輸頭檀王以敬佛故不能廣問如上因緣而白衆中諸比丘言願諸師等請問世尊其羅睺羅及耶輸陀羅往昔造業因緣之事爾時諸比丘即白佛言是羅睺羅往昔造作何業因緣以何業報處胎六歲耶輸陀羅復作何業懷孕六年爾時佛告諸比丘言我念往昔過無量世時有一王婆羅門種名曰人天生其二子大者名曰次者名月其大王子恒不樂世願欲出家經未多時其王人天算盡命終命終之後其子日月互相推讓其長子言汝當爲王治國政事其第二子復語彼言汝當爲王治國政事其日王子告月王子復作是言汝必爲王我當捨家而出家也時月王子復白彼兄作如是言汝既長大王位當汝我不合受其日王子復告其弟月王子言凡受王位先作何法其月王子復報彼言先班號令其日王子復問彼言世若有人違號令者當合何罪其月王子復報彼言必須重罰罪之重者其日王子復語其弟月王子言依其道理我合得王我今但捨王位付汝汝當作王我欲捨家而出家也時日王子以其王位付月王子遂即捨家出家修道其日王子所有眷屬皆

隨出家時日仙人作如是念此等諸人依我出家我今既與此輩爲師當須勤學求於道業以勝於彼作是念已因發誓言願我此身從今已後若非他施不得自取乃至一物水及楊枝爾時仙人至於一時忘失本念他不施與藥草根等及以諸果而自取食又時夜渴見他澡盥謂言自許遂取而飲而自澡盥在於一邊時彼仙人本澡盥主見自澡盥空無有水而問之言是誰取我澡盥中水此乃是賊住居之處本非仙人所居地也時彼仙人取水飲者見自澡盥水滿其中在於一邊遂報彼言我不知故取汝水飲謂言我許而彼仙人告彼飲水日仙人言汝若飲者善哉快哉爾時錯誤飲水仙人正自思念我已違失昔日誓言爲不善也此非仙法我今云何不與不受諸藥草根及果子等而自食之復取他水而自飲也以此因緣悵怏不樂心生憂惱存坐地上思惟正念憂愁此事爾時弟子摩那婆輩便即詣向日仙人所頂禮其足如法承事而彼仙人告彼弟子摩那婆言汝等童子從今已後莫頂禮我何以故我於今日已成賊也彼諸童子即問王仙作如是言優波陀事云何也時日王仙便報彼等摩那婆言汝等童子今須知我不從他邊受得藥草根及果等復取他水而自飲之作是語已彼等童子尋復白彼日王仙言師於今者莫作是語所食飲者一切皆是優波陀物時日王仙復語彼等摩那婆言汝等知我不從他得而自取不然我今者不從他得草藥根果及澡盥水而自取飲我已成賊是故汝等當

罰我罪如治賊者等莫有異時諸童子咸白彼仙我不敢決優波陀罪優波陀弟今者作王現領此境如法治化至於彼邊必能治罰優波陀也爾時王仙詣月王所於時月王既聞此事知其日王欲來其邊即辦四兵出迎城外日王到已頂禮其足時日王仙止月王言莫禮我足所以者何我今是賊大王必須治罰我罪如賊莫異爾時彼王即問其兄日仙人言聖者今日作何賊也彼時仙人報月王言大王當知我在空閑清靜樹林修道之時不從他得藥草根果并取他水而自飲也爾時彼王聞此語已煩寃懊惱嗚噎悲啼涕淚滿面作是思惟如此仙人功德本行自來清淨無有過患云何今日可罪罰也作是念已報王仙言我許諸仙取諸果子及藥草根乃至水等自食自飲是故仙人所食之者皆是已物大仙非賊亦不可罰時日王仙告月王言大王今日始許斯事非昔日也王復白言我昔初承王位之時即有此語我施沙門及婆羅門草木及水隨意用食是故大仙實非賊耳我於今者云何罰罪而彼王仙復告王言善哉大王我今已造不善之事自念不能消此過罪我既取他澡盥水飲是故大王須治罰我如賊無二爾時月王有一外甥在彼衆會而彼外甥白月王言大王但與此仙決罪勿令此仙煩寃懊惱爾時月王白彼仙言事若爾者入在我苑止住修道爾時月王令此仙人入其苑已尋即廢忘不復更憶至於六日然後始念喚諸臣佐諸卿等輩彼仙在苑出去已未爾時諸臣白月王言彼之仙

人猶未出苑仍在國內爾時月王放赦天下一切囚繫乃至飛走諸禽獸等別喚彼仙布施種種甘美飲食而白之言惟願大仙隨意而去放已月王心懷不樂我於此仙已有罪過因此仙人必得罪失爾時佛告諸比丘言若有心疑於時王仙號名日者此是誰也莫作異見我身是也汝等比丘若有心疑當於彼時王名月者此是誰也莫作異見即羅睺羅是其人也爲其將彼仙人入苑住六日故因彼業報住於生死煩惱之中無量受苦因其餘業復在母胎止住六歲汝諸比丘我念往昔過無量世有一群牛在於牧所其牛主妻自將一女往至牛群犂取乳酪所將二器並皆盈滿其器大者遣女而負其器小者身自擔提至其中路語其女言汝速疾行此間路險有可怖畏爾時彼女語其母言此器大重我今云何可得速疾其母如是再語三語汝速疾行今此路中大有恐怖爾時彼女而作是念云何遣我負最大器更復催促遣令急行其女因此便生瞋恚而白母言母可且兼將此乳器我今暫欲大小便耳而彼女母取此大器負擔行已其女於後徐徐緩行爾時彼母兼負重擔遂即行至六拘盧舍爾時佛告諸比丘言汝等若有心疑彼女有瞋恚心乃遣其母負重行六拘盧舍者莫作異見耶輸陀羅釋女是也既於彼時遣母負重行其道路六拘盧舍由彼業報在於生死煩惱之內受無量苦以彼殘業今於此生懷胎六歲諸比丘所有諸業非是虛受隨造善惡還自受之是故汝等諸比丘輩恒須捨此身口

意惡何以故作身口意善惡因緣汝諸比丘現見如是善惡果報汝等比丘應當如是修學善業爾時世尊與淨飯王及彼大衆説微妙法使令歡喜顯示宣通教化訖已從座而起還於本處爾時羅睺羅母遣羅睺羅往向父邊乞取父封時羅睺羅隨佛而行且行且語作如是言唯願沙門與我封邑唯願沙門與我封邑爾時世尊自授手指與羅睺羅時羅睺羅執佛指已傍佛而行爾時世尊將羅睺羅至於靜林遥喚長老舍利弗言汝舍利弗將羅睺羅令其出家時舍利弗而白佛言如世尊教承佛教已度羅睺羅而出家也爾時世尊爲諸比丘制禁戒時其羅睺羅甚大歡喜遂受禁戒如法奉行所以者何教法應爾其舍利弗依佛教戒攝受教示當爾之時

有善男子皆悉獲得正信正見何以故並欲出家求無上道諸梵行故利益現自證見法故自證知已口自唱言諸漏已盡梵行已立所作已辦不受後有其羅睺羅亦復如是自證其心得正解脱世尊即記告諸比丘當知我之聲聞弟子持戒之中其羅睺羅最爲第一此摩訶僧祇師作如是説其迦葉維復有別説當爾之時輸頭檀王辦諸食已即喚宮内諸眷屬等勑告之言汝等今者勿令一人示羅睺羅言悉達多是汝之父何以故恐羅睺羅聞已即隨其父出家時淨飯王於其彼夜備辦種種甘美飲食餐噉唼嗽辦具已訖過彼夜分始晨朝時鋪設諸座將羅睺羅及諸侍從童男童女左右圍繞並遣將入阿輸迦林然後發使往白佛言食時已至飲食已

辦願尊知時爾時世尊日在東方著衣持鉢
諸比丘僧左右圍繞在前而行相隨往詣輸
頭王宮到已即於先所鋪座次第而坐時羅
睺羅見彼童男及童女等各各亂行漫遊漫
戲而諸乳母亦不遮斷共相戲笑遂私便從
阿輸迦林漸入王宮往見世尊及比丘衆見
已頂禮禮已即便昇樓閣上當於彼時羅睺
羅母先在樓閣觀見世尊剃頭鬚髮身著袈
裟見已悲泣而有偈說

大王釋子新婦者　其名號曰輸陀羅
見夫如是出家相　心懷悲泣自懊惱

時羅睺羅問其母言聖者何故悲啼如此其
母報子羅睺羅言身體金色在沙門衆即是
汝父時羅睺羅復白母言如是聖者我生已
來未曾憶念有如是等快樂之事作是語已
從樓閣上速疾而下詣向佛所入佛衣裏隱
藏而住時諸比丘即欲遮斷佛告之言汝諸
比丘莫復遮斷但令入我衣內而住爾時輸
頭檀王見佛及僧次第而坐自手奉過種種
清淨甘美餚饍所謂餐噉唼味等食悉令飽
滿自恣充足爾時世尊飯食已訖洗鉢澡手
將一小座却坐一面即爲父王而作願言

祭祀火爲最　諸偈歎爲最　人中王爲最
諸流海爲最　星宿月爲最　諸明日爲最
上下及四方　及於衆生輩　若天若人者
諸佛是爲最

爾時世尊爲淨飯王以此偈句呪願已訖即
從坐起隨緣而去爾時輸頭檀王於後檢校
事務東西行時其羅睺羅已逐世尊出於宫
外既出宮已還欲來入於時世尊自授手指

與羅睺羅令其執捉時羅睺羅其身上分安隱快樂譬如以繩繫諸鳥足更不復離如是依附著世尊已即將往至尼拘陀林爾時世尊告羅睺羅作如是言汝羅睺羅汝能隨我出家以不時羅睺羅而報佛言我實如是能出家也爾時世尊告諸比丘作如是言 汝諸比丘我於今者令羅睺羅捨家出家遣舍利弗以爲和尚爾時諸比丘作如是念世尊昔日曾告我等作如是言若有年歲不滿二十不得爲受具足禁戒而羅睺羅今始十五我等爲當依佛昔教爲當更復别有所以作是念時即將前事具白世尊爾時佛告諸比丘言汝諸比丘當知十五而出家者可爲沙彌時諸比丘蒙佛教已即令出家請舍利弗以爲和尚爾時輸頭檀王發遣世尊及比丘僧諸眷屬等然後方自欲坐食時而作是言汝等當喚羅睺羅來與我共食爾時左右處處求覓了不能得還至王所俱白王言大王我今求羅睺羅莫知所在爾時輸頭檀王復告之言汝等往至阿輸迦林及諸宮内處處求覓時彼左右復即往至阿輸迦林及諸宮内求亦不得來告王言往至彼處求亦不見爾時輸頭檀王復告之言速往至於尼拘陀園或非世尊將令出家如是去也爾時左右聞王此勑速即至彼尼拘陀園處處求覓見羅睺羅已爲世尊遣令出家見已還宮而白王言大王當知其羅睺羅已被世尊放令出家王聞是已迷悶躃地經於少時還得惺悟從城出至尼拘陀林到於佛所頂禮佛足却坐一面而白佛言世尊往昔在家之日諸解相

師婆羅門等已曾授記若其在家必當得作轉輪聖王世尊今已捨家出家我見世尊出家之後作是思惟欲以王位付與難陀世尊於後復令出家彼既出家我復思惟令阿難陀紹其王位復爲世尊已放出家彼出家後我復作念當欲令彼阿尼樓陀紹其王位復爲世尊放令出家彼出家後我復作念婆提唎迦紹其王位世尊亦復放令出家今者望欲留羅睺羅擬付王位復爲世尊將出家也世尊如是將羅睺羅出家之後豈不斷我王種姓耳復次世尊雖復如此兼戀子情穿徹皮肉筋骨及髓是故世尊從今日後作如是教制諸比丘有出家者令諮父母許出家已然後乃放爾時佛告輸頭檀王如大王意我不違也我必當教作如是事作是語已爾時世尊向淨飯王說諸法義顯示教化令王欣悅加其威力復令歡喜爾時輸頭檀王既歡喜已從坐而起頂禮佛足繞佛三帀辭退而去還其宮內爾時世尊以此因緣集比丘僧而告之言汝等比丘當知兒子於其父母報恩最難所以者何然其父母難作能作顯亦世間長育諸陰故令乳哺養成身體是故汝等諸比丘輩從今已去若善男子善女人等求出家者先須令彼諮其父母然後乃聽若不許可放出家者須如法治我今日後立如是制凡人來投請出家者先須問言汝之父母生存以不彼人若報云我父母現今生在方更問言後當聽汝出家以不然其五師或有異說作如是言其羅睺羅生二年後菩薩爾時方始出家苦行六年然後成道成道七

歲方始來向迦毗羅城如是次第數羅睺羅出家之日正年十五或有諸師作如是說波闍波提見其菩薩捨家出家爲此因緣憂愁懊惱啼哭之時眼壞失明然佛世尊已證阿耨多羅三藐三菩提過十二年然後方還迦毗羅城欲於眷屬現憐愍故爾時輸頭檀王及諸宮內一切眷屬左右圍繞王爲導首在前而行爾時復有同姓種族合有九萬九千人俱同來見佛其摩訶波闍波提憍曇彌同在彼衆往詣佛所爲看其子羅睺羅故爾時如來現雙神變爾時摩訶波闍波提憍曇彌既聞他說令我之子顯現神通所謂於身下分放其燄火於身上分出其冷水如是聞已歡喜踊躍徧滿其體不能自勝往詣佛所到佛所已爲敬佛故取其佛身所流之水自灑已身及以洗面爾時世尊爲令摩訶波闍波提起於慈悲徧滿其體受其快樂其所壞眼尋得清淨勝於本時爾時摩訶波闍波提即於佛邊更增信敬時諸比丘又白佛言希有世尊云何今此摩訶波闍波提憍曇彌爲世尊故憂愁啼泣失壞其目復因世尊還得清淨爾時佛告諸比丘僧作如是言汝諸比丘其摩訶波闍波提憍曇彌非但今日爲我作是憂愁啼哭失壞此眼還復因我而得清淨過去之世亦曾爲我憂愁啼哭失壞其眼復還因我眼得清明爾時諸比丘白佛言世尊此事云何願爲說之

佛本行集經卷第五十五

音釋

唼子合切入口也
嗽所角切吸也
誹謗誹府尾切非議謗補曠切訕毀也
孕以證切懷妊也
澡盥澡子皓切洗滌也盥古玩切澡手也
錯誤錯七各切誤五故切
嗚噎嗚哀都切噎一結切嗚噎悲歎而聲塞也
酪盧各切
催促催倉回切迫也促七玉切速也
緩胡管切遲也
拘盧舍梵語也此云五里拘恭于切
筋舉欣切骨絡也
哺蒲故切口飼也

佛本行集經卷第五十六

隋天竺三藏法師闍那崛多譯

羅睺羅因緣品第五十六之二

爾時佛告諸比丘言汝諸比丘我念往昔過去久遠在迦尸國於彼聚落近有一山名鬱蒸伽其山南面有一園林其園雜樹數過十萬花果茂盛枝葉扶踈遥遠瞻望如青雲隊於其園內處處皆有蓮花池沼其數衆多莊嚴園林其林高大空閑寂靜（或有師說鬱蒸伽山近波羅柰城）爾時彼山有諸群象其象群內有一象母生育一子形體端正觀者無猒然彼象子其身潔白六牙備足其頭純黑如因陀羅瞿波鳥頭七支拄地其彼象子養育不久成大象龍如法修行孝順父母供養之時有敬重心然彼象子諸有飲食草果根等先奉父母令其充飽然後自食爾時象龍又於一時因求草果諸飲食等處處遊行有諸獵師忽見此象即作是念此之象龍非是餘人所堪乘者唯梵德王堪能乘耳作是念已遂即往詣梵德王邊到已白言大王當知其處林內有一象龍端正可喜其身潔白具有六牙其象黑頭如因陀羅瞿波之鳥七支拄地如我所見彼象當堪大王乘之如其大王意所樂者可往遣人搦彼象取將示王來時梵德王尋即召喚能搦象者勑告之言我聞他說有一象龍其象六牙端正可喜觀看之者無有猒足乃至七支悉皆拄地汝等必當速往彼處捉彼象龍將至我所勿使遲遲令有失脫爾時所有諸搦象人聞梵德王有如是勑而報之言如王所勑不敢違教即辦牢靭諸皮索等

往至象邊以呪呪之其象自來赴向人所遂即捉之以彼皮繩繫縛象已牽來將至梵德王邊時梵德王遥見彼等將其象龍欲至之時即起出迎以歡喜故作如是言快得如是妙好大乘快得如是妙好大乘時梵德王身自養飼但於彼象所堪食者悉皆與之一切所食自看自與雖復如此而彼象龍反更羸瘦恒大呻吟呼聲大叫悲啼流淚無時暫歇時梵德王見彼象龍羸瘦憔悴乃至悲啼流淚如此至於象前合十指掌語象龍言我將一切諸好飲食供養於汝汝乃羸瘦不著膚體減損色力身嬰羸瘠然我觀汝心不悅懌不受歡樂我心愛汝供給瞻養未曾暫捨汝須何事我今皆與令汝歡喜汝何縁故不喜不樂爾時象龍白梵德王作如是言我今啓白大王一語令王歡喜時梵德王聞彼象龍作如是言生大希有歡喜之心復作是念希有此事此龍象王能作人語作是念已報彼象龍作如是言汝象龍王出如是語令我歡喜爾時象龍白梵德王作如是言大王當知彼林之内我有父母年老力衰住彼林内我念未被王所搦時自爾已前不曾憶有先自食噉始與父母水漿亦爾先與父母然後自飲我今思量受王供給一切資須無所乏少養育於我然其父母在彼林中乃成孤獨受大苦辛我今正以不見父母是故如此憂愁不樂時梵德王聞此語已生未曾有奇特之心作如是念希有此事不可思議人中猶尚難有此法云何象龍乃如此也作是念已告彼象龍如是言曰大象龍王我今寧自將此

身命閉於牢獄不將如是如法之行持戒妙行孝養父母於如此事不敢擾亂爾時梵德復告象龍作如是言汝象龍王我今放汝至父母邊共其父母自相供養隨意受樂然梵德王放象龍時即說偈言

汝今好去象龍王　供養父母當孝順
我寧自捨此命根　於汝更不相亂擾

爾時梵德放彼象龍其象龍王既得脱已漸至彼林彼象龍母於時正以不見子故憂愁懊惱泣淚啼哭兩目失明以失明故東西馳走從於本處遊行他所象龍初還至彼林時求覓其母了不知處以不見故放聲大唤於時象母聞其叫聲即知彼聲是其己子其母爾時亦即放聲叫唤悲泣彼象龍王聞其母唤遂爾尋聲往至母所其象龍王既見其母近一水池止息而住安置其母在於岸上爾時象龍入其水池取滿鼻水出已歡喜身心踊躍徧滿其體不能自勝至其母邊以水散灑而洗浴之爾時其母得子持水洗浴身時眼還清淨勝於本日而彼象母既見其子而問之言子何處來今日始還令我多時不得見汝時彼象龍向母具說如梵德王遣人所搦將向王宫供養因緣并放得脱還歸之事一切皆悉向其母說爾時象母聞此語已歡喜踊躍徧滿其體不能自勝唱言子子如我今日而得與汝共相養活喜樂如是願梵德王共其父母妻子男女諸眷屬輩及以知親大臣百官一切輔佐共相養活如我今日受斯快樂爾時佛告諸比丘等作如是言汝諸比丘若有心疑彼象龍王此是誰也即我身

是汝等比丘若有心疑彼時象母此是誰者莫作異見此即摩訶波闍波提憍曇彌是當於彼時爲我啼哭悲涕流淚受於苦惱兩目失明還因我故而得清淨今亦如是摩訶波闍波提憍曇彌不見我故悲號啼哭憂愁苦惱兩目失明今還因我而得清淨汝諸比丘如來昔在因地之時未得成佛尚爲衆生作是利益況於今日已得成就阿耨多羅三藐三菩提也是故諸比丘若有智者恒於佛所作敬重心希有之心於法僧邊亦須生於敬重之心汝等比丘當如是學

難陀出家因緣品第五十七之一

爾時世尊教化難陀釋種之子捨家出家數數爲說出家因緣亦復讃歎出家因緣而作是言汝來難陀當就出家作是語已釋子難陀白言世尊我不出家所以者何我以四事供養世尊及比丘僧乃至盡其一形供養衣服卧具飲食湯藥如是世尊第二第三教化難陀讃歎捨家出家功德乃至數數說其出家因緣之事及以讃歎勸其出家而彼難陀不肯出家猶言我以衣服卧具飲食湯藥盡形供養佛及衆僧因緣之事爾時世尊經於少時飯食訖已將一侍者徐徐向彼釋種童子難陀之家然彼釋種童子難陀當於彼時在重閣上共孫陀利昇樓觀看遨遊而坐爾時難陀在樓閣上遥見世尊將至其所速即驚起下於重閣往至佛邊頂禮佛足却立一面因白佛言善來世尊何從遠至惟願垂神入我堂室昇座而坐爾時世尊入彼堂室昇座坐已慰喻難陀慰喻已訖默然而坐爾時

難陀白佛言世尊唯願今者於此受供我遣備辦餚饍飲食佛告難陀我已食訖不須備辦爾時釋種童子難陀復白佛言今有蜜漿非時飲不佛告難陀我隨汝意爾時難陀復白佛言唯然世尊於是難陀執持佛鉢盛非時漿奉與世尊於時世尊未爲受取爾時釋種童子難陀即持彼鉢將與侍者而彼侍者復不受取爾時世尊從座而起與諸侍從相逐而還欲向本處其釋童子亦從重閣持彼蜜漿欲隨佛去爾時釋種女孫陀利見釋難陀執其滿鉢非時蜜漿從世尊行其孫陀利梳頭未訖便即高聲喚難陀言聖子難陀欲何去也爾時難陀指彼鉢言欲將此鉢奉送如來至彼即還孫陀利言聖子速來莫久住彼爾時世尊出難陀家爲難陀故步行東西在於街巷欲令城内一切人民見彼難陀執非時漿隨逐於佛是時人民見此事已各相謂言今者世尊必令難陀捨家出家爾時世尊至僧伽藍喚一比丘密以手指作其相貌令取難陀手中蜜鉢時彼比丘知解佛意從難陀邊即取其鉢爾時難陀頂禮佛足白言世尊我今辭佛欲還向家佛告難陀汝莫還去爾時難陀復白佛言世尊我今思惟不欲出家所以者何我欲四事盡其一形供養如來及衆僧故爾時世尊復告難陀作如是言此閻浮提世界縱廣七千由旬北面廣闊南面狹小猶如車箱滿中羅漢稠若甘蔗竹葦麻稻若有善男子善女人供養彼等諸阿羅漢盡其一形四事不闕彼等羅漢入涅槃後復更供養起舍利塔於其塔上各施旛蓋及

寶鈴幢復以香花及諸油燈種種供養於汝意云何是善男子善女人等功德多不難陀白言得福甚多爾時世尊復告難陀若有羅漢滿此閻浮有人盡形四事供養乃至香花然諸油燈若復有人供養一佛功德果報倍勝於彼復次難陀若人能入佛法教中乃至出家一日一夜行於清淨梵行之法此之果報倍多於彼是故難陀必定出家莫復貪受五欲樂也復次難陀諸欲少味多有苦患諸欲無常是可猒離是大苦本是大瘡疣是大惡刺是大厄縛是大苦惱是損滅相是破壞相無常不住無時暫停是不牢固危脆易壞多有怖畏苦空無我汝今必當諦觀諸欲如是過患難陀汝今應善思惟五欲過患莫貪著也爾時世尊雖向難陀說此過患然其難

陀心故不欲願樂出家但敬佛故低佪俛仰白言世尊我當出家爾時世尊𠃵因經行以指作相招一比丘來語之言汝當喚一剃髮師來時彼比丘即喚衆中一剃髮師在難陀前手執剃刀欲爲難陀剃其鬚髮爾時難陀捉拳向彼剃除髮師作如是言汝今何力教剃我頭爾時世尊正念正意告難陀言來汝比丘入我法中行於梵行盡諸苦故爾時如來作是語已難陀鬚髮即自墮落猶如比丘剃其鬚髮始經七日自然體著袈裟色衣手執鉢盂如法之器而彼長老即成出家受具足戒於時難陀可喜端正諸人樂觀有三十相具足不闕身體金色髙下四指不及如來所作袈裟與佛衣服等無有異作已受持或諸比丘遥見來者皆謂難陀即是世尊欲起

迎逆及至知非始還本坐以此因緣而諸比丘嫌恨籌量而作是言長老難陀云何與佛衣服一等而用受持時諸比丘即往白佛爾時世尊以此因緣尋時聚集諸比丘衆問難陀言汝作衣服僧伽黎等與佛同量而受持不爾時難陀白言世尊此事實然佛言難陀此不如法汝今云何與佛世尊同量受持僧伽黎也爾時世尊訶責難陀教如是已告諸比丘從今日後悉皆不得依世尊量作諸衣服而受持也若有違者如法治罪爾時難陀作如是念世尊已斷不復更聽依世尊量受持衣服今所作衣必須治打出其光澤而受持也爾時難陀尋即作彼打治之衣光澤而服執持鉢器眼塗媚藥莊嚴其身脚著革屣左手執傘右手持鉢詣向佛所白言世尊我欲往入聚落乞食爾時佛告長老難陀作如是言汝今豈非善男子也信心捨家而出家乎難陀答言如是世尊事實然也爾時世尊復告難陀作如是言汝既信心是善男子捨家出家所持衣服何故打治令出光澤復以何緣莊嚴身體眼塗媚藥脚著革屣一手執繖一手持鉢欲乞食也復次難陀汝若在於阿蘭若處乞食活命著糞掃衣此乃爲善爾時世尊以此因緣而說偈言

何時當得見難陀　住於空閑常乞食
少欲知足拾遺餘　又樂遠離諸欲想

爾時世尊以此因緣以此事相集諸比丘而告之言諸比丘輩從今日後不得復著打治出光衣若有受持出光衣者如法治罪亦復不得眼塗媚藥及妙革屣亦復不得執輕妙

鉢亦復不得執鐵入城聚落乞食若如是者悉如法治爾時難陀雖被世尊斷此打治光澤之衣弃及不得眼塗媚藥斷好革屣弃持輕鉢及以鐵蓋猶尚憶念王之勢樂不肯依斷還憶彼女釋孫陀利念其色欲不行梵行欲捨其戒還本家宅以是因緣恒畫彼女孫陀利像後於一時至阿蘭若空閑之處或取瓨瓦或取木板畫此釋女孫陀利像如是觀看便過一日而諸比丘其有見者心生嫌恨而相謂言長老難陀云何在於阿蘭若處或取瓨瓦或取木板畫婦女形竟日觀看時諸比丘即將此事往至白佛爾時世尊以此因緣集諸比丘在於衆内問難陀言汝實在於阿蘭若處或取瓨瓦或取木板畫婦女形竟日看不難陀白佛實爾世尊爾時佛告長老難陀作如是言汝爲此事是不善也出家比丘豈得畫其婦女形像而觀看乎爾時世尊告諸比丘作如是言汝諸比丘從今不得畫婦女形若實若虛以著欲心畫已觀看若有如是故畫看者得違戒罪又於一時長老難陀次第當直守護寺舍彼時難陀作如是念如來不久當入聚落乞食之時我於爾日當得還家爾時世尊知彼難陀作是思惟知已告言長老難陀汝若欲行閉諸房門然後還去爾時世尊作是語已便即往入聚落乞食長老難陀作如是念世尊已入聚落乞食我今當得還其家内爾時難陀遂見世尊房門不閉作如是念我閉此門然後還去即閉彼門見舍利弗房門復開即復往閉舍利弗門既閉彼門其目揵連房門復開尋即閉彼目

連房門既閉彼門見大迦葉房門復開尋即往閉大迦葉門既閉彼門復見摩訶迦旃延房其門復開尋復往閉迦旃延門既閉彼門又見優婁頻螺迦葉房門復開尋即往閉優婁頻螺迦葉房門既閉彼已那提迦葉房門復開尋復往閉那提房門既閉彼已伽耶迦葉房門復開爾時難陀尋復閉彼伽耶房門既閉彼已優波斯那房門復開閉彼門已見俱絺羅房門復開既閉彼已復見摩訶專陀門開閉彼門已見利婆多房門復開閉彼門已見優波離波多房門復開如是次第閉一門已第二門開閉第三已第四門開彼見其門一開一閉遂作是念彼諸比丘當能捉我作何事過若開若閉我當還去將恐世尊不久來至作是念已從尼俱陀樹林之内將欲出時世尊尋以天眼觀彼難陀已見難陀將欲出其尼俱陀處如來見已從迦毗羅婆蘇都城隱沒其身便即至其尼俱陀林出現於彼爾時難陀見佛於彼林中出已尋即依一尼俱陀樹隱身而坐爾時世尊以神通力舉彼大樹置於虛空見彼難陀藏身而坐作如是言汝今難陀欲何處去時彼難陀報言世尊我於今者還復憶彼王位快樂自在之事兼復憶彼釋孫陀利是故不樂行於梵行意欲捨戒還於本家佛因此事而說偈言

欲離叢林已得離　從林得出還入林
汝富伽羅觀此事　從縛得脫還被縛

爾時世尊爲彼難陀說法句已更復勸言長老難陀汝當精心於我自在法教之中爲盡諸苦勤行梵行世尊以法教化難陀難陀猶

故不忘昔日五欲樂事及在王位適意之樂猶復憶念釋孫陀利不樂正法行於梵行心欲捨戒還其家宅爾時復有一大長者欲請世尊供設飲食於時難陀次當守寺爾時難陀復作是念世尊今者當入聚落受彼長者請食之時我當還家爾時世尊預知難陀作此憶念知已便即告難陀言汝今難陀須必知時灑掃寺地所有澡盥悉令水滿作是語已即往聚落赴其所請長老難陀於彼之時即作是念今者世尊已赴他請往於聚落我今可得自往向家作是念已顧見如來所住之房多有糞土見已作念我今先往掃彼糞穢然後向家作是念已執持掃帚往掃彼房其掃一邊風來還吹土草滿地更須報掃彼時難陀復作是念掃地且止我先當令所有衆僧水澡盥器先著水滿然後向家作是念已取彼澡盥將至水所悉滿盛水其所滿器滿已還覆彼時難陀作如是念我今何假掃地盛水如來今者不久還來我今亦可速至已家作是念已即還從彼尼俱陀林欲向家去爾時世尊在彼所請長者之家以過人眼清淨天眼觀彼難陀已從彼處尼俱陀林欲出向家既見是已即別化身從長者家隱沒不現尋一念頃至尼俱陀樹林之內在彼長老難陀前出爾時難陀遥見世尊來欲至已即上一大高峻險岸從彼岸下至隈障處存身而坐爾時世尊以神通力令彼峻岸地平如掌爾時世尊見彼坐時告言難陀汝今在此欲作何事於時難陀而白佛言婆伽婆我已言許共孫陀利還家爲期今作是念勿使

令我成其妄語是故我今欲往彼處爾時佛告長老難陀汝今何須見孫陀利其身如是皮裹筋骨内有髓腦膿血屎尿皆悉充滿最可猒惡猶如廁溷如是難陀我今略說一一衆生共婦和同所出不淨多於巨海亦不知足爾時世尊以此因緣而說彼偈

欲離稠林已得離　從林得脫還入林
汝富伽羅觀此等　從縛得脫還復縛

爾時世尊教化難陀說法教言今汝難陀於我自在說法教中喜樂行於清淨梵行爲欲滅諸一切苦故爾時難陀雖被世尊作如是等方便教化猶故不樂行於梵行乃共六群諸比丘等以爲朋黨數至彼邊語言論說從晨到夜唯論邪命諸惡等事爾時世尊觀知其行作如是念此之難陀今已學彼六群比丘恐畏損其功德業行我應斷其共彼人等以爲朋黨作是念已即便告彼長老難陀作如是言難陀汝來我欲共汝入迦毗羅婆蘇都城難陀白言唯如尊教爾時世尊與彼難陀入迦毗羅婆蘇都城入已漸至一賣魚店爾時世尊見彼店内茅草鋪上有一百頭臭爛死魚置彼草鋪見已告彼長老難陀作如是言難陀汝來取此魚鋪一把茅草其彼難陀而白佛言如世尊教作是語已即於彼店在魚鋪下抽取一把臭惡茅草既執取已佛復告言長老難陀少時捉住還放於地難陀白言如世尊教即把草住爾時難陀捉持彼草經一時頃便放於地爾時佛復告難陀言汝自齅手爾時難陀即齅其手爾時佛復告難陀言汝手何氣長老難陀報言世尊唯有

不淨腥臭氣也

佛本行集經卷第五十六

音釋

隊徒對切陣隊也　純常倫切全也　搦昵格切捉搦也　韌而振切堅柔難斷也　飼祥吏切餧也　呻吟呻失人切吟魚今切呻吟申氣也　瘠秦昔切瘦也　懌羊益切悅也　蔗之夜切甘蔗也　葦于鬼切蘆也　瘡疣瘡初良切瘍也疣羽求切瘤也　脆此芮切物易斷也　俛方矩切低也　傘蘇旱切蓋也　峻私閏切高也　隈烏回切曲隩也　髓腦髓息委切骨脂也腦乃老切頭髓也　膿奴冬切腫血也　溷胡困切廁也　齅許救切以鼻檻氣也

佛本行集經卷第五十七

隋天竺三藏法師闍那崛多譯

難陀出家因緣品第五十七之二

爾時佛告長老難陀：如是如是，若人親近諸惡知識，共爲朋友交往止住，雖經少時共相隨順，後以惡業相染習故，令其惡聲名聞遠至。爾時世尊因斯事故而說偈言：

猶如在於魚鋪下　以手執取一把茅
其人手即同魚臭　親近惡友亦如是

爾時世尊又共長老難陀至於一賣香邸，見彼邸上有諸香裹，見已即告長老難陀作如是言：難陀！汝來取此邸上諸香裹物。難陀爾時即依佛教，於彼邸上取諸香裹。佛告難陀：汝於漏刻一移之頃捉持香裹，然後放地。爾時長老難陀聞佛如此語已，手持此香，於一刻間還放地上。爾時佛告長老難陀：汝今當自齅於手。看爾時難陀聞佛語已，即齅自手。佛語難陀：汝齅此手作何等氣？白言：世尊！其手香氣微妙無量。佛告難陀：如是如是，若人親近諸善知識，恒常共居隨順染習相親近故，必定當得廣大名聞。爾時世尊因此事故而說偈言：

若有手執沉水香　及以藿香麝香等
須臾執持香自染　親附善友亦復然

爾時世尊出迦毗羅婆蘇都城，至本住處。以此因緣聚集大衆諸比丘已，即告長老難陀言曰：難陀！汝今莫親近彼六群比丘，莫共彼等以爲親友。何以故？若其有人親近如是惡知識者，雖復與彼共爲朋友，或時與彼互相承事，隨順彼等一切事業，但爲惡人共相親

近即得世間惡名流布長老難陀汝若欲覓親友知識當近比丘舍利弗比丘大目連比丘大迦葉比丘迦旃延比丘優樓頻螺迦葉那提迦葉伽耶迦葉優波斯那摩訶俱絺那摩訶孫陀離波多等諸比丘輩勸汝親近隨順承事所以者何若人親近善知識者承事親善雖未證得利益之事交獲世間名聞流布爾時世尊以此因緣而說偈言

若人親近惡知識　現世不得好名聞
必以惡友相親近　當來亦墮阿鼻獄
若人親近善知識　隨順彼等所業行
雖不現證世間利　未來當得盡苦因

爾時世尊雖以善言教示難陀而彼難陀猶戀王位自在之樂憶孫陀利五欲之事於佛法中猶不欣樂欲捨梵行欲捨具戒還從家事爾時世尊知彼長老難陀心已作如是念然此難陀煩惱熾盛豈能小教破彼煩惱我於今者須作方便喻如世間以火滅火以毒治毒作是念已執彼長老難陀之手從尼俱陀樹林而出以神通力隱沒其身忽然在於香醉山上出現而住爾時彼山以風吹故兩樹相揩遂即出火燒然彼山出大煙炎時彼山內多有獮猴其數五百被火燒毛皆悉存地摩滅身火爾時世尊見有一箇雌瞎獮猴在彼群內亦復以手撲滅身火爾時佛告長老難陀汝今見此雌瞎獮猴在彼群內亦復以手滅其身火如此以不爾時難陀白佛言世尊如是如是我今已見爾時世尊尋復告彼長老難陀作如是言汝意云何汝孫陀利可喜端嚴與此獮猴是誰爲勝爾時難陀遂

向世尊顰眉蹙面默然不言爾時世尊執持長老難陀手臂從香醉山没身往至三十三天現於波利質多羅樹時彼樹下有一大石名曰婆奴盤摩羅(此言黄褐)住於彼處爾時帝釋天王往入彼園遊戲其園名曰伊迦分陀利將領五百宮人婇女左右圍繞作倡妓樂於時世尊見帝釋王在彼伊迦分陀利園將領五百婇女音聲歡娛受樂時佛即告長老難陀作如是言汝今見此五百婇女作倡妓樂遊戲以不難陀白言如是世尊我今已見爾時世尊尋復告彼長老難陀作如是言汝意云何爲當釋女孫陀利好爲當五百婇女端正長老難陀白言世尊如以彼時雌瞎獼猴與孫陀利共相比校百倍不如乃至千倍至百千倍世間算數亦不可及我今如是孫陀利女欲今比此婇女五百亦復不如百倍千倍至百千倍世間算數所不能及今者云何可爲比喻爾時佛告長老難陀汝今意欲共此婇女相娛樂不爾時難陀歡喜踊躍白言世尊如我意者實欲與彼五百婇女共相娛樂爾時佛告長老難陀汝今不可以此凡身共彼娛樂若欲然者必須以汝歡喜之心於我法中行於梵行我當報汝今者若能隨順此法行清淨行命終捨身於未來世必得受報生於此處共此五百諸婇女輩共相娛樂爾時難陀聞此事已歡喜踊躍徧滿其體不能自勝而白佛言世尊我從今日於佛法中歡喜行於清淨梵行世尊今者已許報我我今實欲當未來世生於此處共此五百諸婇女等共相娛樂爾時世尊復執長老難陀臂

已從三十三天没身還其本處爾時難陀作如是念世尊於先已許報我於未來世當得共彼五百婇女以相娛樂是故難陀以此因緣盡其身心正念行於清淨梵行調伏諸根節量飲食初夜後夜起誦經行勇猛精進不共他人言談戲笑心不躁急心無狡猾口不綺言發精進行念四威儀樂於空寂閉塞諸根成就最勝微妙正念爾時難陀若欲意觀東方之時安定身心志意充滿既正念已然後方始觀於東方如是觀時無有愁惱無有黑闇於不善法終無漏失亦不迷惑如是欲觀南西北方上方下方亦定身心志意充滿如是觀時亦無愁惱無有黑闇於不善法更不漏失亦不迷惑爾時難陀或有同行諸比丘輩而告之言長老難陀汝於先時不閉諸根於諸飲食不知猒足恒求妙好牀褥卧具安隱睡眠本無猒足或時戲笑心意不定狡猾綺語不曾精勤恒常懈怠亦無正念多諸忘失威儀漏闕無禪無定不能攝心諸根逸浪不可具說云何今者諸根調伏飲食知足初夜後夜不曾睡眠無復狡戲攝歛身心又不綺語勇猛精進正念正勤已得禪定心不漏逸諸根不浪長老今日何因得爾爾時難陀告彼同行諸比丘言諸長老輩當知世尊於未來世將欲報我五百婇女歡娛受樂是故我今於此法中勤行梵行爾時難陀親友同行諸比丘等於彼難陀欲有調笑謿弄譏戲各相謂言長老難陀於世尊所客作傭力求將來報故於法中勤行梵行長老難陀汝於佛邊行梵行者止爲諸天五百玉女行梵

行耳爾時長老難陀親友諸比丘等從爾已後是故常喚爲客作者爾時世尊見此難陀爲諸玉女行於梵行遂便執臂從彼尼拘陀林而出没身入於大地獄裏世尊於時見一銅釜下然猛火其釜爀赤與火無異出大光炎熾然赩赩世尊見已告彼難陀汝往問此諸獄卒等此之銅釜欲爲阿誰熾然湧沸乃至如是長老難陀聞佛是語白言世尊唯如佛教即往詣彼諸獄卒邊而問之言此大銅釜欲爲何人如是湧沸乃至此也爾時獄卒咸報難陀作如是言佛有姨母所生之弟名曰難陀爲彼人故燒然此釜難陀復問汝豈不聞如來往日許報其人若爲五百天樂婇女行於梵行後得生於三十三天諸獄卒言如是如是我等已知但我等輩復聞其人於彼三十三天之上墮落已後來生此處爾時難陀聞此語已心生恐怖舉身毛竪作如是念我若次第於此受苦我今亦欲不用如此婇女果報爾時世尊即執長老難陀臂已從地獄内隱没其身還至尼俱陀林而出爾時難陀爲以同行諸親友等恒常喚作佛客作人被笑被訶謿調戲弄復見地獄慚愧恐怖即生猒離自悼自悔求空閑處獨行獨坐更不放逸精進勇猛凡善男子其有正信捨家出家求於無上清淨梵行行已現得自證神通得諸漏盡口自唱言生死已盡梵行已立所作已辦不受後有證羅漢果心得解脱長老難陀亦復如是證羅漢果然後始往至於佛所頂禮佛足却坐一面爾時長老難陀白佛作如是言今捨世尊往日恩許我昔欲取

如來報者正爲五百諸天婇女是故如此而今世尊得解脫也爾時佛告長老難陀非但今日我於汝邊始得脫也汝初唱言梵行已立所作已辦不受後有我於彼時已得脫也爾時長老難陀同行諸比丘等未知難陀得漏盡者猶如先日未漏盡時戲弄謿調唱如是言長老難陀於世尊所客作求報爲彼五百諸天樂女行於梵行爾時世尊作如是念此等比丘未知難陀諸漏已盡還依昔日未漏盡時猶故唱言長老難陀爲彼諸天五百婇女行於梵行我恐彼等多獲罪過然我今者可於衆中宣揚顯說長老難陀漏盡事也爾時世尊以如此等因緣事故集聚一切諸比丘僧既聚集已而告之言汝諸比丘若有人言好男子者難陀比丘即其人也若言端正亦即難陀比丘是也大壯人者難陀比丘亦其人也若言身體細輭弱者亦復難陀比丘是也若言有人諸根寂靜不散亂者亦復難陀比丘是也若有人言於諸飲食知節量者亦復難陀比丘是也若有人言初夜後夜不睡眠者今亦難陀比丘是也若言三族清淨生者亦即難陀比丘是也若有人言得六通者此亦難陀比丘是也若言得八解脫定者亦復難陀比丘是也爾時世尊告比丘僧作如是言汝諸比丘於我聲聞弟子之內調伏諸根難陀比丘最爲第一時諸比丘而問佛言如是世尊其彼長老難陀比丘往昔之時有何善根因彼善根生於釋種甚大富貴豐足資財其人身體端正可喜世尊今日復記云我聲聞弟子調伏諸根最第一者難陀

比丘即其人也作是語已佛告彼等諸比丘言汝諸比丘我念往昔九十一劫時有一佛出現於世名毗婆尸多陀竭多阿羅訶三藐三佛陀如來應供正徧知明行足善逝世間解無上士調御丈夫天人師佛世尊於彼世界王所居住彼有一城名槃徒摩伭於時彼佛依彼城住有諸比丘六千人俱皆阿羅漢時有一王名曰槃頭供養彼佛及比丘僧尊重恭敬所謂衣服卧具飲食及諸湯藥房舍之具無所乏少爾時槃頭摩伭城內有一種姓婆羅門子而彼童子營造温室請佛及僧洗浴供養其婆羅門種姓童子見諸比丘從温室出身體清淨甚大香潔無有臭氣見已心生歡喜踊躍徧滿其體不能自勝心發是願願我來世常得如是清淨無垢不腥臭身當似如是比丘僧等清淨香潔無臭之身又於後時毗婆尸佛多他伽多阿羅訶三藐三佛陀入般涅槃其王槃頭爲彼世尊所有舍利取四種寶爲造塔廟所謂金銀瑠璃玻瓈時彼種姓婆羅門子檢校經營當造彼塔既造塔已心作是願願我來世恒常值遇如是世尊彼所說法願我領解悉得證知莫背彼法生生世世不入惡道而彼童子命終之後恒生天上或生人間於後一生生一大富長者之家父母養育隨時長大意智漸漸皆得成就爾時童子其家恒有一辟支佛爲作門師數數至家彼辟支佛可喜端正具足三十大丈夫相而彼童子恒以四事供養供給彼辟支佛盡其一形無所乏少其辟支佛盡其住世然後涅槃爾時長者見辟支佛命終涅

槃即取彼身如法闍毗收取舍利起塔供養以泥塗飾復以石灰重泥其上以莊嚴故懸諸種種寶珠瓔珞發是願言願我未來恒值如是辟支世尊而彼世尊所說之法聞已領解永不忘失生生世世不墮惡道亦願我身端正可喜見者歡喜身有三十大丈夫相具足無減如此大仙等無有異而彼長者捨身命終後更不曽生於惡道恒生人天久久流轉於後復生波羅柰國彼時有王名吉利尸(此言瘦細)以爲彼子於爾之時乃有一佛出現於世名曰迦葉多他伽多阿羅訶三藐三佛陀然彼世尊隨其住世滅度已後吉利尸王純以七寶爲造塔廟所謂金銀玻瓈瑠璃及赤眞珠珊瑚碼碯其寶塔外更以瓻甎重覆其上其塔高峻至一由旬東西縱廣各半由旬爲作銘記名曰達舍婆陵迦(此云十相)爾時吉利尸王所生七子僉白王言善哉大王當知我等欲於迦葉多他伽多阿羅訶三藐三佛陀舍利塔上各各奉施一大繖蓋以覆其塔善哉大王願垂聽許王告之言任隨汝等我今聽造爾時彼等諸七王子各以一寶造其一蓋覆其塔上或造金蓋或造銀蓋乃至或造碼碯等蓋其七子內第二王子造其金蓋以覆塔上心發是願願我來世恒值如是辟支佛尊彼所說法願我領證永不忘失生生世世不墮惡道所生之處願得猶如金色之身爾時佛告諸比丘等汝諸比丘若有心疑於彼槃頭摩城之內婆羅門子供養彼佛及比丘僧溫室洗浴心發是願願我來世當得似此比丘僧衆清淨無垢香潔之身於毗婆尸

多他伽多阿羅訶三藐三佛陀滅度之後造塔供養之童子者汝等比丘莫作異見此即難陀比丘是也汝諸比丘汝等若有疑彼長者一形供養彼辟支佛滅後復以舍利起塔供養塗治及以石灰種種莊飾及諸瓔珞供養彼塔心作是願願我來世如此辟支端正可喜觀者無猒身有三十大丈夫相具足無減如此仙人蓋是誰也汝諸比丘莫作異見此亦難陀比丘是也汝諸比丘汝等若有心疑於彼波羅奈城吉黎尸王第二之子爲彼迦葉多他伽多阿羅訶三藐三佛陀造作金蓋以覆塔者莫作異見此亦難陀比丘是也然此難陀以於往昔毗婆尸佛及比丘僧爲作温室如法洗浴因發是願願我來世當得如是清淨香潔無垢之身如此比丘清淨無

垢又復供養辟支佛尊尊滅度後起舍利塔以泥塗治石灰嚴飾并以瓔珞而莊校之心作是願願我來世如是端正如是可喜身有三十大丈夫相具足無減如此仙人復於迦葉多他伽多阿羅訶三藐三佛陀滅度之後造舍利塔純金造蓋以覆其上心發是願願我來世所生之處身恒金色藉彼業緣今成如此可喜端正觀者無猒金色之身復有三十大丈夫相皆悉具足無有闕減於彼之時復起心願願我來世勿生惡道藉彼業報不曾生於惡道之内恒得生於人天道中復於彼時毗婆尸佛多他伽多阿羅訶三藐三佛陀造塔之時檢校經紀於辟支佛復以四事盡形供養藉彼業報因縁力故今得生於釋種之家又於爾時心發是願願我來世常得

值遇如是世尊或勝此者然彼世尊所有法教願我聞已速得證解藉彼業報因緣力故今得值我即於我邊而得出家及具足戒我復授記告諸比丘若知於我聲聞弟子調伏諸根最第一者難陀比丘即其人也汝諸比丘汝等須知難陀比丘昔日造作如是善根藉彼善根今得生於釋種之家身有金色具足三十大丈夫相現得出家受具足戒得羅漢果復得授記作如是言若欲知我聲聞弟子調伏諸根最第一者所謂難陀比丘是也

婆提唎迦等因緣品第五十八之一

爾時提婆達多釋種童子見諸五百釋童子等捨家出家心發是念我今亦可於世尊所捨家出家作是念已至父母邊白如是言善哉父母我今發心將欲佛邊捨家出家願垂許我作是語已父母即告提婆達多釋童子言我等今者作是思惟我等須依提婆達多提婆達多復須依我既如此者隨汝意樂當作是事爾時提婆達多童子身著上妙無價衣服乘最勝象從迦毗羅婆蘇都城欲出城外於城門頰爲鉤所挂衣裳破裂於彼之時有一解相大婆羅門在邊而見其彼見已記此童子所規之事必當不成爾時童子提婆達多即出城已詣向佛所頂禮佛足却住一面而白佛言唯願世尊放我出家爾時世尊正念觀彼提婆達多前後事業知其心行觀已即告提婆達多作如是言提婆達多汝今愼莫捨家出家但當還家在家修道持諸財錢以用布施作諸功德於我法中不須出家爾時童子提婆達多被佛訶已復至長老舍

利弗邊而白之言聖者舍利弗與我出家爾時長老舍利弗問提婆達多作如是言提婆達多汝曾先至佛邊以不提婆達多報言聖者我先已曾至佛邊也爾時長老舍利弗言提婆達多世尊向汝作何言說提婆達多語舍利弗如是聖者世尊語我汝莫捨家而出家也但當在家行其布施作諸功德若其在我法中出家汝無利益爾時長老舍利弗作如是念世尊今者既不聽彼於法出家我今若放彼出家者是我不善如是念已遂即告彼提婆達多作如是言提婆達多如世尊教汝必應當作如是事爾時童子提婆達多被舍利弗之所發遣復詣長老目揵連邊到已頂禮却住一面而白之言大目揵連唯願聖者與我出家爾時長老大目揵連遂復告彼提婆達多作如是言提婆達多汝曾於先至佛邊不提婆達多報言聖者我已於先至佛邊也於時長老大目揵連尋復告彼提婆達多作如是言世尊語汝有何事意提婆達多復報之言世尊語我汝莫於此捨家出家但當如法在家修道以財布施作諸功德不須於我法中出家若出家者於汝無益爾時長老大目揵連亦復報彼提婆達多作如是言如世尊教汝必應當作如是事爾時提婆達多既被目連不許出家復詣長老大迦葉所乃至略說悉如前事次復詣於迦旃延邊次復至於優樓頻螺迦葉之邊次復至於長老那提迦葉之邊次復至於長老優波斯那之邊及至摩訶俱絺羅邊摩訶孫陀離波多邊悉皆不許既不許已方乃詣向長老優波離

波多邊頂禮優波離波多足却住一面爾時提婆達多釋種童子復從優波離波多邊請乞出家然其長老優波離波多復問之言提婆達多汝應於先往到佛所提婆達多報言聖者我於先日已至佛邊爾時長老優波離波多作如是言汝至佛邊語汝何事提婆達多作如是言世尊語我汝莫於此捨家出家但當在家如法修道以財布施作諸功德不須於我法中出家若出家者於汝無益

佛本行集經卷第五十七

音釋

邸都禮切邸舍也　藿虛郭切香草也　麝神夜切鹿屬麝有香曰麝　雌瞎雌此移切牝也瞎許鎋切目盲也　顰蹙顰毗賓切蹙七六切顰眉蹙面愁貌　狡猾狡古巧切猾下刮切狡猾黠惡也　謿譏謿陟交切言相調也譏居依切誚也　傭餘封切雇作也　釜扶雨切鍑也　赩許極切大赤也　爀音黑

佛本行集經卷第五十八

隋天竺三藏法師闍那崛多譯

婆提唎迦等因緣品第五十八之三

爾時長老優波離波多作是思惟世尊今者既不聽許彼人出家我若輒爾放出家者是我不善如是念已尋即告彼提婆達多作如是言如世尊教汝必應當作如是事提婆達多如是次第處處至於大德上座諸比丘所而諸大德上座比丘亦皆語彼提婆達多作如是言世尊既有如此之語汝必應當作如是事爾時提婆達多所至之處皆不許已還乘白象向迦毗羅婆蘇都城還於家內於時阿難釋種童子初見五百釋童子等悉得出家便作是念我於今日亦須捨家至於佛邊而求出家如是念已至父母邊而白言曰我今意欲捨家往至佛邊出家唯願放我而出家耳爾時阿難所生之母本於佛邊無有淨心所以者何世尊在家爲菩薩時其阿難母既見菩薩功德巍巍威力顯赫遂於菩薩生其染心說於種種邪異之言爾時菩薩但以彼親是其姨母於此言說默然無答以是因緣故於菩薩無有淨心無淨心故恒常不放已子阿難捨家出家爾時提婆達多聞他人說阿難意欲捨家出家然其父母不聽出家提婆達多詰阿難所問言阿難汝心實欲捨家出家父母頗曾不聽以不阿難報言提婆達多實如所語今者不知作何事業令得父母放我出家得成比丘受具足戒爾時釋子提婆達多謂阿難言汝後若知父母許汝捨家出家必語我知我當共汝俱時出家阿難

尋報提婆達多作如是言如汝所論我不違也爾時阿難作如是念我之父母決不聽我捨家出家作是念已即在其家取五百枚波利沙般私往至於毗提耶國而彼聚落有一長者是其父王舊日知識將此五百波利沙般以相付囑而語之言今以此錢付囑於汝爲我食直我若須食而來此者必將此錢爲我買食當至之時汝亦不須問我來所但我到此汝必當知須食故來作是語已至於空閑阿蘭若處受無語戒行住坐卧默然不言須食之時默然來至寄錢之家寂靜而坐默受飲食食訖還復默然而去時彼聚落所居諸人數見阿難釋種童子默然行住去來坐卧見已問言仁者是誰爾時阿難亦不言語以報彼人還復如本默然而去時彼人輩各相謂言此之仙人應是毗提耶國而出作是語已爲其立名稱爲毗提耶國仙人爾時阿難父母聞人説如此語阿難從此逃遁往至毗提耶國城邑聚落受不言戒行仙人行而得成仙聞已即遣使人往至謂言子子汝若決定不住家者但來向此於我釋種童子之邊而出家耳爾時阿難遂即還來往語釋種提婆達多作如是言提婆達多汝今當知我之父母今已放我而出家也提婆達多復問阿難汝今意欲誰邊出家阿難報言我今意欲佛邊出家提婆達多復言我昔已至佛邊而求出家爲佛不許我出家也阿難復言當至聖者舍利弗邊求請出家提婆達多復作是言彼人亦不與我出家如是乃至摩訶目揵連摩訶迦葉大迦旃延優樓頻螺迦葉那

提迦葉伽耶迦葉優波斯那摩訶俱絺羅摩訶專陀優波離波多有如是等大德上座諸比丘輩悉皆不許聽我出家阿難復問提婆達多作如是言提婆達多如汝意者欲何處去提婆達多報言阿難我所去處不令人識阿難復言我亦隨從提婆達多如是意趣爾時多有大威勢力釋種童子家別一人佛邊出家時迦毗羅婆蘇都城有二兄弟小者名曰摩尼婁陀（舊作阿尼婁陀）大者名曰摩訶那摩摩尼婁陀久種善根修解脫藏面向涅槃背於煩惱不欲生於一切有中欲於此世在三界內當取漏盡已曾積集大功德聚故生於彼釋種家內自生彼家其家生業漸漸增長所謂錢財諸穀麥等眞珠瑠璃珊瑚琥珀諸璧玉等及以金銀二足四足皆悉備有地下復有五百伏藏自然顯現其在牀眠息睡時乃有諸天將五百種無價珍寶置於牀上其人眷屬見如此等希有之事共相議言此之童子睡眠之時諸天乃將無價寶物以覆其上是故我等須立名爲摩尼婁陀然彼童子可喜端正觀者無猒身體黃白猶如金色其頭形狀似如繖蓋鼻隆高滿如鸚鵡觜兩臂傭亭下垂過膝身體縱廣上下齊等諸根具足無所缺減然其父母爲置四種阿姊看視所謂抱者又洗浴者飲飼乳者伴遊戲者其四姊母養育瞻視漸至長大智慧成就復見行步東西馳走及至堪事教授家業種種技藝所謂書算造印音樂歌舞戲笑嘲謔滑稽趨蹡妖冶造摩尼寶染衣裁衣和合諸香彩畫花葉及諸形像圍碁陸博摴蒱等戲造作

文章象技馬技及以車技弓射之術俯仰容儀捔力出壯按摩等技跳踉賭走調象擲罥修治園圃行來入出知解吉凶細行竊密破餘軍陣自把其拳他擘不得蹋地正立人推不動理髮梳頭操刀斫斵鑽穿等事劈裂木石射准不差乃至毛髮射人肢節放箭尋聲牽弓挽彊如是諸技悉皆明達成就具足無不解者意智深遠精神迅疾心慮巧妙黠慧聰明然彼童子至於一時隨從其父檢校田作及以生業既至彼處腹中渴乏其以渴故往至水邊掬水欲飲其水變成天漿美味爾時其父遮不聽飲唱言子子莫飲此水或恐令汝身體不安爾時童子摩尼婁陀嘗此水已而白父言尊者此水甚大甘美其父不信時彼童子以手掬水即奉其父口作是言爺若不信願嘗此水其父於是嘗此水已報言子子我雖生在王宮之內未曾得此妙甘美水作是語已心生喜悅爲未曾有而自口言希有我子大有福業從生已來所作飲食色香味具倍勝他許爾時彼兄摩訶那摩若見若嘗彼之飲食即生妬心而口說言何故如是香潔美食唯與小弟而不與我爾時其母知有此語告言子子汝知不乎從來爲此摩尼婁陀所造飲食恒常十倍勝他人許摩訶那摩猶故不信又於一時摩尼婁陀遊戲園林在彼園內往遣使人從母索食而告使言往我母所令送食來於時彼母以盤置食將帊覆蓋先示大子摩訶那摩然後遣使往送彼食將至摩尼婁陀之所摩尼婁陀亦看此食其食色香倍即加勝亦於諸器悉皆盈滿

雖復如此摩訶那摩猶故不信而口說言雖知家內所將好惡誰知不於諸眷屬家備辦送去又至一時摩尼婁陀復在園林觀看遊戲又遣使人啓白母言願遣使人送食來此其母爾時取諸空器安著盤上以巾覆蓋先示大兒摩訶那摩然後始送復告之言汝自隨看應知虛實摩訶那摩聞此語已即隨盤去往至摩尼婁陀之邊彼既見已一切諸食色香美味皆悉充滿爾時釋子摩訶那摩見是事已心生喜悅口言希有未曾見也我弟如是有大福德摩尼婁陀漸至長大年盛壯已於是父母爲作三堂一擬冬坐二擬春秋三擬夏坐擬冬坐者唯備暄煖擬夏坐者唯備清涼擬春秋者唯備和適其所居堂無別男子唯擬一人受五欲樂具足自恣隨意居止爾時童子摩訶那摩作如是念今於釋種諸童子中有大勢者悉各家別一人出家我今家內無出家者唯我應當捨家出家若不爾者須遣我弟摩尼婁陀而出家也摩訶那摩作是念已便即詣向摩尼婁陀釋童子邊到已告言摩尼婁陀我等釋種有勢力者悉各家別一人出家我等家內無出家者我今思惟或汝出家或我出家爾時釋種摩尼婁陀啓白其兄摩訶那摩釋童子言摩訶那摩汝自出家我不能去摩訶那摩復告彼言摩尼婁陀若如此者我今囑汝家業之事凡生活法先犂其地然後磨治次復除其瓦石株杌方下種子下種子已若無天雨依時溉灌依法鋤治然後待熟收刈料理貯入倉窖作如是已於至來年還復如此次第造作乃至

年年不得休息爾時童子摩尼婁陀啓白其兄摩訶那摩釋童子言若如此者我家作業不得窮盡亦無盡時如此作業既無盡日何時當得於此三堂受五欲樂爾時童子摩訶那摩復語其弟摩尼婁陀作如是言摩尼婁陀作業之事理不可盡亦無盡日我等父母悋惜祖宗造作事業亦復如此未見盡時而命終也爾時童子摩尼婁陀復語其兄摩訶那摩作如是言若知作業不可窮盡不知盡時我之父母亦復悋惜祖宗作業未知盡時而取命終如是不虛我今思惟摩訶那摩應須在家營理家業我欲捨家出家修道爾時童子摩尼婁陀詣父母邊白言爺娘我欲捨家於如來邊求請出家願垂許我於如來邊而出家也爾時父母告彼小兒摩尼婁陀當知我等唯有二子於汝二子大生憐愛不離心首若暫不見心懷憂惱假使我死猶望共汝不相離別況復我今生平存在聽許於汝而出家也如是再請乃至三請云我欲於如來法中捨家出家願垂父母聽許我也往昔菩薩從家出家修梵行時輸頭檀王爲菩薩故憂惱所逼聚集釋種諸眷屬等而告之言諸眷屬輩汝等須知我子悉達既出家已我亦不欲處其王位亦復不用戴此天冠汝等誰能受王位者我當委付并即灌頂授與天冠爾時衆内有釋童子其人名曰婆提唎迦其母名曰黒瞿多彌而白王言我能受此王位及冠爾時輸頭檀王及諸釋種一切眷屬即將王位及以天冠付與釋童婆提唎迦而灌頂之從爾已後婆提唎迦釋種童子即作

釋王其諸眷屬號爲釋王婆提唎迦然彼釋王婆提唎迦受王位後經十二年如法治化而彼釋種諸眷屬等本有要誓若有誰得首戴天冠而爲王者彼人當爲一切釋種諸眷屬等造作百味餚饍飲食其王舊日與彼釋種摩尼婁陀少小拊塵共爲伴侣設會之時口勑喚彼摩尼婁陀作如是言摩尼婁陀汝佐助我先當供給諸眷屬訖然後我當與汝共食摩尼婁陀咨白釋王婆提唎迦作如是言如王令勑不敢違也時彼二人共設釋種諸眷屬已然後共食食已即留摩尼婁陀在宫止宿爾時釋王婆提唎迦過彼夜已天欲曉時身自問彼摩尼婁陀作如是言摩尼婁陀安眠以不摩尼婁陀而報王言我於夜眠不得安隱王復問言何故爾也摩尼婁陀復

報王言我夜腹痛又患寒熱王復問言何故然也摩尼婁陀復報王言於彼飲食味不調適是故當時我患腹痛其所卧褥當織之時其彼織師身患寒熱是故我亦著寒熱病於時釋王婆提唎迦喚造食人而問之言汝當造作百味食時其食諸味爲有增减爲調適也其造食人而報王言如是大王其味稍多其味如少我於爾時作事倉忙不得加意事事檢校我佐助人不解用心悉捉和雜爾時釋王婆提唎迦復喚織師而問之言汝當爲我織被褥時何故不精織師報言如是大王我當織時著寒熱病大王復遣使人催促我於爾時寒熱未瘥畏王瞋故急織而送是故我織不及精妙爾時釋王婆提唎迦生希有心未曾有心如此之事不可思議又作是念

希有希有摩尼婁陀乃有如此勝妙智慧爾時釋王婆提唎迦告釋童子摩尼婁陀作如是言摩尼婁陀從今日後汝於我邊有所須者汝莫自來但遣使至我不相負爾時釋童摩尼婁陀其母念言今此釋王既與我子少小揩塵同志善友其人決定不應出家作是念已即喚已子摩尼婁陀作如是言摩尼婁陀若彼釋王婆提唎迦捨家出家汝於爾時當出家也爾時釋童摩尼婁陀聞是語已詣向釋王婆提唎迦所於時釋王婆提唎迦從宮而出在那吒迦（此云以歌說古事）喜樂之會觀看而坐爾時釋童摩尼婁陀作如是念我今若入婆提唎迦釋王之會必當妨他觀看遊戲作是念已便坐門頰待那吒迦喜樂會訖然後欲入爾時釋王婆提唎迦觀看此會正喜樂時會中有一音聲婦女手彈箜篌當爾箜篌有一絃斷其彼婦女尋即還續而那吒迦喜樂會中無人覺者唯有釋王婆提唎迦一人獨知摩尼婁陀在於門頰亦知此事爾時釋童摩尼婁陀見那吒迦喜會欲訖方始往詣婆提唎迦釋王之所到已將手抱釋王項然後却坐在於一面爾時釋王婆提唎迦告釋童子摩尼婁陀作如是言摩尼婁陀我於已前可不告汝若有所須身莫自來但遣使索我不相負今日何容身獨自至摩尼婁陀而報王言婆提唎迦此事如是不可遣人能辦斯事爾時釋王復問釋童摩尼婁陀作如是言摩尼婁陀所言辦者事云何也爲當由汝爲當由我摩尼婁陀復報王言此事由我亦關於王婆提唎迦復作是言若關於我汝

應即辦摩尼婁陀復白王言大王當知我意將欲捨家出家如此之事必關於汝婆提唎迦報釋童子摩尼婁陀作如是言摩尼婁陀汝今若欲捨家出家必關我者我當放汝汝於我邊勿生疑慮若欲出家隨汝意樂爾時釋童摩尼婁陀啓白釋王婆提唎迦作如是言汝今當須共我出家何以故我之父母先語我言摩尼婁陀若彼釋王婆提唎迦捨家出家汝亦隨彼而出家去時彼釋童摩尼婁陀復見釋王婆提唎迦在於大衆作是實語摩尼婁陀汝今若欲捨家出家既關我者我不相違任隨汝去當於彼時諸釋種等復皆實語是故請王同共出家爾時釋王婆提唎迦告彼釋童摩尼婁陀作如是言若必然者且住七年我之家業事得了辦辦已然後當得共汝捨家出家爾時釋童摩尼婁陀復白釋王婆提唎迦作如是言婆提唎迦莫作是語我今不能待至七歲所以然者婆提唎迦七歲久遠誰知我等其間或有出家障礙婆提唎迦復語釋童摩尼婁陀作如是言摩尼婁陀汝且待我六年之内備辦家事然後共汝捨家出家摩尼婁陀復白王言婆提唎迦汝於今者莫作是語我亦不能待至六年所以者何六年久遠誰知我等中間儻有出家障礙婆提唎迦復語釋童摩尼婁陀作如是言摩尼婁陀若必然者且聽待我於五年内備辦家業乃至四年三年二年摩尼婁陀皆悉不肯時王復言若必然者且待我於一年之内辦諸家業然後乃當共汝出家摩尼婁陀猶白王言婆提唎迦我不能待乃至一年

所以者何一年尚久誰知我等儻有障礙爾時釋王婆提唎迦復告釋童摩尼婁陀作如是言摩尼婁陀若必然者且當待我於六月內辦諸家業乃至三月二月一月摩尼婁陀悉皆不肯爾時釋王婆提唎迦復告釋童摩尼婁陀作如是言摩尼婁陀若必然者且聽待我七日七夜辦諸家事然後共汝捨家出家摩尼婁陀即白釋王婆提唎迦作如是言善哉善哉婆提唎迦任汝意作我待汝至七日七夜爾時世尊住在阿奴彌迦耶聚落其王於彼七日七夜營辦家事所謂瓔珞以自嚴身至於園內受五欲樂喻如有人欲至他家赴大賓會沐髮洗梳瓔珞衣服莊校其身然後始往至他家內其彼釋王婆提唎迦欲至園中遨遊戲樂亦復如是爾時復有一釋童子名跋涪婆（此言多眉）又一釋童名宮毗羅又一童子名難提迦復有釋童名曰阿難有釋童名提婆達多亦如前者莊嚴其身皆悉如上彼諸童子相共著諸衣服瓔珞復將一好剃除髮師嚴四兵已出迦毗羅婆蘇都城詣向阿奴彌迦耶聚落於時釋王婆提唎迦有物價直三百兩金一百兩金以爲衣直一百兩金爲瓔珞直一百兩金嚴鞍馬直其彼童子摩尼婁陀亦復如是諸釋童子跋涪婆宮毗羅難提迦阿難陀提婆達多有如此等各各亦有寶物價直三百兩金乃至充用嚴鞍馬直彼諸童子寶物價直合有二千一百兩金爾時彼輩諸釋童子出迦毗羅婆蘇都城各各下馬解身瓔珞皆捉與彼剃除髮師而口告言此諸瓔珞皆以與汝爲資生本汝當

受用以爲活命生業之基更莫餘求付瓔珞已詣向阿奴彌迦聚落時剃髮師作如是念是諸釋種威猛熾盛謂言是我將諸童子逃走東西以是因緣當恐彼來逼切於我彼諸童子既吐此物我云何食我今不得受此諸寶彼既如是豪富熾盛有大威勢猶捨無量資生財寶王位之事捨家出家況我今者何故不從彼剃髮師作是思已將彼瓔珞財寶之物懸著樹枝作如是念若有見者任取此物終不爲盜私自念已詣向諸釋童子之所而彼諸釋童子遥見剃髮師來而告之言汝今何故不歸家也時剃髮師報諸釋童作如是言諸聖子輩我今私自作如此念諸釋强盛有大威德有大力勢謂言我將諸釋童子東西逃走以是因緣當恐逼切我之身命汝之童子既吐此物我今云何方欲食之如我今者不受此物何以故諸釋强盛有大力勢猶故出家況我今者而不出家以此因緣我不歸去爾時釋種諸童子等聞彼語已而語之言汝今快作如是思惟作是念已而不還家所以者何如汝所言我諸釋種威嚴熾盛必有此語將我童子逃走不疑既有此語彼定應來逼汝身命爾時諸釋童子等輩共剃髮師詣向佛所到佛所已頂禮佛足却坐一面而作是言世尊今者願放我等捨家出家及受具戒復白佛言世尊欲與我等出家先當度此剃除髮師於前出家何以故此剃髮師長夜勤苦供承我等不曾有失是故於先與彼出家及受具戒彼出家已於後方與我等出家及受具戒故令我等先當禮此剃除

髮師起動迎逆合掌恭敬示現尊重所以者何我等諸釋憍慢貢高今因此人令我諸釋迴意捨除憍慢之心爾時世尊即先度彼剃除髮師及受具戒然後次與婆提唎迦釋王出家受具足戒自餘各各次第出家及受具戒於時阿難提婆達多二人猶故不得出家從世尊所迴還至於雪山之下時彼山下有一長老姓跋唎瑟吒名曰僧伽其人修行已住三果成就四禪恒常依彼雪山而住爾時跋唎瑟吒僧伽見阿難等二人來至逆慰之言諸釋童子何因來此時彼二人而報之言我等今者樂欲出家故來於此善哉聖者願度我等令得出家爾時跋唎瑟吒僧伽不曾觀察提婆達多童子之行不練其智即令二人捨家出家及受具戒長老阿難出家未久在於空閑坐禪思惟遂作是念若優波陀今必許我至佛所者我今亦須自見世尊時彼阿難作是念已於晨朝時從房而出往詣向彼跋唎瑟吒僧伽之所頂禮其足却住一面住一面已而白長老跋唎瑟吒作如是言婆檀多優波陀我今意欲往見於佛聽許以不爾時跋唎瑟吒僧伽報彼阿難作是言曰阿難汝今若知時者往向佛邊到佛邊已汝當爲我頂禮佛足爲我通傳問訊世尊少病少惱身安以不起居輕利行來化導不損德也身體氣力勝常以不爾時阿難聞優波陀作是語已而白之言如優波陀不敢違教遂即頂禮跋唎瑟吒僧伽脚足圍繞三帀辭別而去

佛本行集經卷第五十八

音釋

輒陟葉切專也　巍語韋切高大貌　謔虛約切戲調也　蹡千羊切行貌

摴蒱摴丑居切蒱薄胡切摴蒱愽戱也　捔古岳切挍力也　踉呂張切跳

踉行也　躄愽陌切分也　黠胡八切慧也　帊普駡切帊襆也　暄况袁

切温煖也　鋤士魚切鋤犂也　刈牛制切割也　湆縛謀切

佛本行集經卷第五十九

隋天竺三藏法師闍那崛多譯

婆提唎迦等因緣品第五十八之三

爾時長老提婆達多見其阿難往向佛所而告之言長老阿難欲何處去爾時阿難而報之曰我於今者欲往見佛爾時長老提婆達多報阿難言阿難汝今若必然者少時相待我亦欲往諮優波陀共汝相隨俱往佛處爾時提婆達多即至跋哪瑟吒僧伽之所頂禮其足却住一面而白之言我今意欲往見於佛唯願尊者慈愍聽許爾時長老跋哪瑟吒僧伽報彼提婆達多作如是言汝若知時往至佛所爲我通傳頂禮佛足問訊世尊少病少惱身安已不起居輕利行來化導不損德也身體氣力勝常已不提婆達多報彼跋哪瑟吒僧伽作如是言如尊者教不敢違背遂即頂禮圍繞三帀辭退而去爾時阿難與彼長老提婆達多二人相隨發雪山下往向佛所到佛所已頭面禮足却住一面爾時長老提婆達多白佛言世尊我昔求請如來出家如來而不與我出家如來今日可不見我得出家耳爾時佛告提婆達多作如是言提婆達多汝爲何事而出家也願汝得已莫有背也時諸比丘俱白佛言希有世尊世尊往昔恒常教彼提婆達多爲利益事提婆達多今反捉佛以爲怨讎作是語已佛告諸比丘作如是言汝諸比丘非但今日我教彼人提婆達多爲利益事反爲其人以我爲怨過去世時亦復如是我教利益反怨於我時諸比丘白佛言世尊此事云何願爲論說爾時佛告

諸比丘言我念往昔久遠世時於雪山下有二頭鳥共同一身在於彼住一頭名曰迦嘍嗏鳥一名憂波迦嘍嗏鳥而彼二鳥一頭若睡一頭便覺其迦嘍嗏又時睡眠近彼覺頭有一果樹名摩頭迦其樹華落風吹至彼所覺頭邊其頭爾時作如是念我今雖復獨食此華若入於腹二頭俱時得色得力並除飢渴而彼覺頭遂即不令彼頭睡覺亦不告知默食彼華其彼睡頭於後覺時腹中飽滿咳噦氣出即語彼頭作如是言汝於何處得此香美微妙飲食而噉食之令我身體安隱飽滿令我所出音聲微妙彼頭報言汝睡眠時此處去我頭邊不遠有摩頭迦華果之樹當於彼時一華墮落在我頭邊我於爾時作如是念今我但當獨食此華若入於腹俱得色力並除飢渴是故我時不令汝覺亦不語知即食此華爾時彼頭聞此語已即生瞋恚嫌恨之心作如是念其所得食不語我知不喚我覺即便自食若如此者我從今後所得飲食我亦不喚彼覺語知而彼二頭至於一時遊行經歷忽然值遇一箇毒華便作是念我食此華願令二頭俱時取死于時語彼迦嘍嗏言汝今睡眠我當覺住時迦嘍嗏聞彼憂波迦嘍嗏頭如是語已便即睡眠其彼憂波迦嘍嗏頭尋食毒華迦嘍嗏頭既睡覺已咳噦氣出於是即覺有此毒氣而告彼頭作如是言汝向覺時食何惡食令我身體不得安隱命將欲死又令我今語言麤澀欲作音聲障礙不利於是覺頭報彼頭言汝睡眠時我食毒華願令二頭俱時取死於時彼頭語別

頭言汝所爲者一何太卒云何乃作如是事也即説偈言

汝於昔日睡眠時　我食妙華甘美味
其華風吹在我邊　汝反生此大瞋恚
凡是癡人願莫見　亦願莫聞癡共居
與癡共居無利益　自損及以損他身

佛告諸比丘汝等若有心疑彼時迦嘍嗏鳥食美華者莫作異見即我身是彼時憂波迦嘍嗏鳥食毒華者即此提婆達多是也我於彼時爲作利益反生瞋恚今亦復爾我教利益反更用我爲怨讎也爾時長老婆提唎迦既出家已即於彼時夏三月内成就三通摩尼婁陀得成天眼長老跋涪婆長老因耆長老難提迦此諸人等證羅漢果阿難復得須陀洹果提婆達多成就世間凡夫神通爾時長老婆提唎迦得羅漢果或在樹林或住在於空閑房室或住露地或住在於祇陀園林晝夜三時恒唱是言嗚呼快樂（如是三稱）爾時衆多諸比丘等詣向佛所而白佛言世尊其彼長老婆提唎迦喬瞿彌子不樂在於世尊法中不喜不樂恒常憶昔王位時事富貴之樂恒常憶念如此事故或住樹下或住空房或住露地三時唱言嗚呼快樂（如是三稱）爾時世尊喚一比丘而告之言汝來比丘當往詣彼婆提唎迦比丘之邊而爲我語作如是言世尊喚汝其彼比丘白言如教不敢違也即往詣彼婆提唎迦長老之所到已告言婆提唎迦世尊喚汝爾時長老婆提唎迦聞彼語已詣向佛所到已頂禮却住一面爾時佛告婆提唎迦作如是言婆提唎迦汝實不

樂於我法中行梵行不恒常憶昔王位樂不由憶彼故或在樹下或在閑房或在露處三時唱言嗚呼快樂嗚呼快樂如是以不爾時長老婆提唎迦而白佛言如是世尊如是跋檀多佛復告言汝見何利或在樹下乃至三時唱如是言嗚呼快樂嗚呼快樂爾時長老婆提唎迦白佛言世尊我昔在家治於王位刹利灌頂七重牆壁圍我宫殿守護我等復有象軍七重守護復有馬軍如是七重復有車軍及以步軍皆各七重倶被鐵甲手執戎仗所謂弓箭刀槊牟楯金剛大杵及大鐵棒釾鑠鐵輪三叉鉞斧諸戎仗等周帀繞我牆外復有七重水壍如是守護如是障蔽猶於夜中若聞諸聲心生恐怖不得安樂身毛皆竪恒生慚愧諸根變動世尊我今或在樹下或在閑房或在露處夜聞種種諸惡獸聲無有恐怖身毛不竪無有慚愧諸根不變是故我恒獨坐思惟心作是念我今大得利益之事今者世尊爲我大師自覺說法於彼法中我得出家行於梵行多有禁戒攝受於我成妙行人我於今者善得活命善得命終是故世尊我以往昔王位樂時及富貴時比於今日出家之樂坐空閑樂覺觀之樂寂定之樂沙門等樂憶念此故或在樹下或在閑房或在露處知足少欲從他乞食身毛不竪猶如山鹿心得自在坐卧去住無有障礙三時唱言嗚呼快樂（如是三稱）

爾時長老婆提唎迦在於佛前對諸大衆而說偈言

我昔在於深宫裏　七重牆壁甚高峻

嚴治樓櫓及却敵　并有七重隍塹等
軍衆宿衛執戎仗　無晝無夜守護我
如是種種自防守　身意猶故不安寧
我今在於世尊前　無有一人守護我
及以在於空閑處　或在樹下山林中
如我佛子婆提迦　諸人各各相守護
行住坐卧常安樂　是故心無有攀緣
我昔宮內乘大象　身著繒綵上妙衣
食噉粳粮甘美飯　羹臛調和肉味等
今者坐卧隨意鋪　空閑身著糞掃衣
捨愛拔除苦根本　欲有所行隨我意
爾時世尊因此事故復說偈言
若人知命不生惱　亦即不憂是命終
若能勇猛見眞諦　雖墮苦海終無怖
已斷有愛比丘等　於一切物悉已斷
生死煩惱皆滅盡　如是無復有後有

爾時世尊告諸比丘作如是言汝諸比丘若知於我聲聞弟子豪貴之中捨家出家最第一者所謂即此婆提唎迦比丘是也爾時諸比丘白佛言世尊今此長老婆提唎迦往於昔日造何善根今生釋種大豪貴家乃至多饒資財產業無所乏少復作何業承繼釋種得昇王位復作何業便得出家受具足戒獲羅漢果世尊復記汝諸比丘若於聲聞弟子之中捨彼豪望而出家者婆提唎迦最爲第一爾時佛告諸比丘僧作如是言汝諸比丘我念往昔久遠之時有一貧人以乞自活從一城至波羅柰城至彼城已其城所有乞人見者皆訶責言汝從何來而至於此遂遮不聽遊行告乞爾時彼人見有障礙作是思惟

我於彼輩無有過失何故障我而乞告也於時波羅柰城有一長者遺失銅鉢時彼長者求覓銅鉢所在不獲因求鉢故至餘一村時彼乞人於糞聚中得彼銅鉢掛於杖頭將來往入波羅柰城從街至街從巷至巷從此交巷至彼交巷從此隅角至彼隅角口唱是言此之銅鉢是誰之物識者收取而彼遊歷處處東西求覓其主了不能得既不得主便即往至付梵德王乃至長者後聞有人從彼糞中得一銅鉢掛於杖頭將來入彼波羅柰城從街至街從巷至巷而口唱言是誰銅鉢處處遊訪不知主處既不得主便付梵德既聞是巳到梵德邊到巳白言大王當知前者乞人所奉銅鉢是我之物時梵德王遣使往喚彼之乞人而語之言汝於前者所送銅鉢今

此長者云是我許其事如何彼人即白梵德王言如是大王我本不知彼之銅鉢是誰之物在糞聚中我既得巳即掛杖頭將來往入波羅柰城東西訪問不知主處以不得主遂即將來奉與大王任王所用爾時梵德聞彼語巳心大歡喜而告彼言仁者汝今欲於我邊乞何等願我當與汝而彼銅鉢還其長者爾時彼人白梵德王作如是言大王今若必欲歡喜與我願者願王於此波羅柰城所有乞人用我爲王時梵德王復告彼言今者何用與彼乞兒而爲王也但當更乞諸餘好願或金或銀或索國中最勝村落用爲封邑我即與汝時彼乞人復白王言王若歡喜與我願者我今止欲得前所願王遂報言任汝所樂隨汝作耳爾時在彼波羅柰城合有五百

乞兒依住彼乞頭者悉喚令集而告之言我今得與汝等爲王汝等必當聽我處分時諸乞人問彼王言汝今云何處分我等令作何事時彼人言汝等相共或有捉我置髆上者或有取我而背負者自餘皆悉爲我左右圍繞而行而彼五百諸乞兒輩聞彼語已即從處分或有輿者或背負者處處遊行所有飲食坐席之所即往彼乞乞已將向一處分張而共食噉如是方便多時活命時有一人屏處獨食摩呼荼迦（此言歡喜丸）爾時乞主從其人邊奪取彼食摩呼荼迦奪已將走其王徒衆五百乞兒逐彼王走至於遠處皆悉疲乏既疲乏已悉各迴還其彼乞王身力壯健走而不乏更至遠已迴頭望看五百乞兒悉皆不見既不見已入一園内取水洗手坐於一邊欲食彼食未食之間便生悔心我今不善我今何故於彼人邊奪取其食更復誑我隨從人輩此食既多我食不盡若世間内有諸聖人頗知我意而來此者我即分與發是心已有辟支佛名曰善賢從虛空裏飛騰而來在彼人前從空直下去其不遠其人遥見彼辟支佛威儀庠序行步齊亭舉動得所不緩不急見如是已於彼辟支心得淨信得淨心已作如是念由我往昔所受貧煎及以現在皆悉不值如是福田於如是人不行布施恭敬供養我昔若值如是福田今日應不遭斯困頓亦應不被他人逼切而得活命我今將此摩呼荼食奉上僊人未審此僊受納已不若蒙受者頗我將來免此貧煎困厄之身作是念已即將此食摩呼荼迦奉此僊人然辟支

佛有如是法唯現神通教化衆生更無別法時辟支佛受取彼食摩呼荼迦愍斯人故從彼地方騰空而去其人見彼辟支世尊騰空去已歡喜踊躍徧滿其體不能自勝以歡喜心頂戴指掌遥禮彼尊辟支佛足作是禮已心發是願願我此身於未來世恒常值遇如是世尊或勝此者而彼世尊所說之法願我一聞速得證解又願我於未來世中在大威德豪族姓家爲王治化更莫在彼貧兒之内復作是願生生世世不墮惡道佛告諸比丘作如是言汝諸比丘若有心疑於彼之時波羅柰城乞兒之王施辟支佛摩呼荼迦此是誰者莫作異見婆提唎迦比丘是也時乞兒王施辟支佛摩呼荼食因彼業果今生釋種大豪貴族乃至資財無所乏少復於彼時作

如是願願我來世於大威德豪族種姓爲王教化因彼業報今於釋種得受王位又時乞願願我當來生生世世不墮惡道因彼業報不曾生墮惡道之中恒生人天流轉往反多受快樂又時復乞如是願言願我來世恒值如是辟支世尊或勝此者彼之世尊所說經法願我聞已速知速解因彼業報今值於我而得出家受具足戒得羅漢果我又授記於我聲聞弟子之中豪姓出家最第一者婆提唎迦比丘是也汝諸比丘婆提唎迦昔造如是善根因緣以造如是善根因故今生豪姓釋種之家大富大貴乃至資財無所乏少於釋種中得紹王位捨其王位而得出家受具足戒得羅漢果故我授記於我聲聞弟子之中豪姓出家婆提唎迦比丘第一其彼長老

婆提唎迦乃至已得阿羅漢果恒住蘭若乞食活命著糞掃衣常坐不卧隨宜鋪設唯持三衣更無畜積至於一時依住在彼舍婆提城於阿蘭若樹林之內時彼長老求覔諸草及以樹葉了不能得即時求覔乾白象糞聚以爲鋪上鋪坐具結跏趺坐端身正直即得正念過於一夜爾時長老婆提唎迦於晨朝時著衣持鉢欲往入彼舍婆提城往來乞食於彼之時城內多有乞食諸人乞得食已從其城出去城不遠各各别欲食所得食爾時長老婆提唎迦遥見如是諸乞食人從城乞食既得彼食去城不遠别坐欲食遂往彼邊默然而住爾時一切諸乞人等作如是念此之比丘必於我等欲有憐愍故來乞食作如是念已各各自於所食之內減取少分與彼長老婆提唎迦爾時波斯那憍薩羅國其王乘騎一大白象其象名曰一分陀利從其彼城舍婆提出共一大臣其臣名曰尸利跋陀（此言德賢）時波斯那憍薩羅國其王遥見婆提唎迦從彼乞兒乞食而食即告大臣尸利跋陀作如是言尸利跋陀此何比丘乃從乞兒乞食而喫爾時大臣審更熟看婆提唎迦知是不虛而白王言大王當知此是釋王婆提唎迦其王即告彼大臣言若如是者汝驅白象向彼婆提唎迦之邊尸利跋陀聞王勑已而白王言如王教勑不敢違也受王勑已將此白象王乘其上詣向長老婆提唎迦邊時波斯那憍薩羅國其王去彼婆提唎迦住處不遠從其象上下禮長老婆提唎迦禮彼足已却住一面時波斯那憍薩羅國王啓白長老

婆提唎迦作如是言阿梨耶今者何故乃發如是貧煎之意乃於如此貧人等邊乞食而食爾時長老婆提唎迦告波斯那憍薩羅王作如是言大王我今不以貧故而從彼乞我今自有七種寶財但我意樂從於貧人而乞食耳又欲令彼諸貧兒輩斷貧窮故而從乞也大王當知我已有眼但欲爲彼無明衆生開眼目故而來從乞復次大王我今已脱一切繫縛但以爲彼貪欲瞋恚所縛衆生得解脱故而從乞食大王我今已度彼岸但爲拔脱煩惱淤泥所溺衆生故從彼乞復次大王我已獲得無病之處但欲治彼煩惱所病諸衆生故而從彼乞時波斯那憍薩羅國其王復白婆提唎迦作如是言阿梨耶我亦貧無七種財寶我亦幽冥住於黒闇我亦被於煩惱淤泥之所沉溺我今亦有貪欲之病願阿梨耶憐愍我故唯悕數數來至我家爾時長老婆提唎迦告波斯那憍薩羅王作如是言大德大王不須如此作是語已捨王而去

摩尼婁陀等因緣品第五十九之一

又時世尊爲諸比丘演説諸法於時長老摩尼婁陀睡眠不覺爾時佛告摩尼婁陀作如是言摩尼婁陀汝何於此法義之内如是睡眠汝於此事深爲不善汝起莫睡從此已後摩尼婁陀更不睡卧正以多時不得睡故壞其肉眼唯以天眼觀世間色爾時世尊告比丘言汝諸比丘於我聲聞諸弟子中清淨梵行最第一者所謂摩尼婁陀是也又於一時摩尼婁陀數數縫綻諸衣裳等又時五指總持五針爾時長老大目揵連詣向其所而語

之言摩尼婁陀汝今共我遊行去來爾時長老摩尼婁陀報目連言長老目連且住且住待我衣成爾時目連復語長老摩尼婁陀汝今若以神通縫者願速成就若以今意所欲成者亦願早成摩尼婁陀縫此衣時其針線脫爾時長老摩尼婁陀獨自唱言世間誰樂欲作功德與我穿針爾時世尊獨在房内攝心坐禪乃以清淨天耳聞此摩尼婁陀作如是語聞是語已譬如壯士屈伸臂頃即於本處不現其身往至長老摩尼婁陀住於前已取針而貫爾時長老摩尼婁陀問言是誰爲我穿針佛告之言摩尼婁陀是我爲汝貫穿針耳爾時一切諸比丘等傳聞此語云道世尊爲彼長老摩尼婁陀以綖穿針既聞此語各各思惟世尊猶尚爲彼清淨梵行之人佐助不辦況復我等何故默然不相助也因爾已後諸比丘僧有所作者各各相助時諸比丘以此因緣往詣佛所白言世尊其彼長老摩尼婁陀往於昔日種何善業今得出家受具足戒得羅漢果世尊復記言諸比丘於我聲聞弟子之中得淨天眼最第一者所謂長老摩尼婁陀比丘是也作是語已佛告一切諸比丘言汝諸比丘我念往昔過去久遠超於無量阿僧祇劫有佛出世名曰然燈如來應供正徧知明行足善逝世間解無上士調御丈夫天人師佛世尊彼佛世尊爲諸比丘說法之時種種讚歎天眼之事爾時有一居士之子名曰大財來集彼會坐於衆内聽說其法彼居士子既聽法已作是思惟我今雖復不語父母捨家出家我今但可爲未來世

得天眼故造諸善根作是念已備辦脂油得其百斛於然燈佛無上正真等正覺所然燈供養心起是願願我來世值如是佛彼佛說法速得證解於彼世尊聲聞弟子漸有天眼願我第一又發是願生生世世不墮惡道爾時然燈如來應供正徧知明行足善逝世間解無上士調御丈夫天人師佛世尊告彼居士子大財言於未來世有佛名曰釋迦牟尼多他伽多阿羅訶三藐三佛陀十號具足於彼世尊聲聞弟子得天眼者汝當第一爾時佛告諸比丘言汝等比丘或有心疑彼時然燈佛邊大富居士子大財者此即摩尼婁陀是也爾時佛復告諸比丘作如是言我念往昔久遠之時有一賊人於闇夜中行在小徑欲為竊盜至於半路其鞋網斷爾時彼處有一辟支佛舍利塔於其塔所時有一人然燈求福供養承事而彼燈油將欲盡滅其賊至彼見燈欲盡為欲續彼斷鞋網故遂益其脂又以箭鏃挑出燈炷爾時彼燈還得明熾爾時彼賊見燈明已去邊不遠續彼鞋網因彼明故得見彼塔見彼塔已遂得心淨得心淨已發如是願此塔是誰願我來世當值此塔本體世尊或勝此者若彼世尊所說之法願我聞已速得知解於彼世尊所有聲聞弟子之中得天眼者最為第一又願當來生生世世不墮惡道

佛本行集經卷第五十九

音釋

嘍嗏嘍音婁嗏音茶咳噦咳口溉切逆氣也噦於月切嘔也槊所角切矛屬楯倉尹切盾同莫浮切鉤兵也爨七亂切與積同矛槊也樓櫓樓力侯切櫓郎古切樓櫓城上望樓也羮臛羮古行切臛虛郭切肉羮也縫綻縫符容切綻丈莧切裂也鞋䋄鞋户皆切䋄居郎切鞋䋄鞋之䋄編也鏃作木切箭鏑

佛本行集經卷第六十

隋天竺三藏法師闍那崛多譯

摩尼婁陀等因緣品第五十九之二

爾時佛告諸比丘言汝諸比丘彼時賊人在於辟支佛塔之前益燈明者其人是誰莫作異見摩尼婁陀比丘是也摩尼婁陀往昔作於大居士子名曰大財於後復作行賊盜人爲辟支佛舍利塔中添益燈油以清淨心乞如是願願我來世莫生惡道由彼業報生世不曾墮惡道中恒於天人往返受樂而於彼時復乞是願願我來世恒常值遇如是世尊或勝此者彼所説法願我速解由彼業報今得值我如是世尊復於我邊獲得出家受具足戒而於彼時復乞是願願我於彼世尊所有弟子之中得天眼者我爲第一由彼業報今於我法聲聞弟子得天眼中其第一也汝諸比丘摩尼婁陀昔有如是種植善根由彼業力今得出家受具足戒得羅漢果汝諸比丘我復授記於我聲聞弟子之中摩尼婁陀最爲第一復有一時世尊在於波羅柰城舊仙居處鹿野苑中彼時天雨長老阿難詣向佛所頂禮佛足却住一面住一面已白言世尊今日天雨無有飲食當作何計令諸比丘過一日夜佛告阿難汝莫愁也摩尼婁陀比丘現在福力甚强今日比丘應當得過一日一夜爾時長老摩尼婁陀詣向佛所到已頂禮却住一面而白佛言世尊今者受我微供若食我食堪令一切諸比丘等過一日夜於時世尊默然受許爾時長老摩尼婁陀於晨朝時著衣持鉢往至入彼波羅柰城其入城

已未曾告乞亦更無有親舊識知當於爾時忽然即有五百釜食來至彼前爾時長老摩尼婁陀尋時送彼五百釜食向鹿苑中即敷諸座敷設已訖往白佛言世尊時至飯食已辦唯願就食爾時世尊日在東方著衣持鉢共諸比丘來至食堂於所敷設次第而坐爾時長老摩尼婁陀見佛及僧次第坐已奉持如上五百釜食施佛及僧悉飽滿已然後自食飯食亦訖共諸比丘詣向講堂敷座而坐爾時長老摩尼婁陀坐已即告諸比丘言諸長老輩希有希有未曾得見如此之事乃有如此多大果報多大功德多大威勢所以者何諸長老輩我念往昔久遠之時波羅柰城有一貧人無有資財不立倉庫於彼之時波羅柰城有辟支佛依倚而住名婆斯吒當爾之時其城穀貴人民飢饉乏少者多其城內外多有人死唯見白骨處處狼籍於彼之時諸出家人乞食難得以飢所逼不能修道當爾之時彼辟支佛於晨朝時日在東方著衣持鉢入波羅柰次第乞食徧歷彼城全無所得如本洗鉢還出城去我於爾時見婆斯吒辟支佛尊詣向彼邊到已白言善哉大仙此處乞食頗得以不彼尊報我作如是言仁者我今乞食不得我於爾時復白彼尊作如是言尊者若然來至我家於時家內唯有二升稗子熟飯我即喚彼辟支佛尊令入舍內將彼稗飯以用奉施時辟支佛受我施已隨意所去我於彼時爲採薪柴出至城外與尸陀林相去不遠採取柴木彼林有一白骨屍骸忽然起來抱我項住我於彼時欲脱彼屍慼

懃用力不能得脱我於彼日日落西下將欲没時抱持死屍來入城内我入城時人見我者而告我言咄人何故將此骨屍而入城内我報彼言是諸人輩我今盡力欲脱此屍了不能得汝等若有堪能脱者當爲我脱時彼人輩詳共捉此骨屍牽挽盡力望脱亦不能得我時漸漸至於家内望欲脱彼白骨死屍而彼白骨悉變成金自然墮地我於爾時作如是念我以此金不可獨用作是念已即詣向彼梵德王邊白言大王當知我今地得伏藏大王受取用爲國寶時梵德王唤諸左右而勅之言汝等當須隨此人去其人指授悉皆受取將來向此爾時左右聞王勅已即時共我來至家内我即以金示彼使人爾時使人還見死屍白骨如故見已謂我咄哉癡人汝不顛狂何故持彼死屍白骨以爲金也而彼使者還至王所具説前事我於後時復至王邊而白王言大王當知我得伏藏事實不虛唯願大王早爲納受時梵德王遂即自往至其家内見彼金藏還是白骨如本不異復告我言咄哉癡人汝著顛狂何爲於此白骨死屍而作金想我復白彼梵德王言大王當知此實金也非是屍骨如是再三作是語已我於爾時手執彼金作是誓言若此金寶爲我來作善業報者願梵德王亦如是見作此誓已時梵德王看此死屍還如我見金屍不異即告我言善哉仁者汝作何等善業因緣曾事何神供養何天供養何仙而能與汝如是願也我於爾時白梵德王作如是言大王當知有一仙人我曾供給此仙人食必應是

彼神力所致令我今日得是果報時梵德王而告我言汝以造作如是善業故於今日得此果報汝此果報無人能奪從今日後不須疑慮隨意而用諸長老輩我於彼時正以布施彼辟支佛一食之業現於爾時即獲果報所須資財隨意即辦正以施彼一食之故七反生於三十三天受其福報乃於彼處三十三天作帝釋王復於人中而爲國王幷復得作轉輪聖王治四天下爲世界主護持世間七寶具足乃至降伏如法治化由彼布施一食果報命終生天從天下生在於人間命盡復得生於天上流轉如是更不雜生我所生處恒得最勝上妙宫殿若生人間生豪貴家資財豐足乃至一切無所乏少如在天身多受快樂下生人間亦復如是以施一食因彼果報今生釋種我生之日諸天下來將五百寶覆我身上地下復有五百伏藏自然現出皆以布施一食果報我之父母爲我造作三種宫殿一宜夏坐二宜冬坐三宜春秋二時居坐以彼施食果報因緣我既生於釋種之家我家爾時遂即日别漸漸增長所謂穀米盈溢倉廪眞珠瑠璃珊瑚琥珀金銀玉等無量珍寶二足四足無所尠乏又以彼時施食果報我在園苑我母爾時欲試我故辦具空器以衣覆蓋送來與我至其半路即有諸天種種飲食悉滿其器彼食香美大有氣力又以施食果報力故共父相隨檢校田作當爾之時身患飢渴遂往赴水掬取欲飲其水變成天妙甘露又以施彼一食之故果報成熟今來入此波羅柰城未曾與彼委曲相識自

然即有五百釜食來於我前我受彼食遣送林中請佛及僧供奉此食悉令佛僧大衆充飽藉彼業報我於四事無所乏短我施彼食果業因緣於世俗樂亦無所乏今者出家於出家樂亦皆具足以彼施食果報熟故今斷生死得梵行力所有作者皆悉已辦不受後有至無畏處至於前所當得涅槃得涅槃已無樂無苦自然證知諸長老輩我於彼時乃不識是辟支世尊我若決定知辟支佛我應尋時更求勝果求大威德應求無上廣大果報爾時長老摩尼婁陀說前語已重說偈言

我自思惟往昔時　依住在於波羅柰
負賣薪柴以爲業　值遇尊者婆斯吒
見已布施一餐食　故生豪貴釋種姓
其名號曰尼婁陀　善解音聲復能舞
拍手歌詠諷頌等　并及一切諸技藝
我今已自知宿命　及以昔世所生處
往於三十三天上　於彼七反往來生
彼處或作釋天王　及以自在天宮內
一切隨我所造作　如是治化於諸天
復經七反作人主　灌頂成就刹利王
自在大力降伏衆　不行刀兵諸戎仗
如法治化大地中　多有無量諸珍寶
於我境界悉豐饒　所生家中大巨富
資財增長無有數　於諸人中最爲首
世間五欲悉圓備　七寶諸珍無缺少
皆由我作如是業　不曾生於惡道中
今於釋種得出家　得三解脫甘露處
我爲何故得出家　棄捨家業來於此
正以我獲彼利益　故來報佛世尊恩

世尊知我機熟時　爲我演說無常法
若有意所幻化身　神通自來至我所
若我心中有疑惑　如是皆悉爲我解
佛所說法無分別　還爲我說無別法
我今得聞彼實語　如法愛樂而奉行
如是即得三解脫　即是仰報諸佛恩
我今不樂此命終　亦不愛樂此壽命
但我所受業至時　正念思惟當捨壽
我知未來生死處　衆生往來處亦知
既知此處命終已　亦知往至彼處生
毗舍離境竹林村　我於彼林當捨壽
於彼林中蔚茂處　漏盡其下入涅槃
爾時世尊以淨天耳過於人耳聞彼長老摩尼婁陀說此過去造業因緣今者獲得如是果報復以妙偈而陳說之聞是事已讚歎欣然

阿難因緣品第六十

又於一時長老阿難被諸梵行大德人輩勸請令彼奉侍世尊從爾已來盡心盡力意行調適如來所說悉皆受持從如來口所聞之事或世間事或出世事悉能受持永不忘失若有人來諮問所疑亦悉能令彼心歡喜以是因緣世尊集衆告諸比丘作如是言汝諸比丘於我聲聞弟子之中多聞利智侍者之內阿難比丘是其人也時諸比丘白佛言世尊長老阿難於往昔時造何善根藉彼善根今生釋種大豪姓家巨富饒財大有勢力乃至一切無所乏少復以何業今得出家受具足戒得諸聖法若聞世間出世間事永不忘失若有諸人來問所疑亦悉能令彼心歡喜

世尊復記謂諸比丘若知於我聲聞弟子多聞智慧强記不忘最第一者此即阿難比丘是也作是語已佛告諸比丘我念往昔過去世中久遠之時還於此處波羅柰城有王治化名曰梵德彼王爾時生於二子一名喜根二名婆奴此名月二子之内喜根爲大其太子者本性調善賢直柔和多有慈心畏懼諸罪猒離愛有其彼王子見其城内爲諸王事之所逼切縣官苦惱殺害無窮多有繫閉所謂枷鎖杻械囹圄地牢固禁斬截手足割其耳鼻挑其眼目既見此事遂作是念我之父王百年已往我身云何當治王位我今知用如此王位欲作何事及我身命亦知何用所以者何今見一切諸衆生輩以種種苦逼切其身如我今者不如捨家出家修道作是念已詣父母邊白言父母我欲捨家出家修道爾時父母報其子言汝身是我所愛之子不離心意瞻看無猒我等寧死不能別汝我等但使身命存在終不相放如是再過喜根童子白父母言父母當知我今必定捨家出家唯願父母哀愍許我如是數數諮請父母而彼父母遂即聽許捨家出家而告之言汝是我子如汝所樂隨汝意也爾時梵德喜根王子以其父母許得出家至於他日捨家剃髮次第修道而悟緣覺能作神通變化之事放光放水迴天動地興雲致雨如是等事皆悉能辦彼辟支佛作如是念我爲何事而得出家如是之事我今已辦已得已利所作已辦我今可往本生之地憐愍父母諸眷屬故及餘衆生令作福田爾時喜根辟支世尊次第遊

行至波羅柰至彼國已依住彼城父王梵德菴羅林内爾時梵德傳聞他說喜根童子已成大仙還來於此住我境界我今可往至喜根邊顯現於彼問訊慰喻時梵德王以大勢力嚴盛威風示現神德從城而出有四兵衆前後圍繞爾時喜根尊者辟支遥見父來而作是念此諸人輩梵德王等大有威力我慢貢高我若隨宜在彼前者梵德王等必不敬我作是念已飛騰虚空現諸神變坐卧經行半身放煙半身出火身上放火身下出水示現如是種種神通時梵德王諸臣百官見彼尊者大聖辟支飛騰虚空現諸神變彼等見已作如是念我之童子雖捨王位今得出家已成大仙有大威德有大神通其心爾時即大歡喜踊躍無量徧滿其體不能自勝詣彼喜根辟支佛所王既漸進佛復下空王到其所歡喜敬仰時辟支佛下住地上即便坐於所敷之座爾時梵德到辟支邊頂禮佛足却住一面坐一面已時辟支佛少說諸法令王歡喜踊躍無量顯示善事爾時大王從辟支佛聽聞法已歡喜踊躍白辟支言善哉大仙今受我請常住我家我爲尊者當作伽藍經行房室四事供養心所樂者悉皆辦與若欲哀愍諸衆生故村落城邑欲行乞食任意所行我不障礙辟支佛尊默然而受父王所請於時彼王見彼尊者喜根緣覺默然受請即辦種種諸供養具經行房室四事供養悉持施與自餘須者一切辦給爾時喜根辟支仙人爲欲憐愍諸衆生故入城乞食如此之時即得入城其月王子日别至於喜根仙人辟

支佛邊承事供養於諸法中心有所疑時時往問彼辟支佛其辟支佛或被婆奴王子所問默然不答唯於諸指出其光炎爾時婆奴作如是念此辟支佛大有神通而無才辯爾時喜根尊者辟支告婆奴言婆奴王子汝來出家汝今若其不肯出家我定知汝命終之後必墮惡道若其出家汝亦應當成就大仙有大神通爾時婆奴詣向父母白如是言善哉父母喜根仙人今已出家我今意欲隨出家也唯願父母哀愍許我而彼父母遂不許可婆奴王子猶故數數至彼喜根仙人之所承事供養其辟支佛復數語彼婆奴王子汝當出家婆奴王子復報兄言父母今日決不聽我捨家出家事云何也爾時王子婆奴面上色相出現於七日内必當命終爾時喜根辟支仙人告婆奴言汝來婆奴汝必當須捨家出家何以故汝熟相現於七日内必當命終爾時婆奴至父母邊白言父母唯願放我捨家出家爾時喜根辟支世尊亦即詣向自父母邊白言父母汝等當放婆奴出家所以者何其相出現七日之内定當命終以此因緣父母必當與彼別離以是之故寧放出家在於法内取於命終莫令在家取命終也父母報言婆奴王子於七日内必取命終與我別者我今當許捨家出家婆奴王子當於爾時即剃鬚髮著袈裟衣其出家已於七日中供養恭敬事彼喜根時辟支佛教授威儀過六日已至其七日定知命終哀愍彼故從坐而起飛騰虚空經行坐卧放煙放火隱身不現種種神通婆奴仙人見彼喜根辟支佛尊

於虛空中現於種種神通變化見已心生歡喜踊躍徧滿其體不能自勝合十指掌頂禮向彼辟支佛尊既頂禮已發如是願願我來世恒值如是辟支聖人或勝此者彼所說法願我聞已悉令通解又願我身於彼聖人得爲侍者供養彼聖又願來世得諸神通所有威力皆如此佛若有來問我之義者我悉爲解令彼歡喜又願生生世世之中不在惡道爾時佛告諸比丘言汝等比丘若有心疑於彼之時婆奴王子於七日内供養於彼辟支佛尊受教法者莫作異見此即阿難比丘是也於彼之時婆奴王子以歡喜心供養喜根辟支佛故以彼業報令得生於釋種之家而於彼邊乞如是願願我生生世世之中不墮惡道以彼業報所生之處不曾墮於惡道之中唯生人天流轉往反受大快樂而於彼時復作是願願我來世值遇如是教師聖人或勝此者彼所說法願我一聞即得知解以是業報令得值我如是教師又於我邊而得出家受具足戒得諸聖法其於彼時乞如是願願我來世若當值遇如是教師我於彼邊得作侍者供養彼聖藉彼業報令於我邊得作侍者供養於我其於彼時又乞是願我於來世得大神通得大威力藉彼業報令得成於如是大聖得大威力其於彼時又乞是願若有人來問所疑者我悉爲彼分別解說令心歡喜藉彼業報今日阿難有人來問心中所疑皆悉爲解令心歡喜爾時佛復告諸比丘作如是言汝諸比丘我念往昔久遠之時波羅柰城其城有一大富長者名曰僧薩他那

此言正安其彼長者大富饒財多有生業猶如毗沙門天王無異家中日別恒有五百辟支佛來向其家食其時而有一辟支佛所持之鉢下底尖小如牛乳形其鉢所安或在草上或簾薄上隨即傾倒不得安住彼時長者僧蓮他那有一女子可喜端正女相具足其女見彼辟支佛鉢傾倒不住即自脫釧奉辟支佛而白之言唯願大仙取此釧用安其鉢下爾時彼仙爲憐愍故即取此釧用安其鉢而彼鉢盂遂不傾動於時彼女既見此鉢更不傾動安住釧上歡喜踊躍徧滿其體不能自勝心發是願如此仙人鉢安釧上不傾不倒我於來世所聞如是若世間事出世間事悉令憶持爾時佛告諸比丘言汝等比丘若有心疑於彼之時長者家女今爲誰者莫作異見此即阿難比丘是也由於彼時以歡喜心自脫手釧以奉尊者辟支仙人安置鉢器因發是願如此仙人以鉢安釧不傾倒故願我來世若有所聞若世間事出世間事悉皆憶持永不忘失由彼業緣今所聞事悉不遺忘長老阿難比丘又時日在東方著衣持鉢往入舍婆提城乞食去彼祇樹給孤獨園猶未至於舍婆提城於其中間有一大樹名尸奢波其樹蔭下多有一切諸婆羅門止息其下諸婆羅門遥見阿難來欲到邊各相告言汝輩當知此是沙門瞿曇弟子於諸聰明多聞之中最第一者作是語已阿難便至白言仁者今請觀此尸奢波樹合有幾葉爾時阿難觀其樹已而報彼言東枝合有若干百葉若干千葉如是南枝西枝北枝皆言合有若干百

葉若干千葉作是語已遂即捨去爾時彼諸婆羅門輩阿難去後取百數葉隱藏一邊阿難迴已諸婆羅門於是復問仁者阿難汝復來也乞更觀此尸奢波樹有幾多葉爾時阿難仰觀樹已即知如是婆羅門等所摘藏葉若干百數便即報彼婆羅門言東枝合有若干百葉若干千葉如是南枝西枝北枝亦言合有若干百葉若干千葉作是語已便即過去爾時彼等婆羅門輩生希有心未曾有心各相謂言此之沙門甚大聰明有大智慧諸婆羅門以此因緣心得正信得正信已其後不久悉各出家成羅漢果爾時復有長老分那婆素(此言井宿)長老宮毗羅(此言蛟龍)長老難提迦等如是三人唯得知其出家由緒不知所生因緣之事亦不知彼於往昔時作何業也或

問曰當何名此經答曰摩訶僧祇師名爲大事薩婆多師名此經爲大莊嚴迦葉維師名爲佛往因緣曇無德師名爲釋迦牟尼佛本行尼沙塞師名爲毗尼藏根本

佛本行集經卷第六十

音釋

敷(芳無切) 稗(蒲拜切似穀稴草也) 尠(息淺切少也) 蔚茂(蔚於胃切茂莫候切草木密盛貌) 杻械(杻敕久切械胡戒切杻械桎梏也)

簾(力鹽切)

佛說大安般守意經

後漢安息國三藏法師安世高譯

清刻龍藏佛說法變相圖

佛說大安般守意經序

吴 康 僧 會 撰

夫安般者諸佛之大乘以濟衆生之漂流也其事有六以治六情情有內外眼耳鼻舌身心謂之內矣色聲香味細滑邪念謂之外也經曰諸海十二事謂內外六情之受邪行猶海受流餓夫受飯蓋無滿足也心之溢盪無微不浹恍惚髣髴出入無間視之無形聽之無聲逆之無前尋之無後深微細好形無絲髮梵釋仙聖所不能照明默種子此化生乎彼非凡所覩謂之陰也猶以晦曀種夫深芬闓手覆種孳有萬億旁人不覩其形種家不知其數也一朽乎下萬生乎上彈指之間心九百六十轉一日一夕十三億意意有一身心不自知猶彼種夫也是以行寂繫意著息

數一至十十數不誤意定在之小定三日大定七日寂無他念怕然若死謂之一禪禪棄也棄十三億穢念之意已獲數定轉念著隨蠲除其八正有二意意定在隨由在數矣垢濁消滅心稍清淨謂之二禪也又除其一注意鼻頭謂之止也得止之行三毒四走五陰六冥諸穢滅矣煛然心明踰明月珠婬邪汙心猶鏡處泥穢垢汙焉偃以照天覆以臨土聰叡聖達萬土臨照雖有天地之大靡一夫而能覩所以然者由其垢濁衆垢汙心有踰彼鏡矣若得良師剗刮瑩磨薄塵微曀蕩使無餘舉之以照毛髮面理無微不察垢退明存使其然矣情溢意散念萬不識一矣猶若於市馳心放聽廣採衆音退宴在思不識一夫之言心逸意散濁翳其聰也若自閑處心

思寂寞志無邪欲側耳靖聽萬句不失片言斯著心靖意清之所由也行寂止意懸之鼻頭謂之三禪也還觀其身自頭至足反覆微察內體惡露森楚毛竪猶覩膿涕於斯具照天地人物其盛若衰無存不忘信佛三寶衆冥皆明謂之四禪也攝心還念諸陰皆滅謂之還也穢欲寂盡其心無想謂之淨也得安般行者厥心即明舉明所觀無幽不覩往情數萬方來之事入物所更現在諸剎其中所有世尊化法弟誦習無遐不見無聲不聞恍惚髣髴存亡自由大彌八極細貫毛氂制天地住壽命猛神德壞天兵動三千移諸剎入不思議非梵所測神德無限六行之由也世尊初欲說斯經時大千震動人天易色三日安般無能質者於是世尊化爲兩身一曰何

等一尊主演于斯義出矣大士上人六雙十二輩靡不執行有菩薩者安清字世高安息王嫡后之子讓國與叔馳避本土翔而後集遂處京師其為人也博學多識貫綜神摸七正盈縮風氣吉凶山崩地動鍼脉諸術覩色知病鳥獸鳴啼無音不照懷二儀之弘仁愍黎庶之頑闇先挑其耳却啓其目欲之視明聽也徐乃陳演正眞之六度譯安般之秘奧學者塵興靡不去穢濁之操就清白之德者也余生末蹤始能負薪考妣徂落三師凋喪仰瞻雲日悲無質受睠言顧之潸然出涕宿祚未没會見南陽韓林頴川皮業會稽陳慧此三賢者信道篤密執德弘正烝烝進進志道不倦余之從請問規同矩合義無乖異陳慧注義余助斟酌非師不傳不敢自由也言多鄙拙不究佛意明喆衆賢願共臨察義有肬腨加聖刪定共顯神融矣

佛說大安般守意經卷上

後漢安息國三藏法師安世高譯

佛在越祇國舍羇瘦國亦說一名遮匿迦羅國時佛坐行安般守意九十日佛得佛復獨坐九十日者思惟校計欲度脫十方及蜎飛蠕動之類復言我行安般守意九十日者安般守意得自在慈念意還行安般守意已復收意行念也安爲身般爲息守意爲道守者爲禁亦謂不犯戒禁者亦爲護護者遍護一切無所犯意者息意亦爲道也安爲生般爲滅意爲因緣守者爲道也安爲數般爲相隨守意爲止也安爲念道般爲解結守意爲不墮罪也安爲避罪般爲不入罪守意爲道也安爲定般爲莫使動搖守意莫亂意也安爲守意般爲御意至得無爲也安爲有般爲無意念有不得道意念無不得道亦不念有亦不念無是應空定意隨道行有者謂萬物無者謂疑亦爲空也安爲本因緣般爲無處所道人知本無所從來亦知滅無處所是爲守意也安爲清般爲淨守爲無意名爲是清淨無爲也無者謂活爲者謂生不復得苦故爲活也安爲未般爲起以未起便爲守意若已起意便走爲不守當爲還故佛說安般守意也安爲受五陰般爲除五陰守意爲覺因緣不隨身口意也守意者無所著爲守意有所著不爲守意何以故意起復滅故意不復起爲道是爲守意守意莫令意生生因有死爲不守意莫令意死有死因有生意亦不死是爲道也安般守意有十黠謂數息相隨止觀還淨四諦是爲十黠黠成謂合三十七品經

爲行成也守意譬如燈火有兩因緣一者壞冥二者見明守意一者壞癡二者見黠也守意意從因緣生當緣因緣莫著是爲守意也守意有三輩一者守令不得生二者已生當疾滅三者事已行當從後悔計億萬劫不復作也守與意各自異護十方一切覺對不犯是爲守意覺彼無爲是爲守意也守意中有四樂一者知要樂二者知法樂三者爲知止樂四者爲知可樂是爲四樂法爲行得爲道守意六事爲有内外數隨止是爲外觀還淨是爲内隨道也何以故念息相隨止觀還淨欲習意近道故離是六事便隨世間也數息爲遮意相隨爲斂意止爲定意觀爲離意還爲一意淨爲守意用人不能制意故行此六事耳何以故數息用意亂故何以故不得用

不識故何以故不得禪用不棄習盡證行道故也數息爲地相隨爲犁止爲務觀爲種還爲雨淨爲行如是六事乃隨道也數息斷外相隨斷内止爲止罪行觀却意不受世間爲還念斷爲淨也意亂當數息意定當相隨意斷當行止得道意當觀不向五陰當還無所有當爲淨也多事當數息少事當相隨家中意盡當行止畏世間當觀不欲世間爲還念斷爲淨也何以故數息不欲隨五陰故何以故相隨欲知五陰故何以故止欲觀五陰故何以故觀陰欲知身本故何以故知身本欲棄苦故何以故爲還猒生死故何以故爲淨分別五陰不受故便隨黠慧八種道得𠜂爲得所願也行息時爲隨數相隨時爲隨念止時爲隨定觀時爲隨淨還時爲隨意淨時爲

隨道亦爲隨行也數息爲四意止相隨爲四意斷止爲四神足念觀爲五根五力還爲七覺意淨爲八行也得息不相隨不爲守意得相隨不止不爲守意得止不觀不爲守意得觀不還不爲守意得還不淨不爲守意得淨復淨乃爲守意也已念息惡不生復數者爲共遮意不隨六衰故行相隨爲欲離六衰行止爲欲却六衰行觀爲欲斷六衰行還爲欲不受六衰行淨爲欲滅六衰已滅盡便隨道也數息欲遮意息中有長短當復遮是長短意也何以故守意欲止惡故惡亦可守亦不可守何以故惡已盡不當復守也數息有三事一者當坐行二者見色當念非常不淨三者當曉瞋恚癡嫉令過去也數息亂者當識因緣所從起當知是內意一息亂者是外意過息從外入故二息亂者是內意過息從中出故三五七九屬外意四六八十屬內意嫉瞋恚癡是三意在內殺盜婬兩舌惡口妄言綺語是七意及餘事屬外也得息爲外不得息爲內息從意生念息合爲一數息至盡數爲一亦非一意在外息未盡故譬如數錢意在五數爲一也數息所以先數入者外有七惡內有三惡用少不能勝多先數入也數息不得者失其本意故本意謂非常苦空非身失是意墮顛倒故亦爲失師師者初坐時第一入息得身安便次第行爲失其本意故不得息也數息意常當念非常苦空非身計息出亦滅入亦滅已知是得道疾當持非常恐意得是意即得息也入息出息所以異者出息爲生死陰入息爲思想陰有時出息爲痛

癢陰入息爲識陰用是爲異道人當分别是意也入息者爲不受罪出息者爲除罪守意者爲離罪入息者爲受因縁出息者爲到因縁守意者爲不離因縁也數息不得有三因縁一者罪到二者行不工三者不精進也入息短出息長無所從念爲道意有所念爲罪罪要在外不在内也數息時有離意爲喘息長得息爲喘息短不安行息爲長定爲短念萬物爲長息無所念爲短息未至十息壞復更數爲長息得十息爲短息得息爲短何以故止不復數故得息亦爲長何以故息不休故爲長也喘息長自知喘息短自知謂意所在爲自知長短意覺長短爲自知意不覺長短爲不自知也道人行安般守意欲止意當何因縁得止意聽説安般守意何等爲安何等爲般安名爲入息般名爲出息念息不離是名爲安般守意者欲得止意在行者新學者有四種安般守意行除兩惡十六勝即時自知乃安般守意行令得止意何等爲四種一爲數二爲相隨三爲止四爲觀何等爲兩惡莫過十息莫減十數何等爲十六勝即時自知喘息長即自知喘息短即自知喘息動身即自知喘息微即自知喘息快即自知喘息不快即自知喘息止即自知喘息不止即自知喘息觀心即自知喘息不觀心即自知内心念萬物已去不可復得喘息自知内無所復思喘息自知棄捐所思喘息自知放棄軀命喘息自知不放棄軀命喘息自知是爲十六即時自知也問何等爲莫過十數莫減十數報息以盡未數是爲過息未盡便數是

爲滅失數亦惡不及亦惡是爲兩惡至二息亂爲短息至九息亂爲長息得十息爲快息相隨爲微意在長便轉意我何以故念長意在短即時覺不得令意止止爲著放棄軀命者謂行息得道意便放棄軀命未得道意常愛身故不放棄軀命也息細微爲道長爲生死短息動爲生死長於道爲短何以故不得道意無所知故爲短也數息爲單相隨爲複止爲一意觀爲知意還爲行道淨爲入道也數時爲念至十息爲待是爲外禪念身不淨隨空是爲内禪也禪法惡來不受是名爲棄閉口數息隨氣出入知氣發何所滅何所意有所念不得數息有遲疾大小亦不得數耳聞聲亂亦不得數也數息意在息數爲不工行意乃爲止數息意但在息是爲不工當知

意所從起氣所滅是乃應數因緣盡便得定意也守意者念出入息已念息不生惡故爲守意息見因緣生無因緣滅因緣斷息止也數息爲至誠息不亂爲忍辱數息氣微不復覺出入如是當守一念也止息在身亦在外得因緣息生罪未盡故有息斷因緣息不復生也數息以爲隨第二禪何以故用不待念故爲隨第二禪也數息爲不守意念息乃爲守意息從外入息未盡息在入意在盡識在數也十息有十意爲十絆相隨有二意爲二絆止爲一意爲一絆不得息數爲惡意不可絆惡意止乃得數是爲和調可意絆也已得息棄息已得相隨棄相隨已得止棄止已得觀棄觀莫復還莫復還者莫復數息亦使意亦使息也息有所念爲息使意無所念爲意

使息也息有四事一爲風二爲氣三爲息四爲喘有聲爲風無聲爲氣出入爲息氣出入不盡爲喘也數息斷外相隨斷內數從外入爲斷外亦欲離外因緣數從中出爲欲離內因緣外爲身離內爲意離身離意離是爲相隨出入息是爲二事也數息爲欲斷內外因緣何等爲內外謂眼耳鼻口身意爲內色聲香味細滑念爲外也行息爲使意向空但欲止餘意何以爲向空息中無所爲故也數息走意不即時覺者罪重意輕罪引意去疾故不覺也行道已得息自猒息意欲轉不復欲數如是爲得息相隨止觀亦爾也知出入息滅爲得息相知生死不復用爲得生死相已得四禪但念空爲種道也行息以得定不復覺氣出入便可觀一當觀五十五事二當觀身中十二因緣也問息出入寧有處不報息入時是其處出息時是其處數息身坐痛癢思想生死識止不行是爲坐也念息得道復校計者用息無所知故問念息得道何以爲無所知報意知息息不知意是爲無所知人不能得校計意便令數息欲令意定雖數息但不生惡無有黠智當何等行得黠慧從一至十分別定亂識對行藥已得定意便隨黠慧得校計爲隨觀也問何等爲數報數者謂事譬如人有事便求是爲數罪道人數福何以故正爲十一意起爲一二意起爲二數終於十至十爲竟故言十數爲福復有罪者用不能壞息故爲罪亦謂意生死不滅墮世間已不斷世間事爲罪也六情爲六事痛癢思想生死識合爲十事應內十息殺盜婬兩舌

惡口妄言綺語嫉妬瞋恚癡應外十息謂止不行也問何等爲十六事報十六事者謂數至十六者謂數相隨止觀還淨是十六事爲行已亦爲隨道也問數息念風爲隨色何以應道報行意在道數不念色氣盡便滅墮非常知非常爲道也道人欲得道要當知坐行二事一者爲坐二者爲行問坐與行爲同不同報有時同有時不同數息相隨止觀還淨此六事有時爲坐有時爲行何以故數息意定是爲坐意隨法是爲行已起意不離爲行亦爲坐也坐禪法一不數二二不數一一數二者謂數一息未竟便言二是爲一數二如是爲過精進二數一者謂息已入二甫言一是爲二數一如是爲不及精進從三至四五至六七至八九至十各自有分部當分別所屬在一數一在二數二是爲法行便隨精進也有三坐隨道一爲數息坐二爲誦經坐三爲聞經喜坐是爲三也坐有三品一爲味合坐二爲淨坐三爲無有結坐何等爲味合坐謂意著行不離是爲味合坐何謂爲淨坐謂不念爲淨坐何等爲無有結坐謂結已盡爲無有結坐也息有三輩一爲雜息二爲淨息三爲道息不行道是爲雜息數至十息不亂是爲淨息已得道是爲道息也息有三輩有大息有中息有微息口有所語大息止念道中息止得四禪微息止也問佛何以教人數息守意報有四因緣一者用不欲痛故二者用避亂意故三者用閉因緣不欲與生死會故四者用欲得泥洹道故也譬喻說日無光明者有四因緣一者用有雲故二者用有塵

故三者用有大風故四者用有煙故數息不
得亦有四因緣一者用念生死校計故二者
用飲食多故三者用疲極故四者用坐不得
更罪地故此四事來皆有相坐數息忽念他
事失息意是爲念校計相骨節盡痛不能久
坐是爲食多相身重意瞪瞢但欲睡眠是爲
疲極相四徙坐不得一息是爲罪地相以知
罪當經行若讀經文坐意不習罪亦稍稍消
也道人行道當念本何等爲本謂心意識是
爲本是三事皆不見已生便滅本意不復生
得是意爲道意本意已滅無有痛更因緣生
便斷也定意日勝日勝爲定意有時從息得
定意有時從相隨得定意有時從止得定意
有時從觀得定意隨得定因緣直行也行息
亦隨貪何以故意以定便喜故便當計出入
息念滅時息生身生息滅身滅尚未脫生死
苦何以故喜已計如是便貪止也數息欲疾
相隨欲遲有時數息當安徐相隨時當爲疾
何以故數息意不亂當安徐數亂當爲疾相
隨亦同如是也第一數亦相隨所念異雖數
息當知氣出入意著在數也數息復行相隨
止觀者謂不得息前世有習在相隨止觀雖
得相隨止觀當還從數息起也數息意不離
是爲法離爲非法數息意不隨罪意在世間
便隨罪也數息爲不欲亂意故意以不亂復
行相隨者證上次意知爲止止與觀同還與
淨同也行道得微意當倒意者謂當更數息
若讀經已乃復行禪微意者謂不數息及行
相隨也佛有六潔意謂數息相隨止觀還淨
是六事能制無形也息亦是意亦非意何以

故數時意在息爲是不數時意息各自行是爲非意從息生息已止無有意也人不使意意使人人使意者謂數息相隨止觀還淨念三十七品經是爲人使意人不行道貪求隨欲是爲意使人也息有垢息不去垢不得息何等爲息垢謂三冥中最劇者是爲息垢何等爲三冥謂三毒起時身中正冥故言三冥三毒者一爲貪婬二爲瞋恚三爲愚癡人皆坐是三事死故言毒也數息時意在數息未數時有三意有善意有惡意有不善不惡意欲知人得息相者當觀萬物及諸好色意不復著是爲得息相意復著是爲未得當更精進行家中意欲盡者謂六情爲意家貪愛萬物皆爲意家也相隨者謂行善法從是得脫當與相隨亦謂不隨五陰六入息與意相隨也問第三止何以故止在鼻頭報用數息相隨止觀還淨皆從鼻出入意習故處亦爲易識以是故著鼻頭也惡意來者斷爲禪有時在鼻頭止有時在心中止在所著爲止邪來亂人意直觀一事諸惡來心不當動心爲不動之哉也止有四一爲數止二爲相隨止三者鼻頭止四爲息心止止者謂五樂六入當制止之也入息至盡鼻頭止謂惡不復入至鼻頭止出息至盡著鼻頭謂意不復離身行向惡故著鼻頭亦謂息初入時便一念向不復轉息出入亦不復覺是爲止也止者如出息入息覺知前意出不覺後意出覺前爲意意相觀便察出入息見敗便受相畏生死却意便隨道意相也莫爲相隨者但念著鼻頭五陰因緣不復念罪斷意滅亦不喘息是爲

止也莫爲相隨者謂莫復意念出入隨五陰因緣不復喘息也第四觀者觀息敗時與觀身體異息見因緣生無因緣滅也心意受相者謂意欲有所得心計因緣會當復滅便斷所欲不復向是爲心意受相也以識因緣爲俱相觀者謂識知五陰因緣出息亦觀入息亦觀觀者謂觀五陰是爲俱觀亦應意意相觀爲兩因緣在内斷惡念道也觀出息異入息異者謂出息爲生死陰入息爲思想陰有時出息爲痛癢陰入息爲識陰隨因緣起便受陰意所向無有常用是故爲異道人當分別知是亦謂出息滅入息生入息滅出息生也無有故者謂人意及萬物意起已滅物生復死是爲無有故也非出息是入息非入息是出息非謂出息時意不念入息入息時意不念出息所念異故言非也中信者謂入道中見道因緣信道是爲中信也第五還棄結者謂棄身七惡第六淨棄結者爲棄意三惡是名爲還還者爲意不復起惡惡者是爲不還也還身者謂還惡得第五還尚有身亦無身何以故有意有身無意無身意爲人種是名爲還還者謂意不復起惡起惡者是爲不還亦謂前助身後助意不殺盜婬兩舌惡口妄言綺語是爲助身不嫉瞋恚癡是爲助意也還五陰者譬如買金得石便棄捐地不用人皆貪愛五陰得苦痛便不欲是爲還五陰也何等爲處見滅盡處謂無所有是爲滅處問以無所有何以故爲處者無所有處有四處一者飛鳥以空中爲處二者羅漢以泥洹爲處三者道以無有爲處四者法在觀處也

出息入息受五陰相者謂意邪念疾轉還正以生覺斷爲受五陰相言受者謂受不受相也以受五陰相知起何所滅何所滅者爲受十二因緣人從十二因緣生亦從十二因緣死不念者爲不念五陰也知起何所滅何所謂善惡因緣起便復滅亦謂身亦謂氣生滅念便生不念便死意與身同等是爲斷生死道在是生死聞一切惡事皆從意來也令不爲前前不爲令令者謂前所念已滅令念非前念亦謂前世所作令世所作各自得福亦謂令所行善非前所行惡亦謂令息非前息前息非令息也爲生死分別者爲意念生即生念滅即滅故言生死當分別萬物及身過去未來福爲索盡何以故盡以生便滅滅便盡以知盡當盡力求也視上頭無所從來者謂人無所從來意起爲人亦謂人不自作來者爲有所從來人自作自得是爲無所從來也生死當分別者謂知分別五陰亦謂知分別意生死人意爲常知無有常亦爲分別也後視無處所者爲令現在不見罪人在生死會當得無有脫於罪故言後視無有處所未得道迹不得中命盡謂已得十五意不得中死要當得十五意便隨道亦轉上至阿羅漢也中得道迹亦不得中命盡爲息意身凡三事謂善惡意要當得道迹亦復中壞息死復生善意起復滅身亦不得中死也何等爲淨謂諸所貪欲爲不淨除去貪欲是爲淨何等爲五陰相譬如火爲陰薪爲相也從息至淨是皆爲觀謂觀身相隨止觀還淨本爲無有內意數息外意斷惡因緣是爲二意也問何以

故不先內外觀身體反先數息相隨止觀還淨報用意不淨故不見身意已淨便悉見身內外道所有十九行用人有十九病故亦有十九藥觀身念惡露是爲止貪婬藥念四等心是爲止瞋恚藥自計本何因緣有是爲止愚癡藥安般守意是爲多念藥也內外自觀身體何等爲身何等爲體骨肉爲身六情合爲體也何等爲六情謂眼合色耳受聲鼻向香口欲味細滑爲身衰意爲種栽爲癡爲有生物也內外身體所以重出者何謂人貪求有大小有前後謂所欲得當分別觀觀者見爲念念因見觀者爲知也身觀止者坐念起起念意不離在所行意所著爲識是爲身觀止也出息入息念滅時何等爲念滅時謂念出入氣盡時意息滅出息入息念滅時譬如畫空中無有是處生死意道意俱爾也出息入息念滅時亦不說息意自說滅時出息入息念滅時物從因緣生斷本爲滅時也內外痛癢見觀者爲見痛癢所從起便觀是爲見觀也內外痛癢者謂外好物爲外癢外惡物爲外痛內可意爲內癢內不可意爲內痛在內爲內法在外因緣爲外法亦謂目爲內色爲外耳爲內聲爲外鼻爲內香爲外口爲內味爲外心爲內念爲外見好細滑意欲得是爲癢見麤惡意不用是爲痛俱墮罪也痛癢觀止者若人痛意不作痛反念他一切身痛如是以意不在痛爲止痛亦可念亦可不念念痛無所著自愛身當觀他人身意愛他人身當自觀身亦爲止也內外痛癢所以重出者何謂人見色愛有薄厚其意不等觀多與

少異故重分別觀道當内觀有癡當外觀以自證也身心痛癢各自異得寒熱刀杖痛極是爲身痛得美飯載車好衣身諸所便是爲身癢心痛者身自憂復憂他人及萬事是爲心痛心得所好及諸歡喜是爲心癢也意相觀者有兩因緣在内斷惡念道一者謂五樂六衰當制斷之觀者自觀身身不知麤細以得乃覺是爲意意相觀意意相觀息亦是意數亦是意數時視息爲意意相觀也意觀止者欲婬制不爲欲瞋恚制不怒欲癡制不作欲貪制不求諸惡事一切不向是爲觀止亦謂以知三十七品經常念不離爲止也出息入息盡定便觀者盡謂罪盡定謂息止意定觀者謂觀止還淨也盡止者謂我能説是更見是曉是遍更是是爲盡止也所起息若布施作福一切善法以起便滅更意念邪向習罪行亦無數故更今世意不如是相隨他人亦爾以知覺當斷以斷爲内外意意觀止也内外法法者内法謂身外法謂他人有持戒法有不持戒法是爲内外法也内法謂行黠不離三十七品經一切餘事意不隨中行道得道是爲内法外法謂隨生死隨生死行便得生死不脱一切當斷已斷爲内外法觀止也法觀止者一切人皆自身爲身諦校計非我身何以故有眼有色眼亦非身色亦非身何以故人以死有眼無所見亦有色無所應身如是但有識亦非身何以故識無有形亦無所輕止如是計眼耳鼻口身意亦爾得是計爲法觀止亦謂不念惡爲止念惡爲不止何以故意行故也

佛說大安般守意經卷上

音釋

曀於計切暗曀也　闓丘蓋切開也　睍古迴切目驚也　剗刮剗初限切削也刮古滑切摩切也　鋮職深切　衇莫白切　睠音眷顧也　潸所閒切涕淚流也　肬羽求切　腨市兗切　羇居宜切　蜎蠉緣切小飛也　蝡而兗切蟲動也　耮郎到切摩田器也　喘昌兗切疾息也　絆博漫切縶也　鼟薔鼟都鄧切薔武直切鼟薔不明也

佛說大安般守意經卷下

後漢安息國三藏安世高譯

出息入息自覺出息入息自知當時爲覺以後爲知覺者謂覺息長短知者謂知息生滅麤細遲疾也出息入息覺盡心者謂覺出入息欲報時爲盡亦計萬物身生復滅心者謂意心也見觀空者行道得觀不復見身便墮空無所有者謂意無所著意有所著因爲有斷六入便得賢明賢謂身明謂道也知出何所滅何所者譬如念石出石入木石便滅五陰亦爾出色入痛癢出痛癢入思想出思想入生死出生死入識已分別是乃隨三十七品結也問曰何等爲思惟無爲道報思爲校計惟爲聽無謂不念萬物爲者如說行道爲得故言思惟無爲道也思爲念惟爲分別白黑黑爲生死白爲道道無所有已分別無所有便無所爲故言思惟無爲道若計有所爲所著爲非思惟思亦爲物惟爲解意解意便知十二因緣事亦謂思爲念惟爲計也斷生死得神足謂意有所念爲生無所念爲死得神足者能飛行故言生死當斷也得神足有五意一者喜二者信三者精進四者定五者通也四神足念不盡力得五通盡力自在向六通爲道人四神足得五通盡意可得六通盡意謂萬物意不欲也一信二精進三意四定五黠是五事爲四神足念爲力至凡六事也從信爲屬四神足念從喜從念精進從定從黠是爲屬五根也從喜定謂信道從力定謂精進從意定謂意念定從施定謂行道也爲種故有根有爲之事皆爲惡便生想不能

得勝謂得禪是因爲力亦謂惡不能勝善意滅復起故爲力力定者惡意欲來不能壞善意故爲力定也道人行道未得觀當校計得觀在所觀意不復轉爲得觀止惡一法爲坐禪觀二法有時觀身有時觀意有時觀喘息有時觀有有時觀無在所因緣當分別觀也止惡一法觀二法惡已盡爲止觀者爲觀道惡未盡不見道惡已盡乃得見道也止惡一法爲知惡一切能制不著意爲止亦爲得息相隨止得息相隨止是爲止惡一法惡已止便得觀故爲觀二法爲得四諦爲行淨當復作淨者識苦棄集知盡行道如日出時淨轉出十二門故經言從道得脫也去冥見明如日出時譬如日出多所見爲棄諸冥冥爲苦何以知爲苦多所罣礙故知爲苦何等爲棄集謂不作事何等爲盡證謂無所有道者明識苦斷集盡證念道識從苦生不得苦亦無有識是爲苦也盡證者謂知人盡當老病死證者知萬物皆當滅是爲盡證也譬如日出作四事一壞冥謂慧能壞癡二見明謂癡除獨慧在三見色萬物爲見身諸所有惡露四成熟萬物設無日月萬物不熟人無有慧癡意亦不熟也上頭行俱行者所行事行不分別說謂行五直聲身心并俱行也從諦念法意著法中從諦念法意著所念是便生是求生死得生死求道得道內外隨行起意是爲念法意著法中者從四諦自知意生是當得是不生是不得是便却意畏不敢犯所行所念常在道是爲意著法中也是名爲法正從諦本起本著意法正者謂道法從諦謂四諦

本起著意者謂所向生死萬事皆本從意起便著意便有五陰所起意當斷斷本五陰便斷有時自斷不念意自起爲罪復不定在道爲罪未盡故也意著法中者諦意念萬物爲隨外法中意不念萬物爲隨道法中五陰爲生死法三十七品經爲道法意著法中者謂制五陰不犯亦謂常念道不離是爲意著法中也所本正者所在外爲物本爲福所在内總爲三十七品經行道非一時端故言所本者謂行三十七品經法如次第隨行意不入邪爲正故名爲所本正所本正各自異行以無爲對本以不求爲對正以無爲爲對無爲以不常爲對道以無有爲對亦無有所亦無有本亦無有正爲無所有也定覺受身如是法道說謂法定道說者謂說所從因緣得道

見陰受者爲受五陰有入者爲入五陰中因有生死陰者爲受正正者道自正但當爲自正心耳人行安般守意得數相隨得正便歡喜是四種譬如鑽火見煙不能熟物得何等喜用未得出要故也安般守意有十八惱令人不隨道一爲愛欲二爲瞋恚三爲癡四爲戲樂五爲慢六爲疑七爲不受行相八爲受他人相九爲不念十爲他念十一爲不滿念十二爲過精進十三爲不及精進十四爲驚怖十五爲强制意十六爲憂十七爲怱怱十八爲不度意行愛是爲十八惱不護是十八因緣不得道以護便得道也不受行相者謂不觀三十六物不念三十七品經是爲不受行相受他人相者謂未得十息便行相隨是爲受他人相他念者入息時念出息出息時

念入息是爲他念不滿念者謂未得一禪便念二禪是爲不滿念强制意者謂坐亂意不得息當經行讀經以亂不起是爲强制意也精進爲黠走是六事中謂數息相隨止觀還淨是爲六也何等爲喘何等爲息何等爲氣何等爲力何等爲風喘者爲意息爲命守氣爲視聽風爲能言語從道屈伸力爲能舉重瞋恚也要從守意得道也何緣得守意從數轉得息息轉得相隨止觀還淨亦爾也行道欲得止意當知三事一者先觀念身本何從來但從五陰行有斷五陰不復生譬如寄託須臾耳意不解念九道以自證二者自當内視心中隨息出入三者出息入息念滅時息出小輕念滅時何等爲知無所有意定便知空知空便知無所有何以故息不報便死知身但氣所作氣滅爲空覺空隨道也故行道有三事一者觀身二者念一心三者念出入息復有三事一者止身痛癢二者止口聲三者止意念行是六事疾得息也要經言一念謂一心近念謂計身多念謂一心不離念謂不離念身行是四事便疾得息也坐禪數息即時定意是爲令福遂安隱不亂是爲未來福葢久續復安定是爲過去福也坐禪數息不得定意是爲令罪遂不安隱亂意起是爲當來罪坐禪葢久遂不安定是爲過去罪也亦有身過意過身直數息不得是爲意過身曲數息不得是爲身過也坐禪自覺得定意意喜爲亂意不喜爲道意坐禪念息已止便觀觀止復行息人行道當以是爲常法也佛説有五信一者信有佛有經二者出家下頭

髮求道三者坐行道四者得息五者定意所念不念爲空難不念爲空何以故念息報曰息中無五色貪婬瞋恚愚癡愛欲是亦爲空也可守身中意者謂意在身觀是爲身中意人不能制意故令數息以黠能制意不復數息也問何等爲自知何等爲自證報謂能分別五陰是爲自知不疑道是爲自證也問曰何等爲無爲報無爲有二輩有外無爲有內無爲眼不視色耳不聽聲鼻不受香口不味味身不貪細滑意不妄念是爲外無爲數息相隨止觀還淨是爲內無爲也問現有所念何以爲無爲報身口爲戒意向道行雖有所念本趣無爲也問何等爲無何等名爲報無者謂不念萬物爲者隨經行指事稱名故言無爲也問設使宿命對來到當何以却報行數息相隨止觀還淨念三十七品經能却難宿命對不可却數息行三十七品經何以故能却服用念道故消惡設使數息相隨止觀還淨不能滅惡世間人皆不得道用消惡故得道數息相隨止觀還淨行三十七品經尚得作佛何況罪對在十方積如山精進行道不與罪會問曰經言作是何以故不會報用作是故也數息爲隨十二品何謂十二品數息時隨四意止息不亂時爲隨四意念斷得十息有時爲隨四神足是爲隨十二品也問何等爲念三十七品經報謂數息相隨止觀還淨行是六事是爲念三十七品經也行數息亦爲行三十七品經也問何以故爲行三十七品經報數息爲隨四意止何以故爲四意止亦隨四意斷用不待念故爲四意斷亦

隨四神足用從信故爲神足也數息爲隨信根用信佛意喜故生信根亦隨能根用坐行故爲隨能根亦隨識根用知諦故爲識根亦隨定根用意安故爲定根亦隨黠根用離癡意解結故爲黠根也數息亦隨信力用不疑故爲信力亦隨進力用精進故爲進力亦隨念力用餘意不能攘故爲念力亦隨定力用一心故爲定力亦隨黠力用前分別四意止斷神足故爲黠力也數息亦隨覺意用識苦故爲覺意亦隨法識覺意用知道因緣故爲法識覺意亦隨力覺意用棄惡故爲力覺意亦隨愛覺意用貪樂道故爲愛覺意亦隨息覺意用意止故爲息覺意亦隨定覺意用不念故爲定覺意亦隨守覺意用行不離故爲守覺意也數息亦隨八行用意正故入八行定意慈心念淨法是爲直身至誠語輭語直語不還語是爲直語黠在意信在意忍辱在意是爲直心所謂以聲身心息是爲十善隨善行也數息亦隨直見用諦觀故爲直見亦隨直行用向道故爲直行亦隨直治用行三十七品經故爲直治亦隨直意用念諦故爲直意亦隨直定用意白淨壞魔兵故爲直定是爲八行何等爲魔兵謂色聲香味細滑是爲魔兵不受是爲壞魔兵三十七品應斂設自觀身觀他人身止婬不亂意止餘意自觀痛癢觀他人痛癢止瞋恚自觀意觀他人意止癡自觀法觀他人法得道是名爲四意止也避身爲避色避痛癢爲避五樂避意爲避念避法不隨願業治生是名爲四意念斷也識苦者本爲苦爲苦者爲有身從苦爲因緣

起者所見萬物苦集者本爲苦從苦爲因緣生盡者萬物皆當敗壞爲增苦集復當隨八道中道人當念是八道是名爲四爲四枝若得四神足念也信佛意喜是名爲信根爲自守行法從諦身意受是名能根爲精進從諦念遂諦是名諦根爲守意名從諦一意從諦一意止是名定根爲正意從諦觀諦是名黠根爲道意是名爲五根也從諦信不復疑是名信力棄貪行道從諦自精進惡意不能敗精進是名進力惡意欲起當即時滅從諦是意無有能壞意是名念力內外觀從諦以定惡意不能壞善意是名定力念四禪從諦得黠惡意不能壞黠意是名黠力念出入盡復生是名爲五力也從諦念諦是名爲覺意得道意從諦觀諦是名法名法識覺意得生死意從諦身意持是名力覺意持道不失爲力從諦足喜諦是名愛覺意貪道法行道法行道從諦意得休息是名意覺意已息安隱從諦一念意是名定覺意息知意以安定從諦自在意在所行從觀是名守覺意從四諦觀意是名爲七覺意也從諦守諦是名直信道從諦直從行諦是爲直從行念道從諦身意持是名直治法不欲墮四惡四惡者謂四顛倒從諦念諦是名直意不亂意從諦一心意是名直定爲一心上頭爲三法意行俱行以聲身心猶如佛弟子八行是名四禪爲四意斷也第一行爲直念屬心常念道第二行爲直語屬口斷四意第三行爲直觀屬身觀身內外八第四行爲直見信道第五行爲直行不墮四惡謂四顛倒第六行爲直治斷餘意

第七行爲直意不墮貪欲第八行爲直定正心是爲八行佛辟支佛阿羅漢所不行也第一行爲直念何等爲直念謂不念萬物意不墮是中是爲直念念萬物意墮中爲不直念也四意止者一意止爲身念息二意止爲念痛癢三意止爲念意息出入四意止爲念法因緣是爲四意止也道人常念是四意止一者爲我前世愛身故不得脱二者念有身劇怨家何以故所欲者愛生當斷已斷爲外身觀止也四意止者意止者意不在身爲止意不在痛癢止意不在意爲止意不在法爲止目隨色識便生是爲不止也問人何以故不隨四意止報用不念苦空非身不淨故不隨四意止若人意常念苦空非身不淨行道者常念是四事不離便疾得四意止也問何等爲身意止謂念老病死是爲身意止何等爲痛癢意止謂所不可意是爲痛癢意止何等爲意意止謂已念復念是爲意意止何等爲法意止謂往時爲行還報爲法亦謂作是得是是爲法意止也四意止有四輩一者念非常意止二者念苦身意止三者念空有意止四者念不淨樂意止是爲四意止一切天下事皆隨身痛癢隨意隨法都盧不過是四事也四意止者一者但念息不邪念二者但念善不念惡三者自念身非我所萬物皆非我所便不復向四者眼不視色意在法中是名爲四意止也道人當行四意止一者眼色當校計身中惡露二者意歡喜念樂當念痛苦三者我意瞋他人意亦瞋我意轉他人意亦轉便不復轉意四者我意嫉他人意亦嫉我

念他人惡他人亦念我惡便不復念是爲法也身意止者自觀身觀他人身何等爲身欲言痛癢是身痛無有數欲言意是身復非身有過去未來意欲言法是身復非身有過去未來法欲言行是身行無有形知爲非身得是計爲四意止也意不隨色念識亦不生耳鼻口身亦爾意不在身爲止意不在痛癢意不在念意不在法爲止也問誰主知身意痛癢者報有身身意知痛癢痛癢意知意意知有飢飢意知有渴渴意知有寒寒意知有熱熱意知以是分別知也身意起身意痛癢意起痛癢意意意起意意法意起法意四意止謂意念惡制使不起是爲止也四意止亦隨四禪亦隨四意止隨四意止爲近道不著惡便善意生四禪爲四意定爲正意也行道有四因緣一止身二止痛癢三止意四止法止身者謂見色念不淨止痛癢者謂不自貢高止意者謂止不瞋恚止法者謂不疑道人行四意止起念生即時識對行樂得一意止便得四意止也四意定一者自觀身亦復觀他人身二者自觀痛癢亦復觀他人痛癢三者自觀心亦復觀他人心四者自觀法因緣亦復觀他人法因緣如是身一切觀内外因緣成敗之事當念我身亦當成敗如是是爲四意定也人欲止四意棄爲外攝爲内已攝意爲外棄爲内也觀他人身謂自觀身不離意便爲觀他人身苦觀他人身爲非痛癢意法亦爾也自貪身當觀他人身念他人身便自觀身如是爲意止問意見行何以爲止報意以自觀身貪便使觀他人身爲意從貪轉故

應止若意貪他人身當還自觀身也有時自觀身不觀他人身有時當觀他人身不當自觀身有時可自觀身亦可觀他人身有時不可自觀身亦不可觀他人身自觀身者爲校計觀他人身意不止須自念身爲著便轉著他人身觀他人身爲見色肥白黛眉赤脣見肥當念死人胮見白當念死人骨見眉黑當念死人正黑見朱脣當念血正赤校計身諸所有以得是意便轉不復愛身也觀有内外嫉恚癡當内觀貪婬當外觀貪當念非常敗婬當念對所有惡露如自觀身疾當念四斷意也觀有兩輩一者觀外二者觀内觀身有三十六物一切有對皆屬外觀無所有爲道是爲内觀也觀有三事一者觀身四色謂黑青赤白二者觀生死三者觀九道觀白見黑爲不淨當前聞以學後得道未得道爲聞得莂爲證得爲知也觀有四一者身觀二者意觀三者行觀四者道觀是爲四觀譬如人守物盜來便捨物觀盜人已得觀便捨身觀物也觀有二事一者觀外諸所有色二者觀内謂無所有觀空已得四禪觀空無所有有意無意無所有是爲空亦謂四棄得四禪也欲斷世間事當行四意止欲除四意止當行四意斷人除貪貪故行四神足飛但有五根無有五力不能制但有五力無有五根不生得四神足尚轉五力能制上次十二品四意斷不作現在罪但畢故罪是爲四意斷也畢故不受新爲四意止故畢新止爲止爲四意斷故意斷斷爲四神足知足不復求守意意爲畢生爲新老爲故死爲身體壞敗爲盡也

四意斷謂常念道善念便惡斷故爲斷惡道念善念止便惡念念生故爲不斷也四意斷者意自不欲向惡是爲斷亦謂不念罪爲斷也四神足一者身神足二者口神足三者意神足四者道神足念飛念不欲滅不隨道也四伊提鉢四爲數伊提爲止鉢爲神足欲飛便飛有時精進坐七日便得或七月或七歲也得四神足可久在世間不死有藥一者意不轉二者信三者念四者有諦五者有黠是爲神足藥也得四神足不久在世間有三因緣一者自猒其身臭惡故去二者無有人能從受經道故去三者恐惡人誹謗得罪故去也神足九輩謂乘車馬步疾走亦爲神足外戒堅亦爲神足至誠亦爲神足忍辱亦爲神足也行神足當飛意問何爲飛意報有四因緣一者信二者精進三者定四者不轉意何等爲信信飛行何等爲精進飛行何等爲定飛行何等爲不轉意謂著飛行不轉意也身不欲行道意欲行便行神足如是意欲飛即能飛也五根譬如種物堅乃生根不堅無有根信爲水雨不轉意爲力所見萬物爲根制意爲力也信根中有三陰一爲痛痒二爲思想三爲識陰定根中有一陰謂識陰也五根五力七覺意中有一陰者中有二陰者中有三陰者中有四陰者皆有陰問是道行何緣有陰報以泥洹無陰餘皆有陰也七覺意上三覺屬口中三覺屬身下一覺屬意何等爲覺念念爲覺念念爲得覺得是意便隨道也外七覺意爲隨生死内七覺意爲隨道内七覺意者謂三十七品經外七覺意者謂萬物

也覺者爲識事便隨覺意也有覺意便隨道覺有覺意墮罪覺三十七品經便正意是爲隨道覺善惡是爲隨罪也問何等爲從諦身意持報謂身持七戒意持三戒是爲身意持也從諦意得休息從四諦意因緣休休者爲止息爲思得道爲受思也貪樂道法常行道爲愛覺意持道不失爲力覺意已得十息身安隱爲息覺意自知已安爲定覺意身持意意不走爲持從諦自在意在意在所行謂得四諦亦可念四意止亦可四意斷亦可四神足亦可五根五力七覺意八行是爲自在意在所行從諦觀者爲觀三十七品經要是爲守意覺者謂覺諦不復受罪也八行有内外身爲殺盜婬聲爲兩舌惡口妄言綺語意爲嫉妬瞋恚癡是上頭三法爲十事在外五直在内也從諦守諦從爲神守爲護謂護法不犯罪諦爲道知非常苦空非身不淨爲直見非常人計爲常思苦爲樂空計爲有非身用作身不淨計爲淨是爲不直見也何等爲直見信本因緣知從宿命有是名爲直見何等爲直治分別思惟能致善意是名爲直治何等爲直語守善言不犯法如應受言是名爲直語也何等爲直業身應行不犯行是名爲直業也何等爲直業治隨得道者教戒行是名爲直業治何等爲直精進行行無爲晝夜不中止不捨方便是名爲直精進方便也何等爲直念常向經戒是名爲直念何等爲直定意不惑亦不捨行是名爲直定如是行令賢者八業行具以行具足便行道也八直有治有行行八直乃得出要身不犯戒是爲直

治慧信忍辱是爲行身意持是名爲直治謂無所念爲直有所念爲不直也十二部經都皆隨三十七品經中譬如萬川四流皆歸大海三十七品經爲外思惟爲内思惟生道故爲内道人行道分别三十七品經是爲拜佛也三十七品經亦隨世間亦隨道諷經口説是爲世間意念是爲應道持戒爲制身禪爲散意行從願願亦從行行道所向意不離意至佛意不還也亦有從次第行得道亦有不從次第行得道謂行四意止斷神足五根五力七覺意八行是爲從次第畏世間惡身便一念從是得道是爲不從次第道入能得三十七品行意可不順從數息相隨止也身口七事心意識各有十事故爲三十七品四意止斷神足屬外五根五力屬内七覺意八行得道也泥洹有四十事謂三十七品經并三空凡四十事皆爲泥洹問數息爲泥洹非報數息相隨鼻頭止意有所著不爲泥洹泥洹爲有不報泥洹爲無有但爲苦滅一名意盡難泥洹爲滅報但善惡滅耳知行者有時可行四意止有時可行四意斷有時可行四神足有時可行五根五力七覺意八行諦者爲知定亂定爲知行亂爲不知行也問何以故正有五根五力七覺意八行報人有五根道有五根人有五力道有五力人有七使道有七覺意行有八直應道八種隨病説藥因緣相應眼受色耳聞聲鼻向香口欲味身貪細滑是爲五根何以故名爲根已受當復生故名爲根不受色聲香味細滑是爲力不隨七使爲覺意已八直爲應道行五根堅意五力

爲不轉意七覺爲正意八行爲直意也問何等爲善意何等爲道意報謂四意止斷神足五根五力是爲善意七覺意八行是爲道意有道善有世間善從四意止至五根五力是爲道善不婬兩舌惡口妄言綺語貪瞋癡是爲世間善諦見者知萬物皆當滅是爲諦見萬物壞敗身當死以不用爲憂是爲諦觀意橫意走便責對得制是爲除罪諸來惡不受爲禪一心內意十二事智慧七爲數八爲相隨九爲止十爲觀十一爲還十二爲淨是爲內十二事外復十二事一爲目二爲色三爲耳四爲聲五爲鼻六爲香七爲口八爲味九爲身十爲細滑十一爲意十二爲受欲是爲外十二事也術闇者爲智凡有三智一者知無數世父母兄弟妻子二者知無數世白黑長短知他人心中所念三者毒已斷是爲三沙羅也墮苦者爲六通智一爲神足二爲徹聽三爲知他人意四爲知本所從來五爲知往生何所六爲知素漏盡是爲六也

佛説大安般守意經卷下

音釋

癢餘兩切 黠胡八切慧也 鑽作官切 胖匹江切 蒴必列切蒴記也

佛說罵意經

禪行法想經

後漢安息國三藏安世高譯

清刻龍藏佛說法變相圖

二經同卷

佛說罵意經

禪行法想經

佛說罵意經

後漢安息國三藏安世高譯

佛說罵意十方蟲蟻一切皆噉已十方蟲蟻一切亦噉我何不知慙十方蟲蟻一切為我作婦我亦一切取十方蟲蟻作婦何不能不愧在生死大久不可數當種習道不當習種畜生業犯婬泆有五罪一者亡錢財二者墮驚怖三者畏縣官四者得惡禍五者已命盡墮惡地獄中人從色飲食得身作人無所畏但恐得畜生投入地獄餓鬼中耳道人除鬚

髮行乞食忍於飢渴去家棄財産目不妄視守護六根避惡因緣爲欲脱苦人起一意有百劫殃譬如種穀百倍萬倍穀無所知常得萬倍人意有知恐不啻耳人坐行道若見海水蟲若所有物皆前世水中蟲物若禽獸通世作禽獸今世得因緣故罪但當行多所見皆爲罪當覺是意前世爲共地獄中過去罪爲哀現在爲罪未爲殃惡有父母癡爲惡父愛爲惡毋善亦有父母三十七品經爲善父六波羅蜜爲善毋復有父毋佛爲父法爲毋隨佛語案法行是爲父毋行人墮地獄中鬼欲持棒擊之其人意便念鬼會當復滅不得久意念如是則便解脱生天上有六事没法一者不事佛二者不事法三者不事戒比丘僧四者不事黠人五者不多教人精進行道六者論議賢者却是六事爲增法不當於福中作罪寧於罪中作福人在學處不行道誦經是爲於福中作罪人得病痩縣官水火亡錢財不憂是爲罪中作福不當於福中作罪燒香散華乘車訶作是取是候是爲福中作罪殺有九輩罪有輕重寧殺千頭蟻不殺一頭蠅如是上至人殺大得罪益大作百佛寺不如活一人活十方天下人不如守意一日人得好意其福難量施與惡人物後當與惡人爲因緣是爲受惱施與善人物是爲福相從亦不當受惡人物後與相逢是爲惱得惱寧受善人物施與善人物不當受惡人物施與惡人寧與惡人物不受善人物寧受善人物不受惡人物人得惡意當斷得善亦當斷惡意者地獄畜生餓鬼善意者天上人中一

切當斷有五魔生亂人意令人不得道一者天魔二者罪魔三者行魔四者惱魔五者死魔道人行道當覺是五魔有五事十方佛無能制者一者宿命當亡二者命應當上生三者命當盡壞四者命當老五者命當死是事無能制者人在生有四事一者有善計善相隨二者有惡計惡相隨三者有善計惡相隨四者有惡計善相隨人所有所念意亦滅身亦滅所見因緣亦滅後世行受殃福者譬如種果令年已熟墮地後年復有果罪譬如樹意因緣譬如果人所作善惡有四神知之一者地神知之二者天神知之三者旁人知之四者自意知之有三因緣固道一者行二者受三者殃作惡事是爲行已生是爲受已受爲殃有五屠家子暮歸便念道後壽歿於惡道中暮夜以五樂之至明復以五毒治之有二輩人受佛語謂已黠人亦癡人是爲二輩三事不可見譬如持戒諸惡不可見道人傳經已行道有四受福一者行道一心無所食飲得受人禮二者素貧窮無所有得受人禮三者居自有足不得受人禮四者人身行道乍念取足不得多受禮人語應經法當受不應莫受聞經亦爾爲人説經雖亂人意無有罪何以故本説經時不欲亂人意説經雖亂人意譬如食毒當死因教服止毒藥便不復死佛經譬如止毒藥道有四事火不能燒兵不能加一者佛所使未受二者得滅盡三者得四禪四者在道意不在生死佛在世時到人家主人便閉門不欲令餘人見佛後世兩目無所見是故佛經若欲發露然燈得天眼

亦得遠見亦得光明作主得好眼睚與麻油膏得好瞳子與火得識諦從是因緣得好眼與燈後世得金銀珍寶器人來説惡事迷亂人意是魔所作當覺是若好人得惡父母是爲罪魔人來罵但有風耳當避之是爲惡風不避反爲惡人風所中從是五得坐是五行墮惡道入衆人聚會中有四輩事應牽出一者非法説爲亂人意到便牽出二者見所語非不制爲牽出三者見所爲不是不教爲牽出四者所問不如法不復與語爲牽出聚者比近道人聚中蚤虱蟲蟻齧人有四因緣一者宿命當從受罪二者魔來壞人不欲使得道三者不牽淨處四者不等心有八輩人不可信一者貪人二者嫉人三者瞋恚人四者輕薄人五者吏人六者異心人七者怨家人八者女人縣官水火蛇蚖利刀是不可近近便殺人貪愛經有五事一者欲使人知我有經多欲自貢高得名聞故二者欲持行窮人自不解三者欲依經受人禮四者一切欲令人皆從我受經我爲師故五者求經欲脱生死得度世道可與經道學經有五輩一者意欲多聞經二者欲多行福三者欲解經四者爲他人説經五者欲斷生死五嫉者一者如人共事師欲令獨愛我不欲令復愛餘人是爲居嫉二者自念我倶作人獨生小姓家是爲嫉妬三者見他人富有願欲與等是爲財產嫉四者佛有深經獨欲得之不欲令餘人得之是爲經嫉五者見他人端正自念我獨不如是爲色嫉犯是五嫉不得道道人莫墮五諍一者諍佛二者諍法三者諍戒四者諍

經五者諍賢者道人莫諍有是無是也有五誤堅一者身誤堅二者要誤堅三者邪誤堅四者貪誤堅五者誠誤堅有七婬一者見衣被色二者聞珠環聲三者聞婦人語聲四者心意念談女人五者眼視六者念夫婦禮七者意思想犯是七婬不得道人喜忘有五因緣一者身忘二者多念忘三者著愛四者見著五者本宿命者謂故世惱人斷語驚怖人勞忘謂念勞飲酒得毒四分飲水得天氣四分卧出得死四分說善言得天四分說惡事得地獄四分地獄王有婦弟死當入地獄中婦白王言莫令我弟入是獄中王言汝爲我止之其弟欲入婦言是獄門不可入弟言是中多所有便走入獄中人爲罪所牽如是人有直取他人犂梔用不報其主犂以欲還之

佛言不應爾已爲盜人言我欲作金梔償之佛言盜不解人持戒乃孝順報父母恩耳何以故不殺萬物得長生不盜物皆富不婬不亂不欺皆信不飲酒皆淨父母有時墮是中便安隱於佛寺中齋宿不得卧沙門繩牀氈氍机上及被中皆爲犯戒人請道人道人未食不應問經道人爲說有罪道人食已乃得問經道不持戒不行道居佛寺中不如自投釜中釜中燒一身耳不持戒不行道在佛寺中燒無數身道人亦應說餘人有問經者無違人持物上道人不應問經後乃得問受物亦不應說經有罪道人有五因緣請不可行一者請甲不如乙不當行二者請乙不如甲不當行三者若請甲甲言爲故請乙乙不當行四者我從遠方來即時不請後乃請不應

行五者若怨家不相便與之同里相近若坐
中不當行何以故睡眠用止意故止有三輩
一者生死行止二者道行意不至生死因緣
意中止故復睡眠人喜睡眠有三因緣一者
多食二者飲三者憂復有三因緣一者身休
息二者餘意極卧出更受意三者留受故人
卧出有意有識有壽有命有喘有息晝日凡
三萬六千五百息小兒等耳有八行除睡眠
一者少食二者坐三者立四者經行五者誦
經六者視星宿七者洗面八者觀骨不解當
念諸善事意已轉當自還物欲得福道之定
意故得念餘事已自解有身得福有口意得
福有空得福亦有身得罪亦有口意得罪亦
有空得罪空得福者謂夢得金銀珍寶豪貴
富樂是爲空得福空得罪者夢人來殺人若
侵人是爲空得罪口教人作惡若勸人殺人
後因緣横爲人所捶是爲坐口罪意自作因
緣爲人所傷殺是爲意罪人所以有善惡夢
者欲飲食無有物但有意因夢好飲食意欲
殺人因夢人來殺之皆有因緣或前世後世
或現世上夜夢者朝暮見在事夢所爲善惡
皆意所作所對亦俱意譬如有人直取一物
觀視以便藏去之雖不見意念即來與見無
異前世所作便自與今世意作對人死後復
坐住者用生時喜作鬼恐人或世得病時語
邊人呼我覺已是故以死復起坐住墮龍中
有四因緣一者多布施二者多瞋恚三者輕
易人四者自貢高坐是四事作龍上頭一得
福後三事得龍身律經説諸畜生有角者爲
前世喜著角横叉爲好得角罪畜生身或有

異色者爲著綵衣有惡意貪以爲好故得是罪鸚鵡有赤眉觜赤足者前世喜綵衣朱脣女人喜著長裾後世墮雉鸐中長尾皆過世所喜令因得之人及畜生身體多瘡者前世以木竹刺生魚畜生口故令世得罪如是若人畜生視見有喜者有瞋恚者爲前世相與善令世相見便喜前世不可故令相見不喜作畜生爲惡福得食便喜是爲惡喜謂其人前世作惡已便喜故得是福畜生不得食美食有三因緣一者不習二者善福盡三者罪使自然畜生亦欲色聲香味細滑亦自相與語但不能如人語耳女人有鬚者故世從羊中鷄鶩蛇中來以故得鬚魚鼈無聲者前世斷人語頭故魚生不即生乃七日乃生故著草木在乾處四五十歲得水乃生所以多子者作惡人多罪同俱生好瞋恚嫉妬癡婬行是四墮獼猴中作事不安諦亦墮獼猴中人好作倡俳後世墮蟲獼猴中喜學殺祠祀後世墮羊中何以故斷人頭皮剥皮解或前世喜劫人解取人衣被故得殃蟲亦復前世劫人解取人衣被令寒凍向火故自先得是殃吐絲自凍入湯火中死愚癡喜殺後世作猪驚怖人後世作鹿多貪嗜美後世作蠅好捶人後世作驢所以長耳者好挽人耳畜生好搏人耳或故世征卒何以故一卒傳餘卒皆作聲一驢鳴餘驢亦鳴負債不償作牛羊所以破蹄者有二因緣一者負債二者好著木屐以作好馬所以完蹄者有二因緣一者負債二者好著木屐以爲好有六人共爲伴俱墮地獄中同在一釜中皆欲説本罪一人

言沙二人言那三人言持四人言涉五人言姑六人言陀羅佛見之便笑目連問佛何以笑佛言有六人爲伴共在地獄釜中各欲自說湯沸踊躍不能得再語各一語便復没第一人言沙者世間六十億萬歲在地獄中爲一日當何時竟也第二人言那者無有出期亦不知當何時得脱第三人言持者咄咄常世用生爲治生如是不能得自制意過世我所多少不知猒足第四人言涉者我治生至誠亦令我財産屬他人我爲得苦痛第五人言姑者誰當保我從地獄中得出便不復犯道禁得上天受下下樂者第六人言陀羅者是事上頭本不爲心計譬如驅車失大道入邪道折車輻悔無所復及佛說四關從世間上至第六天爲死關從第七天上至十八天爲空關從十九天上至二十三天爲非常關從二十五天上至二十八天爲出關出是四關爲出要極福不過二十八天極惡不過阿鼻泥犂其餘殃罪皆有多少從一事便有三毒從三毒便有三惡道無有三惡道人亦皆得道從阿鼻大泥犂至六天同爲一界從七天上至十九天同行四等心復爲一界從二十五天行非常苦空非身上至二十八天復爲一界不脱二十八天三毒未盡復下作人往來三界欲求出要當滅思想從阿鼻摩訶泥犂上至第六天爲欲界從七天上至十九天爲色界從二十五天上至二十八天爲無有色界無有思想亦有思想從阿鼻泥犂以上至二十八天爲生死界過二十八天爲無爲界斷貪婬乃到色界斷瞋恚無墮思想界

斷愚癡乃到要出三界有三處一者從阿鼻泥犂上至六天爲貪婬處二者從七天上至十九天名爲行色著三者除四天上至阿那含從二十五天上至二十八天無有思想亦有思想名爲行無有色是爲三處墮生死轉行色著譬如火光但可見不可持也在貪欲處在喜色處是爲三處從泥犂畜生餓鬼貪婬色常出向三活在願何等道要有三本有惡本有善本有道本地獄畜生餓鬼是爲惡本從人中上至第六天是爲善本從第七天以上出十二門是爲道本已到二十八天不得脫者有三因緣一者貪二者有癡三者有意故不得脫已出十二門當願無有意三毒不斷不上脫者未盡故二十八天何以故先身本世間時不貪身散意故斷外七事上第六天受福斷内三事上十八天上從二十二天爲四處屬阿那含行十善有生第一天上者有生第六天上者作善有多少故不同處行十惡有入地獄者有入畜生餓鬼者作惡有輕重故不同處行善復得惡行惡復得善善中有小惡惡中有小善微不可見善中無小惡亦不復墮惡中惡中無小善亦不得出極惡不過阿鼻泥犂極善不過二十八天不覺知微意故不得脫也一切從行十善得生天上人中天人所以化生者本在世間時不向色覺惡露不淨從是得化生有同意便當更女子胞胎諸天得化生有五因緣一者不近女人二者意不起三者不願小兒四者喜獨坐五者不用世間不貪身亦得化生也人命欲絶時當持意念息已意者著喘息有時

從第一天上是意息觀身有三十二物有計髮毛齒骨皮肉五藏十一事屬地淚涕唾膿血肪髓小便七事屬水溫熱注消食二事屬火風有十二事是三十二物皆從地水火風出何等爲地人生從穀精氣穀爲地意爲種精氣爲水兩便合生身故求一衣一食是爲養氣護主人身爲本無故滅盡無常得道便如身非身念身不久要當死敗意爲人種便守意一心癡人不守護魂魄神但養四柯爲色味所欺謂身是我計不知惡一切從身起飲食貪味便墮苦往來生死不脫本逆惡對魂魄空去趣善惡之道身死墮地日夜消腐亦本無所有但意行故化成身死皆歸土萬物亦爾皆過去是爲非常人不自計多念萬端皆不爲一已是爲苦身死索棄萬端亦爾

亦滅是爲已復生二復苦便作善惡行種栽未知所趣是爲非身道人行道當爲斷人不知四非常終不得道已自計身覩諸死敗知人物皆空無所有意便守止得行歡喜已得行心便安不離五者其心一是爲道已自計身知無所有便身意止痛癢意法亦身意止止謂三事痛癢止痛癢意止謂四事貪欲止意止内三事思想止作意止謂識滅外法止是爲四意止止便守守止便觀故經言止觀俱行爲得四諦故佛言獨坐思惟自意謂思惟滅色痛癢思想生死識自意止者外滅意止常行如有見道爲如有坐行便自見故經言比丘能如是内意止乃守止是意當先觀思惟滅念念待自意便守意意不出身爲道人待外謂萬物念在内謂思識欲滅念待常

念物非常敗皆非我所我亦非物生急念念死時持何等去持善持一心持諷經多樂故佛言是汝物持去其餘一切皆非我所意當識念何等恩愛會當別離各自消腐念之但亂人意隨人罪要有還身守淨趣泥洹道佛從一心至九道念四色皆當消滅謂人死四日五日欲臭敗色轉正青五日六日膿血從口鼻耳目中出正赤後肌肉壞敗腸胃生蟲還自食肉華消腐骨項正白久久轉黑作灰土地水火風空皆非我所意汝從無數世以來亦爲人作妻子奴婢亦作畜生牛馬蟲勤苦重負債亦爲人所屠剥膾炙今爲人復取人作妻子奴婢亦取畜生牛馬蟲屠剥膾炙刺斫自在身死皆當復受行道人汝寧見人死氣絶便無所知身侹正直便臭壞可惡諦

念便畏不欲見何以故不怖令人上天得泥洹道也佛知九道皆空無所有故還就一心行道人急滅念待無所他如便至物深固行拘深俱在所見用不在故不見意欲貪念非常敗婬當念對瞋恚念等心愚癡念本行不常無爲安隱人不知非常終不去貪亦不離薛茘道世間所有如夢耳夢飲食見好覺便不見世間所有如是生便死成便壞要皆歸空當何等貪人有妻子財產亦爾何以故人治生得錢財利時若室家合會喜樂譬如飛鳥聚會亦皆無常一旦別離亦便不見正使有常憂恐萬端意在生死中爲日積罪黠人自約少欲趣求一衣一食從定意行不求地止常還身守淨斷求念空問曰行道守意本從何起說曰天地性成人從十五天上來下

壽無有夭拔生死五道從六衰起人生心意本自善無有貪愛痛癢思想生死識爲目耳鼻口所欺目先視色耳聽音鼻知香口知味心爲念作十事成五陰意爲識合爲六衰因作善惡行種我從是便有老病生死五道求道欲斷生死故自守意止目色止耳聲止鼻香止口味止身好斷六衰行觀壞心念坐禪滅意識得道者五陰悉滅知本無便念空想空徑向泥洹門於巳守者意爲識主行故要六衰爲禍行種五道根本道人精思自守四意欲止無邪念識思想走何道人欲滅念識思想當一切行不當斷身十事身口意三事者定五陰六衰乃至三定者口無所知爲口定身無所知爲身定意無所念爲意定也意有四病癡多者謂五陰多五陰多意便走不得行不得行便自瞋恚便婬念起不能制便墮疑故行道要當斷五陰斷五陰痛癢不安多欲是歸師曰身不欲行用多疲極故意不欲行不欲念死敗苦空故問曰何等爲本生師言謂不疑爲本根生何等爲向何等爲對何等爲行師曰不轉意爲向不轉念爲對可意爲行問曰是何等甲誰名爲甲意汝爲有意田家不知爲無意耶田家不覺汝爲有意覺田家爲無意不覺耶可言意覺婬味亦意何以故不覺近出家無有由如是爲是問有意佛鄉里無意耶如是爲本無身意但自作是得是譬如五種本亦無有種便生人生亦本無有種便有如然火焰出爲熿熿去薪便止人自計身非身萬物亦止難曰本無有意所以守何師曰用本無故可守滅本有不可

守師曰道有四要衆持戸二者知身非身便壞身不復愛是爲從人得出門第六天上戸三者知非常意不復向是爲得出第十八天戸四者如空滅空是爲得出二十八天戸空滅乃墮道故經言行道覺者得出謂覺苦空非身非常得出者謂得出四要界得第一禪上七天有身但有影何以故行道壞身故念身觀頭髮腦念髮本無所來作爲化成皆當腐落腦如凝米粥皆當臭敗眼但有涴水皆當汁出空耳但有空垢皆水漏鼻口唾涕皆當流出棄散消壞舌咽喉肺捲肝心心中惡血膽膈脾著胃腎著脊骨胃中有未消食大腸有屎小腸有涴有溺發便小腸皆當胮脹壞爛腸胃屎溺相澆潰臭處可惡下有尻肉兩脛脡兩足肌肉消盡筋脈壞敗骨璅節節解墮脛脡確正白髀骨如車輻尻骨與脊相連髆骨與肘臂手相連皮革亦消腐節節解墮頸骨與髑髏相連血肉消盡還作灰土一切蝡動出氣不報便以過世身體脡直不復動搖火去身冷風去氣絶汁從九孔流出便爲水去不復食爲地去三四日色轉青黒膿血從口鼻耳眼從九孔流出正赤肌骨肉壞腸胃五藏支節一切還爲灰土視萬物皆如是自身亦爾皆滅盡爲空出息入息諦知爲空便可近道

佛説罵意經

禪行法想經

後漢安息國三藏安世高譯

聞如是一時佛遊於舍衛國祇樹給孤獨園佛告諸比丘比丘受教從佛而聽佛言諸比丘若以彈指間思惟死想念有身皆死是爲精進行禪爲如佛教不是愚癡食國人施也何況多行者取要言之若念不淨想穢食想一切世間無有樂想無常想無常爲苦想苦爲非身想非身爲空想棄離想却婬想滅盡想無我想身死爲蟲食想血流想胮脹想青腐想糜爛腥臭想髮落肉盡想一切縛解想骨節分散想骨變赤白枯黑亦如鳩色想骨糜爲灰想世間無所歸想世間無牢固想世間爲別離想世間闇冥想世間難忍想世爲費耗不中用想世爲災變可患猒想一切世間歸泥洹想諸比丘若以彈指間念此諸想之事皆爲精進行爲奉佛教不是愚癡食人施也何況能多行是故可念行法想佛說是已皆歡喜受

禪行法想經

音釋

噉徒濫切食也　泆夷質切淫放也　眶曲王切目厓也　瞳徒東切目瞳子也　齧五結切噬也　梔烏華切端横木也　毾𣰆毾吐盍切𣰆都滕切　鸐亭歷切山雉也　鶩莫卜切舒鳧也　倡俳倡尺良切俳步皆切倡俳戲也　肪敷房切脂也　炙之夜切燔肉也　侹他頂切直也　[火貴]音回色也　涴烏卧切汙也　膈古伯切胷膈也　脾頻彌切土藏也　胮脹胮匹江切脹知亮切　濽則旰切灑也　尻苦刀切脊梁盡處也　脡他鼎切

佛說處處經

後漢沙門安世高譯

清刻龍藏佛說法變相圖

佛說處處經

後漢沙門安世高譯

佛言道人行道若瞋恚意起時即當制已制便念善是爲道人行若布施財則得之便計無常不隨身犯謂不犯殺盜婬是爲不隨身犯出瞋恚者口亦不言意亦不念是爲出瞋恚意中大深聲者譬如人作盜說言汝所作大無狀是爲意中大深聲佛言味味次第者所食物外合之内分别其味令不錯誤是爲味味次第菩薩所以得知者前世所食噉皆先上父母道人然後自食是故得是三十二相八十種好佛言菩薩用四事得四無所畏一者自身所知亦欲使人悉知二者教人無猒極三者等心無所藏匿四者爲人說經從後不悔是爲四事佛亦用四事得四無畏一

者如法說二者不受他人物三者等心四者戒具佛言復有四無所畏一者如事說二者無所愛惜三者神足四者不與人共諍佛得頂中光明者有三因緣一者然燈施佛寺二者愛樂明經三者解人疑結佛舉右手有四因緣一者用惡人無返復故二者以善人有返復故三者現教四者語人無作惡佛舉右手復四因緣一者欲令十方人皆來學道隨行意二者爲欲示人我所行福令得是相三者勸人皆令持戒四者威儀自爾亦爲不欲見人惡態是故舉右手佛不著履有三因緣一者使行者少欲二者現足下輪三者令人見之歡喜佛行足去地四寸有三因緣一者見地有蟲蟻故二者地有生草故三者現神足故亦欲令人意正佛行地高下皆平有三因緣一者本行四等心欲令一切安隱地住水上水中有神蟲蟻一切值佛足下皆安隱同心志意是故卑者爲高高者爲卑二者諸天鬼神行福爲佛除地故高下爲平三者佛爲菩薩時通利道徑橋梁度人故從是得福故高下正平欲令人意亦爾佛不飛行有四因緣一者勸弟子欲令精進二者欲令弟子聽經三者報宿命恩四者現相是故不飛行佛在世時諸天鬼神龍人民皆到佛所聽經數千百重行坐前後皆見佛面所以者何佛前世時言語無前後是故無不見佛面者人卧皆隨佛所首用佛尊故佛初得道不食七日有四因緣一者念道忘食二者一心不飢三者歡喜不渴四者不念痛癢思想生死識是爲四欲使人聽經亦爾佛袈裟裏塵水不

著外垢不著有二因緣一者不念一切人惡故二者見一切人有欲欲令滅之佛復浣袈裟者外垢不著裏著有身故有垢所以者何外行已盡是故垢不著外內行未盡是故垢著用有身故爲內未盡以有身爲罪用是故不惜身命所以者何復惜命用命得道故佛說八十億萬因緣經都治人三病一者貪婬二者瞋恚三者愚癡是三事分爲六故應六衰治三病經所以多者譬如人服藥病不愈當更服餘藥佛言人意多端疾轉故多經隨意療之欲使疾解故佛已得道復有三病六憂六憂者謂憂六入三病者謂心意識虞受故佛已得道有是憂病何況餘人殃罪不畢不得度世佛業未竟不得度世佛棄餘壽二十年有三因緣一者同世間人貪身故二者所教已盡三者恐惡人誹謗之得罪重故便取般泥洹佛度世去亦不持身去亦不持意去但爲苦滅耳地水火風空常在世間無有斷時佛度世燒身有三因緣一者腐爛故二者蟲蛾生故三者人以香華持兹來得福故佛笑口有五色光出者有五因緣一者欲令人有所問因所問有益故二者恐人言佛不知笑故三者現口中光四者笑諸不至誠五者笑阿羅漢守空不得菩薩道光還從頂上入者當示後人大明故佛欲度世去諸比丘白佛言諸在世間人皆當從佛得福今佛度世去諸世間人民當復從誰得福佛言比丘我雖度世去經法當在復有四因緣可從得福一者畜生無所食飼之令得命二者見人得疾病無瞻視者當給與供養令得安隱三

者貧窮孤獨當護視四者人獨一身行禪念道無所衣食當給視之是爲四事布施持善意與之其得福與佛等無有異爾時身皆痛便欲度世去佛謂舍利弗令說經者有三因緣一者恐佛去後人不信餘比丘語故二者勸弟子意令解佛尚令比丘說經何況餘人三者現舍利弗功德恐餘比丘各自貢高欲得說經故是故佛使舍利弗說經佛度世去後諸阿羅漢共責數阿難佛在世時欲得水何以故不與十方一切皆當從佛解脫汝何以不留佛莫令般泥洹佛欲行四神足止住一劫亦可百劫亦可千劫汝何不勸佛行四神足阿難言如卿語佛爲不得自在耶當須我言設使住止一劫在世間彌勒當那得來下作佛佛本行共學道者有八十億萬人皆求菩薩道惟有兩人得道耳一者釋迦文二者彌勒其餘人有得阿羅漢辟支佛者佛忍辱過於地心輭過於水意堅過於須彌山功德過於海水智慧過於虛空以是故前得佛耳佛言彌勒不來下有四因緣一者有時福應彼間二者是間人麤無能受經者三者功德未滿四者世間有能說經者故彌勒不下當來下餘有五億七千六十萬歲彌勒時人眼皆見四千里彌勒時人眼見四千里者本行十因緣得一者不掩人眼明二者不捨人眼三者不覆蔽人眼四者不藏人善五者不視殺六者不視盜七者不視婬八者不視陰私及人短九者諸惡事不視十者然燈於佛寺是爲十事佛辟支佛阿羅漢是三人法同行異佛者爲覺意辟支佛爲見因緣知阿羅

漢坐禪乃知辟支佛爲因緣見生死相自守不敢離行從見因緣得道故爲辟支佛佛者爲通行欲度脫人故故求辟支佛辟支佛自割身活五百人以木自刺其頸見因緣計校如割土見血是水見萬物皆非常便取道有辟支佛先世爲菩薩五百劫身以有三十相無二相不及佛不及佛者無善權方便故佛說生死勤苦三惡道事有黠人意解便取阿羅漢雖作阿羅漢於中最尊所以者何用前世行菩薩道五百劫慈心欲度十方人故雖得阿羅漢智慧能曉方俗語初爲阿羅漢時不能自覺前世爲菩薩佛便說佛功德復說阿羅漢功德爾乃知佛功德大便自悔欲轉意取佛佛言已得阿羅漢道不可復得轉便自悔言我何愚癡止取阿羅漢道佛便爲解意汝智勝餘阿羅漢智慧不及佛阿羅漢自斷苦不斷他人苦佛本行自斷苦亦斷他人苦是故不相及佛言舍利弗有三語悉以知人意一者麤語二者深語三者牽語得是三語有善意即見有惡意亦見有忍意亦見欲意從是三語悉知人意舍利弗白佛言彈指之間人意有六十生死佛言有九百六十生死復不多要有三意有善意有惡意有欲意善意有三百二十惡意有三百二十欲意有三百二十彈指之間三意并行合爲九百六十生死除善意三百二十餘有六百四十生死意佛與舍利弗同行三十七品經智慧不等者譬如喘息同從諸毛孔出入能覺便但知鼻息氣出入佛所知悉知諸毛孔舍利弗所知如鼻孔取舍利弗智分爲十六分滿一

佛界三千大千日月天下黠人所知不及舍利弗所知一分取佛智分爲十六分滿一佛界中舍利弗所知不及佛智一分三十七品行有三輩有大三十七品有中三十七品有小三十七品意大得大意意中得中意意小得小意深妙具行三十七品便洞達何以故正分分爲十六分人中本十六意故佛分別是故不同舍利弗知一切法語用時語護語守語佛便謂舍利弗去非時語用不可寄人故舍利弗本字優婆替舍利弗先佛度世去有三因緣一爲宿命盡二爲不欲見佛度世去三爲無所復度脱舍利弗行受人飯已還精舍中言當償債謂當坐禪念道爲償債不念道爲負債行受人施譬如負債未畢復更取前罪未竟今復造罪佛言食人施不可不念道亦自得復益一切用是故當償債佛言舍利弗黠第一目揵連神足第一阿難多聞第一羅雲戒第一阿那律徹視第一佛使目揵連請舍利弗舍利弗言舉我帶恐不能勝目揵連便牽帶三千大千日月天地悉動不能令起舍利弗便生意當先去到佛所目揵連從後行先舍利弗至佛知二人各第一十方天下比丘無有如羅雲持戒者羅雲持戒有四因緣一者自念言我爲佛子二者謂命持多三者常自念我爲沙門四者持戒常欲勝餘比丘舍利弗復持一盂水著海水中㧖撈之明旦往取故水去舍利弗尚能如此何況佛目揵連爲人所撾不飛去不能得神足故何以不能得神足用罪未畢故佛言弗迦沙王行至十二門復還不知其身中六分稟

意能爲道不知身生意意生身不能分别是佛知可度故便往從宿王不知是佛佛問王行何法好何道而衣毛爲竪佛爲解身中事空於是便得道不悉斷不得阿羅漢佛言諸行者當知意能得道佛言昔者朱利滿臺學經二十四年得五言解垢下棄離亦不復憂何以故本宿命便見五百佛悉通知衆經但閉藏經道不肯教人後被病二十四日臨死時乃悔呼人教之有是一福故知五言何況乃具足教人得福不可計佛言昔有旃那比丘得病佛使舍利弗往與分衛舍利弗因問之汝眼寧有所識不旃那對言曰眼無有識但見色識生身生病對至故有病身亦不知死設身死者地水火風空皆當滅但爲意識移生耳佛遣舍利弗行分衛過婬女家便閉門作治道謂舍利弗言汝不與我共婬者當入是大火中舍利弗報言寧入是火中不與汝共婬婬使人墮惡道無有出時天便來下救之佛言人但不能守戒若能守者終不憂爲邪道所中佛言昔有一比丘坐禪行道佛弟難陀飲酒醉數往來到其邊歌戲比丘白佛言我欲避之去佛言不須是難陀於今當得道迹佛即遣阿難往到其家摩訶迦葉隨其後舍利弗爲說經目揵連現神足難陀便歡喜即得道迹佛說比丘行道但當堅心者何憂不得道比丘聞佛說此語歡喜意解便得阿羅漢佛姑子名須那察多隨侍佛八年便生念我與兄弟俱行而獨端正有三十二相便惡意生隨佛後掃佛迹不令人見佛相復於人中說佛無道但言語中人意耳舍利

弗阿難聞之便愁憂不樂佛言須那察多不爲説我惡爲稱譽佛功德耳言語中人意有者人意多病故佛語舍利弗須那察多不校計但瞋耳何以故不計佛有三十二相光明神足但降伏邪道故佛數教誡須那察多正眞之言是邪待之儔是故瞋耳佛有姑姊年老手自作縷織成袈裟持上佛佛不受如是復言佛當哀憐我故當受之令我得福阿難白佛言可爲我受之佛語阿難令持與諸比丘僧我亦是比丘僧不如與衆人後世當爲因緣今世相見歡喜者皆是前世親里善知識何以故知之相見意解故佛言世間人相待但苦薄不苦厚佛言本侍佛者字彌喜次字須那察多次字阿難佛告諸比丘我年老欲得一人侍我舍利弗摩訶迦葉目揵連等各自願侍佛佛言不得摩訶迦葉目揵連因禪思惟知佛欲得阿難便呼阿難言卿當侍佛阿難言我不敢往侍佛我不能侍佛目揵連言不得不侍佛阿難言當聽我四事一者佛餘衣我不欲受二者佛餘飯我不用三者若有人請佛諸比丘不行我亦不行四者佛坐禪思道時我當出入得自在佛言大善聽汝所願於是阿難因侍佛是故阿難獨能問佛佛弟子阿那律難提金毗羅三人共坐息思惟七事一者少欲得道多欲不得道二者知足得道不知足不得道三者精進得道不精進不得道四者守六衰使不起得道不守六衰放使起者不得道五者自護得道不自護不得道六者守意得道不守意不得道七者智慧得道不智慧不得道共思惟七事時

去佛六十里佛時坐禪即知三人所念便移意往坐三人前言善哉善哉我復語汝一事不念家欲得道念家欲不得道於是三人歡喜即得菩薩佛語阿難人眼所見四十二萬由旬何以知之日月去地四十二萬由旬人眼所見日月以是知眼所見者十方廣遠之處日月億億萬倍譬如大海中沙億億萬倍不能計知人所作善惡殃福即前後所作殃福億萬不可復計一切善惡要在命盡時作惡逢惡處作善得善處殃福皆預有處皆預有父母兄弟妻子得道便止不得道不斷絶也佛言調達但教人作福不教人行道佛教人作福持戒守意得道乃止調達自意生念我當現神足於國王阿闍世所王隨我餘人亦皆當隨我便化作一白象獨出入宮中復化作一小兒端正無比便上王膝上王大愛之王見調達所作如是王意呼調達勝佛王便隨調達所語王使民及未得道沙門悉隨王至調達所問事調達便至佛所言佛年老可不須復教語弟子調達便呼舍利弗去及諸沙門去調達癡貪有是惡意因亡神足佛言癡人所作顛倒非諸佛法調達自意念言我當飛去人見我飛悉當隨事我因欲飛去便不能復飛調達不能自覺亡神足時即有婆羅門行等心便從第一天上來下語舍利弗調達以亡神足佛語舍利弗調達欲呼汝重令得罪佛語天言調達未得神足我知當亡之何況至今佛言人不當貪調達但坐貪故亡失神足佛言羅漢有兩輩一名舍沫自憂身得道即欲度世去二輩隨衛皆得度脱

佛與羅漢俱行三十七品經譬如燈火佛計校知有幾事知其本末守而滅之阿羅漢不計本末直而滅之佛譬如順樹從本至末分別知之阿羅漢行譬如從末至本從本至末者計本空從不知空者不得道佛言阿羅漢有盛陰無五陰所有皆現但不著耳有色痛癢思想識無生死佛言阿羅漢有爲默以得阿羅漢有三相一者不復犯身口意二者三毒滅三者衣食不用作好但滅飢寒意有是三因緣便能變化自在意不著衰故不得自在佛言意但當分別六衰不當著著便不得道佛言阿羅漢飛行有二因緣故令人不見一者恐人見便多供養二者恐惡人嫉妬之佛言現神足復有兩福一者人見飛行便精進念道二者從人受施令得大福用是故現神足意喜故便得大福佛言有阿羅漢名憍梵鉢已得阿羅漢道反作牛呞弟子問佛何以故佛言是比丘前世宿命時七百世作牛今世得道餘習未盡故佛語比丘當念身無常有一比丘即報佛言我念非常人在世間極可五十歲佛言莫説是語復有一比丘言可三十歲佛復言莫説是語復有一比丘言可十歲佛言莫説是語復有比丘言可一歲佛復言莫説是語復有一比丘言可一月佛復言莫説是語復有一比丘言可一日佛復言莫説是語復有一比丘言可一時佛復言莫説是語復有一比丘言可呼吸間佛言是也佛言出息不還則屬後世人命在呼吸之間耳佛語諸比丘當會坐一切但當説法語不能者急閉目聲守意善聽可從得道諸比

丘聞佛說此語歡喜意解即得阿羅漢道佛言比丘入人舍中當如手在空中無所罣礙意亦無所著耳聞可意是爲著聞不可意是爲著有一比丘白佛可以不可皆著當云何得道佛言比丘意解空都無所著是應菩薩行諸比丘聞此語皆歡喜踊躍即得無所從生法忍佛言有一比丘於山中坐歎息有一人問比丘御爲道何以歎息比丘言我在地獄中時五毒極痛令得作人復得見佛經戒而復不得道畏死復入是惡道中是故歎息耳爲比丘亦憂俗人亦憂經戒亦自憂身善意不可得常或有因緣來時便念妻子錢財是爲隨惡道佛言有一比丘到優婆夷家分衛因爲說經優婆夷便長跪淚出比丘說經至夜半優婆夷長跪不起比丘言我行說經未曾見人精進乃爾優婆夷報言我家有一驢鳴至夜半便死是故淚出耳佛言人說經不在爲多但問解慧不也有一比丘聞佛說是事便往問佛言爲我說一要法令我得道佛言非汝物莫取是汝物便取於是比丘即自思念天下萬物皆非我許獨善是家物於是比丘因白佛言我已解佛言解是便爲道耳時有一比丘聞佛說此語便往問佛舍利弗爲得是未佛言舍利弗悉得比丘言舍利弗何以罵我持袈裟拂我面佛言呼舍利弗來問之舍利弗言我無惡意所以罵者欲令忍辱所以持袈裟拂面者欲令眼耳鼻口淨故佛語比丘是舍利弗善權方便所作於是比丘歡喜即得阿羅漢道佛言昔一人往難比丘言人死識念思想所知皆滅行道得定

意所知亦滅有何等異比丘報言俱滅人死命盡神不滅隨行所生但微不可便見所得不同爲善昇天爲惡入淵以是爲異佛言有一比丘到優婆夷家分衛見端正好比丘便生邪念因起優婆夷即取飯具與之比丘便捨去我不應受人施優婆夷便報之言已有悔意可受施耳優婆夷復報比丘便受佛言譬如人有惡即覺罪滅比丘受施無有罪佛告諸弟子能計空制意如彈指頃即可得道佛言有一比丘坐得定意有一優婆塞見坐處不平牽起示其安處優婆塞後時五百劫不得安隱何以故斷道念故佛告諸弟子有說經愼莫中斷斷經罪重不可計佛言有比丘行道得一禪自言我得道迹第一禪福上生第七天上壽一劫得二禪自計得斯陀含

第三禪福上生十五天壽八劫得四禪自計我得阿羅漢今我何故不得生第十九天上壽十六劫作是言已便言佛爲兩舌耳即時從天墮地獄中不覺失天上壽便受地獄罪譬如世間人得珍寶一日爲火起燒盡之人生惡意爲横燒善意佛言人善惡相隨無有解已惟得道乃離俗耳佛言日中後不食有五福一者少婬二者少卧三者得一心四者無有下風五者身安隱亦不作病是故沙門道士知福不食澡漱有三因緣一者爲恐爪下垢故二者爬癢隨可意三者殺蚤蚊故亦欲使意淨無欲復不汙經此者適可除外垢心念惡不能除爲學人第一當淨心爲本心爲法本心正則行方行方則應道佛言昔有沙彌與師共行見地有金便默取之語師言

疾行是間無人甚可畏師言但坐有金故令汝恐耳棄金去便不復恐弟子便爲師作禮言我愚癡無所知故金已棄便不復懅於是佛告諸弟子學人貪道如沙彌貪金何憂不得道佛言有比丘學道從師受經不精進師教取牛馬糞數斗燒之至冥不盡師取大石持地獄中火燒之即作灰弟子大恐長跪問師是何等火師言汝不讀經行道死後當入地獄獄中火燒汝不復移時於是比丘惶怖便更精進日聞一阿含便得羅漢道佛言善權方便度人如是佛言阿那含有三結一者癡結二者世間愛結三者見未諦未盡結阿那含譬如火上焰煙起不能有所燒須陀洹除八十八結斯陀含除七結阿那含除三結阿羅漢無有結須陀洹得道迹斯陀含爲往來得道阿那含爲不還世間阿羅漢爲不復著何等爲道迹謂識苦世間人皆不識苦須陀洹爲識苦斯陀含爲棄集阿那含爲知盡阿羅漢爲行道已竟得須陀洹剪百劫乃得阿羅漢以何故乃百劫須陀洹餘有十結不斷不得阿羅漢阿羅漢但自憂身畏罪不敢預世間事餘有十疑結不解不解故便止住須陀洹所棄常有五下結一者貪欲結二者瞋恚結三者見行結四者戒貪福結五者疑意結亦謂從六天已下至世間貪欲瞋恚貪身願疑爲下結須陀洹見因緣者謂不犯五戒時當死死不犯餘人見急悉犯五因緣須陀洹斷故受新阿羅漢新故悉斷菩薩畢故罪罪畢得道乃知非常苦空非身非道人行道不當有所著行須陀洹得須陀洹行斯陀

舍得斯陀含行阿那含得阿那含行阿羅漢得阿羅漢行辟支佛得辟支佛行菩薩得菩薩佛言學者隨意所作便得其報如影響相隨佛言鉢有四名一名爲不供食二名爲戒三名爲受四名爲從是得福無有瑕穢便應受福持鉢便立戒意中無惡念佛言阿羅漢不食肉者計畜生從頭至足各自有字無有肉名辟支佛計本精所作不淨故不食肉佛計一切天下皆空無所有有便滅滅復生要歸空故爲無所有諸弟子聞經歡喜爲佛作禮而去

佛說處處經

音釋

療力嶠切治病也　飼祥吏切以食飼人也　輭而兗切柔也　耗呼毛切攪也　撾陟瓜切擊也　呞書之切　杷蒲巴切播也　懅其據切懼也

佛說分別善惡所起經

後漢沙門安世高譯

清刻龍藏佛說法變相圖

佛說分別善惡所起經

後漢沙門安世高譯

佛在舍衛國祇洹阿難邠坻阿藍時佛傷哀諸所有生死之類故結出識微分別善惡都有五道人作善惡有多少瞋恚有薄厚天道無親常與善人何謂五道一謂天道二謂人道三謂餓鬼道四謂畜生道五謂泥犁太山地獄道人不求度世道者生死憂苦不斷絕往來五道不得解脫賢者黠人猒於憂苦見師則承事不見則思師教戒師教人去惡就善示人度世之道父母養育老病死亡一世耳佛度人萬世不極賢明智者宜熟思惟之佛告諸弟子皆聽我爲汝陳說善惡之禍福諸弟子皆長跪叉手言諾受教佛言人於世間慈心不殺生從不殺得五福何等五一者

壽命增長二者身安隱三者不爲兵刃虎狼毒蟲所傷害四者得上天天上壽無極五者從天上來下生世間則長壽令見有百歲者皆故世宿命不殺所致樂死不如苦生如是分明慎莫犯殺佛言人於世間不取他人財物道中不拾遺心不貪利從是得五善何等五一者財物日增二者不亡遺三者無所畏四者得上天天上多珍寶五者從上來下生世間保守其財産縣官盜賊不敢侵犯取其財令現有保財至老者皆故世宿命不敢取他人財物所致亡無多少令人憂惱亡遺不如保在如是分明慎莫取他人財物佛言人於世間不犯他人婦女心不念邪僻從是得五善何等五一者不亡費二者不畏縣官三者不畏人四者得上天天上玉女作婦五者從天上來下生世間多端正婦令尊者見有若干婦端正好色皆故世宿命不犯他人婦女所致也見在分明慎莫犯他人婦女佛言人於世間不兩舌讒言人不惡口罵人不妄言綺語從是得五善何等五一者語言皆信二者爲人所愛三者口氣香好四者得上天爲諸天所敬五者從天上來下生世間爲人好口齒他人不敢以惡語汙之令見有從生至老不被口謗者皆故世宿命護口善言所致也如是分明慎莫妄讒言人佛言人於世間不飲酒醉從不醉得五善何等五一者傳言上事進見長吏語言不謬誤亦仕官如意二者家事修治常有餘財三者假借求利病得亦爲人所敬愛四者得上天亦爲諸天所尊重五者從天上來下生世間潔白自喜黠

慧曉事皆從故世宿命不飲酒所致慎莫飲酒佛言人於世間不持刀杖恐人不以手足加痛於人不鬪亂别離人已所不欲不施於人從是得五善何等五一者人身體强健二者卧起常安隱三者爲諸天龍鬼神所護視四者得上天天上樂無極五者從天上來下生世間身體完具無疾病今見有從生至老無有疾病者是皆故世宿命不加痛於人所致如是分明慎莫加惡於人佛言人於世間和心不瞋恚見賢者敬之愚者忍之從是得五善何等五一者爲人所稱譽二者人見之皆歡喜三者身自安隱亦潤澤好四者得上天天上端正淨潔五者從天上來下生世間爲人善性端正姝好今見有好人萬人之選皆故世宿命和心善性忍辱所致也不瞋恚如是分明慎莫瞋於人佛言人於世間孝順父母敬事長老恭執謙卑先跪後起後言先止常教惡人爲善從是得五善何等五一者爲人所敬愛二者人皆道其善三者自意歡喜四者得上天爲諸天所敬愛五者從天上來下生世間爲衆人所媚愛今見有善心孝順爲衆人所媚愛者皆是故世宿命孝順敬事長老所致如是分明可作孝順事於長老佛言人於世間用諫曉事善心好意敬事尊老禮節兼備從是得五善何等五一者仕宦得好職二者在官疾遷賣買得利三者百姓見之皆歡喜四者得上天諸天見之皆歡喜五者從天上來下生世間爲王侯公卿作子皆故世宿命行禮作福所致如是分明慎莫憍慢於人佛言人於世間不慳貪好喜布施

愛視諸家親屬貧窮者若乞匃兒飲食常當使飽衣亦當完好從是得五善何等五一者財産日增二者爲諸天下人所稱譽三者爲州郡國所尊敬四者得上天天上所得五者從天上來下生世間大富樂爲衆人所敬皆故世宿命布施行善所致如是分明者亦可德行布施佛言人於世間有明經賢者若沙門道士喜往問度世之道心不嫉妬貪愛高遠賢者從是得五善何等五一者得黠二者多聞亦多知多見三者多敬歎之四者得上天天上識所學五者從天上來下生世間即明經曉道爲國家所敬重亦爲人所歸仰令見有明經曉道者此皆故世宿命作道行德所致也如是分明亦可行道德佛說經已諸弟子皆歡喜前爲佛作禮佛言聽說作惡得惡諸弟子皆叉手言諾受佛教佛言人於世間喜殺生無慈之心從是得五惡何等五一者壽命短二者多驚怖三者多仇怨四者萬分以後魂魄入太山地獄中太山地獄中毒痛考治燒炙脯煮斫刺屠剝抽腸破骨欲生不得犯殺罪大久久乃出五者從獄中來出生爲人常當短命或胎傷而死或墮地而死或數十百日而死年數十歲而死者今見有短命人若形瘢瘡身體不見完跛蹇禿傴或盲聾瘖瘂鼽鼻塞壅或無手足孔竅不通皆由故世宿命屠殺射獵羅網捕魚賊殺蚑蚟黿鼈蚤蝨所致如是分明慎莫犯殺佛言人於世間偷盜劫人强取他人財物求利不以道理欺詐取財物輕稱小斗短尺欺人若以重稱大斗長尺侵人道中拾遺取非其財負

債借貸不歸觝觸以行互人從是得五惡何等五一者財物日耗減二者王法所疾覺知當辜少有脫者三者若身未當安歸常懷恐怖亦自欺身四者死後魂魄入太山地獄中太山地獄中考治數千萬毒隨所作受罪五者墮獄中來出隨所負輕重償債或有作奴婢償者或作牛馬騾驢駱駝償者或作猪羊鵝鴨雞犬償者諸禽獸魚鼈之屬皆是負債者經言債不腐朽所謂也今見有下賤畜生之屬皆由故世宿命貪利強取人財物所致也畜生勤苦如是見在分明慎莫取他人財物佛言人於世間婬泆犯他人婦女從是得五惡何等五一者家室不和夫婦數鬪數亡錢財二者畏縣官常與捶杖從事王法所疾身當備辜多死少生三者自欺身常恐畏人四者入太山地獄中太山地獄中鐵柱正赤身常抱之坐犯他人婦女故得是殃如是數千萬歲刑乃竟五者從獄中來出生為雞鳧鳥鴨人魂魄無形所著爲名今見有雞鳧婬泆不避母子亦無節度亦有犬馬之貞狗貞於夫畜生之屬皆有信足而雞鳧婬泆獨無止足皆從故世宿命婬泆犯他人婦女受是雞鳧身當爲人所噉食如是勤苦不可數說如是分明慎莫犯他人婦女佛言人於世間喜兩舌讒人喜惡口妄言綺語自貢高誹謗聖道嫉賢妬能啤呰高才從是得五惡何等五一者多怨憎二者自欺身亦從是人皆不信三者數逢非禍四者入太山地獄中太山地獄中有鬼從人項拔其舌若以燒鐵鉤其舌斷若以燒鐵根㯿刺其咽欲死不得欲生

不得不能語言如是數千萬歲五者從地獄中來出爲人惡口齒或兔缺彌筋謇吃重言或瘖瘂不能言語今見有是曹人皆故世宿命兩舌讒人誹謗聖道所致也如是分明亦可慎惡口佛言人於世間喜飲酒醉得三十六失何等三十六失一者人飲酒醉使子不敬父母臣不敬君君臣父子無有上下二者言語多亂誤三者醉便兩舌多口四者人有伏匿陰私之事醉便道之五者醉便駡天溺社不避忌諱六者便卧道中不能復歸或亡所持什物七者醉便不能自正八者醉便低仰横行或墮溝坑九者醉便躄頓復起破傷面目十者所賣買謬誤妄觸牴十一者醉便失事不憂治生十二者所有財物耗減十三者醉便不念妻子飢寒十四者醉便喚駡不避王法十五者醉便解衣脱褌袴裸形而走十六者醉便妄入人舍中牽人婦女語言干亂其過無狀十七者人過其旁欲與共鬭十八者蹋地喚呼驚動四隣十九者醉便妄殺蟲豸二十者醉便撾捶舍中什物破碎之二十一者醉便家室視之如醉囚語語言衝口而出二十二者朋黨惡人二十三者踈遠賢善二十四者醉卧覺時身體如疾病二十五者醉便吐逆如惡露出妻子自憎其所狀二十六者醉便意欲前蕩象狼無所避二十七者醉便不敬明經賢者不敬道士不敬沙門二十八者醉便婬泆無所畏避二十九者醉便如狂人人見之皆走三十者醉便如死人無所復識知三十一者醉或得皰面或得酒病正萎黄熟三十二者天龍鬼神皆以酒爲

惡三十三者親厚知識日遠之三十四者醉便蹲踞視長吏或得鞭搒合兩目三十五者萬分之後當入太山地獄常銷銅入口焦腹中過下去如是求生難得求死難得千萬歲三十六者從地獄中來出生爲人常愚癡無所識知今見有愚癡無所識知人皆從故世宿命喜嗜酒所致如是分明亦可慎酒酒有三十六失人飲酒皆犯三十六失佛言人於世間喜持杖恐人以手足加痛於人喜鬬亂別離人已所不喜强持與人從是得五惡何等五一者自欺身亦爲人所患毒二者身爲恐怖三者又數病疾四者入太山地獄中隨所作受罪久久萬歲五者從地獄來出生爲人多病身不離杖今見有多病者皆故世宿命喜加痛疾之所致也多病不如强健如是分明慎莫加惡於人佛言人於世間常喜瞋恚不和調見賢者亦恚見愚者亦恚之不別善惡但欲瞋恚而已從是得五惡何等五一者爲自燒身二者亦自亂意三者卧起不安隱或憂恚自殺四者入太山地獄中毒痛考治數千萬歲五者從太山地獄中出生爲人面目常惡色萎黑黄熟今見有惡色人皆從故世宿命喜瞋恚所致也醜惡色不如端正好色如是分明慎莫瞋恚佛言人於世間不孝父母不敬長老見他人有孝父母敬事長老者常瞋恚之不喜作善從是得五惡何等五一者常得惡夢二者爲人所憎三者惡名聞四者入太山地獄中考治數千萬歲五者從獄中來出生爲人弊性不媚爲衆人所憎今見有不媚急性爲衆人所憎者皆從故世

宿命不孝父母不敬長老所致也如是分明愼莫憍慢可孝順敬事長老佛言人於世間不孝尊老無有禮節輕易憍慢自用自強從是得五惡何等五一者失亡職位二者自欺身三者不爲人所敬四者入太山地獄中考治數千萬歲五者從獄中來出生爲人當作下賤醜惡爲人所輕易今見有下賤人皆從故世宿命憍慢不敬尊老所致也如是分明愼莫憍慢佛言人於世間得財産慳貪不肯布施不愛視諸家貧窮者不給與之不供事沙門明經道士不匃不與乞兒若病人食飲不敢自飽衣被不敢自完從是得五惡何等五一者自欺身亦爲人所不敬二者人皆呼守錢奴三者恒荷慙愧四者墮餓鬼勤苦不可言或千歲百歲不能得水飲遥望見江湖若谿谷水走往欲飲之水便化作銷銅若膿血不可飲如是勤苦不可屢說五者從餓鬼中來出生爲人當貧窮凍餓從人乞匃沓骨相支柱乞匃不能得人當唾罵之今見有貧窮乞人皆從故世宿命慳貪不肯布施所致也如是分明愼莫慳貪佛言人於世間有明經賢者若沙門道人不喜往問度世之道嫉妬高才誹謗賢者從是得五惡何等五一者不慧二者少知三者不爲人所敬四者入太山地獄入太山地獄中考治數千萬歲五者從獄中來出生爲人愚癡無所識知與畜生同住今見有愚癡不别白黑者皆從先世宿命不喜道德嫉妬高遠所致也如是分明愼可行道佛言人求壽得壽不求壽不得壽求病得病不求病不得病求端正好色得端正

好色求醜惡色得醜惡色求媚得媚不求媚不得媚求下賤得下賤求富得富求貧得貧求明經曉道得明經曉道求愚癡得愚癡人作善得善若干福得上天若爲人得尊貴亦得端正若人作惡得惡若干罪或入太山地獄中或墮餓鬼中或墮畜生中設得作人當作下賤貧窮無所識知亦復醜惡色如人種苦得苦實種甜得甜實長實譬如種五穀種稻得稻種豆得豆如人作善得善作惡得惡矣

傳遠疏通　戒於太察　篤信守一　戒於壅弊
勇猛剛毅　戒於暴亂　仁愛温良　戒於不斷
廣心浩大　戒於狐疑　沉靖安舒　戒於後時
刻削嗌急　戒於慓疾　多人長辭　戒於無實
賢者且守戒　行之有三善　見敬多求愚
壽盡受天身　住戒行已盡　以慧制意行
行至必當至　悉斷所當受　從戒可滅盡
三世戒在上　制使邪毒龍　不犯有戒人
善哉有戒尊　以信可爲伴　是道非凡言
故名戒有尊　戒尊善可怙　身終不見燒
既卧於夜安　已夢復歡然　爲衆所見敬
力善自爲身　法見自爲尊　捨世爲天王
我是世獨尊　我已脱世患　悉是人天世
猶我校魔兵　惟佛歷勤苦　累劫不可數
往來五道中　未能具羅纏　姦憲序厥得
號呼見視短　今日禮佛者　一心皆乂手
從禮得上天　人中得長壽　佛尊覺第一
已現慧具足　當前禮法衆　恩德若江海
是以吾演説　佛之聖典籍　從本起因緣
所行有善惡　廣採以撰立　隨經義要趣

集敘如佛指　所作殃福事　佛已自覺法
梵釋來下請　尊乃刪說經　至要難見聞
苦從苦因緣　苦盡乃爲尊　如應八道成
苦滅是爲淨　從行有苦果　人雄之所演
是本爲從心　勞行從是有　衆勞除愈者
是行之妙要　故爲次第說　誠如大聖尊
是故著經典　令世觀模法　合應正無疑
智者所宜取　亦非神所化　令禍福無緣
亦非性自然　又非時可傳　在天豈無緣
時與性亦然　殊勝與不勝　其實非無行
從癡致有勞　斯勞從行致　已作脫復過
聽此非一輩　鈔掇經妙旨　反律之雜要
足知世所由　部部各分明　神化解疑結
以經現世間　善行有福報　當可不識此
已作不義行　其死墮惡道　即時見閻王
王哀便繫束　嬰兒老病死　諫以當就罰
知有五使者　何爲不修德　身口意所行
唯戒施爲上　爾獨何志念　而能不爲善
是時有罪人　閻王以法諫　自揆無良操
入怖而對曰　但以親惡友　闇凡非法言
坐以貪濁故　不能修德善　王曰人難得
幸得奚不善　爲性何難悟　宛造泥犂行
汝本與斯惡　則非父母爲　非沙門道士
非君非我教　愚癡快心意　作此不善業
自身之所爲　今當受其報　造以五使者
忠正之言誨　然後閻法王　嘿而不與語
爾乃録罪人　置於閻界中　掔將入地獄
見惡甚惶懅　始入黑繩獄　大小並讙呼
次入阿鼻摩　熾火燒其形　蹈棘跂熱土
經涉沸灰水　鐵獄凡十六　自到刀葉樹

爲人犯惡故　令有此泥犂　故列其本行
次現所應受　至于千億歲　生生而輒殺
由是結怨多　殘害賢人雄　生妄那無過
離敗人朋友　常喜讒惡人　死入黑繩獄
有持多詐便　指治酷虐人　後更山機迮
擣之以鐵杵　爲人好殺生　馬牛鹿羊豕
雞犬及諸蟲　亦更山機迮　癡貪懷怯弱
苟以毒害彼　求財不用法　鐵輪轢其軀
恃量以力教　伏彼無力者　喜施惱於人
常爲象所蹋　今生惱父母　沙門婆羅門
燒故令鬱毒　後身被熱炙　或邁擊父母
仁賢奉道者　及他所當敬　後世更煮治
迫憎從受取　證入無辜民　然後身長燒
嗚呼獨痛呻　侵人以盜已　受寄而直抵
後燒在火室　大呼無誰救　非法言是法
是法言非法　懺毀誰無聖　後生阿鼻獄
學居廟當淨　而爲過失行　由是令謗賢
從是入深獄　棄捐正善業　從邪樂得生
後身沒溷中　啖溷蟲爲食　放火燔草野
以害諸虫豸　後入積薪獄　燒之如野火
陰賊親厚者　軀爲利刀刺　啄鳥鐵耳狗
宛轉共食之　若有壞法橋　謗訕至德者
墮獄蹈踐越　履刀刃之道　犯人婦女者
巨軀有百足　容貌似美女　與友便攫之
好樂於婬泆　放意於人婦　斯當與苦會
身攀抱刺樹　若爲諸巧便　殺水所生蟲
殺後墮沸湯　灰河之中生　借貸不歸者
身常被鐵鉤　剛鐵燒洞然　洋銅以飲之
懷恨意忿怒　果敢爲非法　見人窮苦患
死爲閻獄鬼　生作不善行　死即入地獄

其痛不可數　一切但有苦　如是已具說
地獄種所行　聽解畜生事　餓鬼及鬼神
身意各有三　口四爲不善　躁擾心速變
死墮畜生中　若多婬欲態　後生爲癡蟲
鴈鵠鳩鴛鴦　孔雀亦飛蛾　喜縛撾捶者
後世多受惱　自爲象馬牛　瞋恚死成蛇
憍慠常慢人　後生爲猛獸　輕易者後世
爲猪犬狐驢　常內懷嫉妬　心亦不一住
後世爲獮猴　强面目成鳥　慳貪而邪誑
多行盜賊人　死後爲猫狌　虎狼肉食獸
布施多瞋怒　持心不質直　然後墮龍中
乃有大神力　廣施有恚心　輕人而自大
後作迦留鳥　致有大威猛　身自食甘美
以惡施與人　死爲溷餓鬼　常食臭中蟲
好調嬈老小　乞兒與病人　後爲臊餓鬼
食産乳惡露　雖與心慳悔　恒自懼不足
後爲黑餓鬼　從下掣得食　謂施爲無福
未嘗肯少施　後爲鄙餓鬼　主食人所唾
不與追謗施　食麤外自舉　後爲竇餓鬼
恒食人欬唾　自有旣不與　常望求於人
後爲窮餓鬼　所欲不能得　喜陰識彼短
治人以望賕　後爲弊餓鬼　主食死人肝
麤言以惱彼　中傷說人短　後爲燋餓鬼
常吞食火煙　勸訟好會鬪　酷虐恐熱人
後爲炎火鬼　食於飛蛾蟲　禁止人布施
身亦不自與　後爲大身鬼　其口若針鼻
壅財以遺子　不食亦不施　其死屬閻界
子祭乃得食　生爲隨聚長　侵人以行惠
爲鬼形醜大　所欲終不得　語言常欺調
不與不持戒　歡娛行急促　終生鬼神中

殺蟲以爲餌　鉤生蒙其利　取殺而食之
後世爲魅魍　布施望其復　不誠多忿怒
後成曰注鬼　顏貌極醜惡　既以恚且貪
好施而嗜酒　喜於鼓樂舞　死爲守地神
於家內外親　無惡亦無疢　後爲有力福
乘雲風而行　布施屋宅乘　亦與諸美味
爲神在所之　廬舍隨其飛　好欲而懈怠
喜以華香施　後爲天伎人　遊戲自恣心
於是畜生行　餓鬼及鬼神　悉以爲總說
又復聽善因　至於爲所行　亦有若干比
其應非一種　今爲如事說　天人阿須羅
欲求長壽者　內意當自省　無害一切生
若以不施勞　不縛捶嬈彼　恒發安群生
爲人則無病　不殺好恩德　意固不復動
終不害一切　爲人常仁賢　未嘗有少施
頗受於幾微　然後身極苦　求少得或不
好取他人財　而以爲惠施　後雖得富財
猶速亡失之　不忘取非物　亦都無所與
恒自勤苦求　後傳世得財　既不取彼物
常自樂布施　累世有財富　得利甚弘廣
自好持戒齋　後生必明智　愛法得譽安
足賢意端正　子善供養父　既亡屢祭祠
亦以敬施天　後所之得食　好施飯食者
後生得命色　有力辦達富　無病常安隱
好施衣被者　失魗好容色　心善人樂見
快樂得所欲　施與屋舍者　後世所止安
宮館諸所居　事事嚴具足　施井設義漿
沐浴蓮華池　後世得不得　所欲一切富
今世如布施　履屐船車橋　象馬亦諸乘
後世得天乘　無怒人愛見　一切所歸仰

後生高長子　其施園樹者　好以奴婢施
加以恭敬意　後得於姓譽　持使無所服
先祖大布施　子孫繼不絶　後生巨億家
輒得父餘財　好稱布施德　有意不能與
後雖墮人倫　生於貧狹家　謗施謂無益
但爲哀故與　雖無布施意　猶生富財家
心常樂智慧　然而不布施　後常得聰明
生於貧窶家　常好喜布施　而不學智慧
於智不敏達　生在大富家　設兼行施智
亦兼受其福　設兩不兼行　亦兩無所得
施與望姓譽　未施若已施　若後欲施者
斯爲食惱苦　布施雖無信　然猶得財產
若樂彼施財　後意頗有喜　布施如有信
後世常富財　多貨能得尊　其意甚歡悦
如侍敬有德　善意供養施　後得財可意

既得最殊勝　常以輕易意　施與修德者
然後雖得財　安時不得食　布施欲安人
不行費陷人　然得所愛欲　親屬靡不敬
施與恣所有　修德無所爭　後獲所愛喜
法德利具足　施與有黠眼　不諂求非物
福祚傳子孫　累世常保財　慧人行布施
用時不勞彼　雖少不失時　食福時自恣
修身以自守　不好犯人婦　後得所愛欲
貞良有戒德　婦人有非時　智士能自絶
後爲人無怨　受性大清淨　若修清淨行
所行無論議　後生有威譽　爲天所供養
去離於醉酒　修行常清淨　後識不迷惛
得利内明慧　爲身若人故　終而不妄語
後生身中適　莫得説其短　友爭輒和解
不好妄傳説　後親不別離　身常爲人雄

恒以柔輭言　忠至入人心　後語工可衆
聞者莫不愛　集會坐論議　如事言得中
後世得辯利　語時人樂聽　一切彼所有
其心不念取　後世心中安　終無忘遺憂
已知事事思　衆善之報應　爲人都近善
食福果甚多　常欲利成就　望譽天上安
知生不常久　心必思修德　好惡信在行
人倫之大利　種雜故得雜　在白不白中
少壯或長老　自在作行時　然後如時得
苦樂各應本　暫行若長行　所爲善不善
中作中時得　長作長乃得　師友忠恕言
今世後世厚　忽蔑不承用　後生常聾聵
詐爲欺慢者　後生傴短陋　瘖瘂或惡色
族姓莫欲見　不親老則愚　事有道則利
不慢後尊貴　憍慢則卑賤　布施後則富
無與意則貧　瞋恚得惡色　不怒後好色
好奸不男女　欲犯不可婬　騬割諸畜生
後生爲黄門　思婬若熾火　身根心口犯
專行求女人　後生爲黄門　説布施善道
來勸已樂從　等心視憎愛　後生有三眼
喜以好衣服　施與有德者　後世常好雅
光潤色若金　視人如赤子　護老病亦然
後常值聖人　瞰若星中月　不干奉齋戒
兼身産乳婦　後得伎女樂　犯者有千謗
禮敬汎愛衆　後輭手足掌　保貨安不動
得敬如太山　不問訊使伶　無求但好施
後得食具足　有財聚若海　有德蒙上天
法善衆歸仰　後豪尊歡樂　生爲帝王種
身口恒習善　布施用和顔　後富莫能嫉
愛樂生北方　陰以善報讎　終不忘施惡

口爭而心柔　後爲阿脩羅　如有見善道
具足以睹正　後得生天上　曜若日之光
善孝事父母　後生貴姓家　不爭不好怒
食福忉利天　無所與言爭　亦不參鬭訟
守善心修德　後生豔天下　多聞安思惟
好利而求脫　念善德以善　後生兜術天
守戒常禪思　依法無所恃　亦勸彼令然
生不驕樂天　自守好最施　不逆不自稱
平均愛有道　生彼尼密天　鞭杖繩之惱
不以加群生　安慰一切人　食福於梵天
心慈口言善　念安人若已　有求而輒與
生彼迦夷天　念行常如齋　不願世喜樂
定意立安靜　生阿波蘇天　定心棄愛女
除三習一樂　能觀思正止　得生遍淨天
苦樂計非常　身所行則知　見識最清淨
生墮苛頗天　曉了不淨想　多行有王處
棄習而無想　生無有想天　無倚有微倚
恢廓行四業　念禪自清定　生五淨天中
柔輭意殊勝　心正性中和　廣博修天業
生阿迦膩天　解色猗無常　樂求無邊志
所識意無際　思惟得出生　已離諸情識
無甫所向生　有念亦已過　欲無想而想
雖決猶復生　報現有平行　智士自觀察
知善行可作　是法有特異　故爲人具說
非天非時種　所受從自作　生非常可觀
慧不思望倚　凡往善生處　皆爲由行倚
若已解非身　無爲生死空　寂謗滅苦辛
是樂最第一

佛說分別善惡所起經

音釋

邠坻 邠府巾切坻直尼切 讖 丑禁切言將來之驗也 瘢 蒲官切瘡痕也

跛 補火切足偏廢也 傴 於武切背曲也 鼽 渠牛切鼻塞也 觝 都禮切觸也

嗶 音畢 呰 將几切呵呰也 撐 丑庚切與摚同邪拄也 褌 古渾切褻衣也

豸 丈几切無足蟲也 靤 平孝切面上瘡也 搒 蒲庚切捶擊也 慓 匹妙切急疾也

轢 郎擊切車所踐也 攫 居縛切撲取也 噓 朽居切 窶 其矩切貧無禮也

瞶 胡對切目疾也 騬 食凌切 苛 寒歌切

七經同卷

清刻龍藏佛說法變相圖

七經同卷

佛說出家緣經
佛說阿含正行經
佛說十八泥犂經
佛說法受塵經
佛說進學經
佛說得道梯隥錫杖經 持錫杖法附
佛說貧窮老公經

佛說出家緣經

後漢安息國三藏　安世高　譯

如是我聞一時婆伽婆在王舍城耆闍崛山與大比丘僧俱千二百五十是時難提優婆塞與五百優婆塞出王舍城上耆闍崛山往

詣佛所頭面禮足長跪叉手問佛大德願聞優婆塞五戒毀犯正戒有何惡事佛答難提優婆塞楚害生命有十惡事何等十現世常懷害心後世毒心隆赫恒被痛害怨怨不息人不喜見思慮多惡見者怖懼眠不安寐夢則惶怖覺則驚悸死時狂勃種短命栽身壞命終生地獄中設得爲人多病少命是爲十惡事偷劫他財有十惡事何等十貪餮深重恒爲衆疑能與重惡行則非時動則非法親友惡逆賢良踈遠敗戒果敢常懼王伺須財市命種遺寶物貧弊之業身壞命終生地獄中設得爲人飢寒困苦致財良難雖獲少財五事共之王賊水火及惡妻子令乃藏埋會亦當失是爲十惡事邪婬有十惡事何等十常爲其夫伺捕楚毒室家不和善法消竭不善法增危敗軀身不檢其妻不守財賄常爲人疑宗親不信種業如是門不貞潔身壞命終生地獄中設得爲女非獨一主設得爲男馳騁邪婬自失其妻是十惡事妄語中有十惡事何等十口常臭爛善神背叛凶鬼易陵實言流世衆所不信俗爲重事不在言議未有實事惡名遠聞爲人輕毀不起恭肅雖言有實人不奉用多懷愁怖種誹謗業身死命終生地獄中設得爲人常被誹謗是十惡事飲酒有三十五惡何等三十五散盡財賄致衆苦患怨諍增重裸露形軀惡名遐邇慧明日減應得不得已得便失顯揚惡事要務頓發憂慼之本恍惚變没顔貌鄙惡輕慢尊長不知供養沙門婆羅門自於室家不辯尊卑不宗敬佛不崇大法不敬事僧返親惡人遠

離明能崩墜邪道無慙愧心不護根門惛荒婬欲衆所不愛人不喜見德士宿舊咸來咎責集造衆惡要用之勢不豫識任智德隱避像類不别去泥洹遠種狂惑業身死命終生地獄中設得爲人愚癡頑瞶是時難提優婆塞及五百清信士諸天世人四輩之衆聞佛所説畢命受持頭面遶竟踊悦而去

佛説出家緣經

佛說阿含正行經

後漢安息國三藏 安世高 譯

聞如是一時佛在舍衞國祇樹給孤獨園是時佛告諸比丘言我爲汝說經上語亦善中語亦善下語亦善說度世之道正心爲本聽我言使後世傳行之諸比丘叉手受教佛言人身中有五賊牽人入惡道何等五賊一者色二者痛癢三者思想四者生死五者識是五者人所常念佛言人常爲目所欺爲耳所欺爲鼻所欺爲口所欺爲身所欺目但能見不能聞耳但能聞不能見鼻但能知香不能聞口但能知味不能知香身體但能知寒溫不能知味是五者皆屬心心爲本佛言諸比丘欲求道者當端汝心從癡但墮十二因緣便有生死何等十二一者本爲癡二者行三者識四者字五者六入六者栽七者痛八者愛九者受十者有十一者生十二者死施行善者復爲人施行惡者死入地獄餓鬼畜生中佛坐思念人癡故有生死何等爲癡本從癡中來今生爲人復癡心不解目不開不知死當所趣向見佛不問見經不讀見沙門不承事不信道德見父母不敬不念世間苦不知泥犁中考治劇是名爲癡故有生死不止生死如呼吸間脆不過於人命人身中有三事身死識去心去意去是三者常相追逐施行惡者死入泥犁餓鬼畜生鬼神中施行善者亦有三相追逐或生天上或生人中墮是五道中者皆生心不端故佛告諸比丘皆端汝心端汝目端汝耳端汝鼻端汝口端汝身端汝意身體當斷於土鬼神當不復入泥犁

餓鬼畜生鬼神中視人家有惡子爲吏所取皆坐心不端故人身有百字如車有百字人多貪好怒不思惟身中事死入泥犁中悔無所復及佛言我身棄國捐遮迦越王憂斷生死欲度世間人使得泥洹道第一精進者即得阿羅漢道第二精進者自致阿那含道第三精進者得斯陀含道第四精進者得須陀洹道雖不能大精進者當持五戒一不殺二不盜三不兩舌四不婬泆五不飲酒佛言人生起常當思念是四事何等四一者自觀身觀他人身二者自觀痛癢觀他人痛癢三者自觀意觀他人意四者自觀法觀他人法内復欲亂者心小自端視身體飽亦極飢亦極住亦極坐亦極行亦極寒亦極熱亦極卧亦極卧欲來時當自驚起坐坐不端者當起立

立不端者當經行心儻不端者當自政譬如國王將兵出鬪健者在前既在前鄙復却適却著後人沙門既棄家去妻子除鬚髮作沙門雖一世苦後長得解脱已得道者内獨歡喜視姊弟妻如視姊弟視子如知識無貪愛之心常慈哀十方諸天人民泥犁餓鬼畜生蠉飛蠕動之類皆使富貴安隱度脱得泥洹之道見地蟲當以慈心傷哀之知生不復癡能有是意常念師事佛如人念父母如獄中有死罪囚有賢者往諸囚囚黠慧常念賢者恩比丘已得道常念佛如是念經如人念飯食佛言諸比丘轉相承事如弟事兄中有癡者當問慧者展轉相教問慧者如冥中有燈火無得陰構作惡無得諍訟見金銀當如視土無得妄證人入罪法無得傳人惡言轉相

鬬語言無得中傷人意不聞莫言聞不見莫言見行道常當低頭視地蟲無得蹈殺無得貪人婦女無得形相人婦女坐自思惟去貪愛之心乃得爲道耳佛言欲求道者當於空閑處坐自呼吸其喘息知息短長息不報形體皆極閑氣不息形體亦極分別息思惟形體誰作者心當觀外亦當觀内自思惟懼然與人有異心當是時不用天下珍寶心稍欲隨正道意復欲小動者當攝止即還守意即爲還譬如人有鏡不明不見形磨去其垢即自見形人已去貪婬瞋恚愚癡譬如磨鏡諦思惟天下皆無有堅固亦無有常佛告諸比丘持心當如四方石石在中庭雨墮亦不能壞日炙亦不能消風吹亦不能起持心當如石佛告諸比丘天下人心如流水中有草木各自流去不相顧望前者亦不顧後後者亦不顧前草木流行各自如故人心亦如是一念來一念去如草木前後不相顧望於天上天下無所復樂寄居天地間棄身不復生道成乃知師恩見師者即承事不見師即思念其教誡如人念父母意定乃能有一心便有哀天下人民蜎飛蠕動之類坐自笑我已脫身於天下及五道一者天道二者人道三者餓鬼道四者畜生道五者泥犂道得阿羅漢者欲飛行變化即能身中出水火即能出無間入無孔亦能離世間苦取泥洹道亦能佛告諸比丘道不可不作經不可不讀佛說經已五百沙門皆得阿羅漢諸沙門皆起前以頭面著地爲佛作禮

佛說阿含正行經

佛說十八泥犂經

後漢安息國三藏安世高譯

佛言人生見日少不見日多善惡之變不相類侮父母犯天子死入泥犂中有深淺大泥犂有八寒泥犂有十入地半以下火泥犂天地際者寒泥犂有前惡後爲善不入泥犂殺人盜人欺犯人妻欲使人死望得其財物垢且賊好爲不善怒罵人榜笞繫人喜告彰人過失嫉妬言怒所使怒發禹逆天地鬼神之類殊失壽死下入惡泥犂中後復變爲善有不入泥犂中者知佛道變雖入泥犂中必當上天本善者上泥洹故曰佛道不可不知小人不變爲善入泥犂中無樂入泥犂復不善入泥犂益深其類有得爲人疾雖剛惡不殺好生爲人疾不食肉者爲益疾有陰德益壽且疾第一犂名曰先就乎而是人言起無死人居此犂中相見即欲鬬乎中無兵而自有兵相傷殺無歲數又不死有人來語起不死以風來吹即愈如是無歲數以復持熱鐵劍相傷殺以復用鐵椎相殺以手拳極利相傷久久無歲數是其類其人長大壽人間三千七百五十歲爲一日三十日爲一月十二月爲一歲萬歲爲人間百三十五億歲第二犂名居盧倅略居盧倅略一苦當先就乎二十如人言繩而鬬之人居此犂者置大火中赤輒出鬬之以復内火中赤復出數行鬬之久久無歲數復燒之出而鬬之以爲方圓能不死而復生無歲數以復走火中無歲數是其類也其人長且大壽人間七千五百歲爲一日三十日爲一月十二月爲一歲二萬歲爲

人間二百七十億萬歲第三犂名桑居都桑居都一苦當居盧倅略二十而人言捶殺人居此犂者在火中以熱不可言左右顧見山山間如樂狀走往入其間山盡來壓之又不死無歲數以復置火中亦復出之無歲數其人長大壽人間萬五千歲爲一日三十日爲一月十二月爲一歲壽四萬歲爲人間五百四十億歲第四犂名曰樓樓一苦當桑居都二十而人言樂之人居此犂城甚大其中復有小城人從外見之中盡有重天人盡入其中赤如燒鐵以復内城中大熱不可言其身肌盡爛無歲數不得息不得卧肌骨盡燋以復生無歲數是其類其人長大壽人間三萬歲爲一日三十日爲一月十二月爲一歲壽八萬歲爲人間千八百億歲第五犂名曰旁卒旁卒一苦當樓二十而人言爛煮之人居此犂者而坑大深谷滿其中火守犂者用鐵杖捶而内其中燒燋人身盡燋無歲數又不死積燒而不死而抱火著人身死出一谷復入一谷如是無數是其類其人長且大壽人間六萬歲爲一日三十日爲一月十二月爲一歲壽十六萬歲爲人間二千一百六十億歲第六犂名曰草烏卑次草烏卑次一苦當旁卒二十而人言焯熱之人居此者城高二千里廣四千里火滿其中置人其中復以鐵覆之無歲數如是不得息言不得卧無歲數燋以復燋是其類其人長且大壽人間十二萬歲爲一日三十日爲一月十二月爲一歲壽三十二萬歲爲人間四千三百二十億萬歲第七犂名都意難且都意難且一苦當草

烏甲次二十如人言燒炙之與蟲人居此犂中者大積火如大鐵貫人而内之無歲數時一門開人盡往欲出門門復閉復墮火中無歲數以復見一門開人盡走求欲出旣得出門又復墮汙泥中汙泥中有蟲哈又不得出無歲數是其類其人長且大壽人間二十四萬歲爲一日三十日爲一月十二月爲一歲壽六十四萬歲爲人間八十六百四十億歲

第八犂名曰不盧都般呼不盧都般呼一苦當都意難且二十如人言大苦熱之居此犂中地盡有火卒人當在火中炮且炙貫且立卧杖不得去不得息爛且燋以復生無歲數其苦萬倍於他犂之苦苦不可言是其類其人長且大壽人間四十八萬歲爲一日三十日爲一月十二月爲一歲壽百二十八萬歲爲人間萬七千二百八十億歲佛言火犂八以惡多深且遲惡少淺且易犂者譬如人拘於狴牢爲囚徒報作於遠所死於野家室半道若墮水與此生不得道至具死入犂即苦苦不可言久久得出所謂寒犂在天際間有大山高二千里生蔽風名山于雀盧山冥無日月所不及逮有蔽太山故冥外有日月之王甚多無益數寒犂中

第九犂名曰烏竟都烏竟都一苦當不盧都般呼二十如人言暴而起之人居此犂寒不可言無歲數身盡凍數數暴而甘在火中有聲以復爲之其折半如弩發折以復續其分以大石繫大嬰痛不可言以復不死其磨如鐵磑以復磑其足逼一身乃止如此無歲數如痛苦不可言其人長且大壽芥種百二十八斛百歲去一實芥

種盡壽未盡如是未能爲萬分持一是其類如佛道者出疾人盡爲惡如夜無所犯其人入犂盡夜苦爲惡盡無所犯者夜不樂不可言故佛道不可不聞知第十犂名曰泥盧都泥盧都一苦當烏竟都二十其人長且大壽芥種二百五十六斛百歲去一實芥種盡壽未盡第十一犂名曰烏略烏略一苦當泥盧都二十其人長且大壽芥種五百一十二斛百歲去一實芥種盡壽未盡第十二犂名曰烏滿烏滿一苦當烏略二十其人長且大壽芥種千二十四斛百歲去一實芥種盡壽未盡第十三犂名曰烏藉烏藉一苦當烏滿二十其人長且大壽芥種二千四十八斛百歲去一實芥種盡壽未盡第十四犂名曰烏呼烏呼一苦當烏藉二十其人長且大壽芥種四千九十六斛百歲去一實芥種盡壽未盡第十五犂名曰須健渠須健渠一苦當烏呼二十其人長且大壽芥種八千一百九十二斛百歲去一實芥種盡壽未盡第十六犂名曰末頭乾直呼末頭乾直呼一苦當須健渠二十其人長且大壽芥種一萬六千三百八十四斛百歲去一實芥種盡壽未盡第十七犂名曰區逋塗區逋塗一苦當末頭乾直呼二十其人長且大壽芥種三萬二千七百六十八斛百歲去一實芥種盡壽未盡第十八犂名曰沆莫沆莫一苦當區逋塗二十其人長且大壽芥種六萬五千五百三十六斛百歲去一實芥種盡壽未盡大寒且苦不可言不可爲辭皆萬倍於他犂之苦痛不可極佛言十八泥犂人所犯以事善惡輕重入犂經

佛説十八泥犁經

佛言十八泥犁鳳凰龍下至小蟲凡十八泥犁人行善多行惡少出泥犁疾行惡多行善少出泥犁遲佛言是安得鬼守十八泥犁居處冥佛始生時天上天下上至三十二天其十八泥犁皆明佛始得道時復一明佛朝梵時復一明佛始行道教授天下復一明佛般泥洹日復一明上至三十二天盡明以知佛道不可不知人爲善多者上天爲惡多者入泥犁若爲畜生知佛道不死小人必長生但數聞佛道而不與生不近善人不聞善事當離憂患其笑佛道入泥犁中深佛故非之人爲惡喜罵詈惡口至老不亡天神惡之使爲禽獸畜生血氣蟲獸子孫用正臘上冢佛言人不爲善去人類爲蟲畜生冢上與鬼是安得鬼食乎佛言人爲善上天後復生爲人形

佛說法受塵經

後漢安息國三藏安世高譯

聞如是一時佛遊於舍衞國祇樹給孤獨園佛告諸比丘比丘受教從佛而聽佛言比丘凡人爲一法受塵自汙迷惑憂愁没無端際吾見其不得無上吉祥之道如丈夫欲見女子色是以好色之士爲染爲醉爲貪爲汙爲惑爲著爲住爲受從婬女言故長久趍走往來爲受勤苦耳常欲聞婬女之聲鼻欲聞其香舌欲得其味身欲更其細滑是以長久趍走往來受苦是故不當爲女色聲香味細滑所染惑也當覺知是又復諸比丘凡人爲法受塵自汙迷惑憂愁没而無際吾見其不得無上吉祥之道如婬女欲見男子好色之女爲染爲醉爲貪爲汙爲惑爲著爲住爲受當爲士色故長久趍走往來受苦耳常欲聞男子之聲鼻欲聞其香舌欲得其味身欲更其細滑是以長久趍走往來受苦是故不當爲士色聲香味細滑所染惑也當覺知是佛說是已皆歡喜受行

佛說法受塵經

佛説進學經

宋居士沮渠京聲譯

聞如是一時佛遊舍衛祇樹之園須達精舍大賢衆千二百五十人佛告諸比丘有四雅行智者常遵丈夫所修達士恒奉不才愚夫所不好樂何等爲四孝事父母悦色養之守仁行慈終始不殺惠施濟乏未曾恪逆遭值聖世掮榮履道是四雅行智者所遵丈夫所修達士所奉不才愚夫所不好樂佛時頌曰

智者稱孝　愍念慈活　放施普給　超俗崇寂
如是正業　明士所習　聖見已具　定至無爲

佛告比丘復有二法若在閑宴或處大衆必行莫懈一者靜寂賢聖默定二者愽學講論邃義又有二施飯食美味以安身命敷散經典開微悦聽食施安身法施還神二事雖快法施爲最是以比丘念演妙法宣慧莫癡既自洗濯并淨塵著如是道法求度無窮乃名出家具足覺了佛説竟比丘歡喜作禮受教

佛説進學經

佛說得道梯隥錫杖經

失譯人名今附東晉錄

爾時世尊告諸比丘汝等皆應受持錫杖所以者何過去諸佛執持錫杖未來諸佛執持錫杖現在諸佛亦執持錫杖如我今日成佛世尊亦執如是應持之杖過去未來現在諸佛教諸弟子亦執錫杖是以我今成佛世尊如諸佛法以教於汝汝等今當受持錫杖所以者何是錫杖者名爲智杖亦名德杖彰顯聖智故故曰智杖行功德本故曰德杖如是杖者聖人之表幟賢士之明記趣道法之正幢建念義之志是故汝等咸持如法爾時尊者迦葉從座而起整衣服偏袒右肩合掌胡跪而白佛言世尊云何名錫杖云何而受持唯然世尊願開演說我一一行佛告迦葉諦聽善思念當爲說之所言錫杖者錫者輕也依倚是杖得除煩惱出於三界故曰輕也錫者明也持杖之人得智慧明故曰明也錫言不迴持是杖者能出三界不復染著故曰不迴錫言醒也持是杖者醒悟苦空三界結使明了四諦十二緣起故曰醒也錫言不慢持是杖者斷除煩惱慢業故曰不慢錫者言疏持是杖者與五欲疏斷貪愛結散壞五陰遠離五蓋志趣涅槃疏者爲業故曰疏也錫言採取持是杖者採取諸佛戒定慧寶獲得解脫故曰採取錫者成也持是杖者成就諸佛法藏如說修行不令缺減悉具成就故曰成也佛告迦葉如是錫字其義廣多不可具陳汝今當知如是受持迦葉白言世尊是錫杖者其義如是云何智杖乃至建念義之志唯

然世尊顧敷演說佛言是錫杖者爲修智士廣修多聞解世出世分別善惡有爲無爲有漏無漏了知無礙智慧成就故曰智杖爲持禁戒忍辱禪定一心不亂常修福業無時懈怠如救頭然故曰德杖攝持是杖如斯之人内具十六行謂四諦苦集滅道四等慈悲喜捨四禪初禪二禪三禪四禪四無色定空處識處不用處非想非非想處復具三十七行謂三十七助道法於是法中了了分別身自作證不隨音聲於是法中而自遊戲入空無相無願解脫門自在無難名之曰聖内有是德外執錫杖表幟是人必有聖德戒忍定慧三明六通及八解脫皆悉具有以記此人望表生敬故曰聖人之表幟也賢士之明記者内有智性曰賢士明記此人内有智性習功德本於法增精進善法成辦故曰賢士明記此人不久之間智慧成就入無爲處寂然宴靜涅槃安樂第一義道故曰趣道之法幢建念義之志者是杖有三鈷見三鈷重則念三塗苦惱則修戒定慧念三灾老病死則除三毒貪瞋癡念三界之無常則信重於三寶除三惡斷三漏淨三業欲具三明入三解脫也得三念處通三達智故立三鈷以相重也復有四股者用斷四生念四諦修四等入四禪淨四空明四念處堅四正勤得四神足故立四股通中高五用斷五道苦惱輪迴修五根具五力除五蓋散五陰得五分法身故立五也十二環者用念十二因緣通達無礙修行十二門禪念心無患三重四股合數成七以念如來七覺意法成就七聖財通鈷鑽八用

念八正道得八解脫除滅八難故用八也略說錫杖其義如是汝當善聽受持迦葉白佛言如是世尊如聖法教爾時迦葉復白佛言世尊三世諸佛法同是也佛言有杖是同若用不同或有二股或有四股環數無別但我今日四股十二環用是之教二股者迦葉如來所制立也令諸衆生記念二諦世諦第一義諦以立其義爾時世尊說是法已尊者迦葉千二百衆及諸大會皆悉歡喜頂戴奉行

佛說得道梯隥錫杖經

持錫杖法

持錫杖威儀法有二十五事持錫杖十事法一者爲地有蟲故二者爲年朽老故三者爲分越故四者不得手持而前却五者不得擔杖著肩上六者不得橫著肩手垂兩頭七者出入見佛像不聽有聲八者杖不得入衆九者不得妄持至舍後十者不得持杖過中出復有五事一者遠請行宿過中得出二者至病瘦家過中得出三者送過世者過中得出四者外道請者過中得出五者不得將杖指人畫地作字復有五事一者三師俱出不得持杖自隨二者四人共行除上座不得普持三者到檀越門好正威儀四者入檀越門三抖擻三反不出從至餘家五者檀越出應持杖著左肘中央復有五事一者杖恒在己房中不得離身二者不聽下頭著地三者不聽杖許生衣四者日日須好磨拭五者杖欲出時當從沙彌邊受若無沙彌白衣亦得錫杖四股應四諦環應十二因緣中召明中

道義上頭應須彌頂第二應須彌山中央木應於空下錯應須彌根沙門之法解空得道執此醒悟世間一切衆生諸比丘等至心奉行

凡體法上臺法天下臺法地四枝法四天王十二環法十二因緣包含天地人天上下無不斯盡凡發慈心廣生萬行勿不準此已起善本持杖法此齎天挾地著左脇下以小指拘之使兩頭平正不令高下鳴則常鳴不令聲絶均細調和恒使若初若初無聲訖一行處不令有聲若初有聲訖一行處常令有聲亦令麤細一等不得或麤或細僧著左足上屣著右足不得著地若檀越出近至三家遠滿七家若不得更不容多過若過非行者法若限内得食持杖懸之樹上勿令著地若無樹著地平處不令傾側眠時杖與身相順置之牀後正與身齊不令前却持行路止息時頭常向日勿令倒逆違背持此杖即持佛身萬行盡在其中謂持天挾地并觀十二因緣爲護身亦護一切如其傾側一切萬物皆亦傾側如其平正一切含生皆令安隱無爲若下臺著地之時令三塗衆生苦劇踰增若不著地令三塗衆生因之得拔如其顛倒則逆世界亦令行者其心迷亂若能慎持彼此俱利矣若是持具現得威儀入護助後得獲果速成正覺

又持錫杖法依天竺藏經重出使後人看閱知其源流也

錫杖有二十五事威儀持錫杖有二十五事者一者爲蛇蟲故二者爲年老故三者

爲分衛故四者爲出入見佛像不得使頭有聲五者不得持杖入衆六者中後不得復杖出七者不得擔著肩上以手懸兩頭八者不得横著膝上以懸兩頭九者不得手掉前後十者不得持至舍後十一者不得復持在三師前後已杖出不得復杖隨十二者若四人俱行一人已持不得復持隨十三者若至檀越家不得捨杖離身十四者至人門戶時當三抖擻不出應當更至餘家十五者主人出應當杖著左肘挾之十六者若至室中不得使著地十七者當持自近卧牀十八者當數取拭之十九者不使頭有生二十者欲行當從沙彌若白衣受二十一者至病人家宿應得暮杖二十二者欲遠送過去者應得暮杖二十三者遠請行宿應得暮杖二十四者遠迎來者應得暮杖二十五者常當自近不得指人若畫地作字

持杖錫法

佛説貧窮老公經

宋沙門釋慧簡譯

聞如是一時佛在舍衛國精舍中坐與二千比丘俱時有一貧窮老公年二百歲眉生秀毛耳出於頭齒如齊貝手過於膝貌而視之似如有相而貧窮辛苦衣不蓋形五體裸露腹恒飢虛行步時動小有氣息扶杖而來求欲見佛釋梵侍門勑不通之老公因大喚曰吾雖貧賤民之廝下千載有幸今得值佛欲問罪福求離衆苦我聞世尊仁慈普逮萬物蒙賴莫不受恩是以遠來乞一示見而卿斷我既違我願有誤聖意豈宜可爾乎佛以知之顧語阿難汝寧見長壽耆年有相老公而罪未畢者乎阿難叉手白佛言安有相福耆壽而有罹罪罹罪之人豈復有相今在何許生所未見佛言近在門外釋梵斷之可喚使前於是老公匍匐寸進爲佛作禮悲喜交流而白佛言我生世不幸貧窮辛苦飢餓寒凍求死不得活無所賴人命至重不能自棄聞佛在世心獨歡喜晝夜發心願一奉顔由來十年今始得果向在門外久不得前計欲還去氣力不堪進退無路但恐命絶穢汙聖門重增其罪不悟天尊巳哀矜之得蒙前進不奪本願如此而死無復恨矣惟欲速終畢罪後世願得垂恩施其上慧佛言人之受生生死因緣以多因緣致有罪根今我爲汝說其本源卿前世時生豪强大國明慧王家時爲太子憍貴非凡上爲父母所愛下爲臣民所敬用此恣意輕凌於人高目大視矜抗邈然財寶億萬皆是民物百姓貧弊皆坐課斂惟

知聚積財物不肯布施時有貧寒沙門名曰靜志從遠國來故往詣卿所求不多惟法衣耳而卿了不當接遇之甚惡既不乞衣又不與食空坐著前去復不聽晝夜七日水漿永絶亦有氣息命在轉燭而卿見此方大歡喜聚人看之以爲快樂邊有侍臣而諫卿曰太子莫爾沙門慈恭道德內合凍之不寒餓之不飢所以來乞欲爲福耳既不施與安可窮逼幸發遣之勿招其罪太子答曰此是何人詐稱道德試小困之纔令不死正爾放去無所憂也即便遣去驅逐出國未出國界十餘里中逢遭飢賊欲殺噉之沙門言曰我貧凍沙門羸瘦骨立肉既腥臊不中噉也空當見殺而無所任餓賊又曰我餓困累日但食土耳卿雖小瘦故是肉也終不相放但當就死如此前却紛紜良久太子得知便往救曰我以不能乞其衣食寧當復令賊殺之耶賊見太子皆叩頭首過謝罪放沙門去時沙門者今彌勒菩薩是憍貴太子者今卿是也故卿今日受此貧窮之罪坐慳貪也所以得長壽者救活沙門之命也罪福報應亦如影響老公白佛去事已爾願畢於今乞得以垂殘之命得作沙門後生世世常侍佛邊佛言善哉應時老公鬚髮墮地法衣在身體氣强健耳目聰明即得上慧入三昧門以偈讚佛

我昔爲太子　不識仁義方　憍貴自放恣
恃爲大國王　自謂無罪福　此以可保常
豈悟生死對　於今受其殃　從罪復蒙福
得覩天中天　能脫既往罪　垂命入法門
永離慳貪心　長受智慧根　世世侍佛邊

保持萬劫存

於是老公比丘說是偈已禮佛而去

佛說貧窮老公經

音釋

悸其季切懼也　叛普半切離叛也　倅七內切　焯之藥切灸也　磓五對切磨也　沆何黨切　幟昌志切旗也　鐓徒對切銅鐓也　抖擻抖當口切擻蘇后切　匍匐匍薄胡切匐北切

須摩提長者經　吳優婆塞支謙譯

長者懊惱三處經　後漢三藏法師安世高譯

犍陀國王經　後漢三藏法師安世高譯

阿難四事經　吳優婆塞支謙譯

清刻龍藏佛說法變相圖

四經同卷

須摩提長者經

長者懊惱三處經

犍陀國王經

阿難四事經

須摩提長者經一名會諸佛前亦名如來所說示現衆生

吳 優婆塞支謙 譯

如是我聞一時佛在舍衛國祇桓精舍與大比丘衆五百人俱爾時世尊時到著衣持鉢與阿難俱入城乞食是時城中有大長者子名須摩提是人命終父母宗親及諸知識一時號哭哀悼躃踊稱怨大喚悶絶于地或有喚父母兄弟者或有呼夫主大家者如是種種號咷啼哭又有把土而自坌者又有持刀斷其髮者譬如有人毒箭入心苦惱無量或

有以衣自覆而悲泣者譬如大風鼓翕林樹枝柯相振又如失水之魚宛轉在地又如斬截大樹崩倒狼藉以如是楚毒而加其身爾時世尊知而故問阿難彼諸大衆何故哀號悲泣如是阿難白佛言世尊此城中有大長者子名須摩提壽盡命終是人父母兄弟妻子宗親知識爲恩愛所縛故如是迷亂唯願世尊爲度一切故可往至彼諸佛世尊不以無請而有所說我今爲彼諸人勸請於佛世尊以大慈悲願往至彼爾時如來受阿難請即往其家是時彼諸人等遥見世尊各各以手拭面前來迎佛既至佛所頭面禮足悲哀哽塞不能發言正欲長歎以敬佛故不敢出息咽氣而住爾時佛告長者父母兄弟宗親及諸知識汝等何故悲泣懊惱著此幻法是諸人等同時發聲而白佛言世尊是城中唯有此人聰明智慧端正殊妙年既盛壯於諸人中爲無有上我等悲念不離心懷衆人瞻仰視之無猒言語柔和孝於父母恭順兄弟又復多饒財寶金銀瑠璃硨磲碼碯珊瑚琥珀倉庫盈溢珍寶具足又有車馬飲食醫藥衣服卧具奴婢使人如是悉備一旦命終是故我等悲泣戀慕不能自勝善哉世尊願爲我等方便說法得離諸惱從今已後更不復受如是諸苦得斷貪欲瞋恚愚癡諸結根本得度生老病死之岸永離憂悲苦惱之海所生之處值遇諸佛善知識會不遇惡緣爾時世尊告長者子父母宗親知識及諸大衆汝等曾見有生不老不病不死者不是諸人等白佛言世尊未曾見也佛復告諸大衆汝等

欲離生老病死憂悲苦惱者莫復念是恩愛之縛標心正見歸命三寶所以者何於諸世間無過佛者能導盲冥愚癡之衆於諸商主及諸醫王有相好中無與佛等所以然者如來身者即是藥王佛所說法即爲良藥爾時世尊即說偈言

十方世界中　生者無不死　生死往來道
唯法能除滅　無有十方刹　命終能濟者
唯佛能除斷　是故歸命佛

佛復告大衆汝等云何知名爲死諸人答言不知世尊佛告大衆殺生偷盜邪婬妄語兩舌惡口綺語嫉妬恚癡若人行是十惡名之爲死佛復告諸大衆若人違逆不順父母不行正法不敬沙門梵志及諸耆宿如是之人亦名爲死復告大衆若有不敬三寶及諸持戒有德沙門如是之人亦名爲死復告大衆若有慳貪嫉妬憍慢自不持戒家内大小亦復不持言語麤惡好傷於人狂癡懈怠心意不安六情不具少於智慧不能專正喜信他語常懷嫉恚而自稱譽過人之善揚他之非好自貢高不能親近沙門梵志不聞正法如是之人亦名爲死爾時世尊而說偈言

若人作不善　好行十惡者　心常懷憍慢
不敬於三寶　不能持淨戒　懈怠不精進
如是諸人等　皆名之爲死　好行諸惡者
所生墮惡道　若人行諸善　爾乃得生天
若人不信佛　亦復不行法　行於非法者
是則名爲死

復告大衆若人得富貴而無憍慢心意常安亦不自高亦不自下等心一切視之如己雖

得富貴心無有異恒觀無常不爲已有過如怨毒解知諸法會當有離既知是已精勤修習知一切法無可依止於諸名利不計我所亦復不著一切諸塵常修其心親近智者不近惡友常求遠離佛所說法初不違失爾時世尊而說偈言

少有衆生　在於世間　得大富貴　而不憍慢
行憍慢者　不得離苦　若不憍慢　速得解脱
無憍慢者　決定解脱　有憍慢者　必墮惡道
斷憍慢者　不名爲死　有憍慢者　乃名爲死

復告大衆汝等知有生老病死今世後世精神輪轉更受形不諸人答言不知世尊佛言汝等當知衆生以此四事因緣縛繫精神輪轉五道不知生所從來死所趣向爾時世尊而說偈言

無常計有常　不淨計有淨　實苦而言樂
無我計有我　衆生生死中　深著於倒見
千萬億劫中　不知生死本　若有人能解
眞實大法者　能知此非常　最爲大苦本
若人見垢濁　斷除三毒本　必能得成就
無上之大法

復告大衆以結使故起諸因緣以因緣故受諸苦惱以是之故輪轉生死色不至後世受想行識不至後世所以者何五陰不可得不堅牢無暫停故爾時世尊而說偈言

緣諸結使故　起衆惡因緣　由是因緣故
而受無量苦　以受諸苦故　復起無量結
一切生死本　輪轉皆如是　世間諸美色
譬如水上沫　一切衆苦痛　喻之如雨泡
一切衆想念　野馬等無異　無量諸行等

其性如芭蕉　一切諸心識　猶如幻無實
如是之妙法　如來口所說　諸佛之妙法
已爲汝等演　慈悲衆生故　說是甘露法

復告大衆地不至後世水火風亦不至後世所以者何地無覺無知四大無識地即虛僞四大合成以是因緣不至後世爾時世尊而說偈言

一切諸法中　無形無有色　亦無有所覺
虛妄無真實　四大假合成　柔弱無堅强
欲令至後世　終無有是處

復告大衆眼不至後世耳鼻舌身意亦不至後世所以者何眼空無我無常無有暫住設欲令止不可得也有緣則生緣散則滅生無所從來去無所至耳鼻舌身意亦復如是諸人當知此六情者緣會則有緣散則無譬如寄客不得久住又如負債之人計日償債日畢則去終無住期去則便空竟不可得無有往來此六情者亦復如是爾時世尊而說偈言

諸情無堅固　此法如虛空　不安而無量
不可爲我所　因緣故有用　竟無有決定
和合所成法　轉世不可得

佛說是經時三百比丘漏盡結解成羅漢道五百諸天遠塵離垢得法眼淨復有八千天人皆發阿耨多羅三藐三菩提心佛復告諸大衆汝等當觀非常不離是念諸大衆等我知過去諸佛爲一切衆生作大橋梁有大慈悲普及一切過去佛者名爲迦葉佛拘孫帝佛拘那含牟尼佛隨葉佛尸棄佛定光佛如是等恒河沙數諸佛如來斷除一切不善之

法脩習甚深無量善法於諸法中無所罣礙而皆無常過去亦有無量辟支佛志樂靜寂善脩其心亦皆無常過去諸佛弟子無量無邊皆得漏盡意解三明六通及八解脫永離生死得到彼岸亦爲無常之所遷變過去亦有五通仙人淨修其戒壽無量劫悉歸無常往昔亦有無量轉輪聖王及諸小王七寶具足無所乏少亦復無常我於過去無量世中作諸國王以頭目髓腦及以手足國城妻子象馬七珍宮殿樓觀五樂之具一切布施我於爾時兼修淨戒無所虧損若有人來求是諸物歡喜施與不生瞋心亦無嫉意勇猛精進身心不懈深修禪定解脫三昧以深利智廣大之智無礙無等甚深智慧具足如是無量功德我行菩薩道時以是功德坐菩提樹下以金剛心而立誓言不起此座當破四魔得一切種智十力四無所畏十八不共法適發此念天魔波旬將諸兵衆器仗嚴飾繞菩提樹面各三十二由旬而作惡念我以此兵衆必壞是人令不成道我於爾時申手案地魔衆眷屬即便破散我所知所得所覺之法當現證驗應得成道爾時即集無量功德智慧以一念相應慧得成阿耨多羅三藐三菩提而轉法輪自得成就亦復成就一切衆生爾時有三夜叉一名阿羅婆伽二名毗沙那伽三名脩脂藍如是等無量鬼神化令持戒於九十五種外道中最尊最上無與等者斷除一切三毒根本無有生老病死之患而得成就無上道法然亦當爲無常所轉却後三月當般涅槃復告大衆汝等觀此無常終不

捨人如來得一切種智色身相好具足成就而不能免過去未來現在諸佛亦歸無常是故汝等當深觀察無常之法若能如是無復恩愛係戀之心亦無貪欲瞋恚愚癡之想永斷生老病死之苦得離一切不善之法增益無量清淨之行深達諸法十二緣起以是因緣常值諸佛所以者何若人得達十二因緣即是見法若見法者即名見佛欲見佛者當持淨戒威儀無缺爾時世尊而說偈言

過去諸王 生長深宮 雄猛端正 莊校嚴飾
象馬車乘 多饒財寶 如是諸王 亦歸無常
過去諸仙 被鹿皮衣 提婆延等 諸大仙人
外道典籍 皆悉通利 如是諸仙 亦歸無常
過去羅漢 以斷三毒 三明六通 不著三界
離諸癡欲 是良福田 如是聖衆 亦歸無常
不聞一句 善斷諸結 精勤爲已 是大福田
如犀一角 獨處山林 名聞緣覺 亦歸無常
天魔兵衆 一時破散 及斷諸結 得成佛道
得成道已 而轉法輪 佛雖如是 當歸無常
過去諸佛 知三界事 當來諸佛 牢固衆生
現在諸佛 恒沙億刹 如是諸佛 亦歸無常
無常之力 不捨欲界 色無色界 仙人國王
貴賤上下 亦復不捨 諸佛緣覺 學無學人
無常不懼 不選財色 不問强弱 及與大智
執人牢固 以是當知 無常最苦 當求眞法
我本爲王 施人宮殿 園觀浴池 華果茂盛
國城妻子 頭目布施 以此功德 爲求佛道
我往昔時 手足布施 以如此事 修習忍辱
有鷹逐鴿 割肉贖之 爲無上道 忍諸苦痛
我行苦行 久習難行 我破魔王 於道場樹

得成佛道　無諸垢穢　我轉法輪　於鹿野園
我巳降伏　瞋恚夜叉　於七山中　居止雪山
我巳降伏　及其眷屬　而不能伏　無常之力
我能降伏　猶如山巖　如是猛象　化爲弟子
及其眷屬　我皆降伏　而不能伏　無當之力
我於諸論師　及與諸外道　以正法共論
皆悉不如我　異趣諸衆生　化令爲弟子
而不能降伏　無常之大力　我見貪欲縛
瞋恚及愚癡　如此愚冥法　皆已得除滅
然大智慧燈　照於三千界　而不能降伏
無常之大力　降伏天魔王　及與諸兵衆
壞於大盲冥　照以正法光　亦降諸論師
及諸占相者　而不能降伏　無常之大力
爾時尊者阿難前白佛言善哉世尊善能分
別解說此法當何名此經云何奉持之佛言

此經名爲除諸憂惱汝應受持一名會諸佛
前亦名如來所說示現衆生應當受持佛告
阿難於後世中有善男子善女人受持如來
所說示現衆生經者於七生中自識宿命毒
不能害火不能燒水不能漂不墮地獄餓鬼
畜生八難之處捨此身已生彌勒前得在彌
勒第一會中佛說此經巳阿難及諸大衆天
龍夜叉乾闥婆阿脩羅迦樓羅緊那羅摩睺
羅伽人非人等聞佛所說歡喜奉行

須摩提長者經

長者懊惱三處經

後漢三藏法師安世高譯

聞如是一時佛在舍衛國祇樹給孤獨精舍與大比丘衆千二百五十人俱爾時舍衛城有大長者財富無數田宅牛馬不可稱計家無親子其國俗法若無子者壽終之後財没入官長者夫婦禱祀諸天日月星辰求索子息竪立門戶亦不能得時長者婦歸命三寶奉受五戒晨夜精進不敢懈怠便得懷軀婦人黠者有五事應一者知夫壻意二者知夫壻念不念三者知所因懷軀四者别知男女五者别善惡是長者婦報長者言我已懷軀長者歡喜日日供養衣被飯食極使精細十月已滿便生得男五乳母共供養子乳者哺者洗浴者衣被者抱持者兒即長大年十五六長者夫婦爲子索婦得長者女端正姝好於城外園館大請人客飯食娛樂餚饍精細四方來者無所拒逆如是賓客至于七日時兒夫婦遊行園中有樹名曰無憂其上有華色甚鮮好如若緋色婦語夫言欲得此華夫便上樹爲取此華樹枝細小即時摧折兒便墮地斷絶而死父母聞之知墮樹死便走奔趣母抱其頭父抱其脚摩挲瞻視氣絶不甦父母悲哀五内摧傷衆客見之亦代哀痛死何急疾衆客飲食娛樂未畢而反墮樹死亡無常時佛世尊與阿難俱著衣持鉢入城分衛見長者夫婦獨有一子而墮樹死啼哭悲傷甚不可言佛見此兒所從來生從忉利天壽命終盡過生於長者家死即生龍中金翅鳥王復取食之三處悲哀悉共發喪佛告阿

難詣長者所解喻其意爲除其患設不爾者恐愁憂死阿難言唯然即從佛行到長者所長者聞佛來到其所心即歡喜稽首佛足佛問長者何爲愁憂乃如是乎長者白佛我身無相因有一子爲其娶婦請客飲食娛樂未畢上樹取華墮地便死我身如石心如剛鐵適得一子而捨我死佛告長者人生有死物成有敗對至命盡不可避藏捐去愛念勿復憂慼時佛出光明徧照十方使長者見天上龍中父毋啼哭佛語長者此兒本從忉利天上壽盡命終來生卿家壽盡便生龍中金翅鳥王即取噉之三處一時共啼哭爲是誰子佛即說偈言

天上諸天子　爲是卿子乎　爲在諸龍中
龍神之子耶　時佛自解言　非是諸天子
亦非爲卿子　復非諸龍子　生死諸因緣
無常譬如幻　一切不久立　譬若如過客

佛語長者死不可得離去事不追長者白佛言此兒宿命罪福云何生豪富家其命早夭此爲何應佛言此兒前世好喜布施尊敬於人緣此福德生豪富家喜射獵戲傷害群生用是之故令身命短罪福隨人如影隨形長者聞是及一切衆皆有慈心發大道意應時踊躍逮得法忍佛說如是長者夫婦一切衆會皆歡喜受

長者懊惱三處經

揵陀國王經

後漢三藏法師安世高譯

聞如是一時佛在舍衛國祇樹給孤獨園與千二百五十比丘俱時有國王號名揵陀奉事婆羅門婆羅門居在山中多種果樹時有採樵人毀敗其果樹婆羅門時見之便將詣王所言是人無狀殘敗我果樹王當治殺之王敬事婆羅門不敢違之即爲殺敗樹者自後未久有牛食人稻其主逐捶之牛折其一角血流被面痛不可忍牛徑到王所白言我實無狀食此人少稻今爲其見捶折我角稻主亦追到王所王曉鳥獸語告牛言我當爲汝治殺之牛即報言今雖殺此人亦不能令我不痛但當約勑後莫取人如我耳王便感念言我事婆羅門但坐果樹令我殺人不如此牛也便呼婆羅門問言今事此道有何福乎婆羅門報言可得禳災致福富貴長壽王復問言可得免於生死不報言不得免於生死也王獨念言當用此道爲事便勑群臣嚴駕徃到佛所五體投地爲佛作禮白言我聞佛道至尊巍巍教化天下所度無數願受法言以自改操佛即授王五戒十善爲說一切天地人物無生不死者王以頭面著地爲禮白佛言今奉尊法戒當得何福佛言布施持戒現世得福忍辱精進一心智慧者其福無量後生天上亦可得作遮迦越王亦可得無爲度世之道佛即爲王現相好威神光耀王即歡喜意解便得須陁洹道阿難整衣服頭面著地爲佛作禮白佛言此王與牛本何因緣牛語王意便解捨婆羅門而事佛道見佛

聞法即得道迹佛言乃昔拘那舍牟尼佛時王與牛爲兄弟作優婆塞俱持齋一日一夜王守法精進不懈怠壽終昇天上壽盡下爲國王牛時犯齋夜食後受其罪罪畢復作牛百世尚有宿識故來開悟王意牛後七日壽終上生天上佛言四輩弟子受持齋戒不可犯也諸比丘僧比丘尼優婆塞優婆夷天龍鬼神聞經歡喜前爲佛作禮而去

犍陀國王經

阿難四事經

吴優婆塞支謙譯

聞如是一時佛在拘夷那竭國欲滅度時阿難白佛言我念天龍鬼神帝主人民與佛相見聞佛教誡無不歡喜在心所願或作沙門得應眞者或有居家奉行五戒死得上生天者今佛去世天龍鬼神帝主人民及四輩弟子當何恃賴得福得度將當復從誰得之乎佛言善哉善哉阿難慈心多愍天人雜類無不由汝得度脫者吾去之後世名五濁人心憒憒穢垢自亂世多顛倒賤善貴惡此實可憂世雖然者吾有經籍懇惻之戒盡心遵行福自歸身汝莫憂也吾雖去世典籍續存六度大法不持之去行者得度非神授與汝等不解吾之所言耶阿難即白願重說之佛言大法有四可從得福亦可得道得福得道與侍佛身正等阿難白佛爲我解說四事佛言當慈心育養幼弱見禽獸蟲蛾下賤仰人活者常當愍念隨其所食令得甦息莫得加刀杖傷絶其命惻愴慈心當如慈母天龍鬼神帝主人民有行此慈者其得大福與侍佛身功德正等此謂一事世有災異水旱不調五穀不豐人民飢饉不安本土志欲叛亡王及臣民富有倉穀當惟無常身命難保愚愛寳重穀知愛人命當起悲心出穀廩假周諸窮乏以濟其命安居本土若意慳貪不欲布施當諦忖念人初來生䰟神空來依因姻親情欲之氣以成己體在母腹中十月乃生得親喜悅可得全命愁怨之日即尅絶之因極乃終魂神不滅復更求身豪貴貧賤皆由宿行

官爵俸禄國土珍寶無爲迷惑以亂高德至其壽終身及珍寶故留世間不隨已去常當慈心練存經道以佛明法觀視人物如幻如化如夢如響一切皆空不可久保觀世皆爾此爲眞諦世人愚惑心存顛倒自欺自誤猶以金價買鍮銅也身死神去當墮三塗諦思如此急當布施與身命競貧窮乞匃羸老疾病隨所當得莫令命絶執心如此十方諸佛開士大人天龍鬼神無不愍之至於壽終魂神所生輒受豪貴身意俱安災害不生具獲上願如佛在時供養佛身正等無異此謂二事世多有盜賊水火災異變生毒氣疾病縱横悉是海中龍神鬼王之所爲故得此毒氣重病憂惱此諸鬼神龍者皆是世人所爲射獵屠殺魚網中毒死者其魂神或海中或爲有力大神化生之類皆知宿命忿怒宿怨故作霧露吐毒氣雨其國土其時人民或中毒死者或但得病者有相塗者此皆世人所作不仁殘殺物命展轉相怨自手殺者中毒即死助其喜者皆更困病或相塗汙者皆由食肉有相分者不相分者聰明之士覺知殺罪遣人不置以已度彼正等無異如此奉行佛之弘道行四等心慈悲喜捨福自歸身若彼殺家以肉與已慎莫食之不食肉者雖處惡世盜賊災變毒氣之時雖處其中不相塗染其帝主人民當有盈穀孤獨鰥寡衣食不充疾病困苦無以自濟當給醫藥糜粥消息令其得愈命不横盡當明此人宿命行惡不信三尊背眞向僞慳貪所致罪福分明慎莫爲惡亦當慈心以佛經法教訓愚癡令持經道

若治一人使病得愈示之善道令持五戒終身清潔與侍佛身其福正等是謂三事世有高節清潔無欲沙門梵志懷抱經典輒言法律帝主人民心當恭肅詣彼律行此曹高士口之所陳皆是諸佛說之遺典令人去惡就善恩倍於親百有餘分使人壽終不墮三塗常當慈心恭肅向之寧洋銅灌口利刀截舌慎莫謗毀此清潔之人寧就斷首莫加之痛寧自割腹出心燒之無怒此人設使愚者見佛經道明知去就由遠頑闇之群邪馳就賢者之衆講受聖典以成高德沙門梵志無以貿買求利爲身穢垢心清行淨猶明月珠故持應器勞身乞食供口即止不畜遺餘或居寺舍或處山澤樹下塜間皆知宿命分別眞僞制作經籍爲世橋梁慈心多愍坐起呪願帝主人民令國平夷如此高士德訓諸天龍鬼惻心不豫世俗故不爲情欲之失所見歎述耳國王人民若有知者當尋求之供所當得衣食牀卧疾病醫藥使其安隱得讀經戒敷演訓導坐禪念定或從得道或死得上天衣食一國穢濁之人不如盡心供養清淨道士一人其福弘大如佛在時供養佛身正等無異此謂四事帝主人民親此輩人天龍鬼神無不擁護助之歡喜佛告阿難吾前世時行此四事展轉受福自致得佛吾以是故重說四事阿難汝當爲諸天帝主人民說之所作善行自得其福終不唐捐吾將滅度四事囑累汝阿難聞經且悲且喜前以頭面爲佛作禮

阿難四事經

音釋

咷徒高切哭聲也坌蒲悶切塵坌也棖直庚切觸也緋甫韋切絳色

犍居言切鰥古還切老而無妻也

分別經　西晉三藏法師竺法護譯

未生怨經　吳月支國優婆塞支謙譯

四願經　吳月支國優婆塞支謙譯

猘狗經　吳月支國優婆塞支謙譯

清刻龍藏佛說法變相圖

四經同卷
分別經
未生怨經
四願經
猘狗經

分別經

西晉三藏法師竺法護譯

聞如是一時佛在舍衛國祇樹給孤獨之園晨朝整服儼然而坐佛語阿難告諸比丘皆寂靜明聽今當爲汝說人生受苦阿難從座起整衣服爲佛作禮白佛言願樂欲聞佛言人有六惡以自侵欺何謂爲六眼爲色欺耳爲聲欺鼻爲香欺口爲味欺身爲細滑欺意隨邪念爲邪念欺是爲六欺令人墮惡道中無有出期黠人乃諦覺是耳佛言人從三可

得三苦何謂三可一身可殺盜婬二口可兩舌惡罵妄言綺語三意可貪恚癡用是三可故墮地獄餓鬼畜生中是爲三苦唯黠者覺之佛言人有六恣墮墜十八痛何謂六恣眼恣入色耳恣入音鼻恣入香口恣入味身恣入細滑意恣入邪念是爲六恣亦爲受亦爲衰用是故墮十八地獄苦痛長久無有出期阿難白佛言人有事佛受戒能得脫是苦痛不佛言有人事佛受戒得福無量不可譬喻者有人事佛墮極罪者阿難問佛事佛受佛戒當得福更得深罪何以故願聞其意佛言有人事佛奉持經戒精進不犯得福無量不可譬喻也佛言有人事佛受戒不持不能精進禪定思惟託名事佛專行邪業貪求無猒不知止足婬泆色欲好喜歌舞耽于酒味以自放恣雖云事佛其過難量用是之故長墮三塗苦痛萬端難得免出佛言事佛有三輩一輩者爲魔弟子事佛二輩爲天人事佛三輩爲佛弟子事佛何謂魔弟子事佛佛言雖受佛戒心樂邪業卜問是祟解除禱祀信有家親丈人不信正眞不知有罪惡之對假名事佛常與邪俱死有墮墜無擇地獄受苦長久久乃出爲魔邪屬諛諂妖孊難可得度是曹輩人宿命餘福暫得一時見於正道心意瞢瞢難寤已當復更入邪見無窮已也是爲魔弟子事佛何謂天人事佛受持五戒行於十善至死不犯信有罪福作是得是壽終之後即生天上是爲天人事佛何謂佛弟子事佛奉持五戒廣學經戒修治上慧知三界苦心不樂著欲得解脫行於四等六度愍傷衆生欲

安濟之不貪身命知死有生求長益福不爲邪業是爲佛弟子事佛佛言吾般泥洹後千歲魔道當興時世大惡國無常主民無常居遠方之人當入中國掠殺殘暴無有法則於斯之際像法當興盛阿難問佛何謂像法佛言當來比丘不持正法挾妻養子無有慚愧心耕田種植以爲常業無復學問坐禪行者好樂俗裳以爲綺雅佯佯相看上下雷同發不相教度世之基迷於色欲不畏于罪時有知法者爲說眞言教示正法便懷憎嫉欲毀壞之爲立言議抄持長短誹謗驅蹙其使無慘用是之故大法轉滅阿難問佛於是之時頗有奉法者不佛言多有事佛亦出家者耳但不持戒共相嫉妬識義者少多不曉解阿難言當爾之時何國最惡不信行者佛言眞丹之土當有千比丘共在大國墮魔邪界其中黠者若一若兩爲佛弟子耳生六天上者亦復少少在魔邪者甚多甚多佛言吾般泥洹後亦多有外學來求吾道度者當隱括審悉三月知其志能習清淨行虛寂少欲不爲汙行便可受之先授十善滿三年已服習道意惡事不犯乃爲更受二百四十戒其爲威儀之事精進守行皆向解脫是彌勒所當建也當從得度以爲應道阿難問佛如佛所說我皆頂受宣語後人令佛之弘法不爲斷絕佛言阿難汝前後所受皆以貫心我亦知汝有信護於佛法也阿難問佛後若有人信樂應法至心欲求斷世違俗以從正道若時無明師傳教戒者若有一人書寫戒律授與之便可得度爲道者不佛言阿難皆當得知禁

法者爾乃可授戒耳不可以文字受便爲應法何以故佛爲天上天下之大智天上天下之大度天上天下之大明不可妄傳失旨皆當明於戒法禁律事事委練乃爲相授耳不明法戒禁要之事而妄授人戒法違佛誠信反用爲是大罪不小也宜以審諦阿難白佛言後末之世若有人至心至意厭於苦痛欲求度脱世無有佛當以何濟其來意佛言阿難當將詣彼明戒法者曉習威儀禁要之事如是應度度亦得度自不明曉而復授彼兩迷失道渾沌無窮竟已何從得度脱耶佛言當來有比丘不能自淨畜妻養子身行汙濁貪求供養不信罪福而望安樂難得免脱甚亦可傷阿難白佛言如是後世其有從道被服皆是佛威神其人以得像於正眞因緣當從得脱何緣中復不信違佛明教當復更若干無數劫受苦痛耶佛言阿難是皆前世無數劫墮久苦之中其人於苦痛之地自悔責願得爲善當從得脱緣一時自悔之福輒得福隨來生末世爲人暫覩佛經又能除剔頭髮以爲比丘本識未滅心意猶豫瞢瞢不了故有汙濁多不能離俗不遇明慧如是當後更墮極苦之中受無數劫罪佛言諸比丘汝以出家捨妻子棄世行作沙門當修戒行如羅漢法寧以洋銅灌口中下過燋爛腹腸終不無德食人信施寧以利刀截手肢解身體不以無德受人信施人無德力受人信施當累劫墮於罪苦久久得出用餘穢糅之福得爲人身當復更還一一償之有作奴婢償者有作兒子償者有作父母償者阿難問佛何

謂償債佛言有作奴婢大家撾打不以道理奴婢受之無有怨心勤力作務不憚勞疲愛惜大家之物不敢放散是爲現世償債奴婢也宿命先世受人信施不行功德罪畢來償猶有本識故無怨恚甘受而已何謂償債兒子兒子致財父母散用無有限度兒子心亦無惜意是爲償債兒子何謂償債父母父母致財兒子散用父母不爲愛惜恣所當得皆是宿識因緣相償故無惜心諸此償債因緣合會對訖更散亦無常住明者覺之故不爲也唯有道德可以久保吾前世時亦更爲人償債奴婢兒子父母不可稱數皆有一時之緣難可免脫至今得道現我父母皆先世道德之緣不由償債父母世世放捨使我學道累功精進令成得佛皆是父母之恩人欲學道不可不精進孝順一墮失人種累劫不復後末之世特宜順行遭值經道不可不勤遭值佛世不可不諦受著心遭值明人不可不勤問奉受何以故人身難有六情難具才聰難得佛難得見經難得聞故宜勤之佛言吾般泥洹後當有五逆惡世當斯之時眞丹土域魔事當盛閉塞正道雖有經法少有學者設有學者少有行者世有比丘少能自守清淨多有汙濁習俗之行高望遊步世人無異求好衣服學世辯辭追世禮費群黨相隨以快心意求世名譽教人入法度爲弟子不教護魔不依正道度世之業亦不學問追求明智自謂德大不守根門雖得爲人假時而已自謂長久不知大對當後受苦無窮竟已顛倒翻覆在魔部衆一何痛哉諸比丘以得人

身六情完具覩佛經戒勤行當行誦之一失人本難有復時佛世難值經法難聞冥各思惟佛説經竟諸比丘皆儼然坐自思惟即得羅漢

分别經

未生怨經

吳月支國優婆塞支謙譯

聞如是一時佛在王舍國雞山中諸天龍鬼神帝王臣民皆詣佛所稽首承風供養之儀靡不盡禮調達覩之其嫉無量還告太子未生怨曰汝父輦國衆寶以貢佛諸沙門國藏空竭可早圖之即位爲王吾當興師往征佛也子可爲王吾當爲佛兩得其所不亦善乎子必成之未生怨與調達結斯陰謀已則勅秉勢臣令勒兵王還奪其印綬以付獄王還臣即如命以王付獄王意恬然照之宿殃心無恐懼重信佛言王曰吾有何過而罪我乎皇后貴人率土巨細莫不哀慟王顧謂哭者曰佛說天地日月須彌山海有成必敗盛者即衰合會有離生者必死由之憂悲輪轉無際以致重苦尋其源察其始因緣合會即有謂之生因緣離散即滅謂之空夫身者四大耳衆生魂靈寄處其中死還其本魂靈空去謂之非身身尚不可保何國之常守乎佛初入國吾未有子也問吾寧知當來王不乎吾對曰不知世尊重曰一切無常汝諦思之佛之誡我正爲今也各努力建志懷存佛誡矣王謂太子曰汝每有疾吾爲𤋲心欲以身命受危代汝親之仁恩惟天爲上汝懷何心忍爲惡逆乎夫殺親者死入太山不中止息汝將當之世吾是汝尊重親尊孝尚恐名不稱豈況殺父乎以國惠汝吾欲至佛所作沙門吾觀婬泆猶火燒身女類之好以爲虛空無目之徒靡不惑焉惟覩佛經照女僞之尤惡知榮利之害身太子曰汝莫多云吾獲宿願

豈有赦哉勑獄吏曰絶其餉食以餓殺之有司將入獄鉼沙王向佛所在稽首重拜曰子有天地之惡吾無絲髮之忿心矣惟存佛教世無常樂其苦有長入獄被髮仰天呼曰痛乎天豈有斯道哉后妃貴人舉國至細靡不哀慟后謂太子曰大王掠桎梏處牢獄坐卧須人其痛難言自汝生來大王赤心懸情于汝食息不忘四大盈縮旃伏臨汝涕泗交并心燋體枯欲以身命代爾殞矣當存天人之育無爲逆也佛説經云夫善之極者莫大於孝惡之大其惟害親乎長幼相事天當祐之豈況親哉汝順兇虐爲斯重惡必入太山世間六十億年爲太山一日一夕所更諸毒每處有年汝其畢之不亦難乎夫快心之士無不後悔太子曰吾少小有志殺父爲王今日獲願何諫之云乎后曰夫不用諫者亡國之基矣吾欲見大王寧可不乎太子曰可后淨身澡浴以蜜麨塗身入見大王面顏瘦痟不識與哀聞之者莫不揮淚后曰佛説榮樂無常罪苦有恒王曰獄吏絶餉食飢渴日久身八萬戶戶有數百種蟲擾吾腹中血肉消盡壽命且窮矣言之哽咽息絶復連后曰具照斯難妾以麨蜜塗身可就食之當惟佛誠無忽也王食畢向佛所在哽咽稽首曰佛説榮福難保如幻如夢誠如尊教謂后曰吾爲王時國土廣大衣食從好而今處獄當就餓死子所從得桀逆之師違佛仁教吾不懼死惟恨不面禀佛清化與鶖鷺子目連大迦葉講尊道奥耳王重謂后曰佛説恩愛猶若衆鳥會栖于樹晨各離散隨其殃福目連衆垢已

除諸惡已滅得于六通四達尚爲貪嫉梵志所捶豈况吾哉爲殃惡追人猶影尋身響之應聲佛時難遇佛法難聞賢衆行高儀式無量非世俗所能履行懷佛經典以仁化民獲供養之福稟其清化誠亦難值哉吾今死矣還神遠逝夫欲建志莫尚佛教也汝愼守之防來禍矣后聞王誠重又哀慟太子詰獄吏曰絶王食有日不死何爲對曰皇后入獄有麨蜜之貢以延王命太子曰自今莫令后見王王飢勢起向佛所在稽首即爲不飢夜時爲明太子聞之令塞窻牖削其足底無令得起而覩佛明有司即削足底其痛無量念佛不忘佛遥爲説經曰夫善惡行殃福歸身可不愼矣瓶沙王對曰若當肢解寸斬於體終不念惡世尊重曰吾今爲如來無所著正眞道最正覺道法御天人師三千大千日月天神鬼龍靡不稽首宿之餘殃于今不釋豈况凡庶王受天中天恩具照宿殃不敢愠望不懼太山燒煮之罪中心在佛及諸弟子坐卧敢忘即叉手稽首今日命絶求替神化那吚哽噎斯須息絶舉國臣民靡不躃踊呼天奈何瓶沙王即得道迹上生天上三道門塞諸苦都滅矣

未生怨經

四願經

吴月支國優婆塞支謙　譯

聞如是一時佛在拘夷那竭國與五百比丘僧俱坐於尼延樹下爲數千萬人説法於是城中有豪長者財富無數名曰純陀純陀有子厥年十四時得重病不免所疾遂便喪亡父母兄弟宗親中外莫不愛重啼哭憂愁安可言也是時純陀聞佛來化心大歡喜便告其妻言今佛在此宜當往見其有聞佛説經法者莫不開解忘憂除患即與其妻宗親僕從俱到佛所爲佛作禮却坐一面長者純陀長跪叉手白佛言人在世間積聚錢財思慮懃苦不敢衣食不知布施奉持經戒無尊無卑誰得如願者或時命盡父母兄弟妻子親屬啼哭愁毒爲其棺歛遺送財寶衣被飯食寧有益於死者不佛告純陀及諸弟子聽我所説善思念之純陀眷屬諸會弟子皆各叉手一面受教而聽佛言人有四願不可常保何等爲四第一願者是人身沐浴莊飾飯食五樂常先與之疾病卒至不能止之命盡軀僵在地不隨人䰟神去空愛重之復何益也第二願者謂財産官爵俸禄得之者喜不得者愁疾病已來死至命盡所有財物官爵俸禄故在世間不隨人神䰟去空爲愁苦第三願者謂有父母兄弟妻子中外親屬朋友知識恩愛榮樂疾病死至命盡復不能救我命亦不能隨我䰟神去空啼哭送我到城外深塚間以棄我去各自還歸雖相追念愁苦憂思不過十日諸家宗親男女會聚相向歌舞快共飲食相對談笑揹忘死人雖有父母兄

弟妻子中外親屬朋友知識不能共追還我命空悲之何益第四願者是人意天下人少有能守護其意者皆放心恣意婬於五樂貪利嫉妬忿怒鬪諍不信道德至於身死壽盡魂神意三相追逐不得相離譬如雀飛意隨其兩翅意爲身神兩翅爲魂魄人不能守護其意從惡意所爲殺盜貪婬以生時所爲罪死入太山地獄中爲餓鬼罪竟或出爲畜生當爲人所屠割作人放心快意故入三惡道佛告純陀及諸比丘當端汝心守護汝意諦自思惟知身非我身所有財物非我許當諦計校所有父母兄弟妻子五種親屬朋友知識官爵俸祿念欲得之無有猒足謂有益於我身老病死來皆不能益於我身亦不能爲我却之人不能自拔爲道如鷃鳥愛其尾尾爲射獵者所得賢者諦知是四願不隨人魂神去空爲之困苦因拔恩愛之根絕三惡道得三善道一者不復老二者不病三者不死堅守汝意乃可得度諸弟子聞歡喜前爲佛作禮佛念天地八方之外萬物受性皆懷憂苦常傷人民含血蠕動不得自在與天爭命皆當歸死骸骨銷爛下入于土精神飛翔展轉五道爲善上天爲惡入淵凡人生時所爲善惡精神魂魄隨其殃福生時爲人孝順父母忠信事君死得上天如世間人積德爲善仕宦求官位至公侯豪貴富樂貧賤困厄皆由宿命行伐殺酷虐生爲惡人死受重酬自爲心侯主招百凶快心之歡必有後患帝王人民俱惑於道寄託父母作善福壽爲惡貧苦盜竊欺人負債不償借貸不歸死後當爲

奴婢牛馬或作大豬屠割剥其軀稱責償人作人慳貪不肯布施死爲餓鬼不得衣食如乞匃人以刀截肉叩頭求食此皆先時爲人貪殘悖逆不信爲善傷殺盜竊受人婦女讒言兩舌飲酒鬬亂死入地獄掠笞燒煮身更薑毒苦痛無極人有六憂三苦四痛佛戢轉化生死不絶棄國捐王求自然道積德累歲乃得道眞神明徹照悉見天地絶洞之外知人鳥獸蟲豸所言心所趣向佛念人死如大風卒至無期人死至無時當與心爭諍爲善勿疑佛以經道勸勵賢者目所不見耳所不聞崛奇珍寶何益於已諸爲道者當信經戒守善以死不犯惡生道不可失德不可離遠道失德如兒生無母魚脱於淵人死復生如蠶渾沌繭中穿絲出飛其神故一變形易殼道成於微五戒得根弟子聞經歡喜前受教

是爲痛痒要識如諦知也何等爲思想識爲身六思想眼裁思想耳鼻口身意裁思想如是六思想何等爲思想習識裁習爲思想習如是爲思想習識何等爲思想盡識裁盡爲思想盡識如是爲思想盡識何等爲思想盡受行識是爲八行識識識諦見到諦定意爲八如是盡思想受行識何等爲思想味識所爲思想因緣生樂得意喜如是爲思想味識何等爲思想腦識所爲思想不常盡苦轉法如是爲思想腦識何等爲思想要識所思想欲貪能解欲貪能斷欲貪能自度如是爲思想要識何等爲生死識爲六身生死識眼裁生死識耳鼻口身意裁行如是爲生死識何等爲生死習裁習生死習識何等爲生死

盡識裁盡爲生死盡識何等爲生死欲盡受行識爲是八行識諦見至諦定爲八如是爲生死欲滅受行識何等爲生死味識所爲生死因緣生樂喜意如是爲生死味識何等爲生死腦識所有生死不常盡苦轉法如是爲生死腦識何等生死要識所爲生死欲貪隨欲貪能斷欲能度如是爲生死要識何等爲識身六衰識眼裁識耳鼻口身意裁識如是爲識識何等爲識習命字習爲識習如是習爲識何等爲識盡爲識命字盡爲盡識如是爲盡識何等爲識盡受行爲識八行諦見至諦定爲八如是爲識盡欲受行如諦識何等爲識味知所識因緣故生樂生喜意如是爲味生爲味識知何等爲識腦識所識爲盡爲苦爲轉如是爲識腦識何等爲要識所識欲貪能活欲貪能斷能度如是爲要識如是比丘七處爲覺知何等爲七色習盡道味苦要是五陰各有七事何等爲三觀識亦有七事得五陰成六衰觀身爲色一觀五陰爲二觀六衰爲三故言三觀比丘能曉七處亦能三觀不久行隋道斷結無有結意脫黠活見道見要一證受止巳斷生死意行所作意不復來還生死得道佛說如是比丘歡欣受行

四願經

猘狗經

吳月支國優婆塞支謙譯

佛在羅閱祇耆闍崛山中月十五日說戒時阿難長跪白佛言今佛爲一切救開化五道童蒙盲冥者使脫惡道佛般泥洹後留舍利十二部經於世間當令諸弟子持佛威神傳佛經戒開度人民授其戒法使人供養是爲如佛無異佛言若有人從我弟子受戒而有還嫉妬其師者是人當從惡道中來阿難問佛何謂惡道佛語阿難過去佛時有猘狗還齧其主前佛慈哀呪願猘狗猘狗見佛威神即歡喜是狗今在泥犂中罪未畢佛般泥洹後罪畢用前歡喜故更生入人道中從我弟子受戒正當從作猘狗時至受戒狗有宿識故還齧大家佛言若有人從師受戒還誹謗說師惡者言非我行者如是爲如猘狗還齧其主誹謗道師惡者宿命本是狗也阿難問佛狗罪畢入人道何以故復還齧故大家耶佛語阿難是狗得入人道持佛戒法有所教授貪利供養愚癡不解便行謗說師故墮五逆惡處佛語阿難諦聽佛當具爲汝說之阿難言諾受教佛言有人持佛法戒行教人事佛令入泥犂中者阿難驚起長跪問佛云何教人當令得佛道何故更入泥犂中佛語阿難汝信佛語不阿難言信佛語佛言汝信佛語何故聞人受戒當入泥犂中驚爲若人不入泥犂佛語爲妄阿難更起作禮頭面著地繞佛三帀還接佛足長跪問佛阿難不解未知人根願佛解之教人入泥犂意佛語阿難後末世時有弟子作師惰嬾不能勤學無有

智慧貪穢欲得人供養錢財穀帛持用自活不精佛法阿諛隨人見人貪殺不與殺戒見人嗜酒不斷酒多少可飲人行授人戒法言多少當得錢物作福但欲得人物是爲賣戒令人方更有慢不精戒者便犯衆麤殺生如是教者持人著泥犂中用負佛明教故令護佛道神得其短便爲惡鬼所病罪重或能至死償罪即入泥犂中阿難問佛新發意者偶值惡師不曉不了謂法當爾至使信受其言愚癡不解故阿難問佛更見明師爲可復重受戒不佛語阿難於我法中曠大極可得悔更自懺洗初發意時心常矇冥爲惡師所誤實自不知更行受戒始爲入法不知不曉時非佛弟子爲是世間小善人耳無大功德阿難聞佛所說歡喜作禮

猘狗經

音釋

眈都含切過樂也　嬳憂縛切作姿態貌　掠離灼切劫奪也　憀憐蕭切與聊同憀賴也　渾沌渾胡本切沌徒本切渾沌元氣未判也　⿰米幾粖機音祈小食也粖莫結切糜也　麨尺沼切乾糧也　痟思邀切渴疾也　殮力驗切殯也　鶡何葛切鳥似雉者　蠆丑邁切蟲毒也　猘居例切狂犬也

八經同卷

清刻龍藏佛說法變相圖

八經同卷

八關齋經

宋沮渠京聲譯

聞如是一時婆伽婆在舍衛城祇樹給孤獨園爾時世尊告諸比丘我今當說聖八關齋諦聽諦聽善思念之我今當說對曰如是世

尊爾時彼比丘從佛受教世尊告曰於是比丘若信族姓子族姓女欲知聖八關齋便教某甲當作是說猶如阿羅漢盡形壽不殺生亦不教人殺生無怨恨心常懷慙愧有慈心愍一切衆生我字某名某爲阿羅漢所教自今已後隨意所欲不復殺生無怨恨心常懷慙愧有慈心愍一切衆生猶如阿羅漢盡形壽不盗好施亦不教人盗常樂閑處如是我字其名其爲阿羅漢所教隨意所欲不復盗竊常懷惠施樂閑居處猶如阿羅漢盡形壽不習不淨行常修梵行清淨無穢而自娱樂如是我字某名某爲阿羅漢所教自今已後不復婬泆清淨無穢猶如阿羅漢盡形壽不妄語常行審諦最尊最貴諸尊長爲世所貴如是我字某名某爲彼阿羅漢所教自今已後更不復妄語亦不教人使習妄語當行審諦爲世尊長不行妄語猶如阿羅漢亦不飲酒如是我字某名某自今已後隨意所欲亦不飲酒亦不教人使飲酒猶如阿羅漢盡形壽不犯齋隨時食如是我字某名某今一日一夜隨意所欲亦不犯齋亦不教人使犯齋隨時食猶如阿羅漢盡形壽不於高好座坐如是我字某名某今一日一夜不於高廣座坐亦不教人使高廣座坐猶如阿羅漢盡形壽不習歌舞戲樂亦不著文飾香熏塗身今一日一夜不習歌舞戲樂亦不著文飾香熏塗身如是修行聖八關齋於是八關齋中功德不可限量言有爾所福爾所功德爾所福報如是衆多福不可稱計諸比丘譬如五大流水皆同一處所謂恒伽謠婆奴新頭河脂

耶婆提摩棄彼水所流處不可限量言有爾所水有爾所瓶水有爾所千瓶百千瓶水如是聖八關齋福不可稱量言有爾所福爾所功德爾所果報此大福不可稱計爾時諸比丘聞佛所說歡喜奉行

八關齋經

孝子經

失譯人名

佛問諸沙門親之生子懷抱十月身爲重病臨生之日母危父怖其情難言既生之後推燥臥濕精誠之至血化爲乳摩飾澡浴衣食教詔禮賂師友重貢君長子顏和悅親亦欣豫子設慘慼親心燋枯出門愛念入則存之心懷惕惕懼其不善親恩若此當何以報諸沙門對曰唯當盡禮慈心供養以賽親恩耳世尊又曰子之養親甘露百味以恣其口天樂衆音以娛其耳名衣上服光燿其體兩肩荷負周流四海訖子年命以賽恩養可謂孝乎諸沙門曰唯孝之大莫尚乎茲世尊告曰未爲孝矣若親頑闇不奉三尊兇虐殘戾濫竊非物情染外色僞辭非道耽醉荒亂違背正眞兇孽若斯子當極諫以啓悟之若猶瞢瞢未悟即爲開化牽譬引類示王者之牢獄諸囚之刑戮曰斯爲不軌身被衆毒自招殞命命終神去繫于太山湯火萬毒獨喚無救由彼履惡遭此重殃若復未移悲泣啼號絕不飲食親雖不明必以恩愛之痛懼子死矣由當强忍伏心崇正道若親遷志奉佛五戒仁惻不殺清讓不盜貞潔不婬守信不欺孝順不醉宗門之內即親慈子孝夫正婦貞九族和睦僕使恭順潤澤遠被含血受恩十方諸佛天龍鬼神有道之君忠平之臣黎庶萬姓無不敬愛祐而安之雖有顛倒之政佞孽之輔兇兒妖婦千邪萬怪無如已何於是二親處世常安壽終魂靈昇生天上諸佛共會得聞法言獲道度世長與苦別佛告諸沙門

覩世無孝唯斯爲孝耳能令二親去惡爲善奉持五戒執三自歸朝奉而暮終者恩重於親乳哺之養無量之惠若不能以三尊之至化其親者雖爲孝養猶不孝矣無以孽妻遠賢不親女情多欲好色無倦違孝殺親國政荒亂萬民流亡本志惠施以戒自檢輭心崇仁蒸蒸進德潛意寂寞學志虧達名動諸天明齊賢者自穢妻聚惑志女色荒迷于欲妖蠱姿態其變萬端薄智之夫淺見之士覩其如此不覺微漸遂迴志沒身從彼妖媚邪巧之辭或危親殺君慘色情蕩忿嫉急慢散心盲瞋等行鳥獸自古世來無不由之亡身滅宗是以沙門獨而不雙清潔其志唯道是務奉此明戒爲君即保四海爲臣即忠以仁養民父法明子孝慈夫信婦貞優婆塞優婆夷執行如此世世逢佛見法得道佛說如是弟子歡喜

孝子經

黑氏梵志經

吳月支國優婆塞支謙譯

聞如是一時佛遊尼連河水邊在彼一月造十八變化於迦葉兄弟三人及千弟子轉遊行羅閱祇城止頓一年教授國民爲其講法初成佛道竟二年已乃到舍衛興隆道化開度天人世間人民時香山有梵志名曰迦羅得備四禪具足五通徹視洞聽身能飛行自察心念知人來生講說經義感動釋梵及四天王諸鬼神龍并閻羅王悉往聽之言語雅妙聲和猶梵日日諮受不以爲懈音徹于遠普來歸德時閻羅王坐聞經法淚下如雨舉目觀視益用悲歎于時梵志問閻羅王何爲悲泣淚下如雨閻羅答曰事當歸實不可虛言仁今說經辯辭利口義理甚妙猶如蓮華若明月珠而命欲盡餘有七日恐忽然過就於後世是以悲泣不能自勝又仁命過墮地獄中在我部界今日相歸一心受法及當取卿考掠五毒熟思惟此遂用增懷不可爲喻梵志愕然心中沉吟報閻羅王曰吾獲四禪成五神通獨步四域超昇梵天不以爲礙既無罪釁何因當墮地獄閻界閻王曰仁臨壽終時當值惡對起瞋恚恨意欲有所害失本行義故趣閻界梵志聞之忽然悒悷不知何計設何方便得濟斯難愁慼罔罔心懷湯火坐起不安爲長歎息釋梵四王諸神問曰何爲不安長太息乎梵志答曰吾命欲盡餘有七日且有惡對來亂吾善心緣是之故恐歸惡趣是以反側不能自勝時彼香山有諸善神數詣佛所諸受經典謂於梵志佛興于世

仁不知乎梵志答曰身沉俗人安能知之其神復謂佛爲一切三界之救度諸未度脱未脱安未安皆濟危厄令至永寂無爲之道何不詣佛可脱憂患長得恬怕道德合同梵志聞之欣然踊躍如冥覩明兩手各取梧桐合歡好色華樹飛到佛所未到之頃佛告摩夷世尊大慈修無極哀未曾忘捨應當度者佛時頌曰

潮水逕順崖　未曾越故際　儻有水神亂
起犯於故流　佛觀於本無　察應當度者
普使得免濟　終無越失耶

於是梵志飛到佛所住虛空中正向歸佛佛告梵志謂黑氏曰放捨放捨梵志應諾如世尊教即捨右手梧桐之樹種佛右面復謂梵志放捨放捨梵志即捨左手所執合歡之樹種佛左面佛復重告放捨放捨梵志白曰適有兩樹捨佛左右空手而立當復何捨佛告梵志佛不謂卿捨手中物佛所曰捨令捨其前亦當捨後復捨中間使無處所乃度生死衆患之難佛於是頌曰

仁當捨其本　亦當捨其末　中間無處所
方度生死源　内無有六入　外衰不得前
放置於六情　乃成無爲疾

黑氏梵志聞佛所説心自念言不見吾我則了心無心者本無應病與藥鄙心開解如盲得目聾者得聽眞爲普見審一切智令已值佛德不可訾尋即來下稽首佛足退住一面佛應心本而分別説顯示道場演三脱門於時輒住不退轉地無一憂患歎佛功德而説頌曰

光明踰日月　智慧猶大海　大慈無極哀
十方悉欣戴　衆生流三界　無數億萬載
應病授法藥　宣暢大辯才　雖現入生死
周旋無往來　勸化令精進　罪福無能代
努力勤精進　勿爲欲所災　降衰四魔除
道成無罣礙
梵志白佛我迷已來其日久矣願見垂愍得爲沙門佛即聽之頭髮自墮袈裟著身威儀齊整成爲寂志往詣閻王而謂之曰卿本謂我餘命七日當墮地獄今爲沙門神通具已諸漏已盡度於四瀆衆苦永除猶大圍屋一時增壽七七日諸苦已消超外異術自在住世更無數劫閻王答曰仁賴餘福得遇佛時應病授法滅婬怒癡神通悉備内外無疑設不爾者如鼠遭狸如稻得災爲罪所牽如魚鈎餌墮地獄中無有出期今已永脫相代歡喜說是語時無央數人皆發道意佛說如是比丘菩薩黒氏梵志天龍鬼神阿須倫世間人莫不悅豫作禮而去

黒氏梵志經

阿鳩留經

後漢失譯人名

聞如是一時佛在舍衛國祇樹給孤獨園佛告諸比丘言昔者有賈客名阿鳩留居處甚富金銀珍寶奴婢衆多阿鳩留不信有後世生作善不得善作惡不得惡阿鳩留言人死後身地外地身水外水身火外火身風外風身皆共和合人死後終不復生也人所作善惡心所念口所言身所行皆當棄捐後不復生時阿鳩留持財貨數千萬與賈客五百人俱行阿鳩留最尊豪相隨行賈客當經劇道無水草處所持粮食水草皆以盡行一日二日不見水草行三日四日不見水草賈客皆恐怖言今我皆悉當於此荒澤中餓死耶各自啼哭呼父母妻子阿鳩留遣騎四布行求水草阿鳩留自行遥見一樹樹葉青青果蓏繁熾自念此樹下猶當有水便前趣樹見一男子端正無比遥見阿鳩留騎馬來前迎趣之言多賀來到在所求索阿鳩留見樹下人荅之即大喜如得更生樹下人言從何所來欲所之到阿鳩留言索救我命及五百人畜生命樹下人言欲何求索言我欲得水樹下人便舉右手水從五指端出如流泉甚香味語阿鳩留言自極飲飲已復從索飯樹下人便舉右手美食從指端出阿鳩留得飽食已便舉聲大啼哭樹下人因問仁者啼哭爲何阿鳩留言我等伴五百人及畜生從三四日以來皆不得飲食飢餓甚極命在須臾是故我啼哭耳樹下人語阿鳩留若行將五百人及畜生來我悉爲若飽之阿鳩留即馳行呼

伴人語之言勿復憂也以得飲食處隨我去來伴人大喜便隨去到樹下皆叉手爲樹下人作禮樹下人問言欲何所得人皆答言大飢渴樹下人即復舉右手五指端即復大水出如流泉人馬畜生皆飲復從索飯樹下人復舉右手五指端出名美飯食與之五百人及畜生皆飽滿樹下人因問五百人等卿皆欲至到何等求索賈人言我皆欲到大海求索珍寶樹下人因問卿皆欲索珍寶者便可從我手中出樹下人便舉右手從五指端出金銀水精瑠璃珊瑚琥珀白珠人便歛取取各自重如去樹下人語阿鳩留持此金銀歸鄉里用布施貧窮者欲得飯者飯之欲得金銀錢財衣被者極與之令道人皆祝願我令我得其福今我手中出琦物又多使我早脫

此荒澤中阿鳩留聞此語大驚怖便以頭面著地問仁者爲何等人乎是天耶龍耶鬼神耶是人耶樹下人言我亦非天亦非龍亦非鬼亦非人我是㝬薛荔也我前世時於國中大貧窮常在城門下坐雖貧窮心淨潔愛樂沙門道人我貧窮不能施人見他人布施代其喜時迦葉佛般泥洹去諸比丘來從我乞匃食我應比丘言我無所有但遥指示城中其家善可得飯某家不善不可得飯比丘乞來出我見有所得即歡喜又迦葉佛般泥洹去其國王名爲基立爲迦葉佛起七寶塔我輒持手著其上言令我得其福王上好物於佛塔我輒持手著之言使我得其福但用貧故未曾齋飯食無時又飲酒是故死後以作㝬薛荔耳但用我前世見人作善代其歡喜

手著其物上是故今我五指端在所出但用生時未曾齋故使我作是閒薜荔阿鳩留自念言我前不信有後世生作善不得善作惡不得惡今我眼見是爲審有後世復生審有作善得善作惡得惡從今日以去歸鄉里快當作善布施與人恣所求索人有欲得金銀珍寶飲食衣被者皆與之不逆人也阿鳩留歸到鄉里語一國中人誰有欲得金銀珍寶衣被飲食者恣所求索皆來取之如是布施無央數日日飯八萬四千道人但瀋汁流出門人用擿船而行阿鳩留作善極意死後便上第二忉利天上作天人去離天帝坐四百八十里其國中有乞匃女人名曰嫁以善心持一杅米粥與沙門摩訶迦葉女人死後亦生忉利天上作天人在天帝釋邊第三坐復勝餘天五事何謂五事一者長壽二者端正三者安樂四者智慧五者威神勝於餘天後佛母忽故生忉利天時佛天上爲母說經說經已佛母及諸天無央數皆得須陀洹道佛因見阿鳩留布施與人遠在天帝釋邊四百八十里坐復見乞匃女人持米粥與沙門摩訶迦葉在天帝釋邊第三座又勝餘天五事佛見悉皆識知即遥呼阿鳩留言布施善人來相見阿鳩留即來前持頭面著地爲佛作禮白佛言我布施大衆多但得凡人耳不得須陀洹斯陀含阿那含阿羅漢辟支佛佛道也今見乞匃女人持米粥與沙門摩訶迦葉今在天帝釋邊第三座又勝餘天五事人持小物與摩訶迦葉得福乃爾是故身自致豪貴如此天便爲佛作禮而去

阿鳩留經

佛爲阿支羅迦葉自化作苦經

天　譯　人　名

如是我聞一時佛住王舍城耆闍崛山爾時世尊晨朝著衣持鉢出耆闍崛山入王舍城乞食時有阿支羅迦葉爲營小事出王舍城向耆闍崛山遥見世尊見已詣佛所白佛言瞿曇欲有所問寧有閑暇見答與不佛告迦葉今非論時我今入城乞食來還則是其時當爲汝說第二亦如是說第三復問瞿曇何爲我作留難瞿曇云何有異我今欲有所問爲我解說佛告阿支羅迦葉隨汝所問阿支羅迦葉白佛言云何瞿曇苦自作耶佛告迦葉苦自作者此是無記迦葉復問云何瞿曇苦他作耶佛告迦葉苦他作者此亦無記迦葉復問苦自他作耶佛告迦葉苦自他作此亦無記迦葉復問云何瞿曇苦非自非他無因作耶佛告迦葉苦非自非他無因作者此亦無記迦葉復問瞿曇所問苦自作耶答言無記他作耶自他作耶非自非他無因作耶答言無記今無此苦耶佛告迦葉非無此苦然有此苦迦葉白佛言善哉瞿曇說有此苦爲我說法令我知苦見苦佛告迦葉若受即自受者我應說苦自作若他受他即受者是則他作若受自受受他受復與苦者如是者自他作我亦不說若不因自他無因而生苦者我亦不說離此諸邊說其中道如來說法此有故彼有此起故彼起謂緣無明行乃至純大苦聚集無明滅則行滅乃至純大苦聚滅佛說此經已阿支羅迦葉遠塵離垢得法眼淨時阿支羅迦葉見法得法知法入法度

諸狐疑不由他知不因他度於正法律心得無畏合掌白佛言世尊我今已度我從今日歸依佛歸依法歸依僧盡形壽作優婆塞證知我阿支羅迦葉聞佛所說歡喜隨喜作禮而去時阿支羅迦葉辭世尊去不久爲護犢牸牛所觸殺於命終時諸根清淨顏色鮮白爾時世尊入城乞食時有衆多比丘亦入王舍城乞食聞有傳說阿支羅迦葉從世尊聞法辭去不久爲牛所觸殺於命終時諸根清淨顏色鮮白諸比丘乞食已還出舉衣鉢洗足詣世尊所稽首禮足退坐一面白佛言世尊我今晨朝衆多比丘入城乞食聞阿支羅迦葉從世尊聞法律辭去不久爲護犢牛所觸殺於命終時諸根清淨顏色鮮白世尊彼生何趣何處受生彼何所得佛告諸比丘彼已見法知法次法不受於法已般涅槃汝等當往供養其身爾時世尊爲阿支羅迦葉受第一記

佛爲阿支羅迦葉自化作苦經

佛説罪業報應教化地獄經

後漢安息國三藏安世高譯

如是我聞一時佛住王舍城耆闍崛山中與菩薩摩訶薩及聲聞眷屬俱亦與比丘比丘尼優婆塞優婆夷及諸天龍鬼神等皆悉集會爾時信相菩薩白佛言今有地獄餓鬼畜生奴婢貧富貴賤種類若干唯願世尊具演説法若有衆生聞佛説法如孩子得母如病得醫如裸得衣如闇得燈世尊説法利益衆生亦復如是爾時世尊觀時已至見斯菩薩勸請慇懃即放眉間白毫相光照于世界地獄休息苦痛安寧爾時一切受罪衆生尋佛光明來詣佛所遶佛七帀爲佛作禮勸請世尊敷演道化令此衆生得蒙解脱爾時信相菩薩爲諸衆生而作發起前白佛言世尊今有受罪衆生爲諸獄卒剉碓斬身從足斬之乃至其頂斬之已訖旋風吹活而復斬之何罪所致佛言以前身時坐齋日殺生不信三尊不孝父母屠兒魁膾斬截衆生故獲斯罪第二復有衆生身體頑痺眉鬚墮落舉身洪爛鳥棲鹿宿人跡永絶玷汙親族人不喜見名爲癩病何罪所致佛言以前世時坐不信三尊不孝父母破壞塔寺剥脱道人斫射賢聖傷害師長常無返復背恩忘義常行苟且婬匿所尊不避親踈無有羞恥故獲斯罪第三復有衆生身體長大聾騃無足宛轉腹行唯食泥土以自活命爲諸小蟲之所唼食常受此苦不可堪處何罪所致佛言以前世時坐爲人自用不信好言善語不孝父母反戾時君若爲帝王大臣四鎮方伯州郡令長里

禁督護恃其威勢侵奪民物無有道理使民苦悴呼嗟而行故獲斯罪第四復有衆生兩目盲瞎都無所見或抵樹木或陷溝坑於時死已更復受身亦復如是何罪所致佛言以前世時坐不信罪福障佛光明縫鷹眼合籠繫衆生皮囊盛頭不得所見故獲斯罪第五復有衆生蹇吃瘖瘂口不能言若有所說閉目舉手乃不言了何罪所致佛言以前世時坐誹謗三尊輕毀聖道論他好醜求人長短强誣良善憎嫉賢人故獲斯罪第六復有衆生腹大項細不能下食若有所食變成膿血何罪所致佛言以前世時偷盜僧食或為大會福食屏處偷噉慳惜已物但貪他財心常行惡與人毒藥氣息不通故獲斯罪第七復有衆生常為獄卒燒熱鐵釘釘入百節骨頭釘之已訖自然火生焚燒其身悉皆燋爛何罪所致佛言以前世時坐為針灸醫師針人身體不能差病枉取他物使受苦痛令他苦惱故獲斯罪第八復有衆生常在鑊湯中為牛頭阿傍以三股鐵叉內著鑊中煮之令爛還復吹活而復煮之何罪所致佛言以前世時信邪倒見祠祀鬼神屠殺衆生湯灌搣毛鑊湯煮之不可限量故獲斯罪第九復有衆生常在火城中煻煨齊心四門俱開若欲趣向門即自閉東西馳走不能自免為火燒盡何罪所致佛言以前世時坐焚燒山澤火燒雞子燒他村陌燒諸衆生身爛皮剝故獲斯罪第十復有衆生常在雪山中為寒風所吹皮肉剝裂求死不得何罪所致佛言以前世時坐橫道作賊剝脫人衣使冬月之日令他

凍死或復生剥牛羊皮痛不可堪故獲斯罪
第十一復有衆生常在刀山劒樹上若有所
捉即便割傷肢節斷壞何罪所致佛言以前
世時屠殺爲業烹宰衆生屠割剥切骨肉分
離頭脚星散懸於高格稱量而賣或復生懸
衆生苦痛難處故獲斯罪第十二復有衆生
五根不具何罪所致佛言以前世時坐飛鷹
走狗彈射禽獸或斷其頭或斷其足生摵鳥
翼故獲斯罪第十三復有衆生攣躄背僂腰
臗不隨脚跛手折不能操涉何罪所致佛言
以前世時坐爲人惽剋行道安槍或安射弋
羅施張弶穽陷墜衆生傷損非一故獲斯罪
第十四復有衆生常爲獄卒桎梏其身不得
免脫何罪所致佛言以前世時坐網捕衆生
籠枷鎖繫而畜或爲帝主令長貪取民錢財

枉繫良善怨酷呼天不得從意故獲斯罪第
十五復有衆生或癲或狂或癡或騃不別好
醜何罪所致佛言以前世時坐耽荒嗜酒無
有度量飲酒醉亂犯三十六失後得癡身如
似醉人不識尊卑好醜故獲斯罪第十六復
有衆生其形甚小陰藏甚大挽之身疲背伏
進引行步坐卧以之爲妨何罪所致佛言以
前世時坐治生販賣自譽己物毀辱他物矯
升弄斗捻秤前後欺誑於人故獲斯罪第十
七復有衆生男根不具爲黄門身不得娶妻
何罪所致佛言以前世時坐喜犍象馬牛羊
猪狗不可稱數令此衆生苦痛難忍死而復
甦故獲斯罪第十八復有衆生從生至老無
有兒子孤立獨存何罪所致佛言以前世時
坐爲人暴惡不信罪福百鳥產乳之時齎持

瓶器順大水渚求拾鳰鴿鸚鵡鵝鴈諸鳥子
卵擔歸煮噉諸鳥失子悲鳴叫裂眼中血出
故獲斯罪第十九復有衆生少小孤寒無有
父母兄弟爲他作使辛苦活命長大成人橫
羅殃禍縣官所縛繫閉牢獄無人追餉飢窮
困苦無所告及何罪所致佛言以前世時坐
喜捕拾鵰鷲鷹鶴鵶鵲熊羆虎豹枷鎖而畜
孤此衆生父母兄弟常恒憂念悲鳴叫裂哀
感人心不能供食常苦飢餓骨立皮連求死
不得故獲斯罪第二十復有衆生其形甚醜
身體黑如漆兩耳復青頭頰俱培胞面平鼻
兩眼或黃赤牙齒疎缺口氣腥臭矬短擁腫
大腹凸髖脚復繚戾僂脊曲肋費衣健食言
語失則行步勒貸惡瘡膿血水腫乾消疥癩
癰疽種種諸惡集在其身雖親附人人不在
意若他作罪橫罹其殃求不見佛求不聞法
求不識僧何罪所致佛言以前世時坐爲子
不孝父母爲臣不忠其君爲君不敬其下朋
友不以其信鄉黨不以其齒朝廷不以其爵
趣爲趣作心意顛倒無有其度不信三尊殺
君害師伐國掠民攻城破塢偷寨過盜惡業
非一美已惡人侵凌孤老誣謗賢善輕慢尊
長欺誑下賤一切罪業皆具犯之衆惡集報
故獲斯罪爾時一切受罪衆生聞佛作如是
說號泣動地淚下如雨而白佛言唯願世尊
久住說法化我等輩令得解脫佛言若我久
住德薄之人不種善根謂我常在不念無常
善男子譬如孩兒母常在側不生難遭之想
若母去者便生渴仰思戀之心母方還來乃
生歡喜善男子我今亦復如是知諸衆生善

惡業緣受報好醜故般涅槃于時世尊即於罪衆生前而說偈言

水流不常滿　火盛不久然　日出須臾沒
月滿已復缺　尊榮豪貴者　無常復過是
念當勤精進　頂禮無上尊

爾時世尊說斯偈已諸受罪衆生白佛言世尊作何善行得離斯苦佛言當勤孝順父母敬事師長歸奉三尊勤行布施持戒忍辱精進禪定智慧慈悲喜捨怨親平等同已無二不欺孤老不輕下賤護彼如已汝等若能如是修行則爲已得報佛之恩永離衆苦說是經已菩薩摩訶薩即得阿耨多羅三藐三菩提聲聞緣覺即得六通三明具八解脫有得法眼淨者若有衆生得聞是經不墮三塗八難之處地獄休息苦痛安寧信相菩薩白佛言當何名此經云何奉持佛告信相菩薩善男子此經名爲罪業報應教化地獄經當奉持之廣令流布功德無量諸天大衆聞經歡喜五體投地作禮奉行

佛說罪業報應教化地獄經

佛説龍王兄弟經

吳月支國優婆塞支謙譯

聞如是一時佛在舍衛國祇洹阿難邠坻阿藍時有無央數比丘僧皆阿羅漢也阿難邠坻至佛所作禮却坐佛言人當布施持戒忍辱精進禪定智慧阿難邠坻聞之歡喜即起白佛明旦請佛及比丘僧降德到舍設麤食佛默然阿難邠坻遶佛三帀而去佛告比丘僧旦日當上天投日中下會阿難邠坻舍佛如伸臂頃即住虛空中羅漢名須檀正衣服於虛空中長跪白佛我恒上下未嘗㝠如今日也佛言有兩龍王瞋恚作變吐氣爲雲故也復有羅漢名愛波白佛欲行止之佛言此龍大有威神汝行者必當興惡意出水沒殺天下人民大目揵連復正衣服長跪虛空中問佛今日以㝠不復見須彌山帝釋宮殿下已質樹子佛言有兩龍王一名難頭二名和難大瞋恚言何等沙門欲飛過磨我頭上龍身繞須彌山七帀以頭覆其上吐氣出霧故㝠目連白佛往訶止之佛言大善目連繞佛三帀而行釋提桓因從八萬八千玉女於後園相娛樂目連先過其所天帝迎之稽首作禮相問訊已乃到龍所兩龍見之大怒便變化出煙須臾復出火目連以佛意亦變化煙火繞兩龍三重稍前分身入兩龍身中右目入左目出左目入右目出右耳入左耳出左耳入右耳出復入右鼻左鼻出入左鼻右鼻出飛入其口中兩龍謂目連在腹中也目連亦復作龍身繞兩龍十四重以頭覆須彌及兩龍兩龍於下悚慄延動須彌山以尾搏扇

海水百獸震怖佛遥告目連此龍今當能出水没壞天下汝且愼之目連言我從佛聞知此法我有四神足當信持行之我能取是兩龍及須彌山著掌中跳越他方天下亦能磨須彌山令碎如塵復能磨及須彌山及下地令萬民不覺之兩龍恐懼稽首目連復沙門身兩龍化作人爲目連作禮悔過目連將至佛所兩龍言我迷狂惑不知尊神觸犯雷震哀原其罪便受五戒而去阿難邠坻到精舍索佛及比丘僧了不見一人便長跪白佛飯具已嚴辦佛可自屈佛即下到其舍飯已阿難邠坻言我求佛不見佛從何所來佛言目連與兩龍王共諍適從天上來下問誰勝者佛言目連阿難邠坻言善哉善哉此龍持戒堅强失之豪數罪至於龍威神尊重目連迺臣伏之乎我從今日始請佛及比丘僧宣揚目連功德佛呪頋迦羅越阿難邠坻汝前後飯食得道人善鬼神當擁護汝家皆令安隱阿難邠坻作禮而去

佛説龍王兄弟經

佛説長者音悅經

吳月支國優婆塞支謙譯

聞如是一時佛在羅閱祇耆闍崛山中與尊弟子千二百五十人俱及諸菩薩清信士女一切普會圍遶説法佛告大衆彼有長者名曰音悅財富無數年老無子以爲愁慼雖其然者宿福所追其報有四一者夫人產男端正無比二者五百白馬同時生駒三者國王遣使者拜授金印四者五百寶船同時俱至阿難白佛何等寶船而俱至乎佛告阿難長者音悅群族殊多先此之時遣五百人乘船入海既獲衆寶安隱還家是故如來説此四福同時普集長者歡喜心自念言天降福祚集我之庭當作甘饌室族相慶即如所言與作大廚娛樂盡歡鼓樂絃歌聲聞于天是時四大天王釋梵天王諸龍鬼王阿須倫王一切神王各與眷屬塡塞虛空看此長者福德無量如來神達知此長者歡喜踴躍因其歡悅欲往稱歎若其開解可植福栽如來應時歌誦吉祥八種之音往於門外而説頌曰

長者今日　吉祥集至　一切福應　室族吉利
昔所植福　其報有四　大小歡悅　世間無比
諸天龍神　咸爲降伏　快哉長者　猥獲吉福
如春種禾　秋則成熟　先作後受　影報隨逐

爾時長者聞佛德音五情逸豫歡喜而出見佛恭肅即便啓言瞿曇沙門實爲神妙知我室族吉祥無量枉屈尊神來相讚歎即以好白氎眞金千萬兩奉上如來佛即受之而爲達嚫佛告長者財有五危世人不知慳恪貪惜不能減割以周窮乏壽終神逝棄財世間

汝今能爾必獲影報所生之處福自歸身長者白佛何等五危佛即報言一者大火燒之不覺二者大水漂沒無常三者縣官奪取無道四者惡子用度無限五者盜賊所見劫奪五事一至不可抑制譬如有人違犯王法閉在牢獄應當誅戮財物沒入其官豈復能却之乎又復譬如阿難邠坻財寶無數國王奪取主不能制亦非神龍所能止之所以者何以其前世布施七悔是以今世七富七貧長者音悅益增踊躍於是如來忽然還到耆闍崛山爾時國內有尼犍異道人名曰不蘭迦葉聽聞如來詣長者家歌頌一偈猥得長者千萬兩金心懷憎嫉心即念言瞿曇沙門尚能得金況我往乞當不得乎又自念言我當往求瞿曇沙門所可說偈然後往乞必得珍寶嗟歎之宜當勝瞿曇不蘭迦葉懷此愚癡嫉妬之意而往稽首問訊如來長跪白佛薄德無福衣食不充傳聞瞿曇詣長者家歌頌一偈大得珍寶寧可哀憐賜所說偈令吾諷誦當往咨嗟冀異望得寶如來三達知此長者却後一時財寶當散不蘭迦葉不知時宜遭厄之家而說吉祥必得長者無量杖痛如來告言不惜此偈所以者何汝不知時耶卿說此偈必得楚痛是故如來違卿所求若更欲得應時之說絕妙之句吾當與汝既使長者得聞真言又可免於捶毒之痛不蘭迦葉心自念言瞿曇沙門不欲令我往乞珍寶是故悋惜不肯與我即便重啓其於與我焉知餘事如來慈愍諫之滿三終不信解佛亦預知不蘭迦葉前世因緣應受此痛如來又云罪

不可倩佛即爲説吉祥之偈尼揵諷誦一歳乃諳然後長者失火燒舍珍奇了盡五百馬駒同時燒死所生妙子一旦終亡王遣使者録奪金印後復乘船入海採寶安隱來還泊岸數日五百寶船一旦漂没室族大小無不愁毒譬如有人而被誅戮未死之頃愁怖難言其日不蘭迦葉往到其門歌頌如來吉祥之偈

長者今日　吉祥集至　一切福應　室族吉利
昔所植福　其報有四　大小歡悦　世間無比
諸天龍神　咸爲降伏　快哉長者　猥獲吉福
如春種禾　秋則成熟　先作後受　影報隨逐

於是不蘭迦葉説此偈時長者聞之舉門忿恚天下凶殃無過於我云何此人裸形無恥在此妖蠱説我吉祥益我憂煩即出捶打從頭至足無不被患舉身大痛匍匐還家六師宗等逆問其意答言此變正由瞿曇内不自剋反怨世尊爾時世尊在羅閲祇竹園之中與諸大衆圍遶説法佛告衆會不蘭迦葉前從如來求索一偈欲詣長者歌頌求寶如來諫之其於不信今已在彼遭痛毒患阿難白佛不蘭迦葉與此長者有何因緣而被此患佛告阿難乃昔久遠不可計數阿僧祇劫時有國王亦名音悦復有一鳥名曰鸚䳇在王宫上鳴聲和好王時晝寢聞鳥鳴聲驚覺問其左右此爲何鳥鳴聲妙好侍者白言有一奇鳥五色焜煌適在宫上鳴已便去王即遣大衆步騎絡繹逐而求之推尋殊久捕得與王王得歡喜愛樂無猒即以珠璣水精瑠璃眞珠珊瑚瓔珞其身頭頸羽翮無不周遍常

著左右晝夜看視不去須臾後復有鳥名曰鵄梟來在宮上看見鸚鵡獨得優寵即問鸚鵡何緣致此鸚鵡答言我來宮上悲鳴殊好國王愛敬於我取我常著左右五色珠璣瓔珞我身鵄梟聞之懷嫉妬心即念言我亦當鳴令殊於鄉國王亦當愛寵我身王時出卧鵄梟即鳴王即驚覺歘然毛竪如畏怖狀王問左右此爲何聲驚動怖我侍者白言有惡聲鳥名曰鵄梟王即恚曰促遣大衆分布推索即得與王王令左右生拔毛羽擧身大痛步行而去到其野田衆鳥問言何緣致此鵄梟瞋恚不責己身咎衆鳥言正坐鸚鵡故得此患佛言善聲招福惡聲致禍罪報由己反怒鸚鵡佛告阿難昔國王者今長者音悅是鸚鵡者我身是鵄梟者今不蘭迦葉是昔嫉鸚鵡即被毒患今嫉如來獲痛難言貪嫉燒身何況苦難所以者何不蘭迦葉誹謗如來前後六事何等爲六一者在於難國與貪嫉心誹謗如來二者於羅閱祇以竹園故誹謗如來三者在羅閱祇詣長者音悅家貪其金寶誹謗如來四者於摩竭提界貪於供養誹謗如來五者在維耶離國貪名利養誹謗如來六者在舍衛國貪於利養及惜名稱誹謗如來于時國王驅逐出國不蘭迦葉六師徒衆等同心説言瞿曇實神莫不敬重吾等術淺名稱崩頹處處見忽當用活爲即時以沙而著瓶中自沉于水於是壽命終即入地獄考治一切罪苦痛無量佛重告汝當來末世多有貪嫉弊惡之人誹謗貢高相求長短是則自燒痛哉阿難是故汝當廣宣斯經以護

將來如斯之黨阿難白佛言長者音悅昔植何德獲此四福何所罪行而復失之佛告阿難音悅前世爲年少時欽戴佛法及與聖衆供養盡忠而願豪富納妻之後專迷著色違慢三寶又無慈心仁接長幼是故報應適畢便散汝開導宣告令知其要佛說此已四部弟子天龍鬼神國王臣民一切衆會聞經歡喜莫不作禮

佛說長者音悅經

音釋

惕 他歷切憂懼也 孽 魚結切凶惡也 懅 其據切懼也 蓏 郎果切草實也 瀋 充甚切汁也 㜗 倉含切 剉碓 剉倉卧切碓都隊切 痺 卑利切冷濕病 唼 子合切衆食貌 攣 呂員切係也 髖 苦官切股骨也 憯 七感切痛也 癲 都年切病也 鶁鷂 鶁居京切鷂弋笑切鶁鷂惡鳥名 寨 邁七切 焜 胡本切光也 歗 所力切怖也

五經同卷

清刻龍藏佛說法變相圖

五經同卷

佛說七女經

吳月支國優婆塞支謙譯

聞如是一時佛遊於拘留國在分儒達樹園與千羅漢俱菩薩有五百人及諸天龍鬼神爾時拘留國中有婆羅門名摩訶蜜慳貪不

信佛法大豪富珍奇珠寶牛馬田宅甚衆多智慧無雙爲是國中作師常有五百弟子復爲國王大臣所敬遇是婆羅門有七女大端正無比黠慧言語從頭至足皆著金銀真珠瓔珞隨時被服常與五百女人俱喜自貢高恃怙端正憍慢衆人倚於富貴謂呼有常每與國中人民共説義理常得其勝爾時有迦羅越名曰分儒達聞此女大好便至婆羅門所謂言卿家中自呼是女端正雖爾當遍將至國中示人若有人訶此女者卿當雇我五百兩金若不訶者我當雇卿五百兩金如是募九十日遍至國中無有道此女醜者爾時婆羅門即得五百兩金分儒達告婆羅門今佛近在祇樹園佛知當來過去今現在事又復至誠終不妄言當將往示佛婆羅門言大善即與眷屬五百婆羅門國中復有五百女人俱相隨至佛所佛時爲無數千人説法各各前爲佛作禮却坐一面婆羅門前白佛言瞿曇常遊諸國寧見有好人端正如是女者不佛便逆訶之此女不好皆醜無有一好處婆羅門問佛是女一國中人無有道此女醜今瞿曇何以獨道此女醜婆羅門問佛言世間人以何爲好佛言世間人眼不貪色耳不聽受惡聲是則爲好鼻不齅香口不嘗味是則爲好身不貪細滑意不念惡是則爲好手不盜取人財物口不説人惡是則爲好不貢高綺語知生所從來死有所趣是則爲好信布施後當得其福是則爲好信佛信法信比丘僧是則爲好佛告婆羅門顏色好不爲好身體好不爲好衣服好不爲好二言綺語不

爲好心端意正此乃爲好分儒達即自還得五百兩金佛告婆羅門昔者有城名波羅奈從地底去佛諸當來佛皆於是上坐爾時有國王名機惟尼作優婆塞大明經爲佛作精舍王有女悉爲優婆夷明經智慧端正無雙身上皆著金銀琥珀珠寶被服甚好第一女字羞耽第二女字須耽摩第三女字比丘尼第四女字比丘羅輶第五女字沙門尼第六女字沙門蜜第七女字僧大薩耽常以佛正法齋戒布施説竟七女便相將至父王正殿白言我曹姊娣欲相隨到塚間遊觀王言塚間大可畏但有死人骨髮形骸狼籍支散在地諸悲哀者啼哭者滿其間有虎狼野獸鵄梟生噉死人肉血汝曹姊娣何爲塚間我宮中有園觀浴池中有飛鳥鴛鴦相隨而鳴中有衆華五色光目芝草奇樹衆果清涼恣意所食極可遊觀汝曹姊娣何爲塚間七女即報言大王衆果美食何益萬分我見世間人老時命日趣死人生無有不死者我曹非小兒當爲餘食所惑王哀念我姊娣者當聽我曹姊娣到城外觀死人如是至三王言大善聽汝姊娣所爲爾時七女即與五百婇女嚴駕出宮門七女即解頸下瓔珞散地國中時有千餘人見之隨後拾取珠寶歡喜遂到城外塚間大臭處不淨但聞啼哭聲諸婇女人民身體肅然衣毛爲竪七女直前視諸死人中有斷頭者中有斷手足者中有斷鼻耳者中有已死者或有未死者中有梓棺者有蓆中裹者有繩縛者家室啼哭皆欲令解脱七女左右顧視死人衆多復有持死人從四面

來者飛鳥走獸共爭來食之死人肨脹膿血流出數萬億蟲從腹中出臭處難可當七女亦不覆鼻直前繞之一帀即自與言我曹姊娣身體不久皆當復爾第一女言寧可各作一偈救死人鬼魄耶六女皆言大善大善第一女言此人生時好香塗身著新好衣行步衆中細目綺視於人中作姿則欲令人觀之今死在地日炙風飄主作姿則者今爲所在第二女言雀在瓶中覆蓋其口不能出飛今瓶已破雀飛而去第三女言乘車而行中道捨車去車不能自前主使車行者今爲所在第四女言譬如人乘船而行衆人共載而渡水得岸便擊船乘身體去如棄船去第五女言有城完堅中多人民皆生長城中今城更空不見人民爲在何所第六女言人死卧地

衣被常好從頭至足無有缺減今不能行亦不能動摇其人當今爲在何所第七女言一身獨居人出去其舍中空無有守者今舍日壞敗爾時第二忉利天王釋提桓因坐即爲動摇聞七女說經如伸臂頃即從天上來下讚七女言所説大善欲願得何等所願者我能爲汝得之七女俱言卿是釋天乎梵天也不見卿來時自然在我前使我知之即報言諸女我是釋提桓因聞説善言好語故來聽之七女言卿屬者欲與我曹願卿是第二忉利天上最尊當爲我等得之我姊娣請説所願第一女言我願欲得無根無枝無葉之樹於其中生是我所願也第二女言我欲得地上無形之處無陰陽之端願欲於其中生第三女言人於深山中大呼音響四聞耳不知

所在我願於其中生釋提桓因報言且止我不能得是願諸女欲得作釋梵四天王日月中尊是則可得令女所願實我所不知七女答言卿是天上獨尊有威神何以不能得此願卿譬如老牛不能挽車亦復不能耕犂無益於主釋提桓因報言我聞説經故來聽之非我所知即便辭謝七女黙然無報爾時空中有天言今迦葉佛近在惟于陵聚中何不往問迦葉佛七女聞之大歡喜即與五百婇女隨來觀者塚間喪亡悲哀啼哭者復有五百人俱發意往時迦葉佛爲無數千人説法悉各前爲迦葉佛作禮却坐一面釋提桓因白佛言我向者聞國王七女説經故來聽之七女便從我索是願言我欲得無根無枝無葉之樹無形之處無陰陽之端深山大呼音響四聞不知所在我時不能報答願佛爲七女解説其意迦葉佛言善哉發問多所過度是事羅漢辟支佛尚不能知此事何況於汝是時迦葉佛便笑五色光從口出照滿佛剎還繞身從頂上入侍者前長跪問迦葉佛言佛不妄笑願聞其意迦葉佛告薩波羅汝見是女不唯然已見此國王七女共發阿耨多羅三藐三菩提心已來供養五百佛已當復萬佛却後十劫悉當作佛皆同一字號名復多羅貴剎土名首陀波其佛壽三萬歲是時人民被服飲食譬如第二忉利天上所有佛般泥洹後經道留止八千歲乃盡是佛時説法當度七十五億萬人令得菩薩及羅漢道迦葉佛授七女莂時即踊躍歡喜便住虛空中離地二十丈從上來下悉化成男子即得

阿惟越致五百婇女及千五百天與人見七女化成男踊躍歡喜皆發阿耨多羅三藐三菩提心二千人遠離塵垢皆得法眼佛告婆羅門此國王七女富樂端正豪貴尚不持身作綺好所以者何用念非常是身不可久得故一切世間人但坐愚癡故墮十二因縁便有生死人生若皆由恩愛從生致老從老致病從病致死從死致啼哭得苦痛人生若皆從恩愛當自觀身亦當觀他人身坐起當念身中惡露涕唾寒熱臭處不淨如是何等類身一壞時還化作蟲自食其肉骨節支解消爲灰土還自念我身死亦當如是不當持身作綺好當念非常若人施行善不自貢高綺語者死後皆生天上若施行惡者當入泥犁中女人所以墮泥犁中多者何但坐嫉妬姿態多故佛説是時婆羅門女即踊躍歡喜解身上珠寶用散佛上佛威神令所散住處空中化作寶蓋中有聲言善哉如佛所言無有異佛爾時便感動放威神於座上以足指案地三千大千刹土皆爲大動光明照十方百歲枯樹皆生華果諸空溝澗皆自然有水箜篌樂器不鼓自鳴婦女珠環皆自作聲盲者得視聾者得聽瘂者得語傴者得伸拘躄者得愈手足病者得愈狂者得正被毒者毒不爲行拘閉者悉得解脱百鳥狸獸皆相和悲鳴爾時拘留國中人民無男無女皆大歡喜和心相向若得禪佛作是變化時拘留國王旃珠踊躍歡喜及百大臣婆羅門女與其眷屬及五百婆羅門皆發阿耨多羅三藐三菩提心復有五百比丘得羅漢道國中五百人

悉須陀洹道佛說是經已菩薩比丘僧優婆塞優婆夷國王大臣長者人民諸天鬼神龍皆大歡喜前持頭面著地爲佛作禮而去

佛說七女經

佛說八師經

吳月支國優婆塞支謙譯

聞如是一時佛在舍衛國祇樹給孤獨園時有梵志名曰耶旬來詣佛所阿難白佛言有異學梵志今來在外欲質所疑天尊曰現之梵志乃進稽首佛足天尊曰就坐梵志就坐須臾退坐曰吾聞佛道厥義弘深汪洋無涯靡不成就無不度生巍巍堂堂猶星中月神智妙達衆聖中王諸天所不及黎民所不聞願開盲冥釋其愚癡所事何師以致斯尊天尊曰快哉斯問開發大行吾前世師其名難數吾今自然神曜得道非有師也然有八師從明得之佛言一謂兇暴殘殺物命或爲怨家所見刑戮或爲王法所見誅治滅及門族死入地獄燒煮搒掠萬毒皆更求死不得罪竟乃出或爲餓鬼或爲畜生屠割剥裂死輒更生寃神展轉更相殘賊吾見殺者其罪如此不敢復殺是吾一師佛時頌曰

殺者心不仁　强弱相殘傷　殺生當過生
結積累劫怨　受罪短命死　驚恒遭暴患
吾用畏是故　慈行伏魔宮

佛言二謂盜竊强劫人財或爲財主刀杖加刑應時瓦解或爲王法收繫著獄考掠搒笞五毒並至戮之都市門族灰滅死入地獄以手捧火洋銅沃口求死不得罪竟乃出當爲餓鬼意欲飲水水化爲膿所欲食物物化成炭身常負重衆惱自隨或爲畜生死輒更刃以肉供人償其宿債吾見盜者其罪如此不敢復盜是吾二師佛時頌曰

盜者不與取　劫竊人財寶　亡者無多少

怨恚愁毒惱　死受六畜形　償其宿債負
吾用畏是故　棄國施財寶

佛言三謂邪婬犯人婦女或爲夫主邊人所知臨時得殃刀杖加刑首體分離禍及門族或爲王法収捕著獄酷毒掠治身自當辜死入地獄卧之鐵牀或抱銅柱獄鬼然火以燒其身地獄罪畢當更畜生若後爲人閨門婬亂違佛遠法不親賢衆常懷恐怖多危少安吾見是故不敢邪婬是吾三師佛時頌曰

婬爲不淨行　迷惑失生道　形銷䰟魄離
傷命而早夭　受罪頑癡荒　死復墮惡道
吾用畏是故　棄家樂山藪

佛言四謂兩舌惡口妄言綺語譖入無罪毀謗三尊舌致捶杖亦致滅門死入地獄獄中鬼神拔出其舌以牛犂之洋銅灌口求死不得罪畢乃出當爲畜生常食草棘若後爲人言不見信口中恒臭多被誹謗罵詈之聲卧輙惡夢有口不得含佛經之至味吾見是故不敢惡口是吾四師佛時頌曰

欺者犯四過　譏佞傷貞賢　受罪癡聾盲
謇吃口臭腥　瘖瘂不能言　死入拔舌犂
吾修四淨口　自致八音聲

佛言五謂嗜酒酒爲毒氣主成衆惡王道毀仁澤滅臣慢上不忠不敬於父禮亡毋失慈子凶勃孝道敗夫失信婦奢婬九族諍財産耗危國亡身無不由酒酒之亂道三十有六吾見是故不敢飲酒是吾五師佛時頌曰

醉者爲不孝　怨禍從内生　迷惑清高士
亂德敗淑真　故吾不飲酒　慈心濟群生
淨慧度八難　自致覺道成

佛言六謂年老夫老之爲苦頭白齒落目視茫茫耳聽不聰盛去衰至皮緩面皺百節痛疼行步苦極坐起呻吟憂悲心惱識神轉滅便旋即亡命日促盡言之流涕吾見無常灾變如斯故行求道不欲更之是吾六師佛時頌曰

吾念世無常　人生要當老　盛去日衰羸
形枯而白首　憂勞百病生　坐起愁痛惱
吾用畏是故　棄國行求道

佛言七謂病瘦肉盡骨立百節皆痛猶被杖楚四大進退手足不隨氣力虛竭坐臥須人口燥脣燋筋斷鼻炨目不見色耳不聞音不淨流出身臥其上心懷苦惱言輒悲哀今覩世人年盛力壯華色暐曄福盡罪至無常百變吾覩斯患故行求道不欲更之是吾七師佛時頌曰

念人衰老時　百病同時生　水銷而火滅
刀風解其形　骨離筋脈斷　大命要當傾
吾用畏是故　求道願不生

佛言八謂人死四百四病同時俱作四大欲散魂神不安風去氣絕火滅身冷風先火次魂靈去矣身體侹直無所復知旬日之間肉壞血流胖脹爛臭無一可取身中有蟲還食其肉筋脈爛盡骨節解散髑髏異處脊脅肩臂髀脛足指各自異處飛鳥走獸競來食之天龍鬼神帝王人民貧富貴賤無免斯患吾見斯變故行求道不欲更之是吾八師佛時頌曰

惟念老病死　三界之大患　福盡而命終
棄之於黃泉　身爛還爲土　魂魄隨因緣

吾用畏是故　學道昇泥洹
於是梵志聞佛所説心開意解即得道迹長
受五戒爲清信士不殺不盜不婬不欺奉孝
不醉爲佛作禮歡喜而去
佛説八師經

佛說越難經

西晉清信士聶承遠譯

聞如是一時佛在波羅柰私國賢者飛鳥聚是時國中有四姓長者名曰越難大豪貴珍琦珠寶牛馬田宅甚衆多難爲人慳貪嫉妬不信道德不喜布施日未没常勑門監有來乞者勿得通之難有一子名栴檀亦復慳貪難後壽盡還生其國中爲盲乞婦作子其夫言汝身有重病今復懷軀我以貧窮無以衣食汝便自去婦受教出門外未遠得大聚糞便止其中至九月生一子兩目悉盲其母乞食養之至年七歲母言我養汝大久且自行持杖取食器行乞當自悲言世間貧者最爲苦惱今我薄命生貧家兩目復盲無所見者復爲人所輕易今與我少所飲食愈我飢者譬如天雨渴者得飲兒聞母說如是便行家家乞匃復到栴檀家其子適到時守門者暫小出盲兒徑入至中庭如母教說之時栴檀在高樓上聞其言大怒便呼守門者問之誰內此盲乞兒者監門人大懅即掣盲兒撲於門外傷其頭面復折其右臂壞其食器飯散於地身體大痛兒叫呼悲啼其母聞之即走到見所何等弊人嬈我子者我子尚小兩目復盲有何等過而取之爾何一感天兒對母言我至此門中乞有高聲人呼多力人掣撲折傷我體大痛如是今且死不久時門上有守神謂之言汝得是痛尚爲小耳其大在後汝坐前世有財不布施今故得勤苦世間富貴無有常富貴而不布施如無有財等耳死更苦痛適愁悔當復何益如是觀者甚衆多

各各自語其聲遠聞佛時從念道覺與諸比丘俱入城分衛遥見之便問阿難是何等聲怱怱迺如是阿難白佛説盲兒子毋本末已便叉手白佛願哀憐到此兒所佛黙然不應分衛還飯已便往視之見盲兒瘡痛以手摩其頭目便即開折傷處即愈因自識宿命佛問汝是前世長者字越難不對言是也佛告阿難人居世間甚勤苦愚癡一世父子不相識知佛故説偈言

人求子索財　於此二事中　甚憂勤苦痛
他人而得果　有身不能保　何況子與財
譬如夏月暑　息止樹下涼　須臾當復去
世間無有常

阿難白佛此兒命盡當趣何道佛言當入大泥犂中一宿佛説是經時八萬餘人皆棄三垢得法眼諸弟子皆歡喜爲佛作禮而去

佛説越難經

佛説所欲致患經

西晉三藏法師竺法護譯

聞如是一時佛遊舍衛祇樹給孤獨園與大比丘衆俱比丘五百爾時諸比丘明旦著衣持鉢入舍衛城諸外道異學問諸比丘沙門瞿曇云何因處慧以何別色痛癢思想生死識字苦云何於此諸法有何差特有何志願何因爲成沙門瞿曇現法云何何因開化有所言講諸比丘聞諸外道所言無以報答則從座起尋捨退去各心念言如此所説當從世尊啓問諮受爲我分別尋當奉行時諸比丘分衛已竟飯食畢訖更整衣服往詣佛所稽首足下却坐一面前白世尊説諸異道所可難問悉次第説於時世尊告諸比丘外道問汝愛欲之事有何安樂致何憂患何從興致因何而滅汝當答報諸外道默然不以言對佛言我不見能解此意分別上義所以者何無能及者非其境界佛察天上天下諸魔梵天梵志諸神及人能發遣此問令意欣悦愛其所樂爲欲所染耳聞好聲鼻識好香舌識美味身識細滑可意欣悦志於所樂爲之所染心貪於法是五所欲從因緣起心以爲樂佛告比丘何等爲所欲之患其有族姓子隨其巧便立生活業多所想念或以技術或作長吏或作畫師或行算術或復刻鏤或以塗度或説色事或以寒凍或逢暑熱飢渴餓死或觸風雨或遭蚊虻諸根變亂趣此諸事身欲自在求於財寶坐起放心恣意坐於財寶啼哭愁憂搥胷鬱佛吾謂是輩則爲癡冥致無果實猶是精勤不離其業造立屋宅及諸

財賄以獲財寶設不能獲起無央數憂惱諸患歌舞將御得無縣官水火盜賊怨家債主所見奪取燒没搪突劫害侵暴壞亂家居亡失財寶彼族姓子心懷此憂卒值水火盜賊怨家所見侵奪愁憂啼哭不能自勝吾前治生積聚財業今者霍空無所依仰是爲情欲之憂患也緣欲致愛放心恣意致此惱恨佛告諸比丘復次因欲貪愛所在放心恣意父說子惡子說父惡母說女惡女說母惡兄說弟惡弟說兄惡姊說妹惡妹說姊惡家室宗族轉相誹謗是爲貪欲之患因致勤苦皆由多求放心恣意爲欲所溺佛告諸比丘復次愛欲之患著愛爲本放心恣意因貪利故把持兵仗彎弓捻箭入軍戰鬪與四部兵象馬車步衆兵共鬪是劇羅網因欲自喪親屬與親屬興起因緣因貪犯罪馳走不安以求財産或能獲財或不能得或尋失財愁憂懷惱拍臏槌胷而以鬱怫吾本多財今者殫盡是爲貪欲之患恩愛之惱放心恣意爲之所溺佛告諸比丘復次因欲之患著愛爲本放心恣意父子相怨母女相憎夫婦相捐姊妹懷恨兄弟相憎親屬家室自相誹謗是爲貪欲之患恩愛之惱放心恣意爲之所溺佛告諸比丘復次因欲之患著愛爲本放心恣意手執利劍若持刀杖屏處沙中若樹木間若陂塢間心中怫鬱轉相奪命遥擲火輪沸油相灑緣是興惡或致因病或致死亡是爲貪欲之患恩愛之惱放心恣意爲之所溺佛告諸比丘復次因欲之患著愛爲本放心恣意破他門戶斷人寄餉鑿人垣墻夜行作賊在藏

匿處或復逃亡鬪諍放火國主覺得或使縛束閉著牢獄或截耳鼻手足拷治掠笞或斷頭首或時住立壓踝鹿梐驚摶兔窟或甑或鑊湯煮沸油灑體是爲貪欲之患恩愛之惱放心恣意爲之所溺佛告諸比丘復次因欲之患著愛爲本放心恣意身欲衆惡罵詈衝口心念毒惡不護身口不顧後世壽命終歿魂神一去墮於惡趣勤苦之處晝夜拷治無央數歲是爲貪欲之患愛欲之惱放心恣意爲之所溺佛告諸比丘復次何因捨欲能樂斷惡一切所欲截諸貪求刈衆情態是爲捨欲其有沙門梵志見愛欲之瑕因與諸患審知如有愛欲已勸助衆人使度於欲假使勸化至於解脫志於愛欲欲度彼岸未之有也若有沙門梵志樂於愛欲不觀愛欲之瑕穢者若能審識情欲如有無貪諸情閑化衆人度於彼岸自度濟彼則獲此事如意無疑其有目覩於此人所愛樂長者家妻梵志之妻年十四五十六二十不長不短不麤不細不白不黑顏貌姝妙如樹華茂佛言比丘初始自覩因緣所與可意歡樂是欲所樂何等爲色因緣之患於是見女人年尊老極年八十若九十百年若百二十頭白齒落面皺皮緩身重少氣拄杖僂行羸極上氣行步苦難身體顫煩於比丘意云何極不於端正姝好顏色證患已現比丘對曰唯然是爲色之憂患也佛告諸比丘又見女人終亡之後一日二日至五日六日身色變青肨脹爛臭惡露不淨從九孔出身中生蟲蟲還食其肉於比丘意云何前時端正顏色姝妙今失好貌變證

現乎對曰唯然佛言是爲色之患證也佛告諸比丘若復見女人臭爛在地烏鳥所食鵰鷲所啄虎狼蟲狐所噉無央數蟲從其身出還食其肉於比丘意云何前時端正顏色姝好沒不存乎眞患現耶對曰唯然佛言是爲欲之患證也佛告諸比丘若復見女人皮肉離體但見白骨前時端正顏貌姝好沒不復現其患證乎對曰唯然是爲愛欲之患證也佛告諸比丘若復見女人身骨節解手足膝脛鼻耳脅背臂肘頭顙各在異處於比丘意云何前時端正姝好沒不現乎證患現耶對曰唯然佛言是爲欲之憂患證也佛告諸比丘見彼女人捐在塚間無央數歲骨節糜碎青白如碧碎壞如麪於比丘意云何前時端正顏貌姝好沒不現乎患證現耶對曰唯然佛言是爲貪欲憂患證也佛告諸比丘誰能離欲能斷色欲蠲除情色拔貪不習乃不著色其有沙門梵志樂色如是以爲歡然覩其患證覩見生惱審知如有則等於色心無所倚勸化於人使度彼岸設使有人以色倚色欲得度者未之有也其沙門梵志歡喜於色更諸情欲覩色患證欲得離色拔其所情則覩如有等觀諸色勸化諸人令度彼岸知色所倚捨於諸色則可得也佛告諸比丘何等爲痛癢所更樂乎捨諸習耶於是比丘寂於諸欲離於諸惡不善之法不念有想獨處晏然行第一禪設使比丘獲此第一禪者則不貪己不著于彼則無有爭心不懷恚是爲比丘痛癢樂無瞋怒吾無所恨爲樂痛癢是爲樂習所覩樂彼滅諸想樂內念寂然其心爲

一無念無行志寂健安是爲第二禪假使比丘行第二禪不貪已不著彼心增減彼欲歡喜觀無欲行常以寂定業身則安如聖所演常觀意定行第三禪假使比丘行第三禪是痛癢所樂彼則除苦蠲除所安前所更歷可不可意無苦無樂觀其志定具足清淨假使比丘行第四禪是爲痛癢所樂復次比丘緣痛生樂可意之欲是爲癢所樂何等爲痛之憂患因痛生患憂惱之憒是痛憂患又痛癢無常之苦别離之法其法都痛癢起無常苦致别離法是爲痛癢之患何等爲離痛其於痛癢斷諸貪欲是爲離欲其有沙門梵志曉了痛癢諸所更樂觀致憂患不捨諸愛欲審知如有而倚痛癢勸化衆人度於彼岸自得成就濟諸倚著未之有也其有沙門梵志觀痛癢所樂從樂致患離於愛欲諦知如有等觀痛癢而無所倚勸化餘人令度彼岸自得成就并化餘人此事可致是爲捨歡悦如是諸比丘聞經歡喜

佛説所欲致患經

阿闍世王問五逆經

西晋　釋法炬　譯

聞如是一時婆伽婆在羅閱城靈鷲山與大比丘衆五百人俱提婆達兜詣阿闍世王所到已即就座坐時王阿闍世即從座起頭面禮調達足還就座坐時王阿闍世白調達言我曾聞尊者調達彼沙門瞿曇常作是語有五逆罪若族姓子族姓女爲是五不救罪者必入地獄不疑云何爲五謂殺父殺母害阿羅漢鬬亂衆僧起惡意於如來所如是五不救罪若有男女施行此事者必入地獄不疑我今調達躬殺父王我亦當入地獄耶時調達告阿闍世大王勿懷恐懼爲有何殃爲有何咎誰爲殃而受報誰作殃當受其果然大王亦不爲惡逆所作惡者自當受報時衆多比丘到時著衣持鉢入羅閱城乞食時衆多比丘入羅閱城乞食聞王阿闍世語調達言尊者調達我聞沙門瞿曇作是說言有五不救罪若有男女施行此五事者必入地獄不疑我無辜躬殺父王我當入地獄中耶時調達報言勿懼大王誰作殃殃由何生誰作惡後受報王亦不作殃所作殃者自當受報時衆多比丘從羅閱城乞食已食後收攝衣鉢以尼師壇著肩上至世尊所頭面禮足在一面坐便說阿闍世王所共論議具向世尊說時世尊便說此偈

愚者知是處　言殃謂無報　我今觀當來
受報有定處

是時世尊告諸比丘彼摩竭國阿闍世王雖殺父王亦當不久來至我所當有等信於我

所命終之後當墮地獄如拍毱時有一比丘白世尊言從彼泥犂命終當生何處世尊告曰從彼泥犂命終當生四天王處比丘白言從彼命終當生何處世尊告曰比丘從彼命終當生三十三天比丘白言從三十三天命終當生何處世尊告曰比丘從三十三天命終當生燄天上比丘白言世尊從彼命終當生何處世尊告曰從燄天上命終當生兜術天比丘白言世尊從兜術天命終當生何處世尊告曰從兜術天命終當生化自在天比丘白言從化自在天命終當生何處世尊告曰比丘從化自在天命終當生他化自在天比丘白言世尊從他化自在天命終當生何處世尊告曰比丘從他化自在天命終當生化自在天生兜術天燄天三十三天四天正天復當來生人間比丘白言世尊從此命終當生何處世尊告曰比丘摩竭國王阿闍世二十劫中不趣三惡道流轉天人間最後受身剃除鬚髮著三法衣以信堅固出家學道當成辟支佛名無穢比丘白言甚奇甚特世尊作如是殃罪受是快樂成辟支佛名曰無穢世尊告曰摩竭國王阿闍世發意成就衆善普至比丘堪任發意成就得拔濟地獄若發意不成就者因緣成就雖未生地獄猶可設方便不至地獄比丘白言若彼人二事俱成就者彼當生何處世尊告曰彼二事成就當生二處云何爲二生天人間比丘白言彼發意成就因緣不成就者此二事有何差別世尊告曰比丘發意成就因緣不成就此是鈍根發意不成就因緣成就比丘此是利根

比丘白言鈍根利根有何差別世尊告曰鈍根者比丘所爲不進利根者比丘聰明黠慧比丘白言此二有差別當還何業是時世尊便說此偈

智慧世爲上　當至安隱處　諸能知等業
斷彼生有死

是謂比丘有是差別是時彼比丘聞佛所說歡喜奉行已即從座起頭面禮足繞三帀便退而去是時彼比丘即其時到著衣持鉢入羅閱城乞食詣彼摩竭王宮門外時王阿闍世遙見彼比丘來見已便勑守門人云何守門人我先已勑釋種比丘勿放入此除尊者調達時彼守門人執彼比丘手驅出門外時彼比丘舉右手語摩竭國王言我是大王大善知識是安隱處無有衆惱時王報言云何比丘而觀何義作是說言我是大王善知識是安隱處時彼比丘告王阿闍世言世尊說王作是言摩竭國王雖殺父王彼作惡命終已當生地獄如拍毱從彼命終當生四天王宮從彼命終當生三十三天從彼命終當生艶天兜術天化自在天他化自在天從彼命終復當生化自在天兜術天艶天三十三天四天王宮復當生此間受人形如是大王二十劫中不趣三惡道流轉人間最後受人身當剃除鬚髮著三法衣以信堅固出家學道成辟支佛名曰無穢所以然者如是大王當得是無根之信時彼比丘說是語已便退而去時王阿闍世聞彼比丘所說亦不歡喜復不瞋恚亦不受彼所說便告耆域王子曰耆域沙門來至我所而作是言彼如來至眞

等正覺見授決殺父王而作是惡逆命終後當生地獄如拍毬從彼命終當生四天王三十三天燄天兜術天化自在天他化自在天從彼命終復當生化自在天兜術天燄天三十三天四天王宮從彼命終當生人間最後受人身剃除鬚髮著三法衣以信堅固出家學道成辟支佛名曰無穢耆域汝往彼沙門瞿曇所審有是語不對曰如是大王時耆域王子受摩竭國王教便出羅閱祇城詣靈鷲山至世尊所到已頭面禮足在一面坐時耆域王子從摩竭國王所説言教盡向如來説世尊告曰如是耆域佛世尊言無有二所説隨事所以然者耆域彼王阿闍世當成無根信耆域諸有男女彼一切亦當有是趣而無有異時耆域王子從如來受是教已即從座起頭面禮足便退而去詣摩竭國王所到已便語王阿闍世言彼如來至眞等正覺實有是語所以然者諸有得無根信者而無有異願王當詣彼如來至眞等正覺所時王報言耆域我聞彼沙門瞿曇有是呪術能降伏人民使外道異學無不受其教是故我不堪任往見沙門瞿曇且住耆域我當觀察彼沙門瞿曇爲有一切智不設當有一切智者然後我當往見彼沙門瞿曇時耆域王子從摩竭國王聞是語出羅閱城詣靈鷲山至世尊所到已頭面禮足在一面坐以此義白世尊言時世尊告曰耆域摩竭國王不久當來至我所當成無根信設我取泥洹後當供養我舍利耆域王子歡喜踊躍不能自勝時世尊與耆域王子説微妙法令發歡喜時耆域王子

從如來聞此深法即從座起頭面禮足繞三帀便退而去時耆域王子聞佛所説歡喜奉行

阿闍世王問五逆經

音釋

轒扶分切　賁彼義切　痟於玄切骨酸也　烢丑革切裂也　怫亡弗切鬱也　捻尼帖切　摾其向切　顫之扇切　煩有救切

本事經

唐三藏法師玄奘奉詔譯

清刻龍藏佛說法變相圖

本事經卷第一

唐三藏法師玄奘奉　詔譯

一法品第一之一

吾從世尊聞如是語苾芻當知我觀世間無別一法覆障群生馳騁流轉生死長途如無明蓋所以者何世間群生由無明蓋所覆障故馳騁流轉生死長途是故汝等應如是學我當云何修起慧明破無明蓋出貪愛網汝等苾芻應如是學爾時世尊重攝此義而說頌曰

無別有一法　覆障諸群生　馳流生死途
如無明蓋者　無明大愚闇　由斯久流轉
彼此有往來　昇沈高下趣　若破無明蓋
解脫貪愛網　不處生死流　以無彼因故

吾從世尊聞如是語苾芻當知我觀世間無

別一法繫縛群生馳騁流轉生死長途如貪愛結所以者何世間群生由貪愛結所繫縛故馳騁流轉生死長途是故汝等應如是學我當云何修瑩慧刀斷貪愛結破大闇聚汝等苾芻應如是學爾時世尊重攝此義而說頌曰

無別有一法　繫縛諸群生　馳流生死途
如貪愛結者　貪愛大繫縛　由斯久流轉
彼此有往來　昇沈高下趣　若斷貪愛縛
破大黑闇聚　不處生死流　以無彼因故

吾從世尊聞如是語苾芻當知若一有情於一劫中流轉生死所受身骨假使有能積聚不爛其聚高廣如王舍城毗補羅山況彼有情無初後際馳騁流轉生死長途所受身骨而可測量所以者何苾芻當知我說有情於四聖諦不了知故不照見故不現觀故不通達故不審察故馳騁流轉生死長途受諸骨身是故汝等應如是學我當云何於四聖諦了知照見現觀通達審察究竟汝等苾芻應如是學爾時世尊重攝此義而說頌曰

一有情一劫　受身骨不爛　其聚量高廣
如毗補羅山　況無初後際　久流轉生死
所受諸骨身　其量而可測　受是大苦聚
由不見聖諦　故應修妙智　正觀四眞實
所謂苦聖諦　苦因及苦滅　能滅苦苦因
八支眞聖道　此補特伽羅　極七有流轉
定斷一切結　能盡諸苦邊

吾從世尊聞如是語苾芻當知我以佛眼遍觀世間諸有業果皆緣心意一類有情心意所使行如是行履如是道身壞命終如捨重

擔墮諸惡趣生地獄中所以者何彼諸有情心意染汙由此爲因身壞命終墮諸惡趣生地獄中爾時世尊重攝此義而說頌曰

一類諸有情　心意起染汙　我今當爲汝
記別其所生　彼身壞命終　如捨於重擔
必墮諸惡趣　生於地獄中　應知惡慧者
由心意染汙　因斯染汙故　當生地獄中

吾從世尊聞如是語苾芻當知我以佛眼遍觀世間諸有業果皆緣心意一類有情心意所使行如是行履如是道身壞命終如捎重擔昇諸善趣生於天中所以者何彼諸有情心意清淨由此爲因身壞命終昇諸善趣生天界中爾時世尊重攝此義而說頌曰

一類諸有情　心意起清淨　我今當爲汝
記別其所生　彼身壞命終　如捎於重擔
必昇諸善趣　生於天界中　應知善慧者
由心意清淨　因斯清淨故　當生天界中

吾從世尊聞如是語苾芻當知一切有情皆由自業業爲伴侶業爲生門業爲眷屬業爲依趣業能分定一切有情下中上品是故汝等應當善知諸業自性諸業因緣諸業品類諸業異熟諸業盡滅趣業滅道因緣資具苾芻汝等如我所說應正了知云何應知諸業自性業自性者謂或思業或思業已如是應知諸業自性既正了知業自性已云何應知諸業因緣業因緣者謂諸貪愛如是應知諸業因緣既正了知諸業因緣既正了知諸業自性業因緣已云何應知諸業品類業品類者謂別品類業趣地獄身別品類業趣傍生身別品類業趣鬼界身別品類業趣阿素洛

界身別品類業趣人界身別品類業趣天界身如是應知諸業品類既正了知諸業自性諸業因緣業品類已云何應知諸業異熟者謂於此生造作諸業即此生中能感諸有或受未受如是應知諸業異熟既正了知諸業自性諸業因緣諸業品類業異熟已云何應知諸業盡滅業盡滅者謂愛滅故諸業盡滅如是應知諸業盡滅既正了知諸業自性諸業因緣諸業品類諸業異熟業盡滅已云何應知趣業滅道因緣資具趣業滅道因緣資具者謂八支聖道即是正見正思惟正語正業正命正精進正念正定如是應知趣業滅道因緣資具苾芻當知諸有沙門或婆羅門若能正知諸業自性諸業因緣諸業品類諸業異熟諸業盡滅趣業滅道因緣資具即能信我法毗柰耶若能信我法毗柰耶即能入我法毗柰耶若能入我法毗柰耶即能達我法毗柰耶修行梵行若能達我法毗柰耶修行梵行即能究竟正盡諸業所以者何是諸沙門或婆羅門既正了知諸業自性諸業因緣諸業品類諸業異熟諸業盡滅趣業滅道因緣資具已即於諸業能猒離滅究竟解脫得善解脫既善解脫即能獨立既能獨立即具善修既具善修彼身壞已法爾無有一切施設爾時世尊重攝此義而說頌曰

世間諸有情　居前中後際　皆屬於自業
業爲其伴侶　業爲彼生門　業爲其眷屬
業爲所依趣　業能定三品　隨業彼彼生
不定如輪轉　或處天人中　或居四惡趣
世間諸有情　皆隨業力轉　非國財妻子

隨從往餘生　彼於命終時　所有皆頓捨
獨隨業而往　故皆由自業　當來諸有情
雖受如是業　若能依佛教　正信而出家
彼於愚癡類　無師開導中　名能善修行
不愚正法者　故汝等苾芻　精勤勿放逸
應善知諸業　相續正修行　爲盡業自性
及業因緣等　修八支聖道　速令得圓滿
吾從世尊聞如是語苾芻當知世間所有惡
不善法於生起時諸不善品諸不善類一切
皆由意爲前導所以者何意生起已惡不善
法皆隨後生爾時世尊重攝此義而說頌曰
諸不善法生　爲因能感苦　皆意爲前導
與煩惱俱生　意爲前導法　意尊意所使
由意有染汙　故有說有行　苦隨此而生
如輪因手轉
吾從世尊聞如是語苾芻當知世間所有白
淨善法於生起時善品善類一切皆由意爲
前導所以者何意生起已白淨善法皆隨後
生爾時世尊重攝此義而說頌曰
諸淨善法生　爲因能感樂　皆意爲前導
與善法俱生　意爲前導法　意尊意所使
由意有清淨　故有說有行　樂隨此而生
如影隨形轉
吾從世尊聞如是語苾芻當知世有一法於
生起時與多衆生爲不利益爲不安樂引諸
世間天人大衆作無義利感大苦果云何一
法是謂破僧所以者何苾芻當知僧若破壞
一切大衆互興諍論遞相呵責遞相凌懱遞
相罵辱遞相毀呰遞相怨嫌遞相惱觸遞相
返戾遞相誹謗遞相棄捨當於爾時一切世

間未敬信者轉不敬信已敬信者還不敬信苾芻當知如是名爲世有一法於生起時與多衆生爲不利益爲不安樂引諸世間天人大衆作無義利感大苦果爾時世尊重攝此義而說頌曰

世有一法生　能起無量惡　所謂僧破壞
愚癡者隨喜　能破壞僧苦　破壞衆亦苦
僧和合令壞　經劫無間苦

吾從世尊聞如是語苾芻當知世有一法於生起時與多衆生爲大利益爲大安樂引諸世間天人大衆作大義利感大樂果云何一法是謂僧和所以者何苾芻當知僧若和合一切大衆互無諍論不相呵責不相凌懱不相罵辱不相毀呰不相怨嫌不相惱觸不相返戾不相誹謗不相棄捨當於爾時一切世間未敬信者便生敬信已敬信者轉增敬信苾芻當知如是名爲世有一法於生起時與多衆生爲大利益爲大安樂引諸世間天人大衆作大義利感大樂果爾時世尊重攝此義而說頌曰

世有一法生　能起無量福　所謂僧和合
慧利者隨喜　能和合僧樂　和合衆亦樂
僧破壞令和　經劫受天樂

吾從世尊聞如是語苾芻當知世間有情一結斷時餘一切結皆亦隨斷云何一結是謂我慢所以者何諸所有結細中麤品一切皆以我慢爲根從我慢生我慢所長是故我慢一結斷時餘一切結皆亦隨斷譬如世間樓觀中心普爲樓觀衆分依止中心若墜餘亦隨墮如是我慢諸結所依我慢若斷餘亦隨

滅若諸苾芻已斷我慢當知即是已斷餘結若諸苾芻已斷餘結當知即是已盡苦邊已修正智心善解脫慧善解脫無復後有爾時世尊重攝此義而說頌曰

如樓觀中心　衆分所依止　中心若墜墮
餘分皆隨落　如是我慢結　衆結之所依
我慢結斷時　諸結皆隨滅　苾芻斷我慢
餘結悉隨斷　餘結既已斷　即得盡苦邊
既得盡苦邊　名已修正智　心慧善解脫
後有畢竟無

吾從世尊聞如是語苾芻當知世有一法若善修習善多修習攝持二利令至圓滿謂現法利令至圓滿及後法利令至圓滿能成現法利益安樂能成後法利益安樂能成現後利益安樂云何一法謂於所修諸善法中修不放逸所以者何若於所修諸善法中於不放逸能善修習善多修習便能攝持二種義利令至圓滿廣說乃至能成現後利益安樂是名一法若善修習善多修習攝持二利廣說乃至能成現後利益安樂爾時世尊重攝此義而說頌曰

諸有多聞人　能捨貪財位　勤修不放逸
證常樂涅槃　智人無放逸　能攝持二利
謂現法當來　俱令至圓滿　諸有善能成
現後俱利樂　前後衆賢聖　皆稱爲智人

重攝前經嗢柁南曰

蓋結劫兩心　業二意前行　僧破及僧和
斷慢修不逸

吾從世尊聞如是語苾芻當知若諸有情求斷一法我證彼定得不還果云何一法謂是

捨貪所以者何一切有情由貪染故數數還
來墮諸惡趣受生死苦若能永斷如是一法
我證彼定得不還果不復還來生此世間是
故我說若諸有情永斷一法我證彼定得不
還果爾時世尊重攝此義而說頌曰
我觀諸有情　由貪之所染　還來墮惡趣
受生死輪迴　若能正了知　永斷此貪者
定得不還果　不來生此間
吾從世尊聞如是語苾芻當知若諸有情永
斷一法我證彼定得不還果云何一法謂是
於欲所以者何一切有情由欲染故數數還
來墮諸惡趣受生死苦若能永斷如是一法
我證彼定得不還果不復還來生此世間是
故我說若諸有情永斷一法我證彼定得不
還果爾時世尊重攝此義而說頌曰
我觀諸有情　由欲之所染　還來墮惡趣
受生死輪迴　若能正了知　永斷此欲者
定得不還果　不來生世間
吾從世尊聞如是語苾芻當知若諸有情永
斷一法我證彼定得不還果云何一法謂是
於瞋所以者何一切有情由瞋染故數數還
來墮諸惡趣受生死苦若能永斷如是一法
我證彼定得不還果不復還來生此世間是
故我說若諸有情永斷一法我證彼定得不
還果爾時世尊重攝此義而說頌曰
我觀諸有情　由瞋之所染　還來墮惡趣
受生死輪迴　若能正了知　永斷此瞋者
定得不還果　不來生此間
吾從世尊聞如是語苾芻當知若諸有情永
斷一法我證彼定得不還果云何一法謂是

於恚所以者何一切有情由恚染故數數還來墮諸惡趣受生死苦若能永斷如是一法我證彼定得不還果不復還來生此世間是故我說若諸有情永斷一法我證彼定得不還果爾時世尊重攝此義而說頌曰

我觀諸有情　由恚之所染　還來墮惡趣
受生死輪迴　若能正了知　永斷此恚者
定得不還果　不來生此間

吾從世尊聞如是語苾芻當知若諸有情永斷一法我證彼定得不還果云何一法謂是於癡所以者何一切有情由癡染故數數還來墮諸惡趣受生死苦若能永斷如是一法我證彼定得不還果不復還來生此世間是故我說若諸有情永斷一法我證彼定得不還果爾時世尊重攝此義而說頌曰

我觀諸有情　由癡之所染　還來墮惡趣
受生死輪迴　若能正了知　永斷此癡者
定得不還果　不來生此間

吾從世尊聞如是語苾芻當知若諸有情永斷一法我證彼定得不還果云何一法謂是於覆所以者何一切有情由覆染故數數還來墮諸惡趣受生死苦若能永斷如是一法我證彼定得不還果不復還來生死世間是故我說若諸有情永斷一法我證彼定得不還果爾時世尊重攝此義而說頌曰

我觀諸有情　由覆之所染　還來墮惡趣
受生死輪迴　若能正了知　永斷此覆者
定得不還果　不來生此間

吾從世尊聞如是語苾芻當知若諸有情永斷一法我證彼定得不還果云何一法謂是

於惱所以者何一切有情由惱染故數數還來墮諸惡趣受生死苦若能永斷如是一法我證彼定得不還果不復還來生此世間是故我說若諸有情永斷一法我證彼定得不還果爾時世尊重攝此義而說頌曰

我觀諸有情　由惱之所染　還來墮惡趣
受生死輪迴　若能正了知　永斷此惱者
定得不還果　不來生此間

吾從世尊聞如是語苾芻當知若諸有情永斷一法我證彼定得不還果云何一法謂是於忿所以者何一切有情由忿染故數數還來墮諸惡趣受生死苦若能永斷如是一法我證彼定得不還果不復還來生此世間是故我說若諸有情永斷一法我證彼定得不還果爾時世尊重攝此義而說頌曰

我觀諸有情　由忿之所染　還來墮惡趣
受生死輪迴　若能正了知　永斷此忿者
定得不還果　不來生此間

吾從世尊聞如是語苾芻當知若諸有情永斷一法我證彼定得不還果云何一法謂是於恨所以者何一切有情由恨染故數數還來墮諸惡趣受生死苦若能永斷如是一法我證彼定得不還果不復還來生此世間是故我說若諸有情永斷一法我證彼定得不還果爾時世尊重攝此義而說頌曰

我觀諸有情　由恨之所染　還來墮惡趣
受生死輪迴　若能正了知　永斷此恨者
定得不還果　不來生此間

吾從世尊聞如是語苾芻當知若諸有情永斷一法我證彼定得不還果云何一法謂是

於嫉所以者何一切有情由嫉染故數數還來墮諸惡趣受生死苦若能永斷如是一法我證彼定得不還果不復還來生此世間是故我說若諸有情永斷一法我證彼定得不還果爾時世尊重攝此義而說頌曰

我觀諸有情　由嫉之所染　還來墮惡趣
受生死輪迴　若能正了知　永斷此嫉者
定得不還果　不來生此間

吾從世尊聞如是語苾芻當知若諸有情永斷一法我證彼定得不還果云何一法謂是於慳所以者何一切有情由慳染故數數還來墮諸惡趣受生死苦若能永斷如是一法我證彼定得不還果不復還來生此世間是故我說若諸有情永斷一法我證彼定得不還果爾時世尊重攝此義而說頌曰

我觀諸有情　由慳之所染　還來墮惡趣
受生死輪迴　若能正了知　永斷此慳者
定得不還果　不來生此間

吾從世尊聞如是語苾芻當知若諸有情永斷一法我證彼定得不還果云何一法謂是於嗜所以者何一切有情由嗜染故數數還來墮諸惡趣受生死苦若能永斷如是一法我證彼定得不還果不復還來生此世間是故我說若諸有情永斷一法我證彼定得不還果爾時世尊重攝此義而說頌曰

我觀諸有情　由嗜之所染　還來墮惡趣
受生死輪迴　若能正了知　永斷此嗜者
定得不還果　不來生此間

吾從世尊聞如是語苾芻當知若諸有情永斷一法我證彼定得不還果云何一法謂是

於慢所以者何一切有情由慢染故數數還來墮諸惡趣受生死苦若能永斷如是一法我證彼定得不還果不復還來生此世間是故我說若諸有情永斷一法我證彼定得不還果爾時世尊重攝此義而說頌曰

我觀諸有情　由慢之所染　還來墮惡趣
受生死輪迴　若能正了知　永斷此慢者
定得不還果　不來生此間

吾從世尊聞如是語苾芻當知若諸有情永斷一法我證彼定得不還果云何一法謂是於害所以者何一切有情由害染故數數還來墮諸惡趣受生死苦若能永斷如是一法我證彼定得不還果不復還來生此世間是故我說若諸有情永斷一法我證彼定得不還果爾時世尊重攝此義而說頌曰

我觀諸有情　由害之所染　還來墮惡趣
受生死輪迴　若能正了知　永斷此害者
定得不還果　不來生此間

重攝前經嗢柁南曰

貪欲瞋恚癡　覆藏及惱忿　怨恨嫉與慳
躭嗜慢將害

吾從世尊聞如是語苾芻當知若諸有情永念一法我證彼定得不還果云何爲一法謂是念佛所以者何一切有情由不念佛故數數還來墮諸惡趣受生死苦若能常念如是一法我證彼定得不還果不復還來生此世間是故我說若諸有情能念一法我證彼定得不還果爾時世尊重攝此義而說頌曰

我觀諸有情　由不念佛故　還來墮惡趣
受生死輪迴　若能正了知　永念於佛者

定得不還果　不來生此間

吾從世尊聞如是語苾芻當知若諸有情求念一法我證彼定得不還果云何爲一法謂是念法所以者何一切有情由不念法數數還來墮諸惡趣受生死苦若能常念如是一法我證彼定得不還果不復還來生此世間是故我說若諸有情能念一法我證彼定得不還果爾時世尊重攝此義而說頌曰

我觀諸有情　由不念法故　還來墮惡趣
受生死輪迴　若能正了知　永念於法者
定得不還果　不來生此間

吾從世尊聞如是語苾芻當知若諸有情求念一法我證彼定得不還果云何爲一法謂是念聖衆所以者何一切有情由不念聖衆故數數還來墮諸惡趣受生死苦若能常念如是一法我證彼定得不還果不復還來生此世間是故我說若諸有情能念一法我證彼定得不還果爾時世尊重攝此義而說頌曰

我觀諸有情　由不念聖衆　還來墮惡趣
受生死輪迴　若能正了知　永念於聖衆
定得不還果　不來生此間

吾從世尊聞如是語苾芻當知若諸有情求念一法我證彼定得不還果云何爲一法謂是念戒所以者何一切有情由不念戒故數數還來墮諸惡趣受生死苦若能常念如是一法我證彼定得不還果不復還來生此世間是故我說若諸有情能念一法我證彼定得不還果爾時世尊重攝此義而說頌曰

我觀諸有情　由不念戒故　還來墮惡趣

受生死輪迴　若能正了知　永念於戒者
定得不還果　不來生此間

吾從世尊聞如是語苾芻當知若諸有情永念一法我證彼定得不還果云何爲一法謂是念施所以者何一切有情由不念施故數數還來墮諸惡趣受生死苦若能常念如是一法我證彼定得不還果不復還來生此世間是故我說若諸有情能念一法我證彼定得不還果爾時世尊重攝此義而說頌曰

我觀諸有情　由不念施故　還來墮惡趣
受生死輪迴　若能正了知　永念於施者
定得不還果　不來生此間

吾從世尊聞如是語苾芻當知若諸有情永念一法我證彼定得不還果云何爲一法謂是念天所以者何一切有情由不念天故數數還來墮諸惡趣受生死苦若能常念如是一法我證彼定得不還果不復還來生此世間是故我說若諸有情能念一法我證彼定得不還果爾時世尊重攝此義而說頌曰

我觀諸有情　由不念天故　還來墮惡趣
受生死輪迴　若能正了知　永念於天者
定得不還果　不來生此間

吾從世尊聞如是語苾芻當知若諸有情永念一法我證彼定得不還果云何爲一法謂是念休息所以者何一切有情由不念休息故數數還來墮諸惡趣受生死苦若能常念如是一法我證彼定得不還果不復還來生此世間是故我說若諸有情能念一法我證彼定得不還果爾時世尊重攝此義而說頌曰

我觀諸有情　由不念休息　還來墮惡趣
受生死輪迴　若能正了知　永念於休息
定得不還果　不來生此間

吾從世尊聞如是語苾芻當知若諸有情求念一法我證彼定得不還果云何爲一法謂是念安般所以者何一切有情由不念安般故數數還來墮諸惡趣受生死苦若能常念如是一法我證彼定得不還果不復還來生此世間是故我說若諸有情能念一法我證彼定得不還果爾時世尊重攝此義而說頌曰

我觀諸有情　由不念安般　還來墮惡趣
受生死輪迴　若能正了知　永念於安般
定得不還果　不來生此間

吾從世尊聞如是語苾芻當知若諸有情求念一法我證彼定得不還果云何爲一法謂是念身所以者何一切有情由不念身故數數還來墮諸惡趣受生死苦若能常念如是一法我證彼定得不還果不復還來生此世間是故我說若諸有情能念一法我證彼定得不還果爾時世尊重攝此義而說頌曰

我觀諸有情　由不念身故　還來墮惡趣
受生死輪迴　若能正了知　永念於身者
定得不還果　不來生此間

吾從世尊聞如是語苾芻當知若諸有情求念一法我證彼定得不還果云何爲一法謂是念死所以者何一切有情由不念死故數數還來墮諸惡趣受生死苦若能常念如是一法我證彼定得不還果不復還來生此世間是故我說若諸有情能念一法我證彼定

得不還果爾時世尊重攝此義而說頌曰
我觀諸有情　由不念死故　還來墮惡趣
受生死輪迴　若能正了知　永念於死者
定得不還果　不來生此間
本事經卷第一

本事經卷第二

唐三藏法師玄奘奉　詔譯

一法品第一之二

吾從世尊聞如是語苾芻當知若有於貪未如實知未正偏知未能永斷彼於自心未離貪故不能通達不能偏知不能等覺不能涅槃不能證得無上安樂若有於貪已如實知已正偏知已能永斷彼於自心已離貪故即能通達即能偏知即能等覺即能涅槃即能證得無上安樂是故於貪應如實知應正偏知應求永斷於佛法中當修梵行爾時世尊重攝上義而說頌曰

若於貪未知　彼去涅槃遠　於貪已知者
去涅槃不遙　我觀諸有情　由貪之所染
還來墮惡趣　受生死輪迴　若能正了知
永斷此貪者　得上沙門果　畢竟不受生

吾從世尊聞如是語苾芻當知若有於瞋未如實知未正偏知未能永斷彼於自心未離瞋故不能通達不能偏知不能等覺不能涅槃不能證得無上安樂若有於瞋已如實知已正偏知已能永斷彼於自心已離瞋故即能通達即能偏知即能等覺即能涅槃即能證得無上安樂是故於瞋應如實知應正偏知應求永斷於佛法中當修梵行爾時世尊重攝上義而說頌曰

若於瞋未知　彼去涅槃遠　於瞋已知者
去涅槃不遙　我觀諸有情　由瞋之所染
還來墮惡趣　受主死輪迴　若能正了知
永斷此瞋者　得上沙門果　畢竟不受生

吾從世尊聞如是語苾芻當知若有於癡未

如實知未正徧知未能永斷彼於自心未離癡故不能通達不能徧知不能等覺不能涅槃不能證得無上安樂若有於癡已如實知已正徧知已能永斷彼於自心已離癡故即能通達即能徧知即能等覺即能涅槃即能證得無上安樂是故於癡應如實知應正徧知應求永斷於佛法中當修梵行爾時世尊重攝上義而說頌曰

若於癡未知　彼去涅槃遠　於癡已知者
去涅槃不遥　我觀諸有情　由癡之所染
還來墮惡趣　受生死輪迴　若能正了知
永斷此癡者　得上沙門果　畢竟不受生

吾從世尊聞如是語苾芻當知若有於覆未如實知未正徧知未能永斷彼於自心未離覆故不能通達不能徧知不能等覺不能涅槃不能證得無上安樂若有於覆已如實知已正徧知已能永斷彼於自心已離覆故即能通達即能徧知即能等覺即能涅槃即能證得無上安樂是故於覆應如實知應正徧知應求永斷於佛法中當修梵行爾時世尊重攝上義而說頌曰

若於覆未知　彼去涅槃遠　於覆已知者
去涅槃不遥　我觀諸有情　由覆之所染
還來墮惡趣　受生死輪迴　若能正了知
永斷此覆者　得上沙門果　畢竟不受生

吾從世尊聞如是語苾芻當知若有於惱未如實知未正徧知未能永斷彼於自心未離惱故不能通達不能徧知不能等覺不能涅槃不能證得無上安樂若有於惱已如實知已正徧知已能永斷彼於自心已離惱故即

能通達即能徧知即能等覺即能涅槃即能證得無上安樂是故於惱應如實知應正徧知應求永斷於佛法中當修梵行爾時世尊重攝上義而説頌曰

若於惱未知　彼去涅槃遠　於惱已知者
去涅槃不遥　我觀諸有情　由惱之所染
還來墮惡趣　受生死輪迴　若能正了知
永斷此惱者　得上沙門果　畢竟不受生

吾從世尊聞如是語苾芻當知若有於忿未如實知未正徧知未能永斷彼於自心未離忿故不能通達不能徧知不能等覺不能涅槃不能證得無上安樂若能於忿已如實知已正徧知已能永斷彼於自心已離忿故即能通達即能徧知即能等覺即能涅槃即能證得無上安樂是故於忿應如實知應正徧知應求永斷於佛法中當修梵行爾時世尊重攝上義而説頌曰

若於忿未知　彼去涅槃遠　於忿已知者
去涅槃不遥　我觀諸有情　由忿之所染
還來墮惡趣　受生死輪迴　若能正了知
永斷此忿者　得上沙門果　畢竟不受生

吾從世尊聞如是語苾芻當知若有於恨未如實知未正徧知未能永斷彼於自心未離恨故不能通達不能徧知不能等覺不能涅槃不能證得無上安樂若有於恨已如實知已正徧知已能永斷彼於自心已離恨故即能通達即能徧知即能等覺即能涅槃即能證得無上安樂是故於恨應如實知應正徧知應求永斷於佛法中當修梵行爾時世尊重攝上義而説頌曰

若於恨未知　彼去涅槃遠　於恨已知者
去涅槃不遥　我觀諸有情　由恨之所染
還來墮惡趣　受生死輪迴　若能正了知
永斷此恨者　得上沙門果　畢竟不受生

吾從世尊聞如是語苾芻當知若有於嫉未如實知未正徧知未能永斷彼於自心未離嫉故不能通達不能徧知不能等覺不能涅槃不能證得無上安樂若有於嫉已如實知已正徧知已能永斷彼於自心已離嫉故即能通達即能徧知即能等覺即能涅槃即能證得無上安樂是故於嫉應如實知應正徧知應求永斷於佛法中當修梵行爾時世尊重攝上義而說頌曰

若於嫉未知　彼去涅槃遠　於嫉已知者
去涅槃不遥　我觀諸有情　由嫉之所染
還來墮惡趣　受生死輪迴　若能正了知
永斷此嫉者　得上沙門果　畢竟不受生

吾從世尊聞如是語苾芻當知若有於慳未如實知未正徧知未能永斷於彼自心未離慳故不能通達不能徧知不能等覺不能涅槃不能證得無上安樂若有於慳已如實知已正徧知已能永斷彼於自心已離慳故即能通達即能徧知即能等覺即能涅槃即能證得無上安樂是故於慳應如實知應正徧知應求永斷於佛法中當修梵行爾時世尊重攝上義而說頌曰

若於慳未知　彼去涅槃遠　於慳已知者
去涅槃不遥　我觀諸有情　由慳之所染
還來墮惡趣　受生死輪迴　若能正了知
永斷此慳者　得上沙門果　畢竟不受生

吾從世尊聞如是語苾芻當知若有於躭未如實知未正徧知未能永斷彼於自心未離躭故不能通達不能徧知不能等覺不能涅槃不能證得無上安樂若有於躭已如實知已正徧知已能永斷彼於自心已離躭故即能通達即能徧知即能等覺即能涅槃即能證得無上安樂是故於躭應如實知應正徧知應求永斷於佛法中當修梵行爾時世尊重攝上義而說頌曰

若於躭未知　彼去涅槃遠　於躭已知者
去涅槃不遥　我觀諸有情　由躭之所染
還來墮惡趣　受生死輪迴　若能正了知
永斷此躭者　得上沙門果　畢竟不受生

吾從世尊聞如是語苾芻當知若有於慢未如實知未正徧知未能永斷彼於自心未離慢故不能通達不能徧知不能等覺不能涅槃不得證得無上安樂若有於慢已如實知已正徧知已能永斷彼於自心已離慢故即能通達即能徧知即能等覺即能涅槃即能證得無上安樂是故於慢應如實知應正徧知應求永斷於佛法中當修梵行爾時世尊重攝上義而說頌曰

若於慢未知　彼去涅槃遠　於慢已知者
去涅槃不遥　我觀諸有情　由慢之所染
還來墮惡趣　受生死輪迴　若能正了知
永斷此慢者　得上沙門果　畢竟不受生

吾從世尊聞如是語苾芻當知若有於害未如實知未正徧知未能永斷彼於自心未離害故不能通達不能徧知不能等覺不能涅槃不能證得無上安樂若有於害已如實知

已正徧知已能永斷彼於自心已離害故即能通達即能徧知即能等覺即能涅槃即能證得無上安樂是故於害應如是知應正徧知應求永斷於佛法中當修梵行爾時世尊重攝上義而說頌曰

若於害未知　彼去涅槃遠　於害已知者
去涅槃不遙　我觀諸有情　由害之所染
還來墮惡趣　受生死輪迴　若能正了知
永斷此害者　得上沙門果　畢竟不受生

吾從世尊聞如是語苾芻當知若於一切未如實知未正徧知未能永斷彼於自心未離一切故不能通達不能徧知不能等覺不能涅槃不能證得無上安樂若於一切已如實知已正徧知已能永斷彼於自心已離一切故即能通達即能徧知即能等覺即能涅槃即能證得無上安樂故於一切應如實知應正徧知應求永斷於佛法中當修梵行爾時世尊重攝此義而說頌曰

若一切未知　彼去涅槃遠　一切已知者
去涅槃不遙　我觀諸有情　由一切所染
還來墮惡趣　受生死輪迴

重攝前經嗢柁南曰

貪瞋及愚癡　覆藏惱忿恨　嫉慳與躭嗜
慢害將一切

吾從世尊聞如是語苾芻當知一切修習福業事中慈心解脫最爲第一所以者何慈心解脫威德熾盛映蔽一切諸福業事以彼諸事所有威德欲比所修慈心解脫十六分中亦不及一苾芻當知譬如小大諸國王中轉輪聖王最爲第一所以者何轉輪聖王威德

熾盛映蔽一切小大諸王以彼諸王所有威德比轉輪王十六分中亦不及一諸福業事亦復如是欲比所修慈心解脫十六分中亦不及一又如小大諸星之中其滿月輪最爲第一所以者何是滿月輪威德熾盛映蔽一切小大諸星以彼諸星所有威光比滿月輪十六分中亦不及一諸福業事亦復如是欲比所修慈心解脫十六分中亦不及一爾時世尊重攝此義而說頌曰

一切福業事　比慈心解脫　於十六分中
亦不能及一　於一有情所　能修慈善心
其福尚無邊　何況於一切　諸有大國王
威伏於大地　世間祠施會　一切無不爲
如是祠施福　比所修慈心　於十六分中
亦不能及一　如轉輪聖帝　威德蔽諸王
亦如滿月輪　其光映諸宿　如是諸所修
一切福業事　皆爲慈善心　威德之所覆
修慈心解脫　若人若非人　一切諸有情
皆不能爲害

吾從世尊聞如是語苾芻當知我觀世間無別一法爲諸有學未得心者希求無上安樂果時作外强緣如善知識所以者何彼諸有情因善知識所求皆遂謂斷衆惡修習諸善得無雜染眞淨之身爾時世尊重攝此義而說頌曰

我觀諸世間　無別有一法　學未得心者
求無上果時　爲作外强緣　如彼善知識
親近善知識　所求無不成　恭敬受其教
無放逸奉行　速證於涅槃　離怖常安樂

吾從世尊聞如是語苾芻當知我觀世間無

别一法爲諸有學未得心者希求無上安樂果時作内强緣如正作意所以者何彼諸有情因正作意所求皆遂謂斷衆惡修習諸善得無雜染眞淨之身爾時世尊重攝此義而說頌曰

我觀諸世間　無别有一法　學未得心者
求無上果時　爲作内强緣　如彼正作意
修習正作意　所求無不成　如理審觀察
無放逸修行　速證於涅槃　離怖常安樂

吾從世尊聞如是語苾芻當知若諸有情能知惠施所感果報明了現前如我知者必無慳恡纏染其心設彼唯有所食一摶要分施他然後自食以不知故爲諸慳恡纏染其心雖有無量飲食財寶而不施他唯自食用所以者何惠施果報生人天中無量往返受諸快樂爾時世尊重攝此義而說頌曰

世間諸有情　若了知惠施　能感大果報
明見似如來　其心必不爲　慳恡所纏染
唯有食一摶　而亦能分施　由不知施果
明見似如來　雖有多財食　慳恡不能捨
若於凡聖田　三時心喜施　感人天果報
往返量無邊

吾從世尊聞如是語苾芻當知若諸有情能知犯戒所感果報明了現前如我知者行住坐卧皆不能安言笑飲食都無思念其心驚惶狂亂吐血身形萎悴如彼刈蘆以不知故安然無畏所以者何諸犯戒罪能感惡趣增上猛利諸苦果報爾時世尊重攝此義而說頌曰

世間諸有情　若了知犯戒　能感苦果報

明見似如來　四威儀不安　不思言笑等
心驚狂吐血　身悴如刈蘆　由不知犯戒
能感惡趣苦　明見似如來　安然不驚懼
諸有犯戒人　定墮於惡趣　受增上猛利
苦果報無邊
吾從世尊聞如是語苾芻當知若諸有情能
知持戒所感果報明了現前如我知者彼於
自身深生猒離欣樂當來堅持禁戒以不知
故樂著自身毀犯禁戒所以者何諸持戒福
能感善趣增上猛利諸樂果報爾時世尊重
攝此義而說頌曰
世間諸有情　若了知持戒　能感樂果報
明見似如來　便於不淨身　深能生猒離
求當來勝果　堅持淨尸羅　由不知持戒
能感善趣樂　明見似如來　故毀犯淨戒
諸有持戒人　得生於善趣　受天諸妙樂
證無上涅槃
吾從世尊聞如是語苾芻當知若諸有情知
而妄語無慙無愧無改悔心我說彼於惡不
善業無不能造爾時世尊重攝此義而說頌
曰
知而故妄語　無慙愧悔心　如是諸有情
無惡而不造
吾從世尊聞如是語苾芻當知若諸有情知
而妄語深生慙愧有改悔心我說彼於白淨
善法無不能造爾時世尊重攝此義而說頌
曰
知而故妄語　有慙愧悔心　如是諸有情
無善而不造　精勤不放逸　如說正修行
得無上涅槃　求離諸怖畏

吾從世尊聞如是語苾芻當知有一最勝補特伽羅彼於世間若不出現無量有情退失聖慧云何爲一補特伽羅所謂如來應正等覺所以者何若諸如來應正等覺不現世間無能宣説修聖慧法故諸有情退失聖慧苾芻當知諸有退失親友財位名小退失退失聖慧名大退失所以者何若諸有情退失聖慧於現法中多諸憂苦無喜樂住有災有患有惱有燒及於當來長夜受苦及受種種猛利災害增長血滴常遊死路數墮地獄餓鬼傍生阿素洛趣數受人天生死憂苦所以者何由彼有情於其聖慧未能隨覺未能通達故於六趣生死輪迴若諸有情證得聖慧便能出離正盡苦邊是故汝等應如是學我當云何修習聖慧令不退失我當云何於諸聖慧隨覺通達汝等苾芻應如是學爾時世尊重攝此義而説頌曰

如來不出現　世間諸有情　無救無歸依
皆退失聖慧　失親友財位　是名小退失
若失眞聖慧　是名大退失　我觀諸世間
失無上聖慧　輪轉於生死　受諸名色身
彼於現法中　有苦無安樂　於當來長夜
久生死輪迴　若欲求聖慧　正盡衆苦邊
當願諸如來　數出現於世

吾從世尊聞如是語苾芻當知有一最勝補特伽羅彼於世間若出現者無量有情增長聖慧云何爲一補特伽羅所謂如來應正等覺所以者何若諸如來應正等覺出現世間有能宣説修聖慧法令諸有情增長聖慧苾芻當知諸有增長親友財位名小增長增長

聖慧名大增長所以者何若諸有情增長聖慧於現法中多諸喜樂無憂苦住無災無患無惱無燒不於當來長夜受苦不受種種猛利災害不增血滴不遊死路不墮地獄餓鬼傍生阿素洛趣不受人天生死憂苦所以者何由彼有情於其聖慧已能隨覺已能通達不於六趣生死輪迴若諸有情未增聖慧無能出離正盡苦邊是故汝等應如是學我當云何修習聖慧令其增長我當云何於諸聖慧隨覺通達汝等苾芻應如是學爾時世尊重攝此義而說頌曰

如來若出現　世間諸有情　有救有歸依
皆增長聖慧　得親友財位　是名小增長
若得眞聖慧　是名大增長　我觀諸世間
得無上聖慧　不流轉生死　定取於涅槃
彼於現法中　離苦常安樂　於當來長夜
離生死輪迴　若欲增聖慧　正盡衆苦邊
當願佛世尊　長久住於世

吾從世尊聞如是語苾芻當知世有一法於生長時令諸有情愚癡增益顛倒堅固垢穢隨增惡趣成滿與多衆生爲不利益爲不安樂令諸世間人天大衆無義無利增長憂苦云何一法所謂邪見所以者何由邪見故令諸有情愚癡增益顛倒堅固垢穢隨增惡趣成滿與多衆生爲不利益爲不安樂令諸世間人天大衆無義無利增長憂苦如是名爲世有一法於生長時令諸有情愚癡增益廣說乃至令諸世間人天大衆無義無利增長憂苦爾時世尊重攝此義而說頌曰

邪見生長時　令愚癡增益　及顛倒堅固

諸垢穢隨增　成滿諸惡趣　爲無利樂等
邪見害愚夫　如火燒衆物

吾從世尊聞如是語苾芻當知世有一法於生長時令諸有情愚癡損減顛倒除滅淨法隨增脫諸惡趣善趣成滿與多衆生爲大利益爲大安樂令諸世間人天大衆有義有利增長喜樂云何一法所謂正見所以者何由正見故令諸有情愚癡損減顛倒除滅淨法隨增脫諸惡趣善趣成滿與多衆生爲大利益爲大安樂令諸世間人天大衆有義有利增長喜樂如是名爲世有一法於生長時令諸有情愚癡損減廣說乃至令諸世間人天大衆有義有利增長喜樂爾時世尊重攝此義而說頌曰

正見生長時　令愚癡損減　及顛倒除滅
諸淨法隨增　脫惡滿善趣　爲有利樂等
正見現在前　速證涅槃樂

吾從世尊聞如是語苾芻當知我觀世間無別一法速疾迴轉猶如其心所以者何是心於境速疾迴轉世出世間無可爲喻汝等應取如是心相善取相已應善思惟善思惟已應善觀察善觀察已應善安住善安住已若不覺有內貪欲纏汝等復應審諦觀察我今爲有內貪欲纏而不覺耶我今爲無內貪欲纏而不覺耶審觀察已復應作意思惟隨一可愛境相如是作意思惟隨一可愛相時若心隨順趣向喜樂可愛境相當知此心隨順諸欲違背出離汝等爾時應自覺了我今猶有內貪欲纏而不能覺非爲無有我今未斷五欲貪纏所證與前未有差別我今猶未證

所修果譬如有人於駛流水牽重船筏逆上而行此人爾時多用功力若暫懈慢便順下流如是汝等思惟隨一可愛相時若心隨順趣向喜樂可愛境相當知此心隨順諸欲違背出離汝等爾時應自覺了我今猶有內貪欲纏而不能覺非爲無有我今未斷五欲貪纏所證與前未有差別我今猶未證所修果汝等作意思惟隨一可愛相時若心隨順趣向喜樂出離之相當知此心隨順出離違背諸欲汝等爾時應自覺了我今無有內貪欲纏非彼猶有而不能覺我今已斷五欲貪纏所證與前已有差別我今已能證所修果如以筋羽投置火中便即焦捲而不舒緩如是汝等思惟隨一可愛相時若心隨順趣向喜樂出離之相當知此心隨順出離違背諸欲汝等爾時應自覺了我今無有內貪欲纏非彼猶有而不能覺我今已斷五欲貪纏所證與前已有差別我今已能證所修果是故汝等應如是學我當云何善轉自心令其調伏違背諸欲隨順出離汝等苾芻應如是學爾時世尊重攝此義而說頌曰

無別有一法　性躁動如心　難調御難防
大仙之所說　譬如有智人　以火等衆具
調直於利箭　令遠有所中　如是諸苾芻
應善學方便　調直於心性　令速證涅槃

重攝前經嗢柁南曰

修慈修二緣　施犯戒持戒　二妄二聖慧
邪見正見心

本事經卷第二

音釋

嗢柁南（梵語也此云自說嗢烏骨切柁待可切）萎（邑危切枯也）悴（秦醉切憔悴也）刈（魚肺切割也）

本事經卷第三

唐三藏法師玄奘奉　詔譯

二法品第二之一

吾從世尊聞如是語苾芻當知若有苾芻成就二分於現法中多諸憂苦無喜樂住有災有患有惱有燒有罪有責爲諸有情同梵行者之所訶毀身壞命終生諸惡趣云何爲二一於根門不能守護二於飲食不善知量諸有苾芻成就此二於現法中多諸憂苦無喜樂住有災有患有惱有燒有罪有責爲諸有智同梵行者之所訶毀身壞命終生諸惡趣

爾時世尊重攝此義而說頌曰

若不能守護　眼等六根門　飲食不知量
成不信懈怠　彼於現法中　身心多受苦
及有災有患　有惱有燒然　行住於坐卧
若覺若夢中　由彼二因緣　恒有罪有責
居聚落空閑　衆中及靜處　有智常訶責
當生惡趣中

吾從世尊聞如是語苾芻當知若有苾芻成就二分於現法中多諸喜樂無憂苦住無災無患無惱無燒無罪無責爲諸有智同梵行者之所稱讃身壞命終生諸善趣云何爲二一於根門能自守護二於飲食能善知量諸有苾芻成就此二於現法中多諸喜樂無憂苦住無災無患無惱無燒無罪無責爲諸有智同梵行者之所稱讃身壞命終生諸善趣

爾時世尊重攝此義而說頌曰

若能自守護　眼等六根門　飲食善知量
成就信精進　彼於現法中　身心多受樂
及無災無患　無惱無燒然　行住與坐卧

若覺若夢中　由彼二因緣　恒無罪無責
居聚落空閑　衆中及靜處　有智常稱讚
當生善趣中

吾從世尊聞如是語苾芻當知有二種法能生焦惱云何爲二謂有一類補特伽羅惟造衆惡惟作兇狂惟起雜穢不修衆善不習調柔不救怖畏彼於後時身嬰重疾徧體發生增上猛利嚴切苦受楚毒垂終不可醫療受此苦時呻吟怨歎作是念言我從昔來惟造衆惡惟作兇狂惟起雜穢不修衆善不習調柔不救怖畏若諸有情惟造衆惡惟作兇狂惟起雜穢不修衆善不習調柔不救怖畏彼之所趣我定當往彼由惟造衆惡等故心生焦惱及以不修衆善等故心生焦惱如是名爲有二種法能生焦惱爾時世尊重攝此義而說頌曰

有二法能生　愚者心焦惱　謂惟作罪業
及不修福因　後遭病苦時　呻吟而怨歎
恨有罪無福　心悔惱焦然　有罪無福人
所生諸惡趣　我亦當隨生　決定無有疑

吾從世尊聞如是語苾芻當知有二種法心不焦惱云何爲二謂有一類補特伽羅惟修衆善惟習調柔惟救怖畏不造衆惡不作兇狂不起雜穢彼於後時身嬰重疾徧體發生增上猛利嚴切苦受楚毒垂終不可醫療受此苦時雖有呻吟而無怨歎作是念言我從昔來惟修衆善惟習調柔惟救怖畏不造衆惡不作兇狂不起雜穢若諸有情惟修衆善惟習調柔惟救怖畏不造衆惡不作兇狂不起雜穢彼之所趣我定當往彼由惟修衆善

等故心不焦惱及以不造衆惡等故心不焦
惱如是名爲有二種法心不焦惱爾時世尊
重攝此義而說頌曰

有二法能生　智者心歡喜　謂惟修福業
及不作罪因　後遭病苦時　呻吟無怨歎
慶有福無福　不悔惱焦然　有福無罪人
所生諸善趣　我亦當隨往　決定無有疑

吾從世尊聞如是語苾芻當知爲汝畧說二
速通行云何爲二一者樂行二者苦行謂由
樂行證彼速通及由苦行證彼速通所修加
行無澀難故所得諸根皆猛利故是則名爲
樂速通行所修加行有澀難故所得諸根皆
猛利故是則名爲苦速通行是名畧說二速
通行爾時世尊重攝此義而說頌曰

今爲汝畧說　二種速通行　謂樂行苦行
因斯證速通　無澀難加行　有猛利諸根
由是大仙尊　名樂速通行　有澀難加行
有猛利諸根　由是大仙尊　名苦速通行

吾從世尊聞如是語苾芻當知爲汝畧說二
遲通行云何爲二一者樂行二者苦行謂由
樂行證彼遲通及由苦行證彼遲通所修加
行無澀難故所得諸根皆羸鈍故是則名爲
樂遲通行所修加行有澀難故所得諸根皆
羸鈍故是則名爲苦遲通行是名畧說二遲
通行爾時世尊重攝此義而說頌曰

今爲汝畧說　二種遲通行　謂樂行苦行
因此證遲通　無澀難加行　有羸鈍諸根
由是大仙尊　名樂遲通行　有澀難加行
有羸鈍諸根　由是大仙尊　名苦遲通行

吾從世尊聞如是語苾芻當知若有一類補

特伽羅成就二法不能發生白淨善法設巳
發生不能決定設巳決定不能圓滿彼於如
是白淨善法能爲障礙能作衰損能生憂悔
身壞命終如棄重擔墮於地獄受諸劇苦云
何爲二一者惡戒二者惡見諸有一類補特
伽羅成就如是所説二法定不能生白淨善
法設復巳生不能決定廣説乃至身壞命終
如棄重檐墮於地獄受諸劇苦爾時世尊重
攝此義而説頌曰

若成就二法　謂惡戒惡見　彼人終不能
生白淨善法　雖生而不定　設定不圓滿
於白淨善法　能衰損障礙　彼臨命終時
有憂悔悲惱　如棄捨重檐　定生地獄中
吾從世尊聞如是語苾芻當知若有一類補
特伽羅成就二法定能發生白淨善法若先
巳生能令決定若先巳定能令圓滿彼於如
是白淨善法不爲障礙不作衰損不生憂悔
身壞命終如棄重擔生天趣中受諸快樂云
何爲二一者善戒二者善見諸有一類補特
伽羅成就如是所説二法決定能生白淨善
法若先巳生能令決定廣説乃至身壞命終
如棄重擔生天趣中受諸快樂爾時世尊重
攝此義而説頌曰

若成就二法　謂善戒善見　彼人終定能
生白淨善法　若生而決定　決定必圓滿
於白淨善法　不衰損障礙　彼臨命終時
無憂悔悲惱　如棄捨重檐　定生天趣中
吾從世尊聞如是語苾芻當知若有一類補
特伽羅成就二法臨命終時能生憂悔身壞
命終墮諸惡趣生地獄中云何爲二謂作不

作云何爲作謂身惡行語惡行意惡行是名爲作云何不作謂身妙行語妙行意妙行是名不作謂有一類補特伽羅成就如是所說二法臨命終時能生憂悔身壞命終墮諸惡趣生地獄中爾時世尊重攝此義而說頌曰

諸有愚癡人　作三種惡行　不作三妙行
引餘過令生　彼臨命終時　決定有憂悔
死墮諸惡趣　生於地獄中

吾從世尊聞如是語苾芻當知若有一類補特伽羅成就二法臨命終時不生憂悔身壞命終昇於善趣生天界中云何爲二謂作不作云何爲作謂身妙行語妙行意妙行是名爲作云何不作謂身惡行語惡行意惡行是名不作諸有一類補特伽羅成就如是所說二法臨命終時不生憂悔身壞命終昇於善趣生天界中爾時世尊重攝此義而說頌曰

諸有智慧人　作三種妙行　不作三惡行
引餘德令生　彼臨命終時　決定無憂悔
死昇諸善趣　生於天界中

吾從世尊聞如是語苾芻當知有二妙智應修令生能得未得能觸未觸能證未證能超愁歎能滅憂苦能會正理能獲甘露能證涅槃云何爲二一者法智二者類智法智生時便能無倒徧知有爲於有爲法旣徧知已便能令彼感後有因不得生起增長廣大類智生時便能如實斷滅無明滅無明故便無戲論無戲論故便無尋伺無尋伺故便無樂欲無樂欲故便無愛憎無愛憎故便無慳嫉無慳嫉故便無種種執持刀仗違害鬭諍互相罵辱不眞實語相離間語諸雜穢語及餘無

量惡不善法無彼諸惡不善法故感後有業便不增長感後有業不增長故諸業滅盡業滅盡故衆苦滅盡苦滅盡故生死路絕此路絕已便自了知我生已盡梵行已立所作已辦不受後有如是名爲有二妙智應修令生能得未得能觸未觸能證未證能超愁歎能滅憂苦能會正理能獲甘露能證涅槃爾時世尊重攝此義而説頌曰

有二種妙智　應修習令生　能得未得等
謂法智類智　若法智生時　徧知有爲法
便能令後有　因不生不增　若類智生時
無明便斷滅　由此展轉故　絕生死輪迴
自知我生盡　及梵行已立　所作皆已辦
更不受後有

吾從世尊聞如是語苾芻當知有二妙智應正尋思應善稱量應審觀察能得未得能觸未觸能證未證能超愁歎能滅憂苦能會正理能獲甘露能證涅槃云何爲二謂世間智及出世智世間智者謂於色蘊能正了知此爲色蘊於受想行及識蘊中亦復如是於其地界能正了知此爲地界於水火風及空識界亦復如是於其眼界能正了知此爲眼界於其色界及眼識界亦復如是於其耳界能正了知此爲耳界於其聲界及耳識界亦復如是於其鼻界能正了知此爲鼻界於其香界及鼻識界亦復如是於其舌界能正了知此爲舌界於其味界及舌識界亦復如是於其身界能正了知此爲身界於其觸界及身識界亦復如是於其意界能正了知此爲意界於其法界及意識界亦復如是於如此等

世俗法中如是如是如實了知智見通慧現觀等覺周徧照了名世間智諸聖弟子於此所說世間智中應正尋思應善稱量應審觀察此世間智正修習時爲能令彼生法有情求脫生不爲能令彼老法有情求脫老不病法死法愁法歎法憂法苦法不安隱法亦復如是旣審察已能正了知此世間智正修習時不能令彼生法有情求脫於生不能令彼老法有情求脫於老病法死法愁法歎法憂法苦法不安隱法亦復如是所以者何此世間智非賢聖法非能求出非趣涅槃非能求猒非能求離非能求滅非能求寂非眞通慧非正等覺不證涅槃是感生法是感老法病法死法愁法歎法憂法苦法不安隱法彼於如是尋思稱量審觀察時於世間法住怖畏想於出世法住安靜想以於世間生怖畏故都無執受無執受故不生渴愛不渴愛故便自內證究竟涅槃證涅槃已便自了知我生已盡梵行已立所作已辦不受後有是名於此世間智中應正尋思應善稱量應審觀察出世智者謂於一切蘊界處中能正了知如是諸法是無常性苦性病性癰性箭性惱性害性怖性熱性壞性滅性災性橫性有疫癘性虛性僞性空性妄性無實我性難保信性於如是等諸法性中如實了知智見通慧現觀等覺周徧照了名出世智諸聖弟子於此所說出世智中應正尋思應善稱量應審觀察此出世智正修習時爲能令彼生法有情求脫生不爲能令彼老法有情求脫老不病法死法愁法歎法憂法苦法不安隱法亦復

如是既審察已能正了知此出世智正修習時定能令彼生法有情求脫於生定能令彼老法有情求脫於老病法死法愁法歎法憂法苦法不安隱法亦復如是所以者何此出世智是賢聖法是能求出是趣涅槃是能求猒是能求離是能求滅是能求寂是眞通慧是正等覺能證涅槃非感生法非感老法病法死法愁法歎法憂法苦法不安隱法彼於如是尋思稱量審觀察時於出世法生珍寶想於世間法生下賤想以於出世生珍寶故便生歡喜生歡喜故其心安適心安適故身得輕安身輕安故便受悅樂受悅樂故心得寂定心寂定故能實知見實知見故能深猒背深猒背故能正離欲正離欲故能得解脫得解脫故便自了知我生已盡梵行已立所作已辦不受後有是名於此出世智中應正尋思應善稱量應審觀察如是名爲有二妙智應正尋思應善稱量應審觀察能得未得能觸未觸能證未證能超愁歎能滅憂苦能會正理能獲甘露能證涅槃爾時世尊重攝此義而說頌曰

有二種妙智　智者應尋思　謂世出世間
能正盡衆苦　應觀世間智　發生怖畏想
都無有執受　展轉證涅槃　應觀出世智
發生珍寶想　由此生歡喜　便得身輕安
輕安故悅樂　悅樂故心定　由心得定故
便能生覺支　覺支觀聖諦　求斷諸疑網
無疑無所取　求脫衆苦邊

重攝前經嗢柁南曰

二根二焦惱　二行二戒見　二作及不作

二智有二種

吾從世尊聞如是語苾芻當知若有苾芻爲欲矯誑諸衆生故爲求名譽遠所聞故爲求利養及恭敬故而出家者不名眞實於如來所修行梵行若有苾芻爲通達故爲徧知故而出家者是名眞實於如來所修行梵行所以者何是諸苾芻爲通達故爲徧知故而出家已便能如實通所通達知所徧知既能如實通所通達知所徧知便能如實斷所應斷修所應修證所應證既能如實斷修證已便自了知我生已盡梵行已立所作已辦不受後有如是若有爲通達故爲徧知故而出家者是名眞實於如來所修行梵行爾時世尊重攝此義而說頌曰

爲矯誑名譽　利養及恭敬　非眞修梵行

是虛妄出家　爲通達徧知　速證最上義

是眞修梵行　非虛妄出家

吾從世尊聞如是語苾芻當知若有苾芻爲欲矯誑諸衆生故爲求名譽遠所聞故爲求利養及恭敬故而出家者不名眞實於如來所修行梵行若有苾芻爲律儀故爲正斷故而出家者是名眞實於如來所修行梵行所以者何是諸苾芻爲律儀故爲正斷故而出家已便能如實守護六根不虧禁戒及能速證最上正斷既能如實守護六根不虧禁戒及能速證最上正斷便能如實斷所應斷修所應修證所應證既能如實斷修證已便自了知我生已盡梵行已立所作已辦不受後有如是若有爲律儀故爲正斷故而出家者是名眞實於如來所修行梵行爾時世尊重

攝此義而説頌曰
爲矯誑名譽　利養及恭敬　非真修梵行
是虛妄出家　爲正斷律儀　速證最上義
是真修梵行　非虛妄出家
吾從世尊聞如是語苾芻當知若有苾芻爲欲矯誑諸衆生故爲求名譽遠所聞故爲求利養及恭敬故而出家者不名真實於如來所修行梵行若有苾芻爲求猒背爲求離欲而出家者是名真實於如來所修行梵行所以者何是諸苾芻爲猒背故爲離欲故而出家已便能如實猒背離欲既離欲已便得解脫既解脫已便自了知我生已盡梵行已立所作已辦不受後有如是若有爲猒背故爲離欲故而出家者是名真實於如來所修行梵行爾時世尊重攝此義而説頌曰
爲矯誑名譽　利養及恭敬　非真修梵行
是虛妄出家　爲猒背離欲　速證最上義
是真修梵行　非虛妄出家
吾從世尊聞如是語苾芻當知一切如來應正等覺所説法門略有二種云何爲二一者於惡應正了知二者於惡應深猒背一切如來應正等覺略説如是二種法門所以者何諸修行者於諸惡法應正了知既於惡法正了知已便能猒背既猒背已便能離欲既離欲已便得解脫得解脫已便自了知我生已盡梵行已立所作已辦不受後有如是行者永斷諸愛及衆結縛無倒現觀正盡苦邊爾時世尊重攝此義而説頌曰
當知諸如來　應正等覺者　哀愍衆生故
説二種法門　於衆惡正知　及猒背離欲

心解脱自在　正盡衆苦邊

吾從世尊聞如是語苾芻當知有二種法若修若習若多修習能斷二法云何二法若修若習若多修習能斷二法謂不淨觀及慈悲觀能斷貪欲及與瞋恚所以者何一切已貪現貪當貪皆由作意思惟淨相一切已瞋現瞋當瞋皆由作意思惟忿相一切已斷現斷當斷所有貪欲皆由作意修不淨觀一切已斷現斷當斷所有瞋恚皆由作意修慈悲觀於不淨觀若修若習若多修習決定能斷一切貪欲於慈悲觀若修若習若多修習決定能斷一切瞋恚若欲決定斷貪欲者當勤精進修不淨觀若欲決定斷瞋恚者當勤精進修慈悲觀修不淨觀無有貪欲而不能斷修慈悲觀無有瞋恚而不能斷如是名爲有二種法若修若習若多修習能斷二法爾時世尊重攝此義而說頌曰

修習多修習　二法斷二法　謂不淨慈悲
斷貪欲瞋恚　是故有智者　當觀自饒益
修不淨慈悲　斷貪欲瞋恚

吾從世尊聞如是語苾芻當知其涅槃界畧有二種云何爲二一者有餘依涅槃界二者無餘依涅槃界云何名爲有餘依涅槃界謂諸苾芻得阿羅漢諸漏已盡梵行已立所作已辦已捨重擔已證自義已盡有結已正解了心善解脱已得徧知宿行爲緣所感諸根猶相續住雖成諸根現觸種種好醜境界而能猒捨無所執著不爲愛恚纏繞其心愛恚等結皆永斷故彼於諸色求欲見時雖復以眼觀於諸色而不發起貪瞋癡等雖復有眼

及好醜色而無貪欲亦無瞋恚所以者何愛恚等結皆永斷故彼於諸聲求欲聞時雖復以耳聽於諸聲而不發起貪瞋癡等雖復有耳及好醜聲而無貪欲亦無瞋恚所以者何愛恚等結皆永斷故彼於諸香求欲齅時雖復以鼻齅於諸香而不發起貪瞋癡等雖復有鼻及好醜香而無貪欲亦無瞋恚所以者何愛恚等結皆永斷故彼於諸味求欲甞時雖復以舌甞於諸味而不發起貪瞋癡等雖復有舌及好醜味而無貪欲亦無瞋恚所以者何愛恚等結皆永斷故彼於諸觸求欲覺時雖復以身覺於諸觸而不發起貪瞋癡等雖復有身及好醜觸而無貪欲亦無瞋恚所以者何愛恚等結皆永斷故彼於諸法求欲知時雖復以意知於諸法而不發起貪瞋癡等雖復有意及好醜法而無貪欲亦無瞋恚所以者何愛恚等結皆永斷故乃至其身相續住世未般涅槃常爲天人瞻仰禮拜恭敬供養是名有餘依涅槃界云何名爲無餘依涅槃界謂諸苾芻得阿羅漢諸漏已盡梵行已立所作已辦已捨重檐已證自義已盡有結已正解了已善解脱已得徧知彼於今時一切所受無引因故不復希望皆永盡滅畢竟寂靜究竟清涼隱没不現惟由清淨無戲論體如是清淨無戲論體不可謂有不可謂無不可謂彼亦有亦無不可謂彼非有非無惟可說爲不可施設究竟涅槃是名無餘依涅槃界苾芻當知如是名爲畧有二種涅槃之界爾時世尊重攝此義而說頌曰

漏盡心解脱　任持最後身　名有餘涅槃

諸行猶相續　諸所受皆滅　寂靜永清涼
名無餘涅槃　衆戲論皆息　此二涅槃界
最上無等倫　謂現法當來　寂靜常安樂
吾從世尊聞如是語苾芻當知由二纏故令
諸天人一類怯劣一類勇猛有慧眼者能正
觀察云何二纏謂有見纏無有見纏云何天
人一類怯劣謂有天人愛有樂有欣有喜有
爲滅有故說正法時不能恭敬攝耳聽受亦
復不能住奉教心不能隨順修如實見惟生
怯劣退轉驚怖我等爾時當何所有我等爾
時當如何有如是天人一類怯劣云何天人
一類勇猛謂有天人怖有猒有欣求無有彼
彼苦法所逼切故攝受執著如是如是諸惡
見趣作是念言我若斷壞隱沒不現爾時乃
名寂靜微妙如是天人一類猛盛云何名爲
有慧眼者能正觀察謂聖聲聞如實觀察旣
觀察已不於如實而生憍慢不依如實而生
憍慢不因如實而生憍慢不恃如實而生憍
慢如實見已便生猒背旣猒背已便能離欲
旣離欲已便得解脫得解脫已便自了知我
生已盡梵行已立所作已辦不受後有作是
思惟世尊爲彼喜樂諸有阿賴耶者恒爲常
見所繫縛者令滅有故所說正法微細甚深
難見難悟寂靜勝妙非諸尋思所行境界是
諸審諦慧者所證一切世間眞實對治謂能
除滅憍慢渴愛害阿賴耶斷諸徑路證眞空
性離諸貪欲證得究竟寂滅涅槃作是思惟
世尊爲彼怖畏諸有阿賴耶者恒爲斷見所
繫縛者令知業果無失壞故所說正法現見
應時易見饒益智者內證一切世間眞實對

治謂能除滅憍慢渴愛害阿賴耶斷諸徑路
證眞空性離諸貪欲證得究竟寂滅涅槃如
是名爲有慧眼者能正觀察如是名爲由二
纏故令諸天人一類怯劣一類勇猛有慧眼
者能正觀察爾時世尊重攝此義而說頌曰
由二纏所纏　令諸天人衆　一類有怯劣
一類有勇猛　有慧眼聲聞　能如實觀察
能除慢猒離　究竟證涅槃　復如實了知
佛所說正法　能滅斷常見　及二愛無餘
有慧眼龍王　能普雨法雨　滅除煩惱燄
令證大清涼

本事經卷第三

本事經卷第四

唐三藏法師玄奘奉　詔譯

二法品第二之二

吾從世尊聞如是語苾芻當知若有苾芻減省睡眠具念正知心常安住悅豫清淨於諸善法善觀時宜而正修習如是苾芻減省睡眠具念正知心常安住悅豫清淨於諸善法善觀時宜而正修習於二果中隨證一果謂於現法或證有餘依涅槃界或不還果爾時世尊重攝此義而說頌曰

覺悟能聞法　修行得勝果　躭著於睡眠
都無有所得　減省睡眠者　具正念正知
善安住其心　常悅豫清淨　於諸善法中
知時宜修習　能究竟超越　生老病死苦
是故應勤修　減省睡眠法　常委觀寂靜
得二果無疑　或斷下分結　證得不還果
或斷上分結　度生老病死

吾從世尊聞如是語苾芻當知若有苾芻於空閑處常樂宴坐勤修內心奢摩他定不離靜慮成就明淨毗鉢舍那守護自心令無散亂於諸善法修集無猒如是苾芻於二果中我說定能隨證一果謂於現法或證有餘依涅槃界或不退果爾時世尊重攝此義而說頌曰

樂空閑宴坐　具正念正知　善安住其心
離虛妄分別　善防護自心　速斷無明闇
及諸欲煩惱　無憂悔歸眞　常寂定其心
具正念靜慮　無所執解脫　永盡諸有貪
常樂不放逸　見放逸生怖　諸見能永斷
速證般涅槃

吾從世尊聞如是語苾芻當知若有苾芻無慙無愧彼人決定不能通達不能徧知不證等覺不證涅槃不能證得無上安樂若有苾芻有慙有愧彼人決定能得通達能得徧知能證等覺能證涅槃能證究竟無上安樂爾時世尊重攝此義而說頌曰

無慙無愧者　懈怠不精進　多惛沉睡眠
去結盡爲遠　有慙有愧者　常無有放逸
樂靜慮深定　去涅槃不遥　彼能斷衆結
及生老病死　速證三菩提　得無上安樂

吾從世尊聞如是語苾芻當知諸出家者畧有二種所應作事若能正作得所未得觸所未觸證所未證能超愁歎能滅憂苦能觸如理能得甘露能證涅槃云何爲二一者靜慮二者聽說云何靜慮謂諸苾芻遠離諸欲惡不善法有尋有伺離生喜樂具足安住最初靜慮尋伺靜息內淨一趣無尋無伺定生喜樂具足安住第二靜慮離喜住捨正念正知身受快樂衆聖所說有捨有念安住快樂具足安住第三靜慮斷苦斷樂先滅憂喜不苦不樂捨念清淨具足安住第四靜慮云何聽說謂諸苾芻於佛所說初中後善文義巧妙純滿清白梵行之法所謂契經應頌記別伽陀自說本事本生及與方廣未曾有法於如是法受誦聽習令其通利宣暢解釋是名聽說如是名爲諸出家者畧有二種所應作事若能正作得所未得觸所未觸證所未證能超愁歎能滅憂苦能觸如理能得甘露能證涅槃爾時世尊重攝此義而說頌曰

出家有二種　正所應作事　謂靜慮聽說

速證於涅槃　靜慮慧爲因　慧必由靜慮
有靜慮有慧　速證於涅槃　百千瘂羊僧
無慧修靜慮　設經百千歲　無一得涅槃
勤修智慧人　樂聽法說法　斂念須臾頃
能速證涅槃

吾從世尊聞如是語苾芻當知尋求有二更無第三云何爲二謂聖尋求非聖尋求云何名爲非聖尋求謂有一類已有老法尋求老法已有病法尋求病法已有死法尋求死法已有愁法尋求愁法已有染法尋求染法云何老法所謂妻子奴婢僕使象馬牛羊鷄猪田宅金銀財穀是名老法如是老法是諸有情生死苦本愚夫異生於此守護染愛躭著由此不能解脫生死故名老法云何病法所謂妻子奴婢僕使廣說乃至由此不能解脫生死故名病法云何死法所謂妻子奴婢僕使廣說乃至由此不能解脫生死故名死法云何愁法所謂妻子奴婢僕使廣說乃至由此不能解脫生死故名愁法云何染法所謂妻子奴婢僕使象馬牛羊鷄猪田宅金銀財穀是名染法如是染法是謂有情生死苦本愚夫異生於此守護染愛貪著由此不能解脫生死故名染法若有於此愛樂尋求當知是名非聖尋求如是尋求如來終不稱揚讚歎唯勸導之令知捨離何緣如是非聖尋求如來終不稱揚讚歎唯勸導之令知捨離由此尋求非賢聖法非能出離非趣涅槃非猒非離非滅非靜非得通慧非成等覺非證涅槃由此尋求能引一切生老病死愁歎憂苦諸熱惱法是故如是非聖尋求如來終不稱

揚讚歎唯勸導之令知捨離云何名爲是聖尋求謂有一類已有老法能自了知我有老法能如實知老法過患尋求畢竟無老無上安樂涅槃已有病法能自了知我有病法能如實知病法過患尋求畢竟無病無上安樂涅槃已有死法能自了知我有死法能如實知死法過患尋求畢竟無死無上安樂涅槃已有愁法能自了知我有愁法能如實知愁法過患尋求畢竟無愁無上安樂涅槃已有染法能自了知我有染法能如實知染法過患尋求畢竟無染無上安樂涅槃如是名爲是聖尋求如是尋求一切如來稱揚讚歎何緣如是是聖尋求一切如來稱揚讚歎由此尋求是賢聖法能永出離能趣涅槃能猒能離能滅能靜能得通慧能成等覺能證涅槃由此尋求能超一切生老病死愁歎憂苦生死熱惱是故如是是聖尋求一切如來稱揚讚歎如是名爲尋求有二更無第三是故汝等應如是學我當云何遠離如是非聖尋求修行如是是聖尋求汝等苾芻應如是學爾時世尊重攝此義而說頌曰

一切有情類　有二種尋求　更無有第三
謂聖與非聖　不知老病死　愁染法過患
希求深愛著　名非聖尋求　此增長衆苦
出離未爲期　從生復至生　或高或下趣
善知老病死　愁染法過患　希求彼寂滅
名眞聖尋求　此損減衆苦　速證於涅槃
永安樂清涼　常無漏無怖　彼非聖尋求
諸佛所呵毀　是生死根本　智者當遠離
此眞聖尋求　諸佛所稱讚　是趣涅槃道

有智者應修

重攝前經嗢柁南曰

爲通達律儀　猒知不淨界　經覺悟宴坐
愧所作尋求

吾從世尊聞如是語苾芻當知畧有二種白淨善法能護世間云何爲二謂慙與愧若無此二白淨善法世間有情皆成穢雜猶如牛羊鷄猪狗等不識父母兄弟姊妹不識軌範親教導師似導師等由有此二白淨善法世間有情離諸穢雜非如牛羊鷄猪狗等了知父母兄弟姊妹了知軌範親教導師似導師等是故汝等應如是學我當云何成就如是二種最勝第一慙愧白淨善法汝等苾芻應如是學爾時世尊重攝此義而說頌曰

二白淨善法　能護諸世間　令不失人天
謂慙及與愧　若無此二法　都不識尊卑
穢雜似牛羊　鷄猪狗等類　由有此二法
能了別尊卑　非如牛羊等　行諸雜穢事
諸有智慧人　成就二白法　常守人天趣
終不墮三塗

吾從世尊聞如是語苾芻當知我爲如來應正等覺未成佛時居菩薩位多分安住二種尋思云何爲二一者如來居菩薩位多分安住不害尋思欣喜悅樂如是安住不害尋思欣喜悅樂是名第一多分尋思由住如是修習行迹於諸有情都無損害由此尋思證得無量圓滿梵住二者如來居菩薩位多分安住求斷尋思欣喜悅樂如是安住求斷尋思欣喜悅樂是名第二多分尋思由住如是修習行迹於不善法能正求斷由此尋思證得

善根圓滿勝道我於爾時安住如是二種尋思精進勇猛乃至自身一切血肉悉皆枯竭唯餘身肉骨筋皮纏裹亦不放逸乃至未知未見未得未解未證所應知見得解證法於其中間住不放逸精進勇猛曾無懈廢由不放逸精進勇猛無懈廢故速證無上正等菩提速證無上清涼涅槃速證無上一切智見是故汝等應如是學我當云何安住不害欣喜悅樂多分尋思安住永斷欣喜悅樂多分尋思汝等苾芻應如是學爾時世尊重攝此義而說頌曰

佛爲菩薩時　多安住二法　謂不害永斷
欣喜悅樂思　不害諸有情　修慈悲喜捨
證無量梵住　圓滿不爲難　永斷不善法
一切煩惱纏　證得諸善根　圓滿殊勝道
常精進勇猛　無放逸而住　證無上菩提
清涼涅槃等

吾從世尊聞如是語苾芻當知諸婆羅門長者居士剎帝利等多有所作謂施汝等如法衣服飲食卧具病緣醫藥房舍資具汝等苾芻多有所作謂能爲彼宣說正法初中後善文義巧妙純滿清白梵行之法由此俱能解脫生法老病死法愁歎憂苦熱惱之法汝等與彼力輪法輪展轉相依於如來所勤修梵行速至無上般涅槃城爾時世尊重攝此義而說頌曰

出家與居家　展轉互相依　由力法二輪
速至涅槃樂　出家依在俗　得如法資具
在俗依出家　獲微妙正法　二衆互相依
受人天快樂　度生老病死　至清涼涅槃

吾從世尊聞如是語苾芻當知依住尸羅能修二法云何爲二謂奢摩他毗鉢舍那謂修行者依住尸羅修奢摩他旣修如是奢摩他已修心令滿爲何事故修習其心修習心者爲斷貪故諸修行者依住尸羅精勤修習毗鉢舍那旣修如是毗鉢舍那已修慧令滿爲何事故修習其慧修習慧者爲斷癡故貪染汙心令不解脫癡染汙慧令不明照若永離貪心善解脫若永離癡慧善解脫若於如是二種解脫已能正知見得觸證我說彼爲心善解脫慧善解脫獨一修習最上丈夫諸聖弟子正證如是心解脫者若他罵詈呵責輕弄毀辱等時不由此緣發生種種不忍不信害恨等心所以者何以能照見他罵詈等於彼有罪於已無損諸聖弟子正證如是心解脫者若他讃美恭敬禮拜供養等時不由此緣發生種種歡喜踊躍悅豫等心所以者何以能照見他讃美等於彼有福於已無益若能如是名於世法得心平等無戚無欣安隱自在是故汝等應如是學我當云何依住尸羅修奢摩他毗鉢舍那汝等苾芻應如是學

爾時世尊重攝此義而說頌曰

依住淨尸羅　修無罪止觀　察護根及意
證甘露涅槃　修止令心調　心調離貪欲
離欲證解脫　證解脫心平　修觀令慧明
慧明滅癡闇　滅闇證解脫　證解心平等
故汝等苾芻　精進勿放逸　常衣住尸羅
修無罪止觀

吾從世尊聞如是語苾芻當知修學勝利於如來所修行梵行慧爲上首解脫堅固念最

尊勝若有成就修學勝利於如來所修行梵行慧爲上首解脱堅固念最尊勝彼終不爲味著色貪纏擾其心亦復不爲味著聲香味觸法貪纏擾其心心不爲貪所纏擾故無隨味著色相貌識無隨味著聲香味觸法相貌識於二果中隨證一果謂於現法證有餘依般涅槃界或不還果爾時世尊重攝此義而説頌曰

修學勝利人　依佛修梵行　慧爲其上首
及解脱堅牢　念最居尊勝　二果隨證一
謂現法涅槃　及求不還果　由慧爲上首
貪不擾其心　無隨色等緣　相貌所生識
學勝利圓滿　生勝定上慧　盡生老死邊
證有餘依界　故汝等苾芻　應勤修戒定
生微妙勝慧　盡生老病死　住我法律中
能無放逸者　定壞魔軍力　永盡衆苦邊

吾從世尊聞如是語苾芻當知一切世間惡不善法皆以無明爲其前導而得生長以無慚愧爲其後助而不損減所以者何諸趣有生生老病死愁歎憂苦熱惱等法一切皆用無明爲根而得生長既生長已依之復能生起一切惡不善法惡法既生由無慚愧都無悔變無悔變故而不損減一切世間善清淨法皆以慧明爲其前導而得生長以慚與愧爲其後助而不損減所以者何明處其前慚愧爲後能永斷滅諸趣有生生老病死能超一切愁歎憂苦熱惱等法能觸如理能得甘露能證涅槃是故汝等應如是學我當云何永斷無明發起慧明永斷一切諸趣有生生老病死永超一切愁歎憂苦熱惱等法觸於

如理得於甘露證於涅槃汝等苾芻應如是學爾時世尊重攝此義而說頌曰

此世及後生　生老病死等　貪愛等煩惱
皆無明爲根　無明爲大愚　令久處生死
此世與他世　高下趣往還　最初有無明
最後無慚愧　生長諸惡法　墮衆惡趣中
故應勤精進　離貪愛愚癡　發起智慧明
斷生死苦本

吾從世尊聞如是語苾芻當知一切如來應正等覺憐愍世間出興於世爲欲永斷除捨二法轉於賢聖無上法輪一切世間所有沙門或婆羅門天魔梵等曾未有能如法轉者云何二法一者無明二者有愛一切如來應正等覺憐愍世間出興於世皆爲永斷除捨此二轉於賢聖無上法輪廣說乃至曾未有能如法轉者若能永斷除捨一切所有無明及諸有愛令其永盡無有遺餘便能永斷一切煩惱諸雜染法是則名爲出諸坑塹越諸垣墻破諸關鍵摧伊師迦是眞賢聖是正法幢是大沙門是婆羅門是眞聰慧是眞沐浴是眞智者是眞調順至調順地名世福田爾時世尊重攝此義而說頌曰

無上正等覺　商主世間尊　大雄大丈夫
拔衆毒箭者　哀愍諸世間　爲斷除二法
謂無明有愛　轉無上法輪　是苦是苦因
是衆苦永滅　是八支聖道　趣滅苦涅槃
智者聞斯法　信解等堅牢　達諸法正眞
斷無明有愛　無明有愛除　諸雜染皆滅
至善調順地　名世良福田

吾從世尊聞如是語苾芻當知有二苦事最

爲難忍一剃鬚髮二常乞求所以者何世間怨嫌與呪詛者作是願言願彼貧窮剃除鬚髮服故弊衣手持瓦器從家至家行乞自活諸有淨信善男子等受持此法而出家者非爲王賊債主怖畏之所逼切非恐不活而捨居家但爲超度生老病死愁歎憂苦熱惱等法但爲滅除純大苦蘊我諸弟子求如是事正信出家爲利自他受持此法或有如是而出家已未經幾時則便寬慢放逸懈怠下劣精進亡失正念無有正知心亂不定縱任諸根多欲貪著心懷瞋忿愚鈍無知躭染諸欲虛妄思惟毀諸禁戒實非沙門自稱沙門實非梵行自稱梵行内朽順流如穢蝸螺貝音狗行覆藏已惡詐現自善成就種種惡不善法譬如有人從闇入闇從坑墮坑從怨至怨我說如是癡出家人亦復如是又如有木兩頭火然中塗糞穢若在聚落及與空閑皆無復用我說如是癡出家人亦復如是失在家法復非沙門世出世間皆無勝分爾時世尊重攝此義而說頌曰

出家而破戒　二俱無所成　謂失在家儀
及壞沙門法　寧吞熱鐵丸　洋銅而灌口
不受人信施　而毀犯尸羅　諸毀犯尸羅
無悔無慙愧　多受人信施　定當生地獄
諸有智慧人　應堅持淨戒　勿受人信施
而毀犯尸羅

吾從世尊聞如是語苾芻當知世有二種補特伽羅攝受增益惡趣地獄惡不善法云何二種補特伽羅一者一類補特伽羅毀犯淨戒實非沙門自稱沙門實非梵行自稱梵行

内朽順流如穢蝸螺貝音狗行覆藏已惡詐現自善如朽隧級無所復用唯增惡趣二者一類補特伽羅於具淨戒無所毀犯精進修行清白梵行有德苾芻以諸無根非梵行法誹謗毀辱令失威光如是二種補特伽羅攝受增益惡趣地獄惡不善法爾時世尊重攝此義而說頌曰

二補特伽羅　生長惡趣業　謂毀犯淨戒
及誹謗賢良　如是二種人　俱名爲下賤
現在人所鄙　受苦在當來　是故諸苾芻
常應不放逸　受持清淨戒　勿誹謗他人

吾從世尊聞如是語苾芻當知世有二種補特伽羅恩深難報云何爲二所謂父母假使有人一肩荷父一肩擔母盡其壽量曾無暫捨供給衣食病緣醫藥種種所須猶未能報父母深恩所以者何父母於子恩極深重所謂產生慈心乳哺洗拭將養令其長大供給種種資身衆具教示世間所有儀式心常欲令離苦得樂會無暫捨如影隨形父母於子旣有如是所說深恩當云何報若彼父母於佛法僧無清淨信其子方便示現勸導讚勵慶慰令生淨信若彼父母無清淨戒其子方便示現勸導讚勵慶慰令其受持清淨禁戒若彼父母無彼多聞其子方便示現勸導讚勵慶慰令其聽聞諸佛正法若彼父母爲性慳貪不樂布施其子方便示現勸導讚勵慶慰令行布施若彼父母爲性闇鈍無有勝慧其子方便示現勸導讚勵慶慰令修勝慧其子如是乃名眞實報父母恩爾時世尊重攝此義而說頌曰

二補特伽羅　恩深重難報　所謂父及母
能生長世間　假使以兩肩　盡壽荷父母
常供養恭敬　猶未爲報恩　父母於世間
能生育教導　慈心求利樂　如彼影隨形
若父母先無　信戒聞捨慧　子令其修習
名眞實報恩　恭敬給所須　唯現世安樂
令修信戒等　究竟證涅槃
吾從世尊聞如是語苾芻當知世有二種無欺誑法云何爲二謂業與智若諸有情已集諸業其異熟果若未現前終不盡滅若諸有情已生諸智一切煩惱若未永除終不捨離如是名爲世有二種無欺誑法爾時世尊重攝此義而說頌曰
二無欺誑法　諸佛共所談　謂已集已生
諸業及諸智　異熟果未生　諸業終不滅
煩惱若未盡　智終不捨離　業是生死因
智爲滅惑本　是故應修智　永盡衆苦邊
吾從世尊聞如是語苾芻當知世有二種補特伽羅應深尊重禮拜供養以敬愛心親近而住云何爲二所謂父母若諸有情於其父母深心尊重禮拜供養以敬愛心親近而住生無量福諸有智人咸共稱歎聲譽普聞處衆無畏後不焦惱無悔命終身壞死後昇諸善趣生於天中何緣有情應於父母深心尊重禮拜供養以敬愛心親近而住父母於子有深重恩所謂産生慈心乳哺洗拭將養令其長大供給種種資身衆具教示世間所有儀式心常欲令離苦得樂曾無暫捨如影隨形是故父母應深敬重禮拜供養以敬愛心親近而住若諸有情敬愛父母親近而住父

毋於其深心慈愍除無益事授有益事制止衆惡勸修衆善爲其娉娶貞良妻室有時賜與珍寶財穀世間天人咸共稱歎恭敬供養親近加護令無衰惱是故有情於其父母應深尊重禮拜供養以敬愛心親近而住爾時世尊重攝此義而説頌曰

諸有樂福人　應尊重父母　禮拜修供養
敬愛親近居　世間聰慧人　恭敬於父母
恒時修供養　常生歡喜心　父母於世間
恩深重難報　除無益制惡　授利勸修善
與妻室資財　慈心常覆護　是故修供養
無量福聚生　現得勝名聞　咸供養恭敬
死生天善趣　受妙樂無窮　欲得生天人
受五欲妙樂　猶如天帝釋　當供養父母

重攝前經嗢柁南曰

善尋輪戒學　無明慧斷除　苦毀謗報恩
無欺誑父母

本事經卷第四

本事經卷第五

唐三藏法師玄奘奉　詔譯

二法品第二之三

吾從世尊聞如是語苾芻當知施有二種云何爲二一者財施二者法施云何財施謂有一類補特伽羅能施種種美妙飲食香鬘衣乘房舍卧具資産燈明病緣醫藥捨如是等分布惠他名爲財施云何法施謂廣爲他宣說正法初中後善文義巧妙純滿清白梵行之法令諸有情聞已解脫生老病死愁歎憂苦諸熱惱法是名法施於此財法二種施中法施最上勝妙第一譬如世間從牛出乳從乳出酪酪出生酥從此生酥出於熟酥復從熟酥出於醍醐於是種種牛諸味中醍醐最上勝妙第一如是財法二種施中法施最上勝妙第一於法施中能無顛倒行法施者唯有如來應正等覺明行圓滿善逝世間解無上丈夫調御士天人師佛薄伽梵爾時世尊重攝此義而說頌曰

於二種施中　法施爲第一　能行法施者
善逝最爲尊　受財施田中　如來爲第一
行財施不定　受法施衆生　財施令衆生
得世安隱樂　法施令受者　究竟證涅槃

吾從世尊聞如是語苾芻當知祠祀有二云何爲二一財祠祀二法祠祀財祠祀者諸有一類補特伽羅祠祀種種美妙飲食香鬘衣乘房舍卧具資産燈明如是等類名財祠祀法祠祀者謂能祠祀契經應頌記別伽陁自說本事本生方廣未曾有法以無量門如理宣說施設建立分別開示名法祠祀於此財

法二祠祀中法祠最上勝妙第一譬如世間從牛出乳從乳出酪酪出生酥從此生酥出於熟酥復從熟酥出於醍醐於是種種牛諸味中醍醐最上勝妙第一如是財法二祠祀中法祠最上勝妙第一於法祠中能無顚倒行法祠者唯有如來應正等覺明行圓滿善逝世間解無上丈夫調御士天人師佛薄伽梵爾時世尊重攝此義而說頌曰

於二種祠中　法祠爲第一　能行法祠者
善逝最爲尊　受財祠田中　如來爲第一
行財祠不定　受法祀衆生　財祠令衆生
得世安隱樂　法祠令受者　究竟證涅槃

吾從世尊聞如是語苾芻當知諸修行者同集會時應作二事一者法言二者宴默由法言故審知有德審知德故便深敬信深敬信故便往詣彼往詣彼故親近供事親供事故求聞正法求聞法故攝耳不亂耳不亂故聽聞正法聞正法故於法通利法通利故能記持法記持法故能觀察義觀察義時堪能於法審諦思惟堪能於法審諦思時便生欲樂生欲樂已便得勢力得勢力已便能稱量由稱量故便能決擇能決擇故於諦隨覺便自了知我生已盡梵行已立所作已辦不受後有由宴默故心便寂定清淨鮮白無有瑕疊離隨煩惱調順堪任安住不動堪能引發能引發故如實了知如實知故便能猒背能猒背故便能離欲既離欲已便得解脫得解脫已便自了知我已解脫我生已盡梵行已立所作已辦不受後有汝等苾芻應說上法應了上法若能如是乃名眞實攝受仙幢非衆

集會戲論語言能正了知諸法實相能斷諸漏能證涅槃我常集會宣說上法了知上法故名第一攝受仙幢爾時世尊重攝此義而說頌曰

行者集會時　應修作二事　謂寂然宴默
及說正法言　由說正法言　及寂然宴默
知諸法實相　究竟證涅槃　汝等諸苾芻
若說了上法　乃得名眞實　攝受大仙幢
我常處衆中　宣說照了法　是故名第一
攝受大仙幢　若依正法幢　能說能修行
定速脫生死　至究竟涅槃

吾從世尊聞如是語苾芻當知若諸苾芻於言說時非理作意起欲尋思起恚尋思起害尋思如是苾芻名多惡者行慢緩者趣向多惡爲方便故於斷於離棄捨善軛放逸懈怠下劣精進忘失正念有不正知不定心亂縱任諸根無出離見不知出離如實正慧趣向惡魔惡不善法爲諸惡魔惡不善法之所摧伏增長一切惡不善法若諸苾芻於宴默時非理作意廣說乃至增長一切惡不善法如是苾芻爲諸有智同梵行者之所訶毀我亦於彼常不稱讃如是苾芻雖得出家受具足戒而多惡慧樂有癡人是故汝等應如是學我當云何方便斷除非理作意方便修習如理作意汝等苾芻應如是學爾時世尊重攝此義而說頌曰

言說宴默時　縱諸根造惡　不奉行我教
是愚昧癡人　故汝等苾芻　應修不放逸
離非理作意　當如理思惟　汝等若正勤
語默無放逸　不久度生死　證無上涅槃

吾從世尊聞如是語苾芻當知若諸苾芻於言說時如理作意出離尋思無恚尋思無害尋思如是苾芻名多善者無慢緩者趣向多善爲方便故於斷於離不捨善軛離諸放逸勇猛精進正念正知心定無亂密護諸根有出離見能知出離如實正慧棄背惡魔惡不善法摧伏惡魔惡不善法損減一切惡不善法若諸苾芻於宴默時如理作意廣說乃至損減一切惡不善法如是苾芻爲諸有智同梵行者之所稱讚我亦於彼恒常稱讚如是苾芻名眞出家受具足戒有大智慧不樂諸有名不癡人是故汝等應如是學我當云何方便修習如理作意方便斷除非理作意汝等苾芻應如是學爾時世尊重攝此義而說頌曰

言說宴默時　不縱根造惡　能奉行我教
是聰慧智人　修出離尋思　及無恚無害
有出離正見　於如實能知　能摧伏惡魔
諸惡不善法　永斷諸煩惱　證究竟涅槃
故汝等苾芻　應修不放逸　當如理作意
離非理思惟　汝等若正勤　語默無放逸
不久度生死　證無上涅槃

吾從世尊聞如是語苾芻當知有學苾芻有二種力云何爲二謂思擇力及修習力云何苾芻有思擇力所謂一類有學苾芻受用種種衣服飲食房舍卧具病緣醫藥資生具時皆善思擇非不思擇而便受用於所未得衣服飲食房舍卧具病緣醫藥諸資生具不甚希求於所已得衣服飲食房舍卧具病緣醫藥諸資生具不深躭著堪能忍受寒熱飢渴

風日蚊虻蛇蠍等觸堪能忍受他所毀謗罵辱等言堪能忍受身內所生猛利辛楚酸疼難忍奪命臨終難治苦受堪能忍受一切世間極難忍事能善思擇諸身語意三種惡行能照現法生法後法不可愛樂苦異熟果作是思惟我今定當斷身語意三種惡行我今定當修身語意三種妙行能正了知三種惡行所有過患復正了知三種妙行所有功德既正知已勤斷勤修惡行妙行修治自身令其清淨離諸罪法如是名爲有學苾芻初思擇力云何苾芻有修習力所謂一類有學苾芻所得憶念一切皆與覺支相順而不相違所得擇法及精進喜輕安定捨一切皆與覺支相順而不相違修念覺支皆依止猒皆依止離皆依止滅迴向於捨修習擇法及精進喜輕安定捨覺支皆依止猒皆依止離皆依止滅迴向於捨如是名爲有學苾芻後修習力是名有學苾芻二力爾時世尊重攝此義而說頌曰

諸有學苾芻　畧有二種力　思擇及修習
能伏惡魔軍　見惡過能斷　知妙德能修
能忍受思惟　是名思擇力　依止猒離滅
及迴向於捨　而修七覺支　是名修習力

吾從世尊聞如是語苾芻當知由二種法盡滅故死云何二法一業二壽由業盡故及壽盡故決定命終若時有業爾時有壽若時有壽爾時有業所以者何如是二法恒常和合無不和合如是二法不可施設分析離散此時有業彼時有壽此時有壽彼時有業若有其業即有其壽若有其壽即有其業若無其

業即無其壽若無其壽即無其業譬如然燈生燄發明若有其燄即有其明若有其明即有其燄若無其燄即無其明若無其明即無其燄業壽亦爾若有其業即有其壽若有其壽即有其業若無其業即無其壽若無其壽即無其業如是二法盡滅故死爾時世尊重攝此義而說頌曰

二法恒相隨　謂業及與壽　業有壽亦有
業無壽亦無　壽業未消亡　有情終不死
壽業若盡滅　含識死無疑

吾從世尊聞如是語苾芻當知有二種行世間衆生皆共造作云何爲二一者能感短壽之行二者能感長壽之行云何能感短壽之行謂有一類補特伽羅常樂殺生爲性兇暴血塗其手傷害物命無有慚羞無有慈愍於諸衆生常行殺害乃至殺害折脚蟻子是名能感短壽之行云何能感長壽之行謂有一類補特伽羅遠離殺生棄捨殺具慚羞慈愍於諸衆生常不殺害乃至不害折脚蟻子是名能感長壽之行如是名爲有二種行世間衆生皆共造作爾時世尊重攝此義而說頌曰

世間諸有情　畧有二種行　由二行差別
感壽有短長　謂常樂殺生　兇暴血塗手
無慚羞慈愍　感短壽無疑　常樂離殺生
棄捨諸殺具　有慚羞慈愍　感長壽無疑

吾從世尊聞如是語苾芻當知由二行相應取心相云何爲二一者名爲所縁行相二者名爲作意行相所有一切已取現取當取心相皆由如是二種行相汝等苾芻由二行相

應當正勤善取心相取心相已應善作意善作意已應善觀察善觀察已應善安住善安住已應同地界正勤修習無量無損應同水界火界風界正勤修習無量無損苾芻當知譬如地界若於其中安置糞穢洟唾膿血如是等類淨不淨物雖置其中而其地界曾無違順欣慼高下如是安心應同地界正勤修習無量無損既同地界正勤修習無量無損雖遇種種違順衆緣而心都無分別計著終不由此差別因緣其心高下又如水界火界風界若於其中安置糞穢洟唾膿血如是等類淨不淨物雖置其中而其水界火界風界曾無違順欣慼高下如是安心應同水界火界風界正勤修習無量無損既同水界火界風界正勤修習無量無損雖遇種種違順衆緣而心都無分別計著終不由此差別因緣其心高下由此定故於有識身及外一切所緣相中我我所執見慢隨眠善伏善斷於彼二種其心超越離一切相寂靜安樂得善解脱所有一切心善解脱慧善解脱皆於其中我我所執見慢隨眠善伏善斷於彼二種其心超越離一切相寂靜安隱得善解脱於其所得利譽稱樂其心不欣於其所遭衰毁譏苦其心不慼是名超過世間八法其心平等猶如世間地水火風世間八法所不能染爾時世尊重攝此義而説頌曰

難調躁動心　遠行無第二　能正勤取相
是謂世聰明　善取心相已　復作意觀察
正念住其心　勤修同四界　如是正安住
能棄捨諸欲　於世八法中　名善巧無染

吾從世尊聞如是語苾芻當知有二種法雖共乖違未嘗和合然於其中無鈌無間云何爲二謂生與死譬如世間光明影闇雖共乖違未嘗和合然於其中無鈌無間光明發時影闇便没影闇起時光明便謝生死亦爾恒共乖違未嘗和合然於其中無鈌無間生法有時死法便没死法有時生法便謝爾時世尊重攝此義而說頌曰

如光明影闇　雖恒共乖違　然於二法中
未曾有間鈌　生死亦如是　雖恒共乖違
然於二法中　未曾有間鈌　無明根所生
愛水所滋潤　纔死生便續　中無間鈌時

吾從世尊聞如是語苾芻當知死有二種云何爲二一者不調伏死二者調伏死云何名爲不調伏死謂諸愚夫無聞異生未能親覲正見善士未能了知善士之法於善士法未自調順彼隨觀見色即是我色屬於我色在我中我在色中彼隨觀見受即是我受屬於我受在我中我在受中彼隨觀見想即是我想屬於我想在我中我在想中彼隨觀見行即是我行屬於我行在我中我在行中彼隨觀見識即是我識屬於我識在我中我在識中眼見色已執取其相執取隨好由是因緣於其眼根不能正念防守而住發起貪憂便有無量惡不善法隨心流漏不可堰塞於其眼根不能防守縱蕩眼根行諸境界貪著色味纏擾其心緣此貪故受長夜苦受猛利苦受匱乏苦增血鑊身增空曠路無量往返生那落迦傍生鬼界及阿素洛人天趣中受諸劇苦皆由眼根不調伏故如是或時耳聞聲

已鼻齅香已舌甞味已身覺觸已意了法已執取其相執取隨好由是因緣於其意根不能正念防守而住發生貪憂便有無量惡不善法隨心流漏不可堰塞於其意根不能防守縱蕩意根行諸境界貪著法味纏擾其心緣此貪故受長夜苦受猛利苦受匱乏苦增血鑊身增空曠路無量往返生那落迦傍生鬼界及阿素洛人天趣中受諸劇苦皆由意根不調伏故如是名爲不調伏死云何名爲調伏而死謂諸賢聖多聞弟子已能親覲正見善士已能了知善士之法於善士法已自調順不隨觀見色即是我色屬於我色在我中我在色中不隨觀見受即是我受屬於我受在我中我在受中不隨觀見想即是我想屬於我想在我中我在想中不隨觀見行即是我行屬於我行在我中我在行中不隨觀見識即是我識屬於我識在我中我在識中眼見色已不執其相不執隨好由是因緣於其眼根善能正念防守而住不起貪憂所有無量惡不善法隨心流漏皆能堰塞於其眼根善能防守不縱眼根行諸境界不貪色味纏擾其心不緣此貪受長夜苦受猛利苦受匱乏苦增血鑊身增空曠路不復往返生那落迦傍生鬼界及阿素洛人天趣中受諸劇苦皆由眼根善調伏故如是或時耳聞聲已鼻齅香已舌甞味已身覺觸已意了法已不執其相不執隨好由是因緣於其意根善能正念防守而住不起貪憂所有無量惡不善法隨心流漏皆能堰塞於其意根善能防守不縱意根行諸境界不貪法味纏擾其心不

緣此貪受長夜苦受猛利苦受匱乏苦增血鑊身增空曠路不復往返生那落迦傍生鬼界及阿素洛人天趣中受諸劇苦皆由意根善調伏故如是名爲調伏而死苾芻當知不調伏死沉没無量生死苦海調伏而死超度無量生死苦海是名二死爾時世尊重攝此義而說頌曰

畧說諸有情　死法有二法　調伏不調伏
更無有第三　若不調伏死　定於諸趣中
受諸苦輪迴　經無量往返　調伏而死者
終不墮惡趣　於人天趣中　能永盡衆苦

吾從世尊聞如是語苾芻當知一切諸法畧有二種云何爲二一者雜染二者清淨應正觀察由一法生所以者何若於一法能正守護則於一切能正守護若於一法不能守護則於一切不能守護云何一法謂衆生心若有於心不能守護則不能護身語意業若不能護身語意業是人即爲身語意業皆悉敗壞身語意業皆敗壞故其心即有擾濁垢穢心有擾濁及垢穢者能正了知自利樂事他利樂事俱利樂事無有是處能正了知善言說義惡言說義無有是處能證一切勝上人法眞聖智見亦無是處所以者何心有擾濁及垢穢故譬如世間所有臺觀若一中心不善覆蔽則椽梁壁皆被淋漏以椽梁壁被淋漏故皆悉敗壞又如世間隣近村邑聚落池沼擾濁垢穢有明眼人住在岸上作意觀察其中所有螺蛤龜魚礫石等類行住普側極難可見所以者何水有擾濁及垢穢故如是衆生若有於心不能守護則不能護身語意

業若不能護身語意業是人即爲身語意業皆悉敗壞身語意業皆敗壞故其心即有擾濁垢穢心有擾濁及垢穢者能正了知自利樂事他利樂事俱利樂事無有是處能正了知善言說義惡言說義無有是處能證一切勝上人法眞聖智見亦無是處所以者何心有擾濁及垢穢故若有於心能善守護則能善護身語意業若能善護身語意業是人即爲身語意業皆不敗壞身語意業不敗壞故其心即無擾濁垢穢心無擾濁及垢穢者能正了知自利樂事他利樂事俱利樂事斯有是處能正了知善言說義惡言說義斯有是處能證一切勝上人法眞聖智見斯有是處所以者何心無擾濁及垢穢故譬如世間所有臺觀若一中心極善覆蔽則椽梁壁皆無淋漏以椽梁壁無淋漏故皆不敗壞又如世間遠離村邑聚落池沼無有擾濁及諸垢穢有明眼人住其岸上作意觀察其中所有螺蛤鼈魚礫石等類行住普側極易可見所以者何水無擾濁及垢穢故如是衆生若有於心能善守護則能善護身語意業若能善護身語意業是人即爲身語意業皆不敗壞身語意業不敗壞故其心即無擾濁垢穢心無擾濁及垢穢者能正了知自利樂事他利樂事俱利樂事斯有是處能正了知善言說義惡言說義斯有是處能證一切勝上人法眞聖智見斯有是處所以者何以無擾濁及垢穢故苾芻當知心雜染故有情雜染心清淨故有情清淨是故雜染清淨二法皆依止心從心所起爾時世尊重攝此義而說頌曰

若不護於心　隨順於諸欲　恒馳散放逸
一切無不爲　若善護於心　不隨順諸欲
無馳散放逸　一切皆防護　世間聰慧人
能防身語意　令不造諸惡　名眞健丈夫

復從世尊聞如是語苾芻當知有二種見令諸有情展轉相違互爲怨害云何爲二所謂有見及無有見諸有沙門或婆羅門攝受有見習行有見躭著有見與諸愛樂無有見者展轉相違互爲怨害稱讚有見最爲第一諸有沙門或婆羅門攝無有見習無有見著無有見與其愛樂諸有見者展轉相違互爲怨害讃無有見最爲第一若有沙門或婆羅門於此二見諸集滅味過患出離不以正慧如實了知我説彼人名無智見有貪瞋癡有違有害無慧無明不能解脱生老病死愁歎憂苦熱惱等法不能解脱生死衆苦若有沙門或婆羅門於此二見諸集滅味過患出離能以正慧如實了知我説彼人名有智見無貪瞋癡無違無害有慧有明定能解脱生老病死愁歎憂苦熱惱等法定能解脱生死大苦

爾時世尊重攝此義而説頌曰

世間由二見　展轉互相違　彼此作怨讎
謂見有無有　諸有於此見　愛樂不能捨
是謂愚癡人　恒毀他自讃　若不知此見
集滅味患出　見毒箭所傷　無明闇所覆
具足貪瞋癡　無智見明慧　定不能解脱
生老病死苦　若能知此見　集滅味患出
見毒箭不傷　破無明黑闇　遠離貪瞋癡
具智見明慧　決定能解脱　生老病死等

復從世尊聞如是語苾芻當知有二正見應

諦尋思稱量觀察若諦尋思稱量觀察能得未得能觸未觸能證未證能超愁歎能滅憂苦能得如理能觸甘露能證涅槃云何爲二所謂一切世間正見出世正見云何名爲世間正見謂有一類起如是見立如是論決定有施有受有祠有善惡業有異熟果有此世間有彼世間有父有母有諸有情化生種類於其世間有諸沙門婆羅門等正至正行於此世間及彼世間自然通達作證領受如是名爲世間正見諸聖弟子於此所說世間正見應諦尋思稱量觀察依此所說世間正見能令衆生畢竟解脱生老病死愁歎憂苦熱惱法不諦觀察已便正了知依此所說世間正見不令衆生畢竟解脱生老病死愁歎憂苦熱惱等法所以者何如是所說世間正見非眞聖見非出離見非能究竟證涅槃見非猒非離非滅非靜不證通慧非成等覺非得涅槃而能感得生老病死愁歎憂苦熱惱等法如是知已於世間法生怖畏想於出世法生安靜想以於世間生怖畏故都無執受無執受故無所希求無希求故於内證得究竟涅槃如是證已便自了知我生已盡梵行已立所作已辦不受後有如是汝等於此所說世間正見應諦尋思稱量觀察云何名爲出世正見謂知苦智知苦集智知苦滅智知能趣向苦滅道智如是名爲出世正見諸聖弟子於此所說出世正見應諦尋思稱量觀察依此所說出世正見能令衆生畢竟解脱生老病死愁歎憂苦熱惱法不諦觀察已便正了知依此所說出世正見能令衆生畢竟解

脫生老病死愁歎憂苦熱惱等法所以者何如是所說出世正見是眞聖見是出離見是能究竟證涅槃見能猒能離能滅能靜能證通慧能成等覺能得涅槃能超一切生老病死愁歎憂苦熱惱等法如是知已於出世法生珍寶想於世間法生下賤想於出世法生珍寶想故便生歡喜生歡喜故其心安適心安適故身得輕安身輕安故便受悅樂受悅樂故心得寂定心寂定故能實知見實知見故能深猒背深猒背故能正離欲正離欲故能得解脫得解脫已便自了知我生已盡梵行已立所作已辦不受後有如是汝等於此所說出世正見應諦尋思稱量觀察如是名爲二種正見應諦尋思稱量觀察能得未得能觸未觸能證未證能超愁歎能滅憂苦能得如理能觸甘露能證涅槃爾時世尊重攝此義而說頌曰

正見有二種　世間出世間　智者諦尋思
能正盡衆苦　諦思於世間　便生怖畏想
由無執受等　究竟證涅槃　諦思出世間
便生珍寶想　歡喜心安適　從此獲輕安
輕安故受樂　樂故心寂定　心定生覺支
知見四如實　見實斷諸疑　疑除無所取
能脫一切苦　證無上涅槃

重攝前經嗢柁南曰

施祠與集會　如不如學終　行相相違死
染淨及二見

本事經卷第五

音釋

瑕何加切過也 舋許刃切隙也 堰於幰切壅也

本事經卷第六

唐三藏法師玄奘奉　詔譯

三法品第三之一

吾從世尊聞如是語苾芻當知諸有情界互相親近不相乖違諸劣勝解種類有情與劣勝解種類有情更相親近參染承事諸妙勝解種類有情與妙勝解種類有情更相親近參染承事在過去世諸有情界已相親愛不相乖違諸劣勝解種類有情與劣勝解種類有情已相親近參染承事諸妙勝解種類有情與妙勝解種類有情已相親近參染承事在未來世諸有情界當相親愛不相乖違諸劣勝解種類有情與劣勝解種類有情當相親近參染承事諸妙勝解種類有情與妙勝解種類有情當相親近參染承事在現在世諸有情界現相親愛不相乖違諸劣勝解種類有情與劣勝解種類有情現相親近參染承事諸妙勝解種類有情與妙勝解種類有情現相親近參染承事是故尊者解憍陳如與其同類有六十人恒集同修阿練若行摩訶迦葉與其同類有無量人恒集同修杜多妙行其舍利子與其同類有無量人恒集同修大智慧行大目乾連與其同類有無量人恒集同修大神通行拘瑟祉羅與其同類有無量人恒集同修無礙解行其滿慈子與其同類有無量人恒集同修說正法行迦多衍那與其同類有無量人恒集同修辯釋經行尊者善現與其同類有無量人恒集同修無諍住行纈麗伐多與其同類有無量人恒集同修諸靜慮行其優波離與其同類有無量

人恒集同修持律之行物力士子與其同類有無量人恒集同修爲僧敷設卧具等行尊者不滅與其同類有無量人恒集同修淨天眼行尊者阿難與其同類有無量人恒集同修樂多聞行其羅怙羅與其同類有無量人恒集同修樂持戒行童子迦葉與其同類有無量人恒集同修巧辯說行其劫庀拏與其同類有無量人恒集同修教誡教授大苾芻行尊者難陀與其同類有無量人恒集同修教誡教授苾芻尼行優波西那與其同類有無量人恒集同修具威儀行姸美難陀與其同類有六十人恒集同修端嚴之行愚人天授與其同類有六十人恒集同修勑逆惡行是故當知諸有情界互相親近不相乖違諸劣勝解種類有情與劣勝解種類有情更相親近參染承事諸妙勝解種類有情與妙勝解種類有情更相親近參染承事爾時世尊重攝此義而說頌曰

如草木叢林　亦如風火等　物各以類聚
有情界亦然　愚者狎於愚　智者親於智
體知朋侶別　應親有智人　如憑破浮囊
必沉於大海　親近怠慢者　定失智光明
故應捨怠慢　樂栖止空閑　親近有智人
速能殄衆苦

吾從世尊聞如是語苾芻當知三因三緣能感後有云何爲三所謂無明未永斷故愛未棄故業未息故由是因緣能感後有所以者何業爲良田識爲種子愛爲溉灌無明無智無了無見之所覆蔽識便安住欲有色有無色有處欲最爲下色爲其中無色爲妙若欲

界業感異熟果不現在前不可施設此爲欲有由欲界業感異熟果正現在前故可施設此爲欲有當於爾時業爲良田識爲種子愛爲漑灌無明無智無了無見之所覆蔽識便安住下欲有處若色界業感異熟果不現在前不可施設此爲色有由色界業感異熟果正現在前故可施設此爲色有當於爾時業爲良田識爲種子愛爲漑灌無明無智無了無見之所覆蔽識便安住中色有處若無色業感異熟果不現在前不可施設爲無色有由無色業感異熟果正現在前故可施設爲無色有當於爾時業爲良田識爲種子愛爲漑灌無明無智無了無見之所覆蔽識便安住妙無色處苾芻當知由遠離故出離欲有由無色故出離色有由求滅故出離一切有爲有起思慮緣生汝等苾芻應以正慧如實隨觀出離欲有應以正慧如實隨觀出離色有及無色有云何汝等應以正慧如實隨觀出離欲有謂離諸欲惡不善法有尋有伺離生喜樂具足安住最初靜慮能以正慧如實隨觀其中諸色受想行識如是法性皆是無常皆是其苦如病如癰如中毒箭有惱有害有怖有猜有怨有敵迅速敗壞多諸疾疫多諸災横虛僞不實離散無我不可保信如是汝等應以正慧如實隨觀出離欲有云何汝等應以正慧如實隨觀出離色有謂正超過一切色想滅有對想不復思惟種種異想具足安住無邊虛空空無邊處能以正慧如實隨觀其中所有受想行識如是法性皆是無常皆是其苦如病如癰如中毒箭有惱有害

有怖有猜有怨有敵迅速敗壞多諸疾疫多諸災横虛僞不實離散無我不可保信如是汝等應以正慧如實隨觀出離色有云何汝等應以正慧如實隨觀出無色有謂正了知是爲寂靜是爲微妙謂離憍慢息諸渴愛滅阿賴耶斷諸徑路空無所得愛盡離欲寂滅涅槃如是汝等應以正慧如實隨觀出無色有若能如是以其正慧如實隨觀出離三有便於欲有色無色有能深猒背深猒背故能正離欲正離欲故能得解脫得解脫已便自了知我生已盡梵行已立所作已辦不受後有爾時世尊重攝此義而說頌曰

以正慧隨觀　三界出離相　能止息諸行
得最上涅槃　已解脫諸漏　善修習瑜伽
任持最後身　降伏魔所使

吾從世尊聞如是語苾芻當知三因三緣令諸有情希求利養生多過患云何爲三一者貪欲爲因爲緣令諸有情希求利養生多過患二者躭著爲因爲緣令諸有情希求利養生多過患三者受用不見過患爲因爲緣令諸有情希求利養生多過患汝等苾芻不應起此三因三緣希求利養生多過患有諸苾芻具此所說三因三緣往施主家求勝利養或時其家怱遽無賴見已慼然默不敬問不起承迎不延就坐不共談論彼見此相便起念言此施主家恒相敬待誰所詭佞頓使其然由此因緣便於彼所不忍不悦起恚害心或發身語惡不善業因斯墜墮諸惡趣中受不愛果苾芻當知我觀世間諸有情類或由利養擾亂其心身壞命終墮諸惡趣生地獄

中受不愛果我觀世間諸有情類或由衰損擾亂其心身壞命終墮諸惡趣生地獄中受不愛果我觀世間諸有情類或由利養及以衰損擾亂其心身壞命終墮諸惡趣生地獄中受不愛果所以者何愚癡凡夫被諸利養先破其膜既破膜已復破其皮既破皮已復破其肉既破肉已復斷筋脉斷筋脉已復破其骨既破骨已復傷髓腦然後方住是故汝等應如是學我當云何不被利養擾亂其心我當云何不被衰損擾亂其心我當云何不被利養及以衰損擾亂其心獨處空閑勤修聖行速證無上常樂涅槃汝等苾芻應如是學爾時世尊重攝此義而說頌曰

由三種因緣　希求諸利養　壞種種功德
及退失人天　諸有聰明人　遇利養衰損
其心善安定　不動如山王　常靜慮安然
正觀諸法義　修深細智見　證常樂涅槃

吾從世尊聞如是語苾芻當知欲界勝生畧有三種於彼雖成極大福聚而受諸欲生死輪迴不能出離所以者何彼勝生處是欲所行境界地故云何爲三一欲住天欲界勝生二樂化天欲界勝生三他化天欲界勝生如是三種欲界勝生於彼雖成極大福聚而受諸欲生死輪迴不能出離所以者何彼勝生處是欲所行境界地故我聖弟子於此三種欲界勝生如實隨觀有諸過患故於欲界深生猒背生猒背故能正離欲正離欲故能得解脫得解脫已便自了知我生已盡梵行已立所作已辦不受後有爾時世尊重攝此義而說頌曰

欲界三勝生　恒受諸欲樂　謂欲住樂化
他化自在天　生如是三處　雖成就大福
而生死輪廻　不能生上地　於此諸欲中
若能知過患　捨人天等趣　證無上涅槃
吾從世尊聞如是語苾芻當知世有一類諸惡苾芻成就三法而似驢鳴云何爲三謂有一類諸惡苾芻無敬無承無慚無愧懈怠忘念如是一類諸惡苾芻具足成就如是三法而似驢鳴謂實無德而隨僧衆唱如是言具壽當知我亦是眞沙門釋子然此一類諸惡苾芻無有增上戒定慧學如餘清淨眞苾芻僧而隨僧衆唱如是言具壽當知我亦是眞沙門釋子如世有驢隨牛群後高聲唱言我亦是牛宜相顧待然此驢身頭耳蹄喙毛色音聲皆與牛别而隨牛後高聲唱言我亦是牛宜相顧待如是一類諸惡苾芻實無其德而隨僧衆唱如是言具壽當知我亦是眞沙門釋子然此一類諸惡苾芻依止村城聚落而住日初分時整理裳服執持衣鉢往入村城聚落乞食不能護持身語意業不住正念不守諸根詣於淨信諸施主家爲利養故身處下坐爲居高坐白衣說法我說此類諸惡苾芻所有言說皆似驢鳴爾時世尊重攝此義而說頌曰

剃髮服染衣　手執持應器　實無戒定慧
而自號沙門　如世間有驢　與牛形相異
而逐牛群後　自號是眞牛　如是惡苾芻
成無敬等法　雖常厠清衆　而不證菩提

吾從世尊聞如是語苾芻當知學有三種若能於中離諸放逸晝夜精勤絶諸緣務獨處

空閑無倒修學未生諸漏令永不生已生諸漏令永盡滅云何爲三一者增上戒學二者增上心學三者增上慧學何等名爲增上戒學謂諸苾芻具淨尸羅安住守護別解脫戒軌範所行無不圓滿於微小罪見大怖畏具能受學所應學處成就清淨身語二業成就淨命成就淨見如是名爲增上戒學何等名爲增上心學謂諸苾芻能正離欲惡不善法有尋有伺離生喜樂具足安住最初靜慮廣說乃至具足安住第四靜慮如是名爲增上心學何等名爲增上慧學謂諸苾芻如實了知是苦聖諦苦集聖諦苦滅聖諦及能趣苦滅道聖諦如是名爲增上慧學如是三學若能於中離諸放逸晝夜精勤絶諸緣務獨處空閑無倒修學未生諸漏令永不生已生諸漏令永盡滅爾時世尊重攝此義而說頌曰

戒心慧學三　智者應修學　勤精進常安
密禁守諸根　晝夜處空閑　絶世諸緣務
勤修戒心慧　如救自頭然　名學聖學處
至所學後邊　脫所脫無遺　成清淨妙智
得不動解脫　已永斷諸漏　盡生死苦邊
後有更無有

吾從世尊聞如是語苾芻當知學有三種若有勤修不空無果必至究竟能得甘露能證涅槃云何爲三一者增上戒學二者增上心學三者增上慧學何等名爲增上戒學謂諸苾芻尊重尸羅戒爲增上不重等持定非增上不重般若慧非增上彼於少小所學戒中微有所犯即能出離所以者何我說彼人絶不毀犯所制學處不深慙愧定得隨順清淨

梵行定能成辦清淨梵行於諸學處能住尸羅能住所學彼人定能永盡三結證預流果得無墮法定趣菩提極於七返人天往來盡諸苦際如是名爲增上戒學何等名爲增上心學謂諸苾芻尊重尸羅戒爲增上尊重等持定爲增上不重般若慧非增上彼於少小所學戒中微有所犯即能出離所以者何我說彼人終不毀犯所制學處不深慙愧定能隨順清淨梵行定能成辦清淨梵行於諸學處能住等持能住所學彼定能盡五下分結證不還果得不還果當受化生於彼世間當般涅槃如是名爲增上心學何等名爲增上慧學謂諸苾芻尊重尸羅戒爲增上尊重等持定爲增上尊重般若慧爲增上彼於少小所學戒中微有所犯即能出離所以者何我說彼人終不毀犯所制學處不深慙愧定能隨順清淨梵行定能成辦清淨梵行於諸學處能住般若能住所學彼人定能永盡諸漏得眞無漏心善解脫慧善解脫於現法中具足安住自證通慧能自了知我生已盡梵行已立所作已辦不受後有如是名爲增上慧學若有於此所說三學勤修學者我說必定不空無果必至究竟能得甘露能證涅槃如是名爲學有三種若有勤修不空無果必至究竟能得甘露能得涅槃爾時世尊重攝此義而說頌曰

勤修增上戒　住戒住所學　能永盡三結
定證預流果　勤修增上心　住定住所學
能盡五下結　定證不還果　勤修增上慧
住慧住所學　能盡一切結　定證無上果

三學不唐捐　必證第一義　故尊重三學
達法性無疑
吾從世尊聞如是語苾芻當知學有三種若少分修得少分果若圓滿修得圓滿果云何爲三一者增上戒學二者增上心學三者增上慧學何等名爲增上戒學謂諸苾芻尊重尸羅戒爲增上不重等持定非增上不重般若慧非增上彼於少小所學戒中微有所犯即能出離所以者何我說彼人終不毀犯所制學處不深慙愧定能隨順清淨梵行定能成辦清淨梵行於諸學處能住尸羅能住所學彼人定能永盡三結證預流果得無墮法定趣菩提極於七返人天往來盡諸苦際或復有能令其欲界貪恚微薄證一來果一來此間盡諸苦際如是名爲增上戒學何等名爲增上心學謂諸苾芻尊重尸羅戒爲增上尊重等持定爲增上不重般若慧非增上彼於少小所學戒中微有所犯即能出離所以者何我說彼人終不毀犯所制學處不深慙愧定能隨順清淨梵行定能成辦清淨梵行於諸學處能住等持能住所學彼定能盡五下分結證不還果得不還法當受化生於彼世間當般涅槃如是名爲增上心學何等名爲增上慧學謂諸苾芻尊重尸羅戒爲增上尊重等持定爲增上尊重般若慧爲增上彼於少小所學戒中微有所犯即能出離所以者何我說彼人終不毀犯所制學處不深慙愧定能隨順清淨梵行定能成辦清淨梵行於諸學處能住般若能住所學彼人定能永盡諸漏得眞無漏心善解脫慧善解脫於現

法中具足安住自證通慧能自了知我生已盡梵行已立所作已辦不受後有如是名爲增上慧學如是名爲學有三種若少分修得少分果若圓滿修得圓滿果爾時世尊重攝此義而説頌曰

多住尊重戒　名於少分修　常精進熾然
便得少分果　多住尊重定　名於少分修
常精進熾然　亦得少分果　多住尊重慧
名於圓滿修　常精進熾然　便得圓滿果
少分圓滿修　各得同類果　知如是勝劣
應捨分修圓

吾從世尊聞如是語苾芻當知學有三種若正修習令諸有情成下中上賢聖差別云何爲三一者增上戒學二者增上心學三者增上慧學何等名爲增上戒學謂諸苾芻尊重尸羅戒爲增上不重等持定非增上不重般若慧非增上彼於少小所學戒中微有所犯即能出離所以者何我説彼人終不毀犯所制學處不深慙愧定能隨順清淨梵行定能成辦清淨梵行於諸學處能住尸羅能住所學彼人定能永盡三結證預流果得無墮法定趣菩提極於七返人天往來或成家家或一來果或成一間如是名爲增上戒學何等名爲增上心學謂諸苾芻尊重尸羅戒爲增上尊重等持定爲增上不重般若慧非增上彼於少小所學戒中微有所犯即能出離所以者何我説彼人終不毀犯所制學處不深慙愧定能隨順清淨梵行定能成辦清淨梵行於諸學處能住等持能住所學彼定能盡五下分結證不還果得不還法當受化生於

彼世間當般涅槃或成中般或成生般或有行般或無行般或成上流趣色究竟或趣非想非非想處而般涅槃如是名爲增上心學何等名爲增上慧學謂諸苾芻尊重尸羅戒爲增上尊重等持定爲增上尊重般若慧爲增上彼於少小所學戒中微有所犯即能出離所以者何我說彼人終不毁犯所制學處不深慙愧定能隨順清淨梵行定能成辦清淨梵行於諸學處能住般若能住所學彼人定能永盡諸漏得眞無漏心善解脱慧善解脱於現法中具足安住自證通慧能自了知我生已盡梵行已立所作已辦不受後有如是名爲增上慧學如是名爲學有三種若正修習令諸有情成下中上賢聖差別爾時世尊重攝此義而說頌曰

隨學因勢力　常精進熾然　下中上品修
隨得果差別　謂下精進修　還成下品果
中修得中果　上修亦復然　既知三品修
所得果差別　故應捨中下　宜遵上品修

吾從世尊聞如是語苾芻當知若諸苾芻具調善戒具調善法具調善慧彼於我法毗柰耶中已具修行名最上士云何苾芻具調善戒謂諸苾芻具淨尸羅安住守護別解脱戒軌範所行無不圓滿於微小罪見大怖畏具能受學所應學處成就清淨身語二業成就淨命成就淨見是名苾芻具調善戒既具如是調善戒已云何苾芻具調善法謂諸苾芻勤修七種菩提分法具足安住是名苾芻具調善法既具如是調善尸羅調善法已云何苾芻具調善慧謂諸苾芻永盡諸漏得眞無

漏心善解脫慧善解脫於現法中具足安住自證通慧能自了知我生已盡梵行已立所作已辦不受後有是名苾芻具調善慧如是名爲若有苾芻具調善戒具調善法具調善慧彼於我法毗柰耶中已具修行名最上士

爾時世尊重攝此義而說頌曰

若身語意思　離諸惡不善　名具調善戒
有慚愧苾芻　若能善修行　七菩提分法
名具調善法　有妙定苾芻　若能正了知
自永盡諸漏　名具調善慧　眞無漏苾芻
若具三調善　威德世難思　若已具修行
最上聰明士

吾從世尊聞如是語苾芻當知諸有苾芻成就三分應知是人於淨尸羅已得圓滿於究竟位已得圓滿於修梵行已得圓滿已能窮至梵行後邊云何爲三謂有苾芻成就無學戒定慧蘊是名苾芻成就三分應知是人於淨尸羅已得圓滿於究竟位已得圓滿於修梵行已得圓滿已能窮至梵行後邊若諸苾芻於淨尸羅已得圓滿於究竟位已得圓滿於修梵行已得圓滿已能窮至梵行後邊應知是人必不樂居村城聚落房舍臥具亦不樂與諸苾芻衆苾芻尼衆鄔波索迦鄔波斯迦勤策男等同一園林喧雜而住應知是人成就第一寂靜心法獨守空閑依四依住離諸垢穢内守眞實棄捨所求無染分别不爲世法之所塗染譬如世間嗢鉢羅華拘牟陀華鉢特摩華奔陀利華依水而生依水而長雖從水出而不爲水之所染著是人亦爾依世間生依世間長雖現世間而不爲諸世法

所染爾時世尊重攝此義而説頌曰

無學三分成　尸羅究竟位　修梵行圓滿
至梵行後邊　如是苾芻衆　得最上瑜伽
永盡諸苦邊　證無上安樂

吾從世尊聞如是語苾芻當知若有希求三種樂事應於淨戒不缺不穿不穢不雜於淨尸羅應起上品欲勤精進終無懈廢云何爲三一者希求名譽樂事應於淨戒不缺不穿不穢不雜於淨尸羅應起上品欲勤精進終無懈廢二者希求利養樂事應於淨戒不缺不穿不穢不雜於淨尸羅應起上品欲勤精進終無懈廢三者希求生天樂事應於淨戒不缺不穿不穢不雜於淨尸羅應起上品欲勤精進終無懈廢是名希求三種樂事應於淨戒不缺不穿不穢不雜於淨尸羅應起上品欲勤精進終無懈廢爾時世尊重攝此義而説頌曰

爲求三種樂　智者護尸羅　謂世尚名譽
利養生天樂　觀如是勝樂　智者護尸羅
當遠惡親知　如避險惡道　雖不造衆惡
而親近惡人　如以吉祥草　裹鯁爛魚肉
親所不應親　狎所不應狎　如持鮮淨物
投糞穢深坑　世間樂淨人　常懼穢塗染
有智者亦爾　深怖惡親知

吾從世尊聞如是語苾芻當知有三種香唯順風熏不能逆風云何爲三一者根香二者莖香三者華香如是三種唯順風熏不能逆風汝等苾芻勿作是念更無餘香或順風熏或逆風熏或復順逆皆悉能熏所以者何我佛法中有一妙香能順風熏能逆風熏能順

逆熏天上人中皆聞芬馥世間賢聖無不珍
愛何等名爲我佛法中有一妙香能順風熏
能逆風熏能順逆熏天上人中皆聞芬馥世
間賢聖無不珍愛所謂戒香由此戒香能順
風熏能逆風熏能順逆熏天上人中皆聞芬
馥世間賢聖無不珍愛如是名爲我佛法中
有一妙香能順風熏能逆風熏能順逆熏天
上人中皆聞芬馥世間賢聖無不珍愛爾時
世尊重攝此義而說頌曰

世間諸所有　根莖華等香　皆不逆風熏
以勢力微故　唯我佛法中　有一妙香類
順風逆風等　無不普皆熏　天上及人中
諸世間賢聖　一切皆珍愛　所謂淨戒香
若能於此香　無放逸而住　生無倒定慧
永盡衆苦邊

重攝前經嗢柁南曰

同界感後有　求利及欲生　惡說似驢鳴
四學與四戒

本事經卷第六

音釋

纈（胡結切）　庬（莫江切）　溉（居代切澆灌也）

本事經卷第七

唐三藏法師玄奘奉 詔譯

三法品第三之二

吾從世尊聞如是語苾芻當知於此世間子有三種云何爲三一者等子二者勝子三者劣子云何等子謂有一類父母具戒成調善法能離殺生離不與取離欲邪行離虛誑語離飲諸酒生放逸處子亦具戒成調善法能離殺生離不與取離欲邪行離虛誑語離飲諸酒生放逸處是名等子云何勝子謂有一類父母犯戒成諸惡法樂行殺生行不與取行欲邪行行虛誑語行飲諸酒生放逸處子能持戒成調善法能離殺生離不與取離欲邪行離虛誑語離飲諸酒生放逸處是名勝子云何劣子謂有一類父母具戒成調善法能離殺生離不與取離欲邪行離虛誑語離飲諸酒生放逸處其子犯戒成諸惡法樂行殺生行不與取行欲邪行行虛誑語行飲諸酒生放逸處是名劣子如是名爲於此世間子有三種爾時世尊重攝此義而說頌曰

世間聰慧人　欣樂等勝子　不欣樂劣子
勿損壞家門　應知三子中　一劣二爲勝
佛正覺而説　諸賢聖亦然　二俱信尸羅
聰慧無慳悋　如晴夜滿月　處衆曜威光
應親近供養　諸佛所稱揚　遠離諸垢塵
所行無怖畏

吾從世尊聞如是語苾芻當知若有苾芻尊重正法愛樂正法欣正法樂精進修行愛樂法行如是苾芻隨念正法常樂永斷貪不善根無貪善根修令圓滿常樂永斷瞋不善根

無瞋善根修令圓滿常樂永斷癡不善根無癡善根修令圓滿修三善根得圓滿已修四念住亦令圓滿修四念住得圓滿已修四正斷亦令圓滿修四正斷得圓滿已修四神足亦令圓滿修四神足得圓滿已修習五根亦令圓滿修習五根得圓滿已修習五力亦令圓滿修習五力得圓滿已修七覺支亦令圓滿修七覺支得圓滿已修八聖道支亦令圓滿修八聖道支得圓滿已明及解脱皆得圓滿爾世尊重攝此義而説頌曰

尊重法樂法　欣法樂法行　於法常隨念
能不退正法　法念修善業　不念行惡行
行法定能招　此世他世樂　法護行法人
如雨時大傘　行法護法利　定不墜三塗

吾從世尊聞如是語苾芻當知世間畧有三種尋思有學苾芻未得心者欣求無上安樂法時能令退失云何爲三一者親里相應尋思二者利養相應尋思三者妬勝相應尋思如是畧説三種尋思有學苾芻未得心者欣求無上安樂法時能令退失是故汝等應如是學我當云何不起親里相應尋思不起利養相應尋思不起妬勝相應尋思汝等苾芻應如是學爾時世尊重攝此義而説頌曰

依躭嗜尋思　畧説有三種　學求無上樂
爲障必無疑　依親里相應　利養及妬勝
去大樂大淨　結盡甚爲遥　捨親屬利養
及妬勝尋思　攝止觀勤修　速能盡衆苦

吾從世尊聞如是語苾芻當知畧有三法有學苾芻未得心者欣求無上安樂法時能令退失云何爲三一者苾芻喜樂事業貪愛事

業躭著事業二者苾芻喜樂談話貪愛談話躭著談話三者苾芻喜樂睡眠貪愛睡眠躭著睡眠如是三法有學苾芻未得心者欣求無上安樂法時能令退失是故汝等應如是學我當云何不樂事業不愛事業不著事業我當云何不樂談話不愛談話不著談話我當云何不樂睡眠不愛睡眠不著睡眠汝等苾芻應如是學爾時世尊重攝此義而說頌曰

求無上果時　有三法令退　樂愛著事業
談話及睡眠　有學諸苾芻　若具此三法
終不能證得　最勝三菩提　若欲求速證
最勝三菩提　應少事話眠　正勤修止觀

吾從世尊聞如是語苾芻當知有三種法和合現前能令淨信諸善男子生無量福云何爲三一者淨信和合現前能令淨信諸善男子生無量福二者施物和合現前能令淨信諸善男子生無量福三者福田和合現前能令淨信諸善男子生無量福是名三法和合現前能令淨信諸善男子生無量福爾時世尊重攝此義而說頌曰

三法合現前　能生無量福　謂淨信施物
及眞淨福田　具慧具尸羅　善調伏三毒
修沙門梵行　名眞淨福田　具慧具淨信
手持如法財　奉施良福田　必當獲大果
身四威儀中　於三寶四諦　正順無瑕穢
名爲淨信心　於諸惠施中　法施爲最勝
淨心演正法　諸佛所稱譽

吾從世尊聞如是語苾芻當知諸有智者應以三種不堅之法貿易三堅云何爲三一者

應以不堅之財貿易堅財二者應以不堅之身貿易堅身三者應以不堅之命貿易堅命云何應以不堅之財貿易堅財謂有淨信諸善男子或善女人如法精勤勞役手足踠力流汗所獲珍財應自供身奉上父母賑給妻子奴婢僕使朋友眷屬晝夜集會歡娛受樂而遇沙門或婆羅門具淨尸羅成調善法勤修梵行除去憍逸忍辱柔和履正直路棄諸邪道趣涅槃城以淨信心歡喜恭敬如應知時持用布施遠求無上安樂涅槃或希當來人天樂果是名應以不堅之財貿易堅財云何應以不堅之身貿易堅身謂有淨信諸善男子或善女人成就正見能離殺生究竟圓滿無犯清淨離不與取究竟圓滿無犯清淨離欲邪行究竟圓滿無犯清淨離虛誑語究竟圓滿無犯清淨離飲諸酒生放逸處究竟圓滿無犯清淨如是等類是名應以不堅之身貿易堅身云何應以不堅之命貿易堅命謂我法中諸聖弟子如實了知是爲苦諦如實了知是苦集諦如實了知是苦滅諦如實了知是能趣向苦滅道諦是名應以不堅之命貿易堅命如是名爲諸有智者應以三種不堅之法貿易三堅爾時世尊重攝此義而說頌曰

如世有智人　以賤而貿貴　正見者亦爾
以不堅易堅　知此財身命　不淨不堅牢
求清淨堅牢　世出世間樂　天上財身命
是世淨堅牢　證常樂涅槃　是眞淨堅法

吾從世尊聞如是語苾芻當知根有三種其性甚深顯了甚深其性難見顯了難見云何

爲三一者未知當知根二者知根三者具知根何等名爲未知當知根謂我法中諸聖弟子於未見知諸苦聖諦爲見爲知發生樂欲策勵精進攝心持心於未見知苦集聖諦爲見爲知發生樂欲策勵精進攝心持心於未見知苦滅聖諦爲見爲知發生樂欲策勵精進攝心持心於未見知能趣苦滅眞道聖諦爲見爲知發生樂欲策勵精進攝心持心是名未知當知根何等名爲知根謂我法中諸聖弟子如實了知是苦聖諦是苦集聖諦是苦滅聖諦是能趣苦滅眞道聖諦是名知根何等名爲具知根謂我法中諸聖弟子諸漏已盡得眞無漏心善解脫慧善解脫能正了知我生已盡梵行已立所作已辦不受後有是名具知根如是名爲根有三種其性甚深顯了甚深其性難見顯了難見爾時世尊重攝此義而說頌曰

於我正法中　聖弟子有學　順修正直路
是名第一根　正知苦聖諦　及苦集苦滅
能趣苦滅道　是名第二根　第三根當知
諸漏皆永盡　證得眞無漏　心慧善解脫
知我生已盡　及梵行已立　所作皆已辦
不受後有身　身心常寂靜　善攝護諸根
任持最後身　降伏魔所使

吾從世尊聞如是語苾芻當知畧有三種補特伽羅爲義利故應當親近云何爲三一有一類補特伽羅成就劣戒劣定劣慧二有一類補特伽羅成就等戒等定等慧三有一類補特伽羅成就勝戒勝定勝慧諸有一類補特伽羅成就劣戒劣定劣慧爲何義利應當

親近謂於此類補特伽羅無所希求唯深悲愍勸令勝進爲此義利應當親近諸有一類補特伽羅成就等戒等定等慧爲何義利應當親近謂於此類補特伽羅作是思惟彼當爲我說相似戒我當爲彼說相似戒更互聽聞令得相續多有所作作是思惟彼當爲我說相似定我當爲彼說相似定更互聽聞令得相續多有所作作是思惟彼當爲我說相似慧我當爲彼說相似慧更互聽聞令得相續多有所作爲此義利應當親近諸有一類補特伽羅成就勝戒勝定勝慧爲何義利應當親近謂於此類補特伽羅作是思惟我當依彼所有戒蘊若未圓滿修令圓滿若已圓滿内攝正念堅固任持作是思惟我當依彼所有定蘊若未圓滿修令圓滿若已圓滿内攝正念堅固任持作是思惟我當依彼所有慧蘊若未圓滿修令圓滿若已圓滿内攝正念堅固任持爲此義利應當親近如是名爲略有三種補特伽羅應當親近爾時世尊重攝此義而說頌曰

親劣爲慈悲　親等爲相益　親勝爲已德
圓滿成堅持　親下士德劣　親中士德中
親上士德勝　故應親上士

吾從世尊聞如是語苾芻當知應於其身住不淨觀應於其息住隨息念應於諸行住無常觀苦無我觀若能於身住不淨觀便於淨界當斷貪欲若能於息住隨息念便能斷外尋思障品若能於行住無常觀苦無我觀便於諸有能斷有愛斷有愛故便於世間無所執受無執受故便無怖畏無怖畏故便自内

證究竟涅槃證涅槃已便自了知我生已盡梵行已立所作已辦不受後有爾時世尊重攝此義而說頌曰

於身觀不淨　於息住隨念　觀諸行無常
及與苦無我　達諸行性空　得最勝寂靜
愛盡無執受　證究竟涅槃

吾從世尊聞如是語苾芻當知諸有情身常爲三種勇健怨賊隨逐切害云何爲三一者衰老勇健怨賊二者疾病勇健怨賊三者無常勇健怨賊如是三種勇健怨賊常隨切害諸有情身有情身中畧有三法一者壽命二者煖氣三者心識如是三法遠離身時名爲死没臭穢屍骸棄在塚間無所復用所以者何是身虛僞諸法合成其中勝者謂壽煖識而此諸法依因緣生無常無强無堅無力迅速滅壞老病死賊常隨不捨而諸愚夫無明所覆貪愛躭著無猒捨心我聖弟子能於如是假合成身如實知見多諸過患便於一切内外身中能深猒背深猒背故能離貪欲離貪欲故便得解脱得解脱已便自了知我生已盡梵行已立所作已辦不受後有爾時世尊重攝此義而說頌曰

一切有情身　三怨賊隨害　所謂老病死
曾無暫捨時　衆法合成身　虛僞無堅實
若捨壽煖識　棄之於塚間　愚夫無所知
常貪愛躭著　賢聖有智見　猒之喻糞坑
修無漏聖道　斷三賊因緣　證常樂涅槃
求解脱三賊　世間有智者　當深猒自身
求常樂涅槃　精勤勿放逸

吾從世尊聞如是語苾芻當知諸福業事畧

有三種應修應習應多修習云何爲三一者施福業事二者戒福業事三者修福業事何等名爲施福業事謂有淨信諸善男子或善女人能施種種飲食餅饌香鬘衣服車乘卧具堂宇室宅燈燭庭燎諸資生具如是名爲施福業事何等名爲戒福業事謂有淨信諸善男子或善女人能離殺生究竟圓滿無犯清淨離不與取究竟圓滿無犯清淨離欲邪行究竟圓滿無犯清淨離虚誑語究竟圓滿無犯清淨離飲諸酒生放逸處究竟圓滿無犯清淨如是名爲戒福業事云何名爲修福業事謂有淨信諸善男子或善女人修慈俱心遍滿一方具足安住如是第二第三第四上下方維一切世界悉皆遍滿具足安住令慈俱心廣大無量無怨無害遍滿而住修悲俱心遍滿一方具足安住如是第二第三第四上下方維一切世界悉皆遍滿具足安住令悲俱心廣大無量無怨無害遍滿而住修喜俱心遍滿一方具足安住如是第二第三第四上下方維一切世界悉皆遍滿具足安住令喜俱心廣大無量無怨無害遍滿而住修捨俱心遍滿一方具足安住如是第二第三第四上下方維一切世界悉皆遍滿具足安住令捨俱心廣大無量無怨無害遍滿而住如是名爲修福業事於此所説三福業事應修應習應多修習爾時世尊重攝此義而説頌曰

有三法應修　應習多修習　能得三種樂
所謂施戒修　修施感多財　修戒得長壽
修慈悲喜捨　當生清淨天　世間有智人

欲求殊勝樂　應修此三福　定當得無疑

吾從世尊聞如是語苾芻當知世間最勝畧有三種云何爲三一於一切施設有情無足二足四足多足有色無色有想無想及與非想非非想中佛爲最勝所謂如來應正等覺明行圓滿善逝世間解無上丈夫調御士天人師佛薄伽梵若於佛所起淨信心於諸信中最爲第一如是淨信所感果報於天人中最爲第一二於一切施設法門世出世間爲無爲等諸法門中涅槃最勝謂離憍慢息諸渴愛滅阿賴耶斷諸徑路愛盡離欲寂靜涅槃若於如是涅槃法中起淨信心於諸信中最爲第一如是淨信所感果報於天人中最爲第一三於一切施設徒衆朋侶邑義諸集會中佛聖弟子僧爲最勝謂四向四果八補特伽羅諸有情中爲眞爲妙爲最第一應奉延請恭敬供養稱揚讚歎不悋身財是諸世間人天等衆無上福田若於如是賢聖僧中起淨信心於諸信中最爲第一如是淨信所感果報於天人中最爲第一如是名爲三種最勝爾時世尊重攝此義而說頌曰

最勝有三種　所謂佛法僧　依生淨信心
能見最勝法　依佛生淨信　知兩足中尊
證無上菩提　天人等應供　依法生淨信
知離欲中尊　證無上涅槃　寂靜常安樂
依僧生淨信　知諸衆中尊　證無上福田
天人等應供　施最勝良田　生最勝功德
感最勝安樂　壽色力名聞　供養最勝人
修行最勝法　得最勝安樂　天上或人中
施三寶福田　名最勝施者　所在常安樂

後當證涅槃
重攝前經嗢柁南曰
子尊重二學　福堅根補羅　不淨等及怨
福業事最勝
吾從世尊聞如是語苾芻當知有三大師出
現世間利益安樂無量衆生哀愍世間天人
大衆令得無量義利安樂云何爲三所謂如
來應正等覺明行圓滿善逝世間解無上丈
夫調御士天人師佛薄伽梵出現世間爲諸
衆生開闡正法初中後善文義巧妙示現純
滿清白梵行謂是苦諦是苦集諦是苦滅諦
是能趣向苦滅道諦如是名爲第一大師出
現世間利益安樂無量衆生哀愍世間天人
大衆令得無量義利安樂復有如來應正等
覺無學弟子是阿羅漢諸漏已盡梵行已立
所作已辦棄諸重擔得自義利盡諸有結已
正奉行如來聖教已得解脫已證遍知出現
世間爲諸衆生開闡正法初中後善文義巧
妙示現純滿清白梵行謂是苦諦是苦集諦
是苦滅諦是能趣向苦滅道諦如是名爲第
二大師出現世間利益安樂無量衆生哀愍
世間天人大衆令得無量義利安樂復有如
來應正等覺有學弟子具修梵行具正多聞
所謂正聞契經應頌記別伽陀無問自說本
事本生方廣希法善知其義出現世間爲諸
衆生開闡正法初中後善文義巧妙示現純
滿清白梵行謂是苦諦是苦集諦是苦滅諦
是能趣向苦滅道諦如是名爲第三大師出
現世間利益安樂無量衆生哀愍世間天人
大衆令得無量義利安樂如是名爲有三大

師出現世間利益安樂無量衆生哀愍世間天人大衆令得無量義利安樂爾時世尊重攝此義而說頌曰

有三種大師　若出現於世　能利益安樂
天人等世間　一者謂如來　二無學弟子
三有學弟子　具淨戒多聞　如是三大師
天人等應供　能宣說正法　廣開甘露門
令無量衆生　永盡諸有結　解脱生死苦
證常樂涅槃　譬如善導師　能示人善導
正順而行者　得安樂無疑　如是三大師
示衆生四諦　修行無放逸　定超生死邊

吾從世尊聞如是語苾芻當知有三時中諸天集會歡喜詳議更相勸勵來降人間云何爲三謂我弟子或少資財或多資財或少眷屬或多眷屬或姓尊重或姓卑微初發淨信猒背家法欣樂出家爾時諸天歡喜集會咸相謂言天仙當知今佛弟子與惡魔軍將興戰諍我等宜應帥諸天衆往降人間冥加祐助增彼信心令無障難作是語已來降人間作所應作如是名爲第一時中諸天集會歡喜詳議更相勸勵來降人間又我弟子剃除鬚髮被服袈裟以正信心棄捨家法出趣非家與諸苾芻同修和敬安住守護別解脱戒軌範所行無不圓滿於微少罪見大怖畏受學一切所應學處成就清淨身語意業成就淨命成就淨見爾時諸天歡喜集會咸相謂言天仙當知今佛弟子與惡魔軍正興戰諍我等宜應帥諸天衆往降人間冥加祐助增彼威力令勝魔軍作是語已來降人間作所應作如是名爲第二時中諸天集會歡喜詳

議更相勸勵來降人間又我弟子諸漏永盡證眞無漏心善解脫慧善解脫於現法中自證通慧具足安住能自了知我生已盡梵行已立所作已辦不受後有爾時諸天歡喜集會咸相謂言天仙當知今佛弟子與惡魔軍已興戰諍已斷魔首已碎魔軍已自稱言我生已盡梵行已立所作已辦不受後有我等宜應帥諸天衆持妙香華往降人間禮拜供養稱揚讃歎請說正法度脫已身生老病死作是語已來降人間作所應作如是名爲第三時中諸天集會歡喜詳議更相勸勵來降人間苾芻當知若有國土城邑聚落有淨信心求出家者有剃鬚髮正出家者有出家已諸漏盡者於彼國土城邑等中諸大天仙及善神等皆來降下勤加守護令其豐樂風雨順時無諸疾疫其中衆生慈心相向同修善業現在當來長夜安隱速證無上常樂涅槃如是名爲有三時中諸天集會歡喜詳議更相勸勵來降人間爾時世尊重攝此義而說頌曰

諸天於三時　歡喜共集會　詳議相勸帥
來降於人間　最初求出家　第二剃鬚髮
第三漏永盡　摧伏諸魔軍　諸天見出家
能永盡諸漏　咸恭敬供養　如是讃頌言
歸命殊勝人　歸命最上士　歸命摧魔衆
獲得大名聞　諸天歡喜心　祐助修供養
希求剃鬚髮　漏盡證無生　是故應正勤
繫念樂靜慮　勇猛無放逸　摧伏諸魔軍
於佛法律中　正信出家者　能解脫諸漏
永盡衆苦邊

吾從世尊聞如是語苾芻當知畧有三事天勝於人云何爲三一者長壽二者端嚴三者快樂如是三事天勝於人百千萬倍不可稱計所以者何如此人間五十年量當彼天上四天王天一日一夜如是日夜數至三十以爲一月積十二月以爲一年以如是年四天王天壽量五百當於人間九百萬歲如此人間一百年量當彼天上三十三天一日一夜如是日夜數至三十以爲一月積十二月以爲一年以如是年三十三天壽量千歲當於人間三千六百萬歲如此人間二百年量當彼天上夜摩天中一日一夜如是日夜數至三十以爲一月積十二月以爲一年以如是年夜摩天中壽量二千當於人間一億四千四百萬歲如此人間四百年量當彼天上覩史多天一日一夜如是日夜數至三十以爲一月積十二月以爲一年以如是年覩史多天壽量四千當於人間五億七千六百萬歲如此人間八百年量當彼天上樂變化天一日一夜如是日夜數至三十以爲一月積十二月以爲一年以如是年樂變化天壽量八千當於人間二十三億四百萬歲如此人間千六百年當彼天上他化自在天一日一夜如是日夜數至三十以爲一月積十二月以爲一年以如是年他化自在天壽量一萬有六千歲當於人間九十二億一千六百萬歲（此中算數萬萬爲億）如是名爲諸天長壽諸天端嚴諸天快樂人間所有不可爲喻如是諸天三種勝事一切皆是無常無恒不可保信變壞之法死力所呑繫屬於死彼諸天衆臨命終時

有餘天衆來詣其所教授教誡言汝天仙當願汝等往生善趣生善趣已獲得善利得善利已有所成辦此中諸天往何善趣得何善利何所成辦謂彼諸天既命終已來生人中得人同分名往善趣至人趣已於佛所説法毗柰耶獲得正信名得善利如是正信增長廣大根深堅固世間沙門或婆羅門諸天魔梵無能如法引令退轉故名成辦由成辦故於佛法中多有所作謂淨信心出家受戒修奢摩他毗鉢舍那觀四聖諦永斷諸漏證得涅槃盡苦邊際爾時世尊重攝此義而説頌曰

諸天三事勝　長壽端嚴樂　人中與校量
算數甚難及　如此三勝事　非常亦非恒
難保變壞法　死魔力所繫　天將捨命時
餘天集其所　善教授教誡　令生歡喜心
當願汝天仙　往生於善趣　得預人同分
生中國聰明　於佛法律中　獲得於正信
增長根堅固　邪教不能轉　身語意惡行
能方便棄捨　彼所生過失　亦能方便除
多修身語意　三殊勝善業　如理正思惟
令無量廣大　修諸福業事　謂施戒多聞
於佛正法中　出家修梵行　正信修法行
恒忍辱柔和　或生天人中　或證涅槃樂
如是諸天仙　來教誡教授　將捨命天衆
如母愍於子　諸天常發願　善趣轉增益
令阿素洛等　退散永無增

本事經卷第七

六經同卷

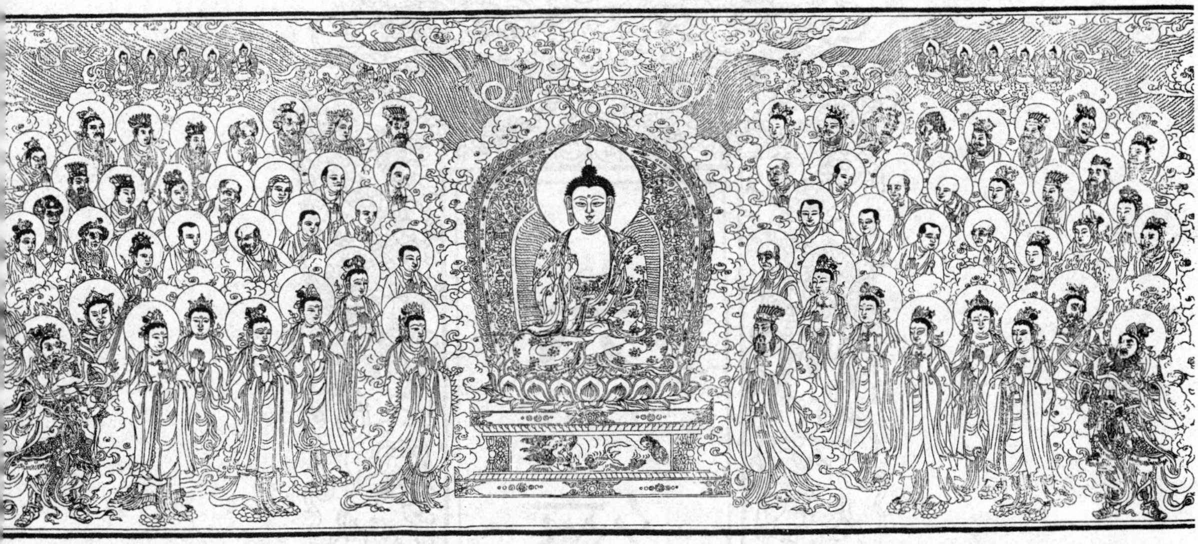

清刻龍藏佛說法變相圖

六經同卷

佛說中心經

東晉西域沙門竺曇無蘭譯

聞如是一時佛在舍衞國祇樹給孤獨園是時諸菩薩四輩弟子天龍鬼神帝王人民日會聽經佛右面比丘名曰目連神通妙達智

如虛空隨時變化權智並行普爲濟衆數如恒沙諸天稽首靡不師仰佛告目連彼有大國去斯八千處在邊境不覩三尊之至靈希聞如來無所著正真等覺神妙清化習於顛倒衆邪之行以爲眞諦王及臣民奉事梵志等五百人各有五通力能移山駐流分身變化國有大山塞民徑路舉國患之王以山爲民艱難具向梵志說之梵志答曰吾等自爲民除患王無慼焉即繞山坐各一其心以道定力山起欲移佛告目連汝往彼國現道神化長度梵志濟其人民令遠三塗求處福堂目連受教承佛威神尋路放光過絶日明懸處虛空當其山頂山爲不動梵志驚曰此山已起誰過之乎日又無光此將有異中有明者以道定意觀衆弟子心誰穢濁者令山不移覩見諸心普有道淨國榮寶色不穢其心仰頭觀見覩一沙門當其山上梵志僉曰正是瞿曇弟子所爲梵志呼曰王令吾等爲民除患汝抑之爲目連答曰吾自懸虛誰抑汝山梵志三進道力欲令山移山又三下遂成平地梵志顧相謂曰夫有明達道德深者即吾等師咸與正服稽首敬白願爲弟子示吾極靈目連答曰汝等欲去冥就明者善吾有尊師號曰無上正眞天中之天爲一切智汝等尋吾往至佛所梵志答曰佛之導化寧踰於師乎目連曰佛以須彌爲芥子吾以芥子爲須彌歎佛德畢曰汝等尋吾後目連接諸梵志猶若壯士屈伸臂頃即在佛前具陳其情白佛言吾承無上正眞之化化諸梵志斯等內外以淨猶若新氎易可爲色唯願天尊

蕩其微垢令成眞淨梵志見佛心開意喜皆
作沙門佛告諸比丘我爲汝曹説經上語亦
善中語亦善下語亦善語中深説度世之道
正心爲本聽我所言使後世傳行之諸比丘
皆叉手受教佛言人身有五賊牽人入惡道
何等爲五一者色二者痛癢三者思想四者
生死五者識是五者人所常念佛言人身常
爲目所欺爲耳所欺爲鼻所欺爲口所欺目
但能見不能聽耳但能聞不能見鼻但能知
臭香不能聞口但能知味不能知香臭身但
能知寒溫不能知味五者皆屬心心爲本佛
告諸比丘欲求道者當端汝心人從癡故隨
十二因緣便有生死何等爲十二一者本爲
癡二者行三者識四者名色五者六入六者
觸七者痛八者愛九者取十者有十一者生
十二者死施行善者復得爲人施行惡者入
泥犁薜荔畜生鬼神中佛坐思念人癡故便
有生死何等爲癡本從癡中來今生爲人復
癡心不解目不開不知死趣何道見佛不問
見經不讀見沙門不承事不信道德見父母
不敬不念世間苦不知泥犁中考治劇是名
爲癡故有生死不息人生死如呼吸之間脆
不過於人命人身中有三事身死識去心去
意去是三者常相追逐施行惡者入泥犁禽
獸薜荔畜生鬼神中施行善者三亦相追逐
或生天上或生人中墮是五道中者皆坐心
不端故佛告諸比丘皆當端汝目端汝耳端
汝鼻端汝口端汝身端汝心身體皆當斷於
土蒐神當不復入泥犁薜荔畜生鬼神中視
人家有惡子爲吏所取皆坐心不端故人身

中有百字如車有百名人多貪好怒不思惟身中事死墮泥犁中後悔之無所復及我棄國捐遮迦越王憂斷生死欲使世間人得泥洹道第一精進者立得阿羅漢第二精進者得阿那含第三精進者得斯陀含第四精進者得須陀洹雖不能大精進當持五戒不殺不盜不婬不欺不飲酒佛言人坐起常當思念四事何等四一者自觀人身觀他人身二者自觀痛癢觀他人痛癢三者自觀意觀他人意四者自觀法觀他人法心小欲亂意當自端視人身體飽亦極飢亦極住亦極行亦極寒亦極熱亦極卧亦極卧欲來時當自驚起坐端心坐心不端者當起立立不端者當經行心儻不端者當自正譬如有國王將兵出鬬健者在前既在前圖復却退欲却著後人比丘既棄家捐妻子剃鬚髮爲沙門雖一世苦後長解脫以得道者内自歡喜視妻如視姊弟視子如知識無貪愛之心常當慈哀十方諸天人民泥犁禽獸薜荔蜎飛蠕動之類皆使富貴安隱度脫得泥洹之道見畋獵當以慈心傷哀之知生不復癡能有是意者常念師恩事佛如人念父母如獄中有死罪囚有賢者往請囚出囚黠慧者常念賢者恩比丘以得道者當念佛如是念經當如人念飯食諸比丘當相承事如弟事兄中有癡者當問黠者展轉相教問黠者如冥中有燈火無得陰謀作惡無得諍訟見金銀當如見糞土無得妄證入人罪法言語無得中傷人意不見莫言見不聞莫言聞行道常當低頭視地蟲無得蹈殺無得貪人婦女無得形相

人婦女坐自思惟去愛貪之心乃得道耳佛告諸比丘欲求道者當端汝心於閑處坐自呼吸其氣息知息短長長息不報形體亦極閉氣不息形體亦極分別自思惟形體誰作者心當觀外亦當觀内自思惟歡然與人有異心當是時不用天下珍寶心稍欲隨正道意復小動者即還自守其意意即爲還譬如人有鏡鏡不明不見其形磨去其垢即自見形人去貪婬去瞋恚去愚癡譬如磨鏡諦思惟天下無堅固皆有無常佛告諸比丘持心當如四方石石在中庭雨墮亦不能壞日炙亦不能銷風吹亦不能起持心當如石天下人心如流水中草木各自流行不相顧望前者亦不顧後後者亦不顧前草木流行各自如故人心亦如是一念來一念去如草木前後不相顧望於天上天下無所復樂寄居天地間棄身不復死道成乃能知師恩見師即承事不見者思惟其教誡如孝子念父母如人念飯食道定便更慈哀天下人民蜎飛蠕動之類坐獨自歎以脫身於天下及五道一者天道二者人道三者畜生道四者餓鬼道五者泥犁道爲羅漢者即能飛行變化身中出水火出無間入無孔欲離世間取泥洹去者即能佛告諸比丘道不可不學經不可不讀佛說經已五百沙門皆得阿羅漢道阿難白佛言是諸沙門聞經意解何其疾也佛言此諸比丘前迦葉佛時受誦斯經中間無佛隨世因緣廢不復聞至今吾爲說聞即得道佛說經竟諸菩薩四輩弟子帝王人民天龍鬼神無不歡喜爲佛作禮

佛說中心經

佛説見正經

東晉西域沙門竺曇無蘭譯

聞如是一時佛在羅閱國祇洹精舍正以食時將諸比丘五百人菩薩及優婆塞千人皆持供養具出羅閱祇城外有大樹名曰甘香根深榦大枝葉茂盛華實紅赤其味甜美樹下廣平集石爲座佛意欲止此諸優婆塞即敷布座席佛便止坐弟子菩薩亦皆就坐時有一比丘名曰見正新入法服其心有疑獨念言佛説有後世生至於人死皆無還相報告者何以乎當以此問佛未即發言佛已豫知佛因先言諸弟子此樹本以一核種四大胞毓自致巨盛覆爾所人本爲核時根榦葉實未有未見至得四大因緣相連便生芽葉莖節華實轉增於本自致成樹施布廣遠初名爲核核復生芽芽復生莖莖復生葉葉復生華華復生實展轉變易非故不離故而名非常名遂成大樹樹復生果果復成樹歲月增益如是無數佛告諸弟子欲僦集華實莖節根榦更使還作核可得乎諸弟子皆言不可得也彼已變轉不可還復日就朽敗核轉復生如是無極轉生轉易終皆歸朽不可復還使成本核也佛告諸弟子生死亦如此識神爲起法起法爲癡癡爲就貪愛癡如彼樹核核小而長成大樹一癡而致多所因緣多所因緣本由癡出癡生行行生識識生字色字色生六入六入生更樂更樂生痛痛生愛愛生受受生有有致生生致老死合十二因緣成爲身已有身當就老死識神轉易隨行而往更有父母更受形體更六情更所習更

苦樂更風俗都非故便不得復還不復識故向所新見謂爲有謂可常著所猗呼爲諦謂無前世後世識神轉徙隨行而有也識神已徙更有父母更受新身更六情更所習更苦樂更風俗便不復識故亦不得復還故身故習故所見如樹不復還作核也於是比丘見正承佛言起座長跪白佛言我意未除未解正要今欲發愚癡之問願佛哀我等爲解了之我從生已來見人死者不少或父子兄弟夫妻内外或朋友相憐愛或有怨讎相憎死後識神了無還面相答善惡者何以乎識神爲何所隔礙而不得還面報人也願爲分别説之令我等結除疾得見諦佛言比丘彼識無形至於轉徙隨行而有若身作福福識轉生亦不得還面報人也何以故譬如冶家烊石作鐵已成鐵便鑄以爲器已成器可復還使作石乎見正言實不可石已成鐵終不得復還作石佛言識之轉徙住在中陰如石已烊成鐵從中陰轉受他體如鐵已鑄成器形消體易不得復還故識何以故行之善惡識往受之轉化變改如石成鐵修行五善禀受人身則更有父母已有父母便有六繫蔽一者住在中陰不得復還二者隨所受身胞内三者初生迫痛忘故識想四者墮地故所識念滅更起新見想五者已生便著食貪念故識念斷六者從生日長大習所新見識滅無復宿識諸弟子譬如賈客周遊四方國具見苦樂便意思念東方一郡國所有已起是念便三方念滅生死亦如是從是世作行往後世受已即生新想念故識想便滅如賈客唯

念一方三方想滅也用是六事繫蔽隔礙不復還故識如核之成樹石之成鐵變本易名不復還面相答報也佛言復譬如陶家埏土爲器以火燒之則轉成瓦寧可使瓦還作土乎諸弟子皆言實不可土已燒煉變形成瓦不可復使還作土也佛言諸弟子識神轉徙隨行受身如土成瓦人無道行不復識故不得復還相報答也比丘復譬如樹大數十圍巧匠便規斫刻鏤奇巧百種若人欲復集聚斫樹及所刻巧還使成樹可得乎諸弟子言實不可樹已斷破段段刻盡枝葉槁朽不復可集使成樹也佛言諸弟子識神於是世作行善惡臨死識從隨行受體所見所習非復故身不可得還不復識故面相答報也如樹已斷不可復集使生佛言復譬如工師燒砂作紅色更轉白形化如水諸弟子欲令紅還復作砂可得成乎諸弟子言實不可也燒砂一變不可還復佛言生死亦如是人未有道意無有淨眼身死識去隨行變化轉受他體所歷異世更受胞胎見習皆異不復識故如砂成紅不可復還也佛言諸弟子復譬如水處於圓瓶則體隨圓徙著方器則體復方大小曲直隨所墮處諸弟子生死亦如此識神本無無有常形隨行善惡輙往受身白黑長短苦樂善惡變受隨行如水從器或從人中所作非法死墮畜生舍受惡體不復識故面相答報也諸弟子譬如蝮蜻生在土中無聲無翼得時節氣轉化成蟬飛行著樹鳴聲不休佛問諸弟子寧可還蟬使入土成蝮蜻乎諸弟子言實不可也蝮蜻已變去陰在陽身

形化異日當死亡或爲衆鳥所噉不得還作蝮蜻也佛言諸弟子生死亦如此命訖身死識神轉徙更受新身五陰覆障見習各異於彼亦當老死不得復還不復識故面相答報也如蟬在樹不可復還作蝮蜻佛告諸弟子復譬如段生肉過時不食則臭敗生蟲欲使還成鮮肉可得乎諸弟子言實不可肉已臭敗不能得使復成鮮潔佛言生死亦如此人在世間心念惡口言惡身行惡死則識神轉徙墮地獄身或畜生身或魚蟲身所在異見不與前同罪網所蔽不復識故不得復還面相答報也如彼臭肉不可使更成鮮潔佛告諸弟子譬如月晦夜陰以五色物著冥中令千人萬人令夜視色物寧有一人而别其青黄赤白者乎諸弟子皆言正使巨億萬人復無央數人令夜觀視終無見者何能别其五色佛言若有人把炬照之令人觀視可得見不諸弟子言人依炬明視之皆可别五色佛言若愚人背炬火進入幽冥乃進極遠而望欲見五色可得見乎諸弟子言愚人背明向冥踰進踰闇終無見色時也佛告諸弟子人在生死亦如此一切人民蚑行蜎飛蠕動之類已受身形癡冥闇蔽無有道行不學身事意事未得慧眼以欲知生死所趣識神往來面相答報如月晦夜陰欲視五色終不得見也若修行經戒三十七品守攝其意就清淨行如隨持炬火人見别五色人隨佛法教則能了别死生具見五道識神往來所隨善惡處如炬火之照色皆悉了見人初不學身事意事背於經戒隨俗三流快意自從斷割眞

法不信不樂不肯奉行如背炬火進入幽冥
疑結日甚終無見知有解了時也佛告諸弟
子莫順汝愚癡閉結之意而不信清淨正眞
之道自墮地獄爲身受痛我故引譬以解了
汝等常當勤力奉行經戒以著心中佛告諸
弟子人生是世稟受身形肉眼所見現在之
事父母親屬察察了了然不能復見知前世
所從來處於是當老死往生後世更受身形
則亦不能復識知今世之事也所以者何一
生一死識神轉易十二因緣癡爲其主蘴蕾
冥闇轉不識故諸弟子譬如煮練白絲染作
異色青黃赤黑變本易故不可復轉還也生
死轉易如絲受色識無常體隨行染著未有
淨眼不識其故心意爲法所念即成人在一
世心念萬端善惡報受受新故滅生死之法
癡闇之常然也其欲知見生死往來當廣學
行身意之事深入清淨思惟本末爾乃開悟
如卧寤也佛告諸弟子識神爲癡冥法生作
善惡行死轉往受隨善惡行而有形兆如火
得薪而見薪索則滅意識不作善惡行則亦
滅無所有未得道者沉淪生死轉不識故譬
如穢鏡垢濁蔽汙舉以向面了無所見意識
濁蔽生死轉徙慘懼弊盈牽著殃禍不復識
故如視穢鏡復譬如深濁之水雖有魚蟲了
不得見生死錯亂憂畏蔽塞轉生忘故亦如
濁水譬如冥夜閉眼而行都無所見生死闇
昧流隨殃禍或喜或惱綴制所受不復識故
如夜閉眼佛告諸弟子今我爲佛慧眼清淨
一切生死往來三界佛悉知見譬如水精琉
璃寶珠綵絲貫之青黃皆見佛視生死如觀

貫珠譬如淨水清澄見底其中魚蟲皆悉裸見佛視生死如清水魚譬如大橋一切行人往來無絕佛視生死往來五道如觀橋人譬如高山遠望具見佛意高遠具知生死無不分別佛告諸弟子汝等當隨我教可具知生死千億劫事當行三十七品要行四意止四意斷四神足五根五力七覺意八正道以除意垢消滅三毒疑結解散便見清淨得佛慧意便知去來之事如視明鏡一切悉見佛告諸弟子世人所作善惡死之後世亦皆相荅報但人未得三淨眼是以不見不知不復識其本著在六繫蔽爲肉眼行故而不見相荅報之本謂之無有也其未得道者皆作濁穢之行沉沒愚癡生死轉化更受身形肉眼眩惑雜故繫新四痛擾亂終不得知識隨所行相荅報也今現世人或受福或受殃或相憐或相憎此則宿行荅報之驗爲無有三淨眼故不見不知便結在疑一切人已來生是世本與癡俱無有道意清淨之行而欲望知前世之事識反報之効譬如無手欲書無目欲視終不能也故佛出世數現經道以解人意其欲知見識神往來生死所受者當隨佛教行三十七品智度無極撿意勑意調意正意入禪三昧之妙乃可具知識神所墮去來之事耳汝諸弟子當勤學知身事意事具了諸對對至則滅除之不爲亂誤堅固於正法如此莫休汝所疑問即可解了佛告諸弟子識神有名無形隨善惡行依四大爲體初生身小諸根未具識見復小所知未備及其長大六情具足識亦隨體受欲諸習日生盛具至

於衰老四大羸臞識亦不明六情減少現居一世變易無常不如其故生所習見老如忘之況更異世陰胎繫蔽未得道意癡行惑穢欲見意識往來面相反報不可得也人無道行而望見知宿命之事譬如闇夜貫針水中求火終無見得汝諸弟子當勤行經戒深思生死本從何來終歸何所何因往來所緣何等諦如思惟空無之法得淨結除所疑自解佛說經竟見正等五百人及諸優婆塞悉得須陀洹諸菩薩皆得不傾迴三昧各起繞佛三帀頭面著地作禮畢竟悉從佛俱還精舍

佛說見正經

佛說大魚事經

東晉西域沙門竺曇無蘭譯

聞如是一時婆伽婆在舍衛城祇樹給孤獨園爾時世尊告諸比丘往昔時有一水饒諸大魚爾時大魚勑小魚曰汝等莫離此間往他處所備爲惡人所得爾時小魚不從大魚教便往至他處所爾時魚師以飯網羅線捕諸魚諸小魚見便趣大魚處所爾時大魚見小魚來便問小魚曰汝等莫離此間往至他所爾時小魚便答大魚曰我等向者巳至他所來大魚便勑小魚曰汝等至他所不爲羅網取捕耶小魚答大魚曰我等至彼不爲人所捕然遥見長線尋我後大魚語小魚曰汝等巳爲所害所以然者汝所遥見線尋後來者昔先祖父毋盡爲此線所害汝今必爲所害汝非我兒爾時小魚盡爲魚師所捕舉著岸上如是小魚大有死者此亦如是或有一比丘在他聚落遊行著衣持鉢同行乞食福度衆生不守護身不守護口意不具足諸根意不專一即於彼村落乞食時見諸女人端正無雙色猶桃華見巳便起婬心以此婬心身口意熾然彼以身口意熾然即於村落乞食還所止處故發欲想便往尊比丘所以此因緣具向諸比丘說諸尊大比丘告此比丘言汝起婬想此不爲淨汝比丘當惡露觀尊大比丘語復至再三爾時彼比丘身口意熾盛復至彼村落乞食遥見女人端正無比色猶桃華見巳便起婬心以此婬心身口意熾然彼以身口意熾然故即於彼村落乞食巳還所止處往尊大比丘所以此因緣具向諸

比丘說彼尊比丘告此比丘言汝往非我衆中比丘爾時此比丘不捨禁戒便著俗服樂愛欲中是謂比丘魔得其便隨波旬所欲亦不脫生老病死愁憂苦惱如是諸比丘利養具甚爲難甚爲苦甚爲恐畏墮入惡趣不生無上處是故諸比丘當作是學已得利養當捨離之未得利養不起貪意如是諸比丘當作是學爾時諸比丘聞佛所說歡喜奉行

佛說大魚事經

佛說阿難七夢經

東晉西域沙門竺曇無蘭譯

阿難在舍衛國有七種夢來問於佛一者夢陂池火燄滔天二者夢日月沒星宿亦沒三者夢出家比丘轉在於不淨坑塹之中在家白衣登頭而出四者夢群猪來觝突栴檀林五者夢頭戴須彌山不以爲重六者夢大象棄小象七者夢師子王名華薩頭上有七毫毛在地而死一切禽獸見故怖畏後見身中蟲出然後食之以此惡夢來問於佛佛時在舍衛國普會講堂上與波斯匿王說法苦集滅得道爲樂見阿難憂色愁苦叵言佛告阿難汝於夢者皆爲當來五濁惡世不損汝也何爲憂色第一夢陂池火燄滔天者當來比丘善心轉少惡逆熾盛共相殺害不可稱計第二夢日月沒星宿亦沒佛泥洹後一切聲聞隨佛泥洹不在世衆生眼滅第三夢出家比丘轉在於不淨坑塹之中在家白衣登頭出者當來比丘懷毒嫉妬至相殺害道士斬頭白衣視之諫訶不從死入地獄白衣精進死生天上第四夢者群猪來觝突栴檀林者當來白衣來入塔寺誹謗衆僧求其長短破塔害僧第五夢者頭戴須彌山不以爲重者佛泥洹後阿難當爲千阿羅漢出經之師一句不忘受悟亦多不以爲重第六夢者大象棄小象將來邪見熾盛壞我佛法有德之人皆隱不現第七夢師子死者佛泥洹後一千四百七十歲中諸弟子修德之心一切惡魔不得擾亂七毫者七百歲後事

佛說阿難七夢經

佛說呵鵰阿那含經

東晉西域沙門竺曇無蘭譯

聞如是一時佛在舍衛國祇陀園呵鵰阿那含將五百優婆塞至舍利弗所作禮已却坐舍利弗爲說經大歡喜而退復至佛所以頭面著地叉手繞佛三帀却坐佛問呵鵰阿那含若有何功德教化五百弟子隨侍汝呵鵰阿那含即長跪叉手言我常奉行佛所說四事何等爲四一者布施於人二者說善語三者占視同學給足有無四者同學者財共不計佛言善哉善哉已過去佛無有過是四事未來佛亦無有過是四事今現在佛亦無有過是四事佛爲呵鵰阿那含說經已各大歡喜而退呵鵰阿那含還歸入舍呼諸人客奴婢坐著前好爲說經開解語生死善惡之道復上殿呼諸持藏人諸妓女著前爲說經戒皆大歡喜復上後殿爲諸夫人婦女說經戒已訖還至正殿齋戒牀上端坐定意便得等心第一天上四王請諸天皆會坐共稱譽呵鵰阿那含功德天四王中尊王下至呵鵰阿那含舍面稱譽呵鵰阿那含功德呵鵰阿那含時得等心不答天王佛邊有一比丘至呵鵰阿那含舍呵鵰阿那含起迎比丘前坐比丘說言佛坐中常相稱譽功德呵鵰阿那含問比丘言佛稱譽我時邊有白衣無比丘言無有白衣正使有白衣有何等嫌疑耶呵鵰阿那含言佛語至誠恐白衣不信者便當墮泥犁中正使信佛語者便復來承事我布施我我不喜煩擾於人於是故問耳比丘辭去呵鵰阿那含言想朝來未食且留飲食便行

澡水下飲食訖比丘還白佛言屬至呵鵰阿那舍舍道説言佛坐中大相稱譽呵鵰阿那舍因問我言佛稱譽我時邊有白衣無我言無白衣正使有白衣有何等嫌疑呵鵰阿那舍言佛稱譽我實至誠不妄白衣不信佛語者便當墮泥犁中正使信者便復來承事我我不喜煩擾他人以是故問耳佛言善哉善哉我不常爲汝曹説呵鵰阿那舍有七事今復益一事爲八事何等爲八事一者不求不欲令人知二者信不欲令人知三者自羞不欲令人知四者自慙不欲令人知五者精進不欲令人知六者自觀不欲令人知七者得禪不欲令人知八者黠慧不欲令人知所以不欲令人知者不欲煩擾於人故不欲令人知佛説經已諸比丘皆大歡喜起前爲佛作禮

佛説呵鵰阿那舍經

佛説燈指因縁經

姚秦三藏法師鳩摩羅什譯

若種少善於勝福田人天受樂後得涅槃是以智者應當勤心修習善業言福田者即是佛也佛身光明如融金聚功德智慧以自莊嚴得圓足眼善能觀察衆生諸根世間黑闇爲作燈明衆生愚癡爲作親善衆善悉備名稱普聞牟尼世尊衆所歸依是故人天至心修福無不獲報昔王舍城五山圍繞於五摩伽陀最處其中此王城内里巷相當庭園廣博臺觀嚴麗堂室綺妙高軒敞朗周帀欄楯有好林池甚可愛樂其水清淨温涼調適通渠迴流轉相交注林樹蕭森枝條蓊鬱華實繁茂映蔽日月風吹華林出微妙香其香馝馚芳馨四塞徧王舍城諸勝智人修梵行者咸以此地莊嚴殊特心生喜樂自遠而至雲集其中時此城主阿闍世王道化光被遐邇所歸正法治國修善者衆國實民殷安隱快樂爾時城中有一長者其家巨富庫藏盈溢如毗沙門然無子胤禱祀神祇求乞有子其婦不久便覺有身滿足十月生一男兒是兒先世宿殖福因初生之日其手一指出大光明明照十里父母歡喜即集親族及諸相師施設大會爲兒立字因其指光字曰燈指諸集會者覩其異相歎未曾有時此會中有婆羅門名曰婆修誦四韋陀典博聞多知事無不曉見兒姿貌奇相非常含笑而言今此兒者或是那羅延天釋提桓因日之天子諸大德天來現生也時兒父母聞是語已倍增歡喜設大檀會七日七夜布施作福如是展轉

舉國聞知皆云長者産一福子稱美之音上徹於王時王聞已即勑將來長者受教尋即抱兒詣王宫門值王讌會作衆妓樂無人通啓不得輒前其兒指光徹照宫庭赫然大明照于王身及以宫觀一切雜物斯皆金色其光徧照於王宫内譬如大水湛然盈滿王即怪問此光何來忽照吾宫將非世尊欲化衆生至我門耶又非大德諸天釋提桓因日天子等下降來也王尋遣人往門外看使人見已還入白王向者大王所喚小兒今在門外此兒手在乳母肩上其指出光明來徹照故有此光王勑使言速將兒來王既見之深異此兒自捉兒手觀其兒相諦瞻覩已而作是言外道六師稱無因果眞爲誑惑若無因果云何此兒從生已來容貌超絶指光炳著以此觀之諸外道輩陷諸衆生顛墜惡趣定知此兒非自在天之所化生亦非神祇自然而有必因宿福獲斯善報始知佛語誠諦不虚佛說種種業緣莊嚴世間一切衆生眼見報應而不修福一何怪哉王復言曰今猶未審此指光曜或因於日而有此明必欲驗者須待夜半既至日暮即以小兒置于象上在前而行王將群臣共入園中而此小兒指光所照幽闇大明觀視園中鳥獸華果與晝無異王觀此已喟然歎曰佛之所說何期眞妙我於今日於因於果生大堅信深鄙六師愚迷之甚是故於佛倍生宗仰於時耆域即白王言佛於修多羅中說若不見業故有慳貪以見業故慳貪永息今見燈指有此福報假令窮困尚應罄竭而修善業況復富饒而不作

福如是語頃天已平曉還將燈指入天王宮王甚歡喜大賜珍寶放令還家燈指漸漸遂便長大其父長者爲求婚所選擇高門與巳等者聘以爲婦長者既富禮教先備閨門雍族資產轉盛夫盛有衰合會有離長者夫妻俱時喪亡譬如日到沒處暉光潛翳如日既出月光不現如火爲灰熾炎永滅强健好色爲病所壞少壯之年爲老所侵所愛之命爲死所奪父母既終生計漸損而此燈指少長富逸不閑家業惡伴交遊恣心放意躭惑酒色用錢無度倉庫儲積無人料理如月盈則闕轉就損減時彼國法歲一大會集般周山于時燈指服飾奢靡將從妓樂皆悉嚴麗擬於王者詣彼會所彼會大衆見其如是無不敬美爾時衆人共相歡酣歡娛適意鐘鼓並陳絃歌普作歡舞平場欣戲原野娛樂之音動山蓋谷時後群賊知燈指會未還之間伺其空便往到其家劫掠錢財一切盡取燈指暮歸見巳舍內爲賊劫掠唯有木石瓶瓦等在見此事巳悶絕躃地傍人水灑方得醒寤憂愁啼哭而作是念我父昔來廣作方宜修治家業劬勞積聚倉庫財寶是父所爲生有我身覬有委付如何至我不紹父業浮遊踈墮爲人欺凌父之餘財一旦喪失倉庫空虛畜産迸散顧瞻舍宅唯我孑然著身瓔珞及以服乘當用貿食以濟支急用之既盡當如之何當于爾時指光亦滅其妻厭賤捨棄而走僮僕逃失親里斷絕素與情昵極親厚者反如怨讎見其貧窮恐從乞索逆生瞋怨婦尚捨棄況於餘人當知貧窮比於地獄貧窮

苟生與死無别先慣富樂卒罹窮困失所依憑栖寄無處憂心火熾愁毒焦然華色既衰悴容轉彰身體尫羸飢寒消削眼目瞘陷諸節骨立薄皮纒裹筋脉露現頭髮髼亂手足皴細其色艾白舉體皴裂又無衣裳至糞穢中拾掇麤弊連綴相著裁遮人根赤露四體倚卧糞塠復無席薦諸親舊等見而不識歷巷乞食猶如餓烏至知友邊欲從乞食守門之人遮而不聽伺便輒入復爲排辱舍主既出欲加鞭打俯僂曲躬再拜謝罪舍主輕懱聊不迴顧設得入舍輕賤之故既不與語又不敷座與少飲食撩擲盂器不使充飽時彼國内取婦生子剃髮法皆設食往到會中望乞殘食以輕賤故不喚令坐驅其走使益索所須得少餘殘與奴共器便自思惟怪哉怪哉我今云何貧賤伶俜忽至如此私自念言如我今日精神昏迷心智失識不知今者爲是本形更受身耶辛苦荼毒世所無偶譬如林樹無華衆蜂遠離被霜之草葉自焦捲枯涸之池鳬鴈不遊被燒之林麋鹿不趣田苗刈盡無人捃拾今日貧困説往富樂但謂虚談誰肯信之世人甚衆無知我者由我貧窮所向無路譬如曠野爲火所焚人不喜樂如枯樹無蔭無依投者如苗被霜雹捐棄不收如毒蛇室人皆遠離如雜毒食無有嘗者如空塚間無人趣向如惡廁溷臭穢盈集如魁膾者人所惡賤如常偷賊人所猜疑我亦如是所向之處動作譏嫌所可談説發言生過雖説好語他以爲非若造善業他以爲鄙所爲機捷復嫌輕躁若復舒緩又言重直設復

讚歎人謂諂譽若不加譽復生誹謗言此貧
人常無好語若復教授復言詐僞耆舊强有
所知若廣言語人謂多舌若默無言人謂藏
情若正直說復云麤獷若求人意復言諂曲
若數親附復言幻惑若不親附復言驕倨若
順他所說復言詐取他意若不隨順復言自
專若屈意承望罵言寒賤若不屈意言是貧
人猶故自我若小自寬放言其愚癡無有拘
忌若自攝斂言其空麤許自端確若復歡逸
言其佛佷狀似狂人若復憂慘言其含毒初
無歡心若聞他語有所不盡爲其判釋言其
命趣以愚伐智耐羞之甚若復默然復言頑
嚚不識道理若小戲論言不信罪福若有所
索言其苟得不知廉恥若不所索言今雖不
求後望大得若言引經書復云詐作聰明若
言語樸素復嫌踈鈍若公論事實復言强說
若私屏正語復言讒佞若著新衣復言假借
嚴飾若著弊衣復言儜劣寒悴若多飲食言
飢餓饕餮若少飲食言腹中實飢詐作清廉
若說經論言顯已所知彰我闇短若不說經
論言愚癡無識可使放牛若自道昔日事業
言誇譁自譽若自杜默言門貧淺薄諸貧窮
者行來進止言說俯仰盡是傲過富貴之人
作諸非法都無過患舉措云爲斯皆得所貧
窮之人如起屍鬼一切怖畏如遇死病難可
療治曠野險處絕無水草如墮大海沒溺洪
流如人捺咽不得出氣如眼上瞖不知所至
如厚垢穢難可洗去亦如怨家雖同衣食不
捨惡心如夏暴井入中斷氣如入深泥滯不
可出如山暴水駛流吹漂樹木摧折貧亦如

是多諸艱難貧窮又能毀壞壯年好色氣力名聞種族門戶智慧持戒布施慚愧仁義信行勇武意志悉能壞之又復能生飢寒怨憎輕躁褊陋憂愁慘毒嫌責罪負如是衆苦從貧窮生譬如伏藏多有雜物貧伏藏中多有種種身心苦惱夫富貴者有好威德姿貌從容意度寬廣禮義競興能生智勇增長家業眷屬和讓善名遠聞燈指思惟我今貧厄世間少比正欲捨身不能自殞當作何方以自存濟復作是念世人所鄙不過擔屍此事雖惡交無後世受苦之業若當餘作或值殺生作諸不善以此而言我請爲之爾時有人聞其此語即雇擔屍燈指取直尋從其言擔負死人到於塚間意欲擲棄于時死人急抱燈指譬如小兒抱其父母急捉不放盡力挽却不能得去死人著脊猶如胡膠不可得脫排推不離甚大怖畏作是念言我於今日擔此死屍欲何處活即詣旃陀羅村語言誰能却我背上死屍當重相雇諸旃陀羅詳共盡力共挽却之亦不肯去餘見之者罵燈指言狂人何爲擔負死屍入人村落競以杖石而打擲之身體傷破痛惱並至有人憐愍將其詣城遂到城門旣到門下守門之人逆遮打之不得近門此何癡人擔負死屍欲來入城自見已身被諸杖木身體皆破甚懷懊惱發聲大哭而作是言我正爲食作此鄙事今日忽然遭此大苦由我貧困不擇作處爲斯賤業冀得價直以自存活如何一旦復值苦毒寧作餘死不負屍生且哭且言時守門者深生憐愍放令還家到自空室先同乞索諸貧人

等共住之者遥見死屍在其背上悉皆捨去既到舍已屍自隨地燈指于時踰增惶怖悶絶躃地久乃得穌尋見死屍手指純是黄金雖復怖畏見是好金即前視之以刀試割實是眞金既得金已心生歡喜復剪頭項手足如是剪已尋復還生須臾之頃金頭手足其積過人譬如王者失國還得本位如盲得眼視瞻明了如久思他女得與交歡如學禪者忽得道證燈指歡喜亦復如是庫藏珍寶倍勝於前威德名譽有過先日親里朋友妻子及僮僕一切還來燈指歎曰嗚呼怪哉富有大力能使世人來歸極疾嗚呼怪哉貧有大力能使所親捨我極速我先貧時素所親昵交遊道絶聊無一人與我語者今日一切顯顯承事合掌恭敬假使生處如帝釋勇力如羅摩知見如天師若無錢財都無所直富者不問愚知皆稱好人實無所知人以爲智亦得勇健諸善名聞雖復醜陋老弊少壯婦女樂至其邊阿闍世王聞其還富尋即遣人來取其寶其所取者盡是死人還擲屋中見是眞金燈指知王欲得此寶即以金頭手足以用上王王既得已齎之還宮於後燈指作是思惟而説偈言

五欲極輕動　如電毒蛇舌　榮樂不久停
即生猒患心

尋以珍寶施與衆人於佛法中出家求道精勤修習得阿羅漢雖獲道果而此屍寶常隨逐之比丘問佛燈指比丘以何因緣從生以來有是指光以何因緣受此貧困復何因緣有此屍寶常隨逐之佛告比丘至心諦聽吾

當爲汝說其宿緣燈指比丘乃往古世生波羅柰國大長者家爲小兒時乘車在外遊戲晚來門戶已閉大喚開門無人來應良久母來與兒開門瞋罵母言舉家擔死人去耶賊來劫耶何以無人與我開門以是業緣死墮地獄地獄餘報還生人中受斯貧困指光因緣屍寶因緣爲汝更說過去九十一劫有佛名毗婆尸彼佛入涅槃後佛法住世燈指爾時爲大長者其家大富往至塔寺恭敬禮拜見有泥像一指破落尋治此指以金薄補之修治已訖尋發願言我以香華妓樂供養治像功德因緣持此功德願生天上人間常得尊豪富貴假令漏失尋還得之使我於佛法中出家得道以治佛指故得是指光及死屍寶聚以惡口故從地獄出得貧窮果報佛說是燈指因緣時諸天人民散衆天華作天妓樂供養已訖便還天宮以是因緣少種福業於形像所得是福報乃至涅槃形像尚爾況復如來法身者乎能於佛法如說修行如此功德不可限量若欲生天人中受諸快樂應當至心聽法以惡口因緣受大苦報應畏衆苦遠離惡口諸不善業以此觀之一切世人當貴榮華不足貪著於諸人天尊貴不應喜樂當知貧窮是大苦聚欲斷貧窮不應慳貪是以經中言貧窮者甚爲大苦

佛說燈指因緣經

音釋

毓 余六切養也 埏 尸連切粘土也 蝮蜻 蝮孚六切蜻余六切蝮蜻蟬皮也 瞪瞢 瞪唐亘切瞢母亘切瞪瞢不明也 覬 几利切希望也 窳 勇主切嬾也 眤 尼質切近也 尫 烏光切弱也 䁝 苦洽切目陷也 皴 七倫

切皮詖也
僂朧主切傴僂也
伶俜伶盧經切俜普丁切
捃俱運切收拾也
礭正作愨克角切端愨謹愿也
佣倀佣張牛切倀正作張中良切佣張誑也
嚚魚巾切口不道忠信之言也
儜女耕切困也
饕餮饕他刀切貪財也餮徒結切貪食也
褊俾緬切褊小也
陿胡甲切隘也
殞羽敏切歿也又墜也
積疾智切聚也

八經同卷

清刻龍藏佛說法變相圖

八經同卷

佛說婦人遇辜經

乞伏秦釋聖堅譯

聞如是一時佛在舍衛祇樹給孤獨精舍與大比丘衆千二百五十人俱時有一人無婦往詣舍衛國娶婦本國自有兩子大子七歲

次子孩抱母復懷軀欲向在産天竺禮俗婦人臨月歸父母國時夫婦乘車載二子當詣舍衛中路食息并牧牛時有毒蛇纏繞牛脚牛遂離桊其夫取牛欲得嚴發見牛爲毒蛇所殺蛇復捨牛復纏夫殺婦遥見之怖懼戰慄啼哭呼天無救護者日遂欲冥去道不遠有流河水水對有家居婦迫日冥懼爲賊所刼棄車將二子到水畔留大子著水邊抱小子度水適到水半狼食其子子呌呼母母時嚴顧見子爲狼所噉驚惶怖懼失抱中子墮水隨流母益懊惱迷惑失志頓躓水中墮所懷子遂便度水問道行人我家父母爲安隱不行人答曰家昨失火皆燒父母悉盡無餘又問行人我夫家姑公爲安隱不行人答曰昨有劇賊傷害其家姑公皆死無完在者其婦聞之愁憂怖懼心迷意惑不識東西脱衣裸形迷惑狂走道中行人見大怪之謂得邪病鬼神所娆乎或謂愁憂迷惑失志或有唾濺捨避之走或有憐傷愍念哀之時佛在舍衛祇樹給孤獨精舍時婦馳走而往趣之過祇樹園爾時世尊大會説法四輩弟子諸天龍神十方一切皆悉聽經諸佛之法盲者見佛皆得眼目聾者得聽瘂者能言疾病除愈尫劣强健被毒不行心亂得定時婦見佛意即得定不復愁憂自視裸形慙愧伏地佛呼阿難取衣與婦即時受教則取衣與婦著衣竟稽首佛足却坐一面佛即説經爲現罪福人命無常合會有別生者有死不生不終一切本空自作起滅展轉五道譬如車輪巳解本無不復起分婦聞佛言心開意解即發無

上正眞道意即時得立不退轉地愁憂除愈如日無雲佛說如是四輩歡喜諸天龍神稽首而退

佛説婦人遇辜經

佛說四天王經

宋沙門釋智嚴共寶雲譯

聞如是一時佛在舍衛國祇樹給孤獨園佛告諸弟子慎汝心念無受六欲漱情去垢無求爲首内以清淨外當盡孝以四等心奉養所生晨入尊廟稽首悔過朝稟暮誦思經妙義以佛重戒治心穢病齋肅靖處數息禪定反流盡源以求道眞壽命猶電恍惚即滅齋日責心愼身守口諸天齋日伺人善惡須彌山上即第二天天帝名因福德巍巍典主四天四天神王即因四鎭王也各理一方常以月八日遣使者下案行天下伺察帝王臣民龍鬼蜎飛蚑行蠕動之類心念口言身行善惡十四日遣太子下十五日四王自下二十三日使者復下二十九日太子復下三十日四王復自下四王下者日月五星二十八宿其中諸天僉然俱下四王命曰勤伺衆生施行吉凶若於斯日有歸佛歸法歸比丘僧淨心守齋布施貧乏持戒忍辱精進禪定諷經散說開化盲冥孝順二親奉事三尊稽首受法行四等心慈育衆生者具分別之以啓帝釋若多修德精進不怠釋及輔臣三十二人僉然俱喜釋敕伺命增壽益算遣諸善神營護其身隨戒多少若持一戒令五神護之五戒具者令二十五神營衛門戶凶疫衆邪陰謀消滅夜無惡夢縣官盜賊水火災變終而不害禳禍滅怪唯斯四等五戒六齋耳猶如大水而滅小火豈有不滅者乎臨其壽終迎其魂神上生天上七寶宮殿無願不得若有不濟衆生之命穢濁盜竊婬犯他妻兩舌惡

罵妄言綺語厭禱呪詛嫉妬恚癡逆道不孝違佛遠法謗比丘僧善惡反論有斯行者四王以聞帝釋及諸天僉然不悅善神不復營護之即令日月無光星宿失度風雨違時以現世人欲其改往修來洗心齋肅首過三尊四等養親忠于帝王慈心諫諍至誠無欺反前修來捐穢濁之操就清淨之道若有改邪行就正眞者帝釋四王靡不歡喜日月即清明星宿有常風雨順時毒氣消歇天降甘露地出澤泉水穀滋味食之少病華色弈弈壽命益長生不更牢獄死得上天天上福德所願自然飛行存亡項有日光食自消化無有便利之患身中香潔口氣苾芬今日月星宿即諸天宮宅也七寶殿堂懸處虛空在意所之壽終下生侯王之家顏華煒煒見者心歡逢佛值法賢聖相連力行不與罪會必得泥洹斯皆五戒十善斂情攝欲六齋使然拘留秦佛時人壽六萬歲民性無爲護彼猶養已平等無二彼佛去世正教衰薄民無正行以漸爲惡其壽日減至于百歲吾善逝後民違佛教無復孝子司命減算壽日有減天神不祐凶疫惡鬼日來侵害災怪首尾願與意違非禍縱橫生罹王法之囹圄死入地獄餓鬼畜生若出爲人必爲下賤善惡追身猶若五穀隨其所種獲其果實亦如夜書火滅字存身死名滅殃福不朽愼護汝心攝身守口五戒十善可從得道吾今得佛積行所致諸弟子聞經歡喜作禮而去

佛說四天王經

佛説摩訶迦葉度貧母經

宋三藏法師求那跋陀羅譯

聞如是一時佛在舍衛國度於君民與除饉衆菩薩大士天龍鬼神世間人民無央數衆會聽經是時摩訶迦葉獨行教化到王舍城常行大哀福於衆生捨諸豪富而從貧乞摩訶迦葉時欲分衛若其未行先三昧正受何所貧人吾當福之即入王舍大城之中見一孤母最甚貧困在於街巷大糞聚中傍鑿糞聚以爲巖窟羸劣疾病常卧其中孤單伶仃無有衣食便於巖窟施小籬以障五形迦葉三昧知此人宿不植福是以今貧知母壽命終日在近若吾不度求失福堂母時飢困長者青衣而棄米汁臭惡難言母從乞之即以破瓦器盛著左右摩訶迦葉到其所呪願言且多少施我可得大福爾時老母即説偈言

擧身得病疾　孤窮安可言　一國之最貧
衣食不蓋形　世有不慈人　尚見矜愍憐
云何名慈哀　而不知此厄　普世之寒苦
無過我之身　願見哀矜恕　實不爲仁惜

摩訶迦葉即答偈言

佛爲三界尊　吾備在其中　發除汝飢貧
是故從貧乞　若能減身口　分銖以爲施
長夜得解脱　後生得豪富

爾時老母重説偈言

實如仁所言　生世無功祚　今在糞窟中
不淨塗其身　飲食無分米　裸形而不覆
如今之極貧　施意與願違

摩訶迦葉重説偈言

母説處不悦　飢窮無以施　若其有施意

此則不爲貧　若復知慙羞　此則著法衣
如母此二事　衣食爲備足　世有專愚人
俗衣寶穀多　無慙不念施　計後此大貧
惶荒設福德　可謂爲希有　信哉罪福衆
至誠不虛説

爾時老母聞偈歡喜心念前日有臭米汁欲以施之則不可飲遥啓迦葉哀哉受不摩訶迦葉答言大善母即在窟匍匐取之形體裸露不得持出側身僂體籬上授與迦葉受之尊口呪願使蒙福安迦葉心念若吾齋去著餘處飲之者母則不信謂吾棄之即於母前飲訖盪鉢還著布囊中於是老母特復眞信迦葉自念當現神足令此母人必獲大安即没入地更在虛空身出水火半身以上現其水出半身以下復現火出又復變化改易飛騰虛空從其東出没於西方南北亦爾時母人見此踊躍一心長跪遥視迦葉迦葉告曰母今意中所願何等世間豪富轉輪聖王及四天王釋梵諸天若復欲得須陀洹斯陀含阿那含阿羅漢辟支佛若復欲得阿耨多羅三藐三菩提阿惟三佛者悉可得果其願爾時母人猒於世苦聞天堂上審爲快樂即啓迦葉願以微福得生天上於是迦葉忽然不現老母數日壽終即生第二忉利天上威德巍巍震動天地光明挺特譬如七日一時俱出照曜天宮釋提桓因即自驚悸何所人者福德感動將無此間有勝吾者即以天眼觀此天女福德使然釋提桓因即偈問曰

此女從何來　大光明照曜　譬如七大日
一時俱出現　震動吾宮殿　威德難可當

本修何福德　得來昇此天
是時天女答帝釋偈言
本在閻浮提　糞窟不淨中　羸老兼疾病
衣食不充備　三千大千土　釋迦文佛尊
次有大弟子　名摩訶迦葉　哀矜從母乞
説法我心歡　貢其臭米汁　施少獲願多
一心供福地　願欲生天上　棄身糞窟中
來生忉利天
爾時天女即自念言此之福報緣其前世供養迦葉所致假令當以天上珍寶種種百千施上迦葉猶尚未報須臾之恩即將侍女持天香華忽然來下於虛空中散迦葉上然後來下五體投地禮畢却住叉手歎曰
大千國土　佛爲特尊　次有迦葉　能閉罪門
昔在閻浮　糞窟之前　爲其貧母　開説真言
時母歡喜　貢上米瀋　施如芥子　獲報如山
自致天女　封受自然　是故來下　歸命福田
天女説已即與侍從俱還天上然後帝釋心念此女於閻浮提臭惡之中以其米汁供養迦葉乃致此福迦葉大哀但福劣家不及大姓當作良策於閻浮提詣迦葉所興設福祐釋提桓因即與天后持百味食盛小瓶中下詣王舍大城巷邊作小陋屋變其形狀似于老人身體消瘦僂行而步公妻二人而共織席自現貧窮乞人之狀不儲飲食穀帛之具摩訶迦葉後行分衛見此貧人而往乞食公言至貧無有如何迦葉呪願良久不去公言我等夫妻甚老織席不暇向乞少飯適欲食之聞仁慈德但從貧乞欲以福之今雖窮困意自割損以施賢者審如所云令吾得福天

食之香非世所聞若豫開瓶苾芬之香迦葉覺之全不肯取即言道人弊食不多鉢來取之迦葉鉢取受呪願施家其香普熏王舍大城及其國界迦葉即嫌其香無量即便三昧思惟其本方坐三昧公及母還復釋身迅疾飛去空中彈指歡喜無量迦葉思惟即知帝釋化作老公而爲此變欲增福祚吾今已受不宜復還迦葉讚言善哉帝釋種福無猒忍此醜類來下植福必獲影報帝釋及后倍復欣踊是時天上妓樂來迎帝釋到宫倍益歡喜佛告阿難此貧母人一切世間無能及者惠雖微少福報甚多以其苦厄與至心故致無量福福應之報釋提桓因天上自恣而捨豪尊來下植福獲報難量是以如來説檀第一閻浮提人愚癡可矜其如此比有少少耳汝當廣宣如來眞言佛説是時天龍鬼神四輩弟子比丘僧興設大福而止達嚫願及衆生隨其志願皆得果報佛説經已一切衆會莫不欣樂稽首作禮

佛説摩訶迦葉度貧母經

佛説禪行三十七品經

後漢沙門安世高譯

聞如是一時佛遊於舍衛祇樹給孤獨園佛告諸比丘若能彈指間惟行自身身止觀外身身止觀内外身身止觀分别念解世間癡惱是爲精進爲如佛教非是愚癡食人施何況能多行者撮取其要若彈指間止觀痛若止觀意及止觀法内外分别念解世間癡惱皆如上説何況多行者是故可念行四意止佛言諸比丘若彈指間惟行未生惡法不令生勸意治行精進攝意是爲精進行禪爲如佛教不是愚癡食人施何況多行者撮取其要若彈指間惟行已生惡法即得斷若惟行未生善法便發生及已生善法立不忘增行得滿勸意治行精進攝意皆如上説何況多行者是故可念行四意斷佛言諸比丘若彈指間惟行欲定斷生死惟神足是爲最精進行禪爲如佛教不是愚癡食人施何況多行者撮取其要若彈指間惟行精進定若惟行意定及戒定斷生死惟神足皆如上説何況多行者是故可念行四神足佛言諸比丘若彈指間惟行信根以見四喜之喜不離佛亦法與衆及戒是爲精進行禪爲如佛教不是愚癡食人施何況多行者撮取其要若彈指間惟行精進根以見四意斷若惟行念根以見四意止若惟行定根以見四禪若惟行慧根以見四諦皆如上説何況多行者是故可念行五根佛言諸比丘若彈指間惟行信力從得四喜之事令無能壞是爲精進行禪爲如佛教非是愚癡食人施何況多行者若彈

指間惟行精進力若念力若定力若慧力皆如上說何況多行者是故可念行五力佛言諸比丘若彈指間惟行念覺意以念所當念以愛念以正念爲善法念得悉不忘是爲精進行禪爲如佛教不是愚癡食人施何況多行者攝取其要若彈指間惟行法解覺意其經某經分別解隨順解若惟行精進覺意其身精進意亦精進若惟行愛覺意知所當愛令意得喜若惟行止覺意令身休止意亦休止若惟行定覺意令意住念亦住志不亂不邪念若惟行護覺意令護行知所念知安身令見道護惡念安隱行事事皆如上說何況多行者是故可念行七覺意佛言諸比丘若彈指間惟行正見以知古知今知始知終知內知外知苦知習知盡知道知佛知法知比丘衆知學行事如六合所習所取歡樂變失及其歸趣知不貪之德是爲正見爲精進行禪爲如佛教不是愚癡食人施何況多行者攝取其要若彈指間惟行正思爲思出家思不諍思不殺若惟行正語不妄語不兩舌不惡口不形笑若惟行正命不以貪生活不恚生活不以癡生活若惟行正業不殺不盜竊不邪淫若惟行正治以修治四意斷之事若惟行正念以受行四意止亦惟行正定以思念四禪事事皆同如上說其彈指間功德如是何況多行者是故可念行八正道佛說是已皆歡喜受

佛說禪行三十七品經

比丘避女惡名欲自殺經

西晉沙門釋法炬譯

如是我聞一時佛住舍衛國祇樹給孤獨園時有異比丘在拘薩羅人間住一林中時彼比丘與長者婦女嬉戲起惡名聲時彼比丘作是念我今不應共他婦女起惡名聲我今欲於此林中自殺時彼林中止住天神作是念惡不善不類此比丘不壞無過而於林中欲自殺身我今當往方便開悟時彼天神化作長者女身語比丘言於諸巷路四衢道中世間諸人為我及汝起惡名聲言我與汝共相習近作不正事已有惡名今可還俗共相娛樂比丘答言以彼里巷四衢道中為我與汝起惡名聲共相習近為不正事我今且自殺身時彼天神還復天身而說偈言

雖聞多惡名　苦行者忍之　不應苦自害
亦不應起惱　聞聲恐怖者　是則林中獸
是輕躁衆生　不成出家法　仁者當堪耐
下中上惡聲　執心堅住者　是則出家法
不由他人語　令汝成劫賊　亦不由他語
令汝得羅漢　如汝自知已　諸天亦復知

爾時比丘為彼天神所開悟已專精思惟斷除煩惱得阿羅漢

比丘避女惡名欲自殺經

佛說身觀經

西晉三藏法師竺法護譯

聞如是一時佛在舍衛國祇樹給孤獨園是時佛告諸比丘是身有肌膚髓血生肉舍滿屎尿自視身見何等好常有九孔惡病常不淨常洗可足慙常與怨家合爲至老死亦與病俱何以不惡身會當墮會當敗以棄屍地中不復用爲狐狼所噉何以見是不慙誰說貪婬如佛言少樂多罪自心觀是如屠盂屠几爲骨聚如然熾火如毒藥痛爲旋癡人喜爲喜不自知何以不畏羅網貪婬爲癡財錢穀金銀牛馬奴婢人爲命故求命在呼吸本命亦自少極壽百餘歲亦苦合會觀是誰爲可者如時過去便命稍少命日俱盡如疾河水如日月盡命疾是過去人命去不復還如是爲不可得人死時命去設使若干財索天下奇物亦一切有死時對來亦不樂亦不可猒亦不可樂亦不可自樂無餘但可自作善所自作善所應自然若以知會當死當有何等樂人可墮貪婬設使久壽設使亡去會當死何以意愛俱樂何以故不念自靜極意愛悦兒兒已死號哭不過十日過十日已後後便稍忘之愛兒婦亦爾爲家室親屬知識亦爾以勤苦治生致財物自愛身命奇好人死時皆棄所有身殭在地下腐於土但爲除去生隨行受形人譬如樹果實已見如是爲有人意墮有中天下一切萬物一人得不自足若得一分當那得自猒無有數三十五樂自樂遍之當爲有何等益人已途苦索受罪人意爲是所好謂有所益不欲受靜索爲毒虺

自身如少多亦爾如多少亦爾如病爲大小亦苦譬如骨無有肉狗得齩之不猒如是欲狗習是亦難得已得當多畏之是習所不久人亦墮惡如人見夢已寤不復得貪婬亦如是劇夢如夢爲有樂如黒虺如鈎餌肉如樹果實實少味多亡爲增結爲惡作本道家常不用是人在天上舍樂亦天上色樹亦在端正好苑園亦得天上玉女已得天人不猒天上五樂今當那得猒天下樂耶爲取二百日骨骨百二十段爲筋纏爲九孔常漏爲六十三種爲百病極爲肉血和爲生革肌爲中寒熱風爲屎尿爲千蟲皆從身起中亦有千孔亦有劇爲親已壞他爲從是不淨出從鼻中涕出從口涎唾出從腋下汗流出從九孔處屎尿出如是皆從身出劇冢間死人誠可惡劇舍後可惡處身所有不淨如是爲不淨種爲從是本來如金塗餘物爲衣故香粉脂澤亦絮紺黛爲癡人見是爲是意亂如畫瓶亦如坑覆草人所抱愛後會悔比丘聞經跪拜受道教如是

佛說身觀經

佛説無常經 臨終方訣附

唐三藏法師義淨譯

稽首歸依無上士　常起弘誓大悲心
爲濟有情生死流　令得涅槃安隱處
大捨防非忍無倦　一心方便正慧力
自利利他悉圓滿　故號調御天人師
稽首歸依妙法藏　三四二五理圓明
七八能開四諦門　修者咸到無爲岸
法雲法雨潤群生　能除熱惱蠲衆病
難化之徒使調順　隨機引導非强力
稽首歸依眞聖衆　八輩上人能離染
金剛智杵破邪山　永斷無始相纏縛
始從鹿苑至雙林　隨佛一代弘眞教
各稱本緣行化巳　灰身滅智證無生
稽首總敬三寶尊　是謂正因能普濟
生死迷愚鎭沉溺　咸令出離至菩提

生者皆歸死　容顏盡變衰　强力病所侵
無能免斯者　假使妙高山　劫盡皆散壞
大海深無底　亦復皆枯竭　大地及日月
時至皆歸盡　未曾有一事　不被無常吞
上生非想處　下至轉輪王　七寶鎭隨身
千子常圍繞　如其壽命盡　須臾不暫停
還漂死海中　隨緣受衆苦　循環三界内
猶如汲井輪　亦如蠶作繭　吐絲還自纏
無上諸世尊　獨覺聲聞衆　尚捨無常身
何况諸凡夫　父母及妻子　兄弟并眷屬
目觀生死隔　云何不愁歎　是故勸諸人
諦聽眞實法　共捨無常處　當行不死門
佛法如甘露　除熱得清涼　一心應善聽
能滅諸煩惱

如是我聞一時薄伽梵在室羅筏城逝多林給孤獨園爾時佛告諸苾芻有三種法於諸世間是不可愛是不光澤是不可念是不稱意何者為三謂老病死汝諸苾芻此老病死於諸世間實不可愛實不光澤實不可念實不稱意若老病死世間無者如來應正等覺不出於世為諸衆生說所證法及調伏事是故應知此老病死於諸世間是不可愛是不光澤是不可念是不稱意由此三事如來應正等覺出現於世為諸衆生說所證法及調伏事爾時世尊重說頌曰

外事莊彩咸歸壞　内身衰變亦同然
唯有勝法不滅亡　諸有智人應善察
此老病死皆共嫌　形儀醜惡極可厭
少年容貌暫時停　不久咸悉成枯悴
假使壽命滿百年　終歸不免無常逼
老病死苦常隨逐　恒與衆生作無利

爾時世尊說是經已諸苾芻衆天龍藥叉揵闥縛阿蘇羅等皆大歡喜信受奉行

佛說無常經

臨終方訣

常求諸欲境　不行於善事　云何保形命
不見死來侵　命根氣欲盡　肢節悉分離
衆苦與死俱　此時徒歎恨　兩目俱翻上
死刀隨業下　意想並慞惶　無能相救濟
長喘連胸急　噎氣喉中乾　死王催伺命
親屬徒相守　諸識皆昏昧　行入險城中
親知咸棄捨　任彼繩牽去　將至琰魔王
隨業而受報　勝因生善道　惡業墮泥犁
明眼無過慧　黑闇不過癡　病不越怨家

大怖無過死　有生皆必死　造罪苦切身
當勤策三業　恒修於福慧　眷屬皆捨去
財貨任他將　但持自善根　險道充粮食
譬如路傍樹　暫息非久停　車馬及妻兒
不久皆如是　譬如羣宿鳥　夜聚旦隨飛
死去別親知　乖離亦如是　唯有佛菩提
是眞歸仗處　依經我畧說　智者善應思
天阿蘇羅藥叉等　來聽法者應至心
擁護佛法使長存　各各勤行世尊教
諸有聽徒來至此　或在地上或居空
常於人世起慈心　晝夜自身依法住
願諸世界常安隱　無邊福智益群生
所有罪業並消除　遠離衆苦歸圓寂
恒用戒香塗瑩體　常持定服以資身
菩提妙華遍莊嚴　隨所住處常安樂

若苾芻苾芻尼若鄔波索迦鄔波斯迦若見有人將欲命終身心苦痛應起慈心拔濟饒益教使香湯澡浴清淨著新淨衣安詳而坐正念思惟若病之人自無力者餘人扶坐又不能坐但令病者右脇著地合掌至心面向西方當病者前取一淨處唯用牛糞香泥塗地隨心大小方角爲壇以華布地燒衆名香四角然燈於其壇內懸一綵像令彼病人心心相續觀其相好了了分明使發菩提心復爲廣說三界難居三塗苦難非所生處唯佛菩提是眞歸仗以歸依故必生十方諸佛刹土與菩薩居受微妙樂問病者言汝今樂生何佛土也病者答言我意樂生某佛世界時說法人當隨病者心之所欲而爲宣說佛土因緣十六觀等猶如西方無量壽國一一具

說令病者心樂生佛土爲說法已復教諦觀隨何方國佛身相好觀相好已復教請佛及諸菩薩而作是言稽首如來應正等覺幷諸菩薩摩訶薩願哀愍我拔濟饒益我今奉請爲滅衆罪復將弟子隨佛菩薩生佛國土第二第三亦如是說旣教請已復令病人稱彼佛名十念成就與受三歸廣大懺悔懺悔畢已復爲病人受菩薩戒若病人困不能言者餘人代受及懺悔等除不至心然亦罪滅得菩薩戒旣受戒已扶彼病人北首而卧面向西方開目閉目諦想於佛三十二相八十隨形好乃至十方諸佛亦復如是又爲其說四諦因果十二因緣無明老死苦空等觀若臨命終看病餘人但爲稱佛聲聲莫絕然稱佛名隨病者心稱其名號勿稱餘佛恐病者心而生疑惑然彼病人命漸欲終即見化佛及菩薩衆持妙香花來迎行者行者見時便生歡喜身不苦痛心不散亂正見心生如入禪定尋即命終必不退墮地獄傍生餓鬼之苦乘前教法猶如壯士屈伸臂頃即生佛前若在家鄔波索迦鄔波斯迦等若命終後當取亡者新好衣服及以隨身受用之物可分三分爲其亡者將施佛陀達磨僧伽由斯亡者業障轉盡獲勝功德福利之益不應與其死屍著好衣等將以送之何以故無利益故若出家苾芻苾芻尼及求寂等所有衣物及非衣物如諸律教餘同白衣若送亡人至其殯所可安下風置令側卧右脇著地面向日光於其上風當敷高座種種莊嚴請一苾芻能讀經者昇於法座爲其亡者讀無常經孝子

止哀勿復啼哭及以餘人皆悉至心爲彼亡者燒香散花供養高座微妙經典及散苾芻然後安坐合掌恭敬一心聽經苾芻徐徐應爲徧讀若聞經者各各自觀已身無常不久磨滅念離世間入三摩地讀此經已復更散花燒香供養又請苾芻隨誦何呪呪無蟲水滿三七徧灑亡者上復更呪淨黄土滿三七徧散亡者身然後隨意或安窣堵波中或以火焚或屍陀林乃至土下以此功德因緣力故令彼亡人百千萬億俱胝那庚多刼十惡四重五無間業謗大乘經一切業報等障一時消滅於諸佛前獲大功德起智斷惑得六神通及三明智進入初地遊歷十方供養諸佛聽受正法漸漸修集無邊福慧畢當證得無上菩提轉正法輪度無央衆趣大圓寂成最正覺

臨終方訣

佛說八無暇有暇經

唐三藏法師義淨奉制譯

如是我聞一時薄伽梵在室羅筏城逝多林給孤獨園與大苾芻衆及人天等俱爾時世尊告諸苾芻曰汝等當知於此世間寡聞無識凡夫之類常說無暇有暇之言然不了知云何無暇云何有暇吾今爲汝分別開示汝等諦聽善思念之若諸有情欲住聖行修善法時有其八事無暇修習云何爲八汝等當知於此世間大師出現所謂如來應供正徧知明行足善逝世間解無上士調御丈夫天人師佛世尊宣說諸佛所證妙法善除煩惱能趣菩提究竟涅槃盡諸苦際說是法時有人墮在地獄之中受大苦惱是名最初欲住聖行無暇修習復次諸苾芻於此世間大師出現十號具足宣說諸佛所證妙法善除煩惱能趣菩提究竟涅槃盡諸苦際說是法時有人墮在餓鬼之中受大苦惱是名第二欲住聖行無暇修習復次諸苾芻於此世間大師出現十號具足宣說諸佛所證妙法善除煩惱能趣菩提究竟涅槃盡諸苦際說是法時有人墮在傍生之中受諸苦惱是名第三欲住聖行無暇修習復次諸苾芻於此世間大師出現十號具足宣說諸佛所證妙法善除煩惱能趣菩提究竟涅槃盡諸苦際說是法時有人生在長壽天中無所知曉是名第四欲住聖行無暇修習復次諸苾芻於此世間大師出現十號具足宣說諸佛所證妙法善除煩惱能趣菩提究竟涅槃盡諸苦際說是法時有人生在邊地下賤蔑戾車中不識

善惡於我四衆不聞不見是名第五欲住聖行無暇修習復次諸苾芻於此世間大師出現十號具足宣說諸佛所證妙法善除煩惱能趣菩提究竟涅槃盡諸苦際說是法時有人雖復生在中國然受惡報聾盲瘖瘂以手代言於善於惡不能分別是名第六欲住聖行無暇修習復次諸苾芻於此世間大師出現十號具足宣說諸佛所證妙法善除煩惱能趣菩提究竟涅槃盡諸苦際說是法時有人雖復生在中國其身雖不聾盲瘖瘂以手代言於善於惡悉能曉了然而信邪倒見作如是說無施無受亦無祠祀無善惡業緣無異熟果報無今世後世無父母眷屬無化生有情於此世間無阿羅漢正趣正行此世他世於現法中得自覺悟正證圓滿皆悉了知我生已盡梵行已立不受後有此事皆無生極邪見是謂第七欲住聖行無暇修習復次諸苾芻於此世間無大師現無十號名不聞諸佛所證妙法不除煩惱不趣菩提不至涅槃無苦邊際有人雖復生在中國不聾盲瘖瘂不以手代言於善於惡悉能曉了不生邪見作如是說有施有受亦有祠祀有善惡業緣有異熟果報有今世後世有父母眷屬有化生有情於此世間有阿羅漢正趣正行此世他世於現法中得自覺悟正證圓滿皆悉了知我生已盡梵行已立不受後有此等皆有生極正見然無將導開出離門是名第八欲住聖行無暇修習復次諸苾芻於此世間大師出現十號具足宣說諸佛所證妙法善除煩惱能趣菩提究竟涅槃盡諸苦際說是

法時有人生在中國而所受身諸根具足了善惡言乃至生極正見汝等苾芻當知是人有暇修習汝等苾芻此有暇事汝等已得生居中國逢我出世得聞聖教諸根具足當生勇猛常勤策勵修諸善品於善法律如說修行展轉相教展轉懺悔常淨三業恒行十善勿爲無益致招後悔爾時世尊欲重宣此義說伽陀曰

我已爲說八無暇　皆願當生有暇中
若生難處不聞經　汝等至心應善聽
銅柱鐵山衆苦逼　煻煨糞屎刺刀林
於地獄中受斯苦　此處豈能聞正法
飢渴針咽苦逼身　雨注河流成猛火
於餓鬼中受斯苦　此處豈能聞正法
更互恒懷怖害心　常欲展轉相飡噉
於傍生中受斯苦　此處豈能聞正法
若在天中有頂處　由先福力生於彼
長壽覺慧不分明　此處豈能聞正法
生在邊方鄙惡處　耳不曾聞說法聲
無識恒居懱戾車　此處豈能聞正法
由彼先身造惡業　聾盲瘖瘂缺諸根
癡鈍即是人身牛　此人豈能聞正法
若人不信於三寶　說無因果無尊親
如是邪見壞其心　此人豈能聞正法
諸佛大師不出現　設無妙法流世間
若人生居闇世中　此時豈能聞正法
若人生於有暇處　八種無暇過皆除
猶如病者遇良醫　應可至心聞正法
汝已獲人身　復得聞正法　不得聖果者
多生無暇中　我說八無暇　是衆生難處

得住有暇者　斯人世希有　汝已獲人身
復得聞正法　愛護自身者　當除煩惱慢
若有聞正法　不能如說行　轉迴八難中
備受諸辛苦　已捨無暇處　常求聞正法
於生老死中　不久當出離　若已獲人身
聞法行放逸　後當生惱悔　如商人失財
若人聞我說　識暇及無暇　是故應勤心
正修於梵行　我說明眼人　善護於諸惡
正念能防守　不隨諸有漏　一切隨眠斷
降伏大魔怨　永超生死流　得昇於彼岸

爾時世尊說是經已時諸苾芻人天大衆聞佛所說歡喜頂戴信受奉行

佛說八無暇有暇經

音釋

桊古倦切拘牛鼻桊也　濺子賤切濆灑也　罹鄰知切遭也　囹圄囹盧經切圄偶許切囹圄獄名也　齩女巧切齧也　悸其季切心動也　瀋孚衮切米汁也　虺許偉切蝮

五百弟子自說本起經

晉三藏竺法護譯

清刻龍藏佛說法變相圖

五百弟子自說本起經

晉三藏竺法護譯

蓋阿耨達龍王者（晉名無焚）佛在世時受莂菩薩也有神猛之德據于崑崙之墟斯龍所居宮舘寶殿五河之源則典攬焉有八味水池華植七色服此水者即識宿命於時龍王請佛世尊及五百上首弟子進膳畢訖坐蓮華上追講本起所造罪福皆由纖微轉受報應彌劫歷紀莫能自濟僥值正覺乃得度世各自撰歌而造頌曰

大迦葉品第一（十九偈）

佛人中上爲法御　斷除結獄遊舍衛
諸根爲寂德巍巍　如來自告其比丘
有諸鬼神所娛樂　種種衆華無央數
四瀆涌出向四方　彼諸流河歸江海

私頭那提伯師子　人不能至神足到
飛行度矣乃越耳　疾共詣彼淵流池
比丘曰善惟從命　大通安住上弟子
聞尊教勑乘神足　譬如鴈王導衆鴈
行詣進遊于江河　悅觀輩類相娛樂
佛天中天亦如是　與弟子俱而飛騰
佛至告諸弟子曰　寧識前世所更歷
爲我各說誰行步　而獲其福不可量
彼迦葉仁佛弟子　譬如師子歷深山
設有所歷無敢當　則說前世所作行
採取于野燕麥耳　少所施與辟支佛
解脫心樂無有漏　奉于空行意寂寞
彼時心念有此願　尋即思惟於上法
與如是人俱合會　於此終生鬱單越
用彼因緣福所致　更歷千返鬱單越
然後生于勝命天　於中最特無有雙
吾用彼福所造德　亦復千返生忉利
著種種華香寶瓔　身微妙好而自在
既於天上壽終已　便復則生鬱單越
用彼前世願所致　以作是福因緣故
生于富家梵志種　財產衆業無央數
在五樂中而不貪　其於是佛無等倫
大哀所可講說經　諸力一心定衆根
七覺之意八道行　以爲獲致於此法
便盡諸漏手執燈　與此衆等最後俱
合會行正直離邪　佛者如來所說善
奉禁戒人所志得　如其意念所欲求
最後我身以具滿　爲盡生死拔根株
我皆絕除諸愛結　則爲是佛法王子
第一止足常思道　心空清淨無所著

其志堅固無能轉　譬如大山不可動
如是迦葉尊　在諸比丘僧　阿耨達大池
自說本福緣

舍利弗品第二 偈十

吾爲仙閑居　於彼見沙門　辟支佛之尊
身著絳衣帔　觀之心歡喜　爲之浣衣服
復爲縫袈裟　數數爲作禮　彼則愍念我
便飛虛空中　上下出水火　須臾忽不見
我即時叉手　自心作是願　令我得如是
聰明大智慧　莫令生豪家　亦勿生賤種
常生于中家　志多作沙門　用是功德故
吾以五百世　常獲致人身　世世作沙門
於是最後世　復逮得人種　以值見正覺
導師無有上　則辦爲沙門　於釋師子所
成就阿羅漢　清涼而滅度　今世尊目前
於比丘僧衆　論我智慧上　轉于正法輪
舍利弗智慧　於比丘衆前　阿耨達大池
自說本宿行

摩訶目揵連品第三 偈十五

吾爲仙閑居　處于林樹間　於彼有人來
求我作沙門　吾除其鬚髮　爲浣其衣服
縫之而染之　心中自歡喜　彼退在一面
而結跏趺坐　則得辟支佛　便飛于虛空
我時則興願　令身得神足　使吾得如是
天力大神足　用是福德故　在在所生處
天上及人中　照曜所造福　於是最後世
復逮得人身　以值見正覺　導師無有上
以爲作沙門　於釋師子所　則成阿羅漢
清涼而滅度　所作善甚少　得安隱無量
我復作不善　今說且聽之　東出羅閱祇

生爲尊者子　出舍外遊戲　人家求飲食
即見其父母　二人共相娛　見之即撾我
罵詈而逐我　但以正命耳　其身不施行
墮于黒繩獄　受苦不可計　其彼餘殃故
於是最後世　諸外異道學　撾碎身如葦
吾當以是疾　壽終而滅度　彼所作餘殃
爾乃滅盡耳　是故當悅心　至孝事父母
用歡悅心故　人得勝天上　如是拘律尊
在于比丘衆　阿耨達大池　自說本因緣

輪提陀品第四 淨除十七偈

我昔往詣寺　見地不淨處　即取其掃箒
便掃彼寺舍　竟觀寺清淨　心中甚欣踊
令我無垢塵　如此寺舍淨　用是功德故
在在所生處　面色和悅姝　端正難可比
其餘之福祚　於是最後世　父母則名吾
號曰爲淨除　我於親族中　生時亦清淨
一切所愛敬　見者無猒極　值得見正覺
導師而無上　已成阿羅漢　清涼而滅度
我之所志願　使吾無垢塵　令無垢羅漢
無漏所作辦　假令掃除是　普天下使淨
不如爲離欲　除掃所經行　假掃除天下
道人經行處　不如四方僧　掃除一步地
設復掃除是　滿天下精舍　不如於佛寺
掃除一步地　我身所造福　以是知差特
當掃除佛寺　其心懷欣踊　以此曉知之
等覺道德高　當供事佛寺　獲其祚甚大
唯君吾識念　昔曾所作善　以致彼果實
可意安隱樂　是故爲佛寺　好淨心供事
唯仁此第一　福田無有上　於是能供事
得安而無量　皆爲破壞除　一切婬怒癡

不輕空心悅　得福薄少乎　向如來正覺
及諸佛弟子　如是輪提陀　在諸比丘前
阿耨達大池　自說本所因

須蔓品第五 善念十四偈

昔者出遊觀　時與親友俱　頭上戴傳飾
耳著須蔓華　維衛神通佛　於彼立大寺
遥見衆庶人　共往而奉事　親友俱發來
各共齎好華　悉以清淨心　供散彼佛寺
我時見廣施　亦復初發意　便取林中華
以用上佛寺　所生不墮餘　昇天下爲人
因是德本故　所作善照見　後值等正覺
天上之導師　果證阿羅漢　清涼得滅度
唯施一華耳　更得百千歲　天上自娛樂
餘福得泥洹　假令我素知　佛功德無量
便即起塔寺　其福無有極　天必心歡喜
其福猶爲少　如來等正覺　及諸佛弟子
惟我憶念此　身所作功德　今已得實報
可意快安隱　縁是所作行　終始斷不生
無漏無所著　清涼得滅度　五道爲已盡
不復更胞胎　是爲最後世　然則不復起
解脫生死本　已度所有海　今我以是縁
得號曰須蔓　時長者須蔓　會在衆僧中
於阿耨達池　自說本所作

輪論品第六 明聽十一偈

維衛佛世時　槃頭摩國土　本爲四方僧
興立一房室　加以牀卧具　皆用特布施
既興心歡喜　應時發是願　我見等正覺
令得作沙門　逮無上無爲　清涼正滅度
是因功德本　九十一劫安　既得自然見
在天上世間　其餘功德福　於今最後世

生勢長者家　憍貴無兄弟　生爲父所敬
即聞垂言教　吾以子施與　寶藏億種種
足底生異毛　自然長四寸　身體柔輭好
種安得無害　過去九十劫　其餘復如一
我身不識念　舉足蹈地時　於今最後世
已還得人身　成就無所著　清涼爲滅度
佛普見說我　精進尊第一　解脫盡無漏
已得不動句　如是拘梨種　在衆僧中央
於阿耨達池　自說本功德

凡耆品第七 取善八偈

我不了福德　本亦不識義　見維衞佛寺
供養而奉侍　金寺紫磨色　幢散以香華
見供養塔寺　而得生善處　常在天人間
所作得照見　過九十一劫　未曾歸惡道
作少功德已　獲安甚衆多　已得無所著
滅度清且涼　假使我本知　佛功德如是
常當供塔寺　所得福踰此　是故用智明
正覺德弘泰　當供養塔寺　其福無終極
佛普見說我　經樂爲第一　多聞若干種
辯才德至眞　時長者凡耆　曾在衆僧中
於阿耨達池　自說本所作

賓頭盧品第八 乞閉門十一偈

我本經父母　生爲子中尊　謹敬事其父
亦孝養於母　二親及姊妹　奴客僮僕使
吾爲父母說　飯食以時節　時起貪嫉意
不當食父母　瞋恚謗於語　能得飯食財
緣是所作罪　墮太山地獄　燒炙黑繩中
更苦不可計　從地獄中出　世世所生處
常患大飢渴　勤苦而飢死　於今最後世
已逮得人身　值見等正覺　導師無有上

於釋師子所　已得作寂志　成爲無著道
清涼而滅度　惟仁我於是　神足能飛行
還入坎窟中　爾乃得食耳　是故當歡喜
供事於父母　一心稽首禮　保祚無有量
惟仁我識念　削所作惡行　皆受所種實
罪福不可離　賓頭盧閑門　時會在僧中
於阿耨達池　自説本所作

貨竭品第九 善來二十一偈

曾爲尊者子　在槃頭摩國　族姓多財寶
眷屬所圍繞　周帀在王邊　快樂無有極
端正見者喜　顔色難爲比　時我嚴駕出
諸衆導前後　欲行徧遊觀　并從衆婇女
於彼遊觀時　見相寂沙門　奉行安定義
身服赤絳衣　時我見沙門　興發起惡意
憎惡其形像　瞋恚不歡喜　爲何下鬚髮
顔姿黑醜陋　癰疽疥身體　羸瘦身意俱
用是所造罪　口説惡語故　於彼壽終後
便墮地獄中　從獄得脱出　容色黑醜惡
癰疽疥身體　羸瘦身意俱　捉瓦器乞匃
著棄死人衣　衣弊服麤䊹　所住無安處
所欲往至詣　乞欲係餬口　執杖見驅叱
爲人所嫉辱　如是五百世　在在所生處
窮困常飢餓　勤苦而餓死　時見等正覺
比丘僧圍繞　與大衆會俱　講説甘露句
適見大衆會　即疾奔走趣　意欲於彼中
希望飲食具　到見大衆會　皆坐欲聽法
不獲副本願　未有饟施者　時彼大慈哀
如來告之言　仁者善來此　便來坐此座
我應時喜踊　則一心叉手　稽首世尊足
却在一面坐　於是尊大哀　瞿曇極慈悲

次第分別說　爲我講四諦　能仁除鬚髮
因是見道跡　佛令作寂志　於彼得神通
用是故號字　名曰爲蔡竭　緣此佛說我
正受爲第一　佛勇猛大尊　世雄爲最勝
神通無極哀　度脫我衆苦　善來尊如是
在於衆僧中　於阿耨達池　自說本所作

難陀品第十 欣樂十二偈

王舍國城東　曾爲富尊者　時世穀飢貴
有道士遊彼　時我坐獨食　有好道人來
壞破緣一覺　自在得無漏　興起貪嫉意
其心志于惡　今此比丘來　焉得錮太歲
於是念飲食　雜糅以馬通　道人食之已
應時即命過　我身壽終已　墮地獄甚久
合會及叫喚　世世見烹煮　從地獄得出
便逮得人身　身常多疾病　懊惱而命盡
如是五百世　在在所生處　抱痛常窮厄
懊惱乃命過　於是最後世　已得生人中
逮見等正覺　導師無有上　出家爲沙門
受釋師子法　已得羅漢道　清涼取滅度
吾於是仁者　神足無有漏　身體多疾病
所在不安隱　於是悉識念　我本所作行
皆獲其果實　罪福不可離　如是難陀尊
在比丘衆中　於阿耨達池　自說本所作

夜耶品第十一 名聞二十六偈

昔有一道人　入聚落乞匃　見死亡女人
青胮甚臭惡　結跏趺而坐　觀視無常變
省察敗不淨　一志學定心　便於彼座上
有微細音響　聞聲用恐怖　則從一心起
見屍腹殨壞　惡露而不淨　衆孔自流出
臭處難可當　腸胃五臟見　心肝皆散絶

若干無數蟲　觀已還靜心　察於外死身
內省自已軀　彼爾我如是　計本皆虛無
自從三昧起　修行不懈怠　亦不出分衛
亦不思飲食　設我入聚落　而行求飲食
雖見端正色　當作惡露觀　瞻彼諸形色
如死人無異　察衆壞敗本　一切無所樂
我思行如是　而得離愛欲　奉遵四梵行
深惟不輕戲　於彼壽終後　便得昇梵天
於梵壽命盡　下生波羅奈　爲豪貴長者
生其家作子　爲衆所見敬　正受度無極
晝日常修行　於夜不睡眠　見女人衆多
等觀如腐積　枕鼓卧眠者　執箜篌妓人
妓樂器散地　夢想爲寱語　於彼退思念
宿本功德行　想識不淨處　前世所更歷
適觀覩此已　志求無欲意　我時逼迫是
仁者我捨去　即從牀上起　下殿避之逝
諸天愍念我　其門自然開　時出于國城
往詣流水側　遥視見彼岸　見沙門寂根
又見大寂志　擧聲而大呼　告之我窮厄
神通我捨欲　世尊深輭音　用我辛苦言
童子來莫懼　於此無窮厄　心捨衆苦惱
輒度於彼岸　往詣大哀所　世尊無比人
絶妙無等倫　譬如飢渴者　倒解識其誼
即解識其誼　於彼見道諦　從佛求捨家
瞿曇大慈哀　聽我作沙門　應時一夜中
天時將向曉　一切諸漏盡　清涼得滅度
是我前世時　所更作善行　是我最後世
逮得甘露跡　如是賢夜耶　尊者子神通
於阿耨達池　自説本所作

尸利羅品第十二　偈二十

昔波羅柰城　迦葉佛泥洹　機惟王起塔
七寶造甚大　爾時王所作　有最大太子
我時爲佛尊　第一建刹柱　以是功德故
世世所生處　在天上人間　其福自然見
在在所生處　於國甚殷富　財穀不可計
常喜大布施　我於五百世　惠施無所惜
給贍衆庶人　寂志及梵志　緣一覺之行
離愛欲無漏　清淨歡喜心　供養五百衆
由是功德故　在此最後世　生豪貴釋種
應時口説言　家中寧有寶　錢財及於物
我當以施與　救足諸貧窮　我與無猒惓
救濟衆下劣　孚善見答報　豈能有所惠
家中聞吾言　愁憂用惶懅　馳散趣八方
乳母悉避去　母以恩愛故　便即告我言
爲天人鬼神　何以言太疾　我時即啓白
我是人非鬼　追識宿命施　好欲見惠人
時母聞其言　踊躍無所畏　然許勸助之
恣意所布施　家中眷屬多　母勑供養我
爲衆所敬愛　見者莫不喜　我爾時適生
其家即興熾　緣是諸寂志　名我尸利羅
於彼便布施　給足諸貧陋　得值等正覺
便捨家爲道　初生家興熾　墮地能語言
是故號尸利　其名自然流　出家無所貪
亦不用恐懼　緣信出家學　神通一切具
爲國主所欽　大臣衆人民　多獲衣食供
牀卧諸所安　如是尸利羅　在比丘僧中
於阿耨達池　自説本所作

薄拘盧品第十三 賣姓十二偈

我昔曾賣藥　於槃頭摩國　在維衛佛世
敬諸比丘僧　時有病瘦者　行藥療其疾

供給諸根藥　以惠諸比丘　一歲諸衆僧
令無所乏少　時施諸沙門　與一呵梨勒
於九十一劫　未曾歸惡道　在天上人間
其福自然見　所作德少耳　受福不可量
施一呵梨勒　長久生善處　其餘所有福
令逮得人身　值見平等覺　導師無有上
未曾自識念　郡縣受施處　惟仁我二夜
證通三達知　常衣粗惡服　五納之震越
棄家行學道　願樂在閑居　其年百六十
於此無垢濁　未曾有疾病　所生處常安
佛普見說法　少欲無睡眠　觀布施樂者
其福廣如是　令我悉識念　本植少功德
悉獲其果實　可意而安隱　時賢薄拘盧
在衆比丘僧　於阿耨達池　自說本所作

摩呵酣品第十四　大長十二偈

昔作韋皮師　本生亦安隱　時國大穀貴
柔皮以爲韋　時得好般皮　賁熟令大美
時有沙門來　乞匃欲求食　見之即歡喜
則分用布施　其寂志食已　尋飛在虛空
見道人踊躍　應時叉手向　恭敬普所在
所遊輒追隨　欣喜廣大心　便自發願言
令我逮如是　常與尊者俱　如此道人法
所逮得法身　令我身如是　疾成正願義
所施無形色　其氣亦穢惡　無香亦無味
我所施如是　所作德少耳　獲福安無極
在天上人間　其福自然見　於是最後世
逮得于人身　值見等正覺　導師無有上
我本所求願　見世尊上人　於是悉如意
清凉得滅度　於是悉識知　本所作功德
悉獲其果實　可意歡喜受　如是彼大尊

名醴羅大通　於阿耨達池　自說本所作
優爲迦葉品第十五 偈九
導師有二人　同類悉兄弟　見迦葉佛塔
搪揬崩壞落　合集衆賈客　便補治起塔
時兄弟二人　俱扶竪剎柱　緣是功德本
生天上甚久　來還生人間　在於豪族種
未見等正覺　捨家學異道　在泥洹水邊
久習編髮志　世尊無等倫　愍念哀我等
在於恒水側　感動見變化　我等見變化
從佛求下髮　大尊念愍傷　聽我等出家
供養佛塔寺　前稽首作禮　用是衆庶等
清涼而滅度　優爲迦葉尊　及江河迦葉
於阿耨達池　自說本所作
迦耶品第十六 擬取十五偈
昔爲賣香者　既獲香賣之　有一童女人
來到香肆上　容貌端正好　見彼趣我所
適捉與調戲　欲意察著之　身亦不犯觸
亦不與合會　唯但執其臂　爲嬈他女人
用是過惡故　壽終墮地獄　來還得人身
右臂自然枯　如是五百世　所生處皆然
右臂常枯槁　苦痛甚不便　仁者識念是
作罪薄少耳　獲殃甚衆多　善惡不可離
值見等正覺　捨家爲沙門　已得阿羅漢
清涼入滅度　仁者吾於是　有神足自在
於今一右臂　不如左臂便　假使有男子
喜犯他人者　壽終墮地獄　苦痛甚酷毒
不當外犯色　如捐棄盛火　智者覺了人
已每知止足　設見他婦女　當作不淨觀
我更泥犁中　受苦不可計　我犯是罪時
自謂不足言　悉獲是果實　罪福不可離

值見等正覺　導師無有上　已得無所著
清涼得滅度　是爲最後生　逮得甘露句
已解一切苦　清涼得滅度　迦耶尊如是
在比丘僧中　於阿耨達池　自説本所作

樹提衢品第十七 偈三十

維衛佛世尊　槃頭摩國城　時有富長者
名阿能乾那　時佛之眷屬　六十二百千
請維衛佛尊　及衆供三月　我主槃頭摩
我供人中尊　飯食甘珍異　供養佛弟子
飯食佛如是　在槃頭摩國　彼時最後施
槃頭王欲與　供養好飯食　衣被及牀臥
在微妙祠壇　是王之所起　奉上諸所安
牀座衆百千　於一一比丘　惠施令可意
彼國王最後　所供養如是　奉事無極雄
神通尊導師　我時見彼供　牀臥諸所安
衣被飯食施　牀座悉具足　時諸天中尊
帝釋來詣我　彼天帝謂我　我當爲汝伴
即時化祠壇　可意嚴如天　施設天上座
供以天飲食　彼時佛世尊　維衛無等人
請供滿一月　尊人及弟子　我以天飲食
供養於導師　奉以天衣被　大人并弟子
用是功德故　受恩不可量　從九十一劫
未曾歸惡道　所作福照見　天上及世間
我奉侍大聖　維衛無極尊　於今最後世
生羅閱祇城　瓶沙王之宮　富家無量寶
爲瓶沙國王　一切所愛敬　衆人見供奉
諸臣及人民　我在天妓樂　於是世自恣
生世得人身　天妓樂自娛　於是佛大智
導師無有上　來詣羅閱祇　導師加愍傷
我聞大智慧　佛詣王舍城　心歡善踊躍

往詣仁世尊　遥見世光燄　光明出普照
即從車乘下　步行往詣佛　欣然我前行
稽首最勝足　禮如來畢竟　却在一面坐
我久思正雄　今乃見大人　導師人中明
降伏魔羅網　世尊無有上　應時愍傷我
解說四諦事　如應爲講說　彼曰無極哀
世尊說如是　大通欲出家　願得受大戒
即時大智慧　佛者無等倫　說言比丘來
具足成沙門　以是無放逸　堅精進定意
遭遇甘露處　無爲與無動　逮見等正覺
導師無有上　以成阿羅漢　清涼而滅度
惟仁我追念　身本所作惡　悉受是果實
可意樂安隱　度行有周旋　離生老病死
脫於一切惱　愁憂及啼哭　如是樹提尊
在比丘僧中　於阿耨達池　自說本所作

賴吒惒羅品第十八　二十五偈

有王修惟尼　其王有一子　名賴吒拔檀
是王最小子　迦葉佛吉祥　興起大塔寺
欲護父王意　爲作剎柱頭　心歡喜踊躍
建立承露盤　願我作沙門　等正覺共會
用是功德故　世世所生處　於天上人間
其德自然見　是爲最後生　在投樓吒國
生於尊者家　獨有一女耳　一切所愛敬
如是拘獵王　是我親里家　國土亦如是
端正甚姝好　顏貌如敷踰　在人中娛樂
一切欲自恣　可意敬世尊　來詣投樓吒
我見心歡喜　便求作沙門　本功德所致
化變難比論　慈哀愍傷我　口便發是言
諸佛之正教　父母不樂者　不得爲沙門
族姓子自報　即時還歸家　前白父母言

父母願聽我　出家爲沙門　父母聞我言
愁憂不可勝　子雖命時終　不欲相遠離
我時不飲食　一心無所樂　志於清白法
欲求爲沙門　我時不飲食　委卧於空地
假令不聽我　便當死於是　六日不飲食
一心無所樂　志於清白法　欲求爲沙門
時親厚知識　往謂父母言　善哉聽之去
用死人身爲　假令能樂者　爲沙門續在
命存可數見　死者當柰何　時父母知識
共出悲好音　設便作沙門　來見我當聽
時親厚知識　便往謂之言　父母已聽汝
明者爲沙門　父母共結約　假使爲沙門
數來相見者　子聽汝出家　彼聞善哉言
自養有勢力　往詣世尊所　便前白佛言
唯然已聽我　便受佛尊教　世尊下我髮
令我作沙門　施承露盤故　受安甚衆多
於天上世間　功德自然見　佛普見説我
樂閑居第一　已得阿羅漢　清涼而滅度
是故當歡喜　悦心向大哀　當供養塔寺
得脱大恐懼　賴吒惒大尊　閑居五納衣
於阿耨達池　自説本所作

貨提品第十九　二十七偈

曾在王舍城　爲富大尊者　有五百道士
住我家一年　五百諸長者　一切皆往詣
彼時諸道人　各就一家食　譬如我等故
家中所炊食　一一諸比丘　供養亦如是
聽年長道人　彼分與長者　無上尊道人
其心念如是　飯食五百人　豆羮以灌上
我所作供具　飼比丘如是　如是連二日
布施彼比丘　我時輒興意　貪嫉惡心意

尚難飼我子　婦女及姊妹　兄弟諸親屬
是飯食供養　何況此比丘　當供養三月
供養五百人　大減損我家　我欲令比丘
作方便令死　假使命過者　不損用我物
心自念惡已　馬通糅飯中　持用飯食之
謂殺無所苦　噉此飯食已　得病甚困厄
結刮其腸胃　傷絕於五臟　樂法得道人
則爲已命過　諸天及鬼神　俱共發聲言
是長者大惡　傷害殺道人　緣一覺之尊
清涼無所漏　我聞知所語　思念苦惱愁
我等罪無量　坐害善道人　親屬聞是言
悉共愁憂念　皆會諸道人　對悔過自首
歸命諸道人　悔過自首已　請五百道人
供養以飯食　重悔過自首　歸命衆道人
供養飯食已　心自發願言　令我與是等
諸尊者合會　如是等得度　我心脫如是
世世所生處　勿令在貧窮　莫令我興起
貪嫉惡心意　害辟支佛已　犯是惡罪殃
於彼壽終已　墮太山地獄　苦痛無數千
懊惱不可言　來還得人身　短命速疾過
所在得豪富　衆人所供養　腸胃每焦爛
然後乃命過　棄捐家居士　沙門無所慕
精進修佛教　斷除一切欲　假令我捨身
向般泥洹時　諸腸胃五臟　各各崩壞爛
我所作過惡　惡意害比丘　所作餘罪殃
最後當畢了　我身所起惡　及所作善行
悉還受果實　善惡俱前後　舍衛城裏生
蔡提大神足　於阿耨達池　自說本所作

禪承迦葉品第二十 偈十一

有諸比丘僧　終竟于七歲　時國穀米貴

饑餓大恐懼　我分得一人　摩竭妙道人
緣一覺之尊　清涼無有漏　彼時我與發
起意之爲惡　我當持何用　施飼是比丘
時停置飯食　令生蟲臭惡　往觀諸作使
然後供養之　以是所作罪　壽終墮地獄
合會燒炙之　苦痛不可言　從地獄得出
世世所生處　作若干方便　求飯食難得
是爲最後世　來還生人間　逮見等正覺
無上之導師　以信故出家　除害諸漏盡
已得無所著　清涼而滅度　仁者吾於是
神足常自在　求食設方便　若干不能得
遠行避道路　疲勞不可言　既乃得所俵
飯食諸供具　承伽迦葉尊　大通名所作
於阿耨達池　自說本所作

朱利槃特品第二十一 八偈

昔我先世時　曾爲養猪者　在於江水傍
繫摞衆猪口　欲濟至江半　身獨由得度
猪不得喘息　中流皆溺死　爾時我治生
亡遺無所依　仙人來至彼　從頂有慈哀
便勸教化我　剃除吾鬚髮　解喻誨善律
行無想三昧　於彼壽終後　便得生天上
天壽復竟盡　即還爲道人　逮見等正覺
捨家爲寂志　所在意矇瞑　受經尋輒忘
我諷學一偈　三月乃闇知　習讀誦四句
斷絕諸愛欲　世尊時問之　朱利槃特說
從來善惡事　於阿耨達池　自說本所作

醍醐施品第二十二 二十七偈

迦葉佛滅度　我爲後弟子　博聞知三世
常秘惜經法　不爲比丘說　不肯示與人
儻餘人悉知　便當與我等　設有比丘來

至我所問事　吾則欺詐之　不解意結恨
衆道人恚還　憂恚罵詈言　何嫉不說法
仁者豈爲佳　臨欲壽終時　心即自悔責
未曾講論法　是爲大不善　自知壽向盡
餘過有七日　聚會衆僧類　應時爲說法
晝夜講諸要　蠲除貪嫉妬　說法未畢竟
於彼便命過　如我所分別　聞者極妙快
受教思惟義　展轉相勸化　所說法尠少
聚會人七日　用是得生天　天妓以自娛
天上壽終下　來還受人身　在迦維羅衛
生釋國王家　端正見者敬　爲衆所愛樂
大財無極寶　普以度無極　見諸族姓子
來者皆棄家　我羨爲寂志　捐家愛欲財
世尊無等人　慈念愍哀我　屢數率勵我
勸導令出家　吾便徹導佛　無上之嘉教
惟仁者我身　七年行布施　於是惠與已
終竟于七歲　然後作寂志　受勝智慧誨
七年爲長久　人命爲甚短　今日便布施
誰能保身命　用尊是往故　即時作寂志
惟仁我七日　出家除鬚髮　信故爲沙門
修行佛法身　二十五歲中　寂定心如水
於是弊惡道　起念著家事　奉行捐損業
亦不用甘露　於彼甚慙愧　發求無極利
毀辱于親屬　悉當見仇憎　作是爲不可
亦不所僥恨　已出志守寂　豈復返懷居
興家種姓意　財利之所欲　當能斷斯著
終不捨離戒　寧令我身没　其壽所憎惡
我當捉大刀　安用此命爲　便執利刀劒
除割所因緣　刈截垢濁已　然後心解脫
一心便解度　稍數令人家　我於慈果實

速值法光明　我壽向終時　講說尊妙法
緣是所可行　定意度無極　釋子大神足
弱根薩波達　於阿耨達池　自說本所作

阿那律品第二十三　無獵九偈

昔我曾不食　彼世時施與　遭遇見沙門
大通和莅吒　以故生釋種　號曰阿那律
功德自娛樂　俳妓之所娛　時見等正覺
即喜慕世尊　覩之心踊躍　捨家爲寂志
宿世行精進　方便常堅强　已脫三達智
具足如佛教　自識本宿命　造行所更歷
於忉利天上　積七世在彼　七返還人間
人間輒豪尊　富貴君子家　金珠寶自然
於是七彼七　生死凡十四　本悉識知之
前世之所行　如是所興果　曾無慳嫉意
世世所生處　常求不生死　時尊阿那律
處于衆僧中　於阿耨達池　自說本所作

彌迦弗品第二十四　鹿子十四偈

昔我逐勇狗　往詣藥肆上　緣一覺之尊
身體得不豫　給之以醫藥　瞻養至七日
尊人過七日　便飛昇虛空　我時見告語
家人僕僮客　衆祐已來臻　如是出家學
我聞僕所說　辟支佛飛行　其志踊躍喜
一意叉手向　緣是喜悅意　布施醫藥故
在天上人間　功德自然見　於今最後世
復還得人身　值見等正覺　導師無有上
於釋師子所　出家爲寂志　已得無所著
清涼而滅度　今者吾於是　得供甚衆多
衣被及飲食　牀臥所安具　爲其縫衣服
從施醫藥故　四方給諸藥　所安無所乏
天人往告語　瓶沙之國王　卿當以醫藥

施與彌迦佛　仁國當興利　衆藥大熾盛
遣耆域醫王　擎藥與鹿子　四面醫藥來
皆悉歸趣我　彼時瓶沙王　施遣大神通
於是來授我　具足柔輭堂　悉徧比丘僧
千二百五十　其鹿子比丘　六通大神足
於阿耨達池　自說本所作

羅雲品第二十五　偈十

我昔曾爲王　典主摩竭國　人民甚衆多
決事以義理　爾時有仙人　飲他溝中水
即來詣我所　前語我如是　大王我爲賊
之飲不與水　便當謫罰我　如拷盜竊者
我時即報言　仙人持法藥　我悉聽仁者
便去隨其欲　大王我狐疑　各結不得除
便當謫罰我　爾乃消殃罪　即勑著後園
忘之至六日　過六日已後　亦不得飲食
坐是因緣故　未曾有惡意　墮燒炙黑繩
更歷六萬歲　畢是有餘殃　於今最後生
處在母腹中　六年乃得生　未曾起亂意
身口不犯罪　乃值得果實　罪福不可離
如是羅雲尊　在於比丘僧　於阿耨達池
自說本所作

難提品第二十六　偈十五

昔維衛佛世　我施煖浴室　一洗比丘僧
便自發願言　令我與是等　尊衆共集會
世世得清涼　離欲無垢塵　端正常徐好
清淨若妙華　於彼壽終後　便得生天上
在天上人間　顏色好端正　世世所生處
所住大豪尊　於彼壽終後　來還生人間
諸天及人民　見我無猒足　見辟支佛塔
繕治泥整頓　堊飾令鮮白　於上懸繒蓋

我時自發願　欲求得相好　金體紫磨色
端嚴無有比　因是所作福　生波羅柰國
於脂惟尼生　作子無恚害　見迦葉佛塔
其心惟歡喜　輒詣其寺中　豎立承露盤
用是施塔故　及治塈飾塔　興建刹柱盤
是福不可量　從彼有餘福　於是最後世
生釋氏王家　便爲佛之弟　我身自然有
大人之相好　莊嚴成羅羼　平等布三千
佛普見說我　端正最第一　已除盡諸漏
逮得甘露句　難提父母了　於比丘僧中
於阿耨達池　自說本所作

颰提品第二十七 偈十九

昔世穀米貴　飢餓大恐懼　比丘有五百
求食則施與　一切諸長者　惠施衆道術
分衞得飯食　便持來授我　雖得麤細食
常分以與身　亦不能知我　每隨用我語
諸人民來趣　行求飯食具　我爾時自仂
從彼便出去　是時各馳走　赴遠相求索
盡力從後追　不能及逮我　即度於流河
便却坐一面　周帀四向視　得靜無來人
我今日獨食　柔輭美且香　飽滿意盈足
終暮獲安隱　於是有比丘　則緣覺世尊
威神大巍巍　生死除無餘　意慮常念言
窮賤甚苦劇　本不修功德　是故令我貧
即與清淨心　歡踊意念言　當施與比丘
是本衆祐者　時世尊便受　則於彼飯食
用憐愍傷我　便飛在虛空　我時即發願
莫復令我貧　後生豪富家　端正如妙華
與如是等尊　世世共會遇　使我承此法
如仁者所得　緣是所作德　受安長且久

於天上人間　所作德自見　亦得爲國王
天人無數返　未曾墮惡道　亦無有罪殃
從彼有餘福　於是最後世　來生豪富家
釋種大姓生　爾時佛世尊　來詣所生地
我即爲寂志　并與親屬俱　我本所立願
轉如意具足　已得無所著　清涼且滅度
捨豪爲沙門　颰提受佛教　於阿耨達池
自說本所作

羅槃颰提品第二十八 十四偈

拘樓秦佛世　昔有起塔者　我時在彼住
其寺甚高大　興造此塔寺　我口呵譴之
是塔甚太大　何日得成就　可稍作功德
如是自立辦　既不多勞煩　塔寺亦速訖
用口說褒言　坐犯語罪報　命盡壽終後
便墮地獄中　從地獄得出　短少身卑醜
世世所生處　爲衆所輕賤　迦葉佛世尊
爲烏烏赤棠　波羅柰中道　翱翔叢樹間
瞻見世光曜　比丘所圍繞　即順佛爲禮
口出悲音聲　佛世尊所遊　波羅柰國時
每隨行出入　常繞向悲鳴　緣是所作德
來還得人身　逮見等正覺　無上之導師
得出爲寂志　於釋師子所　已爲無所著
清涼而滅度　羅漢得自在　六通大神足
名曰爲持法　正真有辯才　一切衆聚會
聽聞我音聲　諸天及人民　一切皆歡喜
我作罪少耳　作福亦不多　皆獲其果實
所爲二罪福　羅槃颰提尊　在於比丘僧
於阿耨達池　自說本所作

摩頭惒律致品第二十九 二十二偈

昔於惟耶離　身爲大獼猴　趣往取佛鉢

比丘見被呵　得無壞佛鉢　世尊告比丘
比丘勿得呵　是終不壞鉢　我時取佛鉢
徐徐持上樹　盛以滿鉢蜜　便則從樹下
手擎滿鉢蜜　以奉上世尊　蜜中有蟲蟻
正覺不肯受　佛見其鉢中　死蜂與蜜雜
尋好擇出之　復擎重上佛　時佛世光燄
復更不聽受　我以水淨洗　仍前稽首上
以水灑其上　更盛異鉢中　供養佛尊已
心踊躍歡喜　世尊無等人　彼時度死蜂
受此一鉢蜜　服食及弟子　我時甚踊悅
叉手而向佛　專住法王前　其心常精進
在彼發願言　令我得人身　來值世尊世
便得最上義　緣是所作德　因用得人身
逮值等正覺　無上之導師　得出爲沙門
給侍釋師子　已爲無所著　清涼而滅度
得自在羅漢　六通大神足　名曰爲出蜜
諸比丘亦知　知前所作福　於今得恭敬
與數百比丘　共遊行周旋　設在窮乏路
比丘僧飢渴　心適自發願　我欲得蜜漿
知我心所念　衆人即遠來　齋持蜜美食
以用奉上我　我尋便受之　自然極美多
以施比丘僧　可意甚飽滿　我應時生已
獮猴所作行　度脱無徑路　便得甘露句
如我本所願　轉得如其意　供養佛世尊
所求則具足　惟仁每悉念　我所作功德
悉獲其果實　可意安隱吉　如是出蜜尊
在比丘僧中　於阿耨達池　自說本所作

世尊品第三十 五十偈

一切勝普明　一切世間最　得除盡諸垢
降一切衆會　諸通慧普見　大人一切暢

度諸怨恐懼　法船濟彼岸　曉了衆所化
欣然愍世間　矜傷脫衆生　以義一切救
除去一切人　悉解諸繫縛　一切人中最
說法爲衆眼　大人無極慧　大雄極名聞
大光無極法　以度於最法　大力化無黠
開化大明慧　歡勸大衆人　大醫多所兼
世尊壞衆怨　無上除諸憂　佛仁爲度脫
大牢獄閉繫　大龍大師子　無著大比丘
大智慧世尊　救濟衆塵勞　精進有大力
方便大堅强　降伏衆天民　大道寂靜安
佛大天中天　一切諸鬼神　悉禮智慧足
佛出哀世間　恒在大生死　壞決羂羅網
神通無極哀　度脫大牢獄　大龍大天人
於衆會最先　廣施無極施　已逮弘寂跡
尊長士仙人　已度諸尊法　成就大弟子

導師德極等　衆祐中最上　無上除愁憂
諸所度脫勝　一切相好尊　斷絶諸色欲
拔濟諸恩愛　時遊在龍王　阿耨達大池
一切所作辦　踊在虛空中　弟子衆圍繞
寂然有五百　愍傷有極哀　慈護一切人
觀察比丘衆　便自說是言　明聽我所語
前世之所造　身始有所作　今所獲餘殃
吾昔宿命時　作人名文羅　誹謗無瑕穢
善妙辟支佛　衆人大來會　縛束善妙士
著杻械閉獄　須出如死囚　吾時具沙門
得縛束苦惱　其心發慈哀　身則爲救解
用是罪殃故　墮地獄甚久　後來生人間
常爲人所謗　用是有餘殃　於此最後世
須陀利異道　共議誣謗我　曾爲婆羅門
博聞持道術　有五百學志　講術叢樹間

時有大神足　五通比丘來　我見道人至
誹謗揚其惡　仙人深愛欲　自高處樹間
諸摩納聞之　便共效我宣　時一切學志
家家行乞匃　大衆中誹謗　仙人有垢欲
緣是所犯罪　須陀利女人　佛五百弟子
悉共被誹謗　佛爲一切明　有虛妄之謗
知世吒弟子　是爲沙門耶　犯是罪殃已
便墮惡道中　生在太山獄　勤苦甚酷毒
以此有餘殃　旃遮摩尼女　在大衆會中
虛妄掩殺佛　曾爲三兄弟　而共諍錢財
推撲墜深谷　石堆以殺之　以是所犯罪
墮太山地獄　燒炙在黑繩　毒病甚酷苦
以此有餘殃　調達石所堆　於是石墮落
中傷佛足指　乘船入江海　俱欲度深水
時共載船上　拔刀殺賈人　用犯此罪故

身墮地獄中　以是餘殃故　鐵刺現佛前
曾在捕魚肆　生爲漁者子　有捕殺魚者
我爾時生心　從是所犯罪　墮太山地獄
燒炙在黑繩　勤苦甚毒痛　隨樓勤國王
傷殺釋子時　以是有餘殃　於今得頭痛
維衛世尊時　罵詈其弟子　不應食粳米
當令噉生麥　用是所犯罪　坐口出惡言
墮於黑繩獄　受苦不可計　以此有餘殃
怨結婆羅門　請我終一時　三月終噉麥
曾爲治病醫　時療尊者子　合藥分倒錯
令疾轉增劇　用犯此罪故　墮地獄甚苦
以此有餘殃　是故得下痢　吾昔前世時
曾爲手搏師　與力士相撲　害殺有佛子
用犯此罪故　受苦難訾量　以此餘殃故
脅肋之爲痛　謂難提和羅　輕毀迦葉佛

用見此沙門　言不得佛道

五百弟子自說本起經

音釋

撾陟瓜切擊也　𠢕手刀切健也　錮古慕切禁錮也　糅女救切雜也　炰俯九切火熟也　殨胡對切爛也　寱研計切寐言也　憊蒲拜切疲憊也　䩄他典切　擷下結切束縛也　菈力至切　俳步皆切俳優也　堊烏各切白塗也　颰蒲活切　仂林直切勤也　寠良據切貧無禮也　觜即委切喙也　燄以贍切

佛說五苦章句經

佛說堅意經

佛說淨飯王般涅槃經

東晉三藏竺曇無蘭譯

後漢三藏安世高譯

宋居士沮渠京聲譯

清刻龍藏佛說法變相圖

三經同卷

佛說五苦章句經

佛說堅意經

佛說淨飯王般涅槃經

佛說五苦章句經一名淨除罪蓋娛樂佛法經

東晉三藏竺曇無蘭譯

世尊曰三界五道生死不絕凡有五苦何謂五苦一曰諸天苦二曰人道苦三曰畜生苦四曰餓鬼苦五曰地獄苦何謂諸天苦從第一天上至二十八天除中四阿那含天皆是持五戒守十善行四禪者得生其上無道慧意故有生老病死亦有不盡其天壽者隨其先世所作故壽命有短長諸天有二大災惡一曰命盡二曰劫盡劫盡有三因緣一曰大

火二曰大風三曰大水命盡有七證一曰項中光滅二曰頭上華萎三曰顏色爲變四曰衣上塵土五曰腋下汗出六曰身形損瘦七曰蠅著自然離於本坐遭水災時大水洪起齊十五天其中所有無不盡者遭風災時隨藍風四起吹須彌山及諸石山山山相搏令如粉塵無不盡者遭火災時七日普出凝住不行燒炙天地皆如融金欲界所有其中皆盡最上四天雖壽八十億四千萬劫要皆當死屬八惡道是謂一苦二曰人道苦有百千種人實爲疲勞從奴婢下使乞兒賤人中間富貴上至帝王轉輪聖王皆有生老病死饑渴寒熱苦痛愁惱憂患災變或有兵賊牢獄刑戮火燒水溺墮落塠壚磚石刀杖奔車逸馬怨家劫盜更相傷害其死萬端一切衆生未脫三界皆共有之是謂二苦三曰畜生苦蜎飛蠕動蚑行蠕息飛鳥走獸上至象龍金翅鳥王皆是畜生亦有饑渴寒熱憂患勤苦强者伏弱更相噉食或有屠殺畋獵網羅以肉供人其變萬端不可具説是謂三苦四曰餓鬼苦有九種餓鬼第一輩者身長一由旬頸所咽處如一針孔行步之時支節骨解如五百車聲烟火焰出自相燒然若見流水往即枯竭不得一咽或得一咽化爲膿血或爲糞屎或爲銅銷咽自然大熱爛下過無不洞徹罪過未畢身自然復是皆先時爲人治生暴逆恐怛迫愶不以道理慳貪獨食故受此殃是謂四苦五曰地獄苦鐵城鑊湯劒樹刀山鐵柱銅銷膿血寒氷糞屎鹹水竹葉火車爐炭火釘十六毒刺烏鵲狡狗鵰鳥屈鳥其

鳥喙觜純是剛鐵飛入人口表裏洞徹食人五臟東西南北無有避處苦毒罪獄凡有十八諸受罪者不問尊卑隨惡輕重各自受之或有一劫半劫畢者不能不翅者罪畢復生世間受諸餘殃是謂五苦八惡處者一曰地獄二曰餓鬼三曰畜生四曰邊地五曰長壽天六曰雖得人身盲聾瘖瘂手足殘跛不能聽受七曰雖得人身六情完具世智辯聰學世經典信邪倒見祠祀鬼妖屠殺畋獵肆心放意欺僞萬端不信三尊從是没身還入地獄從冥入冥無有脱時雖得爲人復不信正法不信三尊誹謗聖道八曰生佛故處是謂八惡亦謂八難三惡道者是爲一切衆生之家暫得爲天暫得爲人譬如作客作客日少歸家日多學者思之勉力精進何得脱苦人身難得六情難具口辯難中才聰難致壽命難獲明人難遭直信難有大心難發經法難聞如來難值世間有樹名優曇鉢但有實無有華如來出世乃有華耳已得人身六情完具口辯才聰壽命延長遭值明人發菩薩心直信不還具聞法經遇如來世此皆宿行履福德人從明入明尋如來跡累行不止會於道場無毀其根亡失前功一失道意動有劫數慎之慎之一切衆生常在長獄有十二重城圍之以三重棘籬籬之常有六拔刀賊伺之能於其中得脱出者甚難甚難何謂長獄謂三界也何謂十二重城謂十二因緣也何謂三重棘籬謂三毒也何謂六拔刀賊謂六情也已發道心當具禁戒四等大慈六波羅蜜安般守意三十七品諸禪三昧總持之門

等一切法意無高下無相無願出三脫門得三治法分別三向曉三達智無縛無解不求諸天人中之尊轉輪王位不動其心不畏罪苦不計有勞志在一切無所勞冀解三界空不習三有是謂得出三界知十二因緣所起所滅能斷癡本是謂得出十二重城知婬怒癡三垢無纏意不復著是謂得拔三重棘籬曉了六情皆無本末譬如芭蕉意不縛愛是謂得離六拔刀賊要當先解無我無人都無所作無所不作所作功德億劫不倦譬如鳥飛虛空無有足跡行無能見者不與罪事諸惡因緣大如毛髮是名發菩薩心者能度苦厄居家爲牢獄妻色兒息財物珍寶爲是銀鐺杻械恩愛癡著是爲重擔佛告諸弟子一切善男子善女人汝已出家爲得離獄棄捐妻子爲得脫械如何不能放捨重擔諸弟子曰我無所擔佛言汝作佛子著吾我人貪身計壽是汝重擔專求供養畜積所有是汝重擔同學不和友親重白衣是汝重擔自大種姓貢高驕慢是汝重擔恃智懱愚輕邈他人是汝重擔很戾自用不受人諫是汝重擔食無節度飲酒貪味是汝重擔法服不具著俗衣裳是汝重擔外似如法內懷諛諂是汝重擔不制六情毀戒犯惡是汝重擔賦斂百姓興峙寺廟是汝重擔祠祀鬼毋祈請福願是汝重擔假託佛法呪術治病是汝重擔違負衆祐犯四重禁是汝重擔棲息無恒不還廟房是汝重擔不捨擔者後入地獄

佛言有大白象力壯移山壞地成澗拔樹碎石象力無雙有人以髮絆繫其脚象爲之躃

不能復動佛告諸弟子當解此譬亦當思之若有賢者居家爲道猒世所有苦空非身常欲出身爲道辭家妻子當就明師受持法服臨出之日妻子戀泣悲訴聲哀其辭辛苦賢者覩之心爲悵然意即迴變爲妻子所惑無復出家之志是如髮繫象不能復動長受衰矣佛言一切壯無過心心是怨家常欺誤人心取地獄心取餓鬼心取畜生心取天人作形貌者皆心所爲能伏心爲道者其力最多與吾心鬪其劫無數今乃得佛獨步三界皆心所爲一切衆香莫過栴檀其香無量香價貴於閻浮檀金又療人病有人中毒頭痛體熱摩栴檀屑以塗其上若以服之病即除愈一切衆生莫不願得有人大得栴檀香樹束薪賣之無有買者佛在世時所説法經令人得道無不度者般泥洹後十二部經留在世間動有卷數無有視者亦如栴檀束薪賣之無買者也一切臭木無過伊蘭其臭毒惡人見惡之畏聞其氣伊蘭栴檀生有四輩何謂爲四一曰有栴檀樹伊蘭繞之二曰有伊蘭樹栴檀圍之三曰有栴檀栴檀自爲叢林四曰有伊蘭伊蘭以相圍繞何謂栴檀伊蘭繞之有家長者直信爲道妻子兒婦室内不從其教奉邪倒見祠祀鬼妖不從教令是謂栴檀爲主伊蘭繞之者也何謂伊蘭栴檀圍之有家長者信邪倒見祠祀鬼妖妻子兒婦室内大小直信三尊不失六齋布施爲德六度不廢長者呵止不從其教竊避爲之是謂伊蘭爲主栴檀圍之者也何謂栴檀栴檀以爲叢林有家長者爲道家室眷屬皆隨其教不

相違戾直信三尊心意和同是謂栴檀栴檀自爲叢林者也何謂伊蘭伊蘭自相圍繞有家長者信邪倒見具行十惡祠祀鬼妖鬬門烹殺意同歡喜是謂伊蘭伊蘭自相圍繞者也此四輩因緣皆由宿命意行不同故令不和是以律經明曉因緣獲罪福事若祠祀家鬼鬼除殺生不與從事不食其飲食若入山澤見飛鳥走獸聚食終不驚怛斷其食味若見屠殺猪羊畋獵刑戮罪人不得看視當避捨之縱不得避當起大慈誓願僧那我得佛時使我剎中飲食自然令無有此諸惡因緣昔者國王夫人付香不與屠者之妻生死作對因緣展轉相緣或罪緣福或福緣罪罪福之會有二栽果心以生想爲行種栽以有根櫱後受果報此屠者之妻爲罪緣福後相經歷輒當過生爲種苦本是以不與其香也曰夫父子夫婦兄弟家室知識奴婢有五因緣何謂爲五一曰怨家二曰債主三曰償債四曰本願五曰眞友何謂怨家父子夫婦兄弟宗親知識奴婢相殺是謂怨家何謂債主父母致財子散用之是謂債主何謂償債子主致財供給父母是謂償債何謂本願先世發意欲爲家室善心歡喜厚相敬從是謂本願何謂眞友先世宿命以道法因緣共相承事後相經過生則明法精進志和是謂眞友昔者阿難邠祁家有五福德因緣何謂爲五一曰時節二曰身教三曰口言四曰一味五曰和順何謂時節晝夜六時不失禮敬是謂時節何謂身教長者起時室內大小無不隨者是謂身教何謂口言長者欲有所作興福事

時先報家中皆從其教是謂口言何謂一味衣食平等奴婢亦然是謂一味何謂和順上下相從不相違戾是謂和順以是五福家中奴婢牛馬六畜蜎飛蠕動死皆生天其有人家宿止經歷飛鳥走獸過其居屋者死皆亦生天用長者家合門之内能言之屬口誦法音經聲不絶其有聞音入耳中者無不歡喜心則是本是故生天亦是長者本願所致從無數刼來口言篤信不欺慢人不與諸惡共作因緣功德淳淑大僧那力故使其然天地境界遭三災時其中所有一切皆盡不及彼界大刼盡時一佛境界其中凡有百億須彌山百億鐵圍山一切皆盡不及彼佛國也如是十方諸佛國無極虛空無極衆生無極佛國無邊虛空無際衆生無原大千國土如來滿中以億刼之壽不說衆生有始有終如來之智了知一切衆生無底故言般若波羅蜜無底衆生無底

佛又說有四種生一曰胎生二曰卵生三曰濕生四曰化生此分別說耳示語一切使知種類也說三界五道衆生一切所有皆是化生故言一切如化如幻如夢如影如響如水月形無有作者悉了此意乃可爲道道亦如化一切無原無造無作無始無終新學聞之其意驚疑諸驚疑者有三因緣一曰本功德少二曰不得明師三曰不勤於經學自用意著於吾我逐於名色貪求利養所行諛諂無有至信如是不能近深法忍

夫空無所有無相無願是道之要慧道以虛爲上學以無爲爲先此三句者不可爲新學

人說聞無所有便曠其心不復修戒無所罣礙於六德中事事懈廢言一切空當何所作口但說空行在有中墮四顛倒故言無功德菩薩不應使聞無所從生法忍夫善知識欲教新學稍稍以漸教語魔事令護魔因緣生死罪苦五道分明令信罪福事事了了乃可語道昔分和檀王與佛捔智佛告王曰海水研墨斫樹爲筆寫吾所知爲經若海水乾盡樹枝了索吾經不盡所以爾者佛有三達之智來今往古靡不通焉佛經衆多以虛空爲量佛智弘深以無造爲原經中所演不可思議或有反覆難了難明粗以六事可知其意一曰正道二曰善權三曰至教四曰誘導五曰福德六曰禁戒何謂正道說無端緒無造無作虛無所有無所從生無行無得自然如也是曰正道何謂善權變化無方或出或處隨類而入與爲因緣時宜而說不合常句趍化度之是曰善權何謂至教指示罪福作是得是皆行所致無橫與若其事明白是謂至教何謂誘導開童蒙人有護有德增壽益筭現世可護是曰誘導何謂福德六度無極主治六情制守根門可得天人轉輪聖王長樂無窮是謂福德何謂禁戒守口攝意身不盜不殺不婬不欺奉孝不懈三惡趣苦不可入處是謂禁戒先了此意乃可爲道譬如捉網先攝其綱諸目乃正不曉持綱先理其目顛倒錯亂互相絆繞無有解已學亦如是不達其要聞經中說不解權宜不能分別便相譏時遂執所守興起恚意失本忘義毀正遂邪學者雷同追逐音響不相主正識真者少墮

落滋多如此之輩徒戴學名曰四諦者一曰苦諦二曰集諦三曰盡諦四曰道諦一切衆生不覺此苦以苦爲樂於罪苦中求欲得安賊賢僞說迷惑人心便言所作可現世得學者聞之莫不喜隨聞患至之言逆耳不受故言正道似及誰能受者復不知集知集者死死不敢復作復不知盡知盡者死死不敢復作復不知道知道者聞道便能爲道一切世間人作罪事易爲福事難一切學士作福事易爲道事難爲道事復易解道者難說道者易行之者難故言甚難甚難曰如來衆經禁戒律法凡有八萬四千卷爲一切之良藥唯治人身口意療人生老病死耳敎衆生有二要何謂爲二一者作是得是二者不作是不得是如佛所說三界五道罪垢苦惱不離於作一切無横非天授與亦非鬼神亦非帝王亦非父母亦非沙門梵志授與所作罪福如影隨形如響應聲不失如毛髮者也

佛言昔者爲閻羅王有弘普之慈諸墮地獄者王盡現之王曰汝等何爲是間罪人對曰我等死時不知行諸惡自然追逐送我來到是間願王哀我赦除罪過王曰汝等皆作何惡罪人對曰我等生時不孝父母殺盜婬欺飲酒鬬亂恃力强勢侵易善人誹謗聖道所作衆惡不可具說又信惡師祠祀鬼神謂當有福烹殺三生禱賽神靈我今自首悔所作惡王曰汝等在世間時吾遣五使者案行天下告語汝曹何以不受其教諸罪人曰我等生時實不見不聞王曰諦聽當爲汝曹說五使者一曰世間毋人懷妊十月身爲之痛臨

當產日父母怖危既得娩身從死得生乳哺懷抱推燥居濕逮得長大憂慮萬端汝見之不罪人曰見之王曰是吾一使者二曰世間老人顏色壞敗頭白齒落目瞑耳聾肉皺皮緩傴僂而行汝見之不罪人曰見之王曰是吾二使者三曰世間病人困劣著牀百痛普至美食爲惡汝見之不罪人曰見之王曰是吾三使者四曰世間死人刀風斷脉拔其命根身體正直不滿十日肉壞血流膖脹臭爛無可取者生時相愛死皆相惡汝見之不罪人曰見之王曰是吾四使者五曰世間犯罪束縛送獄桁械鞭笞五毒並至戮之都市或截首火燒鉄鎖斬之梟挓五形汝見之不罪人曰見之王曰是吾五使者也王曰汝見是已當自思惟汝身亦更生更老更病更死汝犯五逆罪亦當如彼現受其殃汝何不孝順父母謙敬長老忠孝慈仁爲首心所不欲亦勿施人世有賢明當從啓受歸命三尊責心奉道節情止欲可得度苦自汝所作今當受之吾不枉汝罪人白王我等生時實但苦劇不暇得爲王告獄卒汝便將去到其劇處獄卒名阿傍牛頭人手兩脚牛蹄力壯排山持剛鐵叉叉有三股一叉罪人數百千萬内於鑊中其鑊縱廣等四十里自然制持令不墮落罪過未畢故令不死從口至底百歲乃至從底至上亦復百歲是名劇處諸罪人受罪更苦楚毒遍十八處中有罪畢當得出者王復現之曰汝等今去或當爲人家作子生當念孝順報父母恩曼年盛時當忍惡爲善篤信三尊守戒奉道修諸功德莫復作惡還來

至此夫地獄者終不呼人善自思之諸罪人歡喜皆稱萬歲佛言諸有聞法乍信乍不信狐疑進退還入邪者皆從地獄來出受閻王教者信根淺少故令其然雖爾所作功德終不唐捐佛之弘慈亦不遺忘但刼數彌之耳久久亦當得度爾時佛告阿難受是經典持諷誦讀廣爲人說疾令時達普使法澤流布來世阿難白佛言唯當受之今斯經典所號云何云何奉行佛言阿難是經名曰淨除罪蓋娛樂佛法一名授無思議光菩薩道決當奉持之族姓子及族姓女盡其形壽供養如來隨時之宜從其所安若以天華如須彌山用散佛上及以名香澤香雜香繒蓋幢旛謙敬貢上自歸作禮精進不懈不如族姓子族姓女受是經法奉持諷誦廣爲人說遵修法行如上所敎功德福祐過彼供養巨億萬倍佛言阿難常當以法供養如來若欲奉敬無上大聖當受斯經持諷誦讀爲他人說及經法卷佛說如是無思議光菩薩賢者阿難一切衆會阿須倫世間人民聞佛所說莫不歡喜作禮而去

天上福已盡　墮爲牛領蟲　譬如大田家
收入甚大豐　但食不復種　穀盡亦饑窮
食福亦如是　福盡墮罪中　人身甚難得
根具亦甚難　百劫復百劫　時乃得爲人
失戒離人本　但坐著因縁　不知猒足故
受苦如彌連　蛸蜚蠕動類　其神同一源
坐犯不與取　借貸無還心　受寄而直抵
持頭觸突人　展轉畜生中　其苦難屢陳
佛說餓鬼苦　但有饑渴患　東西求飲食

不聞水穀聲　軀體一由延　裸形髮繞身
但坐慳獨食　故墮黒繩城　鐵圍兩山間
窈窈何冥冥　神識墮其中　不覩日月精
展轉不相見　但聞叫呼聲　一切衆惡聚
苦痛傷人情　既得生爲人　當受身諸殃
盲聾瘖痾瘂　跛躄不能行　雖有度世法
不得聽受聞　長夜受苦痛　宛轉如車輪
受身雖根具　端正辯聰明　邪見墮顛倒
不信有佛經　或行屠網獵　酒樂著欲情
沒身見閻王　罪至乃怖驚　邊地無義理
父子相啞汝　家室互相賣　屬人爲奴虜
恒當給驅使　動靜如杖楚　雖得爲人形
畜生共同侶　世間淳熟善　無有師法則
當生長壽天　無形但有識　壽命雖延長
三塗爲隣側　後作蚰蜒蟲　泥沙爲飲食
以在八難處　難得復人形　譬如海盲龜
欲值浮木孔　生死墮須河　甫來已過去
值法已沒盡　輒生佛故處　爲法船欲壞
思惟人甘露　精進諷爲勉　善知識爲師
精進爲大力　慧明踰日光　甘露消諸毒
亦能除五陰　若人已有信　住在佛教戒
便道通亦利　以開甘露門　甘露聲已出
三界遍分明　已開大要道　但當正意行
一心向在在　爲道莫中止　人意譬如稱
常當攝拘牽　思惟止與觀　是爲世間明
叉手持頭腦　三界皆禮佛

佛說五苦章句經

佛說堅意經

後漢三藏安世高譯

聞如是一時佛在舍衛國祇樹給孤獨園佛告阿難我今禪定憐傷世人不知佛道正眞弘深而以淺僞輕薄之言欲設嫉心謗毀道根妄作窮難難吾弟子汝當正心知此罪人或是邪妖惡師或是不知世俗姧人若諸菩薩比丘僧比丘尼優婆塞優婆夷明經高潔開解愚冥爲說生死罪福所鍾設其即解知服道眞此爲罪滅福生之人若其指掌爲說橋梁心懷憒憒意不欲聞雖欲强聽心多睡眠或壞道法輕毀沙門及優婆塞惡口妄言當明此人爲罪所牽沙門賢者以忍爲先當如清水無所不淨死人死狗死蛇屎尿亦皆洗之然不毀水清亦當持心有如掃箒掃地淨不淨死人死狗死蛇屎尿皆亦掃之然不毀於箒矣亦當復如風火之力光死人死狗死蛇屎尿亦吹亦燒然不毀風火之力光若人欲來殺已已亦不瞋欲來謗已已亦不瞋欲來諧已已亦不瞋欲來笑已已亦不瞋欲來壞已使不事佛法已亦不瞋但當慈心正心惡滅福生邪不入正萬惡消爛佛告阿難其有好心善意之人聞佛明法一心而聽能一日可不能一日半日可不能半日一時可不能一時半時可不能半時須臾可其福不可量不可訾也汝當廣爲諸比丘僧比丘尼優婆塞優婆夷白衣人民說之并當廣爲說布施種生死糧其有齋日施設飯食請召四輩高經賢者沙門道人施設高座論講佛經燒香然燈光明達天諸天喜笑皆下虛空則

耳來聽莫不欣然其有破慳布施爲福善神
即下營救門戶禳禍滅怪出與利會利則而
吉終無怨惡譬如種穀隨種而生種善得福
種惡獲罪殃未有不種而獲果實當正爾心
福自歸身慎無卜問爲邪所牽心懷狐疑善
神遠人動入罪地所爲不成不知毀戒反怨
佛神事之無益遂不正心男子女人其有聞
此經者及奉持讀誦者莫不得福阿難歡喜
起爲佛作禮
佛說堅意經

佛說淨飯王般涅槃經

宋居士沮渠京聲譯

如是我聞一時佛住王舍城耆闍崛山中與大比丘衆俱爾時世尊光明煒煒踰若日出照明世間時舍夷國王名曰淨飯治以正法禮德仁義常行慈心時被重病身中四大同時俱作殘害其身肢節欲解喘息不定如駛水流輔相宣令國中明醫皆悉集會瞻王所疾隨病授藥種種療治無能愈者瑞應已至將死不久時王煩躁轉側不停如少水魚夫人婇女見其如是益更愁惱時白飯王斛飯王大稱王等及諸群臣同發聲言令王設崩永失覆護國將虛弱王身戰動脣口乾燥語聲數絕眩目淚下時諸王等皆以敬意長跪叉手同共白言大王素性不好作惡經彈指頃積德無猒護養人民莫不得安名聞十方大王今日何故愁惱時淨飯王語聲趣出告諸王曰我命雖逝不以爲苦但恨不見我子悉達又恨不見次子難陀已除貪婬世間諸欲復恨不見斛飯王子阿難陀者持佛法藏一言不失又恨不見孫子羅雲年雖幼稚神足純備戒行無缺吾設得見是諸子等我病雖篤未離生死不以爲苦諸在王邊聞如是語莫不啼泣淚下如雨時白飯王白淨飯王言我聞世尊在王舍城耆闍崛山中去此懸遠五十由旬王今轉羸設遣使者道路懸遠懼恐遲晚無所加益惟願大王莫大愁悒懸念諸子時淨飯王聞是語已垂淚而言答白飯王我子等輩雖復遼遠意望不斷所以者何我子成佛以大慈悲恒以神通天眼徹視

天耳洞聽救接衆生應可度者如有百千萬億衆生爲水所溺以慈愍心爲作船筏而度脱之終不勞疲譬如有人爲賊所圍或值怨敵惶怖失計不望自濟惟求救護依有勢者欲從恐難而得解脱譬若有人時得重病欲得良醫以療其疾如我今日望見世尊亦復如是所以然者世尊晝夜常以三時恒以天眼觀於衆生應受化者以慈悲心如母念子爾時世尊在靈鷲山天耳遥聞迦維羅越大城之中父王悒遲及諸王言即以天眼遥見父王病卧著牀羸困憔悴命欲向終知父渴仰欲見諸子爾時世尊告難陀曰父王淨飯勝世間王是我曹父今得重病宜當往見餘命少在時嚴欲發我曹應往旻命存在及共相見令王願滿難陀受敎長跪作禮唯然世尊淨飯王者是我曹父所作奇特能生聖子利益世間今宜往詣報育養恩阿難合掌前白佛言我隨世尊會共相見淨飯王者是我伯父聽我出家爲佛弟子得佛爲師是故欲往羅雲復前而白佛言世尊雖是我父棄國求道我蒙祖王育養成就而得出家是故欲往奉覲祖王佛言善哉善哉宜知是時令王願滿於時世尊即以神足猶如鴈王踊身虚空忽然而現在迦維羅衞放大光明國中人民遥見佛來皆共舉聲涕淚而言設大王崩舍夷國名必斷滅矣城中人民向佛啼哭白世尊言爾時太子踰出宮城詣藍毘樹下而坐思惟父王見之稽首敬禮大王如是命斷不久惟願如來宜可時往及共相見國中人民宛轉自撲哽咽啼哭中有自絶瓔珞之者

中有自裂壞衣服之者中有取灰土而自坌者中有自攫拔其髮者痛徹骨髓猶癲狂人佛見是已諫國中人無常離别古今有是汝等諸人當思念之生死爲苦惟道是真佛以法雨灌衆惱心以種種法而開解之於時世尊即以十力四無所畏十八不共諸佛之法放大光明更復重以三十二相八十種好放大光明以從無量阿僧祇劫所作功德放大光明其光照耀内外通達周徧國界光照王身患苦得安王遂怪言是何光耶爲是日月之光明耶諸天光乎光觸我身如天栴檀令我身中患苦得息我遂疑怪儻是我子悉達來耶先現光明是其瑞也時大稱王從外入宫白大王言世尊來也將諸弟子阿難難陀羅雲之等乘虛來至王宜歡喜捨愁毒心王聞佛來敬意踊躍不覺起坐須臾之頃佛便入宫王見佛到豫舉兩手接足而言惟願如來手觸我身令我得安爲病所困如壓麻油痛不可忍我命將逝寧可還返我今最後得見世尊痛既即除佛知父王病重羸瘦色變難識覩見形體憔悴叵看佛告難陀觀王本時形體巍巍妙色端正名聲遠聞今得重病乃不可識端正形容勇健之名今何所在爾時淨飯王一心合掌歎世尊言

汝願已成就　亦滿衆生願　我今得重病
願佛度我厄　嚴飾瞿曇種　汝爲甚奇特
末世說正法　無護而作護　法王以法味
灌濯諸衆生　如是後聖王　我子極慈孝
人中之上寶　名達大千界　上至淨居天
獨步無等雙

佛言惟願父王莫復愁憂所以然者道德純備無有缺減佛從袈裟裏出金色臂掌如蓮華即以手著父王額上王是清淨戒行之人心垢已離今應歡悅不宜煩惱當諦思念諸經法義於不牢固得堅固志以種善根是故大王宜當歡喜命雖欲終自可寬意時大稱王以恭敬意白淨飯王言佛是王子神力具足無與等者次子難陀亦是王子已度生死諸欲之海四道無礙斛飯王子阿難陀者以服法味佛所說法猶如淵海一句不忘悉總持之王孫羅雲道德純備逮諸禪定成四道果是四子等以壞魔網時淨飯王聞是語已歡喜踊躍不能自勝即以自手捉於佛手著其心上王於卧處仰向合掌白世尊言我瞻如來目睫不瞬視之無猒我願已滿心意踊躍從是卧别如來至眞多所利益其有得見聞所說者此輩之等皆是有相大功德人今日世尊是我之子接遇過多不見捐棄王於卧處合掌心禮世尊足下時佛手掌故在王心上無常對至命盡氣絶忽就後世於是諸釋號咷啼哭舉身自撲兩手拍地解髻亂髮同發聲言永失覆蓋有自絶瓔珞中有裂壞衣服之者中有自攫拔其髮者中有說王順正治國不枉人民者中復有言諸小國等失其覆護王中尊王今已崩背國失威神時諸釋子以衆香汁洗浴王身纏以劫波育氎及諸繒帛而以棺斂於師子座七寶莊嚴眞珠羅網垂繞其傍舉棺著於師子座上散花燒香佛共難陀在喪頭前肅恭而立阿難羅雲住在喪足難陀長跪白佛言父王養我願聽

難陀擔父王棺阿難合掌前白佛言惟願聽我擔伯父棺羅雲復前而白佛言惟願聽我擔祖王棺爾時世尊念當來世人民兇暴不報父母育養之恩爲不孝之者爲是當來衆生之等設禮法故如來躬身自欲擔於父王之棺即時三千大千世界六種震動一切諸山岠峨涌没如水上船爾時欲界一切諸天與無央數百千眷屬俱來赴喪北方天毗沙門王將諸夜叉鬼神之等億百千衆俱來赴喪東方天王提頭賴吒從諸妓樂鬼神之等億百千衆俱來赴喪南方天王毗留勒叉將鳩槃茶鬼神之等億百千衆俱來赴喪西方天王毗留博叉將諸龍神億百千衆俱來赴喪皆共發哀舉聲啼哭時四天王竊共私議瞻望世尊爲當來世諸不孝順父母者故以大慈悲現自躬身擔父王棺時四天王同時長跪同時發聲俱白佛言唯然世尊願聽我等擔父王棺所以然者我等亦是佛之弟子亦復從佛聞法意解得法眼淨成須陀洹以是之故我曹宜擔父王之棺爾時世尊聽四天王擔父王棺時四天王各自變身如人形像以手擎棺擔在肩上舉國人民一切大衆莫不啼哭爾時世尊威光益顯如萬日並如來躬身手執香爐在喪前行出詣葬所靈鷲山上有千阿羅漢以神足力乘虚來詣稽首佛足復白佛言惟願世尊勑使何事時佛便告阿羅漢汝等疾往大海渚上取牛頭栴檀種種香木即便受教如彈指頃各到大海共取香薪屈伸臂頃便已來到佛與大衆共積香薪舉棺置上放火焚之一切大衆見火熾

然皆同向佛前宛轉自撲益更悲哭有得道者皆悉慶幸未獲道者心顫惶怖衣毛爲竪於是世尊告大衆曰世皆無常苦空非身無有堅固如幻如化如熱時燄如水中月命不久居汝等諸人勿見此火便以爲熱諸欲之火極復過此是故當勤而自勸勉永離生死乃得大安時火焚燒大王身已爾時諸王各各皆持五百瓶乳以用滅火火滅之後競共收骨盛置金函即於其上便共起塔懸繒旛蓋及種種鈴供養塔廟時諸大衆同時發聲俱白佛言大淨飯王今已命終神生何所惟願世尊分別解說於時世尊告衆會曰父王淨飯是清淨人生淨居天聞是語已便捨愁毒佛說經竟諸天龍神及四天王所將眷屬世間人民一切大衆爲佛作禮各自而去

佛說淨飯王般涅槃經

音釋

戮力竹切殺也　塠都回切聚土也　盧烏合切山旁穴也　蜎火玄切小飛也　蠕而兗切蟲動貌　蚑去縊切蟲行貌　蝡昌兗切動蟲也　鶉食倫切鳥名　喙呼惠切鳥觜也　𣗥即委切與觜同　盲聾盲莫耕切聾盧紅切　瘖瘂瘖於金切瘂烏下切瘖瘂病不能言也　鋃鐺鋃力當切鐺都郎切鋃鐺鎖也　峙池爾切立也　絆博慢切縶也　躃必益切不能行也　捔古岳切校也競也　㝃美辨切產子也　傴僂傴於武切僂力主切傴僂背曲也　胖脹胖匹絳切脹知亮切　挓側華切與磔同裂也　桁胡郎切械也　鈇鑕鈇方矩切大斧也鑕之日切椹也　咥虛記切嘆也　蛐蟮蛐丘玉切蟮常演切蛐蟮蚯蚓也　眩黃絹切目無常主也　揔子紅切撮也　睫即葉切目旁毛也

佛說興起行經

後漢外國三藏康孟詳譯

清刻龍藏佛說法變相圖

佛說興起行經序

所謂崑崙山者則閻浮利地之中心也山皆寶石周帀有五百窟窟皆黄金常五百羅漢居之阿耨大泉外周圍山山内平地泉處其中泉岸皆黄金以四獸頭出水其口各繞一帀已還復其方出投四海象口所出者則黄河是也其泉方各二十五由延深三厥劣一厥劣者七里也泉中有金臺臺方一由延臺上有金蓮華以七寶爲莖如來將五百羅漢常以月十五日於中說戒因舍利弗問佛十事宿縁後以十五日時將本弟子說訖乃止如是至九往所以十問而九答者以木鏘之對人間償之欲示人宿縁不可逃避故也又阿耨泉中非有漏礙形所可周遊雖有阿難爲如來所接也所以慇懃告舍利弗者欲化

諸龍故也

佛說興起行經卷上 亦名嚴成宿緣經

後漢外國三藏康孟詳譯

聞如是一時佛在摩竭國普爲衆生故止於竹園中佛語諸比丘及神足羅漢各賷所乞食器共至阿耨泉路由五姓國將諸比丘衆於中共乞食比丘五百人以神足飛下比丘僧圍繞到阿耨大泉世尊坐其中世尊食已說諸比丘故食當於飲食時地爲大震動比丘問世尊此何爲震動世尊便爲說慇此衆生動地獄有罪人極行衆逆惡鬼神有千人斫其兩大肋須臾不休息斧斤皆燒赤斫滿止千歲力極乃得斷問作何等罪乃致此苦痛此肋大爾許使地爲震動此本世間人恒得婬他妻坐貪色欲故又殺清信士以是宿緣故致得此大身鬼神有千人恒斫此兩肋也世尊說如是佛問諸四道汝等作何緣各各可自說神通大弟子能繼轉法輪智慧舍利弗起問於世尊世尊無雙比無事不見聞世尊先自說宿世諸因緣孫陀利生惡謗望得其敬事無故誹謗世尊此是何因緣坐奢彌跋提此五百比丘無故相誹謗比是何因緣何爲得頭痛誅殺五親時諸節皆疼痛及患脊背剛强木槍刺脚調達崖石擲搥破脚拇指此是何因緣多舌童女人舞盂起其腹無故來相謗在於大衆中又在毘蘭邑三月食馬麥國師梵志請此是何因緣在於鬱祕地苦行足六年斷息禪羸瘦此是何因緣世尊爲演說舍利弗諦聽今當盡爲說先世所行緣

佛說孫陀利宿緣經第一

聞如是一時佛在阿耨大泉與大比丘五百人俱皆是阿羅漢六通神足大有名稱端正姝好各有衆相不長不短不白不黑不肥不瘦色猶紅蓮華皆能伏心意唯除一比丘何者阿難是也舍利弗自從華座起整衣服偏露右臂右膝跪蓮華上向佛叉手問世尊言世尊無事不見無事不聞無事不知世尊無雙比衆惡滅盡諸善普備諸天龍神帝王臣民一切衆生皆欲度之世尊今故現有殘緣願佛自說此緣使天人衆生聞者開解以何因緣孫陀利來誹謗以何因緣坐奢彌跋提被謗及五百羅漢以何因緣世尊頭痛以何因緣世尊骨節疼痛以何因緣世尊脊背强以何因緣剛木刺其脚以何因緣地婆達兜以崖石擲以何因緣多舌女人舞盂大衆中有漏無漏前來相誹謗曰何以不自說乃爲他說爲我今臨産當須酥油以何因緣於毘蘭邑與五百比丘食馬麥以何因緣在鬱祕地苦行經六年謂呼當得佛佛語舍利弗還復華座吾當爲汝說先世諸因緣舍利弗即便還復本座阿耨大龍王聞佛當說因緣法踊躍歡喜即爲佛作七寶交露蓋蓋中雨栴檀末香周遍諸座無數諸天龍鬼神乾沓和阿須倫迦樓羅甄陀羅摩休勒皆來詣佛叉手作禮圍繞而立佛便爲舍利弗說往昔過去世波羅柰城中有博戲人名曰淨眼巧於歌戲爾時有婬女名曰鹿相端正姝好嚴淨無比時淨眼往至鹿相所語此女曰當共出外詣樹園中求於好地共相娛樂女答曰可爾鹿相便歸莊嚴衣服詣淨眼家淨眼即嚴

駕好車與鹿相共載出波羅柰城至於樹園共相娛樂經於日夜淨眼覩其衣服珍妙便生貪心當殺此女取其衣服復念殺已當云何藏之時此園中有辟支佛名樂無爲去其所止不遠淨眼又念此辟支佛晨入城乞食後我當殺鹿相埋其廬中持衣服而歸誰知我處明旦辟支佛即入城乞食淨眼於後便殺鹿相脫取衣服埋尸著樂無爲廬中平地如故便乘車從餘門入城爾時波羅柰國王名梵達國人不見鹿相遂徹國王衆人白王鹿相不見王即召群臣詣里遍巷户至視之諸臣受敎如命視之遍視不得便復出城見樹間衆烏飛翔其上衆人便念城中已遍不得此必有以當共往彼即尋便往到樂無爲廬前搜索得尸諸臣語樂無爲曰已行不淨胡爲復殺辟支佛嘿然不答問如此至三不答如前樂無爲手脚著土此是先世因緣故嘿然不答衆臣便反縛樂無爲拷打問辭樹神人現半身語衆人曰莫拷打此人衆臣曰何以不打神曰此無是法終不行是諸臣雖聞神言不肯聽用將此樂無爲逕詣王所白王曰此道士行不淨已又復殺之王聞是語瞋恚大喚語諸大臣看是道士行於非法應當爾耶王勑諸臣急縛驢馱打鼓遍巡然後出城南門將至樹下攢鉾針之貫著竿頭聚弓射之若不死者便斫其頭諸臣受敎急縛驢馱打鼓巷至巡之國人見之皆怪所以或有信者或不信者衆人集觀嗚呼悲傷於時淨眼在破墻中藏聞衆人云云聲便於墻中傾顏盜視見樂無爲反縛驢馱衆人逐行見

已心念此道士無故見枉當死此不應有愛欲我自殺鹿相非道士殺我自受死當活道士淨眼念已便出走趣大衆並喚上官曰莫困殺此道士非道士殺鹿相是我殺之耳願放此道士縛我隨罪治我諸上官皆驚愕曰何能代他受罪即共解辟支佛縛便捉淨眼反縛如前諸上官等皆向辟支佛作禮懺悔我等愚癡無故枉困道士當以大慈原赦我罪莫使我將來受此重殃如是至三樂無爲辟支佛嘿然不答辟支佛心念我不宜更入波羅柰城乞食我但於此衆前取滅度耳辟支佛便於衆前踊昇虚空於中往反坐卧住立腰以下出煙腰以上出火或復腰以下出火腰以上出煙或左脇出煙右脇出火或左脇出火右脇出煙或腹前出煙背上出火或腹前出火背上出煙或腰以下出火腰以上出水或腰以下出水腰以上出火或左脇出水右脇出火或腹前出水背上出火或腹前出火背上出水或左肩出水右肩出火或左肩出火右肩出水或兩肩出水或兩肩出火然後舉身出煙舉身出火舉身出水即於空中燒身滅度於是大衆皆悲涕泣或有懺悔或有作禮者取其舍利於四衢道起偷婆諸上官即將淨眼詣王梵達此人殺鹿相非是道士殺王便瞋此監司前時何爲妄白虚事云此殺人令云非也乃使我作虚妄之人枉困道士諸臣白王於時頻問道士何爲殺人也時道士嘿不見答叉手脚復著土以是故臣等謂呼其殺人王便勑臣驢馱此人於城南先以矟針之然後立竿貫頭聚弓射之若

不死者便斫其頭諸臣受敎即以驢馱打鼓遍巡已出城南詣樹下稍針貫木聚弓射之然後斫頭佛語舍利弗汝乃知爾時淨眼者不則我身是舍利弗汝復知鹿相者不則今孫陀利是舍利弗汝知爾時梵達王不則今執殺釋種是舍利弗爾時殺鹿相枉困辟支佛以是罪故無數千歲在泥犁中煑及上劒樹無數千歲在畜中生無數千歲在餓鬼中爾時餘殃今雖作佛故獲此孫陀利謗於是佛自說宿命因緣偈曰

我先名淨眼　乃是博戲人　辟支名樂無
無過致困苦　此有真淨行　爲衆所擾惱
毀辱而縛束　復欲驅出城　見此辟支佛
困辱被繫縛　我起慈悲心　使令得解脫
以是因緣故　久受地獄苦　乃爾時殘殃
今故被誹謗　我今斷後生　便盡於此世
坐此孫陀利　故得其誹謗　因緣終不脫
亦不著虛空　當護三因緣　終始不可犯
我自成尊佛　得爲三界將　故說先因緣
阿耨大泉中

佛語舍利弗汝觀如來衆惡皆盡諸善普備能度天龍鬼神帝王臣民蜎飛蠕動皆使得無爲安樂雖有是功德猶不免於宿緣況復愚冥未得道者不攝身口意此等當如何佛語舍利弗汝當學是及諸羅漢并一切衆生當護身三口四意三舍利弗汝當學是并及一切佛說是時舍利弗及五百羅漢阿耨大龍王天龍鬼神乾沓和阿須倫迦樓羅甄陀羅摩休勒聞佛所說歡喜受行

佛說奢彌跋宿緣經第二

聞如是一時佛在阿耨大泉與大比丘衆五百人俱皆是羅漢六通神足唯除一比丘阿難也是時佛告舍利弗過去久遠九十一劫是時有王名曰善說城名善說所造有一婆羅門名延如達好學廣博外道四部天文圖讖占相藝術曉七種書及外道教戒解了衆法世俗典籍相有三十常教學五百豪族童子復有一婆羅門名曰梵天大富饒財象馬七珍侍使僕從婦名淨音端正姝妙容貌第一性行和調無嫉妬心延如達以梵天爲檀越婦淨音供養延如達飲食衣被牀卧坐具病瘦醫藥有一辟支佛名曰愛學往到城內著衣持鉢行欲乞食偶至梵天門淨音見辟支佛衣服整齊行步詳審六根寂定心甚愛樂即請供養曰自今已去衣被飲食牀卧醫藥常從我受當爲我故受我請淨音即以濃美飲食滿鉢與之辟支佛受已執鉢昇虛空七反迴旋飛還所止時城內人見此神足曰國有是人令我等有福舉國歡喜供養無猒淨音供養辟支佛日進待延如達遂薄延如達自覺薄已厚彼便興妬嫉誹謗之言此道士實無才德何以故此淨音作不淨行故也以是故厚供養之延如達告五百弟子曰此道士犯戒無精進行諸童子各歸家宣令曰此道士無有淨行與淨音通諸童子曰爾如師所言此道士實有婬欲心五百童子受教入城至巷宣令曰此道士有婬欲心與淨音通國人咸疑神足如是有此穢聲耶此聲經七年乃斷後辟支佛現十八變取於滅度衆人乃知延如達爲虛妄辟支佛爲清淨佛語

舍利弗汝知爾時延如達不則我身是爾時梵天者憂填王是爾時淨音者耆彌跋是爾時五百童子者今五百羅漢是佛語舍利弗我爾時因失供養故便生妬嫉心與汝等共誹謗辟支佛以是因緣與汝等共入地獄鑊湯見煑無數千歲由是餘殃今雖得佛故與汝等有耆彌跋之謗也於是世尊說先世因緣偈曰

我先爲梵志　廣學外四部　正於樹園中
教授五百童　有一辟支佛　清淨有神足
見是得供養　無故橫相謗　還語諸童子
道士不淨行　我適說是時　童子皆歡喜
童子聞是已　遍行諸里巷　盡向衆人說
道士犯不淨　以是因緣故　經歷地獄久
我及汝曹等　受是無限苦　由是殘因緣
是衆五百人　無故被誹謗　坐此耆彌跋
我今在末世　成於無上道　無故而被謗
坐此耆彌跋　如來成尊佛　三界之大將
阿耨大池中　自說本世緣

佛告舍利弗汝觀如來衆漏已盡諸善普具慈愍天人及至蠕動皆欲使濟度雖有此功德猶不免於宿緣況復愚朦未識道者佛語舍利弗汝當學是及諸羅漢一切衆生皆當學是佛語舍利弗汝當護身三口四意三舍利弗當學如是佛說是已舍利弗及五百羅漢阿耨大龍鬼神乾沓和阿須倫迦樓羅甄陀羅摩休勒聞佛所說歡喜受行

佛說頭痛宿緣經第三

聞如是一時佛在阿耨大泉與大比丘五百人俱皆是羅漢六通神足唯除一比丘阿難

也佛告舍利弗過去久遠世於羅閱祇大城中時穀貴饑饉人皆拾取白骨打煑飲汁掘百草根以續微命以一升金貿一升穀爾時羅閱祇有大村數百家名曰吱越村東不遠有池名曰多魚吱越村人將妻子詣多魚池止於池邊捕魚食之時捕魚人探魚著岸上在陸而跳我爾時爲小兒年適四歲見魚跳而喜以杖打頭時池中有兩種魚一種名麩一種名多舌此自相語曰我等不犯人橫見苦我等後世要當報此佛語舍利弗汝識爾時吱越村人男女大小不則今迦毘羅越國諸釋種是爾時小兒者我身是爾時麩魚者毘樓勒王是爾時多舌魚者今毘樓勒王相師婆羅門名惡舌者是爾時魚跳我以小杖打魚頭以是因緣墮地獄中無數千歲我今雖得作佛由是殘緣故毘樓勒王伐釋種時我得頭痛佛語舍利弗汝知我云何頭痛舍利弗我初得頭痛時語阿難曰汝以四升鉢盛滿冷水來阿難如教持來以指抆額上汙滴水中水即尋消滅猶如終日炊空大釜投一滴水水即燋燃頭痛之熱其狀如是假令須彌山邊旁出凸崖一由延至百由延值我頭痛熱者亦當消盡舍利弗如來頭痛如是

佛爾時說宿緣偈曰

先世吱越村　有一吱越子　捕魚置岸上
以杖撓其頭　以是因緣故　經歷地獄久
名曰黑繩獄　燒煑甚久長　由是殘因緣
今得頭痛熱　殺是諸釋時　惡行毘樓勒
此緣終不化　亦不著虛空　當共自謹慎
防護身口意　我自成尊佛　得爲三界將

故說先世緣　阿耨大泉中

佛語舍利弗汝見如來衆惡已盡諸善普具欲使天龍鬼神帝王臣民皆念其善由有此緣況復愚冥未得道者佛語舍利弗汝當學是及諸羅漢一切衆生皆學是佛語舍利弗汝當護身三口四意三舍利弗當學是佛說是已舍利弗及五百羅漢阿耨大龍王天龍鬼神乾沓和阿須倫迦樓羅甄陀羅摩休勒聞佛所說歡喜受行

佛說骨節煩疼因緣經第四

聞如是一時佛在阿耨大泉與大比丘衆五百人俱皆是羅漢六通神足唯除一比丘阿難也佛語舍利弗往昔久遠世於羅閱祇城中有一長者子得熱病甚困其城中有一大醫子別識諸藥能治衆病長者子呼此醫子曰爲我治病愈大與卿財寶醫子即治長者子病既得差之後不報其功長者子於後復病復命治之差不答勞如此至三不報如前後復得病續喚治之醫子念曰前已三差而不見報長者子曰卿前後治我未得相報今好治我差當併報醫子念曰見欺如此至三如誑小兒我今治此當令大斷即便與非藥病遂增劇便致無常佛語舍利弗汝知爾時醫子不則我身是爾時病長者子者地婆達兜是也佛語舍利弗我爾時與此長者子非藥致令無常以是因緣數千歲受地獄燒煮及畜生餓鬼由是殘緣今雖得作佛故有骨節煩疼病生於是佛說宿緣頌曰

我往爲醫子　治於長者兒　瞋恚與非藥
由此致無常　以是宿因緣　久受地獄苦

爾時餘因縁　故致煩疼患　因縁終不滅
亦不著虛空　以是三因縁　盡護身口意
我自成尊佛　得爲三界將　故說先世縁
阿耨大泉中

佛語舍利弗汝見如來衆惡已盡諸善普具欲使天龍鬼神帝王臣民皆念其善由有此縁況復愚冥未得道者佛語舍利弗汝當學是及五百羅漢一切衆生皆當學是佛語舍利弗汝當護身三口四意三舍利弗汝當學是佛說是已舍利弗及五百羅漢阿耨大龍王天龍鬼神乾沓和阿須倫迦樓羅甄陀羅摩休勒聞佛所說歡喜受行

佛說背痛宿縁經第五

聞如是一時佛在阿耨大泉與大比丘衆五百人俱皆是羅漢六通神足唯除一比丘阿難也於是佛語舍利弗往昔久遠世時於羅閱祇時大節日聚會時國中有兩姓力士一姓刹帝利種一姓婆羅門種亦來在會時兩力共相撲婆羅門力士語刹帝利力士曰卿莫撲我我當大與卿錢寶刹帝利便不盡力戲令其屈伏也二人俱得稱皆受王賞婆羅門力士竟不報刹帝利力士所許到後節日復來聚會相撲婆羅門力士復求首刹帝利力士如前相許刹帝利復饒不撲得賞如上復不相報如是至三後節日復會婆羅門力士重語刹帝利力士曰前後所許當一時併報刹帝利力士心念曰此人數欺我既不報我又侵我分我今日當使其消是刹帝利便乾笑語曰卿誑我滿三今不復用卿物便右手捺項左手捉胯腰兩手躄之挫折其脊如

折甘蔗擊之三旋使衆人見然後撲地墮地即死王及群臣皆大歡喜賜金錢十萬佛語舍利弗汝知爾時刹帝利力士撲殺婆羅門力士者不則我身是婆羅門力士者地婆達兜是佛語舍利弗我爾時以貪恚故撲殺此力士以是因緣墮地獄中燒煑榜治經數千歲今我已成阿惟三佛諸漏已盡爾時殘緣今故有此脊痛之患於是世尊自說宿緣頌曰

節會共相撲　意欲屈彼人　一舉撲著地
令其脊中折　以是因緣故　久受地獄苦
先世殘餘殃　故致脊痛患　此緣終不滅
亦不著虛空　護是三因緣　莫犯身口意
我自成尊佛　得爲三界將　阿耨大泉中
自說宿世緣

佛語舍利弗汝見如來衆惡已盡諸善普具諸天龍神帝王臣民一切衆生皆欲令得度尚不免餘殃況復愚癡未得道者佛語舍利弗汝等當學是護身三口四意三佛說是已舍利弗及五百羅漢八部鬼神聞佛所說歡喜受行

佛說木槍刺脚因緣經第六

聞如是一時佛在羅閱祇竹園精舍與大比丘僧五百人俱世尊晨旦著衣持鉢與五百比丘僧及阿難圍繞共入羅閱祇城乞食家家遍至見此里中有破剛木者有一片木長尺二迸在一邊於佛前立佛便心念此是宿緣我自作是因自當受之衆人聞見皆共聚觀大衆見之驚愕失聲佛復心念今當現償宿緣使衆人見信解殃對不敢造惡佛便踊

在虛空去地一仞木槍逐佛亦高一仞於佛前立佛復上二仞三仞四仞乃至七仞槍亦隨上七仞世尊復上高一多羅槍亦高一多羅佛復上乃至七多羅槍亦隨上立於佛前佛復上高七里槍亦高七里佛復上高十里槍亦如是佛復上高一由延槍亦隨之復上七由延槍亦上隨之佛於空中化作青石厚六由延縱廣十二由延佛於上立槍便穿石出在佛前立佛復於空中化作水縱廣十二由延深六由延於水上立槍復過水於佛前立佛復於空中化作大火縱廣十二由延高六由延於焰上立槍亦過焰至佛前立佛復於空中化作旋風縱廣十二由延高六由延於風上立槍從傍邊斜來趣佛前立佛復上至四天王宮殿中住槍亦來上至佛前立佛

復上至三十三天上辟方一由延瑠璃石佛於上立槍亦來上在佛前立佛去後四天王相告曰佛畏此木槍槍亦逐不置皆共僉然不悦從三十三天化去至焰天焰天化去至兜率兜率化去至涅摩地涅摩地化去至婆羅尼蜜婆羅尼蜜化去至梵天木槍從三十三天以次來上乃至梵天於佛前立諸天皆相謂曰佛畏此槍捨走然槍逐不置爾時世尊與梵天説自宿緣法從梵天還至婆羅尼蜜婆羅尼蜜下至涅摩羅地涅摩羅地下至兜率兜率下至焰天焰天下至三十三天三十三天下至四天王四天王下還至羅閱祇所過諸天皆爲説宿緣法槍亦復從上下至羅閱祇佛亦爲羅閱祇人説宿緣法佛與比丘僧出羅閱祇城槍亦尋佛後國人盡逐佛

出城佛問衆人汝等欲何至衆人答曰欲隨如來看此因緣佛語衆人各自還歸如來自知時節阿難問佛如來何以遣衆人還佛語阿難若衆人見我償此緣者皆當悶死墮地阿難便默然世尊即還竹園僧伽藍自處已房勑諸比丘各自還房各受敎還房阿難問佛我當云何佛語阿難汝亦還房阿難即還佛便心念是緣我宿自造必當償之即取大衣四疊襞之還坐本座佛便展右足木槍便從足趺上下入徹過入地地深六萬八千由延過此地至水水深亦六萬八千由延過水至火火高六萬八千由延至火乃燋當爾時地六反震動阿難諸比丘各自心念今此地動槍必刺佛脚也佛被刺已苦痛辛痛疼痛斷氣痛阿難即至佛所見佛脚刺槍瘡便悶死倒地佛便以水灑阿難阿難乃起起已禮佛足摩拭佛足嗚佛足涕泣墮淚曰佛以是脚行至樹下降魔上至三十三天爲母說法世尊金剛之身作何因緣爲此小木所害乃爾佛語阿難且止勿憂涕泣世間因緣輪轉生死有是苦患阿難問佛今者瘡痛增損何如佛語阿難漸漸有降舍利弗將諸比丘僧來詣佛所稽首佛足禮已一面住舍利弗問佛不審瘡痛增損云何佛報舍利弗瘡痛漸漸有損爾時比丘衆中漏未盡者見此瘡皆悲喚號泣曰世尊大慈無物不濟而云何有此痛緣也佛語此等比丘且止莫涕我乃先世自造此緣要當受之無可逃避處此對亦非父作亦非母作亦非王作亦非天作亦非沙門婆羅門所作本我自造今自受之諸漏

盡神通者各自默然思惟佛往日曾所說偈曰

世人所作行　或作善惡事　此行還歸身
終不朽敗亡

耆婆聞佛爲木槍所刺涕泣至阿闍世王所阿闍世王曰卿何以涕泣耆婆答曰我聞佛爲木槍刺脚是以涕耳阿闍世王聞此語便從牀上悶死墮地良久乃甦舉宮内外咸皆驚怖王起涕泣勑諸臣曰速疾嚴駕欲至佛所諸臣受教即便嚴駕白王曰嚴駕已訖王即便上車出羅閱祇城内四姓宗族清信士女聞佛爲木槍所刺王與弟耆婆及此人衆百千圍繞共至佛所下車脱冠解劍退蓋歩進詣佛佛右脇側卧王禮佛已手捉佛足摩抆口嗚自稱國號姓名曰摩竭王阿闍世問訊世尊瘡痛寧有小損不佛報阿闍世當使大王常得安隱長壽無病王當治以正法莫行非法佛便命王使坐王即就坐王問佛言我從如來所聞佛身金剛不可毀壞不審今者何爲此木槍所刺耶佛告王曰一切諸法皆爲緣對所壞我身雖是金剛非木槍能壞宿對所壞於是世尊即說頌曰

世人所爲作　各自見其行　行善得善報
行惡得惡報

是故大王當學捨惡從善愚騃不學問未識眞道者戲笑輕作罪後當號泣受是故大王不可以戲笑作罪王當學如是王語耆婆汝合好藥洗瘡呪治必令時差耆婆曰諾耆婆即便禮佛洗足著生肌藥已復讀止痛呪耆婆出百千價氎用裹佛足以手摩足以口嗚

之曰願佛老壽此患早除一切衆生長夜之苦亦得解脫即起禮佛於一面住佛於是爲阿闍世王一切衆會故說四諦法何謂四諦苦諦苦集諦苦盡諦道諦是爲四諦說時六十比丘得漏盡意解萬一千人得法眼淨王於是辭曰國事多故欲還請辭佛言可宜知是時王即起稽首佛足遶三帀而歸諸衆亦各禮佛遶三帀而還於是暮夜半有七天人人人能出百種音聲來詣佛所稽首佛足遶牀一帀而立一天白佛瞿曇沙門如師子受瘡能忍苦痛不告他人一天又曰瞿曇沙門如象受瘡能忍苦痛不語他人一天復曰瞿曇沙門如犎牛噑時不覺苦痛一天復曰瞿曇沙門如水牛噑時不覺痛一天復曰瞿曇沙門如入臂天王受瘡能忍苦痛一天復曰瞿曇沙門如寶馬不覺苦痛一天復曰瞿曇沙門審諦清淨不覺苦痛一天曰佛人中師子人中象人中犎牛人中水牛人中入臂天王人中寶馬人中審諦清淨世尊如此等能忍苦痛此輩愚耐痛世尊以慧耐不如外學梵志已過中年懈廢取婦故望度苦無由得度何以故不能究竟故也如來法中清淨究竟斷諸愛欲滅盡涅槃如此乃度三界穢海也何以故是輩心意正定從四諦求涅槃故也天於是以偈頌曰

兇獷難降伏　癡疑無定智　志荒處野露
不度生死淵　定智降兇愚　調意衆縛解
志寂無狂惑　是度生死海

於是天說偈已佛默然可之諸天見佛默然知爲可意即稽首佛足遶三帀已忽然化去

至清旦佛語舍利弗往昔無數阿僧祇劫前爾時有兩部賈客各有五百人在波羅柰國各撰合資財欲嚴船度海裝束已訖解繫張帆便引而去乘風徑往即至寶渚渚上豐饒有衣被飲食牀卧坐具及妙婇女種種雜寶無物不有一部賈客主語衆人曰我等以資財故勤身苦體度海至此所求已獲今當住此以五樂自娛第二薩薄告其部衆此間雖饒衆寶五樂婇女衣食無乏不當於此久住是時於虛空中有天女慈愍此輩賈客欲使從心所願多得財寶無爲還歸便於空中語衆賈人曰此間雖有財寶五樂婇女衣被飲食不足久住當早還去何以故却後七日此地皆當没水語訖化去復有魔天女意欲使此賈客於此没盡不得還歸於空中告曰卿等不足嚴駕欲還去此間快樂極可娛樂此地初無水至設當有水至此之衆寶飲食衣被衆女五樂何由而有前天所說水當没此皆是虛妄不足信之說已化去第一薩薄聞天女語已勑其部衆卿等勿復嚴駕欲得還去莫信前天所說此是虛妄耳此間快樂五欲無乏閻浮勤苦正欲求此今已得之何緣復去第二薩薄還告其衆卿等莫貪五樂於此久住却後七日水當滿此速疾市買裝駕治船前天所說至誠不虛設七日無水猶當治嚴還去豈可捨本父毋妻子乎若當却後七日水不至者便當於此五樂自娛然後徐歸若水審來如前天所說者治嚴已竟去復何難佛語舍利弗却後七日如前天所言水滿其地於時第二薩薄先已嚴辦水至之日

所將部衆即得上船第一薩薄先不治嚴水至之日與治嚴者爭船船主護之不令得前便著鎧持杖共相格戰第二薩薄於船上以鑹矛鑹第一薩薄脚徹過即便命終佛語舍利弗汝知第一薩薄者不則地婆達兜是第二薩薄以矛鑹第一薩薄者則我身是爾時第一賈客衆五百人者則今地婆達兜五百弟子是爾時第二賈客五百衆者則今五百羅漢是爾時第一天女者則舍利弗是爾時第二天女則今名滿月比丘婆羅門弟子是佛語舍利弗我往昔作薩薄貪財分死度海與彼爭船以鑹矛鑹彼薩薄脚以是因緣無數千歲經地獄苦於地獄中無數千過爲鑹矛所刺無數千歲墮畜生中爲人所射無數千歲在餓鬼中上鐵錐上今雖得如來金剛之身以是餘殃故今爲木槍所刺爾時世尊説宿緣偈曰

先世作薩薄　乘船行度海　兩賈共爭船
以矛鑹彼脚　以是因緣故　地獄受鑹苦
爲畜常被射　餓鬼上錐樹　今已成佛道
愍念衆生故　雖得金剛身　不免於木槍
因緣終不滅　亦不著虛空　當護三因緣
莫犯身口意　今我成尊佛　得爲三界將
阿耨大泉中　自説先世緣

佛語舍利弗汝觀如來衆惡已盡諸善普備諸天龍神帝王臣民一切衆生皆欲度之猶不免此對況復愚冥未得道者是故舍利弗當護身口意莫犯是三事舍利弗汝等當學如是佛説是已舍利弗歡喜受行

佛説興起行經卷上

音釋

斫之若切斬也　脊資昔切背呂也　搥直追切擊也　拇莫后切大指也　拷苦浩切打也　穳鉾穳子算切鋋也鉾莫浮切鉤兵也　稍所角切矛屬　讖初禁切言將來之驗曰識　吱章移切　麬芳無切麥皮也　抆武粉切揩也　凸徒結切高起也　撓女教切屈也　差楚懈切病瘳也　胯苦瓦切兩股間也　蹙子六切促也　挫麤卧切摧也　僉七廉切皆也　襞必益切疊衣也　犎敷容切牛名　嘷胡刀切大呼也　兇獷兇許容切暴也獷古猛切惡也　鑹七亂切短矛也　賈客賈公戶切坐販曰賈

佛說興起行經卷下

後漢外國三藏康孟詳譯

佛說地婆達兜擲石緣經第七

聞如是一時佛在阿耨大泉與大比丘衆五百人俱皆是阿羅漢六通神足唯除一比丘阿難也是時佛告舍利弗往昔過去世於羅閱祇城有長者名曰須檀大富多饒財寶象馬七珍僮僕侍使產業備足子名須摩提其父須檀奄然命終須摩提有異母弟名修耶舍摩提心念我當云何設計不與修耶舍分須摩提復念唯當殺之乃得不與耳須摩提語修耶舍大弟共詣耆闍崛山上有所論說去來修耶舍曰可爾須摩提即執弟手上山既上山已將至絶高崖頭便推置崖底以石磓之便即命絶佛語舍利弗汝知爾時長者須檀者不則今父王真淨是也爾時子須摩提者則我身是弟修耶舍者則今地婆達兜是佛語舍利弗我爾時貪財害弟以是罪故無數千歲在地獄中燒煑爲鐵山所磓爾時殘緣今雖得阿惟三佛故不能免此宿對我於耆闍崛山經行爲地婆達兜舉崖石長六丈廣三丈以擲佛頭耆闍崛山神名金埤羅以手接石石邊小片迸墮中佛脚拇指即破血出於是世尊即說宿命偈曰

我往以財故　殺其異母弟　推著高崖下
以石磓其上　以是因緣故　久受地獄苦
於其地獄中　爲鐵山所磓　由是殘餘殃
地婆達下石　崖片落傷脚　破我脚拇指
因緣終不朽　亦不著虛空　當護三因緣
莫犯身口意　今我成尊佛　得爲三界將

阿耨大泉中　說此先世緣

佛語舍利弗汝觀如來衆惡已盡諸善普具諸天龍神帝王臣民一切衆生皆欲度之尚有宿緣不能得免況復愚冥未得道者舍利弗等當學如是莫犯身口意佛說是已舍利弗及五百羅漢阿耨大龍王天龍鬼神乾沓和阿須倫迦樓羅甄陀羅摩休勒聞佛所說歡喜受行

佛說婆羅門女旃沙謗佛緣經第八

聞如是一時佛在阿耨大泉與大比丘衆五百人俱皆是羅漢六通神足除一比丘阿難也佛告舍利弗往昔阿僧祇劫前爾時有佛號名盡勝如來至真等正覺明行成爲善逝世間解無上士道法御天人師號佛世尊時在波羅柰國與大比丘六萬八千衆皆是羅漢舍利弗爾時盡勝如來有兩種比丘一種比丘名無勝一種比丘名常歡無勝比丘者六通神足也常歡比丘者結使未除爾時波羅柰城有長者名大愛有象馬七寶資財無極大愛長者有婦名曰善幻端正無比兩種比丘往來其家以爲檀越善幻婦者供養無勝比丘衣被飲食牀卧醫藥四事無乏供養常歡至爲微薄何以故無勝比丘斷於諸漏六通具足常歡比丘結使未盡未成道故也常歡比丘見無勝比丘偏受供養興妬嫉意橫生誹謗曰無勝比丘與善幻通不以道法供養自以恩愛供養耳佛語舍利弗汝知爾時盡勝如來弟子常歡者不即我身是欲知善幻婦人者則今婆羅門女名旃沙者是佛語舍利弗我爾時無故誹謗無勝羅漢以是

罪故無數千歲在地獄中受諸苦痛今雖得佛為六師等諸比丘衆漏盡未盡及諸王臣民清信士女說法時以餘殃故多舌童女舞盂起腹來至我前曰沙門何以不自說家事乃說他事為汝今日獨自樂不知我苦耶何以故汝先共我通使我有娠今當臨月事須酥油養於小兒盡當給我爾時衆會皆低頭黙然時釋提桓因侍後扇佛以神力化作一鼠入其衣裏嚙於盂帶忽然落地爾時諸四部弟子及六師徒等見盂墮地皆大歡喜揚聲稱慶欣笑無量皆同音罵曰汝死赤吹罪物何能興此惡意誹謗清淨無上正真此地無知乃能容載如此惡物也諸衆各說是時地即為劈裂炎火涌出女便墮中徑至阿鼻大泥犁中大衆見此女現身墮泥犁阿闍世王便驚恐衣毛為竪即起叉手長跪白言此女所墮今在何處佛答大王此女所墮名阿鼻泥犁阿闍世王復問佛此女不殺人亦不偷盜直妄語便墮阿鼻耶佛語阿闍世王我所說縁法有上中下身口意行阿闍世王復問何者為重何者為中何者為下佛語阿闍世王意行最重口行處中身行在下阿闍世王復問佛何以故佛答曰身行麤現此事可見口行者耳所聞此二事者世間所聞見佛語大王意行者設發念時無聞見者此是内事衆行為意釘所繫王復問佛意不可見云何獨繫意釘耶佛答王曰若男子女人設欲身行殺盜婬者先當思惟朝中人定何時可行也思惟何處可往佛復語王夫人作行先心計校然後施行是故繫於意釘不在身口

也佛復語王是口行者欲行口行時先意思惟若在大會講論法時若在都坐斷當律時設問我者我當違反彼說此間非是已事若有是語者我當反之此受他意氣故作是語耳若行此三事不著者復更作計當往鬪之曰彼欲殺汝破汝壞汝汝當隨我語莫信他人若作此兩舌者成於虛僞滅其正法命終之後墮於泥犂佛語王是故口行繫於意釘不繫身口王復問佛何以故佛答王曰身三口四皆繫意釘意不念者身不能獨行是故身口繫意釘於是世尊即說偈曰

身口繫意釘　於是世尊即說偈曰
意中熟思惟　然後行二事　佯慚於身口
未曾愧心意　先當慚於意　然後恥身口
此二不離意　亦不能獨行

於是阿闍世王聞佛說法涕泣悲感佛問王王何爲涕泣王答曰爲衆生無智不解三事恒有損減是故悲耳此衆生但謂身口爲大不知意爲深奥世尊我本謂身口爲大意爲小今從佛聞乃至意爲大身口爲小佛問王曰本何以知身口大意爲小今方云意大身口小耶王復白佛夫人殺生人皆見之若偷盜婬泆亦人所見此身三事天下盡見口行妄語惡口兩舌言不至誠此口四事天下所聞意家三事非耳所聞非眼所見是故衆生以眼見耳聞爲大今聞佛說乃知心意爲大身口爲小以是故身口二事繫於意釘佛復問王云何知意釘爲大身口二事繫於意釘王白佛言此多舌女人欲設謗毀先心思念當以繫盂起腹在大衆中說是輩事又聞佛說是故我知意大身口小佛語大王今云何

解意大身口小王答言設欲行事先心發念然後身口行之是故知意大身口小佛言善哉善哉大王善解此事常當學此意大身口小説是法時衆中八十比丘漏盡意解二百比丘得阿那含道四百比丘得斯陀含道八百比丘得須陀洹道八萬天與人皆得法眼淨十萬人及非人皆受五戒二十萬鬼神受三自歸於是世尊説宿緣偈言

盡勝如來時　我比丘多歡　毀謗於無勝
墮於地獄久　以是殘因緣　多舌童女來
在於大衆中　前立謗毀我　宿對終不滅
亦不著虚空　當護三因緣　莫犯身口意
今我成佛道　得爲三界將　阿耨大泉中
自説先世緣

佛語舍利弗汝觀如來衆惡已盡諸善普具諸天龍鬼神帝王臣民一切衆生皆欲度之尚不免此宿緣況汝愚冥未得道者舍利弗當護身口意佛説是已舍利弗及五百羅漢阿耨大龍王八部鬼神聞佛所説歡喜受行

佛説食馬麥宿緣經第九

聞如是一時佛在阿耨大泉與大比丘衆五百人俱皆是羅漢六通神足佛告舍利弗過去久遠世時佛名比婆葉如來至眞等正覺明行成爲善逝世間解無上士道法御天人師號佛世尊在槃頭摩跋城中與大比丘衆十六萬八千人俱王名槃頭與群臣庶民清信士女以四事供養比婆葉如來及衆終已無乏爾時城中有婆羅門名因提耆利博遠梵志四圍典籍亦知尼犍筭術及婆羅門戒教五百童子王設會先請佛佛便默然許之

王還具饌種種濃美及設牀座氍氀毾㲪辦巳畢王執香爐於座上長跪啓曰今時巳到唯願屈尊時比婆葉佛見時巳至便勑大衆著衣持鉢當就王請大衆圍繞往詣王宮就座而坐王即下食手自斟酌種種餚饍爾時有一比丘名曰彌勒時病不行佛及大衆食巳各還還時皆為諸病比丘請食過梵志山梵志山王見食香美便興妬嫉意曰此髠頭沙門正應食馬麥不應食此甘饌之供告諸童子汝等見此髠頭道人食於甘美餚饍不諸童子曰爾實見此等師主亦應食馬麥佛語舍利弗汝知爾時山王婆羅門不則我身是爾時五百童子者今五百羅漢是爾時病比丘彌勒者則今彌勒菩薩是佛語舍利弗我爾時與嫉妬意言是輩不應食甘饌正應食馬麥耳及卿等亦云如是以是因緣我及卿等經歷地獄無數千歲今雖成佛爾時殘緣我及卿等於毘蘭邑故食馬麥九十日我爾時不言與佛馬麥但言與比丘以是故我今得食擣麥人以卿等加言當與佛麥故今日卿等食著皮麥耳於是世尊說宿緣偈言

我本為梵志　所學甚廣博　教授五百童
在於樹園中　在比葉佛世　形罵諸比丘
不應食粳粮　正應食馬麥　汝等童子說
實如師所道　并及此等師　亦應食馬麥
以是因緣故　久受地獄苦　爾時殘餘殃
亦五百比丘　婆羅門時請　當會此蘭邑
與卿食馬麥　九十日不減　因緣終不朽
亦不著虛空　當護三因緣　莫犯身口意
今我成佛道　得為三界將　阿耨大泉中

自說先世緣

佛語舍利弗汝觀如來衆惡已盡諸善普具諸天龍神帝王臣民一切衆生皆欲度之尚不能得免宿世餘殃況愚冥未得道者佛語舍利弗當學護三因緣莫犯身口意舍利弗當學如是佛說是已舍利弗及五百羅漢阿耨大龍王八部鬼神聞佛所說歡喜受行

佛說苦行宿緣經第十

聞如是一時佛在阿耨大泉與大比丘衆五百人俱皆是阿羅漢六通神足唯除一比丘阿難也是時佛告舍利弗往昔波羅奈城邊去城不遠有多狩邑中有婆羅門爲王太史國中第一有一子頭上有自然火鬘因以爲名姿首端正有三十相梵志典籍圖書讖記無事不博外道禁戒及諸筭術皆悉明練時有一瓦師子名難提婆羅與火鬘少小親友心相敬念須臾不忘瓦師子精進勇猛慈仁孝順其父母俱盲供養二親無所乏短難提婆羅雖爲瓦師手不掘地亦不使人掘唯取破墻崩岸及鼠壤和以爲器成好無比若有男子女人欲來買者以穀麥麻豆置地取器而去初不爭價數亦不取金銀財帛唯取穀米供食而已迦葉如來所住精舍去多狩邑不遠與大比丘衆二萬人皆是羅漢護喜語火鬘曰共見迦葉如來去乎火鬘答曰護喜用見此髡頭道人爲直是髡頭人耳何有道哉佛道難不得如是至三護喜後日復語火鬘曰共至水上澡浴乎火鬘答曰可爾便共詣水澡浴已著衣服護喜舉右手遥指示曰迦葉如來精舍去是不遠可共暫見不火鬘

答曰護喜用見此禿頭道人爲禿頭道人何有佛道佛道難得護喜便捉火鬘衣牽曰共至迦葉佛去來佛去甚近不遠火鬘便脱衣捨走護喜逐後捉腰帶挽曰爲可暫共見佛便還耶火鬘復解帶捨走曰我不欲見此禿頭沙門護喜便捉其頭牽曰爲一過共見佛去來佛語舍利弗爾時波羅㮈國俗諱捉人頭捉頭者法皆斬刑火鬘代其驚怖心念曰此瓦師子分死捉我頭耶護喜語火鬘曰爾我死終不相置要當使卿見佛火鬘心念此非小事必當有好事耳乃使此人分死相捉火鬘曰放我頭我隨子去耳護喜即放火鬘便還結頭著衣服即相隨共詣迦葉佛所護喜禮迦葉如來足於一面坐火鬘直立舉手問訊而已便坐一面護喜叉手白迦葉佛言此火鬘者多狩邑中太史之子是我少小親友然其不識三尊不信三寶不見佛不聞法不供養衆僧願世尊開化愚冥使其信解火鬘童子熟視世尊從頭至足從足至頭觀佛相好威容巍巍諸根寂定純淑調和以三十二相嚴飾其體八十種好以爲姿媚儀如娑羅樹華身猶須彌山無能見其頂面如月滿光如日明身色如金山火鬘見佛相好已便念心曰我梵識記所載相好今佛盡有唯無二事耳火鬘於是説偈問曰

所聞三十二　大士之相好　於此人中尊
唯不覩二事　豈有丈夫體　猶如馬藏不
寧有廣長舌　覆面舐頭不　願爲吐舌示
今我決狐疑　我見乃當知　如經所載不

於是迦葉如來便出廣長舌相以覆其面上

及肉髻并覆兩耳七過舐頭縮舌入口色光出照大千世界蔽日月明乃至阿迦膩吒天光還繞身七帀從頂上入迦葉如來以神足力現陰馬藏令火鬘獨見餘人不覩火鬘童子具足見佛三十二相無一缺減踴躍歡喜不能自勝迦葉如來爲火鬘童子說法說何法說菩薩斷功德法何等爲斷菩薩功德法身行惡口言惡意念惡身不可行而行口不可言而言意不可念而念云何菩薩身不可行而行者後作佛時身形短小族姓子是爲菩薩身不可行而行報也云何菩薩口不可言而言者後出家學時力極勤苦乃當得佛族姓子是爲菩薩口不可言而言報云何菩薩意不可念而念者菩薩後成佛時境內衆僧常不和合在在處處共相是非族姓子是爲菩薩心不可念而念報族姓子是爲菩薩三惡行對族姓子當棄是於是火鬘童子即退前禮佛足長跪叉手白佛言我今懺悔身不可行而行口不可言而言意不可念而念願世尊當受我此懺悔從今已往不復敢犯如此懺至三迦葉如來默然受之火鬘童子護喜童子俱起稽首佛足辭退而還火鬘童子於中路思惟向三惡報便報護喜曰卿爲失利不爲得利卿爲無利不爲有利我不應見卿面不喜聞卿名護喜答曰何以故爾火鬘曰卿早從迦葉佛聞佛法寶何能在家而不作道護喜答曰卿不知我父母年老又復俱盲供養二親何由出家我亦久欲爲道耳若我出家爲道者父母便當命終以是故不得出家耳火鬘語護喜曰我從迦葉佛聞菩

薩行三惡緣對不復樂在家我欲從此還至佛所求爲比丘護喜報曰善哉善哉火鬘得思惟力耶便可時還所以然者佛世難值故也火鬘童子即抱護喜已便繞三帀叉手謝曰我設有身口意過於卿者願見原恕若卿指授正眞大道於是火鬘童子說偈讚曰

仁爲我善友　法友無所貪　導我以正道
是友佛所譽

火鬘童子於是說偈已繞護喜三帀已還詣精舍迦葉佛所稽首佛足兩膝跪地叉手白佛言寧可得從迦葉如來下剃髮入道受具足戒不佛語舍利弗迦葉即度火鬘童子爲道授其具足戒佛語舍利弗汝知爾時火鬘童子不則我身是火鬘父者今父王眞淨是爾時瓦師童子護喜者我爲太子在宮婇女時夜半作瓶天子來謂我曰時到可出家去爲道者是舍利弗此護喜者頻勸我出家則是作道善知識也佛語舍利弗我前向護喜作惡語道迦葉佛禿頭沙門有何佛道佛道難得以是惡言故臨成阿惟三佛時六年受苦行舍利弗爾時日食一麻一米大豆小豆我如是雖受辛苦於法無益我忍饑渴寒熱風雨蚊蝱之苦身形枯燥謂呼我成佛道實無所得舍利弗我六年苦行者償先緣對畢也然後乃得阿耨三耶三菩阿惟三佛耳於是世尊說宿緣偈曰

我昔火鬘童　向於護喜說　髡頭何有佛
佛道甚難得　以是因緣故　六年日不減
受此勤苦行　望得成佛道　不以是苦行
能得成佛道　非道而行求　因緣自纏繞

宿緣終不朽　亦不著虛空　當護三因緣
莫犯身口意　今我成佛道　得爲三界將
阿耨大泉中　自說先世緣

佛語舍利弗汝觀如來衆惡已盡諸天人神鬼乾沓和阿須倫迦樓羅甄陀羅摩休勒一切衆生皆欲度之我猶未免宿對況復愚冥未得道者舍利弗當學護身三口四意三舍利弗當學如是佛說如來先世因緣時萬一千天子得須陀洹道八千龍皆受五戒五千夜叉受三自歸阿耨大龍王叉手白佛世尊於我泉上受我供養說宿命因緣法使我將來成佛時莫有如此因緣使我衆惡皆盡作眞淨如來佛語阿耨大龍王汝欲得如是願者當極護身口意不令犯者可得如上所願衆惡消盡作眞淨如來阿耨大龍王聞佛所說踴躍歡喜以天栴檀香散佛及五百羅漢上佛於是爲諸天龍神說安慰法何謂安慰法行布施法行持戒法行生天道法行斷欲法行斷三惡道法行無漏法行清淨法佛說如是已與諸比丘各離本華坐比丘圍繞佛踊在虛空高七多羅以神足飛行猶鳥翔雲徐徐而還在羅閱祇竹園精舍佛說是已舍利弗及五百羅漢阿耨大龍王八部鬼神歡喜受行

佛說興起行經卷下

音釋

奄於檢切忽也　埤頻彌切　劈普擊切破也　妷弋質切淫放也　氍氀氍其俱切氍氀毛席也氀力朱切氀毹毛布也　毾㲪毾他臘切㲪都能切毾㲪毛席也　粳古行切與秔同　蚊無分切

六經同卷

清刻龍藏佛說法變相圖

六經同卷

長爪梵志請問經

唐三藏法師義淨奉　制譯

如是我聞一時薄伽梵在王舍城鷲峯山中與大苾芻衆千二百五十人俱并餘苾芻苾芻尼近事男近事女國王大臣沙門婆羅門

外道之類天龍藥叉人非人等瞻仰而住爾時世尊爲說自證微妙之法所謂初中後善文義巧妙純一圓滿清淨鮮白梵行之相爾時有一長爪梵志來詣佛所策杖而立問云喬答摩汝曾實作如是宣說世由自業業爲能授業爲生處業爲親族業爲所依耶佛告婆羅門我作是說世由自業業爲能授業爲生處業爲親族業爲所依婆羅門問曰若如是者沙門喬答摩先作何業令汝獲得金剛不壞堅固之身佛告婆羅門我於前生遠離殺害有情命根由彼業力令獲斯果沙門喬答摩先作何業令汝獲得手指纖長網縵爲相佛告婆羅門我於前生遠離偷盜他人財物由彼業力令獲斯果沙門喬答摩先作何業令汝獲得具足色力諸根圓滿佛告婆羅門我於前生遠離女人欲邪行事由彼業力令獲斯果沙門喬答摩先作何業令汝獲得出廣長舌自覆其面佛告婆羅門我於前生遠離妄語詭誑於人由彼業力令獲斯果沙門喬答摩先作何業令汝獲得威儀庠序如師子行佛告婆羅門我於前生遠離諸酒放逸之處由彼業力令獲斯果沙門喬答摩先作何業令汝獲得微妙相好莊嚴其身佛告婆羅門我於前生遠離歌舞倡艷之事由彼業力令獲斯果沙門喬答摩先作何業令汝獲得上妙香氣芬馥其身佛告婆羅門我於前生遠離香花瓔珞莊飾由彼業力令獲斯果沙門喬答摩先作何業令汝獲得受用金剛勝妙之座佛告婆羅門我於前生遠離高牀大牀嬌恣之物由彼業力令獲斯果沙門

喬答摩先作何業令汝獲得四十牙齒鮮白齊平佛告婆羅門我於前生遠離非時飲噉諸食由彼業力今獲斯果沙門喬答摩先作何業令汝獲得頂上肉髻圓滿姝好佛告婆羅門我於前生於三寶二師沙門婆羅門父母尊長應恭敬處五輪著地以無慢心虔誠致禮由彼業力今獲斯果時婆羅門見佛為說因果不虛白言喬答摩此名何福云何受持佛言此名八支淨戒若能一日一夜或復長從師受持獲果如是爾時長爪梵志既於佛所聞說八支日夜淨戒由先遠離鄙惡業故便能獲得勝妙莊嚴深心信受歡喜踊躍即於佛前捨高慢心投杖于地合掌恭敬禮佛雙足白言世尊我今始知善惡之業感報不虛我從今日乃至盡形歸依佛陀兩足中尊乃至盡形歸依達摩離染中尊乃至盡形歸依僧伽諸衆中尊我受八支近住淨戒始從今時乃至明旦日出已來於其中間不害一切命不盜他財物不婬不妄語飲酒放逸處華莊及歌舞高大非時食我今悉遠離受持淨八支第二第三亦如是說佛告婆羅門善哉善哉如是應作如是應持爾時世尊說是法已時婆羅門及苾芻衆諸人天等皆大歡喜信受奉行

長爪梵志請問經

佛說譬喻經

唐三藏法師義淨奉　詔譯

如是我聞一時薄伽梵在室羅筏城逝多林給孤獨園爾時世尊於大衆中告勝光王曰大王我今爲王畧說譬喻諸有生死味著過患王今諦聽善思念之乃往過去於無量劫時有一人遊於曠野爲惡象所逐怖走無依見一空井傍有樹根即尋根下潛身井中有黑白二鼠互齧樹根於井四邊有四毒蛇欲螫其人下有毒龍心畏龍蛇恐樹根斷樹有蜂蜜五滴墮口樹搖蜂散下螫斯人野火復來燒然此樹王曰是人云何受無量苦貪彼少味爾時世尊告言大王曠野者喻於無明長夜曠遠言彼人者喻於異生象喻無常井喻生死險岸樹根喻命黑白二鼠以喻晝夜齧樹根者喻念念滅其四毒蛇喻於四大蜜喻五欲蜂喻邪思火喻老病毒龍喻死是故大王當知生老病死甚可怖畏常應思念勿被五欲之所吞迫爾時世尊重說頌曰

曠野無明路　人走喻凡夫　大象比無常
井喻生死岸　樹根喻於命　二鼠晝夜同
齧根念念衰　四蛇同四大　蜜滴喻五欲
蜂螫比邪思　火同於老病　毒龍方死苦
智者觀斯事　急可猒生津　五欲心無著
方名解脫人　鎮處無明海　常被死生驅
寧知戀聲色　不樂離凡夫

爾時勝光大王聞佛爲說生死過患得未曾有深生猒離合掌恭敬一心瞻仰白佛言世尊如來大慈爲說如是微妙法義我今頂戴佛言善哉善哉大王當如說行勿爲放逸時

勝光王及諸大衆皆悉歡喜信受奉行

佛說譬喻經

佛說比丘聽施經

東晉沙門竺曇無蘭譯

聞如是一時佛在舍衛國祇樹給孤獨園時有一比丘來到講堂諸比丘所言諸賢者今我不可經法大著睡眠不樂道行疑諸經法座中有一比丘即行白佛有一比丘字聽施來到講堂謂諸比丘言今我不可經法大著睡眠不樂道行疑諸經法佛便報言是比丘癡不守諸根門不少食不上夜後夜警順行不觀諸善法如是當那可經法離睡眠樂道行不疑諸經法聽施終不從此得是佛言比丘以不守諸根門不少食不上夜後夜警順行不觀諸善法彼當那可經法離睡眠樂道行不疑諸經法終不從此得是若比丘守諸根門少食上夜後夜警順行觀諸善法便可經法離睡眠樂道行不疑諸經法從是可得此佛告比丘便呼聽施來比丘便起頭面禮帀佛往呼聽施聽施即至佛所頭面禮佛足已就座佛便言聽施汝所欲便說之聽施言今身不可經法大著睡眠不樂道行疑諸經法佛謂聽施我欲問汝事隨汝所知以事說之佛言若寧知貪色不離欲不離戀慕不離慷慨不離愛不離以彼色別離時便生他戀憂愁悲哀痛亂意殟殁有是無聽施言如是若干從彼有佛言善哉善哉賢者如是應聽施佛言如彼不離若寧知痛癢思想作行識若人貪識不離欲不離戀慕不離慷慨不離愛不離以彼識別離時便生他戀憂愁悲哀痛亂意殟殁有是不聽施言彼有是佛言善哉善哉賢者如是應聽施佛言如彼不離若

寧知離貪色離欲離戀慕離慷慨離愛以彼色别離時不生他戀憂愁悲哀痛亂意殟㱘彼有是無有聽施言彼有是佛言善哉善哉賢者如是應聽施佛言如彼離痛癢思想生死行識若不貪識無有欲無戀慕無有慷慨無有愛以彼識别離時不生他戀憂愁悲哀痛亂意殟㱘如是應聽施佛便告聽施我欲為若說經法上亦善中亦善至竟亦善善具爲若現道行至竟但諸善善好當聽之持著意中聽施言唯諾佛言曾有二人俱出在道其一人曉道徑其一人不曉道徑不曉道徑者便住問曉道徑者言我欲至某聚鄉郡縣國願語我道所由曉道徑者便言汝從是道直右行前當有兩道捨左道上右道直右行須臾前當見溪谷溪谷上亦當復有兩道捨左道上右道直右行須臾當見叢樹叢樹上亦當復有兩道捨左道上右道直右行須臾稍得若所欲至聚鄉郡縣國佛言我上頭所譬喻說當知是一切所說亦當諦觀此所說上頭所說不曉道徑者謂世間邪道亦復謂諸所受邪者所說上頭曉道徑者謂如來不著正覺亦復謂諸所受正覺者所說左道者謂諸惡人三惡念一者欲念二者亂念三者賊害念亦復謂邪見邪念邪說邪意邪行邪方便邪志邪定亦說右道者謂三善念一者出家念二者不亂念三者不賊害念亦復謂正見正念正說正意正行正方便正志正定所謂兩道者謂人所疑所說溪谷者謂瞋恚所說叢樹者謂五樂一者眼樂色愛欲可以好色貪著二者耳樂聲三者鼻樂香四者舌

樂味五者身樂細輭愛欲可以好色貪著所說聚鄉郡縣國者謂無爲德佛告聽施是諸佛事我以悲心故說是其欲度脫者我已愍傷之今彼是若事當以寂靜樹下空閑一處一心體行若山澤冢間當以果蓏爲食比丘莫貪恣於世間居後悔之是諸佛行亦諸佛敎今佛已說是賢者聽施便歡喜思惟佛所說

佛說比丘聽施經

佛說畧教誡經

唐三藏法師義淨奉　制譯

如是我聞一時佛在室羅筏城逝多林給孤獨園與無量苾芻衆俱爾時佛告諸苾芻汝等當知於我法中有少欲知足活命之事謂我弟子剃髮染衣持鉢巡家乞食自濟世間愚人之所輕慢若有淨信善男子離俗出家修行此事不爲王難所逼迫故不爲賊怖負債驚恐不存活故但爲發心於生老病死憂悲苦惱生猒離故欲斷苦蘊煩惱纏縛盡其邊際求解脫故汝等豈非爲此事故而求出家時諸苾芻白佛言世尊如是如是爲解脫故而求出家汝等苾芻如有一類罪惡苾芻雖復出家性多貪染於五欲境深生戀著或起瞋恚生惡尋思心恒放逸不勤策勵常多忘念不習定門攀緣諸境樂下劣事不希勝行終無所獲此之惡人猶如何等汝諸苾芻聽說譬喻如野田中焚死屍木兩頭俱燒中間穢汙此木不堪聚落中人及野田人之所受用我今以此喻彼一類出家懈怠愚癡之人棄捨俗間諸快樂事沙門義利復不修習恒生三種不善思惟所謂思惟五欲思惟瞋害思惟欺誑此之三種不善思惟因何而起當知皆以無明爲因而得生起身壞命終墮三惡趣是故汝等應勤修習除斷無明我是大師汝是弟子於我教中要畧之事今爲汝說由大悲故由哀愍故爲利益故爲勝樂故如我所說汝等應修若在山林蘭若樹下或在露地汝可善思不應放逸勿於後時心生悔恨如說修行當得解脫爾時世尊說是語

已諸苾芻衆歡喜奉行

佛說畧教誡經

佛說療痔病經

唐三藏法師義淨譯

如是我聞一時薄伽梵在王舍大城竹林園中與大苾芻衆五百人俱時有衆多苾芻身患痔病形體羸瘦痛苦縈纏於日夜中極受憂惱時具壽阿難陀見是事已詣世尊所頂禮雙足在一面立白佛言世尊今王舍城多有苾芻身患痔病形體羸瘦痛苦縈纏於日夜中極受憂惱世尊此諸病苦云何救療爾時佛告阿難陀汝可聽此療痔病經讀誦受持繫心勿忘亦於他人廣爲宣說此諸痔病悉得除殄所謂風痔熱痔癊痔三合痔血痔腹中痔鼻內痔齒痔舌痔眼痔耳痔頂痔手足痔脊背痔糞門痔遍身支節所生諸痔如是痔瘻悉皆乾燥墮落消滅必瘥無疑皆應誦持如是神呪即說呪曰

怛姪他 頞蘭帝 頞藍謎 室利鞞 室里室里 摩羯失質 三婆跋覩 莎訶

阿難陀於此北方有大雪山王中有大娑羅樹名曰難勝有三種華一者初生二者圓滿三者乾枯猶如彼華乾燥落時我諸苾芻所患痔病亦復如是勿復血出亦勿膿流永除苦痛悉皆平復即令乾燥又復若常誦此經者得宿命住智能憶過去七生之事呪法成就莎訶又說呪曰

怛姪他 苫謎苫謎 捨苫謎 苫末泥去

捨苫泥 莎訶

佛說是經已時具壽阿難陀及諸大衆皆大歡喜信受奉行

佛說療痔病經

佛說業報差別經

隋洋川郡守瞿曇法智譯

如是我聞一時佛住舍衛國祇樹給孤獨園爾時佛告力提邪子首迦長者言我當爲汝說善惡業報差別法門汝當諦聽善思念之時首迦言唯然世尊願樂欲聞佛告首迦一切衆生繫屬於業依止於業隨自業轉以是因緣有上中下差別不同或有業能令衆生得短命報或有業能令衆生得長命報或有業能令衆生得多病報或有業能令衆生得少病報或有業能令衆生得醜陋報或有業能令衆生得端正報或有業能令衆生得小威勢報或有業能令衆生得大威勢報或有業能令衆生得下族姓報或有業能令衆生得上族姓報或有業能令衆生得少資生報或有業能令衆生得多資生報或有業能令衆生得邪智報或有業能令衆生得正智報或有業能令衆生得地獄報或有業能令衆生得畜生報或有業能令衆生得餓鬼報或有業能令衆生得阿修羅報或有業能令衆生得人報或有業能令衆生得欲界天報或有業能令衆生得色界天報或有業能令衆生得無色界天報或有業能令衆生得決定報或有業能令衆生得不定報或有業能令衆生得邊地報或有業能令衆生得中國報或有業能令衆生盡地獄壽或有業能令衆生半地獄壽或有業能令衆生暫入即出或有業作而不集或有業集而不作或有業亦作亦集或有業不作不集或有業能令衆生初樂後苦或有業能令衆生初苦後樂或有

業能令衆生初苦後苦或有業能令衆生初樂後樂或有業能令衆生貧而樂施或有業能令衆生富而慳貪或有業能令衆生富而能施或有業能令衆生貧而慳貪或有業能令衆生得身樂而心不樂或有業能令衆生得心樂而身不樂或有業能令衆生得身心俱樂或有業能令衆生得身心二俱不樂或有業能令衆生壽命雖盡而業不盡或有業能令衆生其業雖盡而命不盡或有業能令衆生業命俱盡或有業能令衆生業之與命二俱不盡而能斷除一切煩惱或有業能令衆生生於惡道形容殊妙眼目端嚴膚體光澤人所樂見或有業能令衆生生於惡道形容醜陋膚體麤澀人不喜見或有業能令衆生生於惡道身口臭穢諸根殘缺或有衆生習行世間十不善業得外惡報或有衆生習行世間十種善業得外勝報若有衆生禮佛塔廟得十種功德奉施寶蓋得十種功德奉施繒旛得十種功德奉施鍾鈴得十種功德奉施衣服得十種功德奉施器皿得十種功德奉施飲食得十種功德奉施靴履得十種功德奉施香華得十種功德奉施燈明得十種功德恭敬合掌得十種功德是名畧説諸業差別法門佛告首迦有十種業能令衆生得短命報何等爲十一者自行殺生二者勸他令殺三者讃歎殺法四者見殺隨喜五者於所怨憎之人欲令喪滅六者見怨滅巳心生歡喜七者壞他胎藏八者教人毀壞九者建立天寺屠殺衆生十者戰鬬自作教人互相殘害以是十業得短命報復有十業能令

衆生得長命報何等爲十一者自不殺生二者勸他不殺三者讚歎不殺四者見他不殺心生歡喜五者見被殺者方便救免六者見死怖者安慰其心七者見恐怖者施與無畏八者見諸患苦起慈愍心九者見諸急難起大悲心十者以諸飲食惠施衆生以是十業得長命報復有十業能令衆生得多病報何等爲十一者好喜打拍一切衆生二者勸他令打三者讚歎打法四者見打歡喜五者惱亂父母令心憂惱六者惱亂賢聖七者見怨病苦心大歡喜八者見怨病愈心生不樂九者於怨病所與非治藥十者宿食因緣未消而復更噉以是十業得多病報復有十業能令衆生得少病報何等爲十一者不喜打拍一切衆生二者勸他人不令鞭杖三者讚歎不鞭打法四者見不打者心生歡喜五者供養自己父母及諸病人六者見賢聖有病患者瞻視供養七者見怨病愈心生歡喜八者見病苦者施與良藥亦勸他施九者於病苦衆生起慈愍心十者於諸飲食能自節量以是十業得少病報復有十業能令衆生得醜陋報何等爲十一者好行忿怒二者好懷嫌恨三者誑惑於他四者惱亂衆生五者於父母所無愛敬心六者於賢聖所不生恭敬七者侵奪賢聖資生及諸田業八者於佛塔廟之所斷滅燈明九者見醜陋者毀呰輕賤十者習諸惡行以是十業得醜陋報復有十業能令衆生得端正報何等爲十一者不瞋二者施衣三者愛敬父母尊長四者尊重賢聖道德五者恒常塗飾佛塔精舍六者清淨泥

塗堂宇七者平治僧伽藍地八者掃灑佛塔九者見醜陋者不生輕賤起恭敬心十者見端正者曉悟宿因知福德感以是十業得端正報復有十業能令衆生得少威勢報何等爲十一者於諸衆生起嫉妬心二者見他得利心生惱熱三者見他失利其心歡喜四者見他得好名譽起嫉惡心五者若見他失名譽心大忻悦六者退菩提心毀佛形像七者於已父母及賢聖所無心奉侍八者唯勸人修習少威德業九者障他修行大威德業十者見少威德者心生輕賤以是十業得少威勢報復有十業能令衆生得大威勢報何等爲十一者於諸衆生心無嫉妬二者見他得利心生歡喜三者見他失利起憐愍心四者見他得好名譽心生忻悦五者見失名譽助懷憂惱六者發菩提心造佛形像奉施寶蓋七者於已父母及賢聖所恭敬奉迎八者勸人棄捨少威德業九者勸人修行大威德業十者見無威德不生輕賤以是十業得大威勢報復有十業能令衆生得下族姓報何等爲十一者不知敬父二者不知敬母三者不知敬沙門四者不知敬婆羅門五者於諸師友尊長而不敬仰六者於諸師長不奉迎供養七者見諸尊長不迎逆請坐八者於父母所不遵教誨九者於賢聖所亦不受教十者輕懱下族以是十業得下族姓報復有十業能令衆生得上族姓報何等爲十一者善知敬父二者善知敬母三者善知敬沙門四者善知敬婆羅門五者敬護尊長六者奉迎師長七者見諸尊長迎逆請坐八者於父母所

敬受教誨九者於賢聖所尊敬受教十者不輕下族以是十業得上族姓報復有十業能令衆生得少資生報何等爲十一者自行偷盜二者勸他偷盜三者讚歎偷盜四者見盜歡喜五者於父母所減撤生業六者於賢聖所侵奪資財七者見他得利心不歡喜八者障他得利爲作留難九者見他行施無隨喜心十者見世饑饉心不憐愍而生歡喜以是十業得少資生報復有十業能令衆生得多資生報何等爲十一者自離偷盜二者勸他不盜三者讚歎不盜四者見他不盜心生歡喜五者於父母所供奉生業六者於諸賢聖尊長給施所須七者見他得利心生歡喜八者見求利者方便佐助九者見樂施者心生悦欣十者若見世饑饉時心生憐愍以是十業得多資生報復有十業能令衆生得邪智報何等爲十一者不能諮問智慧大德沙門及婆羅門二者顯説惡法三者不能受持修習正法四者讚非定法以爲定法五者悋法不説六者親近邪智七者遠離正智八者讚歎邪見法行九者棄捨正見十者若見愚癡惡人輕賤毀呰以是十業得邪智報復有十業能令衆生得正智報何等爲十一者善能諮問智慧聰黠沙門及婆羅門二者顯説善法三者聞持弘護正法四者見説定法歎言善哉五者樂説真正法要六者親近正智慧人七者守攝護持正法八者精勤修習多聞九者遠離邪見惡人十者見癡惡人不生輕賤以是十業得正智報復有十業能令衆生得地獄報何等爲十一者身行重惡業二者

口行重惡業三者意行重惡業四者起於斷見五者起於常見六者起無因見七者起無作見八者起於無見見九者起於邊見十者不知恩報以是十業得地獄報復有十業能令衆生得畜生報何等爲十一者身行中惡業二者口行中惡業三者意行中惡業四者從貪煩惱起諸惡業五者從瞋煩惱起諸惡業六者從癡煩惱起諸惡業七者毀罵衆生八者惱害衆生九者施不淨物十者行於邪婬以是十業得畜生報復有十業能令衆生得餓鬼報何等爲十一者身行輕惡業二者口行輕惡業三者意行輕惡業四者起於多貪五者起於惡貪六者嫉妬七者邪見八者慳悋愛著資生即便命終九者病困因飢而亡十者惱逼枯渴而死以是十業得餓鬼報復有十業能令衆生得阿修羅報何等爲十一者身行微惡業二者口行微惡業三者意行微惡業四者憍慢五者我慢六者增上慢七者大慢八者邪慢九者慢慢十者迴諸善根向修羅趣以是十業得阿修羅報復有十業能令衆生得人趣報何等爲十一者不殺二者不盜三者不邪婬四者不妄語五者不綺語六者不兩舌七者不惡口八者不貪九者不瞋十者不邪見於十善業缺漏不全以是十業得人趣報復有十業能令衆生得欲天報所謂勝妙具足修行增上十善復有十業能令衆生得色天報所謂修行有漏十善與定相應復有四業能令衆生得無色天報一者過一切色想滅有對想等入於空處定二者過一切空處定入識處定三者過一切

識處定入無所有處定四者過無所有處定入非想非非想處定以是四業得無色天報復有業能令衆生得決定報若人於佛法僧及持戒人所以增上心殷重布施以此善業發願迴向即得往生是名決定報業復有業能令衆生得不定報若業非是增上勇猛心作更不修習又不發願迴向受生是名不定報業復有業能令衆生得邊地報若業於佛法僧淨持戒人及大衆所不生增上勇猛心施以此善根願生邊地以是願故即生邊地受淨不淨報復有業能令衆生得中國報者若作業時於佛法僧清淨持戒梵行人邊及大衆所起於殷重增上布施以是善根決定發願求生中國還得值佛及聞正法受於上妙清淨果報復有業能令衆生盡地獄壽若有衆生造地獄業已無慚無愧而不厭離心無怖畏反生歡喜又不懺悔而復更造重增惡業如提婆達多等以是業故盡地獄壽復有業能令衆生墮於地獄至半而夭不盡其壽若有衆生造地獄業積集成已後生怖畏慙愧厭離懺悔棄捨非增上心以是業故墮於地獄後追悔故地獄半夭不盡其壽復有業能令衆生墮於地獄暫入即出若有衆生造地獄業作已怖畏起增上信生慙愧心厭惡棄捨殷重懺悔更不重造如阿闍世王殺父等罪暫入地獄即得解脫於是世尊即說偈言

若人造重罪　作已深自責　懺悔更不造

能拔根本業

復有業作而不集若有衆生身口意等造諸

惡業造已怖畏慚愧遠離深自悔責更不重造是名作而不集復有業集而不作若有衆生自不作業以惡心故勸人行惡是名集而不作復有業亦作亦集若有衆生造諸業已心無改悔而復數造亦勸他人是名亦作亦集復有業不作不集若有衆生自不造業亦不敎他無記業等是名不作不集復有業初樂後苦若有衆生爲人所勸歡喜行施施心不堅後還追悔以是因緣生在人間先雖富樂後還貧苦是名先樂後苦復有業初苦後樂若有衆生爲人勸導俛仰少施施已歡喜心無悋悔以是因緣生在人間初時貧苦後還富樂是名初苦後樂復有業初苦後苦若有衆生離善知識無人勸導乃至不能少行惠施以是因緣生在人間初時貧苦後亦貧苦復有業初樂後樂若有衆生近善知識勸令行施便生歡喜堅修施業以是因緣生在人間初時富樂後亦富樂復有業貧而樂施若有衆生先曾行施不遇福田流轉生死在於人道以不遇福田故果報微劣隨得隨盡以習施故雖處貧窮而樂行施復有業富而慳貪若有衆生未曾布施遇善知識暫行一施值良福田以田勝故資生具足先不習故雖富而慳復有業富而能施若有衆生值善知識多修施業遇良福田以是因緣巨富饒財而能行施復有業貧而慳貪若有衆生離善知識無人勸導不能行施以是因緣生在貧窮而復慳貪復有業能令衆生得身樂而心不樂如有福凡夫復有業能令衆生得心樂而身不樂如無福羅漢復有業能令衆生

得身心俱樂如有福羅漢復有業能令衆生得身心俱不樂如無福凡夫復有業能令衆生命盡而業不盡若有衆生從地獄死還生地獄畜生餓鬼乃至人天阿修羅等亦復如是是名命盡而業不盡復有業能令衆生業盡而命不盡若有衆生樂盡受苦苦盡受樂等是名業盡而命不盡復有業能令衆生業命俱盡若有衆生從地獄滅生於畜生及以餓鬼乃至人天阿修羅等是名業命俱盡復有業能令衆生業命俱不盡若有衆生盡諸煩惱所謂須陀洹斯陀含阿那含阿羅漢等是名業命俱不盡復有業能令衆生雖生惡道形容殊妙眼目端嚴膚體光澤人所樂見若有衆生因欲煩惱起破戒業以是因緣雖生惡道身體鮮潔毛色姝妍膚體光澤人所樂見復有業能令衆生生於惡道形容醜陋膚體麤澀人不喜見若有衆生從瞋煩惱起破戒業以是因緣生於惡道形容醜陋膚體麤澀人不喜見復有業能令衆生生於惡道身口臭穢諸根殘缺若有衆生從癡煩惱起破戒業以是因緣生於惡道身口臭穢諸根殘缺復有十業能令衆生得外惡報何等爲十若有衆生於十不善業多修習故感諸外物悉不具足一者其殺生業故令諸外報大地鹹鹵藥草無力二者以盜業故感外霜雹螽蝗蟲等令世饑饉三者邪婬業故感惡風雨及諸塵埃四者妄語業故感生外物皆悉臭穢五者兩舌業故感外大地高下不平山陵堆阜株杌丘坑六者惡口業故感生外報瓦石沙礫麤澀惡物不可觸近七者綺語業

故感生外報令草木稠林枝條棘刺八者以貪業故感生外報令諸苗稼子實微細九者以瞋業故感生外報令諸樹木菓實苦澀十者以邪見業故感生外報苗稼不實收穫尠少以是十業得外惡報復有十業得外勝報若有衆生修十善業與上相違當知即獲十外勝報若有衆生恭敬禮拜諸佛塔廟得十種功德何等爲十一者得妙色好聲二者有所發吐言辭人皆信伏三者堂堂處衆無畏四者天人世間愛護五者具足威勢六者威勢衆生皆來親附七者常得親近諸佛菩薩八者具大福報九者命終生天十者速證涅槃是名禮拜諸佛塔廟得十種功德若有衆生奉施寶蓋得十種功德何等爲十一者處世猶如傘蓋覆護衆生二者身心安隱離諸熱惱三者一切世間敬重無敢輕慢四者有大威勢五者常得親近諸佛菩薩大威德者以爲眷屬六者恒作轉輪聖王七者勸導恒爲上首修習善業八者具大福報九者命終生天十者速證涅槃是名奉施寶蓋得十種功德若有衆生奉施繒旛得十種功德何等爲十一者處世猶如寶幢國王大臣親友知識恭敬供養二者豪富自在具大財寶三者善名流布遍至諸方四者形貌端嚴壽命長遠五者常於生處施行堅固六者有大名稱七者有大威德八者生在上族九者身壞命終生於天上十者速證涅槃是名奉施繒旛得十種功德若有衆生奉施鐘鈴得十種功德何等爲十一者得梵音聲二者有大名聞三者自識宿命四者所有出言人皆敬受五

者常有寶蓋以自莊嚴六者有妙瓔珞以爲服飾七者面貌端嚴見者歡喜八者具大福報九者命終生天十者速證涅槃是名奉施鐘鈴得十種功德若有衆生奉施衣服得十種功德何等爲十一者面目端嚴二者肌膚細滑三者塵垢不著四者生便具足上妙衣服五者微妙卧具覆蓋其身六者具慚愧服七者見者愛敬八者具大財寶九者命終生天十者速證涅槃是名奉施衣服得十種功德若有衆生奉施器皿得十種功德何等爲十一者處世如器二者得善法津澤三者離諸渴愛四者若渴思水流泉涌出五者終不生於餓鬼道中六者得天妙器七者遠離惡友八者具大福報九者命終生天十者速證涅槃是名奉施器皿得十種功德若有衆生奉施飲食得十種功德何等爲十一者得命二者得色三者得力四者獲得安無礙辯五者得無所畏六者無諸懈怠爲衆敬仰七者衆人愛樂八者具大福報九者命終生天十者速證涅槃是名奉施飲食得十種功德若有衆生奉施靴履得十種功德何等爲十一者具足妙乘二者足下安平三者足趺柔輭四者遠涉輕捷勦健五者身無疲極六者所行之處不爲荆棘瓦礫損壞其足七者得神通力八者具諸給使九者命終生天十者速證涅槃是名奉施靴履得十種功德若有衆生奉施香華得十種功德何等爲十一者處世淨妙如華二者身無臭穢三者福香戒香遍諸方所四者隨所生處鼻根不壞五者超勝世間爲衆歸仰六者身常清淨香潔七者

愛樂正法受持讀誦八者具大福報九者命終生天十者速證涅槃是名奉施香華得十種功德若有衆生奉施燈明得十種功德何等爲十一者照世如燈二者隨所生處肉眼不壞三者人中得於天眼四者於諸善惡之法智慧明了五者隨處除滅大闇六者得智慧明七者流轉世間常不入於黑暗之處八者具大福報九者命終生天十者速證涅槃是名奉施燈明得十種功德若有衆生恭敬合掌得十種功德何等爲十一者得勝福報二者生於上族三者得勝妙色四者得勝妙聲五者得勝妙蓋六者得勝妙辯七者得勝妙信八者得勝妙戒九者得勝妙多聞十者得勝妙智是名恭敬合掌得十種功德爾時世尊說此法已首迦長者於如來所得淨信心爾時首迦頭面禮佛作如是言我今請佛往舍婆提城到我父所力提長者家願令我父及一切衆生長夜安樂爾時世尊爲利益故嘿然受請爾時首迦聞佛所說心大歡喜頂禮而退

佛說業報差別經

音釋

瘵痔 瘵力照切治也痔直里切後病也
芬馥 芬無文切馥房六切芬馥香氣也
殟歾 殟烏没切心悶也歾奴没切心亂也
蓏 郎果切果蓏也在樹曰果在地曰蓏
瘻 郎豆切漏病也
撤 直列切除去也
姝姸 姝昌朱切好也姸五堅切姝姸美也
螽蝗 螽之戎切蝗胡光切
尠 息淺切
勦 鋤交切輕捷也

佛說十二品生死經　劉宋三藏法師求那跋陀羅譯

佛說輪轉五道罪福報應經　劉宋三藏法師求那跋陀羅譯

佛說五無返復經　宋居士沮渠京聲譯

佛說佛大僧大經　宋居士沮渠京聲譯

清刻龍藏佛說法變相圖

四經同卷

佛說十二品生死經

佛說輪轉五道罪福報應經

佛說五無返復經二本

佛說佛大僧大經

佛說十二品生死經

劉宋三藏法師求那跋陀羅譯

聞如是一時佛遊舍衛祇樹給孤獨精舍爾時佛告諸比丘我爲汝說經比丘應唯然世尊願受教勑佛言人死有十二品何等十二一曰無餘死者謂羅漢無所著也二曰度於死者謂阿那含不復還也三曰有餘死者謂斯陀舍往而還也四曰學度死者謂須陀洹見道迹也五曰無欺死者謂八等人也六曰歡喜死者謂行一心也七曰數數死者謂惡

戒人也八曰悔死者謂凡夫也九曰横死者謂孤獨苦也十曰縛著死者謂畜生也十一曰燒灼死者謂地獄也十二曰飢渴死者謂餓鬼也比丘當曉知是當作是學勿爲放逸勿起婬色遠離諸横以清淨心所未得證常令成就所以者何數數死爲甚苦悔死亦苦横死甚劇縛著死亦劇燒灼死甚痛飢渴死亦痛如是比丘當作是學習在閑居若處樹下學禪一心無得輕戲無得後悔是爲佛教是佛法則佛說如是比丘歡喜稽首而退

佛說十二品生死經

佛說輪轉五道罪福報應經

劉宋三藏法師求那跋陀羅譯

聞如是一時佛在迦維羅衛國釋氏精舍與千二百五十比丘俱九月本齋一時畢竟佛從禪室出往至舍衛國祇樹給孤獨園二國之間有一大樹名尼拘類樹高百二十里枝葉方圓覆六十里其樹上子數千萬斛食之香甘其味如蜜甘果熟落人民食之衆病除愈眼目精明佛坐樹下時諸比丘取果食之

佛語阿難吾觀天地萬物各有宿緣阿難即前爲佛作禮長跪白佛言何等宿緣此諸弟子願欲聞之唯具演說開化未聞佛告阿難善哉善哉若樂聞者心善聽佛語阿難夫人作福譬如此樹本種一核稍稍漸大收子無限人而豪貴國王長者從禮佛事三寶中來爲人大富財物無限從布施中來爲人長壽無有疾病身體强壯從持戒中來爲人端正顏色妙好輝容第一身體柔輭口氣香潔人見姿容無不歡喜視之無猒從忍辱中來爲人修習無有懈怠樂爲福德從精進中來爲人安詳言行審諦從禪定中來爲人才明達解深法讃歎妙義開悟愚曚人聞其言莫不諮受宣用爲珍寶從智慧中來爲人音聲清徹從歌詠三寶中來爲人潔淨無有疾病從慈心中來阿難白佛云何爲慈佛語阿難一慈衆生如母愛子二悲世間欲令解脫道意三心常歡喜四爲能護念一切不犯是爲慈心者也佛語阿難爲人長大恭敬人故爲人短小輕慢人故爲人醜陋喜瞋恚人故生無所知不學問故爲人專愚不教人故爲人瘖

瘂謗毀人故爲人聾盲不喜聽受經法故爲人奴婢負債不償故爲人卑賤不禮三寶故爲人醜黒遮佛光明故生裸國中者喜輕衣搪揬塔寺精舍故生馬蹄國中者喜著屐佛前行故生穿胷人國中者布施作福悔惜心故生麞鹿麏麃中者喜驚怖人故生墮龍中者喜調戲人故身生惡瘡治之難差者喜鞭打衆生不以理故人見歡喜者前生見人歡喜故人見不歡喜者前生見人不歡悦故遭縣官繫閉牢獄杻械其身者前世爲人籠繫衆生不從意故爲人脣鈌者前世釣魚魚決口故聞好言善語心不樂聞於中兩舌亂人聽受經法者後墮耽耳狗中佛語阿難世有愚人聞説法語心不餐採後墮長耳驢馬之中慳貪獨食不共飢者食後墮餓鬼中出生爲人貧窮饑餓衣不蓋形食不供口好食自噉惡食施人後生猪㹠蜣蜋之中喜刧奪人物者後墮羊中生剥其皮償其宿罪好喜殺生者後爲水上蜉蝣蟲朝生暮死好喜盜人財物者後墮奴婢牛馬之中償其宿債好喜婬他婦女者死入地獄男抱銅柱女卧鐵牀從地獄出常生下處當墮雞鴨中好喜妄語傳人惡事死入地獄洋銅灌口拔出其舌以牛犂之出墮鴟梟鵂鶹鳥中人聞其鳴莫不驚怖皆言變怪呪令其死喜飲酒醉犯三十六失者死墮沸屎泥犁之中出生墮狌狌中後還爲人愚癡生無所知夫婦不相和順數共鬪諍更相驅遣後墮鳩鴿中貪人力者後墮象中佛語阿難州郡令長食官爵禄或人無罪或私侵人民録名繫縛鞭打搥杖強逼

輪送告訴無地枷械繫閉不得寬縱後墮地獄中身受苦痛數千億歲罪畢乃出當墮水牛中貫穿其鼻牽船挽車大杖打撲償其宿罪佛語阿難爲人不淨從猪中來爲人慳貪不能廉潔從狗中來爲人剛强狠戾自用從羊中來爲人腥臭從魚鼈中來爲人兇惡含毒心難解者從蝮蛇中來好喜美食喜殺害衆生無有慈心者從豺狼狸鷹中來爲人短命胞胎傷墮生世未幾而早命終墮在三塗數千萬劫佛言此輩前世爲人好喜射獵焚燒山澤探巢破卵施捕魚網殺一切衆生貪其皮肉以自食噉多短命報世世累劫無有出期愼之愼之痛不可言佛語阿難凡作功德皆應身爲燒香福會轉經行道不得倩人呪願若虛如倩人食豈得自飽能不饑耶若燒香鮮潔遠薩云若香攝一切相然燈續明得三達智無所罣礙燒香齋食讀經達嚫以爲常法布施得福諸天接待萬惡皆却衆魔盡除無敢當者懈怠之人安隱諧偶無精進心一朝疾病有不吉利便欲燒香方云作福諸天未降衆魔故前競共嬈觸作諸變怪以是之故常當精進罪福隨身如影隨形植種福者亦如尼拘類樹本種一核收子無限施一得倍萬言不虛也佛時頌曰

賢者好布施　天神自扶將　施一得萬倍
安樂壽命長　今日大布施　其福不可量
皆當得佛道　度脫於十方

因緣合會誰爲親　五戒十善除去瞋
不望他許自爲親　世間榮樂如浮雲
展轉五道如車輪　莫計壽命惜金銀

天地尚壞何況身　奉持經戒是大珍
勿貪財色辱悞人　三界衆生如群羊
來去五道身壞傷　命速流水何有常
作惡甚近受罪長　泥犂地獄沸鑊湯
制心剛意離禍殃　犯罪入中痛難當
佛告阿難世人無智生死肉眼不知罪福吾以道眼觀無數劫乃至今身罪福應報猶觀掌中瑠璃珠内外明徹無狐疑想阿難前整衣服爲佛作禮而白佛言演說此經當何名之佛語阿難此經名爲輪轉五道亦名罪福報應若有善男子善女人諷誦宣傳功德無量當見禮侍賢劫千佛奉侍供養不墮三塗八難之處得戒定慧佛說經竟五百比丘漏盡意解七百比丘尼得須陀洹道八百羅漢得菩薩道諸天龍神是時樹下清信士萬二千人清信女六千人悉履道迹諸比丘比丘尼優婆塞優婆夷皆得阿那含道天龍鬼神世間人民聞佛說法皆言善哉即起作禮遶佛三帀歡喜而去

佛說輪轉五道罪福報應經

佛說五無返復經

宋居士沮渠京聲譯

聞如是一時佛在舍衛國祇樹精舍與千二百五十比丘俱時有一梵志在羅閱祇國聞舍衛人多慈孝順奉經修道供事三尊便到舍衛國見父子二人耕地毒蛇齧殺其子父故耕不視其子亦不啼哭梵志問曰此兒誰子耕者答言是我之子梵志曰是卿子者何不啼哭而耕如故其人答曰人生有死物成有敗善者有報惡者有對愁憂啼哭何所追逮設不飲食何益死者卿今入城我家在某處願過語之吾子已死不須持二人食來梵志自念此人無返復兒死在地情不愁憂而反索食此人不慈無有比類梵志便行入城詣耕者家見死兒母即便語之卿兒已死父言但持一人食來何以不念子耶兒母逆爲梵志說譬喻言子者如客來依人止來亦不白去亦不留此兒本我亦不喚來自來過我生死亦自去非我力乃使進退隨其本行追命所生又語其姊卿弟已死何不啼哭姊即向梵志說喻言我等兄弟譬如工師入山斫林縛作大筏安置水中卒逢大風吹破筏散隨水流去前後分張不相顧望我弟亦爾如是宿命因緣一時共合會在一家生隨命長短生死無常合會有離我弟命盡各自隨行無常對至隨其本行不能相救又語死者婦卿夫已死何不啼哭婦復爲梵志說喻言我等夫婦因緣共會須臾間已譬如飛鳥暮栖高樹同共止宿向明早起各自飛去行求飲食有緣則合無緣則離我等夫婦亦復如是

去住進止非我之力無常對至隨其本命不能相救又語其奴汝大家兒死何不啼哭奴復說喻我之大家因緣合會我如犢子隨逐大牛人殺大牛犢子在邊不能救大牛無常之命不可得救奈何愁憂啼哭亦無所益梵志聞之心惑目瞑不識東西我聞此國人孝順奉道供事三尊故從遠來欲得學問未有善應而見五無返復人勞身苦心遠來至此了無所益又問行人佛在何許欲往問之行人答曰近在祇洹精舍梵志即往到佛所稽首佛足作禮却坐一面愁憂低頭默無所說佛知其意謂梵志曰何爲低頭愁憂不樂梵志白佛言所願不果違我本心是故愁憂也佛問曰有何所失愁憂不樂梵志白佛言我從羅閱祇國來聞此國人孝順奉敬三尊故從遠來欲得學問既來到此見五無返復人是故愁憂不樂佛言何謂無返復者梵志白佛言我見父子二人耕地下種子死在地父亦不愁反更索食而反向我說無常事母婦及姊與奴都無愁憂是爲大逆無返復也佛言不然不如卿語此之五人最有返復知命無常非愁憂所逮往古聖不免斯患況於凡夫大啼小哭何益死者世間俗人無數劫來流轉生死遷神不滅死而復生如車輪轉無有休息背死向生非憂愁所逮梵志聞之心開意解更無憂感我聞佛說如病得愈如盲得視如闇遇明於是梵志即得道跡一切死亡不足啼哭欲爲亡者請佛及僧燒香供養讀誦經典能日日作禮復志心供養三寶最是爲要於是梵志稽首作禮受教而去

佛說五無返復經

佛說五無返復經

宋居士沮渠京聲譯

爾時佛在祇樹精舍與千二百五十比丘俱時有梵志在羅閱祇國聞舍衛人多慈孝順奉經修道供事三尊便到舍衛國見父子二人耕地毒蛇齧殺其子父故耕不視其子亦不啼哭梵志問曰此兒誰子答言是我之子梵志曰是卿子者何不啼哭而耕如故其人答曰人生有死物成有敗善者有報惡者有對愁憂啼哭何所追逮設不飲食何益死者卿今入城我家在某處願過語之吾子已死不須持二人食來梵志自念此人無返復兒死在地情不愁憂而返索食此人不慈無有比類梵志便行入城詣耕者家見所兒母即便語之卿兒已死父言但持一人食來何以不念子耶兒母逆爲梵志說譬喻言子者如客來依人止來亦不却去亦不留此兒本我亦不喚來自來過我生死亦自去非我力乃便進退隨其本行追命所生又語其姊卿弟已死何不啼哭姊即向梵志說喻言我等兄弟譬如工師入山斫材縛筏水中卒逢大風吹破筏散隨水流去前後分張不相顧望我弟亦爾如是宿命因緣一時共合會在一家生隨命長短死亡無常合會有離我弟命盡各自隨行無常對至隨其本行不能相救又語死者婦卿夫已死何不啼哭婦復爲梵志說喻言我等夫婦因緣共會須臾間已譬如飛鳥暮栖高樹擾擾作聲向明各自飛去行求飲食有緣則合無緣則離夫婦如是無常對至隨其本命不能相救又語其奴汝大家

兒死何不啼哭奴復說喻我之大家因緣合會我如犢子隨逐大牛人殺大牛犢子在邊不能救大牛無常之命不可得救奈何愁憂啼哭亦無所益梵志聞之心惑目瞑不識東西聞此國人孝順奉道供事三尊故從遠來欲得學問未有善應而見五無返復人勞身苦心遠來至此了無所益又問行人佛在何許欲往問之行人答曰近在祇洹精舍梵志即往到佛所稽首佛足作禮却坐一面愁憂低頭默無所說佛知其意謂梵志曰何爲低頭愁憂不樂梵志白佛言所願不果違我本心是故愁憂也佛問曰有何所失白佛言我從羅閱祇國來聞此國人孝順奉敬三尊故從遠來欲得學問既來到此見五無返復人是故愁憂不樂佛言何謂無返復者梵志白佛言見父子二人耕地下種子死在地父亦不愁反更索食而反向我說無常事毋婦及姊與奴都無愁憂是爲大逆無返復也佛言不然不如卿語此之五人最有返復知命無常非愁憂所逮是故自定無有愁感世間俗人不識無常懊惱啼哭不能自勝譬如人得熱病不自覺知恍惚妄語良師與藥熱即除愈不復妄語俗人愚癡愁憂啼哭不能自解能知無常不復愁憂如熱病愈此之五人皆得道證梵志聞之佛語即自剋責我爲愚惑不識道義今聞佛語如盲得目冥中見明

佛說五無返復經

佛說佛大僧大經

宋居士沮渠京聲譯

佛在王舍國國有富者其名曰厲金銀衆寶田地舍宅牛馬奴婢不可稱數厲年西耄絶無繼嗣其國常法人無子者死後財物皆没入官厲禱日月諸天鬼神并九子母山樹諸神皆從請子不能致之厲自念曰人有緩急輒往自歸山樹之神靡所不至財寶銷索産業不修疾病相仍災禍首尾奴婢死亡六畜不孳俱爲妖孽鬼神導師迷惑僻使亂君内居云當有福而禍重至由盲吞毒謂之良藥廣有瘳損毒著喪身吾今殺生祠祀鬼神當入地獄而望天祚豈不惑哉世有佛道高操之聖有得仙者名曰應真人真人清淨如瑠璃珠精進存想乃覩之耳奉斯道者惟守靜寞無欲無求以斯爲樂現世得安終生天上厲自念曰置吾常供養奉佛三尊奉佛一載婦遇生男厲曰奉佛獲願字曰佛大佛諸弟子謚比丘僧試復事之事未滿歲復生賢男字曰僧大厲訓二子示以聖道僧大稟性仁愛人物孝心難攀誦佛法戒親近沙門清淨知足親覩其志愛之有特親被疾著牀即呼長子涕泣誡之夫生有死萬物無常持戒者安犯戒者危其持佛戒終始無患僧大尚小仁孝清白厲以累爾辭句適竟淹忽殁故弟失所天孤無歸告數啓其兄欲作沙門其國之法兄欲求婦便佯詐云欲作沙門覩懼其然早爲聘妻佛大以弟等彼僞類即爲尋索國最賢家女字快見光華煒煒端正少雙長短肥瘦適得其中貞潔慈孝猶星中月國女

賢婦靡不歡悅婦歸升堂兄會賓客九族欣然無不和樂兄於衆賓調其弟曰當今之日可作沙門乎僧大答曰大兄放吾使作沙門實我宿願悟兄者天審欲作之戲之曰可從爾志願弟心歡喜爲兄作禮即日入山見一沙門年少端正獨處樹下前趣叉手稽首爲禮却住問曰賢者何緣行作沙門其人已得應眞之道預知去來無數劫事謂僧大曰佛經說言人好婬泆如火燒身如持炬火逆風而行其燄稍却不置炬者火燒其手猶鳥嚙肉鷹鷂追爭烏不置肉災及軀命婬泆如斯無不危殆吾以是故作沙門耳蜜塗利刀小兒貪甜以舌舐之有截舌之患婬泆之人苟快愚心不惟其後有燒身之害譬如餓狗路得枯骨齮嚌齩齧傷口缺齒適自傷毀何益於己婬泆如此百千億劫無絲髮之福而有三塗之罪吾念是故作沙門耳譬如樹木華果茂盛行人貪之杖石撾打須臾之間華損果落枝葉殘傷樹以花果自招凋喪蛾貪火色投入于燈體見燒煮將何剋獲爲婬惑者不別善惡遠賢親愚日就流冥亡國滅身死入地獄惡著罪成悔將何逮佛見之諦開示聖道吾望佛恩得覩經戒心守清白獨而無患顧視流俗乃知誤耳吾以是故作沙門也僧大聞之頓首足下長跪而白佛眞上聖諸天之尊經以滅癡入我心中願去世濁履清淨道奉沙門戒以爲榮福師即諭之沙門重戒侍師數月即啓師云意欲入山閒寂定禪息求道應眞爾乃滅患師曰獨居山中大難處也處山澤者當學星宿明知候時當當儲

侍水火麨蜜所以然者盜賊之求水火麨蜜夜半向晨問當解之給賊所欲違其意者賊輒殺人僧大曰諾敬奉慈教具學所命却乃入山其兄念曰弟作沙門終不畜妻妻快見者端正無雙兄心悅之起從快見持琴自隨作姿彈之歌婬泆之曲煌煌欝金生于野田過時不採恐見棄捐曼爾豐熾華色惟新與我同歡固斯厚親年一西風孰復爾珍快見即覺兄欲爲亂便以歌曲答佛大曰巍巍我師天人之尊門徒清潔謚曰沙門歎眞爲聖婬爲畜倫我受嚴戒不事二君終不婬生寧就寸分佛大作情悲之曲委靡之辭宿心加爾故因良媒問名諸師占相良時憏惕憏惕懼爾不來既覩光顏我心怡怡今不合歡豈徒費哉斯誓爲定淑女何疑快見惶灼歌答之曰佛設禮儀尊卑有叙叔妻即子壻伯即父我親奉戒自有隆舉眞與聖齊婬正蟲鼠噫乎伯子焉爲斯語兄心迷惑貪好快見其意又甚不可轉移快見又歌夫人處世當遠二事不孝婬亂行違佛戒天及賢者箋其自異佛大歌曰爾之容色燁燁灼然昔天美女豈有爾顏我心相悅故踰大山快見自念斯子欲我悖狂之亂沮致大難請說身中惡露不淨爾乃却耳快見重曰仁貪我軀軀有何好頭有九骨合爲髑髏中但有腦面有七孔皆出洟唾以皮裹骨貪頭頸者皮肉相裹身有毛髮爪齒皮肌血腦骨肉腹中有心脾腎腸胃肪髓屎尿膿血寒熱足與脛連脛與髀連髀與尻連尻與腰連腰與脊連脊與脅連脅與頸連頸與髑髏連臂與肘連肘與肩連

我如畫瓶中盈屎尿身中不淨可惡如此何可貪乎凡人所喜有説其惡心即賤之佛大自念女念其壻何肯聽我我殺弟者爾乃隨耳佛大瞋恚即行募求數爲賊者見輕薄人在于酒家前與語曰寧知我家所畜六藉奴子逃作沙門今在山中賊曰識之佛大即出金銀與之令殺奴子疾取其頭及身上衣所持法杖足下履屣皆以相還吾復重賜卿等金銀賊大喜曰從吾取足即去入山到其弟所呼曰沙門汝疾出來其弟出曰諸君何求吾有水火麨蜜可食夜時已半賊曰不求水火麨蜜不問卿時也欲得汝頭持去之耳其弟聞之即大惶怖涕泣而曰吾非長者諸侯子也捨俗爲道與世無爭學道日淺未獲溝港頻來不還應眞六通殺吾何益賊曰來爲

汝首故空復云云求哀何益其弟自念此賊獨聞我富家謂我持寶來在此也語其賊曰欲得寶者吾兄在家字曰佛大吾與書令惠卿寶在所欲得從卿志願賊曰子兄令我來殺子其弟即曰吾今死矣由斯婦也師前誡我人與婬居如持炬火逆風而行捨之不早火將燒手如蜜塗刀如鷹追鳥狗得枯骨樹之華果色爲身害深如師誡涕泣從賊乞一歲活令吾得道吾常在此相殺不晚賊曰今欲得子頭去何云一歲山居道人多得道者恐子輕舉行神足去勿復多云俘取頭去其弟重曰願莫即殺先斷我一脞置吾前也其賊因前先斷一脞置於其前弟遭此痛不可言天來下至道人所曰愼莫恐怖牢持汝心汝前世時入畜生中人所屠割稱賣汝肉非

一世矣地獄餓鬼汝皆更之苦痛以來非適今也僧大語天一哀語我師令知吾因師示吾道死生何在天即爲行語其師曰卿賢弟子人欲殺之涕泣求哀欲得見師師飛行到弟子所爲說經曰天地須彌尚有滅壞海有消竭七日有壞天下有風其名惟藍惟藍一起山山相搏斯風有滅況汝小軀何等比數但當念佛佛常言無常盛必有衰合會有離榮位難保身亦如之僧大便得溝港道復斷一脞重念師誡復得頻來道賊斷左手復念師誡得不還道賊斷右手復念師誡得應真道便不畏三惡道也生死自在無所復畏僧大曰取樹皮來即爲剥樹皮與之僧大取枝以爲筆自刺身血書樹皮曰大兄起居隨時安善二親在時以吾累兄兄不承之違廢親

教以女色故骨肉相殘違親慈教爲不孝也殘殺人命爲不仁也殺一畜生其罪不小況殺應真吾不中止兄自招之今吾有形可得相殺善遊寂寞徒復相害長别努力願崇真道伸頸長二尺語其賊曰子斷吾頭猶泥頭也勿有恐意吾恐汝等墮地獄中賊前斷頭取身上衣杖屣及鉢持至兄所衣杖屣鉢皆持與兄兄以金銀重謝其賊兄取弟頭爲作假形以頭著上以衣衣之杖鉢及屣皆著其傍謂快見曰汝壻來歸可問訊之快見大喜走至其所見閉目坐以爲思道妻不敢呼具作美食須念道覺當飯之日中不覺妻因前白曰今巳中恐過時也怪其不應牽衣起之頭便墮地身皆分散各在一面妻即大怖躃踊呼曰子竟坐吾見殘賊乎哀憤呼天情裂

肝心崩血出口奄忽而死戒行清白難汙如空樹心聖範難動如地貞淨行高難揆如天其未終時諸天咨嗟豫安所生迎其鬼靈處忉利天忍須臾之婬獲天上難盡之榮兄入神室視婦胡爲兄見弟頭身分散狼藉其婦吐血死在一面兄見弟妻屍死如此呼曰咄咄吾爲逆天所作酷裂乃至於此也兄即至賊所問其意吾弟臨歿將有遺言乎賊曰有書以書見之書辭懇惻讀書訖竟五內噎塞涕泣交横吾違尊親臨亡慈教骨肉相殘又殺應眞感隅而死死入地獄王及臣民聞其事變揮涕哽噎歎述清德殯葬其弟四輩立塔天龍鬼神塡塞空中散華燒香無不傷心其妻快見國人葬之舉哀動國諸天下讃精進得道五戒不虧貞生天上違佛法教不孝殘聖死入地獄燒煑苦毒其歲難數佛便告諸弟子自斯之後重相勸勵尚於無欲佛說經竟弟子歡喜作禮而去

佛說佛大僧大經

音釋

灼職略切爇也　劇竭戟切艱也　核下革切果中實也　朦謨蓬切朦朧也　裸郎果切赤體也　搪揬搪徒郎切揬陀骨切搪揬觸也　麑麂麑研兮切鹿子也麂居美切　狏徒孫切與豚同　蜣蜋蜣去羊切蜋呂章切　蜉蝣蜉縛謀切蝣以周切　鵄梟鵄赤脂切梟堅堯切鵄梟怪鳥也　鴝鵅鴝居侯切鵅各額切鴝鵅即鵂鶹也　狌狌所唐切狌狌能言獸也　豺牀皆切狼屬　達嚫梵語也此云財施嚫初覲切　齧倪結切噬也　筏方越切簞也　瞑毋迴切目不明也　擾而沼切煩亂也　懊烏皓切恨也　怳惚怳呼晃切惚呼骨切　瘳丑鳩切病除也　謚時利切立號也　佯與章切詐也　鸇諸延切鷂也　舐神帋切餂也　齮嚌齮魚綺切齧也嚌在詣切

嘗至齒也
齩齧　齩五巧切齧五結切齩齧並噬也
撾　陟瓜切擊也
儲偫　儲直魚切貯也偫直里切具也
皝　胡廣切與晃同
惶⿰忄勺　惶胡光切恐怖也⿰忄勺之若切痛也
⿰光睪　羊益切燡光貌
脾腎　脾頻彌切土藏也腎時忍切水藏也
胃　于貴切穀府也
肪　敷房切脂也
⿰月坒　部禮切股也
尻　苦刀切脽也
俘　芳符切取也
噎　一結切窒也
⿰土則　初力切遏遮也

七經同卷

清刻龍藏佛說法變相圖

七經同卷

佛說大迦葉本經

西晉三藏竺法護譯

聞如是一時佛遊王舍城靈鷲山爾時城中有勢富梵志名曰尼拘類（此曰無志）財富無數金銀七寶田宅牛馬不可稱計梵志有子名曰

畢撥學志捨六十佉梨金寶好物及千具犁牛指仁賢妻天下第一光顏微妙面色爲最心自念言當趣世間阿羅漢學淨修梵行詣多子神祠叢樹之下噉食其果於是世尊轉大法輪轉法輪竟與比丘衆退至多子神祠止其精舍於時畢撥學志夜欲向明住立遥見世尊在叢樹間光明遠照威曜普達心即念言今此叢樹天巳向明威神普照光明無量殊妙巍巍於此樹間必有鹿王大雄師子若有天神及大神通神足大變必爾不疑我當往觀時畢撥學志即從座起往詣叢樹遥見世尊光明百千足底相文衆好具足即時歎曰吾等先古神仙所遺經典說有瑞應三十二大人之相分别具足當趣二處設在家者爲轉輪聖王主四天下選擇要敎治以正法刀杖兵甲制而不施假使出家棄國捐王當爲如來至真等正覺明行成爲善逝世間解無上士道法御天人師號佛世尊寧可親覲畢撥學志往詣佛所覩世尊在於樹間端嚴而坐猶大形像七寶合成威神巍巍諸根寂定道心靜然逮最憺怕忽然清淨度于彼岸猶若金山若須彌王猶如夜坐於幽冥然大炬火譬龍在深淵其水清涼相三十二莊嚴其身如大山王頂有大火然如日出山岡光曜普照如月盛滿衆星獨明如轉輪王眷屬圍繞八十種好徧布其體猶如千華各各開擺億百千光從聖體出畢撥學志見佛如是心懷欣然如冥見光尋趣世尊揖讓談語自達姓名却坐一面佛爲說經解若干義分别其慧論佛世尊有誨悅辭布施持戒愛欲

之病洮塵勞心出家爲上憒擾諸品應病授藥尊見其心應時柔心狐疑蓋心悅之心罪福之心若平等心應心與合而爲說法如諸佛法察其根源而分別說苦集盡道即於座上遠塵離垢諸法眼生現在獲度覩法根源分别經典拔於狐疑得立果證受教誨慧致勇猛法即從座起更整衣服右膝著地稽首佛足我初來時觀尊足心自說名字觀佛相好心懷踊躍而失禮敬爾時世尊告大迦葉是故賢者從今已往若族姓子有所至到心念猶月如月光照種性光明威曜如是族姓子開目而行如是迦葉從今日始若族姓子制心修行如月盛滿遊行空時是故迦葉從今日始族姓子所遊至處制心修行猶如日光照於天下其族姓子未曾閉目制心修行猶如日光亦當如是佛告迦葉從今日始制心修行猶如蜜蜂所至到處多所發起猶如蜜蜂採諸華味不萎色香若族姓子制心修行從今日始造行如是佛告迦葉從今已往制心修行當如地水火風得淨不喜得諸不淨屎尿膿血死蛇死人惡露不以愁憂若得華香金銀七寶五種彩色不以喜悅無增無減族姓子制心修行亦當如是嗟歎稱譽安樂歡豫不以爲悅若遇誹謗衆苦惱患不以愁憂佛告迦葉從今日始族姓子制心修行當如拂淨物亦拂不淨亦拂屎尿洟唾膿血死狗死蛇死人惡露不以淨悅不淨不憂若族姓子制心修行亦當如是佛告迦葉從今以往制心修行當如掃箒淨亦拂不淨亦拂佛告迦葉從今已往族姓子制心修行當如

殉祝子常低頭行在所至到常內其手若裸形人羞身不蔽在於世間趣欲活命不說本姓若可不可不以自宣若族姓子制心修行亦當如是佛告迦葉從今以往族姓子制心修行如截角牛如牛截角賢善柔順不貪四事詣於四衢於四衢道無有門戶而危其命若族姓子制心修行亦當如是佛告迦葉從今以往制心修行當如鐵釜又如諸燈如釜燈穿多有孔漏滿中油脂如明眼人從一邊觀釜燈諸孔脂油漏出各各墮地若族姓子察身非常四大合成九孔穿漏皆出不淨不貪樂身不以爲奇於是大迦葉從佛世尊聞月喻行即受諷誦觀八脫門佛告迦葉詣光曜樹迦葉應曰唯然世尊即從座起在佛後住時與大迦葉出其叢樹詣異叢樹尋復出去坐異樹下告大迦葉於此樹下爲如來敷座吾身疲弊其背甚痛迦葉受教促疾促疾爲佛敷座令其方正敷座已竟前白大聖敷座已訖唯願就坐佛尋坐竟告迦葉曰是地柔輭細滑妙好迦葉曰唯然世尊彼地此地今者人身會歸此地唯然世尊歸於盡滅持心忍辱當如是地今我法衣亦柔輭好願佛常愍加哀受之佛告迦葉假使我受柔輭縫衣汝服何等迦葉白佛往古諸世尊讚譽若族姓子著塜間死人弊衣及五納衣爲安諸天及世間人佛言善哉善哉迦葉多所哀愍多所安隱著弊納衣往古諸佛所稱歎者迦葉汝起促取水來吾甚饑渴意欲飲水唯然世尊即受教起稽首足下繞佛三帀促疾促疾欲行取水諸比丘見尋時問之仁爲耆年

不以貢高亦不憂慼寂除𢦏欲入無所處何因爲沙門欲受具戒今爲所至迦葉報曰汝等諸佛以持此事白問大聖悉當爲汝分別說之於時賢者大迦葉即取水來往奉上佛佛尋受之飲水竟便殘水持與迦葉迦葉即受以著一面長跪叉手右膝著地更整衣服白世尊曰我行取水見諸弟子及諸比丘問我曰仁爲耆年不以貢高不以憂慼亦不癡妄寂諸四事衆欲之𢦏我自捨六十佉梨金妙珍寶犁牛千具棄妻玉女天下第一其有世間能成羅漢吾當從受今者弟子諸比丘衆悉來問吾我時前在多子神祠右叢樹下噉其果蓏於是世尊未受具戒爾時世尊遊於王舍城我時在竹樹間迦蘭園明旦著衣持鉢入城分衞見日大殿有千光出時佛世尊在王舍城迦蘭竹樹間時見世尊吾自憶念謂日更出若大天神夜忽如晝時佛晡時從宴坐起如月宮殿振大光明則以覆蔽諸日月光譬如大炬照於闇冥佛在弟子衆中威神光明亦復如是爲諸比丘講說經法如轉輪王與諸子眷屬俱與無央數衆比丘俱吾爾時觀死不覩見諸比丘衆無能受者無能爲師唯獨如來特出世間興隆道化而取滅度今諸比丘故來問我爾時世尊告迦葉曰多有比丘不了善惡覺與不覺不解福田諸法之處多有諠理是說第一迦葉最尊不以貢高平等無憂寂諸四事諸欲之𢦏第一成就受具足戒佛說如是賢者迦葉及諸比丘莫不歡喜

佛說大迦葉本經

佛說四自侵經

西晉三藏竺法護譯

佛言夙夜不學老不止婬得財不施不受佛言是四出心還自侵身往古豪富憿尊自恣國王帝主世俗愚人但知晝夜過疾不覺命盡常欲瞋怒强狠自用婬憍貪富今爲所在不好經道惡聞自侵走心恣意放逸無禁當爾之時不覺饑渴不能自惟九孔瘡痍臭處不淨行止卧覺百端諸事種苦惱根慢於大法不曉受身老病來時姿顏則變五樂之欲不可常得病著牀時擾動不安死命忽至身當敗壞安得久乎死生不絕惡道不休已身壽命亦與死生苦惱憂患皆由已矣以是觀之何者是人婬色戲樂歌舞倡妓幾何間耶若如呼吸慧之明之攺其志分守身貞潔世間所有一歸空無假使歌戲人不歡樂不如爲快歌者便恥衆人迷惑常樂妓樂疾病憂至爾乃愁慼安隱之時多事萬端不爲身計已招萬罪殃禍響應不能分別所因致身身若畫瓶內滿不淨臭處膿血猶如革囊裹於不淨不知內外身當歸盡常以彩色脂粉莊嚴自謂端正顏貌無雙不察九孔瘡病流出斯人之等羅網所纏莫能觀身譬如幻化恍惚不現惟有道士覩世俗人迷惑如此常自計身諦觀一切擾擾紜紜但諍咽喉不急之事禍從口出千凶萬罪還自纏繞或相害傷忿怒成仇皆由貪起競諍利欲群迷雷同不識道義之眞俗僞之惑老死忽至不得自由仁賢知者若能曉了財物非常忽若風雨暴至如電如夢幻化野馬無常對至人所不喜

終始連鎖縛著相隨不離五陰六衰之獄不孝師父踈遠道慧貪身骨肉婬態不休耳目鼻口身心六事但種災患多於天下草木之栽恩愛之心既廣且長逾於江海從生至老終事萬端雖有顔貌端正姝好當以庠序觀察非常苦空非身而反迷惑自見邪利沉溺五音匿態在内不能攝心遊逸四方造俗方便不在時節漏刻之念不在行步吉祥之間願一伏心盡力削除衆厄之患莫若嬰兒不别好醜屎尿不淨矣勤修精進棄惡無處則可離惱生老病死敗朽之患自惟念之從三十三無思想天都在三處終始之難發心學道識道不諦貪身散意還墮六情當諦思計生死正心無復往來終始乃斷人著色味諸情不絶反畏禁戒衆疑不除吸吸計常覩目前事以是之故五道不止則復獲身除刈六情剪去五陰修行則安見貪者則自省已不受六入則無憂懼以無所懼則入道場得向慧門學者猶豫心不專恒或進或退故使迷惑往來不絶假喻言之曽爲怨家後更和解至重相親前作士夫後更驚怯意以向道中復違失還墮六入此之謂也還墮五道生死之惱飲苦食毒更相呑没不避親戚不别宗門不自覺知巍巍佛聖目覩之耳痛其失道故垂四等慈悲喜護愍傷萬姓萌類之兆未見群類苟懷一介志不轉易假使有人至心欲度當諦思計一心行道勿言我家宗親恩愛之戀當知無常假借是身合會相偶皆當别離長有愛患寄生相因萬物歸空皆非我所曉知無者則度天下十方人民諸爲業道

者不疑惠施不懷忿怒捨貪愛心因緣皆斷道人觀察可否之事內自省身譬如夢幻喻如軍征百萬之衆恃怙名將以却怨敵道人伏心制意修法奉道順行戒禁身意清白布恩施德除棄忿怒憍奢諍訟專精行道無得爲礙志在軌迹若將帥衆也先自正心爾乃身行身心俱正則無所失以無所失則無群侶得道絕去雄猛無雙乃知道尊猶如世人所行不同有事天神地水火風日月山川諸鬼神者永無所益故在周旋生死之裏不得脫出羅網牢獄但願長壽安樂自恣獲百千歲何足言乎會當歸死行道一日勝壽百年不計無常而反貪愛言有父母兄弟妻子中外親族疾病忽至困劣著牀曉語親屬分取吾痛皆言不能疾者乃覺也五種親戚謂當益已當坐汝等勤勞治生隨時給足使身隨貪自縛自侵憂念九族妨廢善行壞亂善心老病死來善惡苦樂獨自當之無有代者未得道者皆有此念不能施與守道爲德能施興者今世後世長得安隱爲生死糧世世豪富得致車乘象馬舍宅金銀財寶不可稱數父母兄弟妻子知識皆蒙得安有布施者邊人助喜得福無量況其施主手自斟酌後世所生福隨身報若影隨形響之應聲無陰蓋者謂之泥洹其泥洹者亦無五陰日月星辰風寒明冥不虛不實無有歲年除老病死響之無聞不復陰身以與道合斯爲長壽常得安隱久存無極快樂難量非俗所明也慧人了是分別說之則可得佛眞人之道愚不行道但爲身計慕老病死危害之業若干苦痛

如種五穀還自食之善惡如是各自受之本已種惱不當畏之而復恐懼畏老病死四大之身不免此難水火盜賊怨家債主縣官萬端同復畏之不覺是苦本由此生反求嗜欲人生在世作是憂是此非天與非道使然從本所行自然獲之夫人學道求度世者極易不難亦不勞役常自勤意精進求之信受聖教雄猛伏意而得明慧寶英之報譬如師子威衆獸靡不降伏譬如世人不能了知苦之爲苦猶猪處溷不知臭之爲臭又如飛蛾入于燈火專愚之人從心所好苟見邪婬投身愛獄貪於生死不知爲生死之所惱自謂無憂高勝無上虛天推步廣視列目不知天地日月之表而可進退求生之術但欲紜紜競稱尊貴貪慕榮名憍豪自恣欲令衆人爲已歸伏威加天地令人畏之望於敬事自以畢足於當世也佛見天下萬端之事皆處不肖當法道化類習先聖所汙辱之行世人可傷怔忪求利欲益多有貪豪快富滋著五欲宛轉俗道不假自出如牢中獄囚閉鎖五木安能自濟解脫苦哉如是之屬志在生死譬如車輪無窮無竟斷絕是行却除衆欲若開獄戶鳥脫羅網夫學道者坐戀親戚妻子之屬是以自迷不至泥洹諸來會者聞說如是皆更一心離俗遠著精進作禮而去

佛說四自侵經

佛說羅云忍辱經

西晉沙門釋法炬譯

阿難曰吾從佛聞如是一時佛在舍衛國祇樹給孤獨園時鶖鷺子與羅云俱以平旦著衣法服執持應器入城求食時輕薄者遥見兩賢意念曰瞿曇沙門第一弟子與羅云分請即興毒意取地沙土著鶖鷺子鉢中擊羅云首師見羅云血流汙面師曰為佛弟子慎無含毒當以慈心愍傷衆生世尊常云忍者最快唯慧者能聞佛說誡終身不邪吾自攝心以忍為寶恣心履惡猶自投火貢高自見愚者謂健不計殃禍當還害已恣心之禍重於須彌首戴須彌畢已年壽以當惡罪十六分中未滅其一愚人作行惡向清淨持戒沙門猶若逆風把炬火行狂愚不捨必自燒身弊人懷毒自以為慧如比丘沾沙門四道為佛弟子常當伏心惡至即滅勇中之上天神帝王雖謂多力不如忍惡其力無上羅云見血流下交面臨水澡血而自說曰我痛斯須念彼長苦斯人惡斯地亦惡柰無慍心悲柰彼何佛是吾尊教吾大慈狂悖之人志趣殃虐沙門默忍以成高德殃者狼殘愚人敬焉沙門守忍狂愚是輕斯人惡我焉能慈濟輪轉無際豈一面乎吾欲以佛至真之經喻誨愚惑猶以劒割彼臭屍屍不知痛非劒之不利乃死屍之無知以天甘露食彼溷猪猪捨之走非甘露之不美乃臭蟲之所不珍矣以佛真言訓世嬰愚不亦然乎師徒俱還飯竟澡浴洗手漱口俱到佛所稽首佛足鶖鷺子退坐具以本末向佛陳之世尊告曰夫惡之

興興已之衰輕薄者命終至于夜半當入無擇地獄之中獄鬼加痛毒無不至八萬四千歲其壽乃終鬼神更受含毒蛟身毒重還害其身終而復始續受蟒形常食地土萬歲乃畢以瞋恚意向持戒人故受毒身以沙土投鉢中故世世食沙土而死罪畢乃出得生爲人母懷之時常有重病家中日耗生兒頑鈍都無手足其親驚怖宗家皆然曰斯何妖怪當爲不祥即取捐之著于四衢路人往來無不愕然或以刀杖皆擊其頭陷腦窮苦旬月乃死死後鬼神即復更生輒無手足殘頑如前連五百世重罪乃畢後乃爲人常有頭痛之患世尊重曰鶖鷺子夫人處世不唯忍者所生之處不值佛世違法遠僧常在三塗終而復始輒有劫數若蒙餘福得出爲人稟操常愚殃虐自隨乃心嫉聖謗毀至尊爲人醜陋衆所惡憎生輒貧窮士不得官願與福違天神聖賢所不祐助夜常惡夢妖怪首尾飛禍縱横所處不寧心常恐怖斯之所由由不忍伏故使然耳忍惡行者所生常安衆禍消滅願輒如志顔貌暐曄身强少病財福榮尊皆由忍辱慈惠濟衆之所致也忍便爲福身安親寧宗家餘慶未嘗不歡智者深見敬伏安親寧宗其惡心者誤人破家危身爲王所戮地獄燒煮或爲餓鬼亦爲畜生皆心之過世尊又曰寧卧利劒貫腹截肌自投火中慎無履惡寧戴須彌奪毀其命投于巨海魚鼈所吞慎無爲惡矣不知其義慎無妄言佛之明法與俗相背俗之所珍道大所賤清濁異流明愚異趣忠佞相讎邪常嫉正故著欲之

人不好我無欲之行也寧呑然炭無謗三尊忍之爲明踰於日月龍象之力可謂盛猛比之於忍萬萬不如一七寶之嚮凡俗所貴然其招憂以致災患忍之爲寶終始獲安布施十方雖有大福福不如也懷忍行惠世世無怨中心恬然衆無毒害世無所怙唯忍可恃忍爲安宅災怪不生忍爲神鎧衆兵不加忍爲大舟可以渡難忍爲良藥能濟衆命忍者之志何願不獲若欲願爲飛行皇帝典四天下第二天天帝釋及上第六天壽命無極身體香潔所願自然猶若家物取之即得志願清淨沙門四道求之可得在己所向吾今得佛諸天所宗獨步三界忍力所致佛告諸沙門當誦忍經無忘須臾懷之識之誦之宣之當宣忍德以濟衆生佛說經竟諸沙門皆大歡喜作禮而去

佛說羅云忍辱經

佛爲年少比丘說正事經

西晉沙門釋法炬譯

如是我聞一時佛住舍衛國祇樹給孤獨園夏安居爾時衆多上座聲聞於世尊左右樹下窟中安居時有衆多年少比丘詣佛所稽首佛足退坐一面佛爲諸年少比丘種種說法示教照喜示教照喜已默然住諸年少比丘聞佛所說歡喜隨喜從座起作禮而去諸年少比丘往詣上座比丘所禮諸上座足已於一面坐時諸上座比丘作是念我等當攝受此諸年少比丘或一人受一人或一人受二三多人作是念已即便攝受或一人受一人或受二三多人或有上座乃至受六十人爾時世尊十五日布薩時於大衆前敷座而坐爾時世尊觀察諸比丘已告比丘善哉善哉我今喜諸比丘行諸正事是故比丘當勤精進於此舍衛國滿迦提月諸處人間比丘聞世尊於舍衛國安居滿迦提月已作衣竟持衣鉢於舍衛國人間遊行漸至舍衛國舉衣鉢洗足已詣世尊所稽首禮足已退坐一面爾時世尊爲人間比丘種種說法示教照喜已默然爾時人間比丘聞佛說法歡喜隨喜從座起作禮而去往詣上座比丘所稽首禮足退坐一面時諸上座作是念我等當受此人間比丘或一人受一人或二三乃至多人即便受之或一人受一人或二三乃至有受六十人者彼上座比丘受諸人間比丘教戒教授善知先後次第爾時世尊月十五日布薩時於大衆前敷座而坐觀察諸比丘衆諸比丘善哉善哉諸比丘我欣汝等所行正

事樂法等所行正事諸比丘過去諸佛亦有比丘衆所行正事如今此衆未來諸佛所有諸衆亦當如是所行正事如今此衆所以者何今此衆中諸長老比丘有得初禪第二禪第三禪第四禪慈悲喜捨空入處識入處無所有入處非想非非想處具足住有比丘三結盡得須陀洹不墮惡趣法決定向三菩提七有天人往生究竟苦邊有比丘三結盡貪恚癡薄得斯陀含有比丘五下分結盡得阿那含生般涅槃不復還生此世有比丘得無量神通境界天耳他心智宿命智生死智漏盡智有比丘修不淨觀斷貪欲修慈心斷瞋恚修無常想斷我慢修安那般那念斷覺想云何比丘修安那般那念斷覺想是比丘依止聚落乃至觀滅出息如觀滅出息學是名修安那般那念斷覺想佛説此經已諸比丘聞佛所説歡喜奉行

佛爲年少比丘説正事經

佛說沙曷比丘功德經

西晉沙門釋法炬譯

聞如是一時佛在舍衛國祇樹給孤獨園時與千二百五十比丘菩薩萬人時須耶國有貧人行賃剃小兒頭所剃者皆約到麥熟當各雇麥一斛適別未遠道逢雇人將其還求麥欲以取酒飲之徧求無以麥還者於是便起恚意言願我壽終後作大神龍當陷此國後壽終䖝神遂還作龍其國中歷年風雨不時五穀毀敗佛念此國人民饑饉即遣沙曷比丘往化之龍見比丘往即興惡意欲敗國及殺沙曷比丘沙曷便變化鉢覆蓋一國龍雨之謂國已沒比丘以佛威神令龍見人民安隱如故龍復興恚意下雪比丘以鉢受之雪極比丘以手掃之著一處如山比丘乃入龍室龍即出比丘復出龍入比丘復入如是若干輩龍極乃止長跪問言卿何神等惱我如此比丘言吾是佛弟子龍言我欲自歸於卿比丘答言吾有大師佛三界最尊卿當自歸之龍言佛在何所報言佛在舍衛國龍言乞逐道人去比丘言欲去者善便內龍著鉢中人民見比丘取龍如是皆歡喜問言道人是何等大神降伏國患告言吾是佛弟子人民問言佛可得見不答言欲得見佛且須吾還時日向中道遇分衛人民或與飯者與酒者比丘受而食飲之致酒醉過樹下卧龍鉢袈裟各在一處佛時笑五色光出阿難整衣服叉手白佛言佛不妄笑笑必有意佛告阿難汝爲見沙曷比丘不阿難言不見佛言今在彼樹下醉卧時千二百五十比丘菩薩萬

人各相與語言沙曷比丘已得阿羅漢何以復醉卧佛知諸人意有疑因說四事一者阿羅漢不三昧不得知二者不得便現神足三者不張强勸人分衛四者身中尚有蟲阿羅漢以是四事不及佛時萬菩薩皆迴意欲向羅漢佛遣目揵連往到沙曷比丘所勑之攝龍來龍以頭面爲佛作禮佛便爲說宿命本末龍心即解受五戒奉行十善即得須陀洹道爲佛作禮而去佛時說沙曷比丘功德微妙阿難叉手啓佛言沙曷比丘飲酒醉卧而佛說其功德微妙乃爾佛告阿難阿羅漢不復饑渴用三事故現醉卧耳一者佛欲開化菩薩意二者不欲逆布施家意三者恐諸弟子未得道者飲酒多失故以此至戒檢之沙曷比丘雖飲酒是爲不醉諸菩薩四輩弟子聞佛說是皆起整衣服爲佛作禮沙曷比丘更前長跪白佛言須耶越國王人民欲見佛默然受之沙曷比丘即承佛教如彈指頃還到須耶越國國王人民見比丘皆歡喜有作禮者有跪者但叉手者沙曷比丘告言佛明日當來到此王聞佛當來大歡喜豫於四衢道掃灑廣施帳幔佛明日與千二百五十比丘俱豫行空中有自然蓮華捧佛足下王及人民皆以香華出城迎佛五體投地稽首爲禮佛及比丘到宮即有自然師子座布以綩綖七寶華蓋五色交絡五施設供養手自斟酌飯畢行盥水祝願佛爲王及人民說龍本末王與人民心解即受五戒行十善或得須陀洹者斯陀含阿那含阿羅漢者不可勝數佛說經竟四輩弟子天龍鬼神皆歡喜作禮

而去

佛說沙曷比丘功德經

佛説時非時經

天竺三藏法師若羅嚴譯

如是我聞一時佛住王舍城迦蘭陀竹林園精舍時佛告諸比丘我當爲汝説時非時經善思念之諸比丘言如是世尊當受教聽佛告諸比丘是中何者爲時何者爲非時比丘當知

冬初分

第一十五日七脚爲時四脚半非時

從八月十六日至三十日

第二十五日八脚爲時六脚八指非時

從九月一日至十五日

第三十五日九脚爲峙七脚六指非時

從九月十六日至三十日

第四十五日十脚爲時八脚三指非時

從十月一日至十五日

第五十五日十一脚爲時九脚四指非時

從十月十六日至三十日

第六十五日十二脚爲時十一脚六指非時

從十一月一日至十五日

第七十五日十一脚半爲時十脚三指非時

從十一月十六日至三十日

第八十五日十一脚爲時九脚四指非時

從十二月一日至十五日

春初分

第一十五日十脚爲時八脚少三指非時

從十二月十六日至三十日

第二十五日九脚半爲時七脚少三指非時

從正月一日至十五日

第三十五日九脚爲時六脚少三指非時

從正月十六日至三十日
第四十五日八脚爲時五脚少三指非時
從二月一日至十五日
第五十五日七脚爲時三脚少三指非時
從二月十六日至三十日
第六十五日六脚爲時三脚少四指非時
從三月一日至十五日
第七十五日五脚爲時三脚少三指非時
從三月十六日至三十日
第八十五日四脚爲時二脚少一指非時
從四月一日至十五日
夏初分
第一十五日三脚爲時二脚少四指非時
從四月十六日至三十日
第二十五日二脚爲時一脚少五指非時

從五月一日至十五日
第三十五日二脚半爲時一脚少三指非時
從五月十六日至三十日
第四十五日三脚半爲時二脚少二指非時
從六月一日至十五日
第五十五日四脚半爲時二脚半非時
從六月十六日至三十日
第六十五日五脚爲時三脚非時
從七月一日至十五日
第七十五日五脚半爲時三脚半非時
從七月十六日至三十日
第八十五日六脚爲時四脚半非時
從八月一日至十五日
如是諸比丘我巳説十二月時非時爲諸聲聞之所應行憐愍利益故説我所應作巳竟

汝等當行若樹下空處露坐思惟諸比丘莫爲放逸後致悔恨是我所教戒佛說經竟時諸比丘皆大歡喜勸助受持

佛說時非時經

因緣輕慢故　命終墮地獄　因緣修善者
於此生天上　緣斯修善業　離惡得解脫
不善欲因緣　身壞入惡道
天竺三藏法師若羅嚴手執梵本口自宣譯
涼州道人于闐城中寫訖
披褐懷玉　深智作愚　外如夷人　内懷明珠
千億萬劫　與道同軀

佛說自愛經

東晉西域沙門竺曇無蘭譯

聞如是一時佛在舍衛國祇樹給孤獨園時國王詣佛所遥見精舍下車却蓋解劒脱履拱手直進五體投地稽首足下却長跪曰願以來日於四衢道請佛及衆僧施設微食普令愚民知佛至尊覩其儀式傳世爲則願使衆生遠鬼妖蠱悉奉五戒以銷國患世尊曰善哉善哉夫爲國王宜有明導率民以道請求來福吾昔爲王亦奉請佛沙門梵志常行四等六度勤以致佛巍巍無上王曰至眞誠如佛教夫不種栽無緣獲其果吾受佛恩生世爲人去女即男六情完具景福之會值佛處世盛明法化在於吾國積善難量乞退嚴辦世尊曰善哉善哉王即還宮平治大道高下齊平廣設帳幔竪諸幢旛自彼四衢至精舍門夾道欄楯羅燈如星步有香爐天樂衆妓歌佛至尊之靈咨嗟沙門清貞之德散華雜寶紛紛如雨香湯灑地却敷綩綖王親通夜手自爲饌身往奉迎稽首于地長跪曰願世尊垂大慈現影則濟衆生佛起著法服與諸沙門俱之四衢王及群臣翼從左右佛至就坐夫人太子皆稽首于地攘衣跣韈行澡水已手自斟酌佛飯畢稽首曰今設微食願天人鬼龍蜎蜚蚑行蠕動之類令世世逢佛逢法逢沙門衆去諸穢邪懷佛正眞佛言善哉王爲民父母潤之以慈導以大明所願必得王曰普地之民當别之際咸曰自愛自愛之議其有要乎世尊歎曰善哉問也夫人處世心懷毒念口施毒言身行毒業斯三事出

乎心身口唱成其惡已加衆生衆生被毒即結怨恨誓心欲報或現世獲願或身終後䰟靈昇天即下報之人中畜生鬼神太山更相剋賊皆由宿命非空生也身三口四意三無惡愚者恣之不孝其親敬奉鬼妖婬亂酒悖就下賤之濁以致危身滅族之禍死入太山湯火之酷長不獲人身去佛遠政不樂沙門之清戒常與愚會斯謂樂危亡之禍不自愛者也王曰善哉善哉惟佛教誡願聞自愛其則云何佛言自愛之法先三自歸以法養親慈愛人物悲愍愚惑見政喜進平等普護安濟衆生斯施四恩布施窮乏衆生無怨諸天祐育衆横不加牢獄利劒諸毒銷歇親安族興生無災患死得上天常與明會斯謂自愛者也王曰善哉惟佛教誡誠高行賢者清貞守真穢利邪樂不以染心口四不言三凶遠身危命全行諸佛所珍親安族興終得上天常得福會斯謂自愛者也王曰善哉惟佛敎真衆恚横加忍默不説慈惻愍彼終始濟之精進不怠紹心三尊外靜内寂植念道根深觀聖趣明化真言孝親濟已導衆使然常與福會謂自愛者也王曰善哉惟佛教真觀者無數時有兩商人一人念曰佛身丈六華色紫金頂有肉髻項有白光巍巍難言佛如帝王沙門猶忠臣佛陳明法沙門誦宣斯王明矣知佛可尊佛知其念熟視之其人心喜喜如獲寶其一人念曰斯王愚惑爾為國王將復何求佛者若牛弟子猶車彼牛牽車東西南北佛亦猶然子有何道屈意奉之乎佛知其有惡念必獲其殃愴然愍之其人心懼若

有所遭二人俱去三十里亭宿酤酒飲之共平屬事訟之紛紜其善念者四王遣善神護焉毒念謗佛者大山鬼令酒入腹猶火燒身出亭路卧即宛轉落車轍中晨有商人車五百乘轢殺之焉伴求而見其然曰吾衰矣還國見疑取物去爲不義遂輕身委財而逝展轉遠邁去舍衛數萬里有一國國王崩無太子讖書云中土有微人當王斯土群僚議曰國之無君猶體之無首難以久立也故王有馬常爲王禮若有任王者馬必屈膝命曰大善即具嚴駕以王印綬著車上人馬填路觀者莫不靡沸商人亦出觀國太史曰彼有黄雲之蓋斯者氣也神馬直進屈膝舐商人足群臣欣豫香湯澡浴拜爲國王僉然稱臣王曰余本商人無德於民不任天位也群僚曰天授有德神馬屈膝於是遂處王宮聽省國政深惟曰余無微善何緣獲此必是佛恩使之然也晨在御座歎佛無上之聖率諸群僚向佛稽首曰賤人蒙世尊潤獲爲人王斯土傳世不知有佛流俗之書亦無記焉願以大明開斯國人之聾盲明日願與應眞衆聖垂意顧斯一時三月佛告阿難勑諸比丘明日彼王請皆當徐徐變化現神尊德令其國民咸共覩焉諸天聞佛至彼敎化相率導從作樂歌德寶帳幢幡華下紛紛光色耀人佛及應眞皆坐正殿王案舍衛國王供養明法手自斟酌畢以小几於佛前坐佛廣説法王曰吾本微人素無快德何緣獲斯佛告王昔彼王飯佛王心念言佛如國王沙門猶臣下王種斯栽今自獲其果彼一人云佛若牛弟子

如車彼自種車轢之栽今在太山爲火車所轢自獲其果也非王勇健所能致矣爲善福隨履惡禍追響之應聲善惡如音非天龍鬼神所爲非先靈所爲造之者心成身口矣佛說偈言

心爲法本　心尊心使　中心念惡　即言即行
罪苦自追　車轢乎轍　心爲法本　心尊心使
中心念善　即言即行　福樂自追　如影隨形

世尊又告王曰衆惡之罪最重有五不孝不忠殺親殺君家滅國亂重罪一也羅漢之行得空不願無相之定與佛齊意拯濟衆生而愚向之重罪二也佛者衆罪巳畢景福會成相好十力法導衆生慈悲喜護心過慈母而愚惡謗重罪三也清潔沙門志清行高懷抱經法助佛化愚諸佛相紹繼衆生得度皆由衆僧佞讒交構以致不調僧不調正法毀民狂走正法毀民狂走者三道興惱比丘僧重罪四也佛之尊廟寶物水土衆生赤心以貢三尊愚人或毀盜之重罪五者也犯斯五者其罪最重謂自殺身自滅族自投太山火矣五罪之重重於須彌愼無犯焉佛說經竟王及群臣皆得須陀洹受五戒爲清信士國民有作沙門者守戒爲清信士者遂以五戒十善爲國政諸天祐護國遂興矣諸天龍神王臣黎民無不歡喜

佛說自愛經

音釋

𠢕胡刀切俊健也　憺怕憺徒覽切怕傍各切憺怕恬靜也　洮徒刀切滌也　匈許容切與凶同　晡博孤切申時也　誼魚記切與義同　慠五到切慢也　瘡痍瘡初良切痍延知切　怔忪怔之成切忪職容切怔忪心動懼貌　幔莫半切幕也　綩綖綩於阮切綖夷然切綩綖坐褥也　褐胡葛切粗毛布衣也　妖蠱妖於喬切孽也蠱公户切惑也　跣韈跣息淺切徒足履地也韈望發切　轢郎擊切陵踐也　佞讒佞乃定切諂也讒鋤銜切譖也　構居候切亂也

六經同卷

清刻龍藏佛說法變相圖

六經同卷

佛說賢者五福德經

天請問經

佛說護淨經

佛說木槵經

佛說無上處經

盧至長者因緣經

佛說賢者五福德經

西晉河內沙門白法祖譯

聞如是一時佛在舍衛國祇樹給孤獨園佛告諸比丘賢者說法時有五福德何謂爲五福德其人所生則得長壽是爲一福德其人

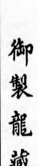

所生即得大富饒財多寶是爲二福德其人所生即端正無比是爲三福德其人所生即名譽遠聞是爲四福德其人所生即聰明大智是爲五福德何因賢者說法得長壽用前世說法時上語亦善中語亦善下語亦善其義備足歸家無爲好殺之人聞法即止不殺用是故得長壽何因說法之人得大富饒財多寶用前世說法時上中下語其義備悉歸家無爲盜竊之人聞經即止不盜便能施與用是故得大富何因說法之人得端正無比用前世說法時上中下語其義備悉歸家無爲令聞法者和氣安之即顔色悅自生光澤用是故得端正何因說法之人得名譽遠聞用前世說法時上中下語其義備悉歸家無爲令聞法者敬佛敬法敬比丘僧用是故得名聞何因說法之人得聰明大智用前世說法時上中下語其義備悉歸家無爲令聞法者曉了妙慧用是故得聰明大智是爲五法說經者得敎也諸比丘聞經歡喜前爲佛作禮

佛說賢者五福德經

天請問經

唐三藏沙門玄奘奉　詔譯

如是我聞一時薄伽梵在室羅筏國住誓多林給孤獨園時有一天顏容殊妙過於夜分來詣佛所頂禮佛足却坐一面是天威光甚大赫弈周遍照曜誓多園林爾時彼天以妙伽他而請佛曰

云何利刀劒　云何磣毒藥　云何熾盛火
云何極重暗

爾時世尊亦以伽他告彼天曰

麤言利刀劒　貪欲磣毒藥　瞋恚熾盛火
無明極重暗

天復請曰

何人名得利　何人名失利　何者堅甲冑
何者利刀仗

世尊告曰

施者名得利　受者名失利　忍爲堅甲冑
慧爲利刀仗

天復請曰

云何爲盜賊　云何智者財　誰於天世間
說名能劫盜

世尊告曰

邪思爲盜賊　尸羅智者財　於諸天世間
犯戒能劫盜

天復請曰

誰爲最安樂　誰爲大富貴　誰爲恒端嚴
誰爲常醜陋

世尊告曰

少欲最安樂　知足大富貴　持戒恒端嚴
破戒常醜陋

天復請曰
誰爲善眷屬　誰爲惡心怨　云何極重苦
云何第一樂
世尊告曰
福爲善眷屬　罪爲惡心怨　地獄極重苦
無生第一樂
天復請曰
何者愛非宜　何者宜非愛　何者極熱病
誰是大良醫
世尊告曰
諸欲愛非宜　解脫宜非愛　貪爲極熱病
佛是大良醫
天復請曰
誰能覆世間　世間誰所魅　誰令捨親友
誰復障生天
世尊告曰
無智覆世間　世間癡所魅　慳貪捨親友
染著障生天
天復請曰
何物火不燒　風亦不能碎　非水所能爛
能扶持世間　誰能與王賊　勇猛相抗敵
不爲人非人　之所來侵奪
世尊告曰
福非火所燒　風亦不能碎　福非水所爛
能扶持世間　福能與王賊　勇猛相抗敵
不爲人非人　之所來侵奪
天復請曰
我今猶有疑　請佛爲除斷　今世往後世
誰極自欺誑
世尊告曰

若有多珍財　而不能修福　今世往後世
彼極自欺誑
爾時彼天聞佛世尊説是經已歡喜踊躍歎
未曾有頂禮佛足即於佛前欻然不現
天請問經

佛說護淨經

失譯人名今附東晋録

佛往昔共阿難行遇值一池東西四十里南北四十里深四十里池中有蟲其似蝌蚪形黑如墨佛語阿難識此蟲不答言不識佛語阿難此池中蟲者十方世界本衆僧食不淨食墮此臭穢糞屎池中常食不淨五百萬世中受此苦惱竟後復五百世中墮餓狗中常食不淨後墮猪中五百世中復常食不淨復墮蜣蜋蟲中常食不淨亦五百世復出爲人常生貧窮家中衣不覆形食不充口常食粇糕糠餅恒饑不足佛語諸比丘有如是者受罪尤苦無量無邊戒語後世末法中諸比丘不可不慎一切衆僧有住止處作不淨食不足住食欲得食者一切白衣食如法著衣持鉢攝四威儀如法往造是眞比丘除其邪命如法活命佛不妄語福報如影響往昔比丘報得阿羅漢果有結業身有便利患向闇上厠見一比丘在厠邊呻吟阿羅漢語是比丘汝本好用意人云何墮餓鬼中呻吟如是餓鬼比丘答言我饑渴來乆五百餘年不見漿水正欲趣厠欲食不淨護厠鬼神手捉鐵杖打我不得近厠憶念本曾作比丘知僧淨事貯是用是觸衆僧淨以不淨食餉衆僧故致此殃遇值阿羅漢善知識阿羅漢爲比丘衆中燒香呪願即免餓鬼還復人道誡語諸比丘不可不慎一切不得觸衆僧淨食佛不虛言福報如影響十八地獄經中出罪福此餓鬼從人道中來以不清淨手觸衆僧淨器以不清淨手自觸沙門淨食以不清淨食著沙

門淨食中以不淨食飼衆僧故後五百世中墮餓鬼中常食不淨欲趣廁上噉糞屎于時廁神手捉鐵杖打餓鬼不得近廁此餓鬼常食膿血食人涕唾及蕩除惡汁常守捕婦女産藏血不淨以爲飲食復經五百世墮猪狗蜣蜋中常食臭糞穢不淨受斯苦劇之中累世勤苦數千萬劫無有出期難得解脫痛不可言以不淨手觸男根或手觸女根觸沙門淨器以手觸沙門淨食以不淨食著沙門淨食中以不淨食飼衆僧故致此殃一切人肉眼不知罪福自今已後欲得福祐佐衆僧作食以清淨手捉衆僧淨器清淨手淘米乃以淨米著衆僧淨食中得福無量自今已後以此爲常一切衆人普使聞知至心奉行一切檀越施設法會供齋調度持齋者得食不持齋者不得食此飯一日持齋得六十萬世餘粮不持齋者六十萬世墮餓鬼中何以故此信施難銷故寧吞熱鐵丸不食此飯吞熱鐵丸須臾間耳食信施久受大苦五百萬世中受餓鬼苦諸有設食之處一切如法作齋不得懷挾餘殘食歸給妻子若食此飯若腋底挾擔後五百世常挾熱鐵輪左腋底入從右腋底出一切齋飯不可不愼一米化作熱丸一切賢者施設福會於先嘗啜此食都作殘食唐作此會不如不作何以故諸天不歡鬼神不喜此人於先嘗者亦五百世中受餓鬼苦自今已後欲得福者如法作齋食可得福德諸天歡喜百神慶悅天神擁護經不虛言福報如影響

佛說護淨經

佛說木槵經

失譯人名今附東晉録

聞如是一時佛遊羅閱祇耆闍崛山中與大比丘衆一千二百五十人俱菩薩無數名稱遠聞天人所敬時難國王名波瑠璃遣使來到佛所頂禮佛足白佛言世尊我國邊小頻歲寇賊五穀勇貴疫疾流行人民困苦我恒不得安卧如來法藏多悉深廣我有憂務不得修行唯願世尊特垂矜愍賜我要法使我日夜易得修行未來世中遠離衆苦佛告王言若欲滅煩惱障報障者當貫木槵子一百一八以常自隨若行若坐若卧恒當至心無分散意稱佛陀達磨僧伽名乃過一木槵子如是漸次度木槵子若十若二十若百若千乃至百千萬若能滿二十萬遍身心不亂無諸諂曲者捨命得生第三燄天衣食自然常安樂行若復能滿一百萬遍者當得斷除百八結業始名背生死流趣向泥洹永斷煩惱根獲無上果使還啓王王大歡喜遥向世尊頭面禮佛稱大善我當奉行即勑吏民營辦木槵子以爲千具六親國戚皆與一具王常誦念雖親軍旅亦不廢置又作是念世尊大慈普應一切若我此善得免長淪苦海如來當現身爲我說法願樂迫心三日不食佛即應形與諸眷屬來至其宫内而告王曰莎斗比丘誦三寶名經歷十歲得成斯陀含果漸次習行今在普香世界作辟支佛王聞是已倍復修行佛告阿難何況能誦三寶名經歷萬數但能聞此人名生一念隨喜者未來生處常聞十善說是語時大衆歡喜皆願奉行

佛說木槵經

佛説無上處經

失譯人名今附東晋録

如是我聞一時佛在舍衛國祇樹給孤獨園爾時世尊告諸比丘有三無上處汝等諦聽當爲汝説諸比丘白佛唯然受教佛告比丘三無上處者一佛無上處二法無上處三僧無上處若諸衆生兩足四足無足多足若色無色若想無想非想非無想如來於中説無上處諸比丘若有衆生能於佛無上處起信向心者於天人中得無上果報諸比丘是名初無上處復次諸比丘於有爲無爲色無色法離欲法爲無上處諸比丘若有衆生能於此法無上處起信向心者於天人中得無上果報諸比丘是名第二無上處復次諸比丘僧無上處者若僧若群若叢聚若徒衆中如來弟子僧爲無上處諸比丘若有衆生能於此僧無上處起信向心者於天人中得無上果報是名三無上處時諸比丘聞佛所説歡喜奉行

佛説無上處經

盧至長者因緣經

失譯人名今附東晉録

佛言若著慳貪人天所賤是以智者應當布施所以者何我昔曾聞舍衛城中有大長者名曰盧至其家巨富財產無量倉庫盈溢如毘沙門由其往昔於勝福田修布施因故獲其報然其施時不能至心以是之故雖復富有意常下劣所著衣裳垢膩不淨所可食者雜穀稗莠藜藿草菜以充其饑醋漿空水用療其渴乘朽故車編草草葉用以爲蓋於己財物皆生慳悋勞神役思勤加守護營理疲苦猶如奴僕爲一切人之所嗤笑爾時羅睺羅即說偈言

所施因不同　受果各有異　信施志誠濃
獲報恣心意　若不懷殷重　徒施無淨報
盧至雖巨富　輕賤致嗤笑

又於一時城中節會莊嚴屋宅堊飾彩畫懸繒旛蓋瑠璃莊飾處處周徧懸諸華冠香水灑地散衆名華幰牖門戶以華莊校各各皆有種種妓樂歌舞嬉戲歡娛受樂如諸天宫諸門之中皆以金瓶盛滿香水諸里巷中懸繒旛蓋散衆名華香水灑地盧至爾時見諸人民種種會同戲舞盡歡便生念言奴婢乞人下賤之者皆假借衣服食美飲食我今衣服瓔珞財寶自足我今何爲而不自樂疾走歸家自取鑰匙開庫藏門取五錢已還閉鎖門即自思念我今若於家中食者母妻眷屬不可周遍若至他家或有主人及以乞者來從我索於是即用兩錢買麨兩錢酤酒一錢買葱從自家中衣衿裹鹽齎出城外趣於樹

下既至樹下見有多烏若此停止烏來搏撮即詣塚間見有諸狗復更逃避至空靜處酒中著鹽和麨食葱先不飲酒即時大醉既大醉已而作是言舉國即時大作歡樂我今何爲獨不歡樂即便起舞揚聲而歌其歌辭曰

縱令帝釋　今日歡樂　尚不及我　況毘沙門

復作是言

我今節慶際　縱酒大歡樂　踰過毘沙門
亦勝天帝釋

釋提桓因與無數天衆欲至祇洹於其道邊見此盧至既醉且舞而並歌言勝於帝釋帝釋默念此慳貪人屏處飲酒罵辱於我復作是念我於今者莫至佛所先惱於彼釋提桓因即變已身猶如盧至即到其家聚集父母僕使眷屬於母前坐而白母言聽我愛語我於前後有大慳鬼隨逐於我所以使我惜不噉食不與父母及以眷屬錢財寶物皆由慳鬼今日出行值一道人與我好呪得除慳鬼若彼慳鬼設復更來終不重能惱亂於我然此慳鬼與我相似設當來者諸守門人痛當打棒其必詐稱我是盧至一切家人莫信其語大開庫藏出諸財物作好飲食與其母妻及以眷屬悉令充飽飲食已竟語守門者急速閉門慳鬼儻來待我分付瓔珞徧賜衣服作諸妓樂然後開門即時大開庫藏上妙瓔珞先用與母次者與婦舍內男女盡皆徧與其外來客亦與瓔珞及以衣食作衆妓樂其家眷屬衆香塗身燒黑沈水于時帝釋一手捉母一手携婦歡樂起舞歡娛嬉戲不可具說舍衞城人皆聞盧至長者慳鬼得除一切

集會盡來觀之盧至醉醒還來入城即歸已家見諸人衆充塞其門復聞家中歌舞之聲極大驚愕作是思惟將非是王以瞋我故將諸群臣大集兵衆來至我家欲誅於我爲是舍衛城人因作節會盡入我家爲是諸天欲增益我來至我家作斯妓樂爲是家人破我庫藏而自噉食思惟是已疾走衝門高聲大呌喚其家人時其家人音樂聲亂都無聞者釋聞喚聲語衆人言誰打門喚汝等且止音樂或能是彼慳鬼還來人聞有鬼即大開門一切走避時彼盧至走來入屋見於帝釋眷屬圍遶正處中坐母處其右婦處其左莊嚴衣服著好瓔珞鼓樂絃歌飲酒慶會容色熈怡羅列而坐盧至愕然驚問帝釋言汝是誰耶來我家中放逸如是釋微笑言今日家人自識於我其家眷屬即問盧至汝爲是誰盧至答曰我是盧至舉家盡皆同聲指釋而作是言此是盧至我之家主盧至尋復問家人言我今是誰家人答言汝之雖認似盧至鬼盧至復言我非是鬼我是盧至汝等今者宜好觀察顧語母言母是我母兄是我兄弟是我弟妻者是我所敬之妻子者是我所念之子一切僕從盡是我有復指帝釋語家人言此是餘人顏貌似我幻化作我我從小來產業積聚錢財庫藏是誰幻惑散我財物時其家人咸皆不信釋問母言今我兩人極相似不母答言彼鬼形貌甚似於汝母復語釋觀汝孝順奉事於我真實知汝我所生子彼實是鬼若汝二人俱孝順我我不能別以汝孝順彼人悖逆故我定知汝是我子迴語婦言

彼是汝夫汝今何爲不相嗚捉其婦羞赧而作是言怪哉何不滅去終不爲其而作婦也婦語釋言大家我今寧在爾邊而死終不在彼鬼邊而生釋語家人爾定知我是盧至者何爲前彼鬼使入耶時其家人聞此語已即時倒曳盧至之脚牽挽打棒驅令出門到里巷中舉聲大哭唱言怪哉我於今者身形面首爲異於本何故家人見棄如是復語左右我今此身如本身不令我之面如本面不言語行來長短相貌爲異不異傍人語言汝故如本與先不異復語人言我今是誰將非化作他異人不竟爲字誰我今爲在何處復長歎曰奇哉怪哉我於今者知何所道盧至爾時如似顛狂其餘親里非家人者咸來慰喻汝愼莫懼汝是盧至汝於今者在舍衛城中市上我等是汝親里故來看汝汝好强意當作方計以自分明盧至爾時聞是語已意用小安抆淚而言更問餘人我爲實是盧至以不餘人答言汝實是盧至盧至語衆人言汝等皆能爲我證不衆人皆言我等諸人皆爲汝證實是盧至盧至答言汝等若爾聽我廣說因緣

誰有年少人　與我極相似　共我所愛婦
同牀接膝坐　所親家眷屬　見打驅逐出
所親皆愛彼　安止我家中　我忍饑寒苦
積聚諸錢財　彼今自在用　我無一毫分
猶如毘沙門　自恣於衣食　城中諸人等
各各生疑怪　皆作如是言　此事當云何
中有明智者　而作如是言　此間婬狡人
形貌似盧至　知其大慳貪　故來惱亂之

我等共證拔　不宜便棄捨
爾時諸人聞是語已皆悉同心咸言盧至汝今云何欲何所爲盧至即時而作是言汝等諸人爲我集會明日當共至於王所衆人咸言明當送汝至於王所至明日已諸人言曰善哉善哉今正是時盧至即言此是大事我於已財不得自在汝等若能貸我錢財若我得者當償於汝諸人皆言隨所須欲當給於汝又問欲須何物爾時盧至長者而言今汝與我二張氎來使直四銖金當上於王諸人皆笑作是念言盧至先來不曾有是今言四銖乃是大施盧至爾時即挾二張氎到於王門語通門者言我於今者欲有貢獻時守門人極驚笑言我於三十年中未曾聞彼來至門中有所貢獻今日云何卒能如是時守門者即入白王合掌而言未曾有也盧至今者在於門中欲有所貢王意沉審不卒瞋喜但自思惟今日將不因於節會有諸人等來至門中盧至慳悋亦復不應來至我門守門之人不應於我而作調戲意爲云何我不能信夫爲王者譬如大海不逆細流寧可計其財物多少王於爾時即便聽前王作是念而此盧至禀性慳悋將不死到卒能如是即時盧至共於衆人往到王所欲出二氎用奉於王以手挽氎其腋急挾挽不能得便自迴轉盡力痛挽方乃得出既得出已帝釋即化作兩束草顧見草束生大慙愧即便坐地王見如是即起慈愍而語之言縱令草束亦無所苦欲有所說隨汝意道盧至悲噎歔欷而言我見此草羞慙之盛不能以身陷入于地不知

今者爲有此身爲無此身知何所云王聞其言將生哀愍問傍人言彼今哀塞不能得言汝等若知其意當代道之傍人答王盧至今來仰白王者不知何人形貌相似至於其家中詐稱盧至能使家人生其愛著散用財物一切蕩盡使其家人都不識別驅其令出反如路人以是之故其心懊惱不能出言王言若如此者實應苦惱何以故自己財物爲他所用雖復如是我當斷理使其還得居家財物王復言曰世間之人雖形相似然其心意未必一等雖心相似然其形體隱屏之處有諸瘡事可不相知必有小異汝莫愁憂我今爲汝當細檢校時有一臣名曰宿舊即起合掌而白王言善哉大王王之智慧慈惻阿枉正應如是爾時宿舊即說偈言

憂苦怖畏者　王爲作救護　貧窮困厄者
王當作親友　正真修善者　王共爲法朋
於諸惡行者　王爲作象鉤

爾時盧至五體投地而白王言我家窖弆財寶之處彼終不能而得知處我身有瘡事何必能知惟願大王爲我檢校王即遣使往喚彼人似盧至者語令疾來即便喚來即至王所在一面立王形相二人不能分別王諦觀之生未曾有想年幾相貌形體大小面目語笑顏色皆同如幻化所作等無有異今此二人在我前立不可分別使我驚疑王問喚來者言汝爲是誰便自慨歎而言我今徒爲此生不如其死我今云何生長王國不爲王識方問我言而名是誰王小慙赧此實盧至語前者言汝今復欲何所論道盧至答言我是

盧至彼非是也王言汝今二人如鏡中像色貌一種云何可别盧至白言以是事故我先歸王若似有人病痛苦厄急難恐怖悉歸於王王言實爾我所以受人租賦正爲是事王小思惟語帝釋言我欲問汝盧至爲性慳貪汝好惠施其性各異汝今云何言是盧至帝釋答言王今應作如是細問實如王言雖爾我親自從佛教慳貪之者墮餓鬼中百千萬歲受饑渴苦求索膿血屎尿不淨終不能得如毛髮許清冷河泉變成流火我聞慳貪有如是過畏怖因緣欲捨是惡以是事故即便捨慳施心即生王言實有是理如似垢衣灰浣即淨煩惱垢心聞法即除王語諸臣如是二人云何得知一是盧至一非盧至宿舊答言問其家中所有密事若有異同然後可知王言我事猥多不得細問如汝所言應如是問即分二人各置異處而便問言汝今内外親屬年幾大小頭數名字家中所有屋舍門戶及以財物一切庫藏地上地中種種諸物各自記之明明書疏時速持來而此二人各持書至一切所有隱密之事及以書迹悉皆一種王見是事生未曾有想如我今者盡其神思種種籌量不能分别此非人事必是非人所爲王言還喚此二人來到我邊王久看已語使人言喚其母來便即喚來其母到已向王拜敬王合掌言我亦敬老老母白言願王萬歲離諸怨害修福不倦王勑敷座命老母坐王語母言今此二人誰是汝子誰非汝子帝釋密語母言莫復更使見苦如前母言子汝莫愁也老母敬白王言此兒慈孝種種

供養孝順於我此是我子彼不恭孝常於我所無親愛心知非我子而此二人長短好醜言音相似我亦不能別王復問言我欲更問餘事汝養此兒自小之時及以洗浴頗見身上隱屛之處瘡瘢黑子私密之事記識已不母言有之帝釋思惟我今所作當同老母帝釋于時諦聽母說母語王言我兒左脇下有小豆許瘢帝釋念言假使有瘢如須彌山我亦能作況復小瘢即便化作王即念言我今斷事必得決定王言汝等各脱左腋高舉其臂既舉臂已見兩瘢不異王及群臣大聲而笑而作是言如此之事未曾聞見能使人笑能使人怖能使人疑此爲奇事甚可怖畏王語群臣如此之事非我所了當將此二人往到祇洹至于佛所乃得決了廢我此間慶會之樂王時即說偈言

佛日久已出　能救濟世間　解脱諸過惡
乾竭愛欲海　面如盛滿月　神通具足眼
三界悉敬養　一切中自在　大悲者必能
除滅我等疑　一切皆稱讚　此事爲善哉

說是偈已王及群臣各自嚴飾天冠上服珠璣瓔珞莊校其身執持香華各隨王後以二盧至置一象上種種莊嚴時王自乘羽葆之車作倡妓樂百千萬種隨從王後往到祇洹捨王五種天冠寶蓋刀劒革屣及摩尼珠整其儀容往至佛所爾時世尊天龍八部四衆圍遶王及大衆五體投地爲佛作禮起已合掌而白佛言我及三界愚闇所覆不別眞僞唯佛意清淨一切衆生爲百千煩惱之所熾然唯佛世尊寂靜除滅一切世間皆爲生死

所縛唯佛一人獨得解脱爲諸衆生作眞親友一切盲冥佛爲作眼我等種種因緣不能分別如此二人誰是盧至誰非盧至將二盧至著於佛前一切諸人各默然坐化盧至者神色怡悦種種嚴飾瓔珞其身默然而坐眞實盧至顔色憔悴著垢膩衣塵土坌身極生憂苦而作是言世尊大慈救濟一切願救濟我爾時帝釋見其愁悴而自微笑波斯匿王從座而起合掌問佛言於此事中佛能證知一切衆生爲煩惱所闇唯佛世尊執於慧炬導諸衆生解脱之路如大醫王亦如導者能施一切衆生無畏亦施一切衆生善根之財摧滅結使故名大仙善哉世尊願以智火燒我煩惱疑網稠林唯願世尊斷我等疑今此二人誰是誰非爾時世尊舉相好臂莊嚴之手語帝釋言汝作何事帝釋即滅盧至身相還復本形種種光明以如意珠瓔珞其身合掌向佛而説偈言

常爲慳所伏　不肯自衣食　以五錢酒麨
著鹽而飲之　飲已即大醉　戲笑而歌舞
輕罵我諸天　以是因緣故　我故苦惱之

佛語帝釋一切衆生皆有過罪宜應放捨爾時盧至語帝釋言我辛苦所集一切錢財汝不用我財物傷耶帝釋言我不損汝一毫財物佛語盧至還歸汝家看其財物盧至言我所有財物皆以用盡用還家爲帝釋言我實不損汝財毫釐之許盧至言我不信汝正信佛語以信佛語故即得須陀洹果時天龍八部及以四衆見聞是已得四道果種三業因緣諸天四衆聞佛所説歡喜而去

盧至長者因緣經

音釋

赫弈 赫呼格切弈羊益切赫弈明盛也
磣 初朕切
蝌蚪 蝌苦禾切蚪當口切蝌蚪蝦蟆子也
籺糕 籺下沒切麥糲也糕居勞切餈糕也
糠 丘剛切穀皮也
飴 盈之切與詒同遺也
啜 昌悅切嘗也
稗莠 稗旁卦切稊稗也莠以九切狗尾草也
嗤 充之切笑也
堊 過鄂切白塗也
搏撮 搏伯各切擊也撮七括切取也
歔欷 歔休居切欷香衣切歔欷謂悲泣氣咽而抽息也
弆 苟許切藏物也
赧 乃版切面慚而赤也
猥 烏賄切雜也
瘢 蒲官切瘡痕也
羽葆 葆博浩切合采羽爲幢曰羽葆
儩 斯義切盡也

八經同卷

清刻龍藏佛說法變相圖

八經同卷

佛說普達王經

失譯人名今附西晉録

聞如是一時衆祐遊於聞物國祇氏之樹給孤獨聚與千二百五十比丘俱時有夫延國王號名普達典領諸國四方貢獻王身奉佛

尊法未嘗偏枉常有慈心愍傷愚民不知三尊每當齋戒輒登高觀燒香還頭面著地稽首爲禮國中臣民怪王如此自共議言王處萬民之尊遠近敬伏發言人從有何請欲毀辱威儀頭面著地群臣數數共議欲諫不敢王勑臣下使嚴當行王即與吏民數千人始出宮未遠忽見一道人王便下車却蓋住其群從頭面著地爲道人作禮尋從而還施設飯食遂不成行群臣於是乃諫言大王至尊何宜於道路爲此乞匃道人頭面著地天下尊貴惟有頭面加爲國主不與他同王便勑臣下令求死人頭及牛馬猪羊頭臣下即徧行求索歷日乃得還白王言前被教求死人頭及六畜頭今悉已得王言於市賣之臣下即使人賣之牛馬猪羊頭皆已售但尚有人頭未售王言賤貴賣之趣使其售如其不售便以匃人如是歷日賣既不售匃人又無取者頭皆肨脹臭處不可近王便大怒諸臣下言卿曹前諫言人頭最貴不可毀辱頭面著地禮道人今使賣六畜頭皆售人頭何故匃人無取者王即勑臣下嚴駕當出到城外曠澤中有所問群臣人民莫不振悚未知王趣王即導從出到城外告群臣言卿寧識吾先君時有小兒常執持蓋者不臣下對曰實識有之王言今此兒何所在對曰亡已久遠乃歷十七年王言此兒爲人善惡何如對言臣等常覩其承事先王齋戒恭肅誠信自守非法不言王告諸臣今若見此兒在時所著衣服寧識之不諸臣對曰雖自久遠臣故識之王顧使邊從急還內檢取前亡兒衣來須臾

衣至王曰此寧是不臣下對曰實是其衣王曰今儻見兒身爲識之不臣下皆默然良久對曰臣對自懼蔽闇卒覩不別王始欲說其本變前所見道人來到王大歡喜起頭面著地爲道人作禮臣下莫不歡喜道人就座王叉手白言吾前卒於道路見道人旋從而還並爲臣民所見譏怪諫言人頭面最爲尊貴加爲國君萬姓之主四方歸向何所請欲爲乞匄道人頭面作禮吾時勑令求六畜頭及與人頭俱於市賣之六畜頭皆售有人頭無買者匄人又不取而是曹所珍貴今故嚴出欲示其本末有幸之願道人屈威願爲此國臣民開導愚癡令知真法導現橋梁道人即爲臣下說王本變欲知王者本是先王時執蓋小兒常隨先王齋戒一日奉行正法清淨守意不犯諸惡其後過世魂神還生爲王作子今致尊貴皆由宿行齋戒所致臣下大小莫不僉然曰吾等幸遇得覩道人願遂哀愍愚朦乞爲弟子道人告諸臣民吾有大師當從受問諸臣報言願聞大師何所施行比盡年命儻一親奉受其法言道人告言我師號曰佛身能飛行項有圓光分身散體變化萬端奇相三十二姿好八十章典領天地萬有二千獨步三界莫與齊倫門徒清潔號爲沙門其所教授度脫不唐臣下即啓道人佛寧可得見不道人報言甚善當往啓尊臣下問道人言佛今所在去是幾何道人報言乃六千餘里語言須臾頃道人便飛到舍衛國具以啓佛彼國人民甚可愍傷今皆誠心願欲見佛惟垂大慈開示真道佛則默然呼告阿

難勑諸比丘明日當到夫延國阿難宣佛教還白佛言明日行儀式云何佛言臨至當現威神到時佛即與諸比丘俱未到數十里王及群臣皆隨道人持華香出城迎佛覩佛威靈喜懼交集五體投地稽首爲禮迎佛上殿就座王前長跪叉手白佛言勞屈世尊幷及衆僧遠來到此王及臣下恐懼不辦佛知其意即語阿難爾告王莫憂不辦佛所至到豈有所乏王盡心供設手自斟酌飯食已行澡水呪願畢訖佛笑口中五色光出阿難正衣服爲佛作禮白佛言佛不妄笑將有所說佛言欲知普達王及道人本末不阿難言願聞其事佛言乃昔摩訶文佛時王爲大姓家子其父供養三尊父命子傳香時有一侍使意中輕之不與其香罪福響應故獲其殃雖暫爲驅使奉法不忘今得爲王典領人民當知是趣其所施設慎勿不平道人本是侍使時不得香雖不得香其意無恨即誓言若我得道當度此人福願果合今來度王幷及人民王聞佛說其本末意解即得須陁洹國中人民聞經皆受五戒行十善以爲常法是時四輩弟子聞經歡喜前爲佛作禮而去

佛說普達王經

佛説鬼子母經

失譯人名今附西晉録

佛遊大兜國時國中有一母人多子性極惡常喜行盜人子殺噉之亡子家亦不知阿誰取者行街里涕哭人已還共議如是非於一日阿難及衆沙門出行輒見涕哭人已還共議傷哀亡子家佛即知衆沙門議佛到衆沙門所佛問衆沙門向者何等議衆沙門阿難白佛言向者出行分衞見街里有啼哭人衆多即問啼哭人汝何爲啼哭報言生亡我子不知死屍處所如是啼哭者非一家皆亡子佛便爲阿難衆沙門説是國中盜人子者非凡人故現鬼子母今生作人喜行盜人子是母有千子五百子在天上五百子在世間千子皆爲鬼王一王者從數萬鬼如是五百鬼王在天上嬈諸天五百鬼王在世間嬈帝王人民如是五百鬼王天亦無奈何阿難白佛言鬼子母來在是國中令寧可勑令不盜人子耶佛言大善可令不復盜人子阿難問佛言當用何等方便使不復盜人子耶佛便語阿難到是母所居衆沙門共伺是母出已後悉斂取子來著精舍中逃之衆沙門即往伺是母出行隨後斂取子得十數子逃著精舍中是母便復行盜人子來入舍中不見其子便捨他人子不敢復殺便行索其子遍舍中不知其子處便出行至街里遍城中不得復出城外索不得便入城行道啼哭如是十日母便狂被髮入市涕哭自擗自撲仰天大呼爲狂語亦不能復飲食佛遣沙門往視之見母問何爲市中被髮涕哭母即報沙門言

亡我子衆多故哭耳沙門言汝欲得汝子不母報言我欲得之沙門言汝審欲得者是間有佛可往問佛佛者知當來已去之事汝往則可得汝子母聞是語則歡喜意解便隨沙門去到佛所歡喜前爲佛作禮佛即問母何爲市中啼哭母報佛言亡我子故佛問母汝捨汝子至何所而亡汝子母即默然不言佛復問母汝捨子至何所而反默然無語母知盜人子爲惡母即起爲佛作禮頭面著地我愚癡故佛復問汝有子愛之不母言我有子坐起常欲著我傍佛復問汝有子知愛之何故日行盜他人子他人有子亦如汝愛之亡子家亦行道啼哭如汝汝反盜人子殺噉之死後當入太山地獄中母聞是語便恐怖佛復問汝寧欲得汝子不母即起復持頭面著地願哀我佛便語母言汝子若在汝寧能自悔不若能自悔當還汝子母言我能自悔佛言汝能自悔當作何等自悔母言我聽佛教誡當隨佛語自悔佛還我子我不敢遠離佛所語佛言審如汝語不母言我審如佛語佛便授以五戒第一不殺生第二不盜三不婬四不兩舌五不飲酒報能悉還其子佛便爲說汝有千子皆爲說千子名字五百子在天上皆是鬼中王將鬼官屬嬈害嬈天民五百子在世間嬈諸人民汝子作鬼王將數萬鬼如是五百子將鬼官屬一不可稱數極嬈害惡或自稱作樹木神者或作地神者或作水神者或詐爲人兄弟妻子自怨枉家室內外者或作海神者或作船車神者或作舍宅神者或自稱夜在冥中神者或使人夢寤者或

使人恐怖爲人作怪者或自稱星死者自稱病死者如是耗亂人適不在一處極嫉害惡如是矯稱令人祠祀烹殺人不知多爲烹殺飲食是鬼是鬼亦不肯食端嫉害欲使人犯殺欲使人入地獄中要不食之見人祠祀喜如是鬼亦不能護活人命但益罪愚癡人不知坐鬼貧窮鬼子母聞佛説是語即一心自悔即得須陀洹道知方來去事長跪白佛言我愚癡不知世世有惡乃爾今我得持戒思惟中正之道我心皆徹視還見我千子令我乃知佛所至至語誠願佛哀我我欲止佛精舍傍我欲呼千子王我欲使與佛結要我欲報復天上天下人恩佛言善哉如汝有是意大善佛言汝從是已去當稱是語便止佛精舍邊其國中人民無子者來求子當與之子自在所願我當勑子性與使隨護人不得復妄嬈之欲從鬼子母求願者名浮陀摩尼鉢姊名炙匿天上天下鬼屬是摩尼鉢主四海内船車治生有財産皆屬摩尼鉢摩尼鉢與佛結要受戒主護人財物炙匿主人若有産生當救之有天王名毗沙門主四天地護人命出入常從毗沙門求願有大鬼王名阿須倫主諸龍王諸毒氣人從求願令毒不干人求願當慈心無所用謝亦無所噉食人從求願者在人何求與耳要無所求索亦不責人人至浮陀摩尼鉢前爲作禮

佛説鬼子母經

佛説梵摩難國王經

失譯人名今附西晉録

聞如是一時佛在舍衛國祇樹給孤獨園與千二百五十比丘俱時有國王號名梵摩難常供養佛及衆僧每得齋日王輒宿勑群臣嚴駕王便導數千人到佛所五體投地稽首佛足佛每爲諸天人民說經法王輒歡喜恭敬聽經王宮内亦奉事三尊清淨齋戒王有太子名均鄰儒至心精進覺世非常無生不死者不貪時榮白王言佛世難值經法難聞我今乞欲隨佛作沙門王即聽之均鄰儒便辭王到佛所乞爲比丘佛便以手摩其頭髮墮袈裟自然著身均鄰儒奉持重戒精進勤修晝夜不倦三月日便得羅漢道王時不知其已得道見其勤苦飯食麤疎每往供養異於衆僧其心不同輒謂之言我國中珍琦七寶飯食甘殺無所不有汝何故正當樂爲沙門乎佛知王用恩愛故佛語均鄰儒起現威神均鄰儒即承佛教頭面著地爲佛作禮輕舉上住空中飛行變化分身散體出入無間畢已頭面著佛足王見其道德乃爾便悲喜交集五體投地爲均鄰儒作禮佛時令均鄰儒爲王說苦空非常四諦之要王於是意解即得須陀洹道佛語阿難比丘有四事受人施飲食美味衣服善惡不得有逆一者欲福布施家二者不欲逆施者意三者或年老或身體有病四者恐人行道勤苦夫欲食美當存念重戒一切衆生皆我親屬但展轉久遠各更生死不識其本耳譬如人身體有瘡及病者服藥趣令其愈不得貪著夫欲施者皆

當平心不問大小佛於是令阿難臨飯說僧
跋僧跋者衆僧飯皆悉平等

佛說梵摩難國王經

佛說孫多耶致經

吳月支優婆塞支謙譯

聞如是一時佛在舍衛國行在祇樹給孤獨園除饉甚衆佛爲說經時有梵志名孫多耶致望見佛即住拄杖吐舌念曰吾日三浴嗽果飲水不受人施吾行勝沙門行子曹甘食好衣温褥訑賢非眞不如吾道也佛知梵志心之所存告諸沙門曰夫人爲行有二十一惡不得美食好衣志在婬泆志在瞋恚志在愚癡志在睡卧志在疑結謂無應儀志在貢高志在憍慢志在嫉妬志在慳貪志在兇虐無惻隱心志在虛僞內外相違志在不慙內無愧心志在穢行不自羞鄙志在彼惡而不自見志在泆言不歎貞良志在交話讒成二惡志在會鬪不釋兩諍志在無禮自可不謙志在遂非不受賢諫志在不孝滅慈好逆志好邪道供奉妖蠱家財虛竭令親困窮不覺非常不歸三尊美食好衣從欲奢華以斯二十一惡穢亂其心猶氈汗垢染之爲色萬無益一懷斯衆惡死入地獄餓鬼畜生其痛難量沙門覩佛明戒棄故自新練情滅欲內外清淨又如淨氈染即成色爲衆所觀沙門覩明行高智足天下供奉衣食殿舍受之無尤施者福大進行禪定獲溝港頻來不還應儀人亦聞之沙門雖未得道明佛經義執心端正孝順經教弘慈育物潤逮群生恕己安彼視怨若子見女人來待之以妹若覩窮苦當念地獄餓鬼畜生願令群生身安意喜得逢三寶垢除冥滅心淨見明還於本無永康無極志行如斯美食好衣終始無罪群生本性

貪婬瞋恚愚癡嫉妬濁中之濁冥中之冥者沙門心開受明癡垢都寂雖處穢世猶蓮華居夫泥中泥不能汙華受施無罪夫懷三毒十惡不除恣心從欲諂欺求潤不奉佛戒寧呑熱鐵飲烊銅斯死須臾穢濁受施死入太山飲銅食炭其年難計矣梵志前白佛言吾欲去浴有溪名好首夫入中浴者意之穢垢隨水流漂自聞父教言日三浴佛告梵志斯土多溪人入中浴可得獲度苦乎千浴之人可除身垢柰心垢何吾諸沙門斷求念空不願三界心垢寂滅以得淨道汝從何師受法水浴去心垢乎對曰吾父云爾佛言若父得道不對曰不也佛言吾道從心出心端志淨乃得道耳梵志長跪陳白吾向拄杖吐舌但爲狂愚耳今聞佛經心始醒寤猶冥中有燈火始今有目矣乞爲沙門願佛哀納佛言若有親報之對曰無親佛言沙門來即成沙門已於樹下坐唯二十一事去諸欲念霍然無想即得應儀道起至佛所以頭面著佛足言今盲者得視狂病得愈佛言斯道佳耶汝道佳乎對曰衆道皆邪唯佛道正佛告諸沙門熟唯二十一事道可得矣諸沙門聞經歡喜作禮而退

佛説孫多耶致經

佛說父母恩難報經

後漢沙門安世高譯

聞如是一時婆伽婆在舍衛城祇樹給孤獨園爾時世尊告諸比丘父母於子有大增益乳哺長養隨時將育四大得成右肩負父左肩負母經歷千年更使便利背上然無有怨心於父母此子猶不足報父母恩若父母無信教令信獲安隱處無戒與戒教授獲安隱處不聞使聞教授獲安隱處慳貪教令好施歡樂教授獲安隱處無智慧教令黠慧歡樂教授獲安隱處如是信如來至眞等正覺明行成爲善逝世間解無上士道法御天人師號佛世尊教信法教授獲安隱處諸法甚深現身獲果義味甚深如是智者明通此行教令信聖衆如來聖衆甚清淨行直不曲常和合法法成就戒成就三昧成就智慧成就解脫成就解脫見慧成就所謂聖衆四雙八輩是謂如來聖衆最尊最貴當尊奉敬仰是世間無上福田如是諸子當教父母行慈諸比丘有二子所生子所養子是謂比丘有二子是故諸比丘當學所生子口出法味如是諸比丘當作是學爾時諸比丘聞佛所說歡喜奉行

佛說父母恩難報經

佛說新歲經

東晉沙門竺曇無蘭譯

聞如是一時佛在舍衛國祇樹給孤獨園與大比丘衆八萬四千人俱舍利弗目連等前後圍繞聽佛說經佛處大會猶如須彌衆山之王獨峻高顯如月盛滿照于群星威光唯景如紫金耀於是場地皆作金色卓然特異巍巍無侶於時世尊與比丘衆俱清淨無量如日如雲終竟三月以至新歲諸比丘衆寂然憺怕一心自思念於道定無有異想於是賢者阿難即從座起偏袒右臂右膝著地長跪叉手前自歸佛足以偈歎曰

佛尊所以來　遊此以濟護　三月處於斯
祇樹孤獨園　所願以具足　今正是其時
導師無等倫　應宣布新歲

於時世尊聞阿難說偈歎誦至真寂坐一面告賢者大目揵連汝往詣三千大千世界幽閑山谷峻頂石室悉遍聲告諸比丘衆始進舊學逮諸未悟悉使來會於斯祇樹所以者何如來以到欲立新歲時大目揵連踊在虛空承佛聖旨而發洪音告于三千大千世界其大響中自然演偈而說頌曰

仁等所以處　林藪山石間　新歲時已到
心所願當成

時諸比丘所在遊居三千大千世界聞斯偈告各以神足若干方便變現其身到祇樹園行詣佛所受立新歲并在佛邊合集弟子各從異方他土來者一時都會凡八十萬四千億姟欲受新歲彼時世尊告賢者阿難汝往擊于揵椎時今已到阿難受教即從座起而

撾揵椎聲徧佛土一佛大國地獄餓鬼畜生聞揵椎音承佛威神一切諸病苦毒悉除皆得安隱於時世尊以淨梵音告諸比丘汝等宜起行舍羅籌各相對悔過自責相謝衆失所犯非法各忍和同淨身口心令無餘穢時諸比丘即受佛教各從座起在世尊前各各相謝懺悔所失訖還復坐其本位佛時見衆各還位坐佛垂慈愍因從座起而自叉手向諸比丘言諸比丘衆當和心相向向汝悔過所以者何我身口意儻相違失雖無上尊如來至真無有誤失闕漏之業心不放逸不失智慧無所貪慕不毀禁戒於諸聲聞緣覺中尊德超諸天世間人民三界最長而無等侶又諸比丘言若種姓出家學道修沙門法心性各異志操不同在斯佛業當可施行宜奉訓誨不得違犯所以者何若有比丘處於聖衆建立新歲身行各異心念不同而懷諛諂計彼比丘不受真正不應具戒所以者何身口意淨乃善真正受佛具戒心抱恭恪順上中下不爲慢恣慚愧下意乃應法戒所以者何如是行者無有怨憎不爲結恨觀古今法無有憒亂建立新歲亦無瞋恚自大之心所以者何戒禁清淨造立新歲建立最大戒不清淨非佛弟子猶如死人屍形在地棄捐塚間天上世間諸天人民各齎良藥神呪好術愍念療之不能使活如是比丘毀犯禁戒正使入衆若干新歲不能自救建成新歲所以者何是人毀戒會歸自然因還獲報地獄餓鬼畜生苦毒酸楚無量汝勤慎之佛說是法已即從座起離于草蓐尋時三千大千世界

六反震動箜篌妓樂不鼓自鳴天於虛空雨衆名香而散雜華佛說是戒法品時告比丘衆時諸比丘各在本座以佛聖真威神之誨功勲光明皆以普周各自起立心不復樂在於常坐山巖樹下唯是爲欲各從座起稽首佛足口自白言一切諸法皆從佛受聖則道本爲一切護慈愍之目最尊殊特聖德無上超絶無侶巍巍堂堂宣布道化於時如來遷延尊位懺謝聖衆矜愍天下還就草蓐佛適復座聖衆亦然各就故位復坐如法爾時世尊見歲時到愍念諸會在比丘前三白令竟所立畢訖五比丘從座起建立新歲適立新歲一萬比丘得成道跡八千比丘得阿羅漢虛空諸天八萬四千咸見開化皆發無上正真道意講說經法不可計數衆生之類建立三乘今佛慈哀枉屈至尊處在衆坐度脫危厄十方蒙濟於時難頭和難龍王各捨本居皆持澤香栴檀雜香往詣佛所至新歲場歸命於佛及與聖衆稽首足下以栴檀雜香供養佛及比丘僧便以斯偈而歎頌曰

其在於山巖　坐於蔭樹下　若遊於大海
而懷饑瞋恨　來坐立新歲　億載衆生集
供養悉奉佛　得成甘露門

於時海龍王齎赤真珠化作上妙交露閣帳廣長四百里紫金紺琉璃而共合成手執擎持行虛空中出龍宮上從交露閣八味水池流清灑地供養如來及比丘衆以交露閣貢上大聖及比丘僧以珠瓔珞散佛聖衆即說偈言

清淨如虛空　等一自然無　禁戒最清淨

踰珍妙明珠　無央數衆輩　坐在於大會
悉供養安住　及諸聲聞衆

爾時十方諸菩薩天龍神王各從十方面而來合會化作若干奇妙供具供養世尊及比丘衆稽首歸命諮受經典各復如是等無有異咸來稽首皆發無上正眞道意於是天人各各發心供養世尊及諸聖衆以偈歎曰

其心已清淨　第一無思議　聖衆最尊長
在於會中坐　去離一切想　善除衆垢穢
今日奉供養　所敬不可議　開化掌衆難
一切諸塵勞　其戒禁清淨　猶寶明月珠
常心思惟正　斷衆結瞋恨　今日離垢尊
合會立新歲　誨心難調化　導行猶太山
消礙常行法　佛安立新歲

時諸天人說是偈已稽首佛足忽然不現各歸本宮而各欣悅以法自娛於時世尊顯大陰涼衆寶交露以布聖衆便說此偈

其戒最清淨　所行甚難逮　今日以樂施
覆徧立新歲　貢上安住子　護戒甚清淨
如鷃愛其毛　佛威護新歲

佛告諸比丘今佛世尊雖新歲一年一會修行法則清淨道護嚴身口意三事無穢奉行十善四等六度蠲除六情三毒五蓋十二牽連淨如日出照於天下明暉照耀衆冥消索入于道明無上正眞一切和同苦樂無二乃應道法佛於是即說頌曰

諸佛興出快　說經法亦快　聖衆和同快
和常得安隱

佛說如是諸比丘衆諸天龍鬼神阿須倫世間人民聞佛所說莫不歡喜作禮而去

佛說新歲經

佛說群牛譬經

西晉沙門法炬譯

聞如是一時婆伽婆在舍衛城祇樹給孤獨園爾時世尊告諸比丘譬如群牛志性調良所至到處擇輭草食飲清涼水時有一驢便作是念此諸群牛志性調良所至到處擇輭草食飲清涼水我今亦可斆彼擇輭草食飲清涼水時彼驢入群牛中前脚跑土觸嬈彼群牛亦斆群牛鳴吼然不能改其聲我亦是牛我亦是牛然彼群牛以角觝殺而捨之去此亦如是若有一比丘不精進修惡法非沙門言是沙門不修梵行言修梵行亦不多聞常懷邪見威儀不具足行步來往屈伸俯仰不解著衣持鉢不能延得衣被飲食牀卧具病瘦醫藥彼若見比丘精進修善法於沙門中成沙門行修梵行多聞博學而修善法威儀悉善行步來往屈伸俯仰著衣持鉢不失禮節得衣被飲食牀卧具病瘦醫藥時惡行比丘便作是念此衆多比丘精進修善法於沙門成沙門行於梵行成梵行威儀具足行步來往屈伸俯仰著衣持鉢皆悉備具是得衣被飲食牀卧具病瘦醫藥皆已備具我今可入彼衆中我亦當得衣被飲食牀卧具病瘦醫藥時惡比丘修惡法無沙門行言是沙門無梵行言修梵行少聞有諸惡見使入彼衆多精進比丘所欲斆彼威儀禮節行步來往屈伸俯仰著衣持鉢如彼微妙比丘精進修善法行步來往屈伸俯仰著衣持鉢便作是言我是沙門我是沙門時微妙比丘皆悉證知此比丘不精進言精進非沙門言是沙

門不修梵行言是梵行不多聞有諸邪見時
諸微妙比丘便擯出界外汝速出去莫住我
衆譬如彼群牛志性調良驅出彼驢是故諸
比丘非沙門行非婆羅門行當捨離之諸沙
門善行及婆羅門善行當善諷誦持如是諸
比丘當作是學爾時諸比丘聞佛所説歡喜
奉行

佛説群牛譬經

佛說九橫經

後漢　沙門　安世高　譯

佛在舍衛國祇樹給孤獨園佛便告比丘有九輩九因緣命未盡便橫死一者爲不應飯爲飯二者爲不量飯三者爲不習飯飯四者爲不出生五者爲止熟六者爲不持戒七者爲近惡知識八者爲入里不時不如法行九者爲可避不避如是爲九因緣入命爲橫盡一不應飯者名爲不可意飯亦爲以飽腸不停調二不量飯者名爲不知節度多飯過足飯三者不習飯者名爲不知時冬夏爲至他國郡不知俗宜不能稍飯食未習故四不出生者名爲飯物未消復上飯不服藥吐下不時消五爲止熟者名爲大便小便來時不即時行噫吐嚏下風來時制六不持戒者名爲犯五戒殺盜犯他人婦兩舌飲酒亦有餘戒以犯便入縣官或絞死或捶杖利刃所斫刺或辜饑渴而終或以得脫從怨家得手死或驚怖念罪憂死七爲近惡知識者名爲惡知識已作惡便及坐何以故坐不離惡知識故不覺善惡不計惡知識惡能不思惡知識惡八爲入里不時者名爲冥行亦里有諍時行亦里有縣官長吏追捕不避不如法行者入里妄入他家舍中妄見不可見妄聽不可聽妄犯不可犯妄說不可說妄憂不可憂妄索不可索九爲可避不避者名爲當避憋象憋馬牛奔車蛇虺坑井水火拔刀醉人惡人亦餘若干惡如是爲九因緣輩人命未盡當坐是盡慧人當識當避是因緣以避乃得兩福一者得長壽二以長壽乃得聞道好語言亦

能行諸比丘歡喜受

佛説九横經

音釋

數數（並所角切頻也）售（承呪切賣物去手也）儻（他曩切或然之辭也）噉（徒覽切食也）擗（毗亦切拊心也）饉（渠吝切）褥（而欲切裀褥也）訛（五禾切謬也）婬泆（婬余鍼切蕩也泆夷質切放也）揵椎（梵語也此云鐘亦云磬又凡法器皆曰揵椎揵巨寒切椎音槌）蓐（而欲切鷰也）鶡（何葛切鳥名）斅（胡教切）觗（都禮切觸也）擯（必刃切斥也）嚏（都計切與嚏同噴鼻也）憋（并列切急性也）虺（許偉切蝮也）

五經同卷

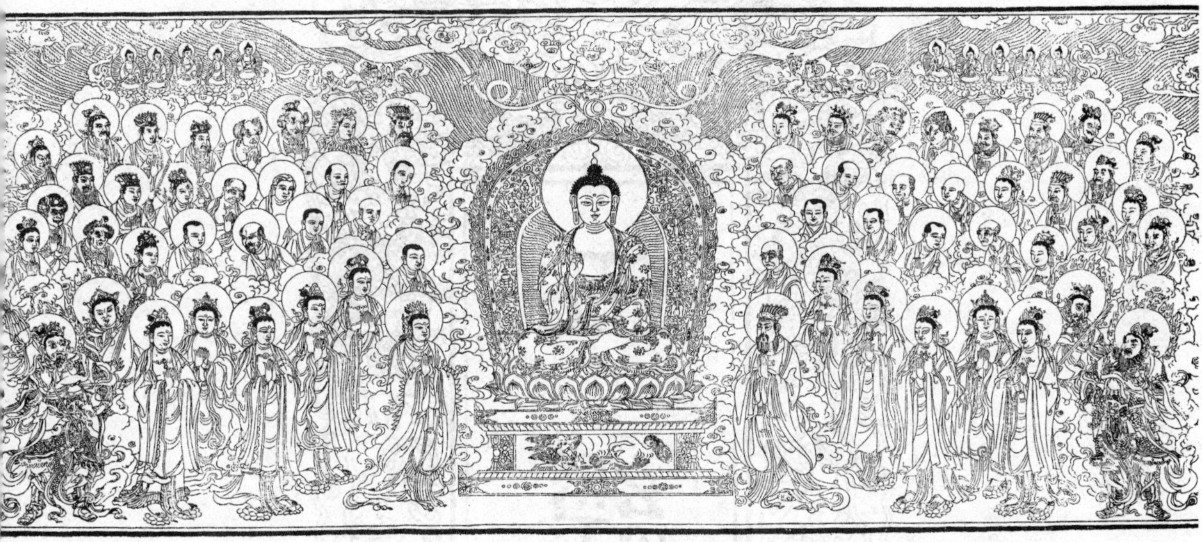

清刻龍藏佛說法變相圖

五經同卷

佛說五恐怖世經

佛說弟子死復生經

佛說懈怠耕者經

佛說辯意長者子所問經

無垢優婆夷問經

佛說五恐怖世經

宋居士沮渠京聲譯

聞如是一時佛在舍衛國祇樹給孤獨園佛告諸比丘有五當來恐怖未到未成旦來不久可畏當善思惟以方便遠離之何謂五一

者謂後當來比丘身無行無戒意不拘無慧從身自無行無戒意不拘至無慧内彼人爲學至與大戒從其學以師之自可戒自從意自明慧本從上學類至後學者法先頭學如上從後毁律言謗法經眞慧所遠比丘是爲第一未來恐怖可畏旦來不久當善思惟方便避之二者謂後當來比丘身無行無戒意不拘無慧爲彼稱說有藏寳以非次内無戒違尊令彼學謂從是可到岸爲以遠流是爲第二未來可畏旦來不久當善思惟方便避之三者謂後當來比丘身無行無戒意不拘無慧本無明師受不正法比丘從受法失法律義是爲第三未來可畏旦來不久當善思惟方便避之四者後當來比丘身無行無戒意不拘無慧從身無行無戒意不拘無慧比丘聚會講律說義後語現之在中中語現之在後從是失明就冥不能自覺遠離正法是爲第四未來可畏旦來不久當善思惟方便避之五者後當來比丘身無行無戒意不拘無慧從身無行無戒意不拘無慧世之所造巧言放語悉受意善見彼誦之意爲悅樂尊所說合十二因縁苦空非常意懈不樂悉捨不受聞彼之說意疑不然亦不悅喜是爲第五未來可畏旦來不久善哉思惟方便避之

佛說如是

佛說五恐怖世經

佛説弟子死復生經

宋居士沮渠京聲譯

聞如是一時佛在祇樹給孤獨園與千二百五十比丘俱菩薩萬二千人神足弟子五百人俱爾時有賢者優婆塞本奉外九十六種道獸苦禱祠委捨入法奉誡不犯精進一心勤於誦經好喜布施作意忍辱常有慈心暴得疾病遂便命過臨當死時囑其親屬及其父母言我病若不諱之日莫殯殮七日若念我者不違我言遂奄忽如死父母親屬諸家如其所言停屍七日到八日親屬諸家言死人已八日瞑瞑無所復知當急殯殮父母言雖已日久亦不胮脹亦不臭處小復留之以到九日語言未竟死人便即開眼諸家父母大小踊躍歡喜未能動搖諸家共守之至十日便能起坐善能語言衆人問所從來盡見何等言有吏兵來將我去徑到一大城中有大獄獄正黑四面悉以鐵作城城門悉燒鐵正赤獄中繫人身皆在大火中坐上下火燒炙之青煙出或有人以刀割其肉噉食之獄中有王問我言若何等人犯坐何等乃來到是中是中治五逆不孝父母不忠信事其君治諸惡人處若罪何重乃爾答言我少小爲人以來爲惡人所惑奉事外道少爲世間愚癡殺生祠祀天地飲酒又於市鄽採取財利升斗尺寸欲以自饒會後與善師相得相教作善牽我入佛道中得見沙門道人授我五戒奉行十善自爾以來至于今日不復犯惡恩由明王哀我不及我便叩頭王即起叉手謂我言止止清信之人不應當爾便與我坐

便坐王便呼吏問之此乃無上正眞弟子汝曹等輩皆當從是人得度以其人壽命自盡時乃當死耳鬼神自追隨行往受若生天上天神自當來迎之若生人中人中自當來迎之何得將此尊人來入是五逆之處吏答王言世間多有是人不畏王法不畏四時五行不拘鬼神天地無所取録不可一二不問也是人横行天下無所拘制有法師名之爲沙門髡剔頭髮被服踈陋以法自大多將弟子東西南北無所取録移徙葬埋嫁女取婦不畏四時毁敗改易不拘王相是曹輩人應當治之王言止止卿爲了不解是法也法服之人無所貴敬他所畏難諸釋梵日月中王下及帝王臣民皆所尊奉尊奉是人得福無量使人得道不得輕慢是人輕慢是人者自求罪苦急案名録壽命應盡未吏白王言以命録理之未應死也尚有餘筭二十以其先小時所犯罪惡後乃欲作善是以取之使其黨輩小復自下王言人居世間少作惡至于百歲是輩人罪當復云何吏言是人但可以生不可以死死便更連延當受罪苦痛千劫萬劫無得解脱時王曰其佛弟子有戒精進不懈怠爲天神所貴敬所以爾者佛以大慈大悲護心救心以是四等心憂念十方天下一切人民萬物蜎飛蠕動之類佛皆哀傷之功德流演十方天下是故佛子天神地祇鬼龍皆敬貴之豈當拘王相四時五行也佛恩如四海不可得限量百憶恒水邊流沙尚可斗量盡知其斗數佛恩不可得量也吏白王言大王爲奉佛淨戒耶王曰坐我不奉佛故追

罪來作此獄王卿見此獄中今現有數壽終不受亦敢當前皆當叉手起往奉迎之使案其所行善福福神自來迎取之未應死者自有護速得除愈若有人已入正法後悔乃復還爲外道殺生祠祀邪道惡鬼見之得便此則自無護雖有千歲壽命當逢九横無病自死所以爾者救護神不祐之如是者終不得解脫若持戒比丘及諸弟子當勤行六事何等爲六一者檀波羅蜜當好布施無得慳惜二者尸羅波羅蜜當護戒慎莫犯三者羼提波羅蜜當忍辱笮意心口莫瞋恚四者毘梨耶波羅蜜當勤精進莫懈怠五者禪波羅蜜當一心定意莫放逸六者般若波羅蜜當勤作經上口諷誦當曉漚惒拘舍羅是爲六事菩薩求道之本復有六事一者眼二者耳三者鼻四者口五者身六者意人欲求道蒙福當護是六事護眼莫著色護耳莫著聲護鼻莫著香護口莫著味護身莫著細滑護意莫著愛欲是爲護六事當復滅三事何等爲三一者婬泆二者瞋恚三者愚癡是爲三毒當復滅五事何等爲五一者痛痒二者思想三者生死四者識五者愛欲是爲五陰復有六衰何等爲六衰一者眼爲色衰二者耳爲聲衰三者鼻爲香衰四者口爲味衰五者身爲細滑衰六者意爲法衰是爲六衰五陰六情三毒合爲身中二十事常在人身中道人行道常當斷絕是二十事不能禁絕是二十事當墮人著罪中六情不絕當墮十八泥犁中五陰不絕當展轉五道中三毒不絕當入三惡道中若善男子善女人禁制持戒身中二

十事如鏡之去垢清淨無穢内外照明者天下千百億萬人有一人是佛弟子不吏言實自無有王曰如是觀之知佛功德大巍巍淵泓堂堂乎如巨海不可當也吏白王言誠如天王所言小吏罪之所致不别真僞請得遣之還王曰善吏便辭謝人使自還去人便如從高墮下爠然如甦便得生活父母便以車載詣祇洹以白佛佛便呼人問其所以見所言答佛便笑五色光從頂上出繞身三帀還從齋入阿難便整衣服以膝著地叉手白佛言佛不妄笑笑當有意願爲衆僧廣説其義佛言阿難諦聽受衆會阿難受敎而聽佛言是閻閻浮利天下爲五逆惡世子不孝父臣不忠君夫妻相欺欺上調下人民佷戾少有義理輕慢無節强梁陵弱富富相從貧困守窮貪利慳惜無有慈心但欲勝人四王相守鬼惡神伺取其便犯者則死寃神展轉隨行往受當作餓鬼畜生地獄楚毒痛掠笞斫湯鑊燒煮若有餘微微之福得上生天當在第六魔天薄福短壽不受法敎雖得作人當作下賤奴婢或作牛馬畜生驢騾駱駝象虎師子鳥獸蟲蛾困苦巨言百劫千劫萬劫無得解脱時適生便病或時即死若得爲人六情不具癃殘聾盲瘖瘂如是困苦無極今是世上有一人知世間有佛聞經法得見比丘僧有善心好意恭敬慈心捐九十六種道來入正法自惟自剋奉受五戒修行十善以滅十惡爾時有一人皆是惟衞佛時得道人功德同是人其有百劫千劫萬劫之罪皆悉滅盡其人壽終已後不復更見三惡道中假有所

犯當追罪輕重詰地獄王見之衣毛當豎敬仰其人帝王人民一切莫不尊奉雖未得道功德隆赫天人龍鬼莫不稱歎佛語阿難我般泥洹後世人多不敬法喜自貢高自大輕慢於人薄賤正法毀諸比丘不與分衞罵詈瓦石擊之無所拘畏是曹輩人皆從魔界中來生爲人故復惡如是其信樂佛法則是上古先世時佛上足弟子能知眞僞隨奉正法受持經戒復滅二十事皆悉諸菩薩摩訶薩非凡人也人生當有死無有不死者持戒善人不惜身命但念大慈大悲拯濟一切爲衆人作唱導菩薩不懼生死之變入生死度生死入地獄説經戒止惡爲善入餓鬼爲説布施入畜生爲説婬泆亡人身上天生爲教諸天人中爲作法要爲善人作地獄行則有地獄想人作畜生行則有畜生想人作天人行則有天人想人作餓鬼行則有餓鬼想人作人行則有人想一切萬物皆無所有但依形作名便有思想今是賢者眼所見其證分明於出生以得爲人有福德奉正法何不努力可自致得佛尊貴何爲作勤苦之業身當自往受之悔有何益佛語阿難法之欲興世生善人法之欲衰惡人衆多善相告語各加勤精進經戒爲憂一切無常無常力大佛不常住於世努力勤之旣以自度復能救度一切人非人諸比丘汝曹當及我在世當努力莫言佛常在今不努力後悔何益今以死人者名見諦見諦聞佛説經父母諸家皆得阿羅漢道諦即得阿惟越致堅住不復動轉諸比丘及諸菩薩大弟子天龍鬼神聞經莫不歡

喜皆前爲佛作禮而去

佛說弟子死復生經

佛説懈怠耕者經

宋居士沮渠京聲譯

聞如是一時佛在羅閱祇竹園中與大比丘衆千二百五十人及衆菩薩俱時佛從羅閱祇欲詣舍衞諸菩薩導前釋梵被服又見身體如四天王諸比丘僧悉從佛後諸天龍神在上供養去城不遠時有一人在田耕種遥見如來弟子侍從端正殊好威神巍巍容貌殊好如星中月奇相衆好金光從容三十二相皆出衆好遥見世尊心便歡欣欲往詣佛稽首作禮資受法誼佛世難值時時一現退自念言耕地未竟下種未畢須後閑時乃當見佛時佛知心發此懈怠世尊便笑五色光光從口出照十方境界安隱五道皆乘光來集會佛所地獄休息餓鬼飽滿畜生思善人民求度諸天龍神來聽道法賢者阿難解了七應誼法時節身與他人即詣佛所長跪叉手白佛言何因笑既笑會當有意佛告阿難汝見犁者不對曰已見佛言是人從維衞佛已來九十一劫於是耕種每一見佛常自懈怠選輙復後忽忽耕種生死罪法不識法犁種無極田已過六佛不得蒙度於今見我適發好心即便變悔欲故懈怠樂種罪根時人遥聞棄耕及田來詣佛所稽首佛足悔過自責愚癡無知罪過甚重願見愍傷原其罪過蒙冥抵突懈怠來久惟見原恕濟脱生死佛言善哉卿能覺者於法有益終不爲損佛爲説經示懈怠之垢精進之利踊躍歡喜立不退轉諸天龍神無央數千皆發無上心正眞道意以故學道常當精進莫爲懈怠宛轉生

死佛說如是賢者阿難諸天龍神阿須倫聞經歡喜作禮而退

佛說懈怠耕者經

佛説辯意長者子所問經

元魏沙門釋法場譯

聞如是一時佛在舍衛國祇樹給孤獨園與千二百五十沙門俱菩薩萬人爾時世尊與無央數大衆共會圍遶説法時舍衛城中有大長者子名曰辯意與五百長者子各有五百侍從來詣佛所前以頭面著地爲佛作禮却坐一面於是辯意長者子察衆坐定承佛威神即從座起整衣服儼然而前爲佛作禮長跪叉手白佛言欲有所問惟願世尊慈悲敷演世尊至真三界無上道德神化濟度群萌敷演權道令衆得所當來之世五濁鼎沸三毒熾盛以此相燒無尊無卑毒心相向若當臣王以貪國位與師相伐身死名滅當爾之時災及小民若佛弟子四輩之衆蒙佛遺恩得爲道名外著法服内懷嫉妬無有敬順轉相誹謗揚惡遏善貢高非彼如此人輩皆是地獄餓鬼畜生之分利一時之榮不知後世數劫之殃當以何法而勸化之唯願世尊具示教化使將來之人可蒙此福得離三塗永處福堂佛言善哉善哉辯意長者子乃於佛前作師子吼有所發起開化一切當來愚闇兇惡之人得蒙是義快如此乎所欲問者莫得疑難如來當爲分別説之長者子辯意白佛言人何因緣得生天上復何因緣來生人中復何因緣生地獄中復何因緣生餓鬼中復何因緣生畜生中復何因緣得生尊貴爲人所敬復何因緣生奴婢中爲人所使復何因緣生庶人中口氣香潔身心常安爲人所譽不被誹謗復何因緣得生人中常被誹

謗爲人所憎形體醜惡身意不安常懷恐怖復何因緣所生之處常與佛會聞法奉持初不差違遭遇知識逮得好心若作沙門常得所願所問如是唯願世尊分別解說令此衆會得聞正教願使一切得濟彼安佛告長者子辯意諦聽諦聽善思念之吾當爲汝解說要妙有五事行得生天上何謂爲五一者慈心不殺群生悉養物命令衆得安二者賢良不盜他人財物布施無慳貪濟諸窮乏三者貞潔不犯外色男女護戒奉齋精進四者誠信不欺於人護口四過無得貪欺五者不醉酒不過口行此五事乃得生天爾時世尊以偈頌曰

不殺得長壽　無病常鮮肥　一切受天位
身安光景至　不盜常大富　自然錢財寶
七寶爲宮殿　娛樂心常好　男女俱不婬
身體香潔淨　所生常端正　德行自然明
不欺口氣香　言語常聰明　談論不謇吃
所說衆奉用　酒肉不過口　無有憒亂意
若當所生處　天人常奉侍　若其壽終後
二十五神迎　五福自然來　光影甚煒煒

佛告辯意復有五事行得生人中何謂爲五一者布施恩潤貧窮二者持戒不犯十惡三者忍辱不亂衆意四者精進勸化無有懈怠五者一心奉孝盡忠是爲五事得生人中大富長壽端正威德得爲人王一切敬侍爾時世尊以偈頌曰

布施得大富　錢財而自然　所生常尊貴
輒得父餘財　持戒常完具　奉受三尊教
進心不犯惡　便得壽命長　忍辱不亂衆

瞋恚不犯人　撾打不還報　生處常端正
精進不懈怠　常念奉持行　所生輒豪强
得爲一切將　一心不退轉　中信念返復
奉事諸尊長　所生無艱難　若行此五事
轉得爲人王　財力色端正　自然勇猛將

佛告辯意復有五事行死入地獄億劫乃出何謂爲五一者不信有佛法衆而行誹謗輕毁聖道二者破壞佛寺尊廟三者四輩轉相謗毁不信殃罪無敬順意四者反逆無有上下君臣父子不相順從五者當來有欲爲道者已得爲道便不受師教而自貢高輕慢誹師是爲五事死入地獄展轉地獄無有出期爾時世尊以偈頌曰

世間愚癡人　不信佛法衆　愚意欲毁壞
言佛無有神　眼見善惡事　故作衆罪行
神祠而壞之　利少得罪多　末世諸四輩
含毒懷嫉妬　名利故相毁　不知後罪重
世間諸惡人　父子惡相加　財寶利名故
無有敬順意　當來諸惡人　已得爲沙門
不奉受師教　死受罪不輕　行此五事者
其罪不可説　億劫地獄中　諸佛不能救

復次長者子又有五事行墮餓鬼中何謂爲五一者慳貪不欲布施二者盜竊不孝二親三者愚癡無有慈心四者積聚財物不肯衣食五者不給父母兄弟妻子奴婢是爲五事墮餓鬼中爾時世尊以偈頌曰

慳貪不布施　私竊不養親　藏積恐亡遺
無慈於老人　妻子及奴婢　一皆不給與
坐守財物死　餓鬼甚爲苦　身不見衣裳
腹大咽如針　東西行求食　洋銅灌其咽

不欲得飲之　譬口强令咽　一口入腹中
肝肺腸胃爛　如是之勤苦　經歷數萬年
罪畢乃得出　生爲貧賤人
復次長者子又有五事作畜生行墮畜生中
何謂爲五一者犯戒私竊偷盜二者負債抵
而不償三者殺生以身償之四者不喜聽受
經法五者常以因緣艱難齋戒施會以俗爲
緣是爲五事墮畜生中爾時世尊以偈頌曰
常私竊盜人物　負錢財抵不償
喜殺生獵魰網　作俗緣不法會
無誠信不知道　去來事今現在
作衆罪不自覺　稍稍積墮畜生
牛馬象驢騾馳　猪羊犬不可數
常負重死剥皮　如是苦甚叵當
復次長者子又有五事得爲尊貴爲人所敬

何謂爲五一者布施周惠普廣二者敬禮佛
法三寶及諸長老三者忍辱無有瞋恚四者
柔和謙敬五者博聞多學諷誦經戒是爲五
事得爲尊貴衆人所敬爾時世尊以偈頌曰
布施常等心　普濟令衆安　色力壽無病
親厚皆蒙恩　敬佛三寶者　禮事諸尊長
所生爲尊貴　常得一切禮　忍辱無瞋恚
生輒得端正　衆人見歡喜　視之無猒足
心調能柔和　謙虚而敬順　學問誦習經
乃爲人中尊
復次長者子又有五事常生卑賤爲人奴婢
何謂爲五一者憍慢不敬二親二者剛强無
恭恪心三者放逸不禮三尊四者盜竊以爲
生業五者負債逃避不償是爲五事當生卑
賤奴婢之中爾時世尊以偈頌曰

若有愚騃人　憍慢於二親　又無恭恪心
後生轉卑賤　三尊不禮事　剛强於尊老
無慈孝於人　生輙爲奴婢　放心恣其意
盜竊人財物　負債不欲償　後生奴婢中
衣食仰於人　走使不自在　功力償其主
罪畢乃得出
復次長者子又有五事得生人中口氣香潔身心常安爲人所譽不被誹謗何謂爲五一者至誠不欺於人二者誦經無有彼此三者護口不誹謗聖道四者教人遠惡就善五者不求人之長短是爲五事生於人中口氣香潔身意常安爲人所譽不被誹謗爾時世尊以偈頌曰
恭敬於三尊　不慢老二親　至誠不欺詐
是行人所敬　護口不誹謗　等心於一切
勸人遠惡行　誦習念經法　世人不憍慢
相敬如父母　遏惡揚善者　如是得佛疾
復次長者子又有五事若在人中常被誹謗爲人所憎形體醜惡心意不安常懷恐怖何謂爲五一者常無至誠欺詐於人二者大會有説法者而誹謗之三者見諸同學而輕試之四者不見他事而爲作過五者兩舌鬪亂彼此是爲五事若在人中常被誹謗爲人所憎形體醜惡心意不寧常懷恐怖爾時世尊以偈頌曰
欺詐迷惑衆　常無有至誠　心口所作行
令身受罪深　若生地獄中　鐵鈎鈎舌出
洋銅灌其口　晝夜不解休　若當生爲人
口氣常腥臭　人見便不喜　無有和悦歡
常遇縣官事　爲人所譏論　遭逢衆厄難

心意初不寧　死入地獄中　出則爲畜生
展轉五道中　不脱衆苦難
復次長者子又有五事所生之處常與佛法
衆會初不差違見佛聞法便得好心若作沙
門即得所願何謂爲五一者身奉三寶勸人
禮事二者作佛形像當使鮮明三者常奉師
教不犯所受四者普慈一切與身正等如愛
赤子五者所受經法晝夜諷誦是爲五事所
生之處常與佛法衆會初不差違見佛聞法
便得好心若作沙門即得所願爾時世尊以
偈頌曰
奉敬三尊者　教化勸禮事　作佛形像好
奉諸師尊教　當視一切人　與身等無異
彼我悉平等　行是會佛前　晝夜當學問
智慧是大寶　開悟諸盲冥　普使知道眞

於是長者子辯意聞佛說五十事要法之義
欣然歡喜逮得法忍五百長者子皆得法眼
淨又諸會者各得其志於是辯意從座而起
爲佛作禮長跪叉手白佛言善哉世尊快説
是法乃令會者各得其所復使將來濟度厄
難唯願世尊過於貧聚及諸衆會倶來明日
日中屈於舍食爾時世尊默然而許諸長者
子爲佛作禮歡喜而去辯意到舍白父母言
今所請者人中難有名曰如來無上法師三
界無比便告其妻令設飲食即具餚饌明日
世尊與諸大衆往到其舍就坐儼然時辯意
長者子與父母眷屬前禮佛足各自供侍辯
意起行澡水敬意奉食下食未訖有一乞兒
前歷座乞佛未呪願無敢與者徧無所得瞋
恚而出便生惡念此諸沙門放逸愚惑有何

道哉貧者從乞無心見與長者迷惑用爲飯此無慈愍意吾爲王者以鐵輞車轢斷其頭言已便去佛嗟嚫訖有一乞兒來入乞匃座中衆人各各與之大得飯食歡喜而去即生善念此諸沙門皆有慈心憐吾貧窮施食充飽得濟數日善哉長者乃能供事此等大士其福無量吾爲王者當供養佛及衆弟子乃至七日之中當報今日饑渴之恩言已便去佛食已訖說法即還精舍之中佛告阿難從今已後嚫訖下食以此爲常時二乞兒展轉乞匃到他國中卧於道邊深草之中時彼國王忽然崩亡無有後繼時國相師明知相法讖書記曰當有賤人應爲王者諸臣百官千乘萬騎案行國界誰應爲王顧見道邊深草之中上有雲蓋相師占曰中有神人即見乞兒相應爲王者諸臣拜謁各各稱臣乞兒驚愕自云下賤非是王種皆言應相非是强力沐浴香湯著王者之服光相儼然稱善無量導從前後迴車入國時惡念者在深草中卧寐不覺車轢斷其頭王到國中陰陽和調四氣隆赫人民安樂稱王之德爾時國王自念昔者是窮之人以何因緣得爲國王昔行乞食得蒙佛恩大得飯食便生善念得爲王者當供養佛乃至七日佛之恩德今已果之即召群臣遥向舍衛國燒香禮拜即遣使者往請佛言蒙世尊遺恩得爲人王願屈尊神來化此國愚冥之人得見教訓於是許之佛告諸弟子當受彼請佛與諸弟子無央數衆往到彼國時王出迎與諸群臣稽首佛足燒香散華妓樂供養佛入宫中即以就座王起行

水供養飯食須臾已訖爾時國王爲佛作禮前白佛言我本是小人有何福行得享斯位願佛解說令此國人蒙得開曉佛告王曰往日舍衛城中有長者子名曰辯意施設大檀請佛及僧時佛坐定下食未嚫有一乞兒來入欲乞一無所得瞋恚而出惡念生曰若我爲王以鐵輞車轢斷其頭一人後來乞匃大得而出即生念言若我爲王供養斯等聖衆之僧七日之中時善念者今王是也時惡念者臥深草中王受正位迴車入國車騎侍從轢斷其頭死入地獄爲火車所轢億劫乃出王今請佛報誓過厚世世受福無有極已爾時世尊以偈頌曰

人心是毒根　口是禍之門　心念而口言
身受其罪殃　不念善惡人　身自作受殃
意欲害於彼　不覺車轢頭　心爲甘露法
令人生天上　心念而口言　身受其福德
有念善惡人　自作安身本　意念一切善
如王得大位

是時國王聞經歡喜舉國臣民得須陀洹道供養佛七日之後佛於是去王及臣民爲佛作禮歡喜而別於是世尊還到舍衛祇樹精舍賢者阿難正衣服從座而起爲佛作禮長跪白佛言世尊當以何名斯經云何奉持之佛告阿難是經名曰辯意長者子所問當奉持之一名諸法要義佛復告阿難若善男子善女人有行斯經奉持讀誦宣傳後世令人受持者是人如持佛身福無有異誦斯經者當爲彌勒佛所授記如來廣長舌所語無有異佛說經已時諸天龍鬼神四輩弟子聞經

歡喜爲佛作禮

佛説辯意長者子所問經

無垢優婆夷問經

元魏婆羅門瞿曇般若流支譯

如是我聞一時婆伽婆住舍婆提城寂靜宫殿重閣講堂爾時無垢優婆夷賢優婆夷等諸優婆夷往詣佛所到佛所已頭面禮足禮佛足已退坐一面爾時世尊即告無垢優婆夷言汝優婆夷不放逸行懈怠以不優婆夷言我不懈怠不放逸行佛告無垢優婆夷言汝常云何不懈怠耶又汝云何不放逸行無垢優婆夷白佛言世尊我常早起掃佛塔地掃已塗治四廂四處清淨塗已散華燒香如是供養然後入房既入房已次復入禪修四梵行不離三歸受持五戒常恒如是我不懈怠不放逸行無垢優婆夷作是語已復白佛言世尊我今未知掃佛塔地所有善根得何福報四廂塗治所有善根得何福報散華燒香供養佛塔所有善根得何福報禪四梵行三歸五戒所有善根得何福報唯願世尊爲我解說佛告無垢優婆夷言掃佛塔地得五福報何等爲五一者自心清淨他人見已生清淨心二者爲他所愛三者天心歡喜四者集端正業五者命終生於善道天中無垢當知掃佛塔地福報如是無垢當知若人信佛作圓輪形塗佛塔地散華燒香如是供養我說彼人身壞命終生弗婆提富樂自在於彼壽終生化樂天無垢當知若人信佛作半月形塗佛塔地散華燒香如是供養我說彼人身壞命終生瞿陀尼富樂自在於彼壽終生兜率天無垢當知若人信佛於佛塔邊四方塗地散華燒香如是供養我說彼人身壞命

終生鬱單曰富樂自在於彼壽終生燄摩天無垢當知若人信佛作人面形塗佛塔地散華燒香如是供養我說彼人身壞命終生閻浮提富樂自在壽終生於三十三天無垢當知此塗塔地散華燒香所有善根果報如是無垢當知若人入禪修四梵行歸佛法僧受持五戒我說彼人無量無數善根福報無窮無盡後得涅槃無垢當知若人歸依聲聞緣覺修集戒聚不能如是無盡涅槃何以故受持五戒禪四梵行所得果報唯除涅槃更無處受以福多故世尊爾時如是說已無垢優婆夷心生疑念默而無言爾時世尊知心念已即從面門出廣長舌徧覆自面二耳二眼并二鼻已徧覆虛空覆虛空已還攝入口攝入口已復語無垢優婆夷言汝頗曾見妄語之人兩舌惡口綺語之人有如是色舌相以不爾時無垢優婆夷既聞是語從座而起合掌向佛白言世尊未曾見也有實語者未有此舌況妄語人唯除如來應正徧知無始已來常實語故得如是舌爾時無垢優婆夷知佛實語離疑心喜以偈讚曰

我於千億劫　不曾憶念見　如是勝法寶
不憶曾供養　我今日得見　如是世間燈
既如是見已　得聞第一法

爾時世尊偈答無垢優婆夷曰

汝聞已成聖　此真勝法寶　清淨寂靜法
得入涅槃城

世尊說已無垢優婆夷心大歡喜比丘比丘尼優婆塞優婆夷一切眾會天人阿修羅乾闥婆等聞佛說已讚言善哉

此經人天因　亦是涅槃道　行者向人天
亦趣涅槃門　譯此經功德　普施諸衆生
願速修因道　得人天涅槃

無垢優婆夷問經

音釋

殯殮殯必刃切殮力驗切殯殮猶安厝也笮側革切壓也漚惒拘舍羅梵語也此云方便惒音和㸌虛郭切與霩同雲消貌誷文紡切誣也掠離灼切打也笞丑知切捶也癃力中切老病也謇吃謇居偃切吃居乙切謇吃言澀難也擘博陌切鈲也魰語居切與漁同捕魚也恪苦各切敬謹也騃五駭切癡也

八經同卷

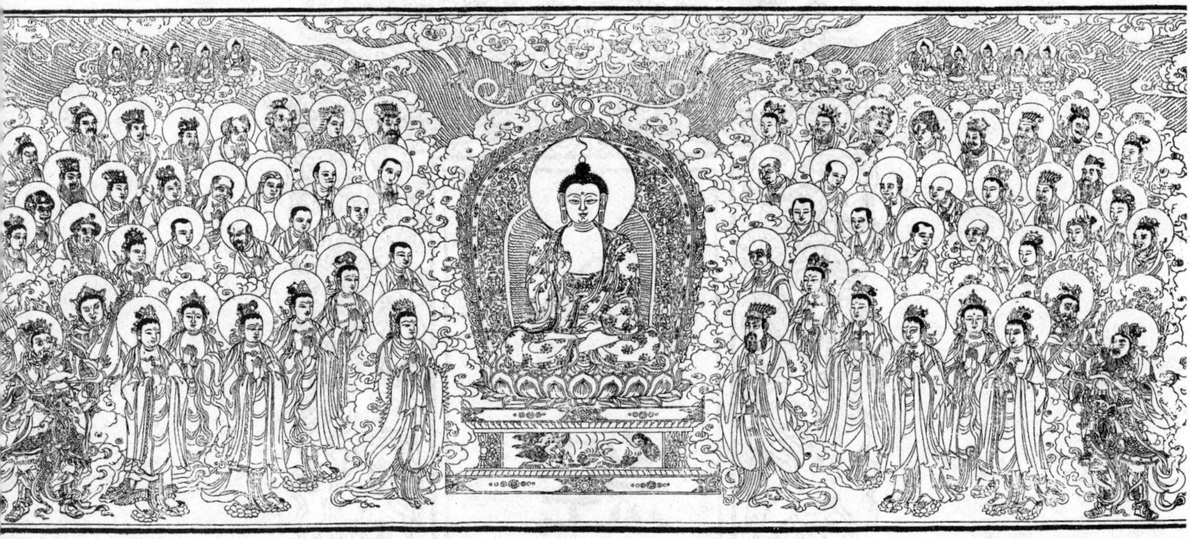

清刻龍藏佛說法變相圖

佛說耶祇經

宋居士沮渠京聲譯

聞如是一時佛在迦奈國國中有婆羅門大富姓名耶祇本事九十六種外道以求福祐聞人事佛得富貴長壽安隱度脫生死受福

不入三惡中不更勤苦耶祇自念我不如捨置外道當奉事佛因詣佛所以頭面著地爲佛作禮長跪白佛言我本愚癡無所識知實聞佛道恢弘大慈普濟佛天上天下人中之尊無不安隱者我今欲捨置所事外道歸命於佛願佛哀我當受教誡佛言若今所言大善熟自思之而止惡爲善者何憂不得安隱耶祇白佛言今以我所事非眞故歸命於佛當哀愍我曹去濁穢之行受佛清淨決言若審爾者大善耶祇便前受五戒一不殺生二者不盜三者不婬四者不兩舌惡口妄言綺語五不飲酒三自歸已起遶佛三帀持齋七日而去自是之後行到他國見人殺生射獵盜人財物耶祇便欲隨之見好色女人心意貪之見人是不是便論道之見人飲酒醉亂便欲追之心不安定便欲悔之自念我不能事是佛法終當還佛五戒即詣佛所叩頭白佛言我前從佛受五戒多所禁害不得從我本意今自思惟欲罷不能事佛佛法尊重非我所能奉事當可得還五戒不於佛意當可爾不佛黙然不應言未絶口中便有自然鬼神持鐵椎擊耶祇頭拍之復有鬼神解脱其衣復有鬼神以鐵鉤就口中拔取其舌有婬女鬼神以刀探割其陰有鬼神洋銅沃其口中前後左右皆諸鬼神競來分裂其肉如是耶祇眼目瞑吒面如土色自然之火燒其身求生不得求死不得鬼神持之甚急佛見之如是哀愍念之因問耶祇若今者當云何耶祇口噤不能復語但舉手自摶從佛求哀佛便放威神鬼神皆怖而走耶祇便得甦息更

起叩頭前白佛言我心中有是五賊牽我入惡罪中出是惡言今受其罪自我所爲違負佛言願佛哀我佛言自若心口所爲當咎阿誰耶祇白佛言從今日以往當自改更奉持五戒歲三齋月六齋燒香然燈供事三尊身口意不敢復犯佛言如是大善自若眼目所見身體所更自作自得作善得善心念不善得不善佛者法中之師教人去惡爲善後長得度脫諸天及人民愚癡者皆使智慧不更勤苦從今已往改更修善莫得聽心意所爲誤人之本佛說經已耶祇心意開解即得須陀洹道歡喜而去耶祇歸家即勑舍中大小皆詣佛所受五戒歲三齋月六齋耶祇便捨家剃頭鬚被袈裟從佛作沙門遂得阿羅漢道

佛說耶祇經

佛說末羅王經

宋居士沮渠京聲譯

聞如是一時佛在舍衛國祇樹給孤獨園與千二百五十比丘俱時有國王號曰末羅土地豐沃士民壯勇其國中有方石周旋數十里當於王道群臣共議啓王徙石王便料選國内凡得九億人令掘徙石乃歷年月人民疲極不能動石佛念人民愚癡空自勤苦而石不移即呼阿難與俱往如彈指頃便到其國佛時作沙門被服住於石邊謂人民言用何故掘徙此石初無應者如是至三人民悉言我掘此石勤苦經年卿何等人反來問我各自委去佛即時笑以足指挑石手受之挑置空中復以手受住之於地佛便放光明現相好九億人見佛威神莫不震悚皆叩頭言吾等愚癡不別眞僞將何神天佛言我是佛也人民問言佛用何等力能舉此石答言我以四力舉此石何等爲四一爲精進力二爲忍辱力三爲布施力四爲父母力何等爲精進力謂不殺盗婬欺廣陳經法開導人物未曾懈怠是爲精進力何等爲忍辱力敢有殘害毀辱加惡於我我心如地無所不受是爲忍辱力何等爲布施力謂以國土珍寶妻子頭眼悉以施人意無恨悔是爲布施力何等爲父母力謂受父母身體哺乳育養之恩或從地積珍寶上至二十八天悉以施人不如供養父母是爲父母力人民復問言盡復有何等力佛言復有四力何等爲四謂生老病死是爲四力復問言佛當常住於世不佛言我亦當般泥洹人民言佛乃神聖相好金色

當世希有猶尚般泥洹何況我曹王及臣民九億人同時意解乞受五戒十善歸命三尊結解垢除即得須陀洹道阿難整衣服爲佛作禮白言是王及與九億人皆有何功德今聞經即得解疾佛言乃昔俱留先佛時王及國中九億人同時立志或受五戒十善者或持齋者或然燈者或燒香散華者或諷誦經者或聽經者今故來會聞經即解諸比丘歡喜前爲佛作禮

佛説末羅王經

佛說摩達國王經

宋 居士 沮渠京聲 譯

聞如是一時佛在羅閱祇竹園中與千二百五十比丘俱時有國王號名摩達王時當出軍征討選國中人民數百萬人皆應赴從時有比丘已得羅漢道到其國分衞並見錄將詣王宮門王有馬監令比丘養視官馬勤苦七日王後身自臨視軍陣比丘見王即於其前輕舉飛翔上住空中現其威神王便恐怖叩頭悔過我實愚癡不別真僞推問國內誰令神人爲是者今當有所治殺比丘告王言非王及國人過也自我宿命行道常供養師我時爲師設飯師謂我言且先澡手已乃當飯我愚癡心念言師亦不養官馬何故不預澡手師即謂我言汝今念此輕耳後重如何我聞是語便愁憂師知其意便念言我會當泥洹何故令人嫌耶即以其夜三更時般泥洹從來久遠各更生死今用是故受其宿殃養馬七日夫善惡行輒有殃福如影隨形王聞比丘說罪福意解歡喜乞得歸命於神人比丘告言卿當自歸於佛佛爲三界歸王及國人民皆隨比丘到佛所稽首爲佛作禮受五戒作優婆塞佛便爲王及人民現相好威神光曜天地復爲說無常苦空王於是便得須陀洹道國中人民皆受五戒十善歸命三尊月月齋戒以爲常法阿難整衣服作禮白佛言是王及國中人民見佛聞經即解何以故佛言乃昔摩文佛時是比丘作沙門王時爲優婆塞淨意供養三日令我所在處常得其福今已得度世之道今來會此聞經便得

須陀洹道四輩弟子天龍鬼神聞經歡喜前
爲佛作禮而去

佛說摩達國王經

佛說旃陀越國王經

宋居士沮渠京聲譯

聞如是一時佛在舍衛國祇樹給孤獨園與千二百五十比丘俱時有國王號名旃陀越奉事婆羅門道王治國政輒任用諸婆羅門王小夫人特見珍重時兼身諸夫人憎嫉之以金賜婆羅門令譖之於王言此人凶惡若其生子必爲國患王聞之甚愁憂不樂問婆羅門言當如之何婆羅門言唯當并殺之耳王言人命至重何可殺之報言若不殺者必有亡國喪身之憂禍不細也王便聽用其言遂見枉殺便葬埋之兒後於塚中生其母半身不朽兒得飲其乳乃至三年其塚崩陷兒後得出與鳥獸共戲暮即還塚中宿兒時年六歲佛以普慈念其勤苦與鳥獸同群即化爲沙門被服往呼問之言汝是誰家子居在何處兒歡喜報言我無家居但栖宿此塚中耳今乞隨道人去佛言汝隨我去何等爲乎兒報言我今善惡終當隨道人佛便將其到祇洹中見諸比丘威儀法則意甚樂之便白佛言我欲乞作比丘佛即聽之以手摩其頭髮墮袈裟自然著身名爲須陀從佛受尊戒勤意精進心不懈怠七日便得羅漢道佛語須陀從佛受尊戒拔欲之根本生死得自在今宜往度彼旃陀越王須陀承佛教頭面著地爲佛作禮往到其國住在宮門請見於王臣下白王言外有道人乞欲見王王聞之即出與相見問言我大有所憂者當如之何道人言何所憂也王言我年已長且欲過時國無續嗣爲之愁憂道人聞王語初不應之獨

笑而已王便恚言我與道人語初不答我而反獨笑即欲治殺之須陀知其意便輕舉飛翔上住空中分身散體出入無間王見其威神變化即恐怖悔過言我實愚癡不別眞僞惟願大神一還令我得自歸命須陀即從空中下住王前謂王言若能自歸甚善當自歸於佛佛是我大師三界之尊度脱衆生王便勑群臣嚴駕當到佛所須陀便以道力如伸臂頃將王及人民俱到佛所頭面著地爲佛作禮歸命三尊乞受五戒爲優婆塞佛告王言欲知比丘須陀者是王昔所用婆羅門言諸殺兼身者子也母死之後子於塚中生母半身不朽得飲其乳乃至六年今隨我爲道乃致於此王聞佛言更恐怖不能自勝佛言昔拘先尼佛世有國王號名弗舍達王及國中三億人皆隨王供養三尊時有凡人居貧無業常爲國中富姓賃放牧養牛數百頭見王及人民供養比丘僧即問言卿等何所爲乎人民答言吾等供養三尊後當得其福即復問言得何等福也人民報言人有淨心施三尊者後所在處安樂尊貴無有勤苦即念言我居貧窮但賃放牧自無飲食當何以施即念言惟當還取牛乳煎以爲酪酥淨心上比丘比丘僧呪願言令汝世世所在處當得其福自後展轉更生死輒受其福或上爲諸天或下爲王侯乃後爲王時出遊獵見國中人有好犗牛懷犢王便令人取牛殺之夫人語王莫令人殺其子也時牛主追還破取其子養護之其主恚言當令王如此牛也自後鬼神來爲王作子時未出生母爲王所殺欲

知須陀者則是也須陀母見枉殺者則是時王夫人也婆羅門者牛主是也須陀所以於塚中生其母半身不朽得飲其乳以自長大者由其宿命以酪酥上比丘僧故佛言罪福響應如影隨形未有爲善不得福行惡不受殃者王聞佛説經意解即得須陀洹道國中人民皆隨王奉五戒行十善歸命三尊或有得須陀洹斯陀含阿那含阿羅漢者四輩弟子天龍鬼神聞經歡喜前爲佛作禮

佛説旃陀越國王經

佛説五王經

失譯人名今附東晉録

昔者有五王國界相近共相往來不相攻伐唯作善友其最大者字普安王習菩薩行餘四小王常習邪行大王憐愍意欲度之呼來上殿共相娱樂乃至七日終日竟夜作倡妓樂七日已滿四小王共白大王言國事甚多請還政治大王語諸左右嚴駕車乘群臣吏民都共送之至其半道大王憐愍意欲度之語諸小王曰各説所樂悦樂之情一王答言我願欲得陽春三月樹木榮華遊戲原野是我之樂一王復言我所樂異願我常作國王鞍馬服飾樓閣殿堂官屬人民圍遶左右晃晃煜煜搥鍾鳴鼓出入行來路人傾目是我之樂一王復言我所樂異願復得好婦好兒端正無雙共相娱樂極情快意是我之樂一王復言我所樂復異願我父母常在多有兄弟妻子羅列好衣美食以恣其口素琴青衣共相娱樂是我之樂各自説其所樂竟四王俱迴頭白其大王所樂何事大王答言我先説卿等所樂然後説我之樂卿一人言陽春三月樹木榮華遊戲原野秋則彫落非是久樂卿一人復言願我常作國王鞍馬服飾樓閣殿堂官屬人民圍遶左右晃晃煜煜搥鍾鳴鼓出入行來路人傾目往古諸王隱隱賑賑快樂無極福德轉盡諸國相伐忽然崩亡非是久樂卿一人復言願得好婦好兒端正無雙共相娱樂極情快意一朝疾病憂苦無量此非久樂卿一人復言願我父母常在多有兄弟妻子羅列好衣美食以恣其口素琴

青衣共相娛樂一朝有事爲官所執繫閉在獄無有救護此非久樂四人俱問王樂云何王言我樂不生不死不苦不樂不饑不渴不寒不熱存亡自在此是我樂四王俱言此樂何處當有明師大王答言吾師號曰爲佛近在祇洹精舍諸王歡喜各詣佛所稽首作禮退坐一面大王胡跪合掌白佛言我等今得爲人闇鈍無知但深著世樂不知罪福願佛爲弟子等說其苦諦佛言卿等善聽當爲汝說人生在世常有無量衆苦切身今粗爲汝等略說八苦何謂八苦生苦老苦病苦死苦恩愛別苦所求不得苦怨憎會苦憂悲惱苦是爲八苦也何謂生苦人死之時不知精神趣向何道未知生處並受中陰之形至三七日中父母和合便來受胎一七日如薄酪二七日如稠酪三七日如凝酥四七日如肉臠五胞成就巧風入腹吹其身體六情開張在母腹中生藏之下熟藏之上母噉一杯熱食灌其身體如入鑊湯母飲一杯冷水亦如寒氷切體母飽之時迫逼身體痛不可言母饑之時腹中了了亦如倒懸受苦無量至其滿月欲生之時頭下向產門如兩石夾山欲生之時母危父怖生墮草上身體細軟草觸其身如履刀劍忽然失聲大喚此是苦不諸人咸言實是大苦何謂老苦父母養育至年長大自用强健擔輕負重不自裁量寒時極寒熱時極熱饑時極饑飽時極飽無有節度漸至年老頭白齒落目視䀮䀮耳聽不聰盛去衰至皮緩面皺百節痛疼行步苦極坐起呻吟憂悲心惱識神轉滅便旋即忘命日促盡

言之流涕坐起須人此是苦不大王答曰實是大苦何謂病苦人有四大和合而成其身何謂四大地大水大火大風大一大不調百一病生四大不調四百四病同時共作地大不調舉身皆痛水大不調舉身腓腫火大不調舉身蒸熱風大不調舉身掘强百節苦痛猶被杖楚四大進退手足不任氣力虛竭坐起須人口燥脣燋筋斷鼻拆目不見色耳不聞音不淨流出身卧其上心懷苦惱言輒悲哀六親在側晝夜看侍初無休息甘饍美食入口皆苦此是苦不王答曰實是大苦何謂死苦人死之時四百四病同時俱作四大欲散魂神不安欲死之時刀風解形無處不痛白汗流出兩手摸空室家内外在其左右憂悲涕哭痛徹骨髓不能自勝死者去之風去

氣絶火滅身冷風先火次魂靈去矣身體挺直無所復知旬日之間肉壞血流腓脹爛臭甚不可近棄之曠野衆鳥噉食肉盡骨乾髑髏異處此是苦不答言實是大苦何謂恩愛别苦室家内外兄弟妻子共相戀慕一朝破亡爲人抄劫各自分張父東子西母南女北非唯一處爲人奴婢各自悲呼心内斷絶窈窈冥冥無有相見之期此是苦不答言實是大苦何謂所求不得苦家有財物散盡追求大官吏民望得富貴懃苦求之求之不止會遇得之而作邊境令長未經幾時貪取民物爲人告言一朝有事檻車載去欲殺之時憂苦無量不知死活何日此是苦不答曰實是大苦何謂怨憎會苦世人薄俗共居愛欲之中爭不急之事更相殺害遂成大怨各自相

避隱藏無處各磨刀錯箭挾弓持杖恐怨相見會遇狹道相逢張弓注箭兩刀相向不知勝負是誰當爾之時怖畏無量此是苦不答曰實是大苦何謂憂悲惱苦人生在世長命者乃至百歲短命者胞胎傷墮長命之者與斯百歲夜消其半餘有五十年在醉酒疾病不知作人巳減五年小時愚癡十五年過未知禮儀年中八十老耄無知耳聾目冥無有法則復減二十年巳九十年過餘十歲之中多有諸愁憂天下欲亂時亦愁天下旱時亦愁天下大水亦愁天下大霜亦愁天下大熱亦愁室家内外多諸病痛亦愁持家財物治生恐失亦愁官家百調未輸亦愁家人遭縣官事閉繫在獄未知出期亦愁兄弟妻子遠行未歸亦愁居家窮寒無有衣食亦愁比舍村落有事亦愁社稷不辦亦愁室家死亡無有財物殯葬亦愁至春時種作無有犂牛亦愁如是種種憂愁常無樂時至其節日共相集聚應當歡喜方共悲涕相向此是苦不答曰實是大苦爾時五王及諸群臣會中數千萬人聞佛説諸苦諦心開意悟即得須陁洹道皆大歡喜作禮而去四王俱白普安王言大王眞是大權菩薩化導我等令得道跡大王之恩我本觀諸宫殿心情愛著不能遠離今覩宫殿如視穢厠無可樂者即捨王位付弟出家爲道修諸功德日日無倦

佛説五王經

佛說出家功德經

失譯人名今附三秦錄

如是我聞一時佛在毘舍離國食時到入城乞食時毘舍離城中有一黎車子名鞞羅羡那(此言勇軍)譬如天與諸天女共相娛樂時此王子與諸婇女在閣上共相娛樂耽於色欲亦復如是爾時世尊以一切智聞彼樂音告阿難言我知此人貪五欲樂者不久命終却後七日當捨如是眷屬快樂決定當死阿難此人若當不捨欲樂不出家者命終或能墮於地獄爾時阿難頂奉佛教欲利益此王子故次至其舍爾時王子聞阿難在外即出奉見以敬念故請阿難入坐坐已未久爾時王子起恭敬心白阿難言善哉好親友來今正是時我今見汝踊躍歡喜汝字歡喜汝今當教告我佛所教法令我歡喜爾時王子如是三請阿難為欲作大利益默然無言王子又言鞞陀阿牟尼大仙利益一切衆生有何嫌恨默然無所說不見少告時第三師持佛法藏利世間者慘然告言汝今善德却後七日汝當命終汝若於此五欲樂中不能覺悟不出家者命終或當墮地獄中佛一切智人正語正說記汝如是譬火燒物終不虛發汝諦思惟時彼王子聞此語已甚大憂怖愁憒不樂受阿難教我當出家定且聽更六日受樂第七日中我辭家眷屬定必出家阿難可之第七日畏生死故求佛出家佛即聽之一日一夜修持淨戒即便命終燒香畢已尊者阿難與其眷屬往白佛言世尊此鞞羅羡那比丘今已命終神生何處時佛世尊天人之師一

切智人以大梵音勝出雷鼓迦陵頻伽衆妙音聲以八種音告阿難言此鞞羅羨那比丘畏於生死地獄苦故捨欲出家一日一夜持淨戒故捨此世已生四天王天爲北方天王毘沙門子恣心受於五欲快樂貪受五欲與諸婇女共相娛樂壽五百歲五百歲已命終轉生三十三天爲帝釋子具受五欲極天之樂天妙婇女恣意千歲壽盡生焰天爲焰天王子自恣受天色聲香味觸快心欲樂受天二千歲已命終生於兜率天王子恣心受於五欲快樂目視相欲心自猒足常談法語解脱智慧壽天中壽滿四千歲已命終往生自在天上爲天王子受種種五欲妙樂於婇女中化應恣意八千歲八千歲已命終生他化自在天爲天王子此第六天其中欲樂下五天中所不能及生此中已受最妙樂衆樂之藏受此樂時心極迷醉具足受於諸妙勝樂萬六千歲如是受樂於六欲天往來七反此鞞羅羨那以一日一夜出家故滿二十劫不墮地獄餓鬼畜生常生天人受福自然最後人中生富樂家財富珍寶具足壯年已過諸根熟時畏惡生老病死患故猒世出家剃除鬚髮故身披法服勤修精進持四威儀常行正念觀於五陰苦空無我解法因緣成辟支佛名毘流帝於是時放大光明多有人天生於善根令諸群生種於三乘解脱因緣爾時阿難叉手白佛言世尊若當有人放人出家若有出家者任其所須得幾所福若復有人毁破他人出家因緣受何罪報唯願世尊具盡告示佛告阿難汝若具滿於百歲中問我

此事我以無盡智慧除飲食時滿百歲中廣爲汝說此人功德猶不能盡是人恒生天上人中常爲國王受天人樂若有於此沙門法中使人出家若復營佐出家因緣於生死中常受快樂我滿百歲說其福德不可窮盡是故阿難汝滿百歲盡壽問我我至涅槃說此功德亦不能盡佛告阿難若復有人破壞他人出家因緣即爲劫奪無盡善財人福藏壞三十七助菩提法涅槃之因設有欲壞出家因緣者應善觀察如是之事何以故緣此罪業墮地獄中常盲無目受極處苦若作畜生亦常生盲若生餓鬼中亦常生盲在三惡苦久乃得脫若生爲人在母腹中受胎便盲汝於百歲常問是義我百歲以無盡智說是罪報亦不可盡於四道中生而常盲我終不記此人當有得脫時所以者何皆由毀出家故或成就無量無邊功德以破如是善因緣故受無量罪由障出家故於此清淨智慧鏡中爲於解脫諸善法故若見出家修持淨戒趣解脫處破他出家爲作留難以是因緣故生便常盲不見涅槃由毀出家故常觀癡等十二因緣應得解脫以毀破他智慧眼故破出家緣覆慧眼故從生至生常盲無目不見三界緣障出家故應見五陰二十我見人趣正道破出家因壞正見故所生常盲不見正道出家應見一切法聚善法住處應觀諸佛清淨法身以破出家善因緣故所生常盲不能覩見佛法身以因出家應具沙門形貌及與持戒清淨福田種佛道因破出家故於善法中斷一切望由是罪緣生生常盲由毀出家

故應善觀察一切身心皆苦無常無我不淨破他出家爲作留難則破此眼破此眼故不見四道四念處四正勤四如意足五根五力七覺分八正道趣涅槃城是罪緣故所生常盲乃至不見空無相無作清淨善法向涅槃城是以智慧之人知出家者應當成就如是善法不應破壞善法因緣獲如是罪謂毀破他人如是出家沙門正見因緣者終不能得見涅槃城所生常盲若復有人滿百劫中餘方出家修持淨戒若復有人於此閻浮提出家持戒一日一夜乃至須臾清淨出家於十六分彼百劫出家持戒十六分中不及其一若有顛倒婬姊妹女不應婬處强生慳嫉此中罪報不可計限若有一人能正思惟有出家心欲捨諸惡若復有人破壞此人出家因緣不令願滿是罪因緣增長於前復倍百劫爾時阿難復白佛言世尊此鞞羅羡那所種善根生尊貴處當受福樂爲過去世亦有善行爲但齊今一日一夜出家功德受爾許福佛告阿難汝不應觀過去因緣於此一日一夜清淨出家故此善根六欲天中七反受福二十劫中常受生死世間之樂最後人中生福樂家壯年已過諸根熟時畏於生老病死苦故出家持戒成辟支佛佛告阿難我今説喻汝當善聽譬四天下東弗婆提南閻浮提西瞿耶尼北欝單越滿中阿羅漢若稻麻叢林若有一人滿百歲中盡心供養此諸羅漢衣服飲食病瘦醫藥房舍卧具乃至涅槃後若起塔廟種種珍寶華香瓔珞旛蓋妓樂懸諸寶鈴掃灑香水以諸偈頌讃歎供養所得

功德若有人爲涅槃故出家受戒乃至一日一夜所作功德比前功德十六分中不及其一以是因緣善男子當應出家修持淨戒諸善男子諸須功德者求善法者自受法者不應留難出家因緣應勤方便勸作令成時諸天衆聞佛所説莫不猒世出家持戒有得須陀洹乃至阿羅漢者有種辟支佛善根者有發無上菩提心者皆大歡喜頂戴奉行

佛説出家功德經

佛説栴檀樹經

失譯人名今附漢録

聞如是一時佛從比丘在維耶梨國有迦羅越奉佛明法請佛供養佛呪願畢迦羅越於佛前肅然願聞法義佛便笑五色光從口而出繞身三帀還從頂入阿難整衣服叉手白佛言佛不妄笑笑必説法有所濟度願爲説之天尊曰善哉阿難弘慈欲爲一切開通法橋沙門之儀汝應其式今者演之諦聽執受彼國有五百人入海採寶置船步還經歷深山日暮止宿頓嚴早發四百九十九人皆引行去一人卧熟失輩仍遇天雨雪失去徑路窮厄山中啼哭呼天有大栴檀香樹樹神謂窮人言可止留此自相給衣食到春可去窮人便留至于三月啓樹神言受恩得全身命未有微報顧有二親今在本土實思得還願乞發遣樹神言善便自從意以金一餅賜之去此不遠當得國邑可得還汝鄉里窮人臨去問神言此樹香潔世所希有今當委遠願知其名神言不須問也窮人復言依蔭此樹積歷三月今當委遠情懷悢悢若到本國當宣揚樹恩神便言樹名栴檀根莖枝葉治人百病其香遠聞世之奇異人所貪求不須道也窮人還至故國中外親内親歡喜相樂時王得病頭痛禱祀天地山水諸神病不消差召醫省視惟當得栴檀香以護病便得愈王即募求民間無有便宜令國中得栴檀香者拜爲封侯妻以小女時窮人聞賞禄重便詣王所白言我知栴檀香處王便令近臣將窮人往伐取香樹至到樹所使者見樹洪直枝

條茂盛華果煌煌人所希見心不忍伐不伐者則違王命病不消愈伐之者中心隱隱踟蹰徘徊不知云何樹神便於空中言使伐之但置其根耳伐已以人血塗之肝腸覆其上樹自當生還復如故使者聞神言如此便令人伐之窮人住在樹邊樹僤地枝摽殺窮人使者便與左右議言向者樹神言當得人血肝腸以祠樹心爲憮然不知當以誰賽此此人今死便以當之則屠割取其肝血如神所勑樹即更生車載所伐樹以還國中醫即進藥王病得愈舉國歡喜王命國中人民其有病者皆詣宮門王出香藥給之病皆得愈王身康寧黎民無病舉國忻忻遂致太平阿難退坐稽首質言是窮人何無返復違樹神重誓佛報曰乃往昔惟衞佛時有父子三人其父奉五戒行十善持八關齋未曾懈怠大兒常於中庭空中燒香供養十方諸佛小弟愚癡不知三尊輒以衣覆香上兄謂言此大重何以犯之弟起惡意誓言斷兄兩足兄復起念當拍殺弟父言汝二子諍使我頭痛大兒報言願破我身爲藥令父平損口不可妄故世世受罪弟與惡意欲斷兄足後果將人往斷樹兄欲拍殺弟今作樹神果因樹爲體拍殺弟時國王頭痛者其父也奉齋精進故得尊貴時言使我頭痛後果頭痛各受其殃佛言罪福報應如影隨形佛廣爲說身口意戒迦羅越則向須陀洹迹率將妻子以家資寶上佛各發道願佛說經竟迦羅越歡喜作禮

佛說㮈檀樹經

佛説頞多和多耆經

失譯人名今附西晉録

聞如是一時佛在舍衛國時有多樹木處與衆比丘僧俱比丘有五百人月十五日盛滿時夜半寂然安靜比丘僧自相難問時栴檀調弗天人持天形狀威神光耀來直前趣佛至佛前已悉脱身上珍寶著一面但被一領衣前以頭面著佛足禮畢問佛言諸可過去佛正覺弟子有經名頞多和多耆經佛弟子今亦復説是頞多和多耆經願佛爲我説是經當使弟子奉持佛默然不應而栴檀調弗稽首而却坐佛即爲比丘僧説經言我爲若説頞多和多耆經皆聽著心中念之勿得忘比丘言願佛説我皆當受經戒佛言布施有八事何謂爲八愚癡人布施但布施不知其恩善所在既布施不達世間無有常癡人持作常世間若無極愚人持作樂世間所有愚人言是我所有可常得世間人皆顛倒不淨臭處惡露愚人用作好不知作善得善作惡得惡愚人施與人不知其人德深淺持善心施與得道者其福不可量佛告諸比丘何以知愚人不知布施有十因緣何等爲十愚人布施爲尊自用不與耆得善愚人不以至心施與人也愚人既施與人時不敬重不自手與傳教人與施人不久欲望其福不即得其福者自用亡其福愚人施與佛辟支佛阿羅漢不能自知其福大愚人施與不信佛辟支佛阿羅漢阿那含斯陀含須陀洹皆用爲棄捐無有後生愚人施與但欲得名字欲使人稱譽是爲愚人布施佛説經已栴檀調弗及

諸比丘皆歡喜前爲佛作禮

佛說頞多和多耆經

音釋

瞁（許役切驚視貌）噤（巨禁切口閉也）譖（側蔭切讒毀也）賃（乃禁切傭也）倡（尺良切倡優也）妓（渠綺切女樂也）晃（胡廣切明也）煜（余六切燿也）賑（章忍切富也）臠（力兗切塊肉也）了（都了切懸貌）䀮（呼光切目不明也）悢悢（力讓切悢悢猶眷眷也）僤（當旱切動也）憮（罔甫切失意貌）頞（烏割切）

禪祕要法經

姚秦三藏法師鳩摩羅什等譯

清刻龍藏佛說法變相圖

禪秘要法經卷上

姚秦三藏法師鳩摩羅什等譯

如是我聞一時佛住王舍城迦蘭陀竹園與大比丘衆千二百五十人俱復有五百大德聲聞舍利弗大目揵連摩訶迦葉摩訶迦旃延等爾時王舍城中有一比丘名摩訶迦絺羅難陀聰慧多智來至佛所爲佛作禮繞佛七帀爾時世尊入深禪定默然無言時迦絺羅難陀見佛入定即往舍利弗所頭面禮足白言大德舍利弗唯願爲我廣說法要爾時舍利弗即便爲說四諦分別義趣一遍乃至七遍時迦絺羅難陀心疑未寤如是乃至遍禮五百聲聞足請說法要諸聲聞等亦各七遍爲轉四眞諦法時迦絺羅難陀心亦不寤復還佛所爲佛作禮爾時世尊從禪定起見

迦絺羅難陀頂禮佛足淚如盛雨勸請世尊唯願爲我轉正法輪爾時世尊復爲廣說四眞諦法一遍乃至七遍時迦絺羅難陀猶故未解五百天子聞佛所說得法眼淨即持天華以供養佛白佛言世尊我等今者因迦絺羅難陀比丘快得法利見法如法成須陀洹時迦絺羅難陀聞諸天語心懷慙愧悲咽無言舉身投地如大山崩即於佛前四體布地向佛懺悔爾時阿難即從座起整衣服偏袒右肩爲佛作禮繞佛三帀胡跪合掌白佛言世尊此迦絺羅難陀比丘有何因緣生而多智四毗陀論違世羈經日月星辰一切技藝無不通達復有何罪出家以來經歷多年於佛法味獨不得寤如來世尊親爲說法如生聾人無聞無得佛法大將隨順轉法輪者數有五百爲其說法亦無有益唯願天尊爲我分別說此比丘往昔因緣阿難問時佛即微笑有五色光從口中出繞佛七帀還從頂入告阿難言諦聽諦聽善思念之我當爲汝分別解說阿難白佛言唯然世尊願樂欲聞佛告阿難此迦絺羅難陀比丘過去久遠無數劫時有佛世尊名曰然燈如來應供正遍知明行足善逝世間解無上士調御丈夫天人師佛世尊彼佛法中有一比丘名阿純難陀聰明多智以多智故憍慢放逸亦不修習四念處法身壞命終墮黑闇地獄從地獄出生龍象中五百身中恒作龍王五百身中恒作象王捨畜生身因前出家持戒力故得生天上天上命終來生人間前身讀誦三藏經故今得值佛由前放逸不修四念處是故今身

不能覺寤爾時迦絺羅難陀聞佛此語即從座起合掌長跪白佛言世尊唯願世尊教我繫念爾時佛告迦絺羅難陀諦聽諦聽善思念之汝於今日快問如來滅亂心賊甘露正法三世諸佛治煩惱藥關閉一切諸放逸門昔爲人天開八正道汝好諦觀莫令心亂佛說此語時衆中有五十摩訶羅比丘亦白阿難世尊今者欲說除放逸法我等隨順欲學此事唯願尊者爲我白佛說此語時佛告諸比丘非但爲汝亦爲未來諸放逸者我今於此迦蘭竹園爲迦絺羅難陀比丘說繫念法佛告迦絺羅難陀汝受我語愼莫忘失汝從今日修沙門法沙門法者應當靜處敷尼師壇結跏趺坐齊整衣服正身端坐偏袒右肩左手著右手上閉目以舌拄齶定心令住不使分散先當繫念著左脚大指上諦觀指半節作皰起想諦觀極使明了然後作皰潰想見指半節極令白淨如有白光見此事已次觀一節令肉擘去見指一節極令明了如有白光佛告迦絺羅難陀如是名繫念法迦絺羅難陀聞佛所說歡喜奉行觀一節已次觀二節觀二節已次觀三節觀三節已心漸廣大當觀五節見脚五節如有白光白骨分明如是繫心諦觀五節不令馳散心若馳散攝令使還如前念半節念想成時舉身熅燸心下熱得此想時名繫心住心既住已復當起想令足趺肉兩向披見足趺骨極令了了見足趺骨白如珂雪此想成已次觀踝骨使肉兩向披亦見踝骨極令皎白次觀脛骨使肉褫落自見脛骨皎然大白次觀膝骨亦使皎

然分明次觀髖骨亦使極白次觀脇骨想肉從一脇間兩向阤落但見脇骨白如珂雪乃至見於脊骨極令分明次觀肩骨想肩肉如以刀割從肩至肘從肘至腕從腕至掌從掌至指端皆令肉兩向披見半身白骨見半身白骨已次觀頭皮見頭皮已次觀薄皮觀薄皮已次觀膜觀膜已次觀腦觀腦已次觀肪觀肪已次觀咽喉觀咽喉已次觀肺俞觀肺俞已見心肺肝大腸小腸脾腎生臟熟臟四十戶蟲在生臟中戶領八十億小蟲一一蟲從諸脉生孚乳產生凡有三億口含生臟一一蟲有四十九頭其頭尾細猶如針鋒此諸蟲等二十戶是火蟲從火精生二十戶是風蟲從風氣起是諸蟲等出入諸脉遊戲自在火蟲動風風蟲動火更相呼吸以熟生臟上下往復凡有七反此諸蟲等各有七眼眼皆出火復有七耳吸火動身以熟生臟生臟熟已各復還走入諸脉中復有四十戶蟲戶領三億小蟲身赤如火蟲有十二頭頭有四口口含熟臟脉間流血皆觀令見見此事已又見諸蟲從咽喉出又觀小腸肝肺脾腎皆令流注入大腸中從咽喉出墮於前地此想成已即見前地屎尿臭處及諸虵蟲更相纏縛諸蟲口中流出膿血不淨盈滿此想成已自見已身如白雪人節節相拄若見黃黑當更悔過既悔過已自見已身骨上生皮皮悉阤落聚在前地漸漸長大如鉢多羅復更長大似如羌坰乃至大如乾闥婆樓或大或小隨心自在又漸漸長猶如太山而有諸蟲唼食此山流出膿血有無數蟲遊走膿裏復見

皮山漸漸爛壞唯有少在諸蟲競食有四夜叉忽從地出眼中出火舌如毒蛇而有六頭頭各異相一者如山二者如猫三者如虎四者如狼五者如狗六者如鼠又其兩手猶如猿猴其十指端一一皆有四頭毒蛇一者雨水二者雨土三者雨石四者雨火又其左脚似鵂鶹槃茶鬼右脚似於毗舍闍鬼現醜惡形甚可怖畏時四夜叉一一荷負九種死屍隨次行列住行者前佛告迦絺羅難陀是名不淨想最初境界佛告阿難汝持是語慎莫忘失爲未來衆生敷演廣說此甘露法三乘聖種時迦絺羅難陀聞佛說此語一一諦觀經九十日不移心想至七月十五日僧自恣竟時諸比丘禮世尊已各還所安於日後分次第修得四沙門果三明六通皆悉具足心大歡喜頂禮佛足白佛言世尊我於今日因思惟故因正受故依三昧故生分已盡不受後有知如道眞必定得成清淨梵行世尊此法是甘露器受用此者食甘露味唯願天尊重爲廣說爾時世尊告迦絺羅難陀汝今審實得此法者可隨汝意作十八變時迦絺羅難陀住立空中隨意自在作十八變時諸比丘見迦絺羅難陀我慢心多猶能調伏隨順佛教繫心一處不隨諸根成阿羅漢爾時會中有千五百比丘亂心多者見此事已皆生歡喜即詣佛所次第受法爾時世尊因此憍慢比丘摩訶迦絺羅難陀初制繫念法告諸四衆若比丘若比丘尼若優婆塞優婆夷自今已後欲求無爲道者應當繫念專心一處若使此心馳騁六根猶如猿猴無有慚愧當知

此人是旃陀羅非賢聖種心不調順阿鼻獄卒常使此人如是惡人於多劫中無由得度此亂心賊生三界種依因此心隨三惡道時諸比丘聞佛所說歡喜奉行佛告阿難汝今見此摩訶迦絺羅難陀比丘因不淨觀得解脫不汝好受持爲衆廣說阿難白佛唯然受教佛告阿難諦聽諦聽善思念之第二觀者繫念額上諦觀額中如爪甲大愼莫雜想如是觀額令心安住不生諸想唯想額上然後自觀頭骨見頭骨白如玻瓈色如是漸見舉身白骨皎然白淨身體完全節節相拄復見前地諸不淨聚如上所說不淨想成時愼莫棄身當教易觀易觀法者想諸節間白光流出其明熾盛猶如雪山見此事已前不淨聚夜叉吸去復當想前作一骨人極令大白此想成已次想第二骨人見二骨人已見三骨人見三骨人已見四骨人見四骨人已見五骨人如是乃至見十骨人見十骨人已見二十骨人見二十骨人已見三十骨人見三十骨人已見四十骨人見四十骨人已見一室內滿中骨人前後左右行列相向各舉右手向於行者是時行者漸漸廣大見一庭內滿中骨人行行相向白如珂雪各舉右手向於行者心復廣大見一頃地滿中骨人行行相向各舉右手向於行者心漸廣大見一由旬滿中骨人行行相向各舉右手向於行者見一由旬已乃至見百由旬滿中骨人行行相向各舉右手向於行者見百由旬已乃至見閻浮提滿中骨人行行相向各舉右手向於行者見一閻浮提已次見弗婆提滿中骨人

行行相向各舉右手向於行者見弗婆提已次見瞿耶尼滿中骨人行行相向各舉右手向於行者見瞿耶尼已見鬱單越滿中骨人行行相向各舉右手向於行者見四天下滿中骨人已身心安隱無驚怖想心漸廣大見百閻浮提滿中骨人行行相向各舉右手向於行者見百閻浮提已見百弗婆提滿中骨人行行相向各舉右手向於行者見百弗婆提已次見百瞿耶尼滿中骨人行行相向各舉右手向於行者見百瞿耶尼已次見百鬱單越滿中骨人行行相向各舉右手向於行者見此事已身心安樂無驚怖想心想利故見娑婆世界滿中骨人皆垂兩手伸舒十指一切齊立向於行者于時行者見此事已出定入定恒見骨人山河石壁一切世事皆悉變化猶如骨人爾時行者見此事已於四方面見四大水其流迅駃色白如乳見諸骨人隨流沉沒此想成時復更懺悔但純見水涌注空中復當起想令水恬靜佛告阿難此名凡夫心想白骨白光踊出三昧亦名凡夫心海生死境界相我今因迦絺羅難陀爲汝及未來一切衆生等說是白骨白光踊出三昧門爲攝亂心度生死海汝當受持慎勿忘失爾時世尊說此語已即現白光三昧一一相貌皆令阿難悉得見之爾時阿難聞佛所說歡喜奉行此名白骨觀最初境界佛告阿難此想成已更教餘想教餘想者當自觀身作一白骨人極使白淨令頭倒下入臗骨中澄心一處極使分明此想成已觀身四面周帀四方皆有骨人此想成已即於前地作一白

骨人如自已身亦復倒頭入髖骨中想一成已次當想二想二成已次當想三想三成已次當想四想四成已次當想五想五成已乃至想十如是滿一房内見諸骨人皆悉倒頭入髖骨中見一房内已乃至見於百房之内是諸骨人皆悉倒頭入髖骨中見百房已見一由旬滿中骨人皆悉倒頭入髖骨中見一由旬已乃至見無量諸白骨人皆悉倒頭入髖骨中此想成已見諸骨人各各縱横悉在前地或見頭破或見項折或見顛倒或見繚戾或見腰折或見伸脚或見縮脚或見脚骨分為二分或見頭骨倒入胷中或見頭骨偃仰掣縮紛亂縱横悉在前地周帀上下滿一室内此想成已乃至見於無量無邊諸白骨人紛亂縱横或大或小或破或完如此衆事皆當住心諦觀極令分明佛告阿難是時行者見此事已當自思惟前骨完具今者破散縱横紛亂不可記録此白骨身猶尚無定當知我身亦復無我諦觀是已當自思惟正有縱横諸雜亂骨何處有我及與他身爾時行者思惟無我身意泰然安隱快樂佛告阿難此想成已復當更教令心廣大使彼行人見一閻浮提縱横亂骨見諸骨外周帀四面有大火起焰焰相次燒諸亂骨見諸骨人節節火起如是火相或有衆火猶如流水明焰熾盛流諸骨間或有衆火猶如大山從四面來此想成已極大驚怖出定之時身體蒸熱還當攝心如前觀骨觀一白骨人極令明了是時行者入定之時不能自起要當彈指然後得起此想成者當自起念而作是言我於前

世無數劫來造熱惱法業緣所牽故使今者見此火起復當作念如此火者從四大有我身空寂四大無主此大猛火橫從空起我身他身悉皆亦空如此火者從妄想生爲何所燒我身及火二皆無常佛告阿難行者應當至心諦觀如是等法觀空無火亦無衆骨作此觀者無有恐懼身意恬安倍勝於前爾時阿難聞佛所說歡喜奉行此想成者名第二觀白骨竟佛告阿難觀第二白骨竟已復當更教繫念法繫念法者先當繫心著左足大指上一心諦觀足大指使肉青黑津膩猶如日光炙於肌肉漸漸至膝乃至於髖觀左足已觀其右足亦復如是觀右足已次當觀腰至背至頸至項至頭至面至胷舉身支節一切身分皆亦津黑猶如日光炙於肌肉不淨流溢如屎尿聚諦觀已身極使分明想一成已復當想二想二成已復當想三想三成已復當想四想四成已復當想五想五成已復當想十想十成已見一室內滿中津黑猶如日光炙於肌肉如屎尿聚諸不淨人行列縱橫滿一室內見一室已復見二室見二室已乃至見無量衆多不淨人四維上下皆悉充滿滿娑婆世界此想成已行人自念我於前世貪婬愚癡不自覺知盛年放逸貪著情色無有慚愧隨逐色聲香味觸法今觀我身不淨流溢他身亦爾何可愛樂見此事已極自猒身慙愧自責出定之時見諸飲食如屎尿汁甚可惡猒次教易觀易觀法者當更起想念想念成時見其身外諸不淨間周帀四面忽然炎起如熱時焰其色正白如野馬行映

諸不淨爾時行者見此事已當大歡喜以歡喜故身心輕輭其心明朗快樂倍常佛告阿難是名第三慙愧自責觀爾時阿難聞佛所說歡喜奉行此想成者名第三津膩慙愧觀竟佛告阿難此想成已復當更教繫念住意左脚大指上令諦觀脚大指節起肨脹想見肨脹已起爛壞想見爛壞已起青黒赤白諸膿血想是諸膿血極使臭處難可堪忍如是漸漸至膝至髖皆令肨脹爛潰不淨觀左脚已右脚亦然如是漸漸至腰至背至頸至項至頭至面至胷舉身支節一切肨脹皆悉爛壞青黒赤白諸膿流出臭惡雜穢不可堪處想一成已復更想二想二成已復更想三想三成已復更想四想四成已復更想五想五成已乃至想十想十成已見一室内周帀上下諸肨脹人皆悉爛壞青黒赤白諸膿悉皆流出雜穢臭處不可堪忍復當更想一由旬想一由旬已乃至想百由旬想百由旬已乃至見三千大千世界周帀上下地及虚空一切彌滿肨脹爛壞青黒赤白諸膿流出雜穢充滿不可堪處佛告阿難爾時行者見此事已自觀已身不淨充滿觀於他身亦復如是當作想念我此身者甚可患猒衆多不淨彌滿一切諦觀是已畏生死患其心堅固深信因果出定入定恒見不淨欲求猒離捨棄此身作此想時自見已身舉體皮肉如秋葉落見肉墮地在前地已即大動心心生驚怖身心震掉不能自寧身氣熱惱如熱病人爲渴所逼出定之時如人夏日行於曠野渴乏無水身體疲極此想成已乃至食時見所食物

如胮死屍見所飲漿猶如膿血此想成已極大猒身觀於身内及於身外求淨不得佛告阿難復當更教令其易想莫使棄身唐無所得易觀法者當於遠處臭穢之外作一淨物教其繫心想一淨物心眼明了即欲往取如是漸漸所見廣遠諸不淨外有諸淨地如瑠璃地見此淨處即便欲往轉復廣遠意不能達佛告阿難爾時當教如此行人而作是言汝所見事是不淨想此不淨想而雜穢物當知此想從顛倒起皆由前世顛倒行故而得此身如此身者種子根本皆爲不淨汝今實見此不淨不雖見不淨於外見淨當知此淨及與不淨不可久停隨逐諸根憶想見是此不淨身屬諸因緣緣合則有緣離則無爾所見事亦屬緣想想成則有想壞則無如此想者從五情出還入汝心諸欲因緣而有此想此不淨想來無所從去無所至汝當一一諦觀不淨求索彼我了不可得世尊説我及他皆悉空寂何況不淨如是種種呵責其心教令觀空見髮毛爪齒一切悉無豁然捨諸不淨之物如前住意還觀骨人佛告阿難汝持是語慎莫忘失此不淨觀及易想法爾時阿難聞佛此語歡喜奉行此想成時名第四胮脹膿血及易想觀竟佛告阿難此想成已次當更教繫念一處端坐正受諦觀右脚大指上令指上皮携携欲穿薄皮厚皮内外映徹其薄皮内有一薄膜亦當諦觀如是漸漸至膝至髖左脚亦然至腰至背至頸至項至頭至面至胷舉身皆爾薄皮厚皮内外映徹携携欲穿如被吹者其皮胮脹不可具説身諸

毛中一一毛孔百千無量諸膿雜汁猶如雨滴從毛孔出疾如雹雨內外俱流膿血盈滿不淨之極難可堪忍猶如膿池亦如血池諸蟲滿中此想成已當觀胷裏舉身是蟲猶如蟲聚復當更觀左脚大指胮脹膿潰青膿黃膿赤膿黑膿紅膿綠膿白膿爛潰交橫與屎尿雜復有諸蟲遊戲其中穢惡臭處不可堪忍厭患此身不貪諸欲不樂受生此想成時見大夜叉身如大山頭髮蓬亂如棘刺林有六十眼猶如電光有四十口口有二牙皆悉上出猶如火幢舌似劒樹吐至于膝手捉鐵棒棒似刀山如欲打人如是衆多其數非一見此事時極大驚怖身心皆動如此相貌皆是前身毀犯禁戒諸惡根本無我計我無常計常不淨計淨放逸染著貪受諸欲於苦法中横生樂想於空法中起顛倒想於不淨身起於淨想邪命自活不計無常此想成時復當更教汝莫驚怖如此夜叉是汝惡心猛毒境界從六大起六大所成汝今應當諦觀六大此六大者地水火風識空如此一一汝當諦推汝身爲是地耶爲是水耶爲是火耶爲是風耶爲是識耶爲是空耶如是一一諦觀此身從何大起從何大散六大無主身亦無我汝今云何畏於夜叉如汝心想來無所從去無所至想見夜叉亦復如是但安意坐設使夜叉來打汝者歡喜忍受諦觀無我無我法中無驚怖想但當正心結跏趺坐諦觀不淨及與夜叉作一成已復當作二如是漸漸乃至無量一一諦觀皆令分明佛告阿難汝好受持觀薄皮不淨法愼莫忘失爾時阿難

聞佛所說歡喜奉行此想成時名第五觀薄皮竟佛告阿難此想成已復當更教繫念著右脚大指上當諦觀脚指使脚胮脹從脚至頭如吹皮囊胮脹津黒青瘀難堪滿中白蟲如粳米粒蟲有四頭蠢蠢相逐更相唼食肌肉骨髓皆生諸蟲一切五臟蟲皆食盡唯有厚皮在其骨外其皮厚薄猶如繒練諸蟲出入如穿竹葉内外携攜其皮欲穿眼中躁癢有無數蟲穿眼欲出生眼眶間身分九孔亦復如是諸蟲爾時從厚皮出入薄皮中皮遂穿盡蟲皆落地其數衆多不可稱計作一大聚猶如蟲山在行者前更相食噉或相纒繞爾時行者見衆多蟲已復當繫念諦觀一蟲使此一蟲噉諸蟲盡既噉蟲已一蟲獨在其心漸大見向一蟲大如狗許身體困頓鼻曲如角齅行者前其眼正赤如燒鐵丸見此事已極大驚怖當自憶念我身云何忽然乃爾作如此事先見諸蟲更相食噉今見此蟲形體醜惡何甚可畏此想成時當自觀身我此諸蟲本無今有已有還無如此不淨從心想生來無所從去無所至亦非是我亦非是他如此身者六大和合因緣成之六大散滅身亦無常向者諸蟲來無所從去無所至我身蟲聚當有何實蟲亦無主我亦無我作是思惟時所見蟲眼當漸漸小見此事已身心和悅恬然安樂倍勝於前佛告阿難汝好受持是厚皮蟲聚觀法慎莫忘失阿難聞佛所說歡喜奉行此想成已名第六厚皮蟲聚觀竟佛告阿難復當住意繫念一處諦觀右脚大指上從足至頭好諦觀之當使皮肉都盡腸

胃腹肝肺心脾腎一切五臟悉落墮地唯有筋骨共相連持殘膜著骨其色極赤或如淤泥或如濁水作濁水想持用洗皮從足至頭皆使如是自觀已身極令分明觀已身已於現前地復作一身使在前立如已無異想一成已復當想二想二成已復當想三想三成已復當想四想四成已復當想五想五成已乃至想十想十成已見一室內周帀上下滿中皆是赤色骨人或有淤泥色者或有濁水色者以濁水洗皮如是衆多漸漸廣大滿一由旬想一由旬已想二由旬想二由旬已漸漸廣大想百由旬想百由旬已乃至見三千大千世界滿中赤色骨人或有淤泥色者或有濁水色者以濁水洗皮周帀上下縱横彌滿佛告阿難汝今諦觀此赤色相慎莫忘失

爾時阿難聞佛所說歡喜奉行此想成時名第七極赤淤泥濁水洗皮雜想竟佛告阿難復當更教繫心住意觀左脚大指從足至頭如新死人其色萎黄當觀已身亦復如是見萎黄已當令黄色變成青赤此想成時見於前地有一新死人其色黄赤見一已見二見二已見三見三已見四見四已見五見五已心想利故恒見已身如新死人如是想成見一切人滿閻浮提如新死人此想成已轉復廣大見三千大千世界滿中新死人自見已身及以他身等無有異此想成時心意慘然貪欲轉薄佛告阿難汝好諦觀是新死想慎莫忘失爾時阿難聞佛所說歡喜奉行此想成時名第八新死想竟佛告阿難復當更教繫念住意諦觀左脚大指上從足至頭使心

不散見身諸骨一一分明共相支拄亦相連持無有破者毛髮爪齒皆悉具足皎然大白見已身已往復反覆想令白淨想一身已復想二身想二身已復想三身想三身已復想四身想四身已復想五身乃至於十想十身已見一室內周帀上下悉是骨人毛髮爪齒皆悉具足白中白如珂雪見一室已復見百室見百室已見一閻浮提見一閻浮提已乃至見三千大千世界滿中骨人毛髮爪齒皆悉具足其色極白白如珂雪此想成時心意恬安歡喜倍常佛告阿難汝好諦觀具身骨想慎莫忘失爾時阿難聞佛所說歡喜奉行此想成時名第九具身想竟佛告阿難復當更教繫心住意諦觀右足大指兩節間令心專住無分散意觀兩節使相離去唯角相拄觀兩節已從足至頭皆令如是使節節解唯角相拄從頭至足有三百六十三解一一諦觀令節節各解若不足者安心諦觀令節節各解唯角相拄觀已身已當觀他身觀見一已觀見二觀二已觀見三觀三已觀見四觀四已觀見五觀五已乃至觀見無量諸白骨人節節各解唯角相拄見此事已復見四方衆多骨人亦復如是得此觀時當自然見諸骨人外猶如大海恬靜澄清其心明利見種種雜色光圍遶四邊見此事已心意自然安隱快樂身心清淨無憂喜想佛告阿難汝好諦觀此節節解想慎莫忘失阿難聞佛所說歡喜奉行得此觀者名第十節節解觀竟佛告阿難此想成已復當更教繫念住意諦觀右脚大指兩節間令節相離如三指許作白

光想持用支拄若夜坐時作月光想若晝坐時作日光想連持諸骨莫令解散從足至頭三百六十三解皆令相離如三指許以白光持不令散落晝日坐時以日光持若夜坐時以月光持觀諸節間皆令白光出得此觀時當自然於日光中見一丈六佛圓光一尋左右上下亦各一尋軀體金色舉身光明焰赤端嚴三十二相八十種好皆悉炳然一一相好分明得見如佛在世等無有異若見此時慎莫作禮但當安意諦觀諸法當作是念佛說諸法無來無去一切性相皆亦空寂諸佛如來是解脫身解脫身者則是眞如眞如法中無見無得作此想時自然當見一切諸佛以見佛故心意泰然恬怕快樂佛告阿難汝今諦觀是流光白骨慎莫忘失爾時阿難聞佛所說歡喜奉行得此觀者名第十一白骨流光觀竟佛告阿難得此觀已復當更教繫心住意諦觀脊骨於脊骨間以定心力作一高臺想自觀己身如白玉人結跏趺坐以白骨光普照一切作此觀時極使分明坐此臺已如神通人住須彌山頂觀見四方無有障閡自見故身了了分明見諸骨人白如珂雪行行相向身體完具無一缺落滿於三千大千世界此名白光想成次見縱骨亦滿三千大千世界復見橫骨亦滿三千大千世界見青色骨人行行相向滿三千大千世界復見黑色骨人行行相向滿三千大千世界復見胮脹人行行相向滿三千大千世界復見病癩人復見膿血塗身人滿三千大千世界復見爛壞舉身蟲出人滿三千大千世界復見

薄皮覆身人滿三千大千世界復見皮骨相離人滿三千大千世界復見赤如血色人滿三千大千世界復見濁水色人滿三千大千世界復見淤泥色人滿三千大千世界復見白骨人毛髮爪齒共相連持滿三千大千世界次見三百六十三節解唯角相拄如此骨人滿三千大千世界次見節節兩向解離相去三指許間有白光人滿三千大千世界次見散白骨人唯有白光共相連持滿三千大千世界如是當見衆多白骨人數不可說得此觀時當起想念我此身者從四大起枝葉種子乃至如是不淨之甚極可患厭如此境界從我心起心想則成不想不見當知此想是假觀見從虛妄見屬諸因緣我今當觀諸法因緣云何名諸法因緣諸法因緣者從四大起四大者地水火風復當觀是風大從四方起一一風大猶如大蛇各有四頭二上二下衆多耳中皆出是風此觀成時風變爲火一一毒蛇吐諸火山其山高峻甚可怖畏有諸夜叉住火山中動身吸火毛孔出風如是變狀遍滿一室滿一室已復滿二室滿二室已漸漸廣大滿一由旬滿一由旬已滿二由旬滿二由旬已滿三由旬滿三由旬已轉復廣大滿閻浮提見諸夜叉在火山中吸火負山毛孔出風周憧馳走遍閻浮提復驚夜叉以逼行者見此事時心大驚怖求易觀法易觀法者先觀佛像於諸火光端各各作一丈六佛像想此想成時火漸漸歇變成蓮華衆多火山如真金聚内外映徹諸夜叉鬼似白玉人唯有風大迴旋宛轉吹諸蓮華無數化

佛住立空中放大光明如金剛山是時諸風靜然不動時四毒蛇口中吐水其水五色遍滿一牀滿一牀已復滿二牀滿二牀已次滿三牀如是乃至遍滿一室滿一室已次滿二室滿二室已次滿三室如是乃至遍滿十室水滿十室已見五色水色色之中各有白光如玻瓈幢有十四重節節皆空白水涌出停住空中此想成時行者自見身内心中有一毒龍龍有六頭繞心七帀二頭吐水二頭吐火二頭吐石耳中出風身諸毛孔各生九十九毒蛇如是諸蛇二上二下諸龍吐水從足下出流入白水如是漸漸滿一由旬皆見是事滿一由旬已復滿二由旬滿二由旬已滿三由旬如是乃至滿閻浮提滿閻浮提已是時毒龍從臍而出漸漸上向入於眼中從眼而出住於頂上爾時諸水中有一大樹枝葉四布遍覆一切如此毒龍不離己身吐舌樹上是龍舌上有八百鬼或有鬼神頭上戴山兩手如蛇兩脚似狗復有鬼神頭似龍頭舉身毛孔有百千眼眼中火出齒如刀山宛轉在地復有諸鬼一一鬼形有九十九頭各有九十九手其頭形狀極爲醜惡似狗野干似狸似猫似狐似鼠是諸鬼頭各負獼猴是諸惡鬼遊戲水中或有上樹騰躍透擲有夜叉鬼頭上火起是諸獼猴以水滅火不能制止遂使增長如是猛火從其水中玻瓈幢邊忽然熾盛燒玻瓈幢如融眞金焰焰相次繞身十帀住行者上如眞金蓋有諸羅網彌覆樹上此眞金蓋足滿三重爾時地下忽然復有四大惡鬼有百千耳耳出水火身毛孔中雨

諸微塵口中吐風充滿世界有八萬四千諸羅刹鬼一牙上出高一由旬身毛孔中霹靂火起如是衆多走戲水中復有虎狼師子豺豹鳥獸從火山出遊戲水中見是事時一一骨人滿娑婆界各舉右手時諸羅刹手執鐵叉擎諸骨人積聚一處爾時復有九色骨人行行相次來至行者所如是衆多百千境界不可具說佛告阿難此想成時名四大觀汝好受持慎勿忘失爾時阿難聞佛所說歡喜奉行此想成時名第十二地大觀火大觀風大觀水大觀亦名九十八使境界佛告阿難此想成已復當更教繫念住意諦觀腰中脊骨想諸脊骨白如珂雪見脊骨已見舉身骨節節相拄轉復明淨白如玻瓈見一一骨支節大小一一皆明如玻瓈鏡火大風水地大是諸境界皆於一節中現此想成時見下方地從於牀下漸漸就開見一牀下地已復見二牀下地見二牀下地已復見三牀下地見三牀下地已漸見一室內見一室內已次見二室內見二室內已漸見三室內見三室內已復見一庭中地漸漸就開見此事時應當諦觀乃至下方無有障閡下方風輪中有諸風起向諸夜叉皆吸此風吸此風已身諸毛孔生鳩槃茶一一鳩槃茶吐諸山火滿大千世界是諸山間忽然復有無量妙女鼓樂絃歌至行者前羅刹復來爭取食之行者見已極大驚怖不自勝持出定之時恒患心痛頂骨欲破攝心入定如前悉見四大境界見此境界已四大定力故自見身體白如玉人節節上火起節節下水流耳中風出眼中雨石

見此事已於其前地有十蚖蛇其身長大五百由旬有千二百足足似毒龍身出水火宛轉於地此想成時但當至心懺悔先罪出定之時不得多語於寂靜處一心繫念唯除食時復當懺悔服諸酥藥然後方當易此觀法佛告阿難此觀名爲第十三四大觀汝好受持愼勿忘失爾時阿難聞佛所說歡喜奉行此想成時名第十三結使根本觀竟佛告阿難此想成已當更易觀易觀法者火大動時應起山想當想諸山猶如冰霜爲火所融如是猛火極大熾盛火熾盛時身體蒸熱復更想龍令雨諸石以掩猛火復當想石使碎如塵龍復吐風聚諸微塵積至成山無量林木荊棘叢刺皆自然生爾時白水五色具足流諸刺間如是諸水住山頂上猶如積冰凝然

不動此想成已名第十四易觀法佛告阿難若有比丘比丘尼優婆塞優婆夷三昧正受者汝當教是易觀法愼勿忘失此四大觀若有得者佛聽服食酥肉等藥其食肉時洗令無味當如飢世食子肉想我今此身若不食肉發狂而死是故佛於舍衛國勑諸比丘爲修禪故得食三種清淨之肉爾時阿難聞佛所說歡喜奉行佛告阿難教易觀已復當更教如前繫念住意諦觀脊骨復使白淨過前數倍於三節間以明淨故得見一切諸穢惡事此想成時當自觀身作一骨人節節之中白淨明顯如玻瓈鏡閻浮提中一切骨人及四大觀所有境界皆於一節中現見此事已見諸骨人從東方來向於行者行行相次數如微塵如是東方滿娑婆世界諸白骨人皆

行行相次來向行者南西北方四維上下亦復如是復有青色骨人行行相次來向行者滿閻浮提漸漸廣大乃至東方滿娑婆世界南西北方四維上下亦復如是復有淤泥色骨人行行相次來向行者滿閻浮提漸漸廣大乃至東方滿娑婆世界南西北方四維上下亦復如是復有濁水色骨人行行相次來向行者滿閻浮提漸漸廣大乃至東方滿娑婆世界南西北方四維上下亦復如是復有赤色骨人行行相次來向行者滿閻浮提漸漸廣大乃至東方滿娑婆世界南西北方四維上下亦復如是復有紅色骨人行行相次來向行者滿閻浮提漸漸廣大乃至東方滿娑婆世界南西北方四維上下亦復如是復有膿血塗身骨人行行相次來向行者滿閻浮提漸漸廣大乃至東方滿娑婆世界南西北方四維上下亦復如是復有黃色骨人行行相次來向行者滿閻浮提漸漸廣大乃至東方滿娑婆世界南西北方四維上下亦復如是復有綠色骨人行行相次來向行者滿閻浮提漸漸廣大乃至東方滿娑婆世界南西北方四維上下亦復如是復有紫色骨人行行相次來向行者滿閻浮提漸漸廣大乃至東方滿娑婆世界南西北方四維上下亦復如是復有那利瘡色骨人於諸節間二節流出十六色諸惡雜膿行行相次來向行者滿閻浮提漸漸廣大乃至東方滿娑婆世界南西北方四維上下亦復如是此想成時行者驚怖見諸夜叉欲來噉已爾時復當見諸骨人節節火起焰焰相次遍滿娑婆世界復

見骨人頂上涌出諸水如玻瓈幢復見骨人頭上一切衆火化爲石山是時諸龍耳出諸風吸火動山是時諸山旋住空中如窯家輪而無分閡見此事已極大驚怖以驚怖故有一億鬼擔山吐火形狀各異來至其所佛告阿難若有比丘正念安住修不放逸見此事時當教諸法空無我觀出定之時亦當勸進令至智者所問甚深空義聞空義已應當自觀我身者依因父母不淨和合筋纏血塗三十六物汙露不淨屬諸業緣從無明起令觀此身無一可愛如朽敗物作是思惟時諸骨人皆來逼已當申右手以指彈諸骨人而作是念如此骨人從虛妄想強分別現我身亦爾從四大生六入村落所共居止何況諸骨從虛妄出作是念時諸白骨人碎散如塵積聚在地如白雪山衆多雜色骨人有一大虵忽然吞食於白雪山有一白玉人身體端嚴高三十六由旬頸赤如火眼有白光時諸白水幷玻瓈幢悉皆自然入白玉人頂龍鬼虵虺獼猴師子狸猫之屬悉皆驚走畏大火故尋樹上下身諸毛孔九十九蛇悉在樹上爾時毒龍宛轉繞樹復見黒象在樹下立見此事時應當深心六時懺悔不樂多語在空閑處思諸法空諸法空中無地無水亦無風火色是顛倒從幻法生受是因緣從諸業生想爲顛倒是不住法識爲不見屬諸業緣生貪受種如是種種諦觀此身地大者從空見有空見亦空云何爲堅想地如是推析何者是地作是觀已名觀外地一一諦觀地大無主作是想時見白骨山復更碎壞猶如微塵唯

骨人在於微塵間有諸白光共相連持於白光間復生種種四色光明於光明間復起猛火燒諸夜叉時諸夜叉爲火所逼悉走上樹未至樹上黒象蹋蹴夜叉出火燒黒象脚黒象是時作聲鳴吼如師子吼音演説苦空無常無我亦説此身是敗壞法不久當滅黒象説已與夜叉戰夜叉以大鐵叉刺黒象心黒象復吼一聲地動是時大樹根莖枝葉一時動揺龍亦吐火欲燒此樹諸蛇驚張各申九十九頭以救此樹是時夜叉復更驚起手執大石欲擲黒象黒象即前以鼻受石擲置樹上石至樹上狀似刀山是夜叉奮身大踊身諸毛孔出諸毒龍龍有四頭吐諸烟焰甚可怖畏此想成時自見己身身內心處深如坑井井中有蛇吐毒上下現於井上有摩尼珠以十四絲繫懸在虚空時彼毒蛇仰口吸珠了不能得失捨躃地迷悶無知是時口火還入頂中行者若見此事當起懺悔乞適意食調和四大極令安隱當坐密屋無鳥雀聲處佛告阿難若比丘比丘尼優婆塞優婆夷得此觀者名得地大觀當勤繫念慎莫放逸若修不放逸行疾於流水當得頂法雖復嬾惰已捨三塗惡道之處捨身他世生兜率天值遇彌勒爲説苦空無常等法豁然意解成阿那含果佛告阿難汝今諦受地大觀法愼勿忘失爲未來世一切衆生敷演廣説爾時阿難聞佛所説歡喜奉行得此觀者名第十四地大觀竟亦名分别四大相貌復名見五陰麤相有智慧者亦能自知結使多少四念處中名身念處唯見身外未見身內身念處境

界四分之中此是最初得此觀者身心悅樂少於諍訟佛告阿難此想成已次當更觀身外火從因緣有有緣則起緣離則滅如此衆火來無所從來去無所至恍忽變滅終不暫停作是思惟時外火即滅更不復現復當思惟外諸水等江河池流皆是龍力變化所成我今云何横見此水此諸水等來無所從來去無所至作是思惟時外水不現復當起念此風者與虛空合諸龍鳴吼假因緣有如此想者亦不在内亦不在外不在中間顛倒心故横見此事作是思惟時外風不起復當更繫念思惟身内脊骨見身内骨白如珂雪一一節間三十六物穢惡不淨皆於中現或見身皮猶如皮囊盛諸不淨無量癱疽百千癰疾悉在其中諸膿流出滴滴不絶當在骨人頭上極可猒患或見身内五臟悉皆走入於大腸中大腸脖脹爛潰難堪爾時行者以定力故出定入定見一切人及與己身同不淨聚見諸女人身如蟲狗穢惡不淨自然當得不貪色想佛告阿難此想成時名第十四觀外四大亦名漸解學觀空佛告阿難汝持佛語慎勿忘失爾時阿難聞佛所說歡喜奉行

佛告阿難此想成已復當更教繫念諦觀身内地大身内地大者骨齒爪髮腸胃腹肝心肺諸堅實物悉是地大精氣所成外地無常所以知之譬如大地二日出時大地焦枯三日出時江河池沼悉皆枯竭四日出時大海三分減二五日出時大海枯盡六日出時大地焰起七日出時大地然盡外地猶爾勢不支久況身内地當復堅牢爾時行者應自思

惟今我此身髮是我耶不是我耶骨是我耶身諸五臟為是我耶如是諦觀身諸支節都無有我自觀諸骨一一諦觀此骨者從何處生父母和合赤白精時如乳肥時如泡時如是歌羅邏時如安浮陀時如是諸時何處有骨當知此骨本無今有已有還無此骨者同虛空相外地無常內地亦爾作是思惟時諦觀已身一切諸骨自然破散猶如微塵入定觀骨但見骨處不見骨相出定見身如前無異復當更觀身內諸火從外火有內外火無常無有暫停我今身火何由久熱作是觀時觀諸骨上一切火光悉滅不現復當更觀身內諸水我此諸水因外水有外水無常勢不支久內水亦爾假緣而有何處有水及不淨聚外風無常勢不支久從因緣生還從緣滅我今身內所有諸風假偽合成強為機關何處有風從妄想起是顛倒見作是思惟時不見身內諸龍耳中所有諸風悉滅不現如是種種諦自思惟何處有人及地水火風觀此地是敗壞法觀此火猶如幻又觀此風從顛倒起觀此水從虛妄想現作是觀時行者見身猶如芭蕉中無堅實或自見心如水上泡聞諸外聲猶如谷聲作是觀時見諸骨上一切火光見白光水見諸龍風悉在一處觀身靜寂不識身相身心安隱恬怕悅樂如此境界名第十五四大觀竟

禪秘要法經卷上

音釋

咽 於歇切悲塞也　羈 居宜切　寤 五故切寐覺也　齶 逆各切齒齗也　燸

乃管切溫也趺風無切足背也踝戶瓦切足骨也脛下頂切脚脛也阤
丈爾切壞也髖口丸切尻也脇迄業切腋下也腕烏貫切手腕也膜
末各切肉間膜也咽喉咽因肩切喉胡鈎切咽喉嗌也肪敷房切脂也
肺放吠切金藏也脾腎脾頻彌切上藏也腎時忍切水藏也屎尿屎賞
是切尿奴弔切蚘胡恢切入腹長蚘也尩堈尩烏貢切堈居郎切尩堈並覺
也唼作答切粊食也行行寒剛切行行列也繚戾繚憐蕭切纏也
戾郎計切曲也焰以贍切火光也輭乳兖切柔也膀脹膀滂江切脹之
亮切潰胡對切自壞也瘀依據切繒練繒慈陵切練郎甸切繒練素帛
也躁癢躁則到切動也癢以兩切膚欲搔也眶曲王切目匡也淤依據
切濁也萎邑危切枯也閡牛代切阻也慞諸良切慞惶也窯餘招
切燒瓦窯也虺許鬼切蝮蛇也蹋蹴蹋達合切踐也蹴子六切蹋也瘭
疽瘭布昭切疽于余切瘭疽癰也

禪秘要法經卷中

姚秦三藏法師鳩摩羅什等譯

佛告阿難汝今至心受持此四大觀法慎勿忘失爲未來世一切衆生當廣演説爾時阿難聞佛所説歡喜奉行作此觀時以學觀空故身虚心勞應服酥及諸補藥於禪定應作補想觀補想觀者先自觀身使皮皮相裹猶如芭蕉然後安心自開頂上想復當勸進釋梵護世諸天使持金瓶盛天藥釋提桓因在左護世諸天在右持天藥灌頂舉身盈滿晝夜六時恒作此想若出定時求諸補藥食好飲食恒坐安隱快樂倍常修是補身經三月已然後更念其餘境界禪定力故諸天歡喜時釋提桓因爲説甚深空無我法讚歎行者頭面敬禮以服天藥故出定之時顔色和悦身體潤澤如膏油塗見此事者名第十六四大觀竟佛告阿難此想成已復當更教繫念住意令觀外色一切色者從何處生作此觀時見外五色如五色光圍繞已身此想現時自觀身骨骨骨漸漸明淨如玻瓈鏡明顯可愛復見外色一一衆色明如日光得此觀時四方自然生四黒象黒象大吼蹋衆色滅如是衆色在地者滅於虚空中玄黄可愛倍復過常爾時大象以鼻繞樹四象四邊欲拔此樹不能傾動復有四象以鼻繞樹亦不能動爾時行者見此事已出定之時應於静處若在塚間若在樹下若阿練若處覆身令密應當静寂更求好藥以補已身如上修習補身藥法復經三月一心精進如救頭然心不放逸於所受戒不起犯心晝夜六時懺悔諸罪

復更思惟身無我空如前境界一一諦觀極令明了此想成時胷骨漸明猶如神珠内外映徹心内毒蛇復更踊身騰住空中口中有火欲吸摩尼珠了不能得如前失捨自撲於地身心迷悶望見四方爾時諸象復更奔競來至樹所時諸夜叉羅刹惡獸諸龍蛇等俱時吐毒與黒象戰爾時黒象以鼻繞樹聲吼而挽象挽樹時諸龍夜叉吐毒前戰不肯休息爾時地下有一師子兩眼明顯似如金剛忽然踊出與諸龍戰爾時諸龍踊住空中象故挽樹終不休息地漸漸動是時行者地動之時當觀此地從空而有非堅實法如此地者如乾闥婆城如野馬行從虚妄出何縁而動作是思惟時自見已身胷骨乃至面骨漸漸明淨見諸世間一切所有皆悉明了得此

觀時如執明鏡自觀面像行者爾時見諸身外一切衆色及諸不淨亦見身内一切不淨此想成時名第十七身念處觀佛告阿難汝好受持此身念處灌頂章句慎勿忘失開甘露法門爲未來世一切衆生當演廣説爾時阿難聞佛所説歡喜奉行佛告阿難此想成已復當更教繫念思惟諦觀面骨自見面骨如白玉鏡内外俱淨淨如明鏡漸漸廣大見舉身骨白如玻瓈内外俱淨一切衆色皆於中現須臾見身如白玉人復見澄清如毗瑠璃表裏俱空一切衆色皆於中現復見已身如白銀人唯薄皮在皮極微薄薄於天劫貝内外映徹復見已身如閻浮檀那金人内外俱空復見已身如金剛人見此地時黒象倍多以鼻繞樹盡已身力不能令動爾時衆象

吼聲震烈驚動大地大地動時有金剛山從下方地出住行者前爾時行者見已四邊有金剛山復見前地猶如金剛復見諸龍尋樹上下吐金剛珠樹遂堅固象不能動唯五色水從樹上出仰流樹枝從於樹端下流葉間乃至樹莖亦流金剛山間布散彌漫滿於大地金剛地下乃至金剛山此五色水放五色光或上或下遊行無常爾時黑象從金剛山出欲吸此水諸龍吐毒與大象戰爾時諸蛇入龍耳中并力作勢共黑象戰爾時黑象盡力蹴掣亦無奈何見此事時諸水光明皆作妓樂或有變化狀如天女歌詠作妓甚可愛樂此女端正天上人間無有比類其所作樂及妙音聲忉利天上亦無此比如是化女作諸妓術數億千萬不可具說見此事時慎勿隨著應當繫心念前不淨出定之時應詣智者問甚深空義爾時智者應爲行者說無我空爾時行者復應繫念如前自觀自觀身骨自見胷骨明淨可愛一切不淨皆於中現見此事已當自思惟如我今者髮是我耶骨是我耶爪是我耶齒是我耶色是我耶受是我耶想是我耶識是我耶一一諦觀無明是我耶行是我耶識是我耶名色是我耶六入是我耶觸是我耶受是我耶生是我耶老死是我所耶若死是我者諸蟲唼食散滅壞時我是何處若生是我者念念不住於此生中無常住想當知此生亦非是我若頭是我頭骨八段解解各異腦中生蟲觀此頭中而實無我若言是我眼中無實地與水合假火爲明假風動轉動散滅壞時烏鵲等鳥皆來食之

瘭疽諸蟲所共嗜食諦觀此眼若心是我風力所轉無暫停時亦有六龍舉此心中有無量毒心爲根本推此諸毒及與心性皆從空有妄想我名如是諸法地水火風色香味觸及十二緣一一諦推何處有我觀身無我云何有我所我所者爲青色是我黄色是我赤色是我白色黒色是我此五色者從可愛有隨縛著衆生欲求所染從老死河生從恩愛賊起從癡惑見如此衆色實非是我惑著衆生横言是我虛見衆生復稱我所一切如幻何處有我於幻法中豈有我所作是思惟時自見身骨明淨可愛一切世間所希見事皆於中現復見巳身如毗瑠璃人内外俱空如人戴瑠璃幢仰看空中一切皆見爾時行者於自巳身及與身外以觀空故學無我法自見巳身兩足如瑠璃筒亦見下方一切世間所希有事此想成時行者前地明淨可愛如毗瑠璃極爲映徹持戒具者見地清淨如梵王宫威儀不具雖見淨地猶如水精此想成時有無量百千無數夜叉羅刹皆從地出手執白羊角軀甲白石打金剛山復有諸鬼手執鐵槌打金剛山是時山上有五鬼神千頭千手手執千劒與羅刹戰毒蛇毒龍皆悉吐毒圍繞此山復有諸女作叐歌詠作諸變動護助此山若見此事當一心觀諸女現時當觀此女猶如畫瓶中盛臭處不淨之器從虛妄出來無所因去亦無處如此相貌是我宿世惡業罪緣故見此女此女人者是我妄想無數世時貪愛因緣從虛妄見應當至心觀無我法我身無我他身亦然今此所見屬諸

因緣我不願求我觀此身無常敗壞亦無我所何處有人及與衆生作此思惟已一心諦觀空無我法觀無我時下方瑠璃地際有四大鬼神自然來至負金剛山時諸夜叉羅刹亦助此鬼破金剛山時金剛山漸漸頹毀經於多時泓然都盡唯金剛地在爾時諸象及諸惡鬼并力挽樹樹堅難動見此事已復更歡喜懺悔諸罪懺悔罪已如前繫念觀瑠璃人瑠璃地上於四方面生化蓮花其花金色亦有千葉金剛爲臺有一金像結跏趺坐身相具足光明無缺在於東方南西北方亦復如是復自見瑠璃身益更明淨内外洞徹無諸障礙身内身外滿中化佛是諸化佛各放光明其光微妙如億千日顯赫端嚴遍滿一切三千大千世界滿中化佛一一化佛有三十二相八十種隨形好一一相好各放千光其光明盛如和合百千日月一一光間有無數佛如是漸漸復更增廣數不可知一一焰間復更倍有無數化佛是諸化佛迴旋宛轉入瑠璃人身中爾時自見已身如七寶山高顯可觀復更嚴顯如雜寶須彌山山映顯在金剛地上時金剛地復更明顯如焰摩天紫紺摩尼珠身轉復明淨如無數諸佛光明化成寶臺亦入瑠璃人頂復見前地在鐵圍山滿中諸佛結跏趺坐處蓮華臺地及虛空中間無缺一一化佛身滿世界是諸化佛不相妨礙復見鐵圍諸山淨如瑠璃無諸礙想見閻浮提山河石壁樹木荆棘一切悉是諸妙化佛心漸廣大見三千大千世界虛空及地一切悉是微妙佛像是時行者但觀無我愼

勿起心隨逐佛像復當思惟我聞佛說諸佛如來有二種身一者生身二者法身今我所見旣非法身又非生身是假想見從虛妄起諸佛不來我亦不去云何此處忽生佛像說是語時但當自觀已身無我愼勿隨逐諸化佛像復當諦觀今我此身前時不淨九孔膿流筋纏血塗生臟熟臟大小便利八萬戶蟲一一蟲復有八十億小蟲以爲眷屬如此之身當有何淨作是思惟時自見已身猶如皮囊出定亦見身內無骨身皮如囊亦觀他身猶如皮囊見此事時當詣智者問諸苦法聞苦法已諦觀此身屬諸因緣當有生苦旣受生已憂悲苦惱恩愛別離與怨憎會如種種是世間苦法今我此身不久敗壞在苦網中屬生死種風刀諸賊隨從我身阿鼻地獄猛火熾然當焚燒我駝驢猪狗一切畜生及諸禽獸我悉當經受諸惡形如此諸苦名爲外苦今我身內自有四大毒龍無數毒蛇一一蛇有九十九頭羅刹惡鬼及鳩槃茶諸惡鬼等集在我心如此身心極爲不淨是弊惡聚三界種子萌芽不斷云何我今於不淨中而生淨想於虛妄物作金剛想於無佛處作佛像想一切世間諸行性相悉皆無常不久磨滅如我此身如彈指頃亦當敗壞用此虛想於不淨中假僞見淨作是思惟時自見已身淨如瑠璃皮囊諸相自然變滅觀身及我了不能得但見四方有諸黒象踐蹋前地前地金剛一切摧碎見地樹荄乃至下方衆篠甚多不可稱數爾時黒象如前以鼻繞樹無量諸龍及諸夜叉夜叉又與黒象共戰狂象踐

踴是諸鬼神悶絶躃地於虚空中有諸鬼神其數衆多手捉刀輪佐助黑象欲拔此樹如是多時樹一根動此樹動時行者自見繩牀下地自然震動日日如是滿九十日如是應當乞好美食及諸補藥以補身體安隱端坐復如前法如前所見從初境界一一諦觀往復反覆經十六反極令明淨既明淨已復還繫念觀身苦空無常無我悉亦皆空作是思惟時觀身不見身觀我不見我觀心不見心爾時忽然見此大地山河石壁一切悉無出定之時如癡醉人應當至心修懺悔法禮拜塗地放捨此觀禮拜之時未舉頭頃自然得見如來眞影以手摩頭讃言法子善哉善哉汝今善觀諸佛空法以見佛影故心大歡喜還得醒悟爾時尊者摩訶賓頭盧與五百阿羅漢飛至其前廣爲宣說甚深空法以見五百聲聞比丘故心大歡喜頭頂懺悔復見尊者舍利弗摩訶目揵羅夜那及千二百五十聲聞影爾時復見釋迦牟尼佛影見釋迦牟尼佛影已復見過去六佛影是時諸佛影如玻瓈鏡明顯可觀各伸右手摩行者頂諸佛如來自說名字第一佛言我是毗婆尸第二佛言我是尸棄第三佛言我是毗舍第四佛言我是拘樓孫第五佛言我是迦那含牟尼第六佛言我是迦葉毗第七佛言我是釋迦牟尼佛是汝和尚汝觀空法我來爲汝作證六佛世尊現前證知見佛說是語時見佛色身了了分明亦見六佛了了分明爾時七佛各放眉間白毫大人相光光明大盛照娑婆世界及瑠璨身皆令明顯爾時諸佛現此相

時身毛孔放大光明化佛無數遍滿三千大千世界地及虚空純黄金色是諸世尊中有飛行者中有作十八變者中有經行者中有入禪深定者中有默然安住者中有放大光明者唯大和尚釋迦牟尼佛為於行者說四眞諦分别苦空無常無我諸法空義過去六佛亦復分别十二因緣或復演說三十七道品讚歎聖行爾時行者見佛聞法心生歡喜應時自思惟諸佛世尊有二種身今我所見見佛色身不見如來解脱知見五分法身作是思惟時復更懺悔慇懃不懈晝夜六時恒修三昧應作是念此色身如幻如夢如焰如旋火輪如乾闥婆城如呼聲響是故佛說一切有為法如夢幻泡影如露亦如電如是諸法等我今一一應當諦觀極令了了作是觀時化佛不現若有少在復更觀空以觀空故化佛即滅唯七佛在爾時七佛與諸聲聞眷屬大衆廣為行者說三十七助聖道法聞此法時身心歡喜復更諦觀苦空無常無我等法作是觀時狂象大吼挽樹令動樹初動時見一房地六變震動復有夜叉刺黑象殺衆多黑象死卧在地不久爛潰白膿黑膿青膿黄膿緑膿紫膿赤膿赤血流汙在地復有蜣蜋諸蟲遊集其上復有諸蟲眼中出火燒蜣蜋殺爾時下方金剛地際有五金剛輪有五金剛人在其輪間右手執金剛劒左手執金剛杵以杵擣地以劒斫樹見此事時大地漸動見城内地六種震動見一城已復見二城漸漸廣大見一踰闍那見踰闍那已復更廣大普見三千世界一切地動動時東涌西没

西涌東没南涌北没北涌南没中涌邊没邊涌中没此地動時見大樹荄乃至金剛際時金剛人以刀斫之令樹荄絶樹荄絶時諸龍諸蛇皆悉吐焰尋樹而上爾時復有衆多羅刹積薪樹上時金剛人以金剛杵擣樹枝折擣此樹時一杵乃至八萬四千杵樹枝方折爾時杵端自然出火燒此樹盡唯有樹心如金剛錐從三界頂下至金剛際不可傾動是時行者得此觀時出定安樂出定入定心恒靜寂無憂喜想復懃精進晝夜不息以精進故世尊釋迦牟尼與過去六佛當現其前爲說甚深空三昧無願三昧無作三昧聞已歡喜隨順佛教諦觀空法如大水流不久當得阿羅漢道佛告阿難此不淨想觀是大甘露滅貪婬欲能除衆生結使心病汝好受持慎勿忘失若佛滅度後比丘比丘尼優婆塞優婆夷聞此甘露灌頂聖法能攝諸根至心繫念諦觀身分心不分散斂心使住經須臾間此人命終得生天上若復有人隨順佛教繫念諦觀一爪一指令心安住當知此人終不墮落三惡道中若復有人繫念諦觀身舉身白骨此人命終生兜率陀天值遇一生補處菩薩號曰彌勒見彼天已隨從受樂彌勒成佛最初聞法得阿羅漢果三明六通具八解脫若復有人觀此不淨得具足者於此身上見佛真影聞佛說法得盡諸苦爾時阿難即從座起整衣服爲佛作禮叉手長跪白佛言世尊此法之要云何受持云何名此法佛告阿難此名觀身不淨雜穢想亦名破我法觀無我空汝好受持爲未來世濁苦衆生貪婬

多者當廣分別佛說是語時釋梵護世無數天子持天曼陀羅華摩訶曼陀羅華曼殊沙華摩訶曼殊沙華而散佛上及諸大衆頂禮佛足讚歎佛言如來出世甚爲希有乃能降伏驕慢邪見迦絺羅難陀亦爲未來貪婬衆生說甘露藥增長天種不斷三寶善哉世尊快說是法龍神夜叉揵闥婆等亦同諸天讚歎於佛尊者阿難迦絺羅難陀及千比丘無量諸天八部之衆聞佛所說歡喜奉行禮佛而退得此觀者名十色不淨亦名分別諸蟲境界是最初不淨門有十八方便諸境界性不可具說入三昧時當自然證得此第十八一門觀竟

如是我聞一時佛住舍衛國祇樹給孤獨園爾時世尊與千二百五十比丘俱是時會中有一比丘名禪難提於深禪定久已通達成阿羅漢三明六通具八解脫即從坐起整衣服叉手長跪而白佛言如來今者現在世間利安一切佛滅度後佛不現前諸四部衆有業障者若繫念時境界不現在前如是煩惱及一切罪犯突吉羅乃至重罪欲懺悔者當云何滅是諸罪相若復有人殺生邪見欲修正念當云何滅邪見殺生惡煩惱障說是語已如大山崩五體投地頂禮佛足復白佛言惟願世尊爲我解說令未來世一切衆生恒得正念不離賢聖爾時世尊猶如慈父安慰其子告言善哉善哉善男子汝行慈心與慈俱生令具大悲無漏根力覺道成就汝於今日爲未來世一切衆生問除罪法諦聽諦聽善思念之爾時世尊即放頂光此光金色有

五百化佛繞佛七帀照祇陀林亦作金色現此相已還從佛頂骨入爾時世尊告禪難提及敕阿難汝等當教未來衆生罪業多者爲除罪故教使念佛以念佛故除諸業障報障煩惱障念佛者當先端坐叉手閉目舉舌向腭一心繫念心心相注使不分散心既定已先當觀像觀像者當起想念觀於前地極使白淨取相長短辟方二丈益使明淨猶如明鏡見前地已見左邊地亦使明淨見右邊地亦使明淨及見後地亦使明淨使四方地悉平如掌其一一方各作二丈地想極使明淨地既明已還當攝心觀於前地作蓮華想其華千葉七寶莊嚴復當作一丈六金像想令此金像結跏趺坐坐蓮華上見此像已應當諦觀頂上肉髻見頂上肉髻髮紺青色一一髮舒長丈三還放之時右旋宛轉有瑠璃光住佛頂上如是一一孔一毛旋生觀八萬四千毛孔皆使了了見此事已次觀像面像面圓滿如十五日月威光益顯分齊分明復觀額廣平正眉間毫相白如珂雪如玻瓈珠右旋宛轉復觀像鼻如鑄金鋌似鷹王觜當于面門復觀像口脣色赤好如頻婆羅果次觀像齒口四十齒方白齊平齒上有印印中出光白如眞珠齒間紅色流出紅光次觀像頸如瑠璃筒顯發金顏次觀像胷德字卍字衆相印中極令分明印印出光五色具足次觀像臂如像王鼻柔輭可愛次觀像手十指參差不失其所手內外握手上生毛如瑠璃光毛悉上靡如赤銅爪爪上金色爪內紅色如赤銅山與紫金合次觀合曼掌猶如鵝王舒

時則現似眞珠網攝手不現觀像手已次觀像身方坐安隱如眞金山不前不却中坐得所復觀像脛如鹿王腨膞直圓滿次觀足趺平滿安詳足下蓮華千輻具足足上生毛如紺瑠璃毛皆上靡脚指齊整參差得中爪色赤銅於脚指端上有千輻相輪脚指網間猶如羅文似鴈王脚如是諸事及與身光圓光頂光光有化佛諸大比丘衆化菩薩如是化人如旋火輪旋逐光走如是逆觀者從足逆觀乃至頂髻順觀者從頂至足如是觀像使心分明專見一像見一像已復當更觀得見二像見二佛像時使佛像身成瑠璃出衆色光炎炎相次如燒金山化像無數見二像已復見三像見三像已復見四像見四像已復見五像見五像已乃至十像見十像已心轉

明利見閻浮提齊四海内凡夫心狹不得令廣若廣大者攝心令還齊四海内以鐵圍山爲界見此海内滿中佛像三十二相八十隨形好皆使分明一一相好有無數光若於衆光見一一境界雜穢不淨從罪報得復應更起掃兜婆塗地造作淨業謙卑下下修諸懺悔復當安心正念一處如前觀像不緣餘事諦觀像眉間觀眉間已次第觀其餘諸相一一相好皆使分明若不分明復當懺悔作諸苦役然後攝心如前觀像見諸佛像身色端嚴三十二相皆悉具足滿四海内皆坐華上見坐像已復更作念世尊在世執鉢持錫入里乞食處處遊化以福度衆生我於今日但見坐像不見行像宿有何罪作是念已復更懺悔既懺悔已如前攝心繫念觀像觀像時

見諸坐像一切皆起具身丈六方正不傾身相光明皆悉具足見像立已復見像行執鉢持錫威儀詳序諸天大衆皆亦圍繞復有衆像飛騰虛空放金色光滿虛空中猶如金雲復以金山相好無比復見衆像於虛空作十八變身上出水身下出火或現大身滿虛空中大復現小如芥子許履地如水履水如地於虛空中東涌西沒西涌東沒南涌北沒北涌南沒中涌上沒上涌下沒下涌邊沒邊涌中沒行住坐卧隨意自在見此事已復當作念世尊在世教諸比丘右脅而卧我今亦當觀諸像卧尋見諸像疊僧伽棃枕右肘右脅而卧脅下自然生金色牀金光栴檀種種雜色衆妙蓮華以爲敷具上有寶帳垂諸瓔珞佛放大光滿寶帳内猶如金華復似星月無量寶光猶如團雲處空明顯中有化佛彌滿虛空見卧像已復當作念過去有佛名釋迦牟尼惟獨一身教化衆生住在此世四十九年入大涅槃而般涅槃猶如薪盡火滅永滅無餘我今心想以想心故見是多像此多像者來無所從來去無所至從我心想妄見此耳作是念時漸漸消滅衆像皆盡惟見一像獨坐華臺結跏趺坐諦觀此像三十二相八十種好皆使明了見此像已名觀像法佛告禪難提及敕阿難佛滅度後若比丘比丘尼優婆塞優婆夷欲懺悔者欲滅罪者佛雖不在繫念諦觀形像者諸惡罪業速得清淨觀此像已復當更觀從像齋中使放一光其光金色分爲五支一光照左一光照右一光照前一光照後一光照上如是五光光光之上

皆有化佛佛相次第滿虛空中見此相時極使明了復見化佛上至梵世彌滿三千大千世界於三千大千世界中見金色光如紫金山内外無妨見此事時心意快然見前坐像如佛眞影見佛影已復當作念此是影耳世尊威力智慧自在現作事已我今應當諦觀眞佛爾時尋見佛身微妙如淨瑠璃内有金剛於金剛内有紫金光共相映發成衆相好三十二相八十種好猶如印文炳然明顯微妙清淨不可具說手執澡瓶住立空中瓶内盛水狀如甘露其水五色五光清淨如瑠璃珠柔軟細滑灌行者頂滿於身中自見身内水所觸處八萬戶蟲漸漸萎落蟲既萎已身體柔軟心意悅樂當自念言如來慈父以此法水上味甘露而灌我頂此灌頂法必定不虛爾時復當更起想念唯願世尊爲我說法罪業除者聞佛說法佛說法者說四念處說四正勤說四如意足說五根說五力說七覺說八聖道此三十七法一一分別爲行者說說此法已復教觀苦空無常無我教此法已以見佛故得聞妙法心意開解如水順流不久亦成阿羅漢道業障重者見佛動口不聞說法猶如聾人無所聞知爾時復當更行懺悔既懺悔已五體投地對佛啼泣經歷多時修諸功德然後方聞聞佛說法雖聞說法於義不了復見世尊以澡瓶水灌行者頂水色變異純金剛色從頂上入其色各異青黃赤白衆穢雜相亦於中現水從頂入直下身中從足跟出流入地中其地即時變爲光明大如杖許下入地中如是漸漸深直到水際到

水際已復當作意隨此光去復觀此水水下純空復更當觀空下有紺瑠璃地瑠璃地下有金色地金色地下有金剛地金剛地下復見虛空見此虛空豁然大空都無所有見此事已復還攝心如前觀一佛像爾時彼佛光明益顯不可具說復持澡瓶水灌行者頂水相光明亦如上說如是七遍佛告禪難提此名觀像三昧亦名念佛定復名除罪業次名救破戒令毀戒者不失禪定佛告阿難汝好受持此觀佛三昧灌頂之法爲未來世一切衆生當廣分別佛說是語時尊者禪難提及諸天衆千二百五十比丘皆作是言如來世尊於今日爲諸衆生亂心多者說除罪法唯願世尊更開甘露令諸衆生於佛滅後得涅槃道禪難提比丘聞佛說此觀佛三昧心生歡喜應時即得無量三昧門豁然意解成阿羅漢三明六通皆悉具足佛告阿難此想成者名第十九觀佛三昧亦名灌頂法汝好受持慎勿忘失爲未來世一切衆生分別廣說佛說此語時諸比丘衆聞佛所說歡喜奉行

佛告阿難貪婬多者雖得如此觀佛三昧於事無益不能獲得賢聖道果次當更教白觀己身令如前法還作骨人使皎然大白猶如雪山復當繫念住意在齋中或在腰中隨息出入一數二隨或二數三隨或三數四隨或四數五隨或五數六隨或六數七隨或七數八隨或八數九隨或九數十隨終而復始隨息往反至十復捨數而止爾時心意恬靜無爲自見身皮猶如練囊見此事已不見身骨不知心處爾時復當更教起想還使身內心

意身體支節如白玉人既見此已復當起念繫念在腰中脊骨大節上令心不散爾時復當自然見身上有一明相大如錢許漸漸廣大如摩伽太魚耳周遍雲集復似白雲於白雲內有白光明如玻瓈鏡光明漸盛舉體明顯復有白光團圓正等猶如車輪內外俱明明過於日見此事時復更如前一數二隨或二數三隨或三數四隨或四數五隨或五數六隨或六數七隨或七數八隨或八數九隨或九數十隨或單或複脩短隨意如是繫念在於空處使心不散復當繫念如前更觀腰中大節觀大節時定心不動復自見身更益明盛勝前數倍如大錢許倍復精進遂更見身明倍增長如瀑灌口世間明物無以爲譬見此明已倍勤精進心不懈退復見此明當

於胷前如明鏡許見此明時當勤精進如救頭然殷勤不止遂見此明益更增盛諸天寶珠無以爲譬其明清淨無諸瑕穢有七種色光光七寶色從胷而出入於明中此相現時遂大歡喜自然悅樂心極安隱無物可譬復更精進心不懈息見光如雲繞身七帀其一一光化成光輪於光輪中自然當見十二因緣根本相貌若不精進懈怠嬾惰犯於輕戒乃至突吉羅罪見光即黑猶如牆壁或見此光猶如灰炭復見此光似敗故納由意縱逸輕小罪故障蔽賢聖無漏光明佛告阿難此不淨觀灌頂法門諸賢聖種勑諸比丘比丘尼優婆塞優婆夷若有欲修諸賢聖法諦觀諸法苦空無常無我因緣如學數息使心不散當勤持戒一心攝持於小罪中應生殷重

慙愧懺悔乃至小罪愼勿覆藏若覆藏罪見諸光明如朽敗木見此事時即知犯戒復更慙愧懺悔自責掃兜婆塗地作諸苦役復當供養恭敬師長父母於師父母視如佛想極生恭敬復從師父母求弘誓願而作是言我今供養師長父母以此功德願我世世恒得解脫如是慙愧修功德已如前數息還見此光明顯可愛如前無異復當更繫念諦觀腰中大節令心安定無分散意設有亂心復當自責慙愧懺悔既懺悔已復見齋光七色具足猶如七寶當令此光合爲一光鮮白可愛見此事已如前還教繫念思惟觀白骨人白如珂雪既見白骨人已復當更教繫念住意在骨人頂見骨人頂自然放光其光大盛似如火色長短麤細正共稍等從其頂上顛倒下垂入項骨中從項骨出入項骨中從項骨出入胷骨中從胷骨出還入齋中從齋中出即入脊骨大節中入大節中已光明即滅光明滅已應時即有一自然大光明雲衆寶莊嚴寶華清淨色中上者中有一佛名釋迦牟尼光明具足三十二相八十隨形好一一相好放千光明此光大盛如億千萬日月赫炎彼佛亦說四眞諦法光相炳然住行者前以手摩頭化佛復教言汝前身時貪欲瞋恚愚癡因緣隨逐諸惡無明覆故令汝世世受生死身汝今應當觀汝身內諸萎悴事身外諸火一切變滅作是語已如前還教不淨觀法觀身諸蟲一切萎落見此事已復當起火燒諸蟲殺蟲既不死復自見身如白玻瓈自然鮮白見白骨已從頭出光其光大小麤細如

稍令長丈五復當作念使頭却向復當作意使頭却向令身皆倒以頭拄脊骨對齋大節見此事已復當諦觀使白骨人與光同色既同色已見其光端有種種色果見是果已復見衆光從果頭出有白色光其光大盛如白寶雲是諸骨人其色鮮白與光無異復見諸骨摧折墮落或有頭落地者或有骨節各各分散或有全身白骨猶如猛風吹於雨雪聚散不定譬如掣電隨現隨滅此諸骨人墮地成聚猶如堆阜似腐木屑集聚一處行者自觀見於堆上有自然氣出至於虛空猶如烟雲其色鮮白彌滿虛空右旋宛轉復還雲集併在一處見此事時復當教作一骨人想見此骨人身有九色九畫分明一一畫中有九色骨人其色鮮明不可具說一一骨人復當皆使身體具足映現前骨人中使不妨礙作是觀已復當自觀一一色中猶如瑠璃無諸障蔽於其色中九十九色一一色復有九色衆多骨人是諸骨人有種種相其性不同不相妨礙見是事已應勤精進滅一切惡見此事已前聚光明雲猶如坏器來入其身從齋中入既入齋已入脊骨中入脊骨已自見已身與本無異平復如故出定入定以數息故恒見上事見此事時復當還教繫心住意在本齋光中不令心散爾時心意極大安隱既安隱已復當自學審諦分別諸聖解脫爾時復當見過去七佛爲其說法說法者說四真諦說五受陰空無我所是時諸佛與諸賢聖恒至行者前教種種法亦教觀空無我無作無願三昧告言法子汝今應當諦觀色聲香

味觸皆悉無常不得久立恍忽如電即時變滅亦復如幻猶如野馬如熱時炎如乾闥婆城如夢所見覺不知處如鑿石見光須臾復滅如鳥飛空跡不可尋如呼聲響無有應者汝今亦當作如是觀三界如幻亦如變化於此即見一切身内及與身外空無所有如鳥飛空無所依止心起三界觀諸世間須彌巨海皆不久停亦如幻化自觀己身不見身相便作是念世界無常三界不安一切都空何處有身及眼所對此諸色欲及諸女人從顛倒起横見可愛實是速朽敗壞之法夫女色者猶如枷鎖勞人識神愚夫戀著不知猒足不能自拔不免杻械不絶枷鎖行者既識法相知法空寂此諸色欲猶如怨賊何可戀惜復似牢獄堅密難捨我今觀空猒離三界觀見世間如水上泡斯須磨滅心無衆想深知世法是重患累凡夫迷惑至死不覺不知衆苦戀著難免縱情狂惑無所不至我今觀此狂惑女色如呼聲響亦似鏡像求覓叵得觀此女色爲在何處妄見衰害欺諸凡夫爲害滋多今觀此色猶如狂華隨風零落出無所從去亦無所幻惑無實愚夫樂著今觀此色一切無常如癩病人良醫治瘥我今觀苦空無常見此色相皆無堅實念諸凡夫甚可愍傷愛著此色敬重無厭邪患惑著甘樂無窮爲諸恩愛而作奴僕欲箭刺己痛徹心髓恩愛枷鎖檢繫其身如是念已復觀一切都皆空寂此諸婬欲諸色情態皆從五陰四大而生五陰無主四大無我性相俱空何由而有作是觀時智慧明顯見身大明如摩尼珠無

有妨礙似金剛精青白明顯如鹿突圍得免獵師危害之苦觀於五陰性相皆淨觀四大如鳥高翔身無所寄以吞色鉤俛仰得度離諸女色更不起情自然超出諸婬欲海一切結使猶如衆魚競走隨逐墮黑暗坑無明老死爲智慧火之所焚燒觀色雜穢陋惡不淨如色幻惑無有暫停永離色染不爲色縛佛告阿難若有比丘比丘尼優婆塞優婆夷貪婬多者先教觀佛令離諸罪然後方當更教繫念令心不散心不散者所謂數息此數息法是貪婬藥無上法王之所行處汝好受持慎勿忘失此想成者名第二十數息觀竟爾時尊者阿難及禪難提并諸比丘聞佛所說歡喜奉行

如是我聞一時佛在舍衛國遊行教化至多羅聚落至聚落已與千二百五十比丘入村乞食乞食還已止於樹下洗足訖收衣鉢敷尼師壇結跏趺坐爾時衆中有一比丘名迦旃延有一弟子名槃直迦出家多時經八百日讀誦一偈不能通利晝夜六時恒誦此言止惡行善修不放逸但誦此語終不能得爾時尊者迦旃延盡其道力教授弟子不能令得即至佛所爲佛作禮繞佛三帀而白佛言如來出世多所利益安樂天人普度一切唯我弟子獨不蒙潤唯願天尊爲我開寤令得解脫佛告迦旃延諦聽諦聽善思念之如來今者當爲汝說往昔因緣迦旃延白言世尊願樂欲聞佛告迦旃延乃往過去九十一劫有佛世尊名毗婆尸如來應供正遍知明行足善逝世間解無上士調御丈夫天人師佛

世尊彼佛出世教化衆生度人周訖於般涅槃而取滅度佛滅度後有一比丘聰明多智讀誦三藏自恃憍慢散亂放逸有從學者不肯教授專愚貢高不修正念命終之後墮黑闇地獄經九十劫恒在闇處愚矇無知由前出家功德力故從地獄出得生天上雖生天上天宮光明及諸供具一切黑闇畢於諸天誦三藏故天上命終生閻浮提得值佛世因前貢高雖遇於佛不解法相我今當爲說諸方便教繫念法爾時迦旃延白佛言世尊唯願如來爲此愚癡槃直迦比丘及未來世一切愚癡亂想衆生說正觀法佛告槃直迦汝從今日常止靜處一心端坐叉手閉目攝身口意愼莫放逸汝因放逸多劫之中久受勤苦汝隨我語諦觀諸法時槃直迦隨順佛語端坐繫心佛告槃直迦汝今應當諦觀脚大指節令心不移使指節上漸漸皰起復令膖脹復當以意令此膖脹漸大如豆復當以意使膖脹爛壞皮肉兩披黄膿流出於黄膿間血流滂滂一節之上肌膚爛盡唯見右脚指節白如珂雪見一節已從右脚漸漸廣大乃至半身膖脹爛壞黄膿流出血令半身肌皮皆兩向披唯半身骨皎然大白見半身已復見全身一切膖脹都已爛壞膿血可惡見諸雜蟲遊戲其中如是種種亦如上者觀見一已復見於二見二已復見三見三已復見四見四已復見五見五已乃至見十見十已心漸廣大見一房中見一房已乃至見一天下見一天下已若廣者復攝令還如前觀一觀已復當移想繫念諦觀鼻頭觀鼻頭已心不

分散若不分散如前觀骨復當自想身肉肌皮皆父母和合不淨精氣所共合成如此身者種子不淨復當次教繫念觀齒人身中唯此齒白我此身骨白如此齒心想利故見齒長大猶如身體爾時復當移想更觀額上使額上白骨白如珂雪若不白者復當易觀教作九想廣說如九想觀法作此觀時鈍根者過一月已至九十日諦觀此事然後方見若利根者一念即見見此事已復更教觀腰中大節白骨見已如前應觀種種色骨人此法不成復當教慈心觀慈心觀者廣說如慈三昧教慈心已復教更觀白骨若見餘事慎勿隨逐但令此心了了分明見白骨人如白雪山若見餘物起心滅除當作此念如來世尊教我觀骨云何乃有餘想境界我今應當一心觀骨觀白骨已令心澄靜無諸外想普見三千大千世界滿中骨人見此骨人已一一皆滅如前觀若爾時槃直迦比丘聞佛說此語一一諦觀心不分散了了分明應時即得阿羅漢道三明六通具八解脫自念宿命所習三藏了了分明亦無錯謬爾時世尊因此愚癡貢高槃直迦比丘制此清淨觀白骨法佛告迦旃延此槃直迦愚癡比丘尚以繫念成阿羅漢何況智者而不修禪爾時世尊見此事已而說偈言

禪為甘露法　定心滅諸惡　慧殺諸愚癡
永不受後有　愚癡槃直迦　尚以定心得
何況諸智者　不勤修繫念

爾時世尊告迦旃延及勑阿難汝今應當受持佛語以此妙法普濟羣生若有後世愚癡

衆生憍慢貢高邪惡衆生欲坐禪者從初迦絺羅難陀觀法及禪難提觀像之法復當學此槃直迦比丘所觀之法然後自觀已身見諸白骨白如珂雪時諸骨人還來入身悉見白骨流光散滅見此事已行者自然心意和悦恬怕無為出定之時頂上温暖身毛孔中恒出諸香出定入定恒聞妙法續復自見身體温暖悦豫快樂顔貌熈怡恒少睡眠身無苦患得此暖法恒自覺知心下温暖心常安樂若後世人欲學禪者從初不淨乃至此法得此觀者名和暖法佛告阿難佛滅度後若有比丘比丘尼優婆塞優婆夷於濁世中欲學正受思惟者從初繫念觀佛法於不淨乃至此法是名暖法若得此法名第二十一暖法觀竟佛告阿難汝今持此迦旃延子所問暖法愼勿忘失爾時阿難白佛言世尊後世衆生若有能受持是三昧者一心安隱得於暖法此人云何當自覺知佛告阿難若有諦觀諸結使相從初不淨乃至此法自覺身心皆悉温暖心心相續無諸惱恚顔色和悦此名暖法復次阿難若有行者得暖法已次當更教繫念在諸白骨間皆有白光見白光時白骨散滅若餘境界現在前者復當攝心還觀白光見諸白光晱晱相次遍滿世界自觀已身復更明淨玻瓈雪山不得爲比自見骨人各各離散作此觀時定心令久心既久已當自見頂上有大光明狀如火光從腦處出佛告阿難若見此事便當更教從頭至足反覆往復凡十四遍作此觀已出定入定恒見頂上火出如眞金光身毛孔中亦出金光如

散粟金身心安樂如紫金光明還從頂入此名頂法若有行者得此觀時能得頂觀佛告阿難汝好受持是頂法觀廣爲未來一切衆生說爾時阿難聞佛所說歡喜奉行得此觀者名第二十二觀頂法竟佛告阿難此相成已復當更教繫念觀諸白骨令諸散骨如風吹雪聚在一處自然成積白如雪山若見此事得道不難若有先身犯戒者今身犯戒者見散骨積猶如灰土或於其上見諸異物復當懺悔向於智者自說已過既懺悔已見骨積上有大白光乃至無色界出定入定恒得安樂本所愛樂漸漸微薄復當更觀如前覆尋九孔膿流血不淨之物皆令了了心無疑悔復當如上骨間生火燒諸不淨不淨已盡金光流出還入於頂此光入頂時身體快樂無以爲譬得此觀者名第二十三觀助頂法方便竟復當更教繫念住意自觀已身猶如草束出定之時亦見已身猶如芭蕉皮皮相裹復當自觀衆芭蕉葉猶如皮囊身内如氣亦不見骨出定入定恒見此事身體羸劣復當更教令自觀身還聚成一如乾草束見身堅強既見堅強復當服酥飲食調適然後觀身還自空囊有火從内燒此身盡燒身盡已入定之時恒見火光觀火光已見於四方一切火起出定入定身熱如火見此大火從支節起一切毛孔火從中出出定之時亦自見身如大火聚身體蒸熱不能自持爾時四方有大火山皆來合集在行者前自見已身與衆火合此名火相復當令火燒身都盡火既燒已入定之時觀身無身見身悉爲火所燒

盡火燒盡已自然得知身中無我一切結使皆悉同然不可具說此名火相眞實火大第二十四火大觀竟佛告阿難汝好受持是火大無我觀此火大觀名智慧火燒諸煩惱汝好受持爲未來世一切衆生當廣敷演爾時阿難聞佛所說歡喜奉行佛告阿難若有行者得火觀已復當更教繫念思惟令繫念鼻端更觀此火從何處起觀此火時自觀己身悉無有我既見無我火自然滅復當作念我身無我四大無主此諸結使及使根本從顛倒起顛倒亦空云何於此空法之中横見身火作是觀時火及與我求覓無所此名火大無我觀佛告阿難汝好受持此火大觀爲未來世一切衆生當廣分別敷演解說阿難聞佛所說歡喜奉行是名第二十五觀竟佛告

阿難我見火滅時先從鼻滅然後身體一時俱滅身內心火八十八結亦俱得滅身中清涼調和得所深自覺寤了了分明決定無我出定入定恒知身中無有吾我此名滅無我觀竟佛告阿難復當更教觀灌頂法觀灌頂者自見己身如瑠璃光超出三界見有眞佛以澡瓶水從頂而灌彌滿身中身彌滿已支節亦滿從齋中流出在於前地佛常灌水爾時世尊灌頂已即滅不現齋中水出猶如瑠璃其色如紺瑠璃光光氣遍滿三千大千世界水出盡已復當更教繫念願佛世尊更爲我灌頂爾時自然見身如氣麤大甚廣超出三界見水從頂入見身麤大與水正等滿於水中復自見齋猶如蓮華涌泉流出彌滿其身繞身如池有諸蓮華一一蓮華七色光明

其光演說苦空無常無我等法聲如梵音可悅耳根此相現時復當更教叉手閉目一心端坐從於頂上自觀身內不見骨想出定入定自見已身如瑠璃器復當起念使自已心四大毒龍想見已心内如毛孔開有六種龍一一龍有六頭其頭吐毒猶如風火流彌漫池中在蓮華上一一華光流入龍頂光入頂時龍毒自歌唯有大水滿其身内此想成時名觀七覺華雖見此想於深禪定猶未通達復當更教如上數息使心安隱恬然無念此想成時名四大相應觀佛告阿難汝好受持是七覺意四大相應觀愼莫忘失普爲未來一切衆生當廣分別爲諸四衆敷演解說爾時阿難聞佛所說歡喜奉行復當更教繫念住意諦觀水大從毛孔出彌滿其身出定入

定見身如池其水綠色如此綠水似山頂泉從頂而出從頂而入見有七華純金剛色放金色光其金色光中有金剛人手執利劒斬前六龍復見衆火從龍口出遍身火然衆水枯竭火即滅盡水火盡已自見已身漸漸大白猶如金剛出定入定心意快樂猶如酥灌如服醍醐身心安樂復當更教繫念觀他觀外境界以外想故自然見有一樹生奇甘果其果四色四光具足如是果樹如瑠璃樹彌漫一切見此樹已普見一切四生衆生飢火所逼一切來乞見已歡喜生憐愍心即起慈心視此乞者如已父母受大苦惱我今云何當救拔之作是念已即自觀身如前還爲膿血復爲肉段持施飢者是諸餓鬼爭取食之食之既飽四散馳走

禪秘要法經卷中

音釋

漫謨官切水廣大貌
槌傳追切與椎同
叐正作犮蒲撥切舊作叐非與跋妏问
泓烏宏切下深貌
荄柯開切草木枯根也
篠先了切小竹也
躃必益切仆也
蟯蜋蟯去羊切蜋呂張切蟯蜋蟲名
錐朱惟切如鑽者器
腭逆各切齒齗也
觜即委切喙也
膊臃膊匹各切肩甲也臃丑容切均直也
矟色角切矛屬
悴秦醉切憂瘁也
杻械杻敕九切械下介切
泡披交切浮漚也
叵普火切不可也
瘥楚懈切病瘳也
滂鋪郎切沛也
熙怡熙虛宜切怡余支切熙怡和悅也

禪秘要法經卷下

姚秦三藏法師鳩摩羅什等譯

爾時復當自觀已身及以他身我身他身從顛倒起實無我所若有我者云何忽然見此餓鬼來在我邊爾時復見無量餓鬼其身長大無量無邊頭如太山咽如絲髮飢火所逼叫喚求食見此事已當起慈心以身施鬼餓鬼得已嚙食其體即便飽滿見是事已復當更教觀衆多餓鬼見諸餓鬼繞身四帀如前以身食諸餓鬼見此事已復教攝身使心不散自觀已身是不淨聚作是觀時尋自見身膿血諸肉皆段段壞聚在前地見諸衆生爭取食之既見此事復當自觀其身從諸苦生從諸苦有是敗壞法不久磨滅餓鬼所食作是相時忽見身內心處有猛火燒前池上一池蓮華及諸餓鬼衆惡醜形及與池水泓然都盡見此事已復當更教諦觀已身如前完具身體平復復當更觀已身一切毛孔以慈心故血變成乳從毛孔出在地如池衆乳盈滿復見衆多餓鬼至此池上以宿罪故不得乳飲爾時慈心視鬼如子欲令飲乳以鬼罪故乳變成膿斯須之間復更慈心以慈心故身毛孔中一切乳出勝前數倍念諸餓鬼飢苦所逼何不來飲爾時餓鬼其形長大數十由旬舉足下足如五百乘車聲來至行者前唱言飢飢爾時行者即以慈心施乳令飲餓鬼飲時至口變化爲膿雖復爲膿以行者慈心故即得飽滿見鬼飽已復自觀身即自見身足下火出燒前衆生及以諸樹泓然都盡爾時若見衆多異類復還繫念諦觀已身使

心不動寂寞無念既無念想常發誓願願後不生不受後有不樂世間作此誓已尋見前地猶如瑠璃見瑠璃下有金色水自見已身與地正等與水色同其水温暖水中生樹如七寶樹枝葉蓊鬱上有四果果聲如鈴演說苦空無常無我聞此聲已自見已身没於水中往趣樹所諦自觀身頂上水出彌漫瑠璃池中忽然之頃復有火起火中生風猶如瑠璃復見頂上從項堅强至乎脚足猶如金剛復有火起燒金剛盡温水枯涸尋更觀身我前見身内池中忽然有樹枝葉見是樹端有果其聲如鈴演說苦空無常無我清淨之法如此妙果有好音聲香味具足我今宜食作此想已即仰攀樹取果食之纔得一果其味甘美無物可譬既食果已見樹乾枯其餘三果尚有光明食果之後身心恬惔無憂喜想自觀心識是敗壞法從諸苦有諸苦根本識爲因緣今觀此識如水上泡無有暫停四大無主身無有我識無依止如是諸法復七七四十九遍諦觀心識是敗壞法爾時自見已身白如珂雪節節相拄復當更教自以右手摩觸此身見身如塵骨末如粉如粉塵地尋復更教觀身如氣從數息有身如氣囊無有暫停復當更教尋自觀身如前還爲一白骨人見骨人已自觀已身如前還散猶如微塵如人以粉用塗於地尋見地上有青色骨人復以前觀末此青色骨人以用塗地復更觀身如青微塵塵變成骨人其骨盡黒復當如前以末塗地復自觀身猶如黒地見黒地中有四黒蛇眼赤如火蛇來逼身吐毒欲害不

能爲害即變爲火自燒巳身爾時空中有自然聲恒說苦空無常無我等法見此事時一一毒蛇八十八頭爲火所焚見此事時空中自然有水灑毒蛇身衆火盡滅八十八頭一切都消出定之時覺身安樂恬怕無爲復當更教自觀巳身無高大想尋復見身自然高大明顯可觀如七寶山自見巳心如摩尼珠爾時復當如上觀空作觀空時自覺巳身和悅柔軟快樂無比前蓮華上七寶色光流入巳心在摩尼珠中滿足十過十支七色皆悉具足自觀身空亦無衆想爾時頂上有自然光似金色雲亦如寶蓋色復似銀從頂上入覆摩尼珠光上出定入定恒見此事見此事者自然不殺不盗不邪婬不妄語不飲酒佛告阿難佛滅度後四部弟子比丘比丘尼優婆塞優婆夷作此觀者名第二十六正觀亦名得須陀洹道若得此觀要當審實使身自然離五種惡合修多羅不違毗尼隨順阿毗曇此名須陀洹果相爾時阿難聞佛所說歡喜奉行佛告阿難若有行者得此觀者宜當密藏勿妄宣傳但當一心勤行精進勤行精進巳復當更教諦觀地大地大觀法亦如上說觀地大巳次教觀水大觀水大者自觀巳身身中諸水身如瑠璃剛強難壞若見自身悉皆是水當教易觀若復見身盡成瑠璃亦教易觀觀於地大使瑠璃身猶如微氣見水從眼中現若見此事名細微四大觀復當更教從頭巳上使水滿中見水從眼中出亦不墮地自見巳眼如水上沫亦滿水中若見此事頭水不温不冷調和得所水若温者是假

僞觀水色澄清不温不涼次當更教觀腰已上水不温不冷復觀咽喉如瑠璃筩水入胷中次不至腹及乃髀膝莫令入臂使水澄清如玻瓈精色若覺水温乃是真觀此想成已復教通徹四支諸節水皆滿中如瑠璃器持用盛水漸漸廣大見滿一牀外人亦見若見此水清冷乃是真水若見餘相不名真實入水光三昧漸漸廣大滿一室內水皆澄清如瑠璃氣漸漸廣大遍滿三千大千世界見此事時當於靜處一心安坐勑諸同學皆使清淨不令憒閙爾時復當見水上紫焰起當自憶想此水從何處起云何當盡若言我是水者我身無我前已觀無我今從無法中水從何起作是念時水性如氣漸漸從頂上没水稍稍盡唯身皮在自見已身極爲微薄無物可譬如微塵草束復見身內忽然有火燒身都盡觀身無所永無有我我及衆生一切都無爾時行者心意恬憺極爲微細無物可譬此想成時名第二十七真無我觀亦名滅水大想亦名向斯陀含其餘微細賢聖法界微妙難勝不可具說行者坐時修諸三昧得無我三昧時當自然見佛告阿難汝今好受持是真實水大微妙境界廣爲未來一切衆生敷演廣說爾時阿難聞佛所說歡喜奉行佛告阿難得此觀已復當更教水大觀法此水大觀極爲微細使此水大與火大合見身如氣如瑠璃影觀齋四邊火焰俱起見於火焰猶如日映若見齋上有火光起或有從鼻中出或有從口中出耳眼隨意出入若見此事見一切火從毛孔出火出之後有緑色水尋

從火後自見身中水上火下火上水下觀身無身此想成時見身水火不溫不冷身心寂爾安住無閡此名斯陀含果亦名境界實相見此事時出定入定恒不見身入定之時外人亦見水火從毛孔出從毛孔入貪婬多者見火從頂上入從身根出然後遍滿身體水亦復然復當自觀頭上火如閻浮檀那金光雲蓋或見身下如七寶華心中恬靜安隱快樂世間樂事無以爲譬出定之時身亦安樂令外衆生見已禪定三昧安隱金光金色帝釋諸天恭敬禮拜並言大德汝今苦盡必定當成斯陀含果聞已歡喜修身禪定心無繫礙安隱快樂遊戲無我三昧中亦漸入空三昧門無願無作諸三昧等悉現在前如此微妙善勝境界行者坐時於禪定中自然分別若鈍根者大師世尊現前爲說以見佛故聞法歡喜應時即得斯陀含道復當至心覆尋前觀經二十五反極令明利佛告阿難汝好持此第二十九水大觀愼勿忘失得此觀者亦名斯陀含亦名善往來往宿世善根業因緣故遇善知識清淨法行汝乃當得此斯陀含道爾時阿難聞佛所說歡喜奉行佛告阿難若有比丘比丘尼優婆塞優婆夷若得此微妙水大觀已復當更教安隱微妙最勝奇特火大觀法作此觀時自見齊中見微妙火光狀如蓮華其色光明如和合百千萬億閻浮檀那金見此事已復當更教觀身内火觀内火時自見心火常有光明過於百千萬億明月神珠心光清淨亦復如是出定入定如人持明火珠行處恐他見唯自心中明了如

是他人不見漸漸大明見身猶如玻瓈明鏡見心亦如明月神珠處他人見他人其實不見此事入定之時以心明故見三千大千世界麤相見閻浮提須彌山及大海水悉皆了了復見大海水中摩尼珠王其摩尼珠王焰出諸火見此事已爾時見佛爲其廣說九次第定九次第定者九無閡入解脫如此等觀不須預受佛現前故佛自爲說其利根者聞佛說法九無閡道中應時即得阿羅漢道超越阿那含地如好白氎易染爲色若鈍根者復當更教風大觀法風大觀法者見一切風極爲微細細中細者可以心眼見而不可具說風復雜火火復雜風水入火中風入水中火入風中風火水等各隨毛孔如意自在或復有風十色具足如十寶光從身毛孔出從頂上入從齊中出從足下入一切身分中出從眉間入從眉間出從一切身分入如此種種無量境界賢聖光明賢聖種子諸賢聖法皆從此風大中起從此風大中入此風大觀具足相貌微妙境界唯阿羅漢能廣分別不可具說行者坐時當自然見若見此事練諸煩惱成阿那含此風大觀名第三十阿那含相應境界相佛告阿難汝好受持是阿那含相應最勝境界風大觀法愼勿忘失爾時阿難聞佛所說歡喜奉行

如是我聞一時佛在舍衛國祇樹給孤獨園與千二百五十比丘俱爾時尊者摩訶迦葉有一弟子是王舍大城苦行尼揵子兒名阿祇達多求尊者摩訶迦葉出家學道修行苦行具十二頭陀經歷五年得阿那含果不能

增進成阿羅漢即從座起至迦葉所整衣服叉手合掌頂禮摩訶迦葉白言和尚我隨和尚勤修精進如救頭然已經五年今得住於阿那含患身心疲懈不能增進無上解脱唯願和尚爲我速説爾時摩訶迦葉即入三昧觀比丘心知此比丘不盡諸漏從此命終生阿那含天從三昧起告言法子我今身心一切自在入自在三昧觀汝宿世所有業報於此身上無緣得成羅漢道阿祇達多聞此語已悲泣雨淚白言和尚如我今者不樂生天如困病人求無常力我畏生死亦復如是爾時迦葉告言法子善哉善哉善男子夫生死惡猶如猛火燒滅一切甚可厭患我觀汝根不得明審又復世尊與諸比丘在祇陀林我今與汝俱往佛所時彼比丘著衣持鉢隨迦葉後詣祇陀林到於佛所見佛世尊身如金山處大衆中威德自在三十二相八十種好皆悉備足爲佛作禮繞佛七帀却住一面胡跪合掌白言世尊我此弟子阿祇達多隨從我後修十二頭陀住深禪定至阿那含不能增進竭煩惱海唯願天尊爲説甚深灌頂甘露淨解脱門爾時世尊告阿祇達言善哉善哉阿祇達快問是事吾當爲汝分别解説諦聽善思乃往過去無央數世彼世有佛名大光明如來應供正遍知明行足善逝世間解無上士調御丈夫天人師佛世尊彼佛出世三種示現教化衆生度人周訖於像法中有一大國名波羅柰王名梵摩達多王有太子名忍辱鎧堅發甚深阿耨多羅三藐三菩提心求一切種智自誓不殺修十善業於六波

羅察無疲厭心時彼國中有一長者名日月音自在無量唯有一子忽遇熱病風大入心狂亂無智手執利劒走入巷陌殺害衆生時彼長者愛念子故手擎香爐至四城門外燒香散華發大誓願而作是言世間若有神仙聖人醫師呪師能救我子狂亂病者一切所有悉用奉施爾時太子出城遊戲見大長者修於慈心爲子求願心生歡喜而作是言此大長者勤修慈心普爲一切而長者子遇大重病願諸神仙必與慈悲來至此處救長者子語頃即有一大仙人從於雪山騰空而至名曰光味至長者所告長者言汝子所患從熱病起因熱病故生大瞋恚心脉悉開風大入心是故發狂如此病者如仙經說風大動者當須無瞋善男子心血以用塗身須善人髓服如大豆可得除愈爾時長者聞仙人說即於路中頂禮太子白言地天大仙人說我子所患當用慈心無瞋人血及以骨髓乃可得差我今正欲自刺我身出血食子破骨出髓持與令服唯願太子聽許此事爾時太子告言長者我聞佛說若有衆生苦惱父母墮大地獄無有出期云何長者自破身體欲令子差且忍須臾當爲長者作大方便爾時長者聞太子勑心生歡喜禮太子足還至家中象負其子送與太子太子見已醍醐灌之爾時仙人告太子言設以此藥灌此男子經九十日終不可差要得慈心無瞋人血爾時太子內自思惟除我身外其餘衆生皆當起瞋我今爲此救諸病苦濟生死命誓求佛道於未來世若得成佛亦當施此法身常命作此

誓已即刺身以血塗彼大長者子破骨出髓與之令服長者子服已病得除愈是時太子以破骨故迷悶躃地爾時天地六種震動釋梵護世無數天子僉然俱下到太子所告太子言汝今以身濟病衆生欲求何等爲求帝釋魔王梵天轉輪聖王三界之中欲求何等爾時太子白帝釋言我今所求亦不欲三界之中尊榮豪貴我求者乃願欲成阿耨多羅三藐三菩提爾時帝釋聞此語已告太子言汝今刺身破骨出髓身體戰掉有慨恨不爾時太子即立誓願我從始刺身體乃至於今若無慨恨大如毛髮令我身體平復如故作此誓已身體平復如前無異爾時帝釋見此事已白太子言太子威德奇特無比有強大志必得成佛太子成佛時願先度我作此誓時太子默然而說偈言

願我成佛時　普度諸天人　身心無罣閡
普慈愛一切　亦度於汝等　令諸衆生類
皆住大涅槃　永受於快樂

爾時太子說此偈已諸天雨華持以供養復雨無量百千珍寶積滿宮牆太子得已持用布施布施不止修諸波羅蜜皆悉滿足得成爲佛佛告迦葉爾時波羅柰國王者今我父王閱頭檀是爾時月音長者今汝摩訶迦葉是爾時長者子今阿祇達比丘是爾時忍辱鎧太子者今我釋迦牟尼佛是爾時帝釋者今舍利弗是佛告迦葉此阿祇達比丘乃往過去風大動故發狂無知是故今者入四大定於風定中心疑不行設使此人入風大定觀四大者頭破七分心裂而死當教此人修

於慈心爾時世尊告阿祇達汝今當觀一切衆生悉爲五苦之所逼切汝今應當生大慈心欲免衆苦觀色受想行識悉皆無常苦空無我阿祇達聞佛說此豁然意解應時即得阿羅漢道三明六通具八解脫即於佛前踊身空中作十八變作十八變已從空中下頂禮佛足白言世尊如來今者爲我宣說往昔因緣及說慈心廣演四諦我因佛力尋時即破三界結業成阿羅漢唯願天尊爲未來世濁惡衆生惡業罪故生五濁世如此衆生若修頭陀行諸禪定得阿那含如我心疑停住不行當修何法得離苦際佛告阿祇達諦聽諦聽當善思之如來今者因汝阿祇達普爲未來世一切衆生廣說從阿那含至阿羅漢於其中間所有微細一切境界當自分別若風病多者入風大定時因風大故喜發狂病當教觀佛教觀佛者教觀如來十力四無所畏十八不共法大慈大悲三念處法觀此法時自然得見無量色身微細妙相好或有諸佛飛騰空中作十八變或有諸佛一一相好普見無量百千變化見此事時當起恭敬供養之心作香華想普散諸佛然後復當自思惟言我今身中五陰四大皆悉無常生滅不住結使枝條及使根本皆悉無常我所念者念佛十力四無所畏十八不共法大慈大悲如是功德莊嚴色身猶如寶瓶盛如意寶珠寶珠力故映飾此瓶珠無我所瓶亦無住但爲衆生佛亦如是無有色性及與色像解脫清淨云何我今諦觀如來十力是處非處力乃至漏盡力十八不共法大慈大悲云何更

見無量色像作此想已見真金像滿娑婆世界行住坐卧四威儀中皆説苦空無常無我雖見此事復當起意想是諸佛皆是戒定慧解脱解脱知見十力四無所畏十八不共法大慈大悲三念處如此功德所共合成云何有色作此想時一一諦觀令一切佛身心無閡亦無色想自見己身如空中雲觀五受陰無諸性相豁然歡喜復還見身如蓮華聚周帀遍滿三千大千世界見諸坐佛坐已華上爲説甚深空無我無願無作聖賢十四境界門佛告阿祇達若有行者見此事已當教慈心教慈心者教觀地獄爾時行者即見十八地獄火車鑪炭刀山劒樹受苦衆生皆是已前身父母宗親眷屬或是師徒諸善知識見一一人阿鼻地獄猛火燒身或復有人節節火然或上劒樹或蹋刀山或投鑊湯或入灰河或飲沸屎或噉熱鐵丸或飲鎔銅或卧鐵牀或抱銅柱或入劒林碎身無數或挑眼無數持熱銅丸安眼眶中或見餓鬼身形長大數十由旬噉火噉炭或飲膿血變成鎔銅舉體火起足跟銅流或見閻冥鐵圍山間滿中衆生狀如羅刹更相食噉見諸夜叉裸形黑瘦雙牙上出頭上火然首如牛頭角端雨血復見世間虎狼師子諸惡禽獸更相噉食復見一切諸畜生苦或見阿修羅割截耳鼻受諸苦事復見三界一切衆生爲欲所使悉受苦惱觀無想天猶如電幻不久當墮大地獄中舉要言之三界二十五有一切衆生皆有三塗苦惱之業爾時行者觀見三界受苦衆生其心明了如觀掌中深起慈悲生憐愍心

見諸衆生宿行惡業故受惡報見此事已悲泣雨淚欲生救護盡其心力不能救濟爾時心中極生憐愍厭患生死不願久處心生驚怖如人捉刀欲來害已見此事已更起慈悲欲拔苦者無柰之何爾時行者内自思惟是諸衆生因於無明無明緣行行緣識識緣名色名色緣六入六入緣觸觸緣受受緣愛愛緣取取緣有有緣生生緣老死憂悲苦惱爾時行者内自思惟此無明者從何處來孚乳產生遍滿三界觀此無明假於地大而得成長依於風大而得動揺因於地大體堅不壞火大照育水成衆性如是動作風性不住水性隨流火性炎盛地性堅鞕此四大性二上二下諸方亦二東方者成色陰性南方者成受陰性西方者成想陰性北方者成行陰性上方者成識陰性此五受陰依無明有從觸受生樂觸因緣生於諸受受因緣生愛取有有因緣故生於三界九十八使及諸結業纏縛衆生無有出期如是諸業從無明有依癡愛生此無明者本相所出從何而生遍布三界於諸衆生爲大纏縛我今應觀無明識相從何處起此無明者爲是地大爲離地大爲與地合爲從地生爲從地滅地性本空推地無主云何無明起癡愛想緣行而有而此諸行及愛取有爲從風起爲從水生爲火所照如此四大一一諦觀此諸大者實無性相同如實際云何牽諸衆生纏在三界爲大煩惱之所燒然作此思惟已怖畏生死患生天樂觀諸天宫如夢如幻如露如電如呼聲響普見一切三界衆生猶如環旋受苦無窮見此

事已愁憂不樂世間如駛水流求涅槃道剎那剎那頃欲求解脫爾時復當更教數息一數二隨二數三隨三數四隨四數五隨五數六隨六數七隨七數八隨八數九隨九數十隨十數百隨百數千隨隨息多少攝氣令住爾時自見己身如千百萬億蓮華一切萎脆四面風來吹去萎華變成瑠璃如瑠璃器自見其心如大華樹從下方金剛際乃至三界頂上有四果其果微妙如如意珠有六種光遍照三千大千世界行者見此事時見金剛地際乃至上方三界之頂滿中諸佛與大弟子眷屬圍繞或有諸佛飛騰虛空身上出水身下出火身下出水身上出火東涌西没西涌東没南涌北没北涌南没中涌邊没邊涌中没或現大身滿虛空中大復現小如芥子

許變現自在隨意無閡或見諸聲聞入四大定身如火聚諸火焰端猶如金筒盛衆色水復見己身如彼入定爾時當教行者而作是言汝所見者雖是多佛及諸聲聞汝今應觀此諸世尊是無相身是大解脫是無學果應當善攝汝心如前數息此數息法有十六科不可具說爾時行者既數息已心意恬憺寂然見復當更教觀心蓮華猶如華樹上有果如摩尼珠現六種光其光明顯從三界頂照於下方金剛地際見心華樹荄垂欲絕然深無量爾時當觀諸佛法身諸佛法身者因色身有色身者譬如金瓶法身者如摩尼珠應當諦觀色身之內十力四無所畏十八不共法大慈大悲無閡解脫神智無量絕妙境界非眼所見非心所念一切諸法無來無去不

住不壞同如實際凡夫愚癡爲老死大賊之所追逐妄見顛倒以顛倒故墮落三塗愛欲河中爲駛水所漂沒溺三界我今云何同凡夫行妄想見佛我大和尚釋迦牟尼佛往昔之時頭目髓腦國城妻子持用布施百千苦行求解脫法今者已得超越生死住大涅槃寂滅究竟更不復生如過去佛法住常樂處亦無去來現在諸智身心不動恬憺無爲如此智慧所成就身當有何想云何變動我今見者從妄想現屬諸因緣故是顛倒色相之法作是思惟時一切諸佛及諸賢聖寂然隱身更不復現唯一佛在有四大弟子以爲侍者爾時釋迦牟尼世尊爲於行者更說四大清淨觀法告言法子過去三世諸賢聖等觀此行時自然皆觀風大觀法觀風大者先觀身內從心華樹生一微風如是微風漸漸增長遍滿身體滿身體已從毛孔出滿一房內滿一房已見此微風滿一庭內滿一庭已復見漸漸滿一頃地滿一頃已復更增廣滿一由旬滿一由旬已滿二由旬滿二由旬已滿三由旬滿三由旬已滿四由旬滿四由旬已滿五由旬滿五由旬已如此漸漸廣大滿十由旬微風纔動漸漸廣大遍滿三千大千世界上至於頂下金剛際遍此諸處已還從頂入令其心樹一切華葉漸漸萎落自見已身如玻瓈鏡表裏映徹爾時復當教觀水大觀水大者先觀身內心華樹端出一微水如瑠璃氣漸漸增廣似白色雲遍滿身內滿身內已從六根出頂上涌出繞身七帀如白雲行滴滴雨水其水柔輭盈滿一牀滿一牀已漸

漸廣大滿一房内滿一房已滿一庭中滿一庭已滿一城中滿一城已滿十頃地滿十頃已滿百頃地滿百頃已滿一由旬水色正白如白瑠璃光其氣微細過於凡夫眼相境界漸漸廣大滿二由旬滿二由旬已滿三由旬滿三由旬已滿四由旬滿四由旬已滿五由旬滿五由旬已漸漸廣大滿十由旬滿十由旬已漸漸廣大滿百由旬滿百由旬已漸漸廣大滿一閻浮提滿一閻浮提已漸漸廣大遍滿三千大千世界上至三界頂下至金剛際如是水相其氣如雲還從頂入見此事已復更教火大觀火大者自觀身内心華樹端諸華葉間有微細火猶如金光從心端出遍滿身内從毛孔出漸漸廣大遍滿一牀滿一牀已滿一房内滿一房已漸漸廣大滿一庭中滿一庭已滿一城中滿一城已滿十頃地滿十頃地已滿百頃地滿百頃地已滿一由旬火色變白如真珠光更復鮮白玻瓈雪山不得爲比紅光照錯以成文章漸漸廣大滿二由旬滿二由旬已滿三由旬滿三由旬已滿四由旬滿四由旬已滿五由旬滿五由旬已漸漸廣大滿百由旬滿百由旬已漸漸廣大滿閻浮提滿閻浮提已漸漸廣大遍滿三千大千世界上至三界頂下至金剛際還從頂入見此事已復當更教觀於地大觀地大者自見身内心樹諸華漸漸廣大如金剛雲遍滿身内滿身内已復滿一牀滿一牀已遍滿一房滿一房已遍滿一庭滿一庭已遍滿一城滿一城已漸漸廣大遍滿十頃滿十頃已遍滿百頃滿百頃已滿一由旬滿一由旬

已其色變青漸漸廣大遍滿二由旬滿二由旬已滿三由旬滿三由旬已滿四由旬滿四由旬已滿五由旬滿五由旬已漸漸廣大滿百由旬滿百由旬已漸漸廣大滿閻浮提滿閻浮提已漸漸廣大遍滿三千大千世界上至三界頂下至金剛際還從頂入見此事已復當更教還觀地大觀此地大如金剛雲難可摧碎當云何滅作此觀時見佛世尊釋迦牟尼坐金剛座與尊弟子眷屬五百坐行者前異口同音讚歎滅諦聞此語已當觀地大從因緣起無明所持無明無性癡愛無主虛僞因緣假名無明愛取有等皆屬此相作此思惟時見自心内衆華樹端漸漸火起燒金剛雲一一雲於諸葉間與火合體遍滿身内滿身内已地火俱動遍滿一牀滿一牀已遍滿一房滿一房已遍滿一庭滿一庭已遍滿一城滿一城已漸漸廣大遍滿十頃滿十頃已遍滿百頃滿百頃已滿一由旬滿一由旬已滿二由旬滿二由旬已滿三由旬滿三由旬已滿四由旬滿四由旬已滿五由旬滿五由旬已漸漸廣大滿百由旬滿百由旬已漸漸廣大遍滿閻浮提地火二大其性各異更相鼓動遍滿三千大千世界上至三界頂下至金剛際還從頂入見此事已復當更教觀於風大觀風大者自觀身内心華樹間出紫色風水大隨入滅此風色同爲水色風動水法遍滿身内漸漸廣大遍滿一牀滿一牀已滿一房内滿一房已遍滿一庭滿一庭已遍滿一城滿一城已漸漸廣大遍滿一由旬滿一由旬已風水二性其性各異風吹此水如

瑠璃沫其色焰熾更相鼓動遍滿二由旬滿二由旬已滿三由旬滿三由旬已滿四由旬滿四由旬已滿五由旬滿五由旬已漸漸廣大滿百由旬滿百由旬已漸漸廣大遍滿閻浮提滿閻浮提已漸漸廣大遍滿三千大千世界上至三界頂下至金剛際見此事已自見己身身諸毛孔一切火起此火光遍滿三界出三界外如眞金華華上有果果葉相次彼果光中演說四諦及十二因緣度生死法復見身內一切水起其水溫潤從毛孔出流布三界無不遍滿水色出光照三界頂入火光果中復見身內一切風起遍滿身內從毛孔出漸漸廣大駃速飄疾遍滿三界化爲金雲入火光果中復有地氣極爲微薄彌滿四大見此事已復當更教諦觀五陰觀於色陰此色陰者依地大有地大不定從無明生無明因緣妄見名色觀此色相虛僞不眞亦無生處假因緣現因緣性空色陰亦然受想行識性相皆空中無堅實觀此五陰實無因緣亦無受有如此四大云何增長遍滿三界作此思惟時見一切火從一切毛孔出遍滿三界還從一切毛孔入復見一切地大猶如金剛雲從一切毛孔遍滿三界還從一切毛孔入復見水大猶如微塵從一切毛孔出遍滿三界還從一切毛孔入復見風大其勢羸劣從一切毛孔出遍滿三界還從一切毛孔入如是四大從毛孔出從毛孔入往復反覆經八百遍見此事已如前數息已閉氣而住經一七日爾時自然見此大地漸漸空見一牀下漸漸空見一房漸漸空見一房已見一庭

地漸漸空見一庭已見一城地漸漸空見一城已見十頃地漸漸空見十頃已見百頃地漸漸空見百頃已見一由旬地漸漸空見一由旬已見二由旬地漸漸空見二由旬已見三由旬地漸漸空見三由旬已見四由旬地漸漸空見四由旬已見五由旬地漸漸空見五由旬已乃至見十由旬地漸漸空見十由旬已乃至見百由旬地漸漸空見百由旬已乃至見閻浮提八千由旬地漸漸空見閻浮提已見弗婆提地十千由旬漸漸空見弗婆提已見瞿耶尼地三萬由旬漸漸空見瞿耶尼已見欝單越地四萬由旬漸漸空見欝單越已見須彌山四大海水山河石壁四天下中一切所有見堅鞕物一切悉皆漸漸空見四天下已心遂廣大遍滿三千大千世界諸堅鞕物大地山河石壁一切悉空心無所寄爾時自然見金剛際有十四金剛輪從金剛輪下自然上涌更相振觸至行者前爾時心樹諸妙華端自然火起燒諸華葉樹上四果墮行者頂從頂而入住於心中爾時此心豁然明了見障外事復有六象其色正黑蹋大地壞吸飲諸水風吹象殺象耳出火燒象都盡四大毒蛇走上樹端見有一人似大力士拔此大樹下至金剛際上至三界頂令樹動搖行者心中四明珠果復出大火燒樹荄絶是時大樹散如微塵行者見已我今觀於水火風等及與水大一切無常須臾變滅當自觀我身內四大火起無窮地水風等亦復如是此無明相空無所有假偽顛倒猶如霜炎屬於三界緣於癡愛三十三億念生法九百

九十轉次第念麤相結使九十有八枝條種子彌覆三界爲是衆結受生無數或墮地獄猛火焚身或爲餓鬼呑飲融銅噉熱鐵丸百千世中不聞水穀或爲畜生駝驢猪狗數不可知人中受苦衆難非一如是衆多從癡愛得今觀癡愛性無所有作是思惟時釋迦牟尼佛放金色光與諸聲聞眷屬圍繞告行者言汝今知不色相虛寂受想行識亦復如是汝今應當諦觀空無相無作無願三昧空三空者觀色性及一切諸法空無所有如是衆空名空三昧無願三昧者觀涅槃性寂滅無相觀生死相悉同如實際作此觀時不願生死不樂涅槃觀生死本際空寂觀涅槃性相皆同入空無有和合是名無願三昧無作三昧者不見心不見身及諸威儀有所修作不見涅槃有起性相但見滅諦通達空無所有爾時行者聞佛世尊說是空無相無願三昧身心靜寂遊三空門猶如壯士屈伸臂頃應聲即得超越九十億生死洞然之結成阿羅漢不受後有梵行已立知如道眞豁然意解無復餘習漏盡慧通自然而得其餘五通要假修得六通義廣說如阿毗曇爾時世尊爲阿祇達說是賢聖空相應心境界分別十一切入相已默然安隱入無諍三昧放衆色光普照世界是時會中二百五十比丘心意開解成阿羅漢五十億優婆塞破二十億洞然結成須陀洹天人大衆聞佛所說皆大歡喜爾時長老阿難即從坐起白佛言世尊如來初爲迦絺羅難陀說不淨門爲禪難提比丘說數息法爲阿祇達說四大觀如是衆多微

妙法門云何受持當以何名宣示後世佛告阿難此經名禪法秘要亦名白骨觀門亦名次第九想亦名雜想觀法亦名阿那般那方便亦名次第四果相亦名分別境界如是受持慎勿忘失佛告阿難我滅度後若有比丘比丘尼式叉摩尼沙彌沙彌尼優婆塞優婆夷若有欲學三世佛法斷生死種度煩惱河竭生死海滅愛種子斷諸使流厭五欲樂樂涅槃者當學是觀此觀功德如須彌山流出衆光照四天下行此觀者具沙門果亦復如是佛告阿難佛滅度後若有比丘比丘尼優婆塞優婆夷欲學此法者當離四種惡何等爲四一者淨持禁戒威儀不犯於五衆戒若有所犯應當至心懺悔清淨戒清淨已名莊嚴梵行二者遠離憒閙獨處閑靜繫念一處樂少語法修行甚深十二頭陀心無疲厭如救頭然三者掃偷婆塗地施楊枝淨籌及諸苦役以除障罪四者晝夜六時常坐不卧不樂睡眠身倚側者樂當塚間樹下阿練若處食若鹿食死若麁死若有四衆行此四法者當知此人是苦行人如此苦行不久必得四沙門果佛告阿難若有四衆修繫念法乃至觀見脚指端手指端一節少分白骨相極令明了若見一指若見一爪一切諸白骨當知此人以心利故命終之後必定得生兜率陀天滅三惡道一切苦患雖未解脫不墮惡道當知此人功德不滅已得免離三塗苦難何況具足諸白骨人見此骨人者雖未解脫無漏功德當知此人已免一切三塗八難苦厄之患當知此人世世所生不離見佛於未來

世值遇彌勒龍華初會必先聞法得證解脱佛告阿難若有比丘比丘尼優婆塞優婆夷於佛法中爲利養故貪求無厭爲好名聞而假僞作惡實不坐禪身口放逸行放逸行貪利養故自言坐禪如此比丘犯偷蘭遮過時不説不自改悔經須臾間即犯十三僧殘若經一日至於二日當知此比丘是天人中賊羅刹魁膾必墮惡道犯大重罪若比丘尼妖冶邪媚欲求利養如猫伺鼠貪求無猒實不坐禪自言坐禪身口放逸行放逸行貪利養故自言坐禪如此比丘尼犯偷蘭遮過時不説不自改悔經須臾間即犯十三僧殘若經一日至於二日當知此比丘尼是天人中賊羅刹魁膾必墮惡道犯大重罪若比丘比丘尼實不見白骨自言見白骨乃至阿那般那

是比丘比丘尼誑惑諸天龍鬼神等欺世間人此惡人輩是波旬種爲妄語故自説言我得不淨觀乃至頂法此妄語人命終之後疾於雹雨必定當墮阿鼻地獄壽命一劫從地獄出墮餓鬼中八千歲中噉熱鐵丸從餓鬼出墮畜生中生恒負重死復剥皮經五百身還生人中聾盲瘖瘂癃殘百病以爲衣服如是經苦不可具説若優婆塞實不坐禪自言坐禪實不梵行自言梵行是優婆塞得失意罪不淨有作不起墮落臭旃陀羅與惡爲伴是朽敗種不生善芽貪利養故多求無厭經於一日乃至五日犯大妄語此大惡人波旬所使是旃陀羅屠兒羅刹同類必定當墮三惡道中此優婆塞欲命終時十八地獄火車鑪炭變化惡事一時迎之必定當墮三惡趣

中無有疑也若優婆塞實不得不淨觀乃至煖法於大衆中起增上慢唱如是言我得不淨觀乃至煖法當知此優婆塞是天人中賊欺誑世間天龍八部此優婆塞命終之後疾於雹雨必定當墮阿鼻地獄滿一大劫地獄壽盡生餓鬼中經八千歲噉熱鐵丸從餓鬼出墮畜生中生恒負重死復剥皮經五百身還生人中聾盲瘖瘂癃殘百病以爲衣服如是經苦不可具說若優婆夷顯異惑衆實非坐禪謂言坐禪此優婆夷得失意罪垢結不淨不起墮落不淨有作臭殡陀羅此優婆夷與惡爲伴是魔眷屬必定當墮三惡趣中是優婆夷過時不說不自改悔經須臾間一日乃至五日是優婆夷貪求無厭實非梵行自言梵行實非坐禪自言坐禪此大惡人必定當墮三惡趣中隨業受生若優婆夷實不得不淨觀乃至煖法於大衆中唱如是言起增上慢自言我得不淨觀乃至煖法此優婆夷是天人中賊命終之後疾於雹雨必定當墮阿鼻地獄滿一大劫地獄壽盡生餓鬼中經八千歲噉熱鐵丸從餓鬼出墮畜生中生恒負重死復剥皮經五百身還生人中聾盲瘖瘂癃殘百病以爲衣服如是經苦不可具說佛告阿難若比丘比丘尼優婆塞優婆夷繫念住意心不散亂端坐正受住意一處閉塞諸根此人安心念定力故雖無境界捨身他世生兜率天値遇彌勒與彌勒俱下生閻浮提龍華初會最先聞法悟解脫道復次阿難佛滅度後濁惡世中若有比丘比丘尼優婆塞優婆夷實修梵行行十二頭陀莊嚴身心

行念定修白骨觀觀於不淨入深境界心眼明利通達禪法如此四衆爲增長佛法故爲法不滅故當密身口意猶如有人遇身心病良醫處方當服醍醐爾時病者則詣國王求乞醍醐王慈愍故即以醍醐持用賜之因勑病人服醍醐法當於密屋無風塵處而取飲之飲已閉口調四大氣勿令失度若比丘比丘尼服此甘露灌頂藥者唯除知法教授之師不得妄向他人宣說若向他說即失境界亦犯十三僧殘之罪若諸白衣欲行禪定得五神通當不應向他人宣說言我得神通仙呪術一切宜祕何況出家受具足戒若得不淨觀乃至暖法不得妄向他人宣說若向他說即滅境界使多衆生於佛法中生疑惑心是故我今於此衆中制諸比丘比丘尼若得不淨觀乃至暖法當密修行令心明利唯向智者教授師說不得廣傳向他人說若向他說爲利養心應時即犯十三僧殘過時不懺心無慚愧亦犯重罪如上所說復次阿難佛滅度後現前無佛四部弟子求解脫者得不淨觀當密藏祕勿令他知譬如有人貧窮孤獨生濁惡世屬無道王彼貧窮人掘地求水宿世因緣忽遇伏藏大獲珍寶怖畏惡王密藏此寶不令他知但於屏處取此珍寶以供妻子密受快樂佛滅度後四部弟子得禪樂者亦復如是當密藏之不得廣說若廣說者犯大重罪復次阿難譬如長者獨有一子遇大重病鬚眉落盡爾時長者內自思惟我今衰禍唯此一子遇此重病當何處求覓良醫作此語已大出財寶募訪良醫長者宿福忽

遇一醫多知經方長者白言唯願大師起大慈悲我有一子遇患多時唯願大師救療此患設得愈病令我家中大有財寶猶如北方毗沙門天王若子得差唯除我身一切奉上不敢違逆時彼良醫告長者言汝今能造十重閣室極令深密然後可令汝子服藥服此藥已不得見人不向他說經四百日見乃可差佛告阿難佛滅度後佛四部衆弟子若修禪定求解脱者如重病人隨良醫教當於靜處若冢間若林樹下若阿練若處修行甚深諸賢聖道當密身口於内心中修梵行修四念處修四正勤修四如意足修五根修五力修七覺道修八聖道分修四禪修四無量心遊入甚深無量空三昧門乃至得六神通如是種種勝妙功德但當一心密而行之愼勿虚妄於多衆前自說得過人法若說得過人法如上所說必定當墮阿鼻地獄佛告阿難我般涅槃後初一百歲此不淨觀行閻浮提攝放逸者令觀四諦一日之中修無常觀得解脱者如我住世等無有異二百歲後此閻浮提四部弟子二分之中一分弟子修無常觀得解脱道三百歲時四部弟子四分之中一分弟子修無常觀得解脱道四百歲時四部弟子五分之中一分弟子修無常觀得解脱道我涅槃後五百歲時四部弟子十分之中一分弟子修無常觀得解脱道六百歲時四部弟子百分之中一分弟子修無常觀得解脱道七百歲時四部弟子千分之中一分弟子修無常觀得解脱道八百歲時四部弟子萬分之中一分弟子修無常觀得解脱道

九百歲時四部弟子千萬分中一分弟子修無常觀得解脱道千歲之時四部弟子億分之中十人百人修無常觀得解脱道過千歲已此無常觀雖復流行閻浮提中億億千萬衆多弟子若一若兩修無常觀得解脱道千五百歲後若有比丘比丘尼優婆塞優婆夷讚歎宣説無常苦空無我觀者多有衆生懷嫉妬心或以刀斫或以瓦礫打拍彼人駡言癡人世間何處有無常觀苦空無我身肌白淨無量云何反説身爲不淨汝大惡人宜合驅擯此相現時百千人中無有一人修無常觀此相現時法幢崩慧日没一切衆生盲無眼目釋迦牟尼佛雖有弟子所著袈裟如木頭幡自然變白諸比丘尼猶如婬女衒賣女色以用自活諸優婆塞如旃陀羅殺生無度諸優婆夷邪婬無道欺誑百端此相現時釋迦牟尼無上正法永没無餘佛告阿難汝持佛語爲未來世四部弟子當廣宣説分别其義慎勿忘失復次阿難汝當爲來世諸衆生等當宣此言如來大法不久必没汝等於佛法中應勤精進當觀苦空無常無我等法佛説此語時八千天子悟解無常遠塵離垢得法眼淨五百比丘即於座上不受諸法漏盡意解成阿羅漢爾時長者阿祇達并千二百五十比丘諸天龍神聞佛説此無常觀門心開意解皆悉達解苦空無常頂禮佛足歡喜奉行

禪秘要法經卷下

音釋

翁烏公切翁鬱草木盛貌　涸曷各切水竭也　筒徒東切　䏲部禮切䏲脹也　疲蒲糜切勞倦也　僉下廉切皆也　掉徒弔切顫也　慨口溉切內自憤激也　鎔餘封切銷也　挑他凋切撥取也　跟古痕切足踵也　裸魯果切赤體也　鞕魚孟切堅強也　掁除庚切觸也　雹弼角切雨冰也　瘖瘂瘖於金切瘂幺下切瘖瘂不能言也　癃良中切疲也　瘥楚懈切病除

三十一

陰持入經

後漢安息國三藏安世高譯

清刻龍藏佛說法變相圖

陰持入經卷上 上下同卷

後漢安息國三藏安世高譯

佛經所行示教誡皆在三部爲合行何等爲三一爲五陰二爲六本三爲從所入五陰爲何等一爲色二爲痛三爲想四爲行五爲識是爲五陰色陰名爲十現色入十現色入爲何等一眼二色三耳四聲五鼻六香七舌八味九身十樂是爲十現色入是名爲色種痛種爲何等痛種爲身六痛一眼知痛二耳知痛三鼻知痛四舌知痛五身知痛六心知痛是爲身六痛名爲痛種思想種爲何等思想種爲身六思想一色想二聲想三香想四味想五更想六法想是爲身六思想名爲思想種行種爲何等行種名爲身六更一色所更二聲所更三香所更四味所更五觸所更六

法所更是爲身六更是名爲行種識種爲何等識種名爲身六識眼識耳識鼻識舌識身識心識是爲身六識是爲識種名爲五陰種當知是是從何知爲非常苦空非身從是知亦有二知一爲慧知二爲斷知從慧知爲何等爲非常苦空非身是爲從慧知從斷知爲何等愛欲已斷是爲從斷知陰根爲何等積爲陰根足爲陰根譬如物種名爲物種木種名爲木種火種名爲火種水種名爲水種一切五陰亦如是有十八本持十八本持爲何等一眼二色三識四耳五聲六識七鼻八香九識十舌十一味十二識十三身十四更十五識十六心十七法十八識是名爲十八本持已知是從何知爲非常苦空非身是爲知從是知亦有二知一爲從慧知二爲從已斷知從慧知爲何等非常苦空非身是爲從慧知從斷知爲何等愛欲已斷是爲從斷知彼爲具足具足爲何等或言無有餘具足已無有餘令眼明見明一行者說是已爲斷眼本耳本遍說如是率名爲本持譬是人爲多熱如是名遍譬喻是爲具足亦有十二入何等爲十二自身六外有六自身六爲何等眼耳鼻舌身心是爲自身六入外有六爲何等色聲香味更法是爲十二入一切從何知爲非常苦空非身是從是知亦有二知一從慧知二從斷知從慧解知爲何等爲非常苦空非身是爲從慧知從斷知爲何等愛欲已斷是爲從斷知何等爲入解從是致名爲入從入解譬從金入名爲金地從銀入名爲銀地如是各各應是譬喻所從所入是從是有如是

從所意念有行罪苦法如是從所致是名爲從是入亦有從是入譬如王有入所有名是亦如是爲有四諦苦習盡道苦名爲要語身亦念習名爲要癡亦所世間愛盡名爲要慧亦解脱道名爲要止亦觀亦有三十七品經法四意止四意斷四神足五根五力七覺意賢者八種道行是爲三十七品經法過去佛亦有是現在佛亦有是未來佛亦有是辟支佛亦從是得度世道佛弟子亦從是爲度世無爲道四意止爲何等或見比丘自身身相觀行止外身身相觀行止内外身身相觀行止盡意念以却世間癡心方便自痛痛相觀行止外痛痛相觀行止内外痛痛相觀行止盡意念以却世間癡心方便自意意相觀行止外意意相觀行止内外意意相觀行止盡意念以却世間癡心方便自法法相觀行止外法法相觀行止内外法法相觀行止盡意念以却世間癡心方便

何等爲從四意正斷或比丘有未生弊惡意法發方便令不生勸意不捨方便行精進攝制意捨散惡意是爲一斷意巳生弊惡意發清淨法欲斷勸意求方便行精進攝制意捨散惡意是爲二斷意未生清淨法勸意發方便令生行精進攝制意捨散惡意是爲三斷意巳生清淨法令止不忘令不減令行不翅令行足發方便行精進攝制意捨散惡意是爲四意正斷何等爲四神足或有比丘爲欲定斷生死隨行增神足惡生死猗却欲猗從方便意生遣離去是爲一神足精進定斷生死隨行增神足惡生死猗却欲猗盡猗從方

便意生遺離去是爲二神足意定斷生死隨行增神足惡生死猗却欲猗盡猗從方便意生遺離去是爲三神足戒定斷生死隨行增神足惡生死猗却欲猗盡猗從方便意生遺離去是爲四神足四意止四意斷四神足爲已說具何等爲五根信根精進根念根定根慧根是名爲五根彼根應何義根爲根義屬爲根義可喜爲根義不爲同事爲根義是名爲根義何等爲五力信力精進力念力定力慧力是名爲五力彼力應何義無有能得壞爲力義有所益爲力義有膽爲力義能得依爲力義是名爲力義有七覺意何等爲七覺意一念覺意二法分別觀覺意三精進覺意四愛可覺意五猗覺意六定覺意七護覺意是名爲七覺意有得道者八種道行何等爲八一直見二直行三直語四直業五直利六直方便七直念八直定是名爲八道行八種道行爲墮合三種一戒種二定種三慧種彼所直語直業直利是名爲戒種彼所直方便直念直定是名爲定種彼所直見直行是名爲慧種皆從是教戒令不翅教戒令不翅教意令不翅慧教戒彼戒種比丘爲拔瞋恚惡本爲散瞋恚結爲合恚瘡爲識苦痛爲度欲界彼定種比丘爲拔慳惡本爲散欲結爲合欲瘡爲知樂痛爲度色界彼慧種比丘爲拔癡惡本爲散癡結爲合憍慢瘡爲知不樂不苦痛爲得度無色界是爲三種比丘止爲拔三惡本散三惡使合四瘡知三痛度三界

何等爲十二種從求如求等生從癡因緣令有行從行令有識從識令有名字從名字令

有六入從六入令有致從致令有痛痒從痛痒令有愛從愛令有受從受令有有從有令有生從生令有老死憂悲苦不可心致惱如是具足苦種爲致習癡已盡便行盡已行盡便識盡已識盡便名字盡已名字盡便六入盡已六入盡便致盡已致盡便痛痒盡已痛痒盡便愛盡已愛盡便受盡已受盡便有盡已有盡便生盡已生盡便老死盡已老死盡憂悲苦不可心惱便盡如是具足苦種便得盡彼癡名爲不知四諦如有不解不見不相應不受不解不解不解貌是名爲癡彼癡因緣行爲何等爲六望受何等爲六色聲香味身法是爲身六望受是名爲行彼行因緣識爲六身識眼耳鼻舌身心是名爲六身識彼識因緣名字字爲色名爲四大色陰痛想行識是

爲名色爲四大本謂地水火風是上爲名是四爲色是二相連共爲名字彼名字因緣身六入受眼耳鼻舌身心是名身六入受彼六入因緣身六思望眼耳鼻舌身心是名爲身六思望彼思望因緣身六痛眼耳鼻舌身心是名爲身六痛彼痛因緣六入身愛色愛聲愛香愛味愛身愛法愛是名爲六身愛彼愛因緣受爲四受一欲受二見結受三戒願受四身結行受是名爲四受彼受因緣有爲三有一欲界二色界三無色界是名爲三有彼有因緣生爲上五陰六持六入已有如有生聚已住墮致分別根已入得有是名爲生死爲何等名爲人人所在在所住已住壞已過死是時命六根已閉塞是爲死上本爲老後要爲死是故名爲老死癡相爲何等爲冥中

見冥如有不解令從是致墮行相處行相爲何等爲令後復有是爲行相上從是發起令從是致墮識處識相爲何等爲識物識事是爲識相令從是致墮名字處名字相爲何等爲俱猗是爲名字相令從是致墮六入處六入相爲何等爲分别根是爲六入處令從是致墮思望處思望相爲何等爲相會更生是爲思望相令從是致墮痛處痛相爲何等爲更覺是爲痛相令從是致墮愛處愛相爲何等爲發往是爲愛相令從是致墮受處受相爲何等爲受持是爲受相令從是致墮有處有相爲何等爲致令墮若干處是爲有相令從是致墮生處生相爲何等爲已有五陰是爲生相令從是致墮老處老相爲何等爲轉熟是爲老相令從是致墮死處死相爲何等爲命根盡是名爲死相令從是致墮苦處苦相爲何等爲身急是爲苦相令從是致墮不可處不可相爲何等爲心意急是爲不可相令從是致墮悒悒憂悒悒相爲何等爲憂五陰令從是致墮愁惱處悲愁相爲何等口出聲言令致悲惱懣懣爲惱惱亦爲懣

九絶處爲一切惡行合部伴從流行爲有二本從有結罪爲三惡本亦有四倒彼二本罪惱爲何等一爲癡二爲墮有愛名爲二本三惡本爲何等一爲貪欲二爲瞋恚三爲癡惑是名爲三惡本有四倒四倒爲何等非常念常是爲思想倒爲意倒爲見倒是爲一倒計苦爲樂非身爲身不淨爲淨思想意見倒如上說是名爲四倒彼癡名爲不解四諦不慧不見不相應不解受爲惡是爲癡彼有愛爲

何等爲所世間欲發往不捨是爲有愛是名爲二本彼欲貪本爲何等爲在所所種貪爲奇珍寳奇財産奇嚴事爲有嫉在奇貪可貪欲可往愛相愛哀相往不捨是爲貪惡本是本爲誰爲所有貪爲身非法行口非法行心非法行亦餘俱相連惡種所作意念是法本是故名爲貪惡本彼瞋恚非法本爲何等爲在人爲在行恚想恚不忍不識因緣瞋恚發訐諦念不可説不可所念念不好令意却是爲恚非法本是本爲誰爲非法本所身罪所言罪所心罪亦餘所相連意念爲是法本是故爲瞋名爲非法本彼癡惑非法本爲何等不知四賢者諦如有不解不見不相應不解受非法或隨或受或在或不識或癡冥在冥蔽覆令冥令無眼令恚壞盡不能致無爲度世是癡惑非法行本是本爲誰爲惑非法身行作口行作心行作亦所共相助非法意所念非法本是名爲癡惑非法本彼當知倒亦當知所倒當知從所倒當知是彼有一倒從一倒爲四倒從所有爲三倒何等爲一倒爲對或受非常爲常爲苦爲樂非身爲身不淨爲淨是爲一倒何等爲四倒所有身痛意法是爲四倒何等爲三倒一爲想二爲意三爲見是爲三倒使彼所可意根相連著若色若像爲受想是爲欲想以爲有欲想相隨久不斷在意念是爲欲念種若彼所想分別受是名爲想倒彼或意不如有受所從不應受解是名爲意倒以所受不捨在意念在色不淨意計淨聽可意念已快所見受往是名爲見倒彼所見已爲相分別應當爲十二倒何等

爲十二倒在身有三在痛有三在意有三在法有三有四想倒意倒亦有四見倒亦有四亦爲在入因緣相會色令爲十二倒身三痛三意三法三合爲十二倒爲如是六爲七十二倒從本得因緣起隨因緣多少無有量不可數在人無有數無有數倒彼五陰爲四身有從所有色陰是屬身從有痛陰是屬痛身從有識陰是屬意身從有想陰亦行陰是屬法身從有是五陰令受四身因緣有彼身不淨計淨是爲身倒彼痛苦計爲樂是爲痛倒彼意非常計爲常是爲意倒彼法不爲身計爲身是爲法倒爲欲止四倒故佛爲現四意止爲說分別彼爲身身相觀行止爲不淨意念淨倒得解彼爲痛痛相觀爲苦計爲樂倒得解彼爲意意相觀非常計爲常倒得解彼爲法法相觀非身計爲身倒得解彼冥中冥如有不解是爲癡相令隨所倒處彼得往是爲受相令從是受色爲身故令欺奇是爲貪相令墮不與取所可不如意是爲恚相令墮殺處爲不解事是爲癡惑相令受邪墮邪處爲作從所行法不却受相是爲令墮有常想不知身體物爲更相會相令計樂想爲墮身處爲不解所法相爲有身想令墮是爲是我所處爲墮受色像相令計是爲淨想令從是墮不攝守根處是爲九品爲已分別爲一切不可行非法伴已說竟是多聞者能解不多聞者卒不解是爲慧人能解不慧卒不解是行者能解不墮行不解有

陰持入經卷上

陰持入經卷下

後漢安息國三藏安世高譯

九絕處令一切淨法部墮聚合何等爲九一止二觀三不貪四不恚五不癡六非常七爲苦八非身九不淨是爲九彼止名爲意止在處能止已止正止攝止不失止不忘心寂然一一向念是名爲止何等爲觀觀名爲了陰爲了持爲了入了名字了從本生了從本法已生了苦了習了盡了道行了從善惡從是法生了增復增了白黑了是可隨不可隨如有分別爲施不施爲下復下爲念復念爲思觀爲識爲慧爲眼爲謀爲滿爲解爲慧爲明爲欲爲光爲敢不離爲觀法爲覺意爲直見爲道種是名爲觀亦有若干二輩觀一爲淨觀二爲不淨觀三爲清淨觀四爲不清淨觀五爲黑觀六爲白觀七爲可行觀八爲不可行觀九爲罪行觀十爲殃福觀十一爲縛觀十二爲解脫觀十三爲有所益觀十四爲失無所益觀十五爲往觀十六爲還觀十七爲受罪觀十八爲除罪觀是故名爲觀亦爲二因緣令有是說止爲一切天下人有二病何等爲二一爲癡二爲愛是二病故佛現二藥何等爲二一爲止二爲觀若用二藥爲愈二病令自證貪愛欲不復貪念意得解脫癡已解令從慧得解脫彼愛欲藥爲何等爲止愛已解意亦解意已解病便愈彼癡藥爲何等爲觀癡已却解從慧解脫爲病愈如是佛說如是二法當知一爲字二爲色二法當捨一爲癡二爲愛二法當自知一爲慧二爲解脫二法可行一爲止二爲觀彼止已行令識色

已識令愛得捨愛已解意便得解脫自證知止已行滿足便得捨癡已得捨癡便從慧得解脫自證知若比丘以二法自知字亦色以二法捨癡亦愛如是齊是便無所著癡行畢欲度世是爲尚有餘無爲未度已無爲竟命已竟畢便爲苦盡令後無苦彼以有是陰亦持亦入已盡止寂然從後無陰亦持亦入無相連不復起是爲無餘已得度世無爲畢是爲二無爲種彼不貪清淨本爲何等爲三界中不得不望不求是名爲不貪清淨本是本爲誰爲不貪身清淨言清淨法餘相連清淨法意所念爲本是爲不貪清淨本亦有清淨本佛說爲八種行是清淨本彼爲三清淨道種是爲不貪本何等爲三一爲直方便治二爲直念三爲直定是爲三清淨道種本是故名爲不貪清淨本彼無恚不犯法本爲何等若忍所行未來爲不出恚忍因緣爲不恚不恚不受殃無恚無瞋亦不嗔無怨亦不相怨是爲無恚不犯法本是故名爲無恚不犯法本亦有三清淨道種爲無恚不犯法本一爲正語二爲正業三爲正致利是爲三清淨道種是故名爲無恚不犯法本彼不惑清淨本爲何等爲從慧見四諦如有如有應受清淨不愚不惑不隨惑亦不墮惑慧明明相見從清淨法是爲不惑清淨本是本爲誰爲不惑清淨所身行所言行所心行亦隨相連清淨法爲意思惟相念所法本亦爲從二清淨道種爲不惑本一爲直見二爲直行是爲從二清淨道種本是故名爲不惑清淨本是爲三清淨爲八種道已份在所隨應非常爲如是

彼非常想爲何等一切所行是非常想所想計知是爲受是爲非常想亦從有世間八法何等爲八有利無利名聞不名聞有論議無論議若苦植志守道而艱患相紹或有灰滅之禍三塗之罪謂之苦若樂爲意不墮不受從若干思不受止護觀思惡得止是名爲非常想彼苦想爲何等爲一切世間行是爲苦所想覺知受是名爲苦想從是要爲何等望苦想爲已習已增所念已多爲貪已足貪從萬物生望從危生瞋從嫉生愚從不問生癡從冥生貪望瞋恚愚癡是爲足也爲不墮貪謂人從貪望得老從瞋恚從病從愚癡得死從福得生故行家已得三十七品妙行即不墮貪爲意不受不隨相牽不墮不念若干意護觀爲已得爲得止從是思望致是要彼非身想爲何等爲一切法不計身不墮身言一切四大法不計爲身身者非常之物明者不墮身想也爲想知想受是名爲非身想從是爲何等望致非身想已爲念爲思爲已增令是是自計我爲是爲意不受捨若干態不受跓爲觀穢惡得止不受跓者不跓息也所以能却八十四態者正從觀惡露得止息也是爲從是要致彼惡不淨想爲何等爲一切世間行爲不淨所想自知受是名爲不淨想從是想爲何等望致不淨想已爲念爲思爲已增令世間五樂意却捨意不牽不受不復墮若干念以得護爲穢惡得跓是爲從是要致彼爲四思想念行何以故令知五陰故佛說是分別見彼不淨想行爲令色陰從是解彼苦想行令痛陰從是解彼非身想行令思想陰亦行陰從是解彼非常想行令識陰從是解彼從止行令愛從是解彼從觀行令癡從是解彼從不貪爲捨貪彼從不恚爲捨恚彼從不惑爲捨癡彼從非常想令解有常彼從苦

想爲解樂想彼從非身想爲解身想彼從不淨想爲解淨想彼從止攝意能得還是爲止想命從是止禪彼從一切法寂然能得解受是爲觀想令止跓一切知從欲能還想是爲不貪相令還不與取止（色聲香味細滑邪念名之曰不與取也行家已得四禪還六情不復受外六欲故言還不與取止）已後不復生癡是爲無有恚相令從殺還得止識事亦物是爲不惑相爲令得止止所世間所世間所行爲所法能受相是爲非常想令知從生亦知從滅識爲是處爲世間行作世間更所識想是爲苦爲所思想是爲痛種處一切所法不住相是爲非身想是爲思想處已見身屍已壞青膖爲受是相是爲不淨思想從是爲悔却令寂然止是爲九品處已分別說見爲一切無爲部說具足是爲誰知多聞少聞不爲

慧者不慧不爲常意在經爲意相連生爲從不分別觀令不得非常想不受非常想令從是墮五樂令五樂覆盖從所應行失令不解苦想令墮五陰受入令爲意計是身若干本非一本不捨不觀令不墮非身想爲意在顏色樂計是身爲淨不計是皮膚覆令不墮不淨想不往受止是想不信令無有想不受喜爲從是四種已除得墮無爲種處佛說信根比丘欲見知當求在四溝港種爲清淨法不捨方便相令致清淨從清淨發起令墮四意止佛說精進根比丘欲見知當在四意斷過去所更相念不忘爲從不忘發生墮四意止佛說念根比丘欲見知當觀在四意止爲一意根是爲定從不惑起令墮四禪處佛說是比丘欲知定根當知在四禪（數息爲身意止相隨爲痛痒意

止止爲意意止觀爲法意止是四身止五陰便止是爲還還淨是應四禪也從本
校計爲慧如有能得持從是發起令墮四諦
佛說慧根比丘欲見當在四諦爲有四輪好
郡縣居輪依慧人輪自本正願輪宿命有福
輪輪者喻車輪也能載致物言人有是四輪亦載致人於道也四輪應四諦四禪爲屬
道行也百法四輪義同也彼爲道德共居相是爲好郡縣
居令賢賢者依止處以得道德依猗相是爲
依慧人從是爲墮有正願處以得正願相是
爲身正願令墮福處從清淨行有所入相是
名爲福令致墮五樂處
彼爲戒法十一本一爲色持戒無悔二爲已
不悔令得喜意三爲已有喜令愛生四爲已
意得愛爲身得猗五爲已身得猗便得樂六
爲已意得樂便得正止七爲已意得正止便
知如有八爲已知如有便寂然九爲已寂然

便得離十爲已得離便得解脫十一爲已得
解脫便見慧有慧便知生死已盡道行已畢
所作行已竟不復還受苦得三活謂之畢淨行足意漏盡謂之
竟直入泥洹不還三界受衆苦也戒相爲何等至命盡持戒
令從是致無悔身不增罪相爲無悔從是致
喜令得喜處可意相爲喜令致愛處喜足相
相爲處令致有猗處從行爲是爲得猗相令致
樂處已無惱爲樂相令從是致定處致定處者謂在
所得定處也一說言滅去惡意致善意著之處意隨使不忘爲定相
令致如有慧處不惑如有相隨相是爲寂然
處若知非身是爲寂然相令從是致相別離
處不近會爲相別離爲從是致解脫已爲非
法行不受殃是爲解脫相令致解脫慧見
爲有四道德地何等爲四行者福彼若如
有知智是爲見地爲得道迹是爲得道福彼

如如有知是爲德却離是名爲薄地爲有
往來福彼以德却爲不用是名爲相離地
彼已相離是爲不復還福是名爲欲竟地
無所著亦行者福是何義謂道弟子有八
種道行是名爲行者爲是是福是故名爲
行者福何以故爲行清淨爲名是爲清淨福
是爲道德有八種清淨道行爲是是福是故
名爲清淨福彼爲應得道迹云何已諦相應
道弟子便斷三縛結彼三縛結爲何等一爲
知身非身二爲無疑三爲不貿易行戒已斷
是三縛結道弟子便墮道迹不復墮惡道畢
竟道七更天上亦人間已更所在往來便斷
苦從苦得解是名爲見地爲得道迹福彼何
等爲令意墮是身亦知是身問何行令心或存身以爲有乎
答曰五陰令惑矣癡爲以不聞爲世間人不見覺者
亦不從聞者受教戒聞者亦爲未分別現正
法爲意念是色爲身遍都色爲身是色亦爲
身色亦是我身痛想行識亦如上說已如是
得觀便受五樂得觀謂愚者邪見墮五陰爲身即悅五欲以爲樂也了本
曰爲在疑中令疑正要如是佛說爲癡斯其義矣令爲受是身愚者以五
樂爲榮樂受身想如是捨身受身輪轉苦也爲墮身令意念我爲
是我爲以是著相連不得自在牽相連隨如
是有所忍自可以爲已志之所尚者是也縛著于俗隨之生死忍受罪麻無所
顧矣所可爲爲意爲可受已受見隨行是爲邪見
墮受是身彼爲見是五邪令墮疑無有何等
爲五若爲所色爲見是身比前受想行識亦
爾是爲五邪見令墮無有後有餘十五令墮
常如是見是身已斷便六十二邪見已捨謂已
得道者五陰斷已五陰斷六十二邪見便滅也令不墮常非常已非
常常爲捨便道弟子無行邪見但爲度世夫五

陰滅者諸念寂盡無常非常之想大明度經曰汝無念者今睹明度明度所謂度世者也直見爲何等令不墮邪見身若道弟子爲聞爲直見見通經家爲已受度世無爲爲已解度世法不復見是色爲身遍睹色爲身是色亦爲身色色亦是我身色色亦是我身痛想行識已不見如是如是如上所說五陰之害得四意止者五陰即滅下三結便都解矣便解三結使何等爲三一爲不見是身二爲不恚三爲不疑已如是道弟子爲無疑在佛亦無疑在佛者佛巍巍至尊其爲無量淨行弟子亦無疑焉故偈云已無所復淨然始不疑不轉斯義如之也爲信爲喜爲佛如是如來無所著正覺慧行已足爲樂爲世間已解無有過是法馭法隨爲師爲教天上天下爲佛最上是得信不疑爲隨是法行爲在法無結無疑爲信爲喜佛說是法現可學可致現自更見已解爲慧爲是所貪飢渴相近

已斷隨以斷空無所應得空其心淨其內志與補違故曰不應不應邪也得受不受不受禍也愛已壞已離已盡爲無爲謂欲無欲志寂無三界想矣法鏡經曰不以意存求於泥洹何況有勞想哉斯無爲之云矣以是第二無結一謂飢渴二相延此第二結爲無有無十二因緣五陰之結也無疑得法隨法行爲同學聚爲無結無疑已有信有喜如是得道弟子爲學聚聚會也謂與同志尚備三界欲學還本無之聚會也正受行爲如應受戒已立定已定慧已得解脫慧已成解脫慧已現已致正受行謂受止行也如如下事相應受之謂戒定慧解脫度知見事行者正受也是爲佛弟子行者聚爲四人從行四雙名爲八人道行四雙八人者謂以得應儀向應儀道已得不還向不還者得頻來向頻來者得溝港向溝港者是謂四雙八人者也爲世間所重所尊謂斯八人爲世明者所重愛敬而尊之爲無有比可祠可事可恭爲福地無過是天亦人所事祠神以望福莫若供養斯人聖其福大也是爲第三已爲無疑法安般解曰頻來在欲果中已捨

四廣倒無餘疑結也隨法行一切行爲苦已無疑結已受已喜從愛爲習信佛言即結解受法喜愛之無倦爲習習道習也道德道矣苦亦從愛習苦由愛欲生不知苦之爲苦者以其習之久矣已無疑結已受已解已喜已愛盡是爲苦盡便無疑無結已得是受便得喜已愛盡是爲苦盡無疑結已解受便得喜爲八種道行從是受行名苦盡便不疑不疑不復結墮解得喜若本有疑不解在佛不解在法不解在行者聚若本有疑在苦在習在盡在道行所惑所不解隨志所疑惑是如是云何是瘡爲是已解本已斷樹不復住瘡疑惑瘡也謂是五陰六衰三毒經曰六衰所向夫受之者劇被三百矛瘡人但不覺之耳一人身中凡千八百矛瘡謂眼受色命身得苦爲眼罪也六情俱爾如是無數五陰本已解斷譬如樹已避地不復住立也已散不復現從本來法不復生彼持行戒轉摸貿爲二輩一爲渴愛隨二爲不解避持行戒轉

摸貿當以戒行道而轉意貿易天上致言不解避也又安般解曰轉戒本願當以戒求道反求天上榮樂也是謂轉戒矣本願求道而違道就邪不還之行無復有之故曰盡也爲意向從是行戒攝守從是當爲得天亦天比當爲天上彼字爲甲玉女當爲是俱相樂共居如是望如是可如是思結相見意向是爲渴愛隨持行戒爲墮摸貿彼爲不解持行戒轉摸貿爲何等戒行者爲轉貿戒轉貿爲何等爲意生從戒得淨從戒得解脫從戒得要爲從苦樂得度或意生從願得度是爲不解持行戒轉摸貿已行戒當轉上行三十七品而止戒願求望度世故言不辭何因緣爲不解轉摸貿意生從被服亦從願得度世從苦樂得却離爲從是二業被服亦願爲摸何等爲摸爲是二戒被服願意計從是得解脫從是得要從是得過苦樂從是苦樂爲得無爲從是不正計法不從是

解脱意計從是解脱不正計爲是正隨是行如是有忍可意望結見是從是爲解是爲不解持行戒轉摸貿是爲二結得道道弟子已捨爲無有本已斷樹已拔不復現從後不復生是法便爲已淨戒如得道戒隨行不爲破不爲穿穿漏也謂已具足三十七品其行不漏又安般解曰精進在行首尾相屬邪念不得入其中間謂之不漏是之謂矣不爲失不爲悔但有增如慧者可無有能奪爲得從是致定是爲三縛結道弟子爲已斷已墮道迹不復墮惡法必度世在七往來天上亦人中往來期畢謂溝港七生七死往來天上人中如是七返乃得應儀也言往來生死期畢矣便得出苦要有四相應何謂四相應一爲已解相應二爲已斷捨相應三爲自證相應四爲增滿相應彼道德弟子從苦爲已解相應從習爲已斷捨相應從盡爲自證相應從道爲增滿相應彼爲止觀俱隨行一處一時一意本末有是有意令爲作四事何等爲四一爲苦從苦已解爲苦相應二爲習從習已斷捨爲習相應三爲盡從盡自證爲盡相應四爲道從道增滿令道相應何以故從苦已解相應何以故從習已斷捨相應何以故從盡已自證相應何以故從道已增滿相應爲有譬喻如水中沫行上至竟爲有四行從是岸邊致度岸邊度就斷脉是亦如是止觀雙俱行一處一時一意上要至竟謂行家以止觀二劍斷十二因緣之脉截流取道矣一處者泥洹一時一意亦然爲成四事譬如日出上至竟爲現作四事致明壞冥現色現竟譬如船度捨是岸邊致度岸邊謂菩薩作行如度船師致人物於彼岸也菩薩所度亦如是致物斷脉止觀亦如是雙發行爲一處一時一意上要至竟爲作四事爲解

苦如應相應爲斷習如應相應爲盡自證如應相應爲行道要如應相應何以故爲苦從更解相應習從斷解相應盡從自證解相應道從行要解相應止觀亦如是雙相連行一處一時一意上要至竟爲行竟四事爲苦更爲習斷爲盡自證爲行道滿譬如然燈上至竟爲作四事爲作明爲去冥爲見色爲却疑止觀亦如是爲作四事爲識苦爲斷習爲盡自證爲行道滿譬如然燈上至竟爲有四義爲現明爲去冥爲見色爲盡膏炷止觀亦如是雙隨行一處一時一意上至竟爲作四事爲識苦苦相應爲斷習習相應爲盡自證盡相應爲行道滿道相應何以故爲識苦苦相應何以故爲斷習習相應何以故爲盡自證盡相應何以故爲行道滿道相應爲從誰應爲從止觀何等爲應應云何持意繫觀已意繫觀便見五陰苦彼所意繫是爲止已見五陰爲苦是爲觀彼所爲五陰相近可發往欲著願得相往不捨習所是已斷已盡止觀道亦如是令是道德四諦一處一時一意上至竟爲令四諦相應如是得道弟子爲是法已法相應是名爲見地已得道脉至道迹跓爲復止觀令是欲恚使縛爲復除得道弟子爲往來受以是行足已從往來便壞苦本是爲薄地便已竟往來福已來復得在得止復增止觀令餘愛欲恚所使爲畢捨已欲恚未畢捨使結令畢已畢爲得道弟子便解下五結已畢何等爲五一爲見身是苦二爲解疑三爲不惑不貿戒四爲不望五爲不恚是爲五結已畢便得道弟子不復還世間彼度世不

復還是世間是名爲却地是爲不還福已致得止不還福復增翅止觀令爲解捨上五結何等爲五一爲色欲二爲不色欲三爲癡四爲憍慢五爲不解已上五行足爲已捨五結便無所著已度世無有漏已竟從正得解脫是爲畢地言應儀處世如虛空故曰無所著上五結行皆已消盡故曰解脫畢無所著尚有妙無爲爲畢捨已世間命根盡亦世間苦盡不復生苦彼已爲是陰持入已盡寂然不有陰持入不相連不復發解之不復相連者謂與五陰六入絕不復發者不復發起五陰六入也是謂寂然矣故曰不復發也是名爲已畢無爲爲已說諦相應亦說份相應亦說地亦說福說斷說罪說離說二無爲爲一切如是佛說已更度世畢若人欲度世當行是彼

何等爲九次第思惟正定爲四禪亦無色正四定亦已盡畢定是爲九次第正定彼第一禪已捨五種隨正五種已捨五種爲何等爲五蓋一愛欲二瞋恚三睡眠四不了悔五爲疑是爲五種上禪已捨彼愛欲蓋爲何等愛欲蓋爲何等愛欲所謂五樂愛著發往可求隨願發不捨使發起是名爲愛欲蓋彼瞋恚蓋爲何等若人爲發行地惱恚相恚非法本所使所從起是名爲瞋恚蓋彼睡眠蓋爲何等睡爲身跬爲意跬爲身止爲意止爲身癡爲意癡爲身重爲意重爲身不便爲意不便爲身不使爲意不使是爲睡眠爲何等爲意相從令眠動相不動令不作事是爲眠上頭爲睡後爲眠是共名爲睡眠蓋彼不了悔蓋爲何等爲身不止悔爲何等爲所念可不可不得悔是上頭爲不了後爲悔是苦名爲不

了悔蓋彼疑蓋爲何等若不能信佛不信法不信行者聚不解苦習盡道比結使亦從發是名爲疑蓋亦有五疑有縣聚疑有發教疑有道分別疑有欲行定疑有得道福疑如是是爲說定疑是爲五蓋蓋說爲何等蓋爲却對爲却一切清淨法却云何愛欲爲却清淨瞋恚爲却等意睡爲却止瞋爲却精進五樂爲却行亦止結爲却不悔疑爲却慧不知本從起爲却解明

陰持入經卷下

音釋

痒（以兩切膚欲搔也）悒（乙及切憂悒也）懣（莫困切煩鬱也）訐（千蹇列切發入陰私也）份（彼陳切文質備也）跓（直主切）溝港（溝居侯切港古項切）猗（於宜切輕安也）俏（補妹切違也）豸（丈尒切蟲豸也）

佛說因緣僧護經

失譯人名今附東晉録

清刻龍藏佛說法變相圖

佛說因緣僧護經

失譯人名今附東晉録

如是我聞一時佛住舍衛國祇樹給孤獨園與大比丘衆八萬人諸菩薩三萬六千人俱爾時有一大海龍王初發信心變爲人形來至園中依諸比丘求欲出家時諸比丘不知是龍即度出家有一年少比丘共同房住經一宿已於其晨朝執持威儀詣城乞食時龍比丘福德果報乞食先得或詣本宫食已早還比丘之法食後入房攝心坐禪時龍比丘忘不掩戶龍性多睡天時暑熱龍有五法不能隱身一者生時二者死時三者婬時四者瞋時五者睡時是爲五事時龍比丘不能隱身即便睡眠身滿房中同房比丘後來入房唯見龍身遍滿房中即大驚怖馳走失聲喚

諸比丘大德長老此有龍王此有龍王龍聞大聲即便覺悟還爲比丘跏趺坐禪因聲高大大衆雲集問此少年比丘何故揚聲比丘答曰房中有龍時諸大衆尋即共集入房覓龍不得但見比丘跏趺坐禪便大驚愕不知所以即往問佛具說上事請決所疑爾時世尊告諸比丘此非人也乃是龍王汝可往喚比丘受教喚彼龍王時龍比丘即詣佛所頭面作禮却坐一面佛爲說法示教利喜佛即默然爾時龍王心自思惟便生歡喜佛慰勞曰汝可還宮龍王聞已哀泣墮淚頂禮佛足遶佛三帀即便還去於其中路而自思惟我今雖復不得出家於佛法中作大檀越造立僧房四事供養作是念已即於曠路化作僧坊流泉浴池遊觀園林甚成閑靜又無人衆

憒閙之處晝夜逍遥復無蟲蟻蚊䖹之屬不寒不暑温和調適無諸惱患請諸衆僧衣服飲食卧具湯藥所須之物皆悉備足持律比丘數數訶責時龍比丘不解經戒每自懷惱心自念言我今供養衆事悉備而諸比丘故見訶責便滅化寺更往空處復造化寺宮殿林泉與前無異復請衆僧四事供養時諸衆僧語龍比丘衆僧厨庫頭數甚多寺主之法應以計筭頭數來示衆僧時龍答曰本非僧物今索抄記云爲造作盡是我有今諸比丘難可供給若如是者小可耐意於其中夜滅寺還宮爾時舍衛國中有五百商人共立言誓欲入大海商人共議求覓法師將入大海時時問法因聞法利可得往還商人衆中有一長者告諸商人我有門師名曰僧護可請

爲師辯才多智甚能説法時諸商人相隨往請到僧護所頭面作禮白僧護曰我等諸人欲入大海今請大德作説法師我等聞法可得往還僧護答曰可白和尚和尚若聽當受汝請僧護比丘將諸商人詣舍利弗所頭面作禮時諸商人白舍利弗言我等諸人欲入大海今請僧護作説法師惟願尊者賜見聽許舍利弗言可共問佛時舍利弗及僧護比丘將諸商人往詣佛所頭面作禮長跪合掌而白佛言世尊我等諸人欲入大海請僧護尊者作説法師時時問法因聞法力可得往還爾時世尊知僧護比丘應廣度衆生即便聽許時諸商人踊躍歡喜與僧護法師俱入大海未至寶所龍王捉住時諸商人甚大驚怖胡跪合掌而仰問曰是何神祇而捉船住若欲所得應現身形爾時龍王忽然現身時諸商人即便問曰欲何所索龍王答曰與我僧護比丘商人答曰此僧護比丘從佛世尊及舍利弗所而請將來云何得與龍王答曰若不與我盡没殺汝時諸商人即大驚怖尋自思惟曽於佛所聞如是偈

為護一家 寧捨一人 爲護一村 寧捨一家
爲護一國 寧捨一村 爲護身命 捨於國財

時諸商人俛仰不已以僧護比丘捨與龍王龍王歡喜將詣宫中爾時龍王即以四龍聰明智慧作僧護弟子龍王白言尊者爲我教此四龍各與一阿含第一龍者教增一阿含第二龍者教中阿含第三龍者教雜阿含第四龍者教長阿含僧護答曰可爾當教僧護比丘即便教之第一龍者默然聽受第二龍

者瞑目口誦第三龍者迴顧聽受第四龍者遠住聽受此四龍子聰明智慧於六月中誦四阿含領在心懷盡無遺餘時大龍王詣僧護所拜跪問訊不愁悶不僧護答曰甚大愁悶龍王問曰何故愁悶僧護答曰受持法者要須軌則此諸龍等在畜生道無軌則心不知佛法受持誦習龍王白言大德不應訶諸龍等所以者何護師命故龍有四毒不得如法受持讀誦何以故默然受者以聲毒故不得如法若出聲者必害師命是故默然而受瞑目受者以見毒故不得如法若見師者必害師命是故閉目迴顧受者以氣毒故不得如法若氣噓師必當害命是以迴顧遠住受者以觸毒故不得如法若身觸師必害師命是以遠住而受時諸商人採寶還迴至失師處時諸商人共相謂言我等本時於此失師今若還到佛世尊所舍利弗目連諸尊者等若問於我僧護法師當以何答爾時龍王知商人還即將僧護付歸商人告商人曰此是汝師僧護比丘時諸商人踊躍歡喜平安得出爾時僧護問諸商人水陸二道從何道去商人白言水道甚遠經過六月糧食將盡不可得達即共詳宜從陸道去於中路宿時僧護比丘告商人曰吾離衆宿汝等夜發揚聲喚我商人敬諾僧護比丘即出衆宿初夜坐禪中夜眠息時諸商人中夜發引遞互相謂喚僧護師竟無喚者即便捨去夜勢將盡大風雨起僧護比丘即便覺寤揚聲大喚竟無應者心口念言此便大罪伴棄我去爾時僧護比丘失伴獨去涉路未遠聞揵椎聲尋聲

向寺路值一人即便問曰何因緣故打揵椎聲其人答曰入温室浴僧護念言我從遠來可就僧浴即入僧坊見諸人等狀似衆僧共入温室見諸浴具浴衣尾瓶瓨器浴室盡皆火然爾時僧護比丘見諸比丘共入温室入已火然筋肉消盡骨如燋炷僧護驚怖問諸比丘汝是何人比丘答曰閻浮提人爲性難信汝到佛所便可問佛即便驚怖捨寺跳走進路未遠復值一寺其寺嚴博殊能精好亦聞揵椎聲復見比丘即便問言何因緣故打揵椎聲比丘答曰衆僧食飯尋自思惟我今遠來甚成飢乏亦復須食入僧坊已見僧和集食器敷具皆悉火然人及房舍盡皆火然如前不異僧護問言汝是何人其人答言更不異前僧護驚怖更疾捨去進路未遠復更值一寺其寺嚴儀更不異前前入僧坊復見諸比丘坐於火床互相爪攫肉盡筋出五藏骨髓亦如燋炷僧護問曰汝是何人比丘答言閻浮提人爲性難信汝到佛所便可問佛僧護驚怖復疾捨去進路未遠復值一寺如前入寺見諸衆僧共坐而食諸比丘言汝今出去僧護踟蹰未及出去見諸比丘鉢中唯是人糞熱沸涌出時諸比丘皆悉食噉食已火然咽喉五藏皆成烟炭流下直過見已驚怖復疾而去其去未遠復見一寺其寺嚴儀如前不異即入僧坊見諸比丘手把鐵椎互相棒打摧碎如塵見已驚怖復更進路其去未遠復見一寺其寺嚴好亦不異前即入僧坊聞揵椎聲僧護問曰何故打椎諸比丘言欲飲甜漿僧護比丘即自念言我今渴乏須

飲甘漿即入衆中見諸食器牀卧敷具諸比丘等互相駡辱諸食器中盛滿鎔銅諸比丘等皆共飲噉食已火然咽喉五藏皆成炭火流下直過見已驚怖進路而去其去未遠見大肉地其火炎熾叫聲號痛苦楚難忍見已驚怖進路而去其去未遠復見大地如前無異復更前進見大肉甕盡皆火然熱疼難忍如前無異復更前進亦見肉甕盡皆火然如前不異復更前進見一肉瓶其火炎熾叫聲號苦毒痛難忍復更前進見一肉瓶其火焰熾如前不異復更前進見大皮泉其火焰熾爛皮浩沸苦聲楚毒亦不異前見已驚怖復更前進其路未遠更見一大肉甕其火焰熾苦事如前復更前進見一比丘手捉利刀而自削鼻削已復生生已復削終而復始無有休息復更前進見一比丘手捉釿斧自斫已舌終而復始如前不異復更前進見一比丘水中獨立口自唱言水水不息而受苦毒復更前進見一比丘在鐵刺園立鐵刺上苦聲號叫亦不異前復更前進見一肉廳其火焰熾苦聲號叫與前不異復更前進見一肉橛形如象牙其火焰熾受苦如前復更前進見一駱駝火燒身體苦聲號叫亦不異前復更前進見馬一疋火燒身體苦痛號叫亦不異前復更前進見一白象熾火燒身苦不異前復更前進見一驢身猛火燒身苦不異前復更前進見一羝羊猛火燒身苦不異前復更前進見一肉臺大火焰熾苦不異前復更前進見一肉臺如前不異復更前進見一肉房猛火燒身苦聲號叫亦不異前復更前進見

一肉牀苦聲號叫苦不異前復更前進見一肉牀焰火燒身亦不異前復更前進見一肉秤火燒伸縮苦不異前復更前進見一肉拘執火燒伸縮苦不異前復更前進見一肉繩牀火燒受苦亦不異前復更前進見一肉壁火燒摇動苦不異前復更前進見一肉索火燒伸縮苦不異前復更前進見一廁井屎尿涌沸苦不異前復更前進見一高座上有比丘攝心端坐猛火焚燒苦聲如前復更前進更見高座受苦比丘亦不異前復更前進見肉揵椎火燒苦聲亦不異前復更前進見肉梵岐支梵名拘修羅猛火燒身受苦如前復更前進見一肉拘修羅受苦如前復更前進見大肉山猛火燒爛震動號吼苦不異前復更前進見須曼那華樹火燒受苦亦不異前

復更前進更見須曼那華樹火燒出聲亦不異前復更前進見肉華樹火燒出聲苦不異前復更前進見肉果樹火燒苦聲亦不異前復更前進更見一樹火燒受苦亦不異前復更前進見一肉柱火燒受苦亦不異前復更前進更見一肉柱獄卒斧斫受苦如前復更前進見一肉柱火燒受苦亦不異前復更前進見十四肉樹火燒受苦亦不異前復更前進見二比丘以拳相打頭破腦裂膿血流出消已還生終而復始苦不休息僧護比丘小更前進見二沙彌眠卧相抱猛火燒身苦不休息僧護比丘見已驚怖問沙彌言汝是何人受如是苦沙彌答言閻浮提人受性難信汝到世尊所便可問佛見已驚怖復更進路遥見林樹榮茂可樂徃趣入林見五百仙人

遊止林間仙人見僧護比丘馳散避去相共謂言釋迦弟子汙我等園僧護比丘從仙人借樹寄止一宿明當早去仙人衆中第一上座有大慈悲勑諸小仙借沙門樹僧護比丘即得一樹於其樹下敷尼師壇跏趺而坐於初夜中伏滅五蓋中夜眠息後夜端坐高聲作唄時諸仙人聞作唄聲悟解性空證不還果見法歡喜詣沙門所頭面作禮請祈沙門受三歸依於佛法中求欲出家爾時僧護比丘即度仙人如法出家教修禪法不久得定證羅漢果如栴檀栴檀自相圍遶得道比丘賢聖爲衆爾時僧護比丘與諸弟子俱共詣舍衛國中祇桓精舍到於佛所頭面禮足却坐一面爾時世尊慰勞諸比丘汝等行路不疲苦耶乞食易得不爾時僧護比丘白佛言世尊我等行路不大疲苦乞食易得不生勞勩得見世尊爾時世尊爲諸大衆而説法要爾時僧護比丘於世尊前在大衆中高聲唱説已先所見地獄因緣唯願世尊爲我説本因緣佛告僧護汝先所見此丘浴室此非比丘亦非浴室是地獄人此諸罪人迦葉佛時是出家比丘不依戒律順已愚情以僧浴具及諸器物隨意而用持律比丘常教軌則不順其教從迦葉佛涅槃已來受地獄苦至今不息佛告僧護汝初見寺非是僧寺亦非比丘是地獄人迦葉佛時是出家人五德不成四方僧物不打揵椎衆默共用以是因緣受火牀苦從迦葉佛涅槃已來受地獄苦至今不息汝見第二寺者亦非僧寺復非比丘是地獄人迦葉佛時是出家人五德不具諸檀

越等造作寺廟四事豐足檀越初心造寺之時要打揵椎作曠濟意是諸比丘不打揵椎默然受用客比丘來不得飲食還空鉢出以是因緣受火燒苦遞相爪攫筋肉消盡骨如燋炷從迦葉佛涅槃已來受如是苦至今不息汝見第三寺者非是僧寺亦非比丘是地獄人迦葉佛時是出家人懈怠比丘多人共住共相謂言我等今者可共請一持律比丘共作法事可得如法即時推覓得一淨行比丘共住食宿此淨行比丘復更推覓同行比丘時淨行人轉轉增多即便追逐令出寺外時破戒人於夜分中以火燒寺滅諸比丘以是因緣手捉鐵椎互相摧滅從迦葉佛涅槃已來受大苦惱至今不息汝見第四寺者非是僧寺亦非比丘是地獄人迦葉佛時是出家人常住寺中有諸檀越施脂肉來應現前分時有客僧來舊住比丘以慳心故待客出去後方欲分未及得分蟲出臭爛捐棄於外以是因緣入地獄中噉糞屎食從迦葉佛涅槃已來受苦不息汝見第五寺者非是僧寺亦非比丘是地獄人迦葉佛時是出家人臨中食上不如法食惡口相罵以是因緣受鐵牀苦諸食器中沸火漫然筋肉消盡骨如燋炷從迦葉佛涅槃已來至今不息汝見第六寺者非是僧寺亦非比丘是地獄人迦葉佛時是出家人不打揵椎默然共飲衆僧甜漿恐外僧來慳因緣故墮地獄中飲噉鎔銅從迦葉佛涅槃已來受苦至今不息爾時佛復告僧護比丘汝見第一地者非是大地是地獄人迦葉佛時是出家人衆僧田中爲己私

種不酬僧直時持律比丘依戒訶責汝今云何不酬僧直是人爾時依恃王勢不受教誨答諸比丘我是汝奴汝若有力何不自種以是因縁受火地獄苦從迦葉佛涅槃已來至今不息汝見第二地者非是大地乃是罪人迦葉佛時是白衣人在僧田種不酬僧直以是因緣墮地獄中作大肉地受諸苦惱至今不息汝見第一肉埦者非是肉埦也乃是罪人迦葉佛時是衆僧上座不能禪誦不解戒律飽食熟睡但能論説無益之語精饍供養在先飲食以是因縁入地獄中作大肉埦火燒受苦至今不息汝見第二埦者非是埦耶是地獄人迦葉佛時是出家人五德不具爲僧當厨軟美供養在先食噉麤澀惡者僧中行付以是因緣入地獄中作大肉埦火燒受

苦至今不息汝見第三埦者非是埦也是地獄人迦葉佛時是僧淨人作飲食時美妙好者先自嘗噉或與婦兒麤澀惡者持僧中行以是因緣在地獄中作大肉埦火燒受苦至今不息爾時世尊復告僧護比丘汝見第一瓶者非是瓶也是地獄人迦葉佛時是出家人爲僧當厨應朝食者留至後日後日食者至第三日以是因緣入地獄中作大肉瓶火燒受苦至今不息汝見第二瓶者非是瓶耶是地獄人迦葉佛時是出家人在寺常住有諸檀越奉送酥瓶供養現前衆僧人人應分此當事人見有客僧隱留在後客僧去已然後乃分以是因緣入地獄中作大肉瓶火燒受苦至今不息汝先見水中立人非是比丘是地獄人迦葉佛時是出家人爲僧當水見

僧用水小復過多遂可意處即足其水餘者不給以是因緣入地獄中水中獨立唱言水水受其大苦至今不息汝見大甕者非是大甕是地獄人迦葉佛時是出家人爲僧典知果菜香美好者先自食噉酸果澀菜或遂隨意選好者與不平等故以是因緣入地獄中作大肉甕火燒受苦至今不息汝見比丘刀刖鼻者非是比丘是地獄人迦葉佛時是出家人在佛僧淨地涕唾汙地以是因緣入地獄中刀刖已鼻火燒受苦至今不息汝見比丘手捉斫斧自斫已舌非是比丘是地獄人迦葉佛時出家沙彌而爲衆僧當分石蜜斫作分數於斧刃上少著石蜜沙彌噉舐以是因緣受斫舌苦至今不息爾時世尊復告僧護比丘汝見泉者非是水泉是地獄人迦葉佛時是出家沙彌爲僧當蜜先自嘗噉後付衆僧減少不遍以是因緣入地獄中作大肉泉火燒沸爛受大苦惱今猶未息汝見比丘刺上立者非是比丘是地獄人迦葉佛時是出家人以惡口毀呰罵諸比丘以是因緣入地獄中立鐵刺上火燒受苦至今不息汝見肉軒非是軒也是地獄中人迦葉佛時是出家人寺中常住五德不具爲僧當廚精美好者先自食噉或時將與白衣使食高下心中行付衆僧以是因緣受地獄苦至今不息汝見肉橛者實非是橛是地獄人迦葉佛時是出家人寺中常住僧墻壁上浪豎諸橛非爲僧事懸已衣鉢以是因緣入地獄中作大肉橛火燒受苦至今不息爾時世尊復告僧護汝見駱駝者實非是駱駝是地獄人迦葉佛

時是出家人寺中上座長受食分或得一人二人食分持律比丘如法教授上座之法不應如是時老比丘答律師言汝無所知聲如駱駝我於衆中身爲上座呪願說法或時作唄計勞應得汝等何故恒瞋責我以是因緣入於地獄受駱駝身火燒號叫至今不息汝見馬者實非是馬是地獄人迦葉佛時作僧淨人用僧供養過分食敢或與眷屬知識白衣諸比丘等訶責語言汝不應爾其人惡口訶諸比丘汝猶如馬常食不飽我爲僧作甚大勞苦功勳應得以是因緣入地獄中受於馬身火燒身體受大苦惱至今不息汝見象者非是白象是地獄人迦葉佛時是出家人爲僧當厨諸檀越等將諸供養向寺施僧或食後來檀越白言大德日猶故未可打揵椎集僧施食比丘惡口答白衣言諸比丘等猶如白象食不飽也向食已竟停留後日以是因緣入於地獄受白象身火燒受苦至今不息汝見驢者實非是驢是地獄人迦葉佛時是出家人爲僧當厨五德不具分僧飲食恒自長受二三人分持律比丘如法訶責此人答言我當僧厨及園果菜常營僧事甚大勞苦汝諸比丘不知我恩狀似如驢但養一身何不默然以是因緣入地獄中驢身受苦至今不息汝見羝羊實非羝羊是地獄人迦葉佛時是出家人爲僧寺主當田内外事事檢校不勑弟子諸小比丘不如法打椎諸律師等白言寺主何不時節鳴椎集僧比丘答言我當營僧事甚成勞苦汝諸比丘猶如羝羊敢食而住何不自打以是因緣入地獄中受

羝羊形火燒痛毒受苦至今不息爾時世尊復告僧護比丘汝見肉臺實非是臺是地獄人迦葉佛時是出家人當僧房敷具閉僧房門將僧户排四方遊行衆僧於後不得敷具及諸房舍以是因緣入地獄中作大肉臺火燒受苦至今不息汝見第二大肉臺實非是臺是地獄人迦葉佛時是出家人爲僧寺主選好房舍而自受用及與知識不依戒律隨次分房不平等故以是因緣入於地獄作大肉臺受苦萬端至今不息汝見肉房者非是肉房是地獄人迦葉佛時是出家人住僧房中似是已有終身不移不依戒律以次分房以是因緣作大肉房火燒受苦至今不息爾時世尊復告僧護汝見肉繩牀實非是牀是地獄人迦葉佛時是出家人捉僧繩牀不依戒律如自己有以次分牀以是因緣入於地獄作肉繩牀火燒受苦至今不息汝見第二繩牀實非是牀是地獄人迦葉佛時是出家人破僧繩牀自用然火以是因緣入地獄中作肉繩牀火燒受苦至今不息汝見肉敷具者實非敷具是地獄人迦葉佛時是出家人用僧敷具如自己有以脚蹋上不依戒律以是因緣入地獄中作肉敷具火燒伸縮受苦萬端至今不息汝見肉拘執者實非拘執是地獄人迦葉佛時是出家人以僧拘執如自已有不依戒律用或破壞以是因緣入地獄中作肉拘執火燒受苦至今不息汝見肉繩牀者實非是牀是地獄人迦葉佛時是出家人恃王勢力似如聖德四輩弟子聖心讃歎時彼比丘默然受歎施好繩牀及諸好飲食

作聖心受以是因緣入地獄中作肉繩床火燒受苦至今不息汝見肉壁者實非是壁是地獄人迦葉佛時是出家人衆僧壁上竪橛破壁懸已衣鉢以是因緣入於地獄作大肉壁火燒受苦至今不息汝見肉索實非是索是地獄人迦葉佛時是出家人捉衆僧索私自己用以是因緣墮地獄中作大肉索火燒受苦至今不息汝見厠井實非厠井是地獄人迦葉佛時是出家人往寺比丘佛僧淨地大小便利不擇處所持律比丘如法訶責不受教誨糞氣臭穢熏諸衆僧以是因緣入地獄中作肉厠井火燒受苦至今不息汝見高座法師實非法師是地獄人迦葉佛時是出家人不明律藏説重作輕説輕爲重有根之人説作無根無根之人説道有根應懺悔者

説言不懺不應懺者强説道懺以是因緣入地獄中坐高座上火燒受苦至今不息汝見第二高座實非法師是地獄人迦葉佛時是大法師邪命説法得利養處如理而説無利養時法説非法非法説法以是因緣入於地獄處鐵高座火燒受苦至今不息汝見肉揵椎號呌聲者實非揵椎是地獄人迦葉佛時是出家人以三寶物非法打椎詐作羯磨捉三寶物爲已受用以是因緣入地獄中作肉揵椎火燒受苦至今不息汝見拘修羅實非祇支是地獄人迦葉佛時是出家人爲僧寺主以僧廚食衒賣得物用作衣裳斷僧供養以是因緣入地獄中作肉祇支火燒受苦至今不息汝見第二拘修羅實非祇支是地獄人迦葉佛時是出家人作僧寺中分物維那

以春分物轉至夏分夏分中衣物向冬中分以是因緣入地獄中作肉拘修羅火燒受苦至今不息汝見肉山非是肉山是地獄人迦葉佛時是出家人爲僧典座五德不具少有威勢偷取僧物斷僧衣裳以是因緣墮地獄中作大肉山火燒受苦至今不息爾時世尊復告僧護汝始初見須曼那柱實非是柱是地獄人迦葉佛時是出家人當佛剎人四輩檀越以須曼那華散供養佛華既乾已比丘掃取賣爲已用以是因緣入地獄中作須曼那柱火燒受苦至今不息汝見第二須曼華柱實非是柱是地獄人迦葉佛時是出家人當供養剎四輩檀越以須曼那華油用供養佛比丘減取爲已自用以是因緣墮地獄中作須曼柱火燒受苦至今不息汝見華樹實非是樹是地獄人迦葉佛時是出家人當僧果菜園有好華果爲已私用或與白衣以是因緣入地獄中作大華樹火燒受苦至今不息汝見肉果樹實非果樹是地獄人迦葉佛時是出家人當僧菜果香美好果私自食噉或與白衣以是因緣入地獄中作肉果樹火燒受苦至今不息汝見肉樹實非是樹是地獄人迦葉佛時是出家人爲僧當薪以衆僧薪房中自然或與知識以是因緣入地獄中作大肉樹火燒受苦至今不息爾時世尊復告僧護比丘汝見第一肉柱者實非是柱是地獄人迦葉佛時是出家人寺中常住破佛剎柱爲已私用以是因緣入地獄中作大肉柱火燒受苦至今不息汝見第二肉柱者實非是柱是地獄人迦葉佛時是白衣人以刀

刮取像上金薄以是因緣墮地獄中作大肉柱獄卒捉斧斫身受苦猛火燒身至今不息汝見第三肉柱者實非是柱是地獄人迦葉佛時是出家人爲僧當事用僧梁柱浪與白衣以是因緣入地獄中作大肉柱火燒受苦至今不息汝見四肉樹實非是樹是四罪人是地獄人迦葉佛時是出家人五德不具作大衆主爲僧斷事隨愛怖瞋癡斷事不平以是因緣入地獄中作四肉樹火燒受苦至今不息汝見十四樹者實非是樹是地獄人迦葉佛時是出家人在寺常住不依戒律分諸敷具好者自取或隨瞋愛好惡差別於佛法中塵沙比丘應隨次受不平等故以是因緣此十四人墮地獄中作大肉樹火燒受苦至今不息汝見二比丘者實非比丘是地獄人迦葉佛時是出家人於大衆中鬪諍相打以是因緣入地獄中獄火焚身受相打苦至今不息汝見二沙彌者實非沙彌是地獄人迦葉佛時是出家沙彌共一被褥中相抱眠卧以是因緣入地獄中火燒被褥中相抱受苦至今不息爾時世尊重告僧護比丘以是因緣故我今語汝在地獄中出家者衆白衣尠少所以者何出家之衆多喜犯禁戒不順毗尼互相欺凌私用僧物或分飲食不能平等是故我今更重告汝當勤持戒頂戴奉行爾時世尊復告僧護我今語汝是諸罪人於過去世出家破戒雖不精進四輩檀越見諸比丘威儀以僧恭敬僧寶四事供養猶故能令得大果報無量無邊不可思議我復語汝如前罪人先世出家犯僧物故墮大地獄後於

未來世中有諸白衣取衆僧物者罪過於前說出家之人百千萬倍不可窮盡我復語汝若一比丘順於毗尼在僧伽藍如法行道依時鳴椎若施此人得福猶多說不可盡何況供養四方僧衆爾時世尊復告僧護若出家人營僧事業難持淨戒是諸比丘初出家時樂持淨戒求涅槃心四輩檀越送供養時是諸比丘應受是供堅持淨戒後不生惱爾時世尊欲重宣此義而說偈言

持戒最爲樂　身不受諸惱　睡眠得安隱
寤則心歡喜

爾時世尊說是偈已復告僧護有九種人常處阿鼻大地獄中何等爲九一者食僧物二者佛物三者殺父四者殺母五者殺阿羅漢六者破和合僧七者破比丘淨戒八者犯淨行尼九者作一闡提是九種人恒在地獄有五種人二處受報一者地獄二者餓鬼其地獄者如汝所見是諸地獄其餓鬼者身形長大何者爲五一者斷施衆僧物二者斷施僧食三者劫僧䞋物四者應得施能令不得五者法說非法非法說法此五種人受是二報餘業不盡五道中受爾時世尊欲重宣此義而說偈言

行惡感地獄　造善受天樂　若能修空定
漏盡證涅槃

爾時世尊復告僧護汝於海中所見龍王受此龍身牙甲麟角其狀可畏臭穢難近以畜生道障出家法亦障修禪無八解脫果雖得長壽不能得免金翅鳥王之所食敢命終之後生兜率天天中命盡得受人身彌勒出世

作大長者財富巨億爲大檀越供養供給彌勒世尊及諸比丘四事具足是諸長者有五百人同時出家得羅漢果功高名遠衆所知識是諸龍王猶尚能得如是功德况我弟子如法出家坐禪誦經三業具足必證涅槃爾時世尊無問自說

歸依佛者　得大吉利　晝夜心中　不離念佛

歸依法者　得大吉利　晝夜心中　不離念法

歸依僧者　得大吉利　晝夜心中　不離念僧

爾時僧護弟子五百商人於大衆中聞佛說法忽然驚怖悟解無常共相謂言我等從昔無量劫來處處經歷受生死苦皆是無明貪心所造即從座起長跪合掌而白佛言我等今日歸依三寶受持五戒盡形不犯爾時世尊告僧護曰衆僧供養有應得者不應得者何者應得持戒滿足出入常念輕重等持恐怖不犯如是之人應受供養爾時世尊即說偈言

歡喜受他施　三衣常知足　定慧修三業

安樂在山谷

爾時世尊告僧護曰何者不應受供養持戒不滿出入不念輕重不畏如是之人不應受供養爾時世尊即說偈言

寧食大鐵丸　燋熱如火焰　破戒不應受

得信檀越食

佛告諸善男子善女人聞此偈者若得信心樂出家者清淨持戒頂戴奉行爾時諸比丘白佛言世尊如是等輩五百仙人在過去世於何法中種諸善根於何時中修行道業以何業緣今得出家煩惱漏盡證阿羅漢果如

來遍知明達三世知諸仙人所修善業於大衆中即説本緣佛告諸比丘此賢劫中過去之世迦葉佛時人壽二萬歲有大長者名曰供意財富巨億於孝行中小違父毋慚愧懺悔即詣佛所出家修道習學未久作大法師供意比丘説法化度五百弟子將諸弟子入山林中阿練若處修禪定業心生歡喜亦教弟子俱修禪定造作禪珍覺杖法杖法用或就初中後夜精勤不息未得觀慧師徒相戀詳發善願作如是言我等今日師徒相順於迦葉如來正法之中出家修道持戒定慧業以此善根願未來世得值釋迦十號具足天人中尊眞實不虛還遇和尚度我出家漏盡得道爾時佛告諸大比丘爾時供意長者豈異人乎即僧護比丘是五百弟子豈異人乎今五百仙人是因過去世迦葉佛時所種諸善根因發願故今得正見還值和尚正信出家漏盡得道爾時世尊於大衆中説因緣巳時四部衆歡喜奉行

浴室及六寺　二地總三瓨　兩瓶涌肉泉
一甕刀削鼻　斫舌水中立　立刺肉廳㮚
駝馬白象驢　羝羊雙肉臺　肉房三繩牀
肉秤及拘執　牀壁肉繩索　廁井兩高座
推二拘修羅　兩肉須曼柱　華果一肉樹
一樹三肉柱　兩雙十四樹　兩僧二沙彌
合有五十六　説法本因緣　佛因僧護説

佛説因緣僧護經

音釋

愕逆各切驚遽也　憒閙憒古對切心亂也閙奴教切不靜也　蚊蝱蚊無分切蝱音盲　瓨胡江切長頸甖也　擭屋虢切檻也　甕烏貢切甖也　刖魚厥切刑也　釿音斤斧也　羝都黎切牡羊也　秤昌孕切衡也